世界传世藏书

世界禁书文库

马松源⊙主编

綫装書局

目　录

危险的关系

一生

世界禁书文库

危险的关系

【法】肖德洛·德·拉克洛⊙著

兰银春⊙译

线装书局

第一篇

第一封信

赛茜尔·伏朗基致××地方圣于尔絮勒会

修道院的莎菲·卡耳内

你瞧,我亲爱的朋友,我是守信的。软帽和绒球并没有占去我所有的时间。为了你,我总是抽得出时间的。确实,仅仅在今天这一天的时间里,我所看到的华丽的服饰比我们共处的四年中看到的全部还要多。我初次回修道院时,非常想见一见美艳绝伦的唐维尔;她以前每次来看望我们时总是打扮得很妖艳,以为能气气我们,我相信我这一次肯定能把她气昏。妈妈现在什么都事先征求我的意见,她再不似以前那样把我当寄宿生看待了。我有了个侍女,一间卧室和一间书房。现在,我正坐在一张相当漂亮的写字台前给你写信。抽屉上有锁,我可以藏我所要藏的东西。妈妈让我每天在她动身前去看她。去吃中饭时,我只需把头梳好就行,因为只有我们两个人。每天午餐时,她再告诉我当天午后,我该什么时候去她那里。其余时间,我可以随意支配。我可以像在修道院里那样,弹弹竖琴、练习绘画,或是阅读书籍;不同的是,现在不会有白佩杜嬷嬷来挑我的毛病了,我要是什么都不干也完全可以。但是因为我不能和莎菲在一起开玩笑了,我还是宁愿让自己忙碌一些。

现在还不到五点钟,我要等到七点钟才去妈妈那里,好长一段时间啊!如果我有话可以告诉你该多好啊!但是他们还什么都没有跟我说起过;要不是我看到他们在忙着做准备工作,而且为了我,还临时雇用了许多女工,我觉得他们根本没有想到我出嫁的事,约瑟芬又在那里瞎啰唆。但妈妈经常对我说,一位小姐应该在修道院中一直住到出嫁为止,现在既然她叫我出来,约瑟芬说的应该是真话。

一辆豪华马车停在门口,妈妈派人来告诉我立刻到她那里去。我想,如果是那位先生来了,如何是好?我没有穿着好,我的手直抖,心怦怦跳。我问我的侍女,她是否知道是谁来了。"是的,"她对我说,"是C先生。"她笑了。啊!我相信是他。我回来后一定把经过全都告诉你。现在只能告诉你他的姓。我不能让人家久等。请允许我暂且离开一会吧!

你将怎样笑话可怜的赛茜尔呀!哦!我羞死了!但我相信即使你遇上这种情形也会像我一样不知所措的。当我走进妈妈的房间时,我看见一位身穿黑衣服的先生站在她身边。我强作镇定给他鞠了个躬,然后,我站着一动也不动。你能够想见,我是在多么认真地观察他。"夫人,"他一边还礼,一边对我母亲说,"真是一位迷人的小姐。现在我更深地理解了您的仁慈的可贵。"听到这句如此直白的话,我震动了一下,有点儿站不稳了;于是我坐在一张安乐椅上,满脸通红,羞得恨不得钻进地缝里。我一坐下,那个男人就跪在我面前。你可怜的赛茜尔立时慌得不知所措。正如妈妈说的,我完全被惊呆了。我尖叫一声,站了起来……瞧,这正像那天打雷时一样。妈妈哈哈大笑,对我说:"你怎么了?坐下吧,把你的脚伸给这位先生。"我的朋友,这位先生原来是鞋匠。我真难以形容我当时的难为情。幸亏只有妈妈一个人在场。我结婚以后,我想我不会再雇用这个鞋匠了。这段故事跟我打算给你讲的故事是大不相同的。

应该说我们是太聪明了!再见。快六点了,我的侍女说我该准备动身了。再见,我亲爱的莎菲;我仍像以前一样爱你。

我想不出该让谁捎这封信,所以我在等着约瑟芬的到来。

一七××年八月二日于巴黎

第二封信

德·梅尔提侯爵夫人致正在××城堡的德·范耳蒙子爵

回来吧,我亲爱的子爵,您的姑妈已安排您做了继承人,您为什么还呆在她家里呢?马上就回来吧,我需要您的帮助。我有一个很好的生意,打算交给您去做。这两句话我想已足够了。您荣幸地被我选为代理人,照理您应该立刻赶来,跪着接受我的任命。可是您现在不但不再接受我的恩宠,反而肆意糟蹋我的好意。在永久的仇恨和无限的宽容之间的选择中,考虑到您的幸福,我的仁慈便占了上风。所以我要把我的想法说给你听。

不过您得对我起誓，作为忠诚的骑士，在完成我托付的事之前，您不得再做出风流韵事。我这件事能给一个英雄提供用武之地：您将为爱情做事，同时也为雪耻出力。最终，在您的回忆录中又将添上一条“十恶不赦”的内容。是的，在您的回忆录中；因为我希望您的回忆录有一天会发行，我可以来撰写。这先不提，现在还是回到我关心的问题上来吧！

德·伏朗基夫人女儿要出嫁了。这还是一桩秘密；可是她昨天向我表透了。您可知道谁是她选中的乐床？德·席耳库尔伯爵。我要和库耳席尔成为亲戚！这话从哪说起？我不禁怒火中烧……怎么，您还没有明白吗？哦，呆滞的头脑！总督夫人的事，您难道已经宽恕他了？我可是更加怨恨他了，您这个没有良心的家伙！但是我镇静下来了，报复的念头使我的心灵安宁了。

席耳库尔这样观照他未来的妻子，他确信能避免那不能避免的命运。对这种令人发笑的自负，您和我都早已感到厌倦了。他单方面好推崇修道院的教育，更加荒谬的是他对金黄色头发的女子，觉得她们是贞节的。我敢发誓，虽然小伏朗基有六万法郎的年金，但假如她的头发是褐色的，假如她不曾进过修道院，席耳库尔也不会和她订婚的。我们来给他证明，他不过是个笨蛋：他早晚有一天会变成笨蛋，这点考虑并不妨碍我要做什么；但有趣就有趣在他一开始就当上了笨蛋。第二天，他是要自吹自擂，我们听他自吹自擂起来，简直滑稽极了！另外，您造就了那个小姑娘后，要是席耳库尔不像一般人那样成为巴黎的笑料，那就轮到我背！

再者这篇新小说的女主人公也的确让您放心不下：她长得着实模样不错，又正是豆蔻年华，像一朵含苞欲放的玫瑰花。她这人死气沉沉，装也不会装；但是你们男人是不在乎这些的。其次，她有那么毫无神采的眼光，这确实也是很惹人喜爱的。另外，是我向您作的推荐，您就只有对我心存感激，听从安排了。

明天早上，您可以接到信。我要您明天晚上七时到我家。我在八时以前不接见任何人，包括正得宠的骑士：他很笨，干不了这件大事。您看爱情使我变得更加清醒。到八时，您会恢复您的自由；十时，您再来与这位美丽的朋友一起吃晚饭，因为这对母女将在我家晚餐。再见吧，午时已过，我就要干别的事情了。

一七××年八月四日于巴黎

第三封信

赛茜尔·伏朗基致莎菲·卡耳内

我依然一点也不清楚,我的好朋友。前天,妈妈邀请很多人来共进晚餐。我小心谨慎观察来客,尤其是男人,还是觉得难以忍受的不耐烦。大家都盯着我看,接着又交头接耳。我完全知道他们在谈论我。我脸红了。我无法不红呀!我是很想不红的,因为我观察到当人家注视别的妇女时,她们泰然自若。也许她们是抹胭脂,掩盖了她们的困窘所引起的脸红;因为当一个男人注目端详你的时候,要不脸红是很难做到的。

最使我坐立不安的是我不知道人家对我有什么看法。不过我好像听见了两三声“漂亮”。但我也清楚地听到了“不活泼”。这该是实情,因为说“不活泼”的妇人是我母亲的亲戚和朋友。她好像马上对我产生了友爱。在晚会上,她是唯一与我说过点话的人。明天,我们将去她家晚餐。

晚餐后,我还听见一个男人对另一个男人说(他们绝对是在讲我):“还是应该让事情发展,到冬天再说吧!”那人可能就是要娶我的人。那么得等待四个月!我真想知道到底发生了什么事。

约瑟芬来了,她对我说她很着急。可是我还想提到你一件有关我不活泼的事。我认为那位夫人是说得非常准了。

晚餐以后,大家开始玩牌。我在母亲身边坐着。不知道怎么了,我竟然特别快睡着了。一阵笑声将我叫吵醒。我不知道大家是不是笑我,但是我觉得笑我。妈妈告诉我可以去做事了,我很高兴。你想想那时都已经十一点多了。再见了,我亲爱的莎菲,永远爱你的赛茜尔吧!我担保,社交界并不像我们过去设想那么有意思。

一七××年八月四日于巴黎

第四封信

德·范耳蒙子爵致在巴黎的德·梅尔提侯爵夫人

您的命令有种魔力,您下达命令的方式更加打动人心,简直使人觉得专制是种可爱措施了。您知道,我无数次为是您的奴隶而遗憾;尽管您说我是没有良心的人,可我总是柔情似水地回味您用甜蜜的名字来叫我的那段时光。我甚至常常想重温旧梦,并且希望与您一起,为这世上提供一个忠贞的榜样。但是更大的志趣在招引着我们;征服异性是我们天生的使命,我们必须接受之。可能在征程的尽头,我们又会彼此相遇。因为,直说了吧,我的绝色的侯爵夫人,您至少在跟我并驾齐驱。自从我们为了大家的幸福分道扬镳以来,您我各干各的,而在这爱的说教中,您似乎比我培养了更多新的信徒。我知晓您的虔诚,您的火一般的热忱。如果这个上帝也跟另一个上帝一样是依据我们的作为来衡量我们的话,您总会有一天会成为某个大城市的护城圣人,而您的朋友最多只能是一个小村庄里的护城圣人而已。这种神秘主义的语言使您惊奇不已,不是吗?是的,一个星期以来,我听到的、说的,只是这种话;为了在这方面加深修养,我只能这样了。

您不要恼怒,请听我说。我曾把一切心底话向您倾吐,我现在要向您吐露一个征服女性者所能谋划的最伟大的计划。您对我建议什么来着?去勾引一个没见过世面的、天真无邪的少女。这样的少女,可以说我占有她不费吹灰之力,只要说上一句奉承话,就会使她心醉不已;她的好奇心会远远走在爱情前面。这是许多其他男人都能做到的。我要干的话可不是这样的。它成功了,会既给我带来光荣,又带来快乐。为我预备王冠的爱情女神还在为用香桃木枝叶,还是用月桂树枝叶来编织它而犹豫不决,或许它会把两者结合起来以祝贺我的胜利。

您呢,我的美丽的朋友,你将为此肃然起敬。您会激动地说:“这才是符合我的心意的男子。”

您知道都尔范勒院长夫人,您知晓她的虔诚,她对丈夫的真实的感情,她所遵守的刻板的道德准则。她才是我要争取的对象,她才能和我相配。

我虽然得不到她,得不到这个奖励,

但我曾向她进攻,至少有一份光荣和勇气。

我们可以引证几句打油诗，只要这些诗句是出于一个大诗人的手笔。

您知道因为一起重大的诉讼案件，这位法院院长目前去了勃艮第（我想让他在一起更大的讼案中败诉）。他的无法得到安慰的太太要在这里过一段难耐的一个人生活的日子。每天望一次弥撒、拜访附近的穷人、早晚的祈祷、孤独的散步、跟我姑妈的虔诚谈话、有时玩兴趣索然的惠斯特牌戏，这些就是她所能做的所有的事情。我为她准备了更有乐趣的事。为了她的幸福，也为了我的幸福，我的保护神把我送到了这里。我这个笨蛋！我本来就很遗憾，我要牺牲二十四小时来做礼节性的拜访。现在如果有人迫使我回巴黎去，这将是我最大的痛苦。幸亏玩惠斯特牌戏得四个人，而这里只有一位本堂神父，我的年迈的姑妈竭尽全力劝我为她牺牲几天。您可以猜想，我已经同意了。您无法想象，从我答应以来，她对我是多么爱护，尤其是当她看到我一次不漏地与她一起祈祷、望弥撒，她是多么心怀感激！可是她看不出我所崇拜的神灵。

您看，四天来，我完全沉湎于强烈的爱情之中。您可以想见我胸中燃烧的欲火，我在克服重重阻力。但有一点您无法知晓：因孤独欲火烧得更旺。我只有一个想法，我昼夜不停地想着。我必须占有这个女人，以使我免于堕入她的情网而被人耻笑。我求求您，给我幸福，特别是让我安静下来。女人们如此不善于保护自己，我们是多么幸运啊！否则我们在她们身边都成了胆小的奴隶了。我此时此刻对于温柔的女人怀有感激之情。由于这种特殊的情感，我自然而然地拜倒在您的石榴裙下。我匍匐在地寻求宽恕，同时结束这封这么长的信。再见了，我的美丽绝伦的朋友，请不要记恨在心。

一七××年八月五日于××城堡

第五封信

德·梅尔提侯爵夫人致德·范耳蒙子爵

子爵，您的信流露了少有的放肆。我真可以对您发顿脾气，您知道吗？不过，它明显地向我证明您是失去理智了。就是这一点把您给救了。我是个胸怀宽广、富有同情心的朋友，我可以忘却我饱尝的侮辱，来关心您的安危。说教没意思，可您目前需要有人给您讲讲大道理，就只好这样做了。

您想占有德·都尔范勒院长夫人！真是做白日梦！我从这里看出了您的荒唐。您的理智只会企求明明不可能得到的东西。这个女人是个什么样的人呢？称得上容貌端正，可脸上一点神采也没有；身材长得可以，但无曲玲珑可言；衣着总是惹人发笑：胸脯堆着围巾！衣领抵住下颌！我是以朋友的身份对您说这些话的：用不上两个这样的女人，您就会不再受人们的敬重。想一想白日做梦她在圣罗克募捐的那一天吧！那一日，您因为我看到这幅景象而对我感激万分！我现在仿佛看到她手拉着那个长头发的瘦高个子，每向前迈一步都像屈膝作揖，她的硕大无朋的裙环要把裙子翘到人家头上，每行一次礼，脸总要红一下。那时，有谁会说，您对这个女人感兴趣？……行了，子爵，您应当感到害羞，您该清醒了。我答应替您保守秘密。

其次，看看您会遇到什么样的不高兴的事吧！您的对手是什么人？一个丈夫！听到这个字眼，您不感到羞愧吗？如果您失败了，多可耻呀！即使成功也不会给您增添任何一点的光荣。我还要再说几句，您不要盼望从她那里获得什么快乐。跟一本正经的女人在一起会有快乐可言吗？我指的是真诚的、一本正经的女人。她们即使在寻欢作乐时，也是自我克制的，所以她们仅能让您享受到一半快感。那种彻底的自我放任、那种性兴奋狂热的、那种由于超越限度而得到升华的快感，爱情的各种美妙之处，她们是无法体会的。我把话说在前面，我们作最佳设想，您的院长夫人若把您当作她的丈夫来对待，她就认为对您已做了该做的；而夫妻作乐时，即使达到了最为情意绵绵的地步，还是分明的两个人。更不幸的是您那位一本正经的老女人是虔诚的教徒，她的虔诚是乡下老妇人式的，使人永远脱离不了孩子气。也许您能战胜这个困难，但您不要指望能予以战胜。您能战胜她对上帝的爱，但您不能战胜她对魔鬼的恐惧。当您拥抱着她时，您会感觉到她的心在狂跳不止，但这是出于恐惧，而不是出于爱情。如果您能早些时候认识这个女人，可能还有所作为。她现在二十二岁了，结婚已近两年。请相信我，子爵，一个女人衰老到了这种地步，就只好弃之不顾了；她永远无是处的了。

然而您正是为了这么一个美丽的朋友，拒绝了我的要求，把自己埋葬在您姑妈的坟墓一般的家中，舍弃了最甜蜜的、最足以给您增添荣誉的风流韵事。究竟因为您什么必然性，席耳库尔始终保持着对佻的优越性？听着，我心平气和地对您讲：我现在倾向于认为您跟您的名声不相符，我特别想收回我对您的信任。我是绝不会习惯于向都尔范勒夫人的情人吐露我内心秘密的。

您得知道小伏朗基已经使一个人魂不守舍了，年轻的唐瑟米在迷恋着他。他和她一起唱过歌。她的确唱得动人，是修道院学生中少有的。他们要在一起排练很多二重唱的歌曲。我相信她愿意跟他一起合作。但是唐瑟米这个孩子在言情说爱中只会浪费时间,他将什么也做不好。这小姑娘又非常怯弱;不管怎么样,事情好不起来,会永远不如你搞得那么有趣。我因此情绪不佳,那骑士来的时候,我肯定会跟他吵架。我劝他放温和些,因为在这个时候,我与他分手没有费力气。我确信如果我现在明智地离开他,他一定会伤心至极,而世界上再没有什么能比爱的绝望更令我高兴了。他会管我叫没有良心的人。可没有良心这个说法总叫我听了高兴。除了阴险毒辣这个词以外,对女人来说,它是好听的了。要得到这个称号花的力气可以少一些。我要认真地着手实现这场破裂。不过起因还是您!所以这笔账要记在您的头上。再见啦,请您拜托院长夫人,让她在祷告时也为我祷告几句!

一七××年八月七日于巴黎

第六封信

德·范耳蒙子爵致德·梅尔提侯爵夫人

所有的女人都在不滥用她的影响!我常常把您称为我的宽容的朋友,可您也变得不宽容了,您竟无所顾忌地打击起我心爱的对象来了!您是以何等挖苦的笔法来描绘德·都尔范勒夫人呀!……任何一个男人都会冒生命危险来洗清这种血口喷人的侮辱?不是您,换一个女人的话,这种行为不是至少会给她带来一个污点吗?请您别再使我经受这样严峻的考验了。我不能确保我能承受这些考验。如果您要讥诽这位女人,请看在友谊的面上,待我占有了她以后再说吧!您难道还不明白,只有情欲得到了满足,爱情的绑绳才会松开。

我想说什么呢?她需要借助于假象吗?不,她本身就可以收到满城皆知的效果。您指责她穿着不讲究,这一点,我相信:一切化妆打扮只会有损她的美丽,任何形式的粉饰只会使她逊色。衣着简洁得体,随便,自然美才真正迷人。多亏近日来天气炎热,她穿一身普通的布衣,使我得以窥见了她那丰满的躯体轮廓。只有一层薄薄的细纱遮掩着她的乳房,我的隐秘而锐利的眼光早已捕捉住那诱人的的形状。您说她面无表情。当她不为所动的时候,它能流露些什么呢?是的,她没有我们那些卖弄风情的女人惯使的虚伪的眼光,那种眼光有时确实诱人,可总是确保我能承受。她不会用做作的笑容来掩饰语言的空虚;虽然她有一副世界上最漂亮的牙齿,她也只是感到好笑才笑。但我们要看到,在尽情玩乐中,她让我们看到的是多么天真、坦率,真是令人高兴!遇到一个不幸的人,她就急于给他救济,她的眼光显示出多么纯真的喜悦和充满同情的慈爱!我们特别注意到,当她听到半句一句赞美或者奉承的话时,她的天使般的脸庞上就会流露出一种出于谦逊的一种令人心动的窘态,这绝非故意装出的谦逊。她是一个有礼有节的虔诚的女子,您因此认为她冷漠,缺乏活力。我想的可完全两样。她能把她的感情推而及于她的丈夫,去始终如一地爱一个始终不在身边的人,这需要多么高尚的情操啊!您还能企求什么更强有力的证据呢?然而我却可以另外再补充一个。

在她散步时,我把她领到一个必须跳沟地方。虽然她很轻盈,但她还是十分胆小。您应该清楚,一个规矩女人是害怕跳沟的。她必须依靠我。我抱住这个羞怯的女人。我们的准备动作、我年老的姑妈费了很大劲力越过这条沟的样子使她开怀大笑。我一把把他拉了过来,用了一个巧妙地显得笨拙的动作,和她自然而然地紧紧地搂在一起。我把她的胸口紧紧贴住我的胸口:在这一瞬间,我感觉到她的心跳在加快。动人的红晕飞上了她的面颊。她又羞又怯的可爱的样子告诉我,她的心跳加速并不是因为害怕,而是由于爱。然而我姑妈也像您一样误会了,说道:"这孩子害怕了。"可是这孩子的可爱的坦率不允许她撒谎。她说出实话说:"哦,不,不是害怕。"她的这句话使我顿时、从这时起,甜蜜的希望替代了痛苦的不安。我会得到这位女人的;我将把她从辱没她的丈夫手中夺过来,我甚至敢于将她从她崇敬的上帝那里把她抢到我身边。我一会是她悔恨的缘由,一会又成为战胜她的悔恨的胜利者,这多么有趣啊!我根本不想去消除包围着她的各种偏见,它们倒会给我增添快乐和光荣!她有高尚的品德,可是她要为我做出一个她这样女人应该付出的。我要让她为自己的过去震惊不已,但不因此而止步;让她只有在我的怀抱中,才能忘却这种恐惧。到那个时候,我同意她对我说:"我崇拜你!"在所有的女性中,只有她够资格受这句赞扬。我将真正成为她更喜爱的上帝。

应当承认,我们通过那些冷静而简单有效的安排得来的所谓幸福,至多只能算是一种快乐。要不要让我来告诉您,我曾认为我的心灵已经成为一片荒漠,只知寻求感官的享受;我抱怨自己人未老,心先老?德·都尔范勒夫人使我重新体会到了美好的青春的幻觉。在她身边,我不靠性欲的满足也能感到幸福。我唯一忧虑的是这件事要费时间,因为我向来不敢冒冒失失行动。我想起我用过的笨拙的好办法,但这无补于事,我还是下不了决心在她身上同样实施。为了使我获得真正的幸福,她要自动地依靠于我。但这可不是很容易办到的事。

我肯定您会同意我的审慎。我还不曾说出爱情这个词,但是我们已经说到了信任和关心。为了尽可能不骗了,特别是为了防止她可能听到的各种坏话对她产生影响,我主动地用自我谴责似的口吻对她讲述了我的一些被大家熟知的勾当。你要是看了她那一本正经开导我的样子,准会发笑的。她说她要使我变好。她还料不到她这样做会使她付出多么大的代价。她远没有想到当她在为那些为我献身的不幸女人申辩(这是她用的原话)时,她已是在提前为她自己辩护。昨天,她在对我进行一次说教时,我突然有了这种念头,我忍不住好玩地打断她的话,对她说,她简直像个圣哲。再见了,我的非常美丽的朋友。您看,我还没有到无法抢救的地步。

对啦,那可怜的骑士没有因为绝望而自杀吧?说真的,您要比我坏上一百倍;假如我还是一个有自尊的人,我会为此而羞愧不已的。

一七××年八月九日于××城堡

第七封信

赛茜尔·伏朗基致莎菲·卡耳内

我绝口不提我的婚事,这是因为我一直没听人讲起过它。我已经习惯于不再去想它。我感到我现在活得很好。我目前在钻研声乐和竖琴。我觉得自从没有老师以来,我由衷地喜欢上他们;或者说得更确切些,我现在有了一位更好的老师了。我跟你说过的那位唐瑟米骑士先生(他在德·梅尔提夫人家里和我合唱过)真好,每天都来这个地方,并且接连几个小时和我一起唱歌。他好玩极了。他唱得像天使一样美。他写了不少优美的乐曲,同时也填了词。很可惜他是马耳他骑士团的骑士。我觉得如果他结婚,他的妻子肯定会幸福的……他有一种迷人的温柔。他好像从来不恭维别人,可是他讲的每一句话都让人高兴。他不断地在音乐和别的方面给我指出不足的地方。他在批评时显得十分关心人,态度十分和蔼,使人发自心底的谢意。甚至当他看你的时候,好像也是在对你说些令人愉快的话。另外,他又非常殷勤。比如昨天,他本来已经受到邀请,参加一个大型音乐会,但他还是情愿在我们家里和我一起共度时光。这使我很高兴,因为他不在时,就没有人和我交谈,我感到无聊;有他在,我们就可以在一起唱歌、聊天。他有很多话对我说。他和德·梅尔提夫人是我觉得最可爱的两个人。但是我们要再见了，我亲爱的朋友，我答应今天学会一首竖琴伴奏的小咏叹调。这个曲子很难伴奏，可我想信守诺言。现在我要开始练习了，一直练习到他来为止。

一七××年八月七日

第八封信

德·都尔范勒院长夫人致德·伏朗基夫人

夫人，无人会比我对您向我表露的这种信任更敏感，也无人会比我对伏朗基小姐的婚事更上心的了。我发自内心地祝她幸福，我深信这幸福她是应当享受到的，也坚信由于您的审慎，她是可以得到这幸福的。我不认识德·席耳库尔伯爵，但是，他既然被您荣幸地选为驸马，我想他一定差不了。夫人，我现在只是祝愿这件婚事和我自己的婚事一样美满！我的婚事也是您一手构造的，现在，我满心感激。但愿令爱的幸福将是上天对您给我的幸福而对您的一种回报，我的最好的朋友也将成为一位最幸运的母亲！

我确实感到伤心：不能当面向您致贺，也不能像我所想象的那样立即认识德·伏朗基小姐。我在接受了您像母亲一样的关怀之后，我也希望我能从她那里得到温柔如姐妹般的情谊。夫人，请您向她转达我的请求，我也当力求自己配得上她的情谊。

我计划在德·都尔范勒先生回来之前仍留在乡下。我要利用这段时光来与可敬的德·雷斯蒙德夫人在一起，从中获得乐趣和收益。这位夫人始终魅力四射：她的高龄并未使她失去什么，她的记忆力依然很好，她的快活的性情依然如往昔，她的身体是八十四岁高龄了，可她的精神像年轻的姊妹。

她的侄儿德·范耳蒙子爵——他为我们好意地花了几天时间，给我们安静的生活增添了快乐的气氛。我不认识他，我只知道他的名声。由于他的名声，我原来并不想结交他。但是现在我觉得他本人比他的好名声还要好。这里吹不到有害的社交界的旋风，所以他说话条条缕析，说起来滔滔不绝。他又以少有的真诚承认了自己的过错。他在和我的交谈中表现出巨大的相信态度。我很严肃地劝诫他。您是了解他的，您得承认这是一件非同一般的转变人的工作。但是我相信，虽然他已做出许诺，一星期的巴黎生活就会使他忘却我所有的劝诫。他在这里多生活一天，也就减少一天他已过惯了的。根据他的

生活方式来看，我认为他能做到什么事儿都不管，已是最好的了。他知道我在给您写信，便托我代表他向您致敬。请您表现出我所熟知的仁爱，接受我的敬意吧！并请您一定要相信我的真诚的感情！我以能成为您的真诚的仆人而感到荣幸。

一七××年八月九日

第九封信

德·伏朗基夫人致在××城堡的德·都尔范勒院长夫人

我的年轻漂亮的朋友，我相信，您对我的友谊，以及您对所有和我相关的事情的真切关心。我给您写这封回信并不是为了证明这一点；关于这一点，我希望我们已达成共同看法。可是我认为还有必要谈谈德·范耳蒙子爵。

我承认，我没想到您的信中会出现这个名字。说实话，您与他之间能有什么共同的地方呢？您不了解这个人，您能从哪里学会透视一个内心充满淫荡的灵魂呢？您竟对我说他的“少有的真诚”！是的，德·范耳蒙的真诚的确是十分稀少的。他的虚伪和危险性远超过他外表的可爱和诱人。从很小的时候开始，他每走一步路，每说一句话都有一定的计划，而他的计划充满狡诈和罪恶。我的朋友，您了解我，您知道我想修养性情，但宽恕并不是我最珍惜的德行。因此，如果德·范耳蒙被狂热的爱情所驱使，或者像无数别的青年人一样，由于年龄的关系做出了不检点的行为，我在指责他的品行的同时，同时深表惋惜。我默默期待着他能回心转意。那样，正直的人又会恢复对他的器重。但是德·范耳蒙不是这种人。他的行为是他的处世原则结的果。他清楚一个人可以做多少恶事而不影响名誉；为了做到凶狠残忍并且又无危险，他把女人当作了牺牲品。我不准备计算被他引诱过的女人有多少个，但有很多个女人被他搞得名誉扫地？您过着寂静的与世隔绝的生活，您听不到那些丑闻。我可以为您讲述几件，但这会使您心惊肉跳；您的和心灵一样清白的眼睛可能会被玷污。您既肯定范耳蒙对您不会有任何危险，也就不需要这些武器来保护自己。我要告诉您的一点是：所有受过他殷勤关心的女子，没有一个不对他心怀恨意的。例外的只有德·梅尔提侯爵夫人。唯有她顶住了他，抑制了他邪恶的念头。我承认她的这一行为使她在我的心目中变得很崇高。仅这一点就足以在所有的人眼里为她居寡初期被人们指责的一些率意的行为做了有意的辩白。

无论如何，我的美貌的朋友，年龄、经验，特别是友谊要我提醒您，社交界已开始觉察

到范耳蒙的蛛丝马迹了；如果人家知道了他曾以第三者身份在他姑妈和您之间生活了一段时间，就会有损于您的名誉，而这对一个女人将是生平最不幸的事。所以我劝您请他姑妈不要再留他。如果他坚持要召下来，我想您就应该毫不犹豫地向他让位。但他为何要呆在哪呢？他要留在乡间干什么呢？假设您派人跟踪他的话，我可以肯定，您会发现他是把那里作为一个较为适宜的庇护所，以便在附近进行罪恶的勾当。出了事再弥补是不可能的，我们还是尽量防患于未然吧！

再见了，我的美丽的朋友。我女儿的婚事要延期了。我们无时无刻不在期待着德·席西库尔伯爵回来。但他在信中说，他的部队调到科西嘉去了；因为还有战斗，他在冬季之前不能回来。这使我不大高兴；但却使我产生了希望：您能来参加婚礼。要是没有您的到来，我会很难受的。再见了，我是实实在在地、完完全全地属于您的。

请代我向德·雷斯蒙德夫人问好，我始终非常爱她，她是值得我这样爱的。

一七××年八月十一日

第十封信

德·梅尔提侯爵夫人致德·范耳蒙子爵

您还在生我的气吗，子爵？或者您已经死了，或者差不多好些了，只是为您的院长夫人才活着吗？这个使您恢复了青春幻觉的女人马上还会使您恢复青春可笑的偏见呢！瞧您已成了一个怯弱的奴隶；堕入情网也不过如此罢了。您有种特殊功能。您立身处事失去了原则性，一切全凭侥幸和任性。您忘记了爱情，只增强体质吗？您看我是在以子之矛攻子之盾，但我并不以此为荣；因为我知道您是没办法保护自己。您对我说，您要她自动委身。这无疑是必要的。她会像别的女人一样自动委身，但她可不是打心眼里愿意的。不过，为了使她最终自动委身，最卓有成效的办法是占有她的心灵。这实在是一种爱情的胡思乱想！我说爱情，是因为您堕入了情网。不这样跟您说，会歪曲了你内心的真实感受，掩饰了您的过错。痴情的情人啊！您告诉我过去占有过什么样的女人。她们难道都是被您强奸的吗？不管一个女子多么想多么迫切投入您的怀抱，她总得有个借口。对我们来说，有比屈服于暴力更方便的托词吗？对我而言，我承认，最能满足的要求的是一种猛烈而又得当的进攻，又一步接一步，又有条不紊。这样的进攻从不会使我们陷入进退维谷的境地，不会要我们来弥补自己的笨拙，相反，我们的笨拙正可以供我们好好利用；甚至在我们半推半就时还继续采取暴力形式的技巧应和我们喜欢的两种感情：自卫的光荣感和失败的快感。世上有这种本事的人比我们想象的要少得多。我承认，即使我没有被勾引上，我也是很喜欢这种本领的。有时候，我会自动委身，不过这只是算作一种奖励而已。这正像在古代的角斗场上由美女来颁发勇敢奖和技能奖一样。

但是您，您已经不是过去的您了。您现在的所做的一切似乎是惧怕成功。您是从何时起每天只走一小段路，而且是婉转曲折路的？朋友，一个人要到达目的地，就得骑驿马，走大道！但是先不说这件使我生气的事吧！使我特别生气的是它使我见不到。您至少得常常给我写写信，让我知道您目前的进展。您可知道，您忙于这滑稽的爱情已经一星期了。您把您的朋友都疏远了。

顺便要提的是，您正像那些按时派人去探听病友消息，却从来不要回音的人。您在您上封信的末尾问我骑士是不是死了。我不曾作过。而您也不再关心了。您难道忘了我的情人从生下那天起就是您的朋友？但是您放心，他不曾死；假如他死掉了，那也是由于乐极生悲所致。那可怜的骑士，他可真是温柔体贴！他确是为爱情而生的！灵巧透了！我给他搞得晕头涨脑的。说正经的，我看到我的爱情能给他幸福，也确确实实爱上他了。

就在我写信告诉您我要去断了我们的关系的那天，我使他成了幸福无比的人。当报告他来到的时候，我确是正在努力想办法使他失望。不知是出于一种任性，还是出于理智，他使我比以往任何时候都感到满意，但是我还是带着情绪接见了他。他希望我在招待客人之前，能和我共同度过一两小时，我对他说，我要出去；他问我去哪里，我拒绝告诉他，他还坚持问，我就刻薄地答道：“到没有您的地方去。”他一下子给弄愣了，这算他幸运。因为要是他当时说上一句什么话，那就必然引起一场大吵大闹，我预料中的分离就可以实现了。他的静默使我感到奇怪，我向他扫了一眼。我向你承诺，我这一眼没有什么别的意思，只为了看看他的脸色。我在他那迷人的脸蛋上又见到了那种深沉的、含情脉脉的悲哀。这种悲哀，您过去也承认是很难加以拒绝的。一样的原因产生了同样的效果，我再次被征服了。从那以后，我谨慎，不让他抓到我任何一个错误。我用比较柔和的态度对他说：“我有事要去办一下。这件事还跟您有关，不要问我。我在家里用晚餐，您那时再来吧！我会告诉您的。”他的话头多了起来，但是我不给他说话的机会。我对他说：“我时间很紧。赶快今天晚上再见。”他吻了一下我的手，就走了。

为了奖励他，也可能是为了奖励我自己，我立刻决定让他知晓我的小公馆，这是他没有想到的。我叫来了忠诚的维克托丽。我偏头痛发作了，便对所有的仆人说，我睡了。终于只剩下了我的心腹。她打扮成男仆，我打扮成侍女。然后她租来一辆出租马车，停在我花园的小门边，我们就出发了。来到爱情的宫殿，我换上一套最艳丽的紧身衣服。这是我自己设计的，穿着舒服，它把一切都遮住，又好像什么也没遮住一样。当您使您的院长夫人配得上穿这套衣服时，我答应为她也同样设计一套。

当这些都准备好之后，维克托丽还忙些别的事，我便坐下来看一章《莎菲》、一封爱洛伊丝的信和拉·封登的两则故事，预习一下我要用到的各种神情口吻。这时，我的骑士登门来了，始终是那么急不可待地样子。我的门房把他拒之门外，告诉他，我病了：这是头一个小节目。门房交给他一张条子；出于审慎的习惯，我不亲笔写条子。条子是维克托丽写的："九时整，在林荫大道咖啡馆前面。"他去了那里；一个他不认得的，或者至少是他以为不认识的小仆人通知他把他的车子打发走，然后跟他走。这一连串浪漫的计划使他的头脑发昏，而头脑发昏是有益的。他终于来到了，惊奇和爱情使他欢喜得不得了。为了让他恢复镇定，我带他在小树林里闲逛了一会，然后，我将他带回屋里。他先注意到两副摆放好的餐具，接着，一张铺好的床。我们走入那布置得富丽堂皇的小客厅。一半是出于周到的考虑，一半也是出于感情的因素，我用双臂搂住了他，双膝跪在他面前，对他说："我的朋友，为了让您感到太惊喜，我对您表现冷漠，还隐瞒了心迹，结果刺了您的心。我很感到内疚。请原谅我的过错。现在我要加倍地爱您来赎我的罪过。"您想得到这番充满感情的话会有何效果。他把我扶了起来。就在您我痛快地进行我们永恒的分手的那张土耳其式长沙发上，他也以同样的方式表现了对我的宽恕。

我们一起呆了六个小时。我要让他在这段时光里始终感到甜蜜，于是我就节制他的冲动，用殷勤来替代柔情蜜意。我认为我从来没有想尽一切办法使别人高兴，我也认为我从没有对自己觉得称心如意过。晚餐后，我一会儿孩子般稚气，一会儿又十分理智；一会儿淘气，一会儿又多情，有时轻凉、风流。我把他当作来到后宫的苏丹，自己则一会以这个呢姬，一会以那个爱妃自居。的确，他一次又一次向我表示敬意，然而接受他的敬意的，每次都有所不同。

最终，黎明到来了，是不得不分别的时候了。他在口头上、行动上都向我表明他不需要分手，但事实上这却是至关重要。当我们出来时，我掏出这座小公馆的钥匙，放到他手里，表示再见。我对他说："这把钥匙是由您一个人掌管，所以应该由您负责：神殿应该由祭司来主管。”我用这个手法来防止他产生别的其他想法,占有这样一座小公馆始终是让人起疑心的。我相当了解他,我能够肯定,除了为我,他是不会去占用这房子的。如果我头脑一热要和别人到那里,还可用一把备用的钥匙。他竭力要我定日子去他那里,但是我不想过快地搞垮他的身体,我还是很爱他的。只有和马上就要抛弃的人才可以在一起放纵地玩乐。他并不知道这一点;但是算他幸运,我是能为两个人着想的。

我发觉现在已经是清晨三时了。我本来想要写封短信,结果却洋洋洒洒写了一大篇。这是我们之间亲密的友谊在起作用,因为我最爱的人永远是您。但是说实话,骑士却更令人伤心。

一七××年八月十二日

第十一封信

德·都尔范勒院长夫人致德·伏朗基夫人

夫人,您的措辞强硬的信给我讲了很多令人畏惧的理由,可是幸运的是,我在这里看到的,更多的倒是使我心安的东西,否则,您的信会吓死我的。这个可怕的德·范耳蒙先生按常理该是所有妇女的灾星,可是他在进入这座城堡之前,似乎已经改恶从善了。他在这里非但没有安排,甚至也没有什么打算。连他的敌人也承认,他的风流倜傥的气质在这里几乎完完全全消气了。他成了一个老老实实的人。看来是乡间的新空气创造了这个奇迹。我可以向您肯定的是,他一直跟我在一起。他也看起来乐于这样做。他可从没有吐出过一个有关爱的字眼,一句所有男人都会说的话。他们还不像他那样有资格说这些话呢!今日,凡是自重的女人,为了防止周围男人们的过激行为,都不得不装出冷若冰霜的样子。可是和他在一起就没有这个必要。当他创造了轻松愉快的气氛时,他知道绝不该从中去占便宜。他或许过分喜欢歌颂功德,但他总是讲得那么巧妙、委婉,使得谦虚的人也听得顺耳。如果我有一个弟弟,我就希望他像我在这里所见到的德·范耳蒙先生。可能有很多女人还愿意他表现得更英俊潇洒些。我承认我很感激他,因为他能比较公正地对待我,不把我和她们混在一起。

这个形象跟您向我描绘的形象差别很大;可是,在特别的时期,它们都是实实在在的。他自己也承认他有过很多过错;人们无疑也给他胡乱在他头上扣了一些。我很少见过有男人能像他那样尊重正派妇女，甚至那么热情洋溢。从您告诉我的来看，在这一点上，他至少没有骗人。他与德·梅尔提夫人的交往就是一个很明显的例子。他跟我讲了很多关于她的事，话语中总带着赞美之词，神态中流露出爱慕之情。在收到您的信以前，我真以为他所谓的他们俩的友谊实际上就是爱情。我现在知道我这个轻率的判断错了。他不时有意识地加强我这种看法，更促成了我的错误。我承认，我把他的真诚、率直当种种策略来对待。我说不好；可是我总觉得一个人能和一位好些可亲可敬的女性如此长久地维持友谊，一定不会是一个不可救药的家伙。我也说不出，他在这里循规蹈矩的表现是不是正如您所设想的那样，出于某种事先的安排。这里是有几位很风流的妇女。但是除了早上以外他很少出去，而早上，他说他是去打猎。确实，他很少带野味回来；不过，他说他对打猎不在行。再者，他在外面干些什么，这与我没什么大关系。如果我想知道的话，那只是为了使我同意您的意见，或者为了使您接受我的看法再多弄一条理由罢了。

至于您建议我设法让他在这少待两天，我觉得要求他姑妈让他离去好像真的，因为她很喜欢他。不过，我答应您找个机会问她，或者向他本人提出这个要求，但这并不是因为有这个需要，而只是一种对您尊重的表示。至于我本人，我要在这里一直呆到德·都尔范勒先生回来。我是告诉了他这点。我轻率地变更会使他惊叹不已的。

夫人，这些说明简直太长了，不过我认为，为了尊重事实，我替德·范耳蒙先生作证是理所应当的，在您的面前，这似乎很有必要。您因为友谊而对我进行劝告，我还是铭刻在心的。您在谈到令爱的婚礼推迟时所说的感人的话，也是源于您对我的友谊，我衷心地感谢您。尽管和您共度这美好时光是我渴望得到的快乐，但如果令爱能早日获得幸福，我是死心塌地的愿意牺牲我这种快乐的。我也像她一样对您满怀着怜爱和崇敬之情，请您仁慈地接受我的这种允诺吧！

我是您的卑微的……

一七××年八月十三日于××城堡

第十二封信

赛茜尔·伏朗基给德·梅尔提侯爵夫人的短函

夫人，我母亲身体有点不舒服，不能外出。我得在家守护着她，因此我无缘陪您去歌剧院了。我十分悔恨的是不能要与您在一起，错过观剧并不重要的。你要相信我：我是多么地爱您！我要麻烦你转告唐瑟米骑士先生我没有他对我提过的那本集子，假如他明天能为我带来，那我会高兴万分的。如果他今天来，人家会对他说，因为妈妈不想接见任何人。我希望她明天可以好转起来。

我是您卑微的……

一七××年八月十三日

第十三封信

德·梅尔提侯爵夫人的回信

我亲爱的孩子，对于失去了一次一次和您相逢的机会及其原因，我都感到非常难过。我希望还会再有机会。我会完成您要我找唐瑟米骑士这个任务的。他知道您的母亲生病，必会很难过。假如明天您母亲愿意接待我，我就来陪伴她。我们可以和德·贝勒罗什骑士玩皮克牌。大家一起朝他进攻，赢他的钱。另外，我们还会有一种乐趣，那就是听您和您那可爱的老师一起唱歌。我可以来向他提出；这些当然要看您主要是您母亲觉得妥不妥当。至于我自己和我的两位骑士先生，我确保没有问题，再见了，我亲爱的孩子，代我向亲爱的德·伏朗基夫人致意。我热烈地亲吻你。

一七××年八月十三日

第十四封信

赛茜尔·伏朗基致莎菲·卡耳内

亲爱的莎菲，昨天，我没有给你写，但这不是因为我乐而忘形，我可以向你保证。妈妈病了。白天，我一直陪伴着他。晚上，我回房以后，心不在焉，魂不守舍。为了说服自己这一天已经结束，我很快就睡了。我从来没有经历过如此漫长的一天。我真的爱妈妈，但是我有点搞不清，总觉得应该和德·梅尔提夫人去歌剧院的；唐瑟米骑士也该去的。你知道，这是我最喜欢的两个人。当我该去那里的时间来到时，我不由自主地感到特别难耐。我对什么都感到厌烦，我哭呀，哭呀，简直无法控制自己。幸亏妈妈早已熟睡，她没有看到。我敢断定唐瑟米骑士一定也不会高兴，但是他可以通过观剧和左顾右盼来散心，我就不同了。

幸好妈妈今天身体开始见好。德·梅尔提夫人将和另外一个人以及唐瑟米骑士一起到来。但是夫人总是姗姗来迟。长时间这样一个人独处最没意思。现在还只十一点。不过我得练一会竖琴，梳妆也要花一些时间，因为今天我要梳一个很漂亮的头。我现在体会到佩尔佩蒂嬷嬷说得有道理，一个人一进入社交界就变得爱打扮自己。我从来没有像这几天这么爱俏皮。我现在觉得自己并不像我过去认为的那样美丽，而且和浓妆艳抹的女人们在一起，我差得很多。譬如，德·梅尔提夫人，我看得出，所有的男人都认为她比我漂亮。这并没有使我感到难受，因为她很爱我，而且她肯定唐瑟米骑士觉得我比她漂亮。她能这样对我说，说明她是正直的，而且她说这话显得非常高兴！说实话，我没有想到她能说这样的话。那是因为她太爱我和他了！……啊！这使我实在高兴坏了！因此，我觉得我只要望望他就会变得更漂亮些。如果我不怕和他的眼神相碰的话，我会始终紧盯着他；可是每次同他一接触，我都感到很害羞，甚至不好受；而实际上，这并没什么。

再见了，我亲爱的朋友，我要开始梳妆了。我像过去一样爱你。

一七××年八月十四日于巴黎

第十五封信

德·范耳蒙子爵致德·梅尔提侯爵夫人

您没有把我弃于可怜的处境之中是很厚道的。由于过度的平静和单调乏味，这里的生活实无法忍受。看您在信中把您那迷人的一天描写得马上那么淋漓尽致，我真恨不得找一件事做借口，飞奔到您的跟前，跪下来求您跟我好爱我，让您那骑士受点委曲，他实在没有权享受目前的幸福。您使我嫉妒起他来了，您明白吗？您为什么要对我讲什么永久的分离？我要取消在迷糊时发出的这个誓言。早知必须遵守它，我们是不会发这种誓的。骑士的幸运身不由己地引起了我的愧恼。有一天，我要在您的怀抱中对他进行复仇。我承认，当我想到这个人，也不费吹灰之力，只是茫然遵循心灵的本能，就将我一直

企盼得到的幸福弄到了,我就大为愤怒。哼!我要破坏他的幸福……请允许我为之。您呢?您难道不感到羞辱?您费尽心机来骗他,而他却比您更走运。您以为您束缚住了他!实际上,倒是您落入了他的圈套。他静静地酣睡,您却为了让他满足而熬夜。他的奴隶也不会干的比您多!

听着,我的美丽朋友,只要有几个人在分享您的感情,我根本不会嫉妒:我把您的情人们看作亚历山大的继承人,他们几个人一起也不可能维持我过去一人掌管的帝国。但是您现在完完全全委身于他们当中的某一人!现在有一个人跟我一样幸福了!这我忍受不了。您别以为我会忍受这一切。要么您与我重修旧好,要么至少您再找一人;不要以这种排他性的偏爱来伤害我们曾经发誓维护的圣洁友谊吧!

我要诉的爱情之苦够多了。您瞧,我已倾向于您的想法,并坦白自己的错误。如果爱情就是不能占有就去死的话,为达到这个目的不惜牺牲时间、快乐和生命,那我确实已堕入情网。我在这方面毫无进展可说。我可以说没有一点情况可以奉告。只有一件事在外;对此事我大伤脑筋,我不知道应该为它高兴还是恐惧。

您是知道我的仆人的,他聪明机智,是个地地道道的喜剧性的跟班。您可以猜得到,我给他的指示,就是去博得那个侍女的芳心,去和仆人们喝酒作乐。这家伙比我走运,他已经赢了。他刚刚探听到德·都尔范勒夫人派了一个仆人在打听我的行动,并且尽可能在我早晨出门时暗中跟踪我。这个女人到底想要做什么?这样一个娴雅女子竟会冒险地干一些连我们几乎都不轻易出手的事!我敢断言……可是且别忙着破坏这女人的诡计,先来个将计就计吧!一直到现在为止,我的外出不像她猜想的那样,出于什么特殊的目的。不过,现在倒应该赋予它一个目的了。这事值得我深思熟虑。我得与您告别去慎重思索了。再见吧,我漂亮的朋友。

一七××年八月十五日于××城堡

第十六封信

赛茜尔·伏朗基致莎菲·卡耳内

啊,我的莎菲,消息太多了!我可能不应该告诉你,但是我必须找一个说说;我控制不了自己。这位唐瑟米骑士……我现在心里乱极了,简直没法写信!我不知从何谈起。

自从我对你讲述了我在妈妈房间里和他及德·梅尔提夫人一起度过了那个美好的夜晚以后,我没有跟您再提过她。这是因为我不愿意再对任何人说他;可是我总在想念他。他从那时起变得忧郁了,忧郁极了,我见了心里十分难受。可是当我问他为什么忧郁的时候,他什么也不对我说。不过我看得很清楚,他是有心事的。昨天,他比以往更颓废。但他还是打起您如此珍贵的品质无限地增加价值的感人的单纯,这难道是罪过?当然不是。但是一个人即使清清白白也会是不幸的;如果您拒绝接受我的心意,那就是上天命定如此了。这是我有生以来第一次动心,如果没有您,安宁就远离了我,我的幸福就无处寻找。然而您却对我的忧郁惊奇不已。您问我究竟为什么。而有时候,我甚至好像看到您也在为此痛苦。啊!只要您说句话,您能亲手编造我的幸福。但是,请您先考虑一下,一句话同样也能使我坠入不幸的深渊。我把我交给了您!由于您,我将终身幸福,或者一辈子凄苦不堪。我还能把如此重大的事交给哪一个更可爱的人呢?

在这封信要结束时,我也要恳求您对我宽容,正像在信的开始时一样。我在前面请求您听我讲过;现在,我更进一步请求您给我答复。您不同意的话,我会觉得您是认为受到了冲撞。然而我从心底里感到我对您的敬意和我对佻的爱一样的。

您也可以用同样的方式给我回信。我觉得这方法既安全又方便。

一七××年八月十八日

第十七封信

赛茜尔·伏朗基致莎菲·卡耳内

怎么,莎菲,在我没干之前,你就先指责起来了!我已经够坐立不安的,你还给我火上加油。你认为,很明显,我不应该写回信。你这是说风凉话;况且,你并不知道准确的情况。我可以肯定,如果站在我的立场上,你也会像我一样行事的。当然,原则上是不应该回信。我在昨天给你的信中说得再明白不过了,我不想回信。但是我认为几乎没人遇到过我现在这种处境。

而且还必须由我自己做出选择!我指望昨天晚上见到德·梅尔提夫人,但她没有来。一切都像在和我作对。我就是通过她才结识他的。我看到他时,我跟他讲话时,她总是站在一边。我倒并不是抱怨她,但她确是在困窘中丢下了我。我真可怜啊!

您可以设想一下，昨天他像以前一样又来了。我心烦意乱，不敢抬头瞧他。因为妈妈在，他不便与我说话。我料到他在生气是因为我没给他回信。我真不知该怎么办。过了片刻，他要求替我去拿竖琴。我的心怦怦直跳。我只能勉强回答他一声“好”。他回来的时候，情况更糟糕。我只瞥了他一眼。他没有看我，但是他的脸色特别难看。我感到很难受。他开始给竖琴调音。把琴递给我时，他对我说：“啊！小姐！……”他只说了这几个字，但是他的声调凄婉，我听了难受极了。我开始试弹，却不知道自己在干什么。妈妈问我们是否唱歌。他借口不舒服没有答应。我没有借口可找，没办法不唱。我真希望嗓子哑了。我故意选一首不会的歌曲，因为我明白，我哪一首也唱不成。幸亏有客人来了。我一听见有四轮马车来的声音，就不唱了，请他把竖琴放回去。我很怕他借机会一走了之，可是他回来了。

当妈妈和来访的夫人在一起交谈的时候，我想再看他一下。他和我四目相对，我无法逃避。片刻，我看到他的泪水忽忽的涌了出来；为了不让人看到，他不得不转过身去。这下，我再也支持不住了，我感到我也要哭了。我走了出去，立刻用铅笔在一片废纸上写道：“我请您不要如此痛苦，我答应给您回信。”你肯定不能说这有什么不好的地方；而且我是实在控制不了，没有法子。我把这条子放在琴弦中，就像他的信一样。我又回到了客厅。我觉得心里踏实了一些。我焦急地等待这位夫人早点走，幸而她是来拜访的，不久就告辞了。她一走，我就说，我想继续学琴，请他去把竖琴取来。从他的神情中，我看得出他根本没有发现到什么。但是在回来的时候，啊，瞧他那高兴劲儿！他把竖琴放在我面前，特地坐在妈妈看不见的位置，握住我的手……紧紧地捏着！……这只不过是短暂的一瞬间，但是我没法向你说清楚这给了我多么大的快乐。然而，我还是把手缩了回来。因此，我没有什么要自责的。

现在，我的好朋友，你瞧，我只得给他写信了，我已经答应了他。并且，我不能再让他痛苦了，因为我感到自己比他更难受。如果是为了不好目的，我是肯定不会做的。真的，写信又有什么不利之处呢？特别是为了使一个人免除痛苦。我担心的是我写不好信；不过他会不会认为这是我的过错。再者，我一点也不怀疑，只要是我写的，就会令他高兴的。

再见了，我亲爱的朋友。如果我做得不对，就直说好了，不过，我并不相信。随着给他写信的时间的临近，我的心狂跳个不停。可我既然已经答应了，只好写了，再见了。

一七××年八月二十日

第十八封信

赛茜尔·伏朗基致唐瑟米骑士

先生，昨天，您那么忧郁，使我感到痛苦不已，所以我答应写回信给您。可是今天，我还是觉得我不该写。但是已经答应了，我就不想反悔。这足以证明我对您是友善的。现在，您已经了解了这一点，我希望您不要再要求我写信。我也希望您不要对别人讲，我曾经给您写过信；否则我一定会受到指责，并且会很不快乐。我特别希望您本人不至于对我产生不好的看法。这会比任何其他事情更引起我的痛苦。我可以向您确保，除了对您，对别的任何人，我都不会这样做。我殷切地期望您再也不像昨天那样忧郁，因为您忧郁，我见到您也不愉快。您看，先生，我是很真诚的。但愿我们的友谊能始终维持下去；但是，我请您别再写信给我。

我是您的卑微的……

一七××年八月二十一日于巴黎

第十九封信

德·梅尔提侯爵夫人致德·范耳蒙子爵

啊，您这个无赖，为了怕我嘲讽您，您对我极尽拍马之能事。好吧，我宽恕您。您让您的院长夫人把您管得老老实实的，但看您在信中写了很多无理的话，我也只好原谅您了。我不相信我的骑士会跟我一样拥有博大的胸怀，他是不会赞成我们续订契约，也不会觉得您的荒唐想法有什么有趣的地方。可是，我还是开怀大笑很长时间。不过只一个人笑，实在是不畅快。如果您在此处，我会乐不可支的。但是我及时进行了思考。我决定依照严厉的方针。我并不是永远地拒绝；我只是推迟，我有这样做的道理和理由。我将来也许会因此而感到骄傲，一旦着手做起来了，就不知道结果会怎样。我会重新把您控制住，使您把院长夫人忘掉。如果我这个没有德行的女人要使您鄙弃德行的话，您就等着瞧吧！为了避免这种危险，现列条件如下。

您一旦占有了您那位漂亮的、虔诚的信徒,可以向我提供这方面的证据时,我就属于您了。但是您要明白,对于重大的事件,才能获得承认书面的证据。由于这样的安排一方面,就不算做一种安慰,而成为一种奖赏了(想到这点,使我尤为高兴),而另一方面,由于您的成功本身成了不忠实的体现,这就更刺激了。来吧!越快越好,来向我出示您的胜利的明证!正像我们勇敢的骑士胜利回来,把他们辉煌的战利品置放在贵妇人的脚跟前一样。绝对是真的,我渴望知道一个一本正经的女人在这种事情以后能够写些什么,在揭去了遮羞布以后,她将为她的行为蒙上什么遮羞布呢?我索价是否太高,一切得由你来选择。但是我告诉您,这是不能讨价还价的。在那个时刻来到之前,我亲爱的子爵,您应该允许我忠于我的骑士,我要竭尽全力使他欢乐,虽然这会使您稍感不快。

如果我的迷恋差一些,我相信他在这段时日里会有个可怕的敌手,那就是小伏朗基。我迷恋上了这个孩子,这是真正的爱情。要么是我看得不够长远,要么她会成为我们女人中最时髦的一个。我发现她含苞待放这真是令人高兴的事。她已经疯狂地爱上了她的唐瑟米,但她还无从知晓。至于唐瑟米,虽然已经是一片痴情,但他这个年龄的人是有点害羞、胆小,他还不敢过于向她吐露心里的感情。他们俩都很崇拜我。特别是那女孩子,她很想倾诉他心底的秘密。最近几天来,我尤其看到她有些闷得慌。我只要略微指点她一下,就能给他很大帮助。但是我没有忘记她还是个孩子,我不愿为其所累。唐瑟米对我讲得比较清楚,不过,对于他,我已下定了决心,我不想理他。至于那个女孩子,我多次想收她作学生,我很想替席耳库尔效这个劳。来应付因为他在科西嘉岛会住到十月份。我打算利用一下这段时间,让我们给他提供一个各方面准备全面的女子,而不是一个一无所知的修道院学生。一个女人被男人欺侮之后,没有报仇雪耻,而那男人竟敢安安稳稳睡大觉,这种高枕无忧的态度到底意味着什么样的挑衅呢?如果那个女孩子在我身边,我一定跟他讲心里话。

再见了,子爵。祝您晚安,也祝您成功。为了上帝,加快您的步伐吧!您该想到,如果您不能占有那个女人,所有其他的女人都会因为占有过您而感到脸红。

一七××年八月十九日于巴黎

第二十封信

德·范耳蒙子爵致德·梅尔提侯爵夫人

我的美丽的朋友，我终于向前迈出了一步，而且是一大跨步；如果说我还不曾因此而达到目的，起码我明白走对了路，不用为迷途而担忧了。我终于吐露了爱情；虽然对方固执地沉默不语，但我还是得到了也许是最清晰、最令人感到鼓舞的答复。但是别忙于去想未来怎么样，还是先从头述起吧！

我告诉过您，有人在监视我在干什么。是的，我要使这种令人发指的做法变成让大家受到道德教育的手段。我叫心腹替我在附近抢了一个需要帮助的穷人。这件事不难办成。昨天下午，他来向我报告，有一户人家付不出人头税，法院今天上午要扣押他们的所有动产。我还弄清了一点，这家人没有一个年龄相当、容貌可人的妇女或姑娘，不然人们会对我的动机产生怀疑。一切了解清楚以后，我在晚餐席上公布了第二天去狩猎的计划。在这里，我应该替我的院长夫人讲句公平话：她显然对她过去发的命令感到深深不安。可她没能克制自己的好奇心。她使我扫兴的能力是有的：明天天气酷热，我可能会病倒，会一无所获，白费力气。在与她对话时，我从她那双也许过于善于表达思想的眼睛中相当明了地觉察到，她是希望我心服口服接受她这些拙劣理由的。我是绝对不会让他得逞的，这您可以想得到；而且我顶住了大家对于狩猎和猎人的小规模的攻击，以及整个晚上给她的美丽的面庞罩上阴影的糟透了的情绪。我一度担心她会取消命令；她的关注反会搞砸了我的事。我对于女性的好奇心还是估计不足，我的担心是多余的。我的跟班当夜就安了我的心。我心满意足地睡了。

天刚蒙蒙亮，我就起床动身了。离开城堡还不到五十步，我就发现那个狗子跟在我后面。我开始打猎。我穿越田野，朝着目的地进发。一路上，我只是要弄这个盯梢者，让他跟在我屁股后面跑。他不敢横穿田野，只是循着小路奔跑，所以他的路程是我的三倍。竭尽全力，我自己也大汗淋漓，于是我坐在一棵树下休息。那家伙跑到离我只有二十来步远的小灌木丛后面坐了下来。我当时真想给他一枪。虽然枪里上的是小铅弹，教训他足够了，让他认识一下好奇的危险性。算他走运，我想到还用得着他，就放过了他。

我最后来到村庄里。看见了喧闹的人群。我朝前走去，向人打听了事情的缘由。我

叫来收税员，凭着恻隐之心，慷慨地付了五十六个法郎。因为交不起这笔钱，一家五口险些陷于饥寒交迫的绝境。你永远无法想象，一个这么简单的举动，竟获得了一片响亮的祝福声！一家之主是个长者，感激得热泪盈眶，脸上重新焕发了光彩，而在不久之前，可怕的绝望却使这位长者的面容变得十分丑陋！我正注视这幅景象时，一个比较年轻的农民领着一个女的和两个孩子快步向我走来，一面对他们说："跪下吧！他就是主的化身！"一下子，一家人都跪在我的周围。我不能否认我的眼睛被泪水湿润了，但我心中由衷地产生了一种美好的感觉。我真以为做好事是有其乐趣的。所谓有德行的人归根结底并不像人家说的那么了不起。不管怎么说，我觉得，他们带给我乐趣，我给他们一些钱是情理之中的事。我取出十个金路易给他们。于是他们又开始道谢。但是这次没有上次那样感人肺腑。雪中送炭能产生强大的、真正的效果，非必要的馈赠只能引起一般性的感谢和惊讶地表示而已。

这时，在这家人一声接连一声祝福声中，我倒像演戏时剧中的主人公在戏快要完了时的地位一样。您得知道，那个忠实的密探自然在这群人中，我的目的既已达到，就挤出人群回城堡。总的估算了一下，我对自己的这种发明创造感到满意。这个女人是完全值十个金路易的，先付给她，以后，就有机会随心所欲支配她。

我忘了告诉您，为了利用一切可利用的条件，我曾经请这些善良的人们为我的计划成功而祈祷。您看，他们的祷告是不是已经部分地见效了。不行，要吃晚饭了。如果我不在用膳前将信封好发出，就会太晚。别的话，下次再谈吧！我感到遗憾，因为后面还有更精彩的！再见了，我的漂亮的朋友。您占了一部分我本来可以用来见她的宝贵时间。

一七××年八月十八日于××城堡

第二十一 封信

德·都尔范勒院长夫人致德·伏朗基夫人

夫人，您一定会很愿意知道德·范耳蒙先生的一件好事。在我看来，这件行为，与别人向您描述的那些行为成了鲜明的对比。不论对什么人抱不公正的看法都是非常令人难以忍受！一个人身上有各种良好的品德，本来足以启迪大家崇尚德行，我们却只把目光盯在他邪恶的一面，这是非常可悲的事！您是以宽大为怀而著称的人，向您说出情况，使您改变先前的偏激看法，您会高兴我这样做的。我觉得德·范耳蒙先生完全有权利从您这里得到这种恩典。我甚至想说可以得到这种公正的待遇。我现在就说一说我这个念头的理由。

今天早上，他出去走动。这种活动可能使人猜疑他在附近有什么猎奇的打算。你可能有；我也轻率地接受了这样的想法。我现在为此而深深地责备自己。还好，他和我们都很幸运，尤其是我们，因为我们可以不冤枉了好人了。我的一个仆人正好是同他一个方向；这一来，我得到了好奇心上的满足。我这是应该受到指责的好奇心，却也起了好的作用。他回来告诉我们，德·范耳蒙先生在××村看到一户不幸的人家，这家人因为无力交纳税款，即将被人变卖他们的家具。德·范耳蒙先生看到此事就立刻偿还了这家穷人的债务，而且还留给了他们一大笔数量不菲的生活费。我的仆人是德·范耳蒙先生做这件好事的见证人。他还告诉我，农民们说前一天，有一个人，曾去村里调查过他们中哪些人需要救济。据他们的描述，我的仆人认为他是德·范耳蒙先生的人。如果真是这样，那这件事就不仅仅是一种在偶然中做出的同情了：做这些好事是有计划的，这是乐善好施的表现，这是发自心灵的德行。不管是不是有意，这总是一次值得称颂的行善。说起这件事，我热泪盈眶。为了公正起见，我还要进行补充一下：对于此事他和我只字未提；当我跟他谈起时，他先是矢口否认，后来不得不承认了。他似乎觉得这是无关紧要的事。他的谦虚使这件好事增加了一倍价值。

我尊敬的朋友，现在，请告诉我，德·范耳蒙先生是否确是浪子不回头呢？如果他真是那样，那么善良的人们对他的行善要做何解释呢？怎么！难道恶人也会同好人一样领略到神圣的行善的乐趣吗？上帝难道会允许一个善良的家庭从一个恶棍的手里得到救济，并为此让他们来感谢自己吗？上帝会乐于从正派人口中听到对被他弃绝的人的祝福吗？不！我相信他的错误不是永久性的。我不敢想象行善的人是道德的敌人。德·范耳蒙先生也许只不过是一个对交友危险论提供例证的人。现在我很乐于持有这样的看法。它既可以在您的心目中为他刷新可恶的名声；又能使您我之间与日共存的深厚友谊更加难能可贵。

我是您的卑微的……

又及：德·雷斯蒙德夫人和我，将要前去看望那家不幸而善良的人，并在德·范耳蒙先生之后，尽可能地向他们提供一些略有些晚的帮助。我们将带他一起去。我们至少可以让他们再一次愉快地见到他们的恩人。我相信，这是他留给我们做的唯一的事情。

一七××年八月八日于××城堡

第二十二封信

德·范耳蒙子爵致德·梅尔提侯爵夫人

我上回谈到我回到城堡,现在我接着谈下去。

我只草草梳洗了一下,就到客厅去了。本堂神父正在为我年老的姑妈读报。我的美人则正在做绒绣。我坐在绷架旁边。她的眼光比以往任何时候更温和,几乎露出了亲热的神情。我立刻意识到那仆人已经汇报了那件事情。不出所料,我那可爱的好奇者再也保不住她从我这里窃取去的秘密;她忍不住打断一位可尊敬的神父正在进行说教。"我有个新闻要忍不住。"她说。接着,她就把那件事叙述了一遍;叙述的准确性足可称之为历史学家。您想象得到,我那时充分表现了我的谦逊。但是当一个女人在毫无感觉地赞美她心爱的一切时,又怎么能够制止她呢?没有办法我只得让她说下去。她的述说就像是在颂扬一位圣人。在这段时间里,我抱着希望注意着一切爱情显示出来的东西:她明显音变的充满活力的眼光,她的不再拘谨的动作;尤其是她的声调,泄露了她的内心情感。她刚说完,德·雷斯蒙德夫人就对我说:"过来,我的侄儿,让我拥抱您。"我立刻感觉到再拥抱了姑妈以后,就可以去拥抱那美丽的布道士,我认为她是逃避不开的。她想推却,但还是投入了我的怀中。不要说她力量抗拒,就是连起码的支持力量也小的很。我仔细地注视,觉得她很美。在这之后她急急忙忙回到她的绷架旁。在其他人看来,她似乎又像先前那样开始做绒绣;但是她的手抖动的,无法继续干活。

午膳以后,夫人们要去看望那些受过我救助的穷人,我陪她们前往。我就不给您多说那第二次感谢和赞颂的场面了。做着甜蜜的想象,我便促她们早些回城堡。路上,漂亮的院长夫人显得格外的心事重重,一言不发。我为了要把当天发生的那件事加以充分利用,我一直也保持缄默。一直在说话的德·雷斯蒙德夫人,她只能从我们这里得到几声简短的回答,这使她感到不快。我这计划成功了,这使得她下车后,她径直回房去了,撇下我的美人和我。客厅里,幽暗的光线给我们的羞怯的爱情壮了胆。

可爱的布道士出于热诚而一直在我的引导下谈话。她温柔地望着我,对我说:"你这样一位善于做好事的人,为什么不过检点的生活呢?"我回答她说:"我不配承受这个称赞,也不该承担这个指责。我不能设想像您这样聪明的人竟然还不能理解我。纵使会使您对我产生不好的看法但我还是不能不和你交心地谈，因为我信任您。我不幸有一种随遇而安的性格，您可以在我的性格中找到我的行为的答案。一些道德败坏的人一直包围着我，我的性格使我仿效起他们的邪恶来，而且我有很强的自尊心，所以我尽可能地超过了他们。同样，在这里，我受到了你们的美德的熏陶，虽然我并不希望能赶上您，我至少想跟你紧一些。暖，我这个行为得到你自己称赞，这使我很高兴，但如果您知道了它背后的原因，你可能失去对这事的原有看法。"（您看，我的漂亮的朋友，我几乎说出来了真情！）我接下去又说："那些得到我的帮助的不幸的人，应该感谢你。您所认为的这件高尚的事，其实我只是为了取悦于我所崇拜的偶像。（这里，她想打断我的话，但是我不给她时间。）即使现在，我这个秘密泄露了出来，也只是由于我意志薄弱。原来不想告诉你，只想暗自对您的美德和您的美貌献上我的纯洁的敬意。我只将其当作我的幸福。但我这人不会扯谎，对于坦率的你，我就做不到对您隐瞒什么了。我不必用这类罪恶责备自己。请不要以为我有亵渎您的罪恶的欲望。这我知道，我注定会不幸，但是我会珍惜对我有益的痛苦。这将是我的爱情超于度而达到了质的证明。我将在您的膝前，在您的怀中，寄存我的永恒的痛苦，并将从那里摄取力量来忍受新的痛苦。我将在那里获得仁慈的同情。我会感到安慰，由于你同情我。哦，我爱您！请听我说！您怜悯我吧！您救救我吧！"这样说的时候，我跪在她跟前，握住了她的双手。但是她猛地抽回了手，交叉起来，蒙住眼睛，露出绝望的表情。她喊了一声："我真不幸啊！"泪如雨下。我激动地涌出了泪水。我重新握住她的双手，将我的泪水洒在她的手上。这么做是很必要的，如果我不通过这个方式来告诉她，那么在痛苦中的她就意识不到我的痛苦。我还得到了另外的好处，就是可以使我从容地端详她那的迷人的面孔：她的泪水充满了魅力使这张脸变得更美了。我的头脑发热了。我有些克制不住自己想充分利用这个机会。

环境气氛的作用也真厉害！我差一点毁掉了自己的计划。满足于一时的胜利，差点使我永远领略不到长期战斗的动人心弦之处，也差点观察不到对方痛苦败北时的细节详情。由于年轻人，我险些儿功亏一篑，捞到的顶多是无聊地多占有一个女人的便宜。啊！在她投降前我得先和她进行一番战斗！她虽然没有取胜的力量，至少得让她慢慢体会她的软弱，并且承认她的失败。但还有反抗之力的，真正的猎人不会去伏击一头撞上来的鹿，他要把鹿追逐得走投无路才肯罢休。这个计划很了不起，是吗？我现在可能会因为没有执行它而遗憾，如果机遇不曾来成就我的话。

我们听见有人来客厅了。德·都尔范勒夫人一惊，慌忙站起来，拿起一座烛台走了出去。当时我无法阻止她。我弄清楚来的是个仆人后，就去追她。出于一种模糊的恐惧感，她听到了我的脚步声就加快步子，冲进了她的房间，关上了门。我走过去；并没有敲门，以为她提供一个过于容易的抵御的机会。我想出了一个简单易行的好办法：从钥匙孔中张望。我看到这个可爱的女人泪流满面，跪在地上虔诚地祈祷，她是在祈求哪位神明保佑她呢？有哪位神明又能有足够的力量来阻止爱情呢？现在她想寻求外来的帮助显然是徒劳的。她的命运主宰者是我。

我认为一天做这些已经足够了，于是回到房间，给您写信。我本想晚餐时会见到她；但是她差遣人来，说她身体有些不舒服已经睡觉了，已经上床了。德·雷斯蒙德夫人想上楼探望她；但是狡黠的病人推托头痛，谁也不想见。您可以想象得出来，晚饭后，由于没有看到她，我也头痛了。回到房间，我写了封长信来抱怨她的这种表现。写完，我就睡了，打算今天把信交给她。您从写这封信的时间可以看出来我睡的并不好。我起身重读了那封信。我发现了其中有些不够谨慎，表现出的热情多于爱情，激情多于忧伤。信必须重写。我应该更沉着冷静。

我看到了曙光，我希望清晨的凉爽不会影响我的睡意。我还要上床再睡。我答应你不管这个女人有多大的魅力，我都不会把她看得太重；我要花更多的时间来想您。再见了，我的漂亮的朋友。

一七××年八月十九日清晨三时于××城堡

第二十三封信

德·范耳蒙子爵致德·都尔范勒夫人

啊，夫人，请用怜悯来抚慰一下我的不安的心吧！请告诉我，对什么我应抱有希望，或是对什么我应感到恐惧。处在不知是无限幸福还是无限不幸之间的人，心无定位真是一种无比残酷的折磨。我为什么要跟您说话？我怎么也不能抵住向您倾诉衷情这种强烈的愿望。满足于无声爱慕，我至少可以享受我的爱情；这种不受您的痛苦形象所干扰的纯洁感情足以使我感到无上的快乐。但是在您流下了滚滚的眼泪，听到了那句不忍耳闻的“我这不幸的人啊！”之后，这个幸福的源泉因此成了绝望的死水了。夫人，这句话将长期在我的心中回响。最甜蜜的感情竟引起您的恐惧，这对于我是何等的不幸！您为什么要畏惧？啊！您难道害怕与我分享这种感情吗？您的心里没有爱情。我过去对它了解不深。尽管经常被您诽谤我的心，却是富有情感的。您真是个冷酷的家伙，不然，您不会眼看着那个不幸的人向您诉说他的痛苦而一言不发；您不会在他只有看到您才感到快乐的时候避而不见；您也不会如此残忍地作弄，一面差人通知说您病了，一面却又不允许爱你的人去探望，使他焦虑不安。您应该感觉到，夜晚对您来说是十二个小时的安息，面对他却意味着没有边际的痛苦。

告诉我，我为什么该经受如此严酷的考验？我想由您来判断：我究竟做了些什么事？我只不过顺从了一种不由自主的感情。这种感情是由在美的启示和德行的感召下产生的，这是始终为一种尊敬心理所控制的。就算坦率的吐露它也是无可非议的，是出于信任，而不是出于某种目的。您难道要辜负这种情感吗？您好像曾经对这种信任有所接受的表示，所以我就全部地表现了出来。不，我不能相信您会辜负它。如果是这样那么就证明您有过错。而一想到您有过错，我就受不了，我就无法对你指责。这些话我可以写下来，但是我不能想。啊！让我相信您是完美无缺的吧！这是现在我能得到的唯一的乐趣。您就对我表示热忱的关心以证明您的完美无缺吧！哪一个您救援的不幸者又像我这么需要你的救援呢？不要把我抛在半途中而不顾吧！既然您夺走了我的理智，就请把您的理智借与我使用。在惩罚我以后，您要开导我，来完成您的工作。

我不想欺骗您，您是不可能拦阻我的爱情的，但是您可以告诉我如何去控制它。您可以为我的行为指向，对我的言谈规范。这样，您至少可以使我避免再去触犯您。首先请您为我消除惶恐不安吧！我希望你能说，您原谅了我，您怜悯我。请您保证会对我宽容。当然你可能不会像我所希望的那样宽容；但是我仍要求您给予我以宽容。您不会拒绝吧？

再见了，夫人，希望您能和蔼地接受我的这份感情，这无损于我对您的崇敬之情。

一七××年八月十九日

第二十四封信

德·范耳蒙子爵致德·梅尔提侯爵夫人

以下是昨天的简报：

十一时，我到了德·雷斯蒙德夫人的房间。她带我去看了看那佯病的女人。她还睡

着，从她黑黑的眼圈，她和我一样没有睡好。我在德·雷斯蒙德夫人走开的一瞬，交给她我的信。她拒绝接受，我就把信放在床上。我十分礼貌地把我老姑妈的坐椅移近一些，因为她想挨近她的“亲爱的孩子”。为了避免闹出事来，我只好将信收起来。那女病人一时失算，说她身体感到有些热。德·雷斯蒙德夫人就请我为她诊脉，大大吹嘘了一通我的医术。我的美人于是产生了双重忧虑：一方面她不得不把手臂交给我，另一方面又怕她的伪装让我揭穿。我抓住她的手抚摸她的细嫩丰满的手臂。狡黠的女人默不出声，于是我在松手的时候，说：“你的心跳完全正常。”我料到她的目光会是冷酷的；于是为了惩罚她，我避免望她。过了一会，她说她要起床，我们便都走了出来。午餐时，她坐在了气氛沉闷的桌子旁。她宣布她将不去散步。这对于我来说就是没有机会与她说话。我觉得我必须在这时叹气，并表示忧伤的神情。无疑，这是她所期待的，因为这一天只有在这个时刻，我们的眼光才能相遇。她虽然稳重端庄，但是也像其他女人那样，也会要些诡计。我找到一个机会问她是否可以告诉我的命运。她的回答使我有些吃惊：“是的，先生，我给您写了信。”我非常急于拿到这封信；但是不知她是由于狡猾，还是笨拙，或者腼腆，一直到晚上回房间时才交给我那封信。我把她这封信和我那封信的底稿一起寄来，您判断一下吧！您看她多么虚伪！她竟断言她从没感到过我的半点爱情，而我敢肯定情况并非如此。我以后如果欺骗她，她必然会怨恨，但她现在倒毫无顾忌地先骗起我来了！漂亮的朋友，最机敏的男人现在还只能对最诚实的女人心中有数。因为这位夫人喜欢装作一本正经，那么我就也只能假装相信这些语无伦次的话，不得长久地表现出痛苦绝望的样子！我怎么能控制自己不对这些讨厌的做法不进行报复呢？……啊！且慢……往下来吧！我还有很多要写。

对啦，您得把这个女人的无情的回信寄给我；也许日后有一天，她会把它看成宝贝，我们做事不能被人指指点点才是呀！

我就不和您谈小伏朗基了，下封信再说吧！

一七××年八月二十日

第二十五封信

德·都尔范勒院长夫人致德·范耳蒙子爵

先生，今天我要不是为我昨天傍晚的愚蠢行为进行解释，那么您肯定不会得到你现在所看的信。是的，我承认：我哭了，您能够如此郑重其事地向我提出来那些话，这可能也许是我说出来的。我的眼泪您看到了，话您听到了，因此我一定要给您解释一下。

人们一向对我产生健康的感情，我也一向只说些不会使我觉得羞臊的话，也正因如此我的心灵一直都很宁静，一种可以说我有资格享受的宁静，所以我既隐瞒，也克制我的感情。您的举动使我感到了震惊和不知所措，一种不应该由我碰上的事情在我的心里产生了难以名状的恐惧；可能还因为看到我被混同于您所看不起的女人，同她们一样受到轻浮的对待，我产生了反感；这种种原因凑在一起，就是我流下了眼泪的原因，说出“我是个不幸的女人”这句话。说这话是有道理的。您觉得这句话份量很重，其实，如果我的泪和话是出于别的什么缘因，如果我不是深恨那些有损我尊严的感情，而仅仅是担忧这些感情能否在我心中引起共鸣，那么这句话的份量是不重的。

不，先生，我并不是出于这种担心。如果是这样的话，我会远远地避开您，到荒漠里去哭述自己的不幸；认识您是我的不幸。不过，即使我坚信我无论是现在还是将来都不会爱您，我当初也是应该接受朋友们不让您接近我的劝告。

我以为，我唯一的过错，就是认为您会尊重一个正派的女人。她只要求您这一点，也巴不得您是这样的人。她已经在为您辩护，而您却怀着罪恶的糟蹋她的愿望。否则，您不会认为你的过错是您的权利；因为您对我说了些我最不愿听的话。您肆无忌惮地写给了我一封我不该看的信。您还要求我“给您的行为指向，对您的言谈规范”。唉，先生，您保持缄默，忘掉这件事吧！您应该遵循我的忠告。只要做到这点，您才能得到你想要我的宽恕。这甚至能使我感激您，但这全凭您自己……啊！不，我绝不向对我不尊重的人提任何要求，我绝不对破坏我心境安宁的人做出信任的表示。是你强迫我怕你恨您。过去，我并不如此，我一直把你当作我最敬重的朋友的侄儿。过去，我曾出于友谊来反对大家众口一词对您的谴责。是您毁了这一切。我想你对此并不想做什么补救。

先生，我要告诉您，是你所谓的感情触犯了我，表露您的感情这对我无疑是一种侮

辱。还有一点最重要的:我永远不会接受您的感情,相反,如果您不强制您自己在这方面保持缄默,你将不会见到我。我相信我有权利期待,甚至要求您这样做。随函附还您的来信,我希望您也返还我的信。我不希望这件不该发生的事给我留下痛苦的痕迹,我是您的卑微的……

一七××年八月十九日

第二十六封信

赛茜尔·伏朗基致德·梅尔提侯爵夫人

我的上帝啊!夫人,您真好!您觉得我给您写信比与你面对面谈方便,这太对了!因为我有很多要对您说的话难出以口。我们是朋友,不是吗?是的,您是我最要好的朋友!我要尽力做到无所畏惧;而且,我很需要您,很需要您的指教啊!我很痛苦;似乎所有的人都会把我的心思看破;特别是有他在,人们注视我,我就会脸红。昨天,当您看到我流泪的时候,我正想跟您说话,可是像是什么东西阻碍了我。在您问我怎么回事的时候,我就不由自主地哭了起来。我一句话也说不出。要是你不在,妈妈就会发觉我的状态。那我真不知道该怎么办?这就是我过的日子,特别是最近四天。

就是那一天,噢亲爱的,夫人,我要全说给您听,就是那一天,唐瑟米骑士写给了我一封信。不过,我向您发誓,开始我根本不知道里头说些什么。可是我不能说谎,我不能说在读他的信时,心里不高兴。我现在感到,如果我痛苦一辈子,也不如他不写这封信好。我甚至可以肯定地告诉您我不应该把这种心情告诉他。我对他说我很生气。但他说他是无法控制自己才写的,我相信这是真话。因为我曾下决心不给他回信,可我还是这样做了。唉!我只给他写回一封信,而且写这封信一半的内容是劝阻他别再给我来信了。但是,他没有听我劝阻,仍然一直写给我;因为我没有回信,他显得很痛苦,因而我也更难受了。我真不知道如何是好,我多可怜啊!

夫人,请告诉我,进而回他一封信是不是很不妥呢?回信说服他控制自己不再给我写信了,并且恢复我们起先那种关系。因为,对我来说,如果这种情况继续下去,我真不知道我该如何去做!我是哭着看他最后那封信的,而且哭个不停。我完全可以肯定,如果我再不给他回信,我们都会受到更大的伤害。

我把他的信抄件给您寄去。您会发现,他并没有什么过分要求。如果您觉得不该这样,我答应您自我克制;但是我相信,您会跟我一样认为这并没有错。

既然谈于此事,夫人,请你能允许我顺便再向您提一个问题:人家总是对我说,爱一个人不怎么好;这是为什么呢?我之所以问此问题,是因为唐瑟米骑士并不这么认为,他说几乎人人都有爱。如果这是真的,那么为什么偏偏我不能有爱情呢!也许这只是适用于未出阁的小姐的?因为我曾经听母亲说D夫人爱着M先生,她口气里并没有把这看成十分不好的事情。但是如果她看出我对唐瑟米先生有这种感情,我肯定她会发火。母亲一直把我当作一个孩子,什么都不告诉我。她让我离开修道院时,我认为她要把我嫁人,但现在看来,并不是这样。我可以向您担保,对此种事我并不关心。母亲和你是知心朋友,您可能了解内情;如果是这样,希望您告诉我。

夫人,这封信写的很多了;但是既然您允许我写信给您,我就抓住这个机会。我把希望寄托于我们的友谊上。我是您的卑微的……

一七××年八月二十三日

第二十七封信

唐瑟米骑士致赛茜尔·伏朗基

哎!小姐,为什么您不愿给我复信!难道什么事也不能打动您的心?每天我都会产生新的希望,但每天又都被您打破,如果我们之间建立的您曾同意的友谊使您无法对我的痛苦表示同情,那么这又算是什么友谊呢?当我经受着一刻不熄的烈火的煎熬时,您却无动于衷,心安理得!这友谊即不能取信于你,甚至还不能使您产生恻隐之心。什么!看到您的朋友处于痛苦之中,而您却坐视不理?他只不过想得到您的一句话,而您却怎么能充耳不闻,坐视不睬呢?难道您想要他满足于这样淡薄的感情吗?即使这样的感情,您还害怕向他重申您的保证呢!

昨天,您说,您不愿意成为冷酷无情的人!啊!小姐,请相信我:想要用友谊来偿付爱情,这不是怕成为个冷酷无情的人,而是怕被人看作冷酷无情。我可不敢再和您谈这种感情了,因为这种感情你不感兴趣会成为您精神上的负担。在我不能将它战胜以前,我至少应先学会把它埋藏于心里。我觉得这是项艰巨的工作;我必会全力以赴,而不掩饰这点。我要试遍所有的办法;而最使我难以忍受的是我必须不断告诫自己您的心是冷酷无情。我还会减少与您见面。我已经为此在寻找一个说得过去的借口。

怎么,难道我得改变每天一次的令人幸福的见面的习惯?啊!至少我会惋惜。甜蜜的爱情的是以永恒的不幸为代价;但您的心愿可以得到满足!我觉得我将永远失去我无法重获的幸福。唯有您是合我意而生的;如果我能发誓为您而生,那我会无比高兴!可是我的誓您不愿接受。您的缄默已充分向我表明,您的心毫不为我所动。这既是您对爱情冷淡漠然的确凿的证据,又是对我最残酷地表态的方式。再见了,小姐。

我不敢再痴心妄想得到您的回音了:如果您有爱情,早就该回了信;就算有友谊,也该高兴地向我做了答复;即使您只存怜悯,也应有个善意的回答!但是在您的心灵里怜悯、友谊和爱情同样的陌生。

一七××年八月二十三日

第二十八封信

赛茜尔·伏朗基致莎菲·卡耳内

莎菲,我早就向您说过,在某些情况下,是可以对你写信的;现在我可以肯定地说,我责怪自己听从了你的意见,以使唐瑟米骑士和我都受到了如此之多的痛苦。精通于此道的德·梅尔提夫人的想法和我一致这就足以证明我是正确的。我把事情全告诉了她。她起初与你的说法相同。但是在我解释以后,她承认情况有所不同。她要我把我和唐瑟米骑士之间来往的信件全部给她看,这样来防止我对他说令他伤心的话。因此,现在,我定心了。天哪!我真喜欢德·梅尔提夫人!她真好!她是一位我尊敬的人。所以我没有什么好说的了。

我决定给唐瑟米先生回信了,他会非常高兴,他会喜出望外:因为到现在为止,我一直没有谈他所要我谈的爱情,我只是谈友谊。我认为这是一回事。可他却坚持不这么看。我把这事告诉了德·梅尔提夫人,她说我做得对;一个人只有在情不自禁地时候才可以承认爱情。而我很清楚,我再也不能够长时间克制自己了。总之,我想他一定会因此而更加高兴。

德·梅尔提夫人还对我说,她要给我带来几本书,这些书都是谈这一类事的,我看了就知道怎样应付,怎样写信。现在她给我指出了许多缺点,这说明她是很爱我的。她告诉我不要和妈妈谈那书的内容,不然母亲会不快的,因为这好像表明她对我的教育过于忽视。哦!我只字不提。

一个非亲非眷的女人竟比我母亲更加关心我,这事很稀少!我能认识她真是幸运!

她还要求我母亲,后天她要带我到歌剧院去。她告诉我,在她的包厢里只我们两个人,我们可以放心讲话,这事不怕别人知道。这是我求之不得的事,比观剧更有趣儿。再商量一下我们的事。因为她曾对我说,我的确就要结婚了。但是她没有多说。我母亲对我只字不提,这不是很让人生疑吗?

再见了,我的莎菲,我要给唐瑟米骑士先生写信了。哦,我真高兴!

一七××年八月二十四日

第二十九封信

赛茜尔·伏朗基致唐瑟米骑士

先生,我终于同意给您写信,向您保证我的友谊,我的“爱情”,因为没有后者,您会很难受。您说我凶猛,我可以肯定地告诉您,您错了,我希望您现在不再心存怀疑了。您曾因为我不给您写信而痛苦,您以为我就能因此而坦然吗?但是,我不愿意做任何不该做的事,这一点,我不怕任何事。还有,如果我能克制,我不在乎那爱情;可是您的忧愁使我太难受了。我希望您现在不再忧愁了。愿我们幸福!

我盼望今晚能见到您,我希望你早点来。我母亲在她房间里晚餐,我相信她会请您留下来伴她。我希望您不会另有约会,同前天那样。您很早就去那里晚餐,难道那里很好玩吗?不要说这些了。现在您知道我爱您了,我希望您尽可能和我在一起,因为只有和您在一起时,我才感到快乐。但愿您也是这样。

您现在还在愁苦,我很难过,我没有错。您一来,我就会提出弹竖琴,您就能马上拿到我的信。我没有更好的办法。

再见了,先生。我爱您,真心实意地爱您:我越对您说这话,心里越高兴。我希望您也是这样。

一七××年八月二十四日

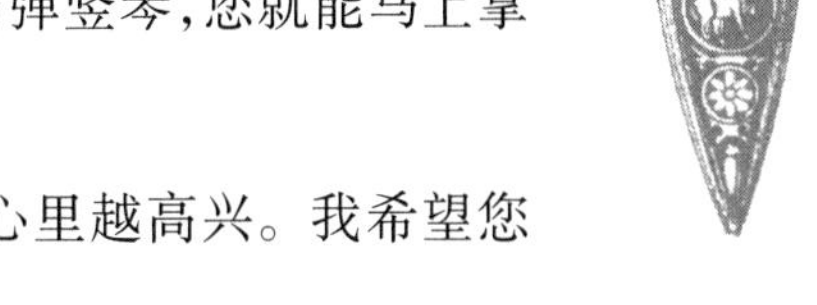

第三十封信

唐瑟米骑士致赛茜尔·伏朗基

是的,我们无比幸福。我的幸福是必然的,因为我得到了您的爱情;您的幸福也会永无止境,如果它那么爱我。什么!您爱我,您不怕向我承认您的"爱情"了!"我越对您说这话,心里越高兴!"我读到您亲手写的使我销魂的"我爱您"之后,那动人的声音,又看到您的迷人的眼睛在对我凝视,温情脉脉,显得更有魅力。我得到了您的盟誓:您要永远为我而活。我也请您接受我的誓言:我要为您的幸福贡献整个生命。请接受吧!您可以放心,我绝不后悔。

昨天过得真充实!啊!为什么德·梅尔提夫人不是天天都有秘密话要对您的母亲说呢?为什么在甜蜜的回忆之余,我总要想起我们必须缩手缩脚地见面呢?为什么我不能长时间地握住写了"我爱您"的美丽的手,一个劲地吻它,为什么不能以这种方式来对您拒绝对我进一步表示爱作报复呢?

请对我谈一谈这事,我的赛茜尔,当您母亲进了房间,当我们由于她的在场而只能冷漠相对,可是你不能说出来爱我,您对拒绝给我一些爱情的证据不感到遗憾吗?您不曾想过"即使吻一下就能幸福,但我剥夺了他这个幸福"吗?答应我吧!我的可爱的朋友,在下一次机会来临时,您和蔼一点好不好。只要您答应我,我就会有勇气来忍受那些不称心的场合:想到您和我都有怏怏不乐地感觉,我就至少不会那么懊丧。

再见了,我的迷人的赛茜尔。我一定去你家。要不是去看您,要我停止给您写信是不可能的。再见了。我如此爱您!我会越来越爱您!

一七××年八月二十五日

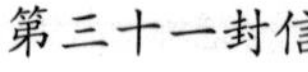

第三十一封信

德·伏朗基夫人致德·都尔范勒夫人

夫人,您是要我相信德·范耳蒙先生很有道德吗?我相信自己不行。要我根据您给

我叙述的那件孤立的事来断定他是个好人,有了过错不一定就是坏人。人性不论是好人,还是坏人身上都不是绝对的。坏人有他的优点,好人也有缺点。这条真理我认为必须服从,因为正是从这条真理出发,我们对坏人也要像对好人一样,给予宽恕;因为这条真理可以防止好人骄傲,能把坏人拯救出来。您一定会觉得我宣扬宽恕,而实际上又不身体力行;不过,要知道如果对恶人和善人同等地宽恕,这种原谅不是好的表现。

我不敢冒昧怀疑德·范耳蒙先生的那个行为的动机,我愿意相信行为的动机和行为本身同样地值得赞美。但是这样,是否就可以不承认他给许多家庭带来了混乱、羞辱和丑剧呢?如果您愿意,您可以信任何事,但是这不应妨碍您聆听成百个受过他损害的人的呼声呀!即使如您所说,他只是社交关系危险的一个例证,他就是一个火种?您设想他可能浪子回头吗?想得更远些吧!假定这个奇迹已经出现,难道反对他的公众舆论就不存在了吗?这种舆论不足以使您谨言慎行吗?只有上帝才能宽恕,因为上帝可以看到心灵深处;而凡人却只能根据行动来判断思想。一个人在丧失了别人的尊重以后,不能提出不信任的异议;由于这种不信任,他很难重新获得大家的尊重。我特别提醒您注意,我的年轻的朋友,有时候,只要您对人们的尊重稍表现出不屑一顾的态度,别人就不会尊重你。您可别认为这种严峻的看法是不公正的。因为一方面,固然我们有理由相信一个人只要有资格得到尊重,他是不会放弃要求这种珍贵的财富的;但另一方面,一个人如果没有计划,确实更容易做出坏事来。您如果和德·范耳蒙先生维持一种亲密的关系,不管这关系多么纯洁,您就会给人以这个印象。

您为他辩护那些,我得先考虑我估计您会提出来的反对意见。您会向我提出,人家对德·梅尔提夫人和他的关系就很谅解;您会问我为什么我接待他,您会对我说,他不能不被好人瞧不起,而且能厕身上流社会,甚至受到上流社会人士的欢迎。我相信,我能够回答一切问题。

首先,德·梅尔提夫人的确是一个很受人器重的女人,她的唯一的缺点可能是对自己的能力太自信了些。她很聪明,爱驾车奔驶于悬岩和峭壁之间。她的成功证明她的正确。称赞她是理所当然的,跟她走可不是理智的。这一点她自己也承认,而且为此自责,由于见识的增长,她的原则性越来越强了。我郑重宣布,她的想法跟我的完全一样。

至于我个人,我也并不过于替自己辩护。我的确在接待德·范耳蒙先生。他是到处都受到接待的。社会就是这样,这不过是其中之一罢了。您和我都知道,人们在生活中都觉察到了这些不合情理的事情,人们一面抱怨,一面却又在身体力行。德·范耳蒙先生很早就意识到，以他显赫的姓氏、巨大的产业、很多讨人喜欢的长处，在社会留有名望，只要能灵活机智地运用赞扬和嘲笑这两种武器便行了。很少有人抵得过他：在甲的面前，表现出可亲可爱；在乙的面前又显得阴森可怕。人们的恭维并不代表尊重。这就是他在人们中间的地位。大家都是审慎有余，勇气不足，他们宁愿迁就他，而不愿意和他交锋。

但是没有一个女人，包括德·梅尔提夫人在内，敢于和一个这样的男人到乡间去，几乎单独地和他生活在一起。最明智的女人做出了这等轻率的事——请原谅我用这个词。我是出于友谊才这样说的。我的美丽的朋友，你的善心正是这样，这反而害了您，您想一想吧！将来您的评判者中有一部分是浅薄的人，他们不相信德行，因为在他们中间，找不到这样的榜样；另一部分则是些恶人，他们所做的一切都是为了惩罚您。您且仔细思考一下，您现在做的，有些男人也不敢轻易尝试。的确，在青年人中间——德·范耳蒙先生已成为他们的权威人士——我发现最最聪明的都怕显出跟他关系过于密切；你却一点不害怕！啊！您回来吧！回来吧！我恳求您。如果我所列举的理由不足以使您信服，您就相信我的友谊吧！是友谊促使我再三恳求您，让友谊来为我的恳求辩解吧！您感觉怎样，我却但愿友谊是多余无用的。不过，我宁愿您抱怨的是友谊的关怀，而不是冷漠的友谊。

一七××年八月二十四日

第三十二封信

德·梅尔提侯爵夫人致德·范耳蒙子爵

既然您害怕成功，我亲爱的子爵，有那么多人反对您，既然您是愿意战斗而不太愿意胜利，我就无话可说了。您的行动成了谨小慎微的典范。从相反的角度来看，那是愚笨的事。老实对您说，我担心您陷入错觉之中了。

我要指责您的，并不是您没有好好利用时机。因为一方面，我也不明确时机有没有来到过；我清楚别人的事，失去的机会还会重新获得，而一个人仓促从事，却会把事情永远搞僵。

但是您给她写信实在是件蠢事。我看您现在未必预见到您这样做会得到什么结果。顺便问一下，您想让她和他共床吗？我认为这只能是通过感情来起作用的问题，而不是论证的问题。要使她接受，得靠感动她，而不是靠说理。但是用信来感动她有什么用呢？

你没和她在一起,您不能当时加以利用呀！即使您的漂亮的词句使她如痴如狂,对她产生了决定性的作用,您以为这种痴情能延续很久吗？一番冷静的思考最后不会阻止痴情的吐露吗？您想一想写信需要多少时间,多长时间信能到;您再看一看,特别是像您那位虔诚的信女那样坚守道德准则的女人,她能够如此长时间的向往一件她知道绝不应该向往的事情吗？这种办法对孩子可以奏效,当他们求爱时,他们并没有意识到,这就是意味着“我投降了”。但是我认为善于推理的德·都尔范勒夫人是完全理解每句话的含义的。所以,您说话挺厉害,她在她的信中可又把您打了下去。而且,您知道出现了什么情况吗？正是因为争论开了,他才不认输。只要挖空心思寻求理由,总有缘由。这些理由说了出来以后,就会坚持下去,不是因为这些理由正确,而只是因为不愿推翻自己说过的话。

而且,我感到惊奇,你竟然没有发觉,在爱情上,要写出不是切身体会的感情是极难极难的。我是说写得逼真。这倒不是因为使用的词汇有什么不同,而是安排的方式不同,换句话说,你把他安排好就行。您再看一下您的信吧！信里的词语处处都在暴露您自己。我想您的院长夫人是不精于此道的,她居然没有看出来。但是这有什么关系呢?效果还是同样？这是小说的缺点。作者绞尽脑汁来表现热情,但读者还是无动于衷。爱洛伊丝是唯一的例外。不管一个作者多有才华,这个看法是正确的。说话的时候,情况就不一样了。使用生理器官的习惯可以增强说话的感染力;掉眼泪的效果更好;欲火和爱的表情可以交融在一起,以眼睛为媒介而传达出来;还有,不连贯的讲话更能造成紧张和激动的神色,这才是爱情的神情;特别是心爱的人就在眼前,我们难以冷静思考,我们就心甘情愿被征服。就这个道理,一出很蹩脚的读不下去的戏剧,在舞台上却几乎总能取得好的效果。

相信我吧！子爵,他不让你写信,您就乘机改正错误,等待谈话的机会吧！您知道吗？这位女人比我过去想象的要有力量。

我认为还可以坚定您对成功的信心的一点是:她一下子使用了太多的力量。我估计,为了证明自己的言行,她将竭尽全力,因此她将没有剩余的力量来捍卫自身了。

我把您的两封信寄还给您,如果你承心从事,这将是幸福的时刻来临之前最后的两封信了。时间已经很晚,否则,我要同您谈谈小伏朗基了。她进展得很快,我对她很满意。我相信我会比您先完成,您应该深感惭愧。再见。

一七××年八月二十二日

第三十三封信

德·范耳蒙子爵致德·梅尔提侯爵夫人

您讲得棒极了,我的漂亮的朋友;但是您为什么要这么不辞劳累地来证明众所周知的事呢?为了尽快完成爱的使命,面谈要比写信强得多,我认为这就是您的信的主要内容。可这只是引诱异性的基本知识呀!我只想指出您对这项原则只提出了一个例外,而其实应该有两个。小孩由于胆怯才接受那种做法,她们委身于人是出于无知;除了她们以外,还应该算上有才华的女人,她们出于自尊接受那种做法,是浮躁害了他们。例如,德·B伯爵夫人迅速地答复了我写去的第一封信,但我肯定那时她对我的爱情不会超过我对她的爱情,她只觉得这是个大做文章的好机会,可以给她带来荣誉。

无论如何,一个律师想告诉您,原则不能适用于具体问题。是的,您是假定我在写信与面谈之间能够有所抉择,其实不然。自从十九日事件之后,我那薄情的女郎采取了守势,她躲开见面,我再机灵也是白费的。如果这种情况继续下去,她要我正确看待,我要找出办法来,因为我绝对不愿意在任何一方面做她的手下败将。连我的信也导致了一场小小的战争:她很固执那东西。每封信得用一种新的计策,而且还不一定成功。

您还记得我把第一封信交给她是使用了什么样的简易方法吧!交第二封信也并不怎么困难。我把自己的信给了她,而不是她的信,她丝毫也没有怀疑。但是第三封信,她是怎么也不肯收了,这也许是因为受了愚弄而感到愤怒,或者是由于任性,出于理智的方面。在她,她一定会迫使我相信这最后一种理由的。然而我希望她以后会改变态度,因为她这次拒绝收信差点使她陷入窘境。

我是把这封信老老实实交给她的,她不肯收,我并不感到很吃惊,因为如果她收下,就认为她开始同意,而我是准备好她做一番长期抵抗的,所以这只是一次顺便的试探性尝试。我给这封信套上一个信封,趁她正在梳妆,德·雷斯蒙德夫人和侍女都在场时,她派人给她,叮嘱他对她说,这是她向我要过的东西。我料到她不收下的话,她得进行解释,这一解释,大家会感到震惊,这她是怕的,不出所料她收下了。我还交代了几句;他善于察言观色,他仅仅发现她脸上泛起了轻微的红晕,主要是尴尬的神情,而不是气愤地表示。

于是我感到庆幸：可能留下信，也可能给我，但要那样，她就得在只有我们两个人的时候还我，这就会给我与她交谈的机会。大概在一小时以后，她的一个仆人来到我的房间，交给我一只跟我的信封式样不同的信封。封面上正是我梦寐以求的手笔。里面是我的那封没有拆过的信，只是对折了一下。我思量着她采用了这条恶毒的诡计，是因为她怕我和她不一样，会冒冒失失地使丑事败露出来。

您是知道我的；我当时非常愤怒。然而必须冷静，并且设法夺回优势。请看，这就是我找到的唯一途径。

我们这里每天早上都有人去驿站取信。驿站离这里约有四分之三法里。信是放在一只类似教堂的募化箱那样有缝隙的箱子里的。驿站长和德·雷斯蒙德夫人各有一把钥匙。白天，任何人都把信放进去。我们下午去寄信，早上则去取来信。所有的仆人，不管是外来的，还是家里的，都干这项差使。那天并不轮到我的仆人干，但是他承担了这项差使，他搪塞着要常去那。

我写了封信。写地址时，我改了笔迹。在信封上，我相当成功地伪造了第戎的邮戳。我所以选择这个城市，是因为我觉得，既然我要求享有同她丈夫相同的权利，从同一个地方发信就更加好玩；还因为我的美人整天都说希望收到从第戎寄来的信。我认为我应该为她提供这个快乐。

我把这信和别的信混在一起。用了这个方法，我还得到了一个好处：目睹了收信时的场面。因为这里的习惯是，大家聚集在一起进早餐，并等到信札到来才分手。信终于到了。

德·雷斯蒙德夫人打开箱子。“第戎来的，”她说着，把信交给了德·都尔范勒夫人。“这不是我丈夫的笔迹。”她心里很慌地说，一面慌忙拆开信封。只看了一眼，她就明白了，脸上的表情马上变了。德·雷斯蒙德夫人发觉了，问她说：“您怎么了？”我也走近去，说道：“这封信是那么可怕吗？”羞涩信女没有抬头，一句话也不说。她在选着读信，其实，她根本没法看下去。看到她心烦意乱，我感到高兴；我想再逼进一步，便又说：“您的神情宁静些了，看来这封信使您感到吃惊，可是不那么痛苦。”她顿时发怒了。这比谨慎更能使她开窍。她说：“信中尽是些不堪入目的话，我吃惊的是竟有人敢这样给我写信。”“谁啊？”德·雷斯蒙德夫人插进来问道：“没有署名，”美人恼怒地回答，“信和写信的人都同样地被我鄙视。我求大家不要提那事了。”说着，她当众撕了这封放肆的信，把纸片放进口袋，站起来，出去了。

虽然她发了火，最后收下信。我寄希望于她的好奇心，但愿她把信全文都看了。

这一天的其他细节说起来会扯得太远。我把两封信的底稿附上，您对情况的掌握也就不会比我差了。只要认识我的稿就会知道那是我的信，因为我怎么也不会去抄一遍的，这太令人厌烦了。再见，我的漂亮的朋友。

一七××年八月二十五日

第三十四封信

德·范耳蒙子爵致德·都尔范勒院长夫人

夫人，我应该服从您，我想提醒您：尽管您认为我有各种各样的错误，但我至少还不至于粗鲁到敢于指摘对方的地步，我至少还有足够的勇气来承担最痛苦的牺牲。您让我沉默！好吧！我将迫使我的爱情住口；如果可能的话，我将忘却您对待我的严峻态度。当然，我要得到您的爱并不等于我有权利得到您的爱；我承认我确实爱你。但您把我的爱情看作对您的侮辱；您忘记了，如果这爱情是过错，那么您既是这过错的根由，又是可以为它辩解的理由。您怎么不知道我总是向您说实话；即使坦率会对我不利，我也无法向您隐瞒您在我心中所培植的感情。这是我真心诚意的结果，您却认为这是胆大妄为的结果。我这样温存地、真诚地、温顺地爱您，而我所得到的报酬是：您却把我扔下。您甚至对我谈及您的憎恨……受到这样的对待，换一个人，谁又不抱怨呢？唯有我完全顺从。我承受了一切，即您惩罚我，我还是对您充满了爱慕之情。您可以指使我干一切事，您成了我的感情的绝对的主宰。我的爱情之所以还在顽抗，没有被您摧毁，那是因为这爱情不是我，而是您自己一手造成的。

现在我并不要求您转变态度，我不存此奢望。我甚至不期待您对我表示怜悯。您过去几次表示过对我的关切，这给我希望。但是我认为我可以要求您主持公道。这一点我是承认的。

夫人，您告诉我，有人说我坏话。如果您当初听从了朋友们的劝告，您甚至不会让我和您接近，这是您的原话。这些好心的朋友们是谁啊？这些道德观如此严峻，如此刻板的人想必会允许人家说出他们的姓名来。他们显然不会愿意把自己隐藏在阴暗的地方，这样，他们同卑劣的诽谤者又有什么区别呢？我能知道他们怎样对我的。夫人，我有权知道这些，因为您是根据他们的意见来评价我的。在判决一个罪犯时，最后让她知道自己为什么被判刑，控告者是谁。我并不要求什么恩典，我要提前替自己辩护，并迫使他们收回自己的话。

我不在乎一般人的话，不把它们放在眼里，但是您的器重对我来说却是至关重要的。我献出整个生命来博取您的器重，所以我是不会眼睁睁看着人家把它夺走的。它对于我很珍贵，您才可能向我提出您现在还怕提的要求。据您自己说，那个要求，可以使我"得到您的感激"。啊！我根本不要求您感激我，相反，如果您喜欢我，我该何等感激您呀！请您比较公正地对待我吧！具体地说，不要怕对我的要求！如果我能想得出，我就不会来麻烦您了。让我既能愉快地见到您，又能幸运地为您效劳吧！这样，我对您的宽宏大量一定深感幸甚。究竟是什么原因阻止您这样做呢？您不是担心我会拒绝您吧？您如果有这种担心，那样我会不信任您。不把您的信还给您，并不是拒绝您。我比您更希望这信对我不再有什么用处；但是因为我是素来相信您具有一颗温存体贴的心，所以只有通过这封信，我才会实现我的愿望。当我发誓要激发您的感情时，我便从这信中看出您是不会同意的，您只会远远地避开我；当您身上的一切使我的爱情增强，又证明我的爱情无可非议时，又是它提醒我，我的爱情辱没了您；我认为对您的爱，我看了您的信，更觉得这只不过是一种极大的苦恼。您现在可以了解我的最大的幸运莫过于把这封不幸的信还给您了吧！再向我索还不是等于要我不再相信信中的内容了吗？我希望，您不至于怀疑我巴不得把信还给您呢！

一七××年八月二十一日

第三十五封信

德·范耳蒙子爵致德·都尔范勒院长夫人

（盖了第戎邮戳的信）

夫人，您日益严厉。请恕我冒昧地说一句："您怕的似乎不是对人不公正，而是对人宽大。"你没有理由去责备我，这样，您的确应该觉得，把我的理由丢在一边不理，要比回答省事。您执意不肯接受我的信，不屑一顾地把它退还给我。当我设法让您确信我的真诚时，您让我用阴谋见您。是您迫使我不能进行自我辩解，因此我用这样的手段是应该

得到谅解的。而且由于我感情真挚，我确信您只要很好地了解这种感情，便能加以理解，我只好用这样一个办法。我还相信您是会原谅我这种做法的；您大概听过这句话：爱情善于费尽心机地表现自己，而冷漠的被爱者往往难以防范爱情。

夫人，容许我向您吐露我的全部衷情吧！我的心属于您。您应当了解它。

我来到德·雷斯蒙德夫人府上的时候，根本没有预见到等待着我的是什么样的命运。我不知道您在这里。我还要以我特有的真诚补充说：即使我知道您在这里，我的宁静的心境也不会受到扰乱。不是我不信任您，而是因为我习惯于只寻求感官的快乐，只热衷于寻求很有希望得到满足的感官的快乐。我过去并没有领略过爱情的痛苦。

您曾目睹当初德·雷斯蒙德夫人是怎么恳切地留我住一段时间的。我那时已经和你们在一起过了一天。我承认下来。这只是为了，或者至少我认为这只是为了向一位可敬的亲戚表示一下情谊，这种情谊也是很自然、很正当的。这里的生活与我所习惯的生活显然有很大差别。我适应能力很强。我没有深入去寻找我身上发生变化的原因。我只是想这是由于我可能与您谈过的我那种随和的脾气。

不幸的是(为什么不幸呢?)，通过认识您后，我很快就发现，本来唯一使我倾倒的您的如花容貌其实只是您众多优点中最微不足道的一点；是您卓越非凡的心灵惊动了、迷惑了我的心灵。我爱美，更爱品质。我当初并不企求得到您，只想尽力使自己配得上您。在谋求您对过去表示宽容的同时，我渴望您对未来颔首赞同。通过交谈了解了你的情况。从您的眼光里射出一种毒素；无意地散发它，不加戒备地吸收它，它的危害性就更大。

于是我认识了爱情。我没有后悔。我决心把这爱情埋藏在永恒的沉默之中。我毫无畏惧地，也没有保留地沉湎在这种甜蜜的感情里。爱情一天天在增强。见到您本来是一种愉快，这是一种欲望。您离开一会儿，我的心就难受得直抽搐；听到您回来的声音，它又高兴得直蹦跳。我似乎只是由于您，只是为了您而活着。然而，我恳求您回答：在一次玩耍中，抑或在一场使人全神贯注的严肃谈话中，我是否漏出过一句泄露我心事的话?

最后，终于有一天，我的不幸来到了，这是不可思议的：一个正直善良的行动竟成了我的不幸开始的信号。是的，夫人，那些我帮助的人中，您使一颗早已为爱情深深陶醉的心灵终于迷失了方向。您当时表现出可贵的同情心，这更增添了您的美，您的品质高尚。您可能还记得，当天回来的时候，我是多么心不在焉。唉！我是在力图克服我正在失去控制的倾向呢！

这场力量不均衡的斗争耗尽了我的精力以后,一次偶然的机会又使我和您单独待在一起。我认可自己不行了。我的心灵再也容纳不了发自它深处的语言和泪水了。但这难道是一种罪恶吗?如果是罪恶,已经惩罚了我?我经历了多么可怕的折磨呀!

无望的爱情使我苦恼。我乞求您的怜悯,而得到的却是您的憎恨。能见到您成了我唯一的幸福。我到处找寻您,可我又怕接触您的目光。您使我落入了悲惨的境况:白天,我强作欢笑;夜晚,我黯然神伤。而您却安详恬静,您了解这种痛苦只是为了制造痛苦,只是为了快乐。然而,抱怨的却是您,请求宽恕的倒是我。

夫人,上面所说的也就是您所谓的我的过错的真情。说得正确些,我的过错似乎应该称为我的不幸。真挚的情感的霸占,这些就是您使我产生的感情。我甚至不怕将这些感情奉献给上帝。您是上帝的最美好的造物,请您仿效造物主的宽宏大量吧!请想一想我的难忍的痛苦,特别请您想一想,您已使我处于绝望和无比幸福之间,您下一句话将会永远决定我的命运。

一七××年八月二十三日

第三十六封信

德·都尔范勒院长夫人致德·伏朗基夫人

夫人,我听从您的劝导。我认为这些劝告有充分的理由。我是习惯于尊重您的一切意见的。我甚至承认范耳蒙先生的确是个极端危险的人物,如果他装出在这里的这副样子,同是又是那一类人。不管怎么样,既然您提出要求,我将把他打发走;至少,我尽力去做。因为有些事情虽简单,做起来却有困难。

我总觉得向他姑妈提出这个要求是难以做到的;这样他们会不高兴的。我自己离去呢?也多少有些踌躇,因为除了我与您谈过的德·都尔范勒先生方面的理由之外,还有可能恼怒德·范耳蒙先生。他要跟我去巴黎不是很方便吗?而他这样返回巴黎,别人都以为你因为我而走的。这不是比我们待在乡间更叫人感到奇怪吗?在乡间,大家都知道这里是他的亲戚家,也是我的朋友家。

唯一可行的就是要求他自觉自愿地离去。我认为这个想法不好说。但是由于他念念不忘要向我证明他事实上是个正人君子,和一般人所想象的不同,我认为我有成功的

把握。我敢去试一试我的方法，真正高尚的女人是不是如他所常说的那样，从未抱怨过他的行为，将来也永远不会抱怨。如果他真的离去了，肯定是出于对我的尊重，因为我确信他原本打算在此度过大半个秋天。如果他拒绝我的要求，我保证我马上就离开你。

夫人，我认为这就是您作为朋友对我提出的要求。我现在努力满足您的要求，同时向您证明，虽然我可能曾“出力”为德·范耳蒙先生辩护，但我还是愿意恭听，并且遵循朋友们的好心的劝慰。我是您卑微的……

一七××年八月二十四日

第三十七 封信

德·梅尔提侯爵夫人致德·范耳蒙子爵

我亲爱的子爵，你的包刚收到。如果邮寄的日期是准确的，那我应该早二十四小时收到。无论怎样我那时看，就没有时间给您回信了。我只是想先告诉您邮包已经收到，然后我们来谈点儿别的事。这并不是说我有什么事要告诉您。秋天来临，巴黎的好男人都走了，因此一个月来，我贤惠得实在腻味了；除了我那位骑士以外，谁都对我表现的贞洁感到厌倦了。因为无所用心，我就拿小伏朗基来消遣；我只想与您谈一谈。

您知道吗？您放弃这个孩子，损失比您想象的要大得多？她实在是娇媚极了！她既没有刚强的性格，又没有行为规范；您想想和她交往该是多么舒适和方便啊！我不相信她能感受什么深厚的感情；但她身上的一切都显出她能领略最强烈的感觉。其实她并不聪明，但是她有天赋的装假的本领，如果可以这样说的话。有时候竟连我也感到惊讶。由于她一副天真、坦率的表情，她这本领就更见效了。她总是和善待人，我有时候觉得很好玩。她头脑非常容易发热。由于她对她极想知道的东西一无所知，绝对地一无所知，所以更加惹人喜爱。她有时会十分可笑地急躁；她笑，她生气，她哭；接着，她又诚心地请求我开导她。她的态度和蔼可亲。说实在的，我几乎有些嫉妒日后将享受这种快乐的男人。

我忘记了是不是已经告诉过您，四五天来，我有幸成了她的密友。您猜想得到，开始，我很严肃。但是当我发觉她认为有必要用她的错误道理来说服我时，我就假意表示这些道理都很正确；她认为她才帮了她的忙。为了日后不致连累到我，这个步骤是很有必要的。我说她可以写，也可以说“我爱”了。同一天，她没有发现，我还精心地安排她和她的唐瑟米单独会见。但是您想象得到吗？他还是那么傻，没有一次接吻。他还是个能写漂亮诗句的小伙子呢！我的天哪！这些有才气的人真蠢！这个小伙子真是蠢到了使我为难的地步；因为他不动，我不能牵着他走啊！

现在您可对我很有用了。您跟唐瑟米相当有交情，能够得到他的信任。他一旦信任了您，我们可以一起同前走。赶紧了结您的院长夫人的事情吧！因为我实在不甘心让席耳库尔溜走。昨晚我还谈了他的事。我对他做了一番淋漓尽致的描述，现在我可以说，即使她已经做了他十年妻子，她也不会这样恨他。然而我也向她宣扬了很多夫妻要相敬相爱的道理。我要求得挺严。这样，一方面，我在她的心目中重建了我德高望重的形象，这种形象可能因为过分迁就而受了损害；另一方面，我成为他的满足。总之，我使她相信，她能够真正享受爱情，只剩下她出嫁前那么短短一段时间了。我希望她从速决定，不要错失良机。

再见了，子爵，我要去梳妆了，一边梳妆一边读您的长信。

一七××年八月二十七日

第三十八封信

赛茜尔·伏朗基致莎菲·卡耳内

我亲爱的莎菲，我心里乱极了。我几乎哭了整整一夜。不是因为我现在很不幸福，而是我预见到这个幸福不会久长了。

昨天，我和德·梅尔提夫人上歌剧院去了；在那里商量我的婚事。我没有听到一个好消息。我的未婚夫是德·席西库尔伯爵。婚礼大约将于十月举行。他富有，出身名门望族，又是××团的团长。这一切都很好。但是，首先，他已经不再年轻了。你想一想他已经不小了！其次，德·梅尔提夫人说他心情抑郁，性格严厉，她担心我跟他在一起不会幸福。我认为她很喜欢，只是她不愿意对我说，以免使我痛苦。整个晚上，她对我谈的几乎都是妻子对丈夫应守的本分。她承认德·席西库尔先生丝毫不可爱，但是她说我必须爱他。她也对我说，一旦结婚以后，爱一个就够了，不应再爱另一个。这当然是不可能的！哦！我向你肯定我会永远爱他。你知道，我是情愿不结婚的。让德·席西库尔先生去结

婚吧！我并不曾找过他。他现在在遥远的岛屿上。我希望他在那里过上十年。如果我不怕重回修道院，就会对母亲说："我不要这个丈夫。"进修道院，那更糟糕，我现在心事重重。我觉得我从来没有像现在这样爱唐瑟米先生。我一想到这样的生活只有一个月了，马上流出了眼泪。我只能在德·梅尔提夫人的友谊中得到些安慰；她的心真好！她分担我的一切忧愁。和她在一起我很高兴，我就不再想到痛苦。而且她对我帮助很大，我所知道的点点滴滴都是她教我的。她是那么仁慈，使我敢于把想法全告诉她。她也有时责怪我，但总是那么温和；于是我亲热地拥抱她，直到她不再生气为止。至少我是可以尽情地爱她的。这不会有什么坏处，而且会使我高兴。然而我们约定在人家面前，特别在我母亲的面前，我不流露出爱她。这样，母亲对唐瑟米骑士就不会怀疑了。我向你肯定，如果我能够一直像现在这样生活，我会是最幸福的人。坏事的就是这个可恶的德·席西库尔先生！……我不想再与你谈这件事，不然，我又会忧郁了。我现在要给唐瑟米骑士写信。我只对她说一说自己的私事，而不提及我的忧愁，因为我不想使他痛苦。

再见了，我的好友。你现在知道，你的想法是错误的，我"忙是忙"，如你所说的那样，但我还有时间想到你，并给你写信呢！

一七××年八月二十七日

第三十九封信

德·范耳蒙子爵致德·梅尔提侯爵夫人

不给我回信，在我那狠心的女人，这种做法只是小意思，她现在甚至不想让我再见到她，她要我离开。使你会更惊讶，我居然接受了这么苛刻的要求。您会责备我吧！然而我觉得，我不应该错过一个让她对我发号施令的机会；我确信，一方面，发号施令者自己约束了自己，另一方面，我们表面上让女人对我们拥有虚假的权力，这是她们躲而不及的陷阱。再说，她巧妙地避免了和我单独相遇，也使我陷入不利的处境之中。我觉得我应不惜一切代价脱离这种困境：因为不断地和她在一起，却又不能用爱情来吸引她的注意力，长此以往，她就会适应这一切的；而您知道，这种心理状态是不容易改变的。

还有，您可以想见，我不是无条件屈从的。我还有意提了一个不可能被接受的条件。这样，遵守诺言，违背诺言，我都有主动权。直到她满意为止，或者她需要我对她感到满意的时候，我又可以和她展开一场口头或者书面的争论。另外，我付出的那些一定要得到回报，我就太蠢了，何况她这要求是这么站不住脚。

在这段冗长的开场白里，我吐露自己的想法。现在我要来叙述这两天的情形了。作为凭证，我要把那美人的信和我的复信附上。您得承认，比我的记述更精确的历史学家是少有的。

您还记得前天早上，我那封寄自第戎的信所起的作用吧！这一天后来过得极不安宁。他直到吃午饭才肯露面，声称头痛得万害。她的脸色很难看，您所熟悉的她那恬静的神情变成了一副倔强的神气，这又给她带来了一种新的优美的韵致。我认为犟女人也是非常好的，有时候让倔强的情人来代替温柔的情人。

我估计下午日子不好过，便借口有些信要写，回了房间。六点钟时我回到客厅。德·雷斯蒙德夫人提议出去散步，每个人都赞许。但就在上车的时候，那个假装的病人像魔鬼一样狡黠，找出借口，说她头痛加剧不去了，冷酷地撇下我和我年迈的姑母二人。也许是对我的报复。我不知道我对这个女魔的诅咒是否已经起了作用，我们回来的时候，发现她已经睡了。

第二天用早餐时，她完全换了一个人，回复到原来的面目。我相信，我已经得到了宽恕。早餐刚结束，这个温和的人就懒洋洋地站起来，走向花园。我跟了她出去。这一点，相信您可以想得到。我走上前，对她说："怎么会想到散步呢?"她回答说："今天早上，写了那么多的信，我都累了。"我接着说："我是不是有幸能对您的疲劳负责呢?"她又答道："我是给您写了信，但我还犹豫是否把信给您。信中有一个要求，但是根据我和您交往的经验，我想这要求不会被接受。""啊！我发誓，如果可能……"她打断我的话说："就这一种吗？虽然您也许应该从道义上来接受它，我却把它看作您的一个恩典。"说着，她把信递给我。在接信的时候，我也握到了她的手。她没有再伸出手，没有发火，倒有些尴尬。"天气比我想的要热，"她说，"该回去了。"她朝那个方向过去。我想劝她继续走一走，但是白费口舌。另外，在那里耍嘴皮子，我得提醒自己会被人家看到。她走进城堡，一言不发。我也明白，她不只是为了散步，只是为了把信交给我。她回了她的房间，我也回房间读这封信。在我讲下去以前，我也请您先看一下她的信和我的复信……

一七××年八月二十六日

第四十封信

德·都尔范勒院长夫人致德·范耳蒙子爵

先生，您对我的举止似乎表明，您每天都找理由烦我。您执意要同我谈一种我已表明听不进去的感情，您肆无忌惮地利用我的坦率和腼腆来达到把信交给我的目的；就是最近的一次吧，您用了一种我敢说是很莽撞的手段。您至少没有顾及我一惊之下会做出什么对我自己有害的反应来。由于这一切，我如果怪你，你也不能有什么非议。您应该受谴责。然而我不想再提这些不愉快的事情，我只准备向您提出一个简单而且合理的要求；如果我满足了，我答应把过去的一切一笔勾销。

您自己对我说过，先生，我不用担心会遭到您的拒绝。虽然，您说了这句话后就拒绝了我一件事，可是，我希望您守信誉。

我的要求是您好心地离开我，离开这个城堡；您在这里待下去，只会增加我受人非议的危险。有的人总是从坏的方面想别人；由于您过去的表现，他们又都习惯于把眼睛盯住那些和您有交往的女人。

我的朋友们提醒我注意这个危险已经有相当长的时间了，但是我对他们的意见并不在意，并且也反对过我，您的举止行为使我可以相信您；您并不把我和抱怨您的女人混同起来。可是今天，您把我和她们同等对待了，因此我再也不能无视这个意见。为了别人也为了自己，我该采取这个必要的行动。在这里，我还可以补充一句：您拒绝我的要求没有好处，因为我已经决定，如果您呆在这我就走。当然，我不会减少对您这番好意应该表示的谢忱，同时，我也很希望您知道，如果是你让我走的话，会打乱我的安排。先生，您证实一下对我说了那么多次的话吧！您说：正经的女人是绝不会对您有所抱怨的。至少，您得向我证明，你做了坏事后，是能够改正错误的。

如果一定要对您解释我的要求，我就只说明这一点：是您的生活作风迫使我提出这个要求。现在我正向您提供一个能使我感激您的机会，就不再提我想忘却的那些事了。那事就足以让你名誉扫地。再见了，先生，您的行动将告诉我，在这一生里，我应对您怀有什么样的感情。

一七××年八月二十五日

第四十一封信

德·范耳蒙子爵致德·都尔范勒院长夫人

夫人,不管您加于我的条件是多么苛刻,我还是乐于接受。我觉得我无法违抗您的任何意愿。我只是胡乱地相信这事,您会允许我也向您提出几个比您的条件要容易接受得多的要求,然而我只希望以我对您的意志的绝对服从来换取您对我的要求的同意。

第一个要求是我希望您能出于公正的禀性,把那些指控我的人的尊姓大名告诉我。我认为他们对我很坏,所以我有权知道他们是谁。另一个要求是我期待您能豁达大度,允许我不时向您表白爱情;这种感情你应该吝惜。

夫人,请您想一想,我非常愿意服从您的指挥,而我知道这样做,得牺牲我的幸福。我还要进一步说,虽然我确信您只是为了避免我这个受您不公正对待的人经常出现在您的眼前,为了不让你难看,我走了。

夫人,您应该承认,事实上,您并不怕大众对您产生非议,您知道他们非常尊重您,你认为我在场你不好办。而我是一个您要惩罚倒方便,要责备可不容易的人。您要我离开您,正像一个人掉头不看他不想援助的不幸者一样。

在这分离使我的痛苦倍增的时刻,除了您,我还能向谁说那些事呢?我可以指望从谁那里得到我所必需的安慰呢?我的痛苦全部来自您,您竟能袖手旁观,无动于衷吗?

在我离去之前,我要为自己解释清楚。我相信,您也不会感到惊讶的。这感情原是您诱发的。同样地,您也应该理解,我不听到您亲口对我发出离去的命令,我是没有勇气和您分手的。

根据这双重的理由,我要和你说一说。书信来往是起不了替代作用的:连篇累牍解释不清,一刻钟的交谈却足以驱散疑云。您要抽出时间来满足我这个要求是很容易的,我想马上就服从你,但您也清楚,德·雷斯蒙德夫人是知道我计划在她家中度过一部分秋天的,因此,我至少得等到来了一封信才可以找到借口,就说有事让我去办。

再见了,夫人。写再见这两个字从没有现在这样使我难受过。这又使我想起了分别。您怎么会知道分别对于我来说多么痛苦,您就会感谢我这种俯首帖耳、唯命是从的表现了。我恳请您至少以宽容的态度来接受我以最温存、最温顺的爱情作的保证和表白。

一七××年八月二十六日

第三十九封信的续篇

德·范耳蒙子爵致德·梅尔提侯爵夫人

我的漂亮朋友,现在我们来合计一下。您会跟我一样,觉得审慎的、正经的德·都尔范勒夫人是不可能答应我的第一个要求的,她会守信用的,把指控我的人的姓名告诉我,因此,我可以做任何承诺,决不会作茧自缚。但是您也能感到,她没有答应这一切,就使我有了获得其余一切的权利。这样,我在离开的时候,就会得到她的同意,这样就联系上了。至于我要求和她约会这点我并不重视。我提出这个要求几乎只是使她习惯。日后,我真正需要约会时,她就不致拒绝我了。

我要想一个好办法再走,调查出在她身边说我坏话的人。我推测是她的书呆子丈夫。如果是这样就好了。丈夫的干预是对欲望的一种刺激。我确信,既然她同意给我写信,这一点不用担心,因为她心里明白。

但是如果她有一个知己,反对我的知己,我就必须使她们不和。我估计能成功。但是首先得掌握情况。

我相信昨天能弄个清楚,可是这个女人的做法跟别的女人完全不一样。当通知午餐已经备好的时候,德·雷斯蒙德夫人和我正在她房间里。她匆匆地梳妆完毕,一面连声抱歉。钥匙却留在桌子上,而且我知道她平日不拿掉房门钥匙。午餐中间,我想着这件事,突然有人下楼来了,我立刻拿定主意。我假装鼻出血,走了出来,走进她的房间。但是把写字台所有抽屉都打开后,却没看见那张纸。在现在这个季节,是没有机会烧信的呀！她把收到的信件怎么处理了呢？她确是收到很多信！我哪都找了,得到的只是这个想法:这些东西藏在她携带的口袋里。

怎样从她的口袋里取出来呢？从昨天起,我仔细想着那些事,却毫无结果。可是我还是心不死。我懊恼自己没有扒手的本事。说实在的,一个足智多谋的男子不应该接受这一门教育吗？偷一张画像或一封信,或者从一个一本正经的女人口袋里掏出可以揭穿她的假面具的东西,难道不是件快事吗？但是我们的父母根本没有考虑到这些。我想的这些但都没效;我发现了自己的笨拙,却无可救药。

没有办法,我回到了午餐桌上,一肚子不高兴。我的身体不适是假装的,但引起了我的美人的关注,她的情态使我平静了。我当然抓住时机使她相信,这一段时间,心情烦躁影响了我的健康,既然她相信是她使我心绪不好,难道不应该设法使我的心绪变好吗?但她虽然虔诚,可并不怎么仁慈,她拒绝一切爱情上的施舍。我没有去办那偷窃的事。不过还是再见吧!和您谈天,我总忘不了那些可恶的信。

一七××年八月二十七日

第四十二封信

德·都尔范勒院长夫人致德·范耳蒙子爵

先生,您为什么要使我对您的感激打折扣呢?为什么要使我对一种光明正大的做法讨价还价呢?我认为这次行动值得,您还不满足吗?您的要求又多,而且都是些不可能的事情。我的朋友们的确谈过您,但他们是出于对我的关心;即使他们错了,动机也是好的。你要求我泄密,作为我对他们的关怀的报答!我当初是不应该对您讲起他们的,现在,您更使我感到我做错了。这对任何别的人不过是一种坦诚的表示,对您却成了轻率的行为;如果我向您让步,就会构成罪恶。你认为我会干这种事?您向我提出这样的要求是应该的吗?肯定不应该。我认为你经过考虑就放弃了。

您提的与我通信的要求也是不大容易接受的;如果您公道,就不会责怪我。我并不想得罪您;但是,您的声誉不好,而且您自己也承认这至少是部分地符合实际的,在这样的情况下,有谁能承认这种联系?有哪个正经女人肯干她认为应该隐瞒的事情呢?

假如您信中肯定没有使我恼火的内容,我收到信可以不受任何良心的谴责,那有多好啊!那样的话,我问你说出自己的道理,我会允许您偶尔给我写一封信。如果您在这方面确实有您所说的那么强烈的欲望,您就应该心甘情愿地接受这个条件;否则,我不会答应的。如果您对我现在为您做出的让步有几分领情的话,您就应该立即动身。

关于这件事,无论怎样,我要提醒您,今天早晨您收到一封信,却没利用这个机会来向德·雷斯蒙德夫人宣布您要离去;您是答应了我这样做的。我希望现在没有什么东西妨碍您履行诺言。我不会再和你交谈,我是绝对不会同意的。我同样希望您不要认为必须接到命令才走,您还是满足我在此重提的要求吧!再见,先生。

第四十三封信

德·范耳蒙子爵致德·梅尔提侯爵夫人

我的漂亮的朋友,你应该为我而感到高兴,人家已经爱上我了。我战胜了这颗乖戾倔强的心。我用巧妙的手法看出了她的秘密;她保持沉默也是没用的。通过积极的努力,凡是我想知道的我都知道了。我真幸运,从昨夜开始,我重又如鱼得水,我的生命完全恢复了活力;我发现两个秘密,一重是爱情方面的,另一重有关一种卑劣的行径。前者,我将加以享受,后者,我一定报复。我将翱翔在欢乐之中。一想到这一点,我就兴奋之至,几乎要失去警觉。下面的叙述,也许会有些杂乱。不管怎样,写着瞧吧!

就在昨天,给您写信以后,女信徒交给我一封信。现在给您附上。您可以看到她极巧妙地允许我给她写信。但是她要我赶快离开。我深切地感到,再这样下去,对我不会好的。

然而我还在为到底是谁说我的坏话而苦恼,所以我还是改主意。我想收买她的侍女,要她把她女主人的口袋交给我;她在晚上可以轻易地拿到,第二天早上又可以悄悄地放回去。我答应给十个金路易作为报酬。但是我碰上了一个假正派人。她顾虑重重,而且胆小,无论怎么说都不奏效。晚餐铃响了,我只得让她走。幸好她答应替我保密。您想一想,就是这一点,我本来也不敢指望呢!

我从没有过这么坏的情绪。一切都完了。整个晚上,我都责怪自己的轻率。

回到房间,跟她谈话时,我心里直发毛。他作为那侍女的情人应该对她有些影响吧!我要他让她去做我所要求的事,或者至少让她保证不说出去。他这人平时信心十足,这是对我的一种不信任。他发表了一个很有深度的看法,使我感到惊讶。

"老爷肯定比我明白,"他对我说,"与一个女人在一个床上,不过是投其所好而已,而要她做我们要求的事,则是另一回事。"

"下等人的见识往往使我震惊。"

他又说:"对这个姑娘,我把握不大,特别是我有理由相信,她原是有情人的;我之所以能得到她,只是在农田中很自在。我要不是忠心耿耿为老爷效劳,这种事我只会干一次!"(这个小伙子真是难得!)"至于保密,"他接下去说,"要她答应有什么用呢?她骗我们，也不会有危险；再同她谈这些只会告诉她这件事很重要，更促使她去讨好她的女主人。"

他的这些见解越正确，我越觉得尴尬。恰好那个人说着没完没了，没看出我的窘态。我因为需要他，就让他说下去。他对我叙述了他和这个姑娘的恋爱故事。他告诉我侍女的房间和她女主人的房间只隔一层板壁，有可疑的声音就会给她女主人听到，他们每天都是在他的屋子里相会。我马上想出一个计划。我告诉了他。

我等到夜里两点钟敲过，拿了灯火，按照计划好的做法，到他幽会的房间去了。多次拉铃成了我的借口，都没有叫到人。我的心腹很擅长表演，显出吃惊、绝望和知罪的样子。我打断他的表演，装着要些水，差他去烧水。这个有顾虑的贴身女仆真是羞愧得无处容身，尤其是由于她身上穿着是一身夏天的衣着。是我那好笑的跟班让她这样穿着的，为的是给我的想法添枝加叶。

因为我觉得她越尴尬，我越容易管束她，所以我没有让她改变姿势或更换衣着；我指使跟班到我房间里等我，说完，我就挨着她，在破乱的床上坐下，开始了谈话。她没法子只能听我的。我要维持这对我很有利形势，便冷静行事，不为所动，简直可以和禁欲主义者西皮翁媲美。我一点也没有对她放肆，虽然以她的年轻美貌，又处于当时那种境地，她完全有缘由指望我这样做。我像跟诉讼代理人谈话一样，冷静地和她谈事情。

忠实地保守秘密是我的条件，只要她在次日这个时候，或在几乎同样的时间，把她女主人的口袋给我。我还对她说："昨天，我曾答应送您十个金路易；今天，我仍然这样答应您。我不会因为您今天的处境而改变诺言。"一切都谈好了，这您可以料到。可是我正要回去时，忽然发现仆人拿错了我的灯火走了。于是我想开个玩笑，便请这美丽的侍女给我带路、照明。她说要稍稍打扮一下才行。可是我说既已发生了这些事，就不用再讲究了。我的戏弄她被迫接受了。她就这样来到我的房间。在那儿，我把她交还给她的温柔体贴的情人，让这对幸福的有情人去找回他们失去的时间。

我就利用时间睡觉。因为我要到次日晚上才看到我那美人的信件，但我不想在此之前回信于她，所以我醒来后就得找一个不写回信的借口。我决定去打猎。我几乎打了一整天的猎。

在我回来时，受到相当冷淡的对待。我有借口认为，人家对我并不迫切地利用留下来的时间而生气；特别是在给我写了那封语气温和的信以后。我之所以这样估计，是因为当德·雷斯蒙德夫人抱怨我出去太久以后，我的美人不无嘲弄地说："啊！我们不该责备德·范耳蒙先生,他不过是在追求他在这里唯一可以得到的快乐。”我指责说这种说法不公正,还乘机声明,正因为我很喜欢与在座的夫人们在一块,还搁下了一封重要的信没写呢!我还说因为几个晚上睡不好,我于是想试一试疲劳能不能带来睡意。我的眼光相当清楚地透露了信的内容与失眠的原因。整个夜晚,我表现出忧伤的柔情。我觉得这种表情相当起作用:我的焦急情绪给掩盖了。我在不耐烦地等待揭露秘密的时间到来。我们终于分开了。过了一会儿,侍女给我送来了保守秘密应得的报酬。

这笔财宝一旦到手,我就以您知道的细致开始清点,因为整理工作很关键。我首先着眼于她丈夫的一对信,信中全是诉讼细节和夫妻之爱一类的东西,杂乱无章,不堪卒读。我硬着头皮看完了,有关我的字一个也没发现。我生气地把它放回去。这时,我碰到了小心拼复的那封第戎来信,于是我的气消了。我心血来潮,又把信读了一遍。我注意到信纸上有很多泪痕。显然,这是我那虔诚可爱的女信徒淌下的泪水。能想象出来,我当时是多么高兴。我承认,我一下子又像年轻人一样荒唐,我狂热地亲吻这封信。我原来认为永远不会有这股冲动劲了。我继续这愉快的搜索,我给她的信也找到了。其中包括我给她的第一封信。这封信是抄件,原信这个薄情人已经还给我了。字迹不自然,颤动,这能够说明她在抄写时,内心感到愉快的激动。

到现在为止,我一直沉浸在爱情中;接着,爱情就被愤怒冲掉了。您猜是谁要我所倾心爱慕的女人对我产生厌恶的?您能够猜到是哪个恶毒透顶的泼妇策划这样的阴谋吗?您一定认识,她,她是您的朋友,您的亲戚!德·伏朗基夫人。您无法想象这个母夜叉编写了多么骇人听闻的故事。是她,就是她打乱了这位安琪儿心中的宁静。就是因为她的意见,她的毒辣的主张,我才将被迫离开。为了她,人家牺牲了我。啊!现在必须把她的女儿骗到手,这是不成问题的,但这还不够,必须使她身败名裂。因为年龄的关系,这个万恶的妇人不能成为我攻击的对象,那就应该打击在她疼爱的人身上。

她想让我返回巴黎!她迫使我这么做!好吧!我这就动身,但是我要使她为此而难过。我感到有点缺憾的是这件风流韵事的主人公是唐瑟米,他为人正直,这会妨害我们行事。可是在热恋之中的他,我又能常常看到;可能我们能够加以利用。您看我一气就糊涂了,竟没有想到应该告诉您今天发生的事。我们回到正题上吧!

今天早上,我再次见到我那正经的多情美女。我从没有发觉她有这么美。事情就是这样,大家都谈论女人什么时候最漂亮,美得让人的心灵陶醉,却很少有机会亲身感受。女人最美的时刻是她爱上了我们的时刻,但还没有得到爱的表示。而我当时的情境正是这样。也有可能，我想到可能得不到她了，因此她在我眼里变得更美了。以后，我接到了您二十七日的信，刚开始读信时，还在犹豫是否遵守诺言。但我碰上了我的美人的眼光，这时，我再也不可能不听她的了。

于是我宣布我将启程。过了一会，德·雷斯蒙德夫人听她的了，只剩下我们两人。当时我离胆小的人还有四步远，站了起来，面带恐惧，对我说："请离开我，先生。别走近我，以上帝的名义，请走开吧！"这个热切的恳求暴露出她的情绪，这更使我感到鼓舞。我已经接近了她，握住了她的手。她以非常让人心动的表情合起双手。我开始表述心声。可是有魔鬼与我作对，德·雷斯蒙德夫人又回来了。虔诚羞怯的女人就乘机离开了；她的确也有害怕的原因。

她还是握住了我伸给她的手。这种温情，她长期来不曾有过，我觉得是个好苗头。于是我一面重新开始倾诉，一面打算握紧她的手。她开始想缩回去，我稍坚持一下，她也就做出了让步。但是她对我的这个动作，对我说的话无动于衷。到了她的房间门口，我想亲一下她的手。她先是诚恳地表示拒绝，但我温情脉脉地说了一句："您想一想，我要离开了。"这就使得她的拒绝显得不和谐，站不住脚了。我刚吻了一下，她就用力挣脱了她的手。她进了她的房间。她的侍女也在里面。我的故事就到此画上了句号。

由于我估计明天您将去德·××元帅夫人家，我肯定不会去那里找您，也由于我料到，有很多事情要在我第一次会晤时讨论，尤其是关于小伏朗基的事，我是不能忘记这件事的，所以我决定在见面前先给您发一封信。虽然信已经很长了，我还是将到投邮时才封起来，因为尽管我就要走了，一切也可能因失去一个机会而改变。我现在去窥伺一下这个机会。

一七××年八月二十八日

又：没有任何新情况，没有一点自由时间，人家甚至千方百计避开我。可是她至少流露出适度的、不易看出来的忧伤。另外有一件并非不重要的事，我受德·雷斯蒙德夫人的委托，去请德·伏朗基夫人来她的城堡住一段时间。

回头见，我的亲爱的朋友，明天，或者至迟后天见。

晚上八时

第四十四封信

德·都尔范勒院长夫人致德·伏朗基夫人

夫人,德·范耳蒙先生今早已经离开了。我觉得您是很乐意看到他走的,所以我想我愿意把这个消息通知您。德·雷斯蒙德夫人很惋惜侄儿的离去。应该这样认为,与他交往确实是令人高兴的。整个上午,她都带着您熟悉的那种温情与我谈论他,没完没了地赞美他。我想我应该忍让他,听她说,不反驳。但也必须肯定,在好些方面,她是有道理的。我觉得对不起她,是我造成了这次分别,而我又没有办法补还她失去的乐趣。我不爱说笑这您知道,而这里以后的生活也不可能有更多的欢乐。

如果这次不是按照您的意见行事,我就担心做得草率些。因为看到我敬爱的朋友这么痛苦,我心中很是难受;我真想陪她一起哭。

我们的生活充满希望,我们希望您接受德·范耳蒙先生代表德·雷斯蒙德夫人向您提出的邀请,来她府上住一段时间。在这里能见到您,我将感到非常愉快,我想您不至于怀疑这一些。您也确实应该给予我们这个补偿。很高兴我能有机会结识德·伏朗基小姐,并且您也慢慢地了解了我对您的敬意……

一七××年八月二十九日于××城堡

第四十五封信

唐瑟米骑士致赛茜尔·伏朗基

我亲爱的赛茜尔,您怎么啦?是什么使您发生了这么突然又这么激烈的变化?您的山盟海誓到哪里去了?昨天您还兴奋地反复发誓,今天为什么把这些忘得一干二净?我深刻反省自己,可是这些都是没好处的,我没能在自己身上找出缘由。如果要我到您身上去找,这在我真是太令人害怕了。啊!您绝不会是个轻率的人,也不会装腔作势;即使在这个十分痛苦的时刻,也没有一种有侮您人格的猜忌会进入我的心灵。然而究竟是什么厄运在作祟,使您完全变了样?残忍的人,您不再是您了!温柔的赛茜尔,我所欣赏的赛茜尔，向我发过山盟海誓的赛茜尔，她是不会逃避我的目光的。她是不会破坏我与她在一起的时机的。即使有什么我想象不出的理由迫使她如此严厉地对待我，她至少不会不在乎和我一谈吧！

啊！我的赛茜尔，也许您不明白，您永远也不会理解，您今天使我受了什么样的苦痛，我现在还在忍受什么样的痛苦！您难道认为我能在得不到您的爱情的情况下生活下去吗？然而，当我为了消除恐惧，要求您说一句话，只一句话时，您却拒不回答，装作恐惧让人听见的样子。其实当时并不会被人听见，但由于您跑去坐在大家中间，就马上形成了这样一个障碍。此后，我只好离开您。我问明天什么时候能再见到您，您却装出不明白的样子，而打发德·伏朗基夫人来通知我。因此，明天，这个始终是我殷切期盼的时刻，使我能够与您接近的时刻，只会使我担心。本来，能见到您，我是从心底高兴的，而现在这种感情却为恐惧所代替了。我怕使您感到厌烦。

我觉得这种害怕心理非常碍事。我都害怕对您表示爱情了。"我爱您"，当您也对我这样说的时候，我是多么地激动呀！这句话给人怎样甜蜜的感觉，光是说说，我就觉得很幸福了。但是假如您变了心，这句话就只能给我带来永恒的痛苦。但是我不信任这个爱情的法宝已失去它的全部威力，我还要试图加以使用。是的，我的赛茜尔，"我爱您"。与我一起重复这句能表达我幸福的语言吧！请您想一想，您已经让我听惯了这句话，假如您不再让我知道这句话，那无异于判处我无休止地痛苦下去；这痛苦与我的爱情一样，只有随着我生命的终止才会停止。

一七××年八月二十九日于巴黎

第四十六封信

德·范耳蒙子爵致德·梅尔提侯爵夫人

我的亲爱的朋友，今天，我还不能见您。我在下面说明了理由。请您海涵。

昨天，我没有径直回家。我在德·××伯爵夫人处耽搁了；她的城堡就在我经过的路上。我在她那里吃了午餐。我七点钟才到巴黎，在歌剧院下车。我本以为您会在那里。

歌剧结束后，我来到休息大厅，见到朋友们。我看到了我的老朋友埃米莉被一群专事谄媚的男女包围着，她当晚在××公馆招待他们。我一进入他们的圈子，立刻被热心地

邀请参加他们的晚宴。我还受到一个又矮又胖的小人物的邀请,他讲的是蹩脚的荷兰法语,我看出他是这次晚宴的真正的主角。我接受了。

途中,我知道了我们前往的那幢房子是这个滑稽人物对埃米莉的报答。这顿晚餐正是他的结婚喜筵。矮个子想到自己立刻就能尽情享受,真是太高兴了。我看到他那自是的神态,真想捉弄他一下。我想怎样就怎样。

唯一的困难是使埃米莉打定主意。这位荷兰市长的富足使她有些顾虑。她开始面有难色,最后还是同意了我的打算,答应将这个小啤酒桶注满酒,使他整夜丧失战斗力。

为了使这个计划实施好,我们使出了各种手段。我们干得很成功。到吃最后一道点心的时候,他已经没有力气拿酒杯了,但是肯帮忙的埃米莉与我还是抢着给他灌酒。后来,他终于酩酊大醉,滑到桌子下面去了。他这样不省人事,少说也得一个星期。于是我们决定把他送回巴黎。因为他不曾把马车留下,我就叫人把他抬上我的马车,送他回去,我代他留了下来。我接受了所有在座者的祝贺。不久,他们都离去了,我就成为战场的主人。由于这件事很可笑,也可能由于我过了长期的隐居生活,我觉得埃米莉十分动人,于是,我答应留下来陪她,直到那个荷兰人复活为止。

我的这番好意是为了报答他刚才的一番好心。刚才她充当书桌让我给我的美人写信。我觉得这样给她写信很风趣:在一个姑娘的床上,差不多躺在她的怀抱里写,不时还被打断一下。搞一下极不忠诚的动作。在信中,我真实地汇报了我的情况和表现。埃米莉读了这封严肃的信之后,笑得发狂。我希望您也会大笑不止。

由于此信需盖巴黎的邮戳,所以我把它寄给您。信没有被封上,希望您看一遍,再封上投邮。可不要盖上您的封印,任何爱情的标志都不应用,仅仅印一个头像就行了。再见了,我的亲爱的朋友。

一七××年八月三十日

又:我又打开信。我让埃米莉去意大利剧院了……我将利用这段时间来看您。我最迟可于六时到您那里。若您方便的话,我们七时左右去拜访德·伏朗基夫人。我想我顶替德·雷斯蒙德夫人去邀请她不应该耽搁,并且我还很高兴看到小伏朗基哩。

再见,漂亮的夫人!我想疯狂地拥抱您,叫骑士感到忌妒。

第四十七封信

德·范耳蒙子爵致德·都尔范勒院长夫人

(盖有巴黎邮戳)

我度过了一个急风暴雨式的夜晚。我彻夜未眠。不是炽热的爱情使我长时期处在激动之中,便是心灵的各个器官完全瘫痪。此刻,夫人,我指望从您这里获得安宁,尽管我明知仍然无法享受到这种宁静,的确,我此时此刻所处的境地比以往任何时候更使我体会到无法抗拒的爱情的威力。我好不容易才控制住自己,使思想有些条理。可是我估计在写完此信之前,我会被迫中断。怎么!我不想您有一天也会体验到我此刻这种复杂的心情吗?可是我敢说,如果您理解此心情,您就不会无动于衷了。请相信我,夫人,冷漠的内心、麻木的灵魂,这些都是死亡的前奏,不可能导向幸福,只有积极的爱情才通往幸福。虽然您使我经受着灵魂上的痛苦,我却认为,我敢于肯定,此时此刻,我比您幸福。您纵然严厉地折磨我,这并不能阻止我完全沉醉于爱情之中,也不能狂热的爱情使您给我造成的忧伤。我就是要如此来报复您强加于我的流放。我给您写信从不曾像现在这样激动过,也从没有现在这样剧烈的甜蜜感。一切都似好像使我的冲动增强:我所呼吸的空气里洋溢着快感,那个我写信的桌子是第一次派这个用场的——在我看来,这桌子成了爱情的神圣祭台,它在我的眼中变得多漂亮呀!我应该在上面写下我永远爱您的誓言!我恳求您原谅我混乱的思路。我也许不能无节制地沉湎于您不能和我分享的快乐之中;现在我不得不离开您一段儿时间,因为我的兴奋每秒钟都在增强,我已不能自主了,我必须使之冷却才行。

我又回来了,夫人。显然,这样热切的心情我一直没变,然而幸福的感觉已经离我远远的了,随之而来的是难以忍受的空虚。如果我无法使您相信我的感情,我对您说那么多它还有什么用呢?经过如此多的努力以后,信心与力量都同时抛弃我了。我之所以还在讲述爱情的欢乐,目的是为了更强烈地感受失去欢乐的悔恨。现在除非您对我表现大度,要不我便束手无策了。我深深感到,此时此刻,我是如此需要您对我宽容。可是我对您的爱情,是这样充满敬意,它冒犯您的可能性也从没有此刻这样。这样的爱情我敢说连最贞洁、最严肃的妇女也无法拒绝。行啦!我不再谈我的苦痛感受了,我怕谈它。既

然不能否定引起这痛苦的人并不分担这痛苦,我至少也不应该无谓地耗费她的耐心。继续向您描述痛苦,无异于滥用您的好意。我现在只想再花点时间来恳求您给我回信,请您相信我的真情实感。

一七××年八月三十日于巴黎

第四十八封信

赛茜尔·伏朗基致唐瑟米骑士

我不想草率行事,也不想骗您,先生。我一旦看清自己的行动,就觉得必须改正错误。我已向上帝发誓终止这种行动,直到某一天,我能把对您的感情也奉献给上帝。由于您的神职身份,此情此感也就更为有罪了。我知道这会使我痛苦。我也不想欺瞒,前天以来,每次一想到您,我就泪流满面。但是我希望上帝赐予我恩典,给我最够的力量把你忘记。我还把希望寄托在您的友谊和您这个负责的人身上。我愿意看到您抑制自己,不影响我的决定。我要坚持自己下定的决心。所以,我求您行行好,不要给我写信了;您要知道,您再给我写信,我也不会给你写回信的。您还将迫使我把其中的来龙去脉都告诉母亲,而这会使不再想见到您。

对您,我还会保留允许存在的、没有危险的爱慕之情。我从心底祝愿您万般幸福。我知道您不会再如此爱我;可能不久,您就会爱上一位强于我的女子。这在我将是一次赎罪性的受苦,因为我错误地把心奉献给了您。我的心,我只应该奉献给上帝和我的丈夫——如果有丈夫。我希望仁慈的上帝怜悯我的软弱,仅给我能够忍受的惩罚。

再见了,先生,我可以向您保证,假如我只爱一个人,我爱的就是您。这就是我能对您说的全部话。这可能已经超出了不应该说的范围。

一七××年八月三十一日

第四十九封信

德·都尔范勒院长夫人致德·范耳蒙子爵

先生,我接受不时收到您一两封信,但您难道就是这样来利用我的许可吗?您在信中谈的只是感情,我能不心生埋怨吗?这样的感情,即使我心平气和地谈,不违背我的天性,我也是怕谈的。

再者,如果我为了保持这种有益的恐惧,需要一些别的证据,我认为我是可以从您最近这封信中找到一些的。是的,您认为是在赞美爱情,可事实上您在做什么呢?恰恰相反,您是在向我显示爱情的狂风暴雨。谁又会要牺牲理智去换幸福呢?这种幸福的一时快乐消失以后,留下来的不是懊恼,就是终生悔悟的挣扎。

您已习惯于被危险的狂热所驱使。按常理,这种狂热的影响应该有所削弱了。但是您不能否认,您有时还是不由自主,您这不是首先起来抱怨这种狂热导致了内心的混乱吗?那么,对于一颗毫无经验,易受感动的心灵,这种狂热不是会带来更令人害怕的伤害吗?这样的心灵将被迫做出巨大的牺牲,因而更加强了这种狂热的危害性。

先生,您认为,或者您假装认为爱情可以通向幸福之路,而我,却坚信爱情会使我不幸,因此我永远不想听到这个字眼。我觉得只要提起它,就会打破内心的安静和平静。我出于心中的志趣,也出于本分,请您在这一点上不要滋意评论。

还有,这个要求您现在应该不难做到的。回到了巴黎,您有充足的时光去忘却这种感情。这种感情的产生可能是由于您的习惯,而乡间的安静舒适的生活情调更使感情变得狂热不已。现在,您又回到了原来地方。您身边的那些女人不是个个长得比我妖艳,都更值得您爱慕吗?我没有人们所指责的女性的虚荣心,我更没有虚伪的谦逊,后者实际上只是一种隐藏起来的骄傲。我完全实心实意地对您说,我没什么讨人喜欢的本事。即使我有这种本事,我也不相信我能够拉拢住您。我要求您不要再理我,不过是要您像过去那样。而您过去所做的事,毫无疑问,您将来还是会照样做的,即使到那时我要您做跟这恰恰相反的事。

我会牢记这个道理。仅凭它我就有充足的理由来拒绝听您辩白。我还有千百个其

他的理由，但不再重述，我只是坚持请求您，正如我过去所说的那样，不要再对我讨论有关感情的事，我不会听，也不会给您答复。

一七××年八月三十一日

第五十封信

德·梅尔提侯爵夫人致德·范耳蒙子爵

子爵，您确实让人难以忍受。您对我这么无理，好像我是您的人。我会发怒的，您知道吗？我现在脾气糟透了。怎么，您打算明早去看唐瑟米！您可明白在你们会面之前，我和您谈一下是多么至关重要？我不知道您上哪去了。您让我白等了整整一天，您却跟没事似的。由于您，我到德·伏朗基夫人家，来得太晚，使所有的老夫人们都觉得我这人难以理解。我不得不讨好她们整整一个夜晚，来平息她们的烦乱的情绪。老妇人是不好惹的，因为是她们左右着年轻人的声誉。

现在已经是半夜一时，我太疲倦，但我还得给您写个冗长的故事。这个空虚的故事将增加我的睡意。您很幸运，我没空出时间去指责你。可您别以为我就这样饶恕您了，我只是腾不出时间罢了。我得放快点，您好好听着。

只要您稍微机灵一点，明天唐瑟米就会把知心话全对您说。现在要取得信任正是大好时机：他正身处于灾难之中。小姑娘去教堂忏悔了。她像孩子一样说出了一切。打那以后，她怕妖怪缠身，苦恼得不得了。她要彻底决裂了。她对我谈了她全部的忧虑；她那兴奋的样子告诉我，她的头脑发昏到了什么程度。她给我看了她的绝交信，内容完全是极其枯燥可笑的。她没完没了地和我谈了一个小时，没有一句是符合事理的话。但她还是弄得我相当难堪；因为您知道，我是不会轻易对一个没有头脑的人推心置腹的。

在她的牢骚中，我看得出来，她并非不爱她的唐瑟米。我甚至觉察到了一种爱情所特有的手腕，她自己还可笑地蒙在鼓里呢！她一方面惦念她的情人，一方面又害怕因此而被打入地狱，她懊恼不已，她于是便祷告上帝，好把他忘掉。由于她时时刻刻都这样祷告，她就找到了不停地思念她情人的方式了。

换一个阅历比唐瑟米深的人，这件小事可能还算划得好处大于坏处，但是这个年轻人是一位如此害羞的情人，如果我们不帮助他，他会要很长时间去除顾虑。这样，我们就没有时间来按我们原先没想的那样做了。

您说得对,很不巧,唐瑟米会是这次事件的主角,我和您一样感到难过,但有什么办法呢?这已经成为事实,而这也是您的过错。我看了他的复信,信写得真冷峻。他不停地对她讲道理,想说明身不由己的感情并不构成犯罪。好像只要我们撒手不管,感情始终是不由自主的似的。这个想法普通,连那小姑娘也想到了。他感慨不幸的方式倒是挺动人的;但是他的痛苦是那么可爱,表现得如此强烈和真诚,因此我觉得一个找到机会能把男人折磨到这种程度,而又不冒什么危险的女人是不可能不宽恕自己有这种奇怪的想法。最后,他向她说明,他并不像她所想象的那样,是一个僧侣。毫无异议,他这一手很绝。因为女人要谈恋爱,一定不会挑选马耳他骑士团的先生的。

算了,我不想白费时间和她争辩。这会有损她的名誉。她也不一定相信我赞成绝交的计划。不过,我说在这种场合讲清缘由要比书面表达好;根据习惯,过去收到的信件和其他小玩意儿也要返回来。这样,我好像接受了她的观点,就借机说服她和唐瑟米举行一次幽会。我们立刻商定了办法,我已想办法使母亲不带她的女儿,独自出去。关键的时刻是在明天下午。唐瑟米已经被告知了。但是看在主份上,如果您有可能,请劝服这位英俊的情郎不要过分愁眉紧锁,并告诉他,战胜顾虑的真正方法,是有顾虑的人不再有任何可以失去的东西。

另外,为了使这种可笑的情景不再再次上演,我对小姑娘对听忏悔的神父能不能保密发生了怀疑。我确保,她在自作自受:她给我制造了恐惧,现在她担心听她忏悔的神父会没有把一切都告诉她母亲。我希望等我再跟她谈一两次之后,她不至于把她愚蠢的话再随便去讲了。

再见,子爵。唐瑟米托付给您了,您来收拾他。我们若不能把两个孩子调教得规矩点,那将是可耻的。如果我们发现困难远远地超过我们的想象,那么,为了鼓舞士气,您要想一想这是有关德·伏朗基夫人的女儿的事,我则要使自己明白,她将成为席耳库尔的妻子。再见了。

一七××年九月二日

第五十一封信

德·范耳蒙子爵致德·都尔范勒院长夫人

夫人,您不许我对您表白我对您的感情,然而我又如何能控制自己不去那么做呢?我心中一直不该忘怀的本该是一种甜情蜜意,您却使之成为令人痛苦的感情。您使我远离,这种放逐使我怅惘消沉:生活中只剩下了失望和悔恨;我不断地想起您的冷淡,因而内心饱经折磨。难道我还要失去唯一的一点安慰吗?我除了不时向您敞开一下我的心扉,烦乱和悲辛的心灵,还能有什么别的慰藉呢?您泪流满面,而您竟想把头扭开不管我吗?您甚至拒绝接受您要求我付出的牺牲的证明吗?同情一个因您而不幸的人,不是要比又严厉又不公正地禁止他抒发感情,进而使他和我痛苦不堪,更符合您的为人,更符合您善良、温柔的心吗?

您装作害怕爱情,却不愿意看到受您责备的爱情的痛苦是您自己造成的。啊!当爱情源于你,而你又没有感受到爱情的存在时,这种感情显然是很难受的。但是如果没有相互的爱情来提供幸福,那又到哪里去寻觅幸福呢?亲热的友爱、世上唯一的没有保留的信任、痛苦的减轻、快乐的增强、诱人的希望、甜美的回忆,这些,在爱情之外,到哪去找呢?您诽谤爱情,而实际上,您只要不再拒绝爱情,就能享受到爱情可以奉献的一切美妙之处。而我,我捍卫爱情,我可以忘却所经历的全部痛苦。

您也迫使我保护自己,用生命向您表示倾慕,您却在寻找我的错误消磨着时光。您已经认定我是轻薄的骗子;您利用我向您承认的过错来打击我,您把过去的我和现在的我弄混了。您使我远离了您,生活在痛苦之中,但您还不满足,您还进行冷嘲热讽,说我想寻欢作乐,而您明明知晓您已使我对这种种都不感兴趣了。您既怀疑我对你的诺言,也不相信我的盟誓。好吧!我还可请一个人,向您证明,您至少不至于不相信她。她就是您自己。我只请求您问问你自己,如果您不相信我的爱情,如果您一度怀疑您不是唯一占据我心灵空间的人,如果您不敢肯定已经使我这个过去确实望着那山高的人定下心来。我同意为此受罚。我会叹气不止,可我不会申辩。但是如果您能正确认识我们俩,您就不得不承认,您现在没有,将来也永远不会有任何情敌。我恳求您别再强迫我在幻觉中挣扎了,您至少让我保留这样一个安慰:您对我的感情不再表示怀疑。我的感情只

会,也只能随着我的生命的完结而完结。夫人,请答应我请求您正面地回答我提出的这个问题吧!

在您的眼中,我生命中的那段时光似乎严重地损害了我的光辉。然而我现在丢弃它不管。这并不说明,在必要的时候,我没有理由来为它申辩。

我究竟干了些什么呢?我不过是在被投入激流以后,没有进行强劲的挣扎而已。我进入社交界时年幼无知。女人成堆。我可以说是从一个女人手中转到另一个女人手中;她们人人都风骚、多情,都怕我有时间仔细想想。因为她们觉得这对她们没有好处。难道她们不拒绝我,倒要我拒绝她们吗?难道我应该以坚贞不屈来惩罚自己一时的失误吗?而且这失误又是对方引起的。这种坚贞不屈到头来也是没有用的,人家只会把它看作一种笑料。嗳!除了迅速分开,还有什么其他方法可以冲洗干净一次不光彩的选择呢?

但我可以说,对肉体感官方面的陶醉,甚至狂热的虚荣感并没有进驻我的灵魂。我的心灵是为爱情而长生不死的,偷香窃玉可能使它一时得到放纵的快乐,但不能使它得到长久的幸福。我的周围尽是些妖里妖气的女人,但没有一个可以打动我的心。人家给我快乐,但我想要的却是德行。另外,还有,因为我性格挑剔、敏锐,连我自己那时都自认为是个朝奉暮楚的男人。

只是看到您,我的心才豁然开朗了。不久,我意识到爱情的魅力来自高尚的心灵,唯有品质才能激发强烈的爱情。我终于觉得,我不爱您,或者爱别的任何一个女人,都已经成为不可能的了。

请看,夫人,我剖析了这颗您惧怕接受的心灵。它的命运将由您来决定。但是不管您让它何去何从,都一点改变不了它对您的感情。这种感情,也正像启迪这种感情的德行一样,是亘古不变的。

第五十二封信

德·范耳蒙子爵致德·梅尔提侯爵夫人

我见到了唐瑟米,但我只知晓了他的一半秘密。他很执拗,特别,不想说出小伏朗基的姓名,只说是一个很聪明、较老诚精于思考的女性。除了这一点以外,他倒颇真实地讲

述了他走桃花运的经历,特别是最近那件事。费尽巴力鼓励他,对他的拘谨、顾虑,狠狠地嘲讽了一通。但看来他本性难移,对他,我不能确保。后天,我还可以多告诉您一些。明天,我带他去凡尔赛;路上,我要好好打探一下他心里的秘密。

今天的约会也让我看到一丝希望之光:情况也许完全如我们所愿。可能现在只待听取口供、收集证据了。这件事您做要比我好办:因为那位姑娘比她那审慎的情人要信任别人一些,但是我将尽力而为。

再见了,我的美丽的朋友。我时间很紧,今晚和明天,我都不能去拜访您;如果您知晓新的进展,请给我写上三言两语,让我回来时能够有所了解。我肯定返回巴黎去睡。

一七××年九月三日晚

第五十三封信

德·梅尔提侯爵夫人致德·范耳蒙子爵

啊!是的,唐瑟米这个人倒真是要好好捉摸捉摸!如果他对您说了什么,那一定是在吹牛皮。我从未见过在爱情上有这么蠢的人。我越来越责备自己。我们对他这么好。您知道吗?我的名誉几乎因他而扫地。呵,我要报复的,就这么决定了。

我昨天去了德·伏朗基夫人家。她不想出门,她觉得身体不舒服。我好不容易才把她劝服。我就怕他来时,我们还没有出发,因为德·伏朗基夫人前一天告诉过她自己不会在家。她女儿和我真成了热锅上的蚂蚁。最后,我们终于出发。在跟我话别时,小姑娘和我热烈地握手,我知道,尽管她觉得自己还在实行分离的计划,晚上还是会有奇迹的。

我的焦虑没有散去。我们到德·××夫人家刚半小时,德·伏朗基夫人真的不舒适。她想回家,这是很自然的。可我不想让她就回家,尤其是我怕撞上两位年轻人——这可以说肯定的——真要那样,我再三劝她的动机就让人怀疑了。我决定拿她的身体状况来吓吓他,幸好这还算容易。我装作担心马车颠簸,不同意送她回去,把她留了一个半小时,等到我和姑娘商定好时间才往回返。抵家的时候,我发现姑娘满脸娇羞的样子。我承认我当时希望活别白干。

我想知道情况,便留在德·伏朗基夫人身边。她一到家就躺下了。在她床边用罢晚餐,她的女儿和我便找借口,告诉她需要休息,离开了她,进了她女儿的房间。姑娘已做了我所期待的一切:消除顾虑,重新盟誓,等等。她干得很主动。但那个蠢货唐瑟米却还是原地踏步,没有一点进步。哦!这个家伙,跟他闹翻没有关系,重归于好也无危险。

但是姑娘肯定地说,他曾经想得寸进尺,不过她善于保护自己。我敢保证,她是自夸,或者为他开脱。我甚至坚信这个看法。突然,我有了种奇怪的想法,想知道她所谓的善于自卫,究竟是怎么回事。我也是个女人,我用话语步步紧逼,竟使她的头脑发了热……总之,您可以相信我,没有任何人对肉体感官的挑逗比她更敏感。这个姑娘实在可爱极了!她有一个不像唐瑟米那样的情人就好了。起码她将得到一个很好的女朋友,因为我对她有种发自内心的喜爱。我曾经答应栽培她,我想我会守信的。我经常觉得我需要有一个同性的好友,我觉得她比谁都更适合,但是我还不能这样做,因为她还不是……她应该已经是了。这又是在对唐瑟米心怀恨意了。

再见了,子爵;您明天,至少明天早上别到我家来。我拒绝不了骑士的百般恳求,要到小公馆里去住上一晚。

一七××年九月三日

第五十四封信

赛茜尔·伏朗基致莎菲·卡耳内

我亲爱的莎菲,你是正确的;你的预言比你的劝告更有效力。正如你所预料的,唐瑟米比听忏悔神父、比你、比我都有一种威胁的力量。我们又恢复了当初那种关系。啊!我不会反悔的。假如你指责我,那是因为你不晓得和唐瑟米恋爱有多大的乐趣。你说应该怎么做才比较适宜,因为你爱想怎么说就怎么说;但如果你体验到爱人的忧伤会使我们多么痛苦,他的快乐又使我们多么快乐,我们想说“是”时,“不”字是多么难以开口,你就不会惊奇不已了。这点我已经体验到了,很强烈地体验到了,可我还不知道为什么。比如,你认为我能看着唐瑟米破涕为笑吗?我可以断言我做不到。他高兴我也高兴。你说了也没有用:别人的话改变不了现实情况,我确信事情就是如此。

我希望,你在我的地位……不,我不是这个意思,因为我绝对不想把位子让给任何别的人。但我希望你也爱上一个人;这不只是为了使你更理解我,少指责我,而是为了使你

更加幸福,或准确些讲,使你开始尝到幸福。

你会懂得吗,我们的快乐、我们的欢笑只不过是小孩子们的把戏;一旦过去了,就什么也不会留下。可是爱情就不同了,啊,爱情!……一句话、一个眼神,只要知道他在身边,就是幸福。唐瑟米在我身边时,我就什么也不想望了;要是见不到他,我的心就一直想着他。我不知道这是怎么搞的,但是可以说,他就是我的爱,我的一切。他不和我在一起时,我心里惦念着他。我独自一人,全神贯注地想他,我觉得我仍然是幸福的。我一闭上眼睛,就看到了他;我一想起他说过的话,就好像看到他在说话,就忍不住叹气;接着,我心中就燃起一团烈火,涌出一股激情……我坐立不定。我心乱乱的好像很难受,可这种难受又让我有一种不能对你明说的快乐。

我坚持认为一个人有了爱情,就会影响与朋友的友谊。但我与你的友谊并没有什么改变,始终和在修道院里时一样,我说的这种变化,我在德·梅尔提夫人身上感觉到了。我觉得我现在像爱唐瑟米那样,而不像爱你那样爱着德·梅尔提夫人;有时候,我真希望她就是他。这可能是因为我和她之间的友谊不同于我们这种两小无猜的友谊,也可能是因为我老是看到他们在一起,造成了一种错觉。总而言之,他们俩让我现在很幸福,这是千真万确的。还有,我并不认为我的所作所为有什么不妥的地方。所以,能这样下去,我就心满意足了。可是一想到结婚,我就很恐惧,因为如果德·席西库尔先生真是人家说的那种人(对这一点,我并不怀疑),我真不知道该怎么办才好。再见了,我的莎菲,我永远真心地爱你。

一七××年九月四日

第五十五封信

德·都尔范勒院长夫人致德·范耳蒙子爵

先生,您要求我做出答复对您有什么用呢?相信您的感情难道不正是害怕这种感情的原因吗?我既不想否定您的感情的真挚,也不想对此加以解释。我知道自己不愿,也不该对您的感情做出反应不就够了吗?对您来说,知道这一点不也够了吗?

就算如您所言您的确爱我,我们之间的障碍会变得容易逾越些吗?我除了希望您尽快能克制这种感情,并尽力帮助您做到这点,打消您的一切希望,还能做什么呢?您自己就说,“当诱发感情的人本人并不感受这种感情的时候,这种感情无疑是非常痛苦的。”那么,您应当了解我是不可能分担这种感情的。万一这种不幸降临,我会变得更可怜,您也不会更幸福。我相信您对我有足够的尊重,不至于对这点有丝毫怀疑。您别再固执己见了,我恳求您,不要再搅乱一颗那么需要安宁的心灵了!不要迫使我因为认识了您而感到懊恼!

我是个有夫之妇。我们夫妻生活得很平静,我要为他尽我做妻子的责任。我的快乐只能来自他。我是幸福的,我当然是幸福的。即使还有更大的快乐,我也不需要它们,我也不想愿尝试它们。心情舒畅、生活宁静、每日里安然入睡、坦然醒来,还有什么能比这种日子更美好的呢?您所谓的幸福不过是听任肉欲澎湃,听任情欲泛滥。即使在堤岸上观看,那样的狂涛也是令人恐惧。唉!我怎么经受得起这些风暴呢?我怎么敢在这满是船只残骸的洋面上航行呢?况且这是和谁一起航行!不,先生,我必须留在岸上,我珍视把我系缚在岸上的绳索。即使我能挣断这些绳索,我也不愿意这样做。如果没有它们,我会赶紧去寻找他们。

您为什么总是缠住我不放?为什么紧追不舍?您应该少给我写信,现在却一封接一封寄来。信的内容应该是理智冷静的,您却与我谈什么您狂热的爱情。您用您的形象来包围我。您就是在这里的时候都没有做到这点。您虽给打发走了,却又以另一种方式出现。我要您不要再谈的事,您还是反复地谈,只是换个说法而已。您起劲地用奇谈怪论来迷惑我,却不听我解释的道理。我想我不能再给您写回信了,我再也不复信了……您是怎么对待被您引诱过的女人的?您谈起她们时,用的是多么蔑视的口气!有几个人确是该受蔑视,这我相信,但是难道她们个个都这么可鄙?啊!当然,既然她们失了本分,委身于罪恶的情欲,她们也就丧失了一切。她们为一个人失去了一切,但是她们连那个人的尊重也得不到。这种严酷的惩罚是罪有应得的,但使人不寒而栗。话说回来,这些与我有什么干系?我何必为她们费心,为您费心呢?您有什么权利干扰我的生活?先生,您别再纠缠我了!不要再来看我,不要再给我写信,我请求您;我要求您。这封信是我给您的最后一封信。

一七××年九月五日

第五十六封信

德·范耳蒙子爵致德·梅尔提侯爵夫人

昨天回来时我看到了您的信。您发这么大的火让人心中非常高兴。即使唐瑟米冒犯了您,您也不会生这么大的气的。您现在要他的情人学会对他做些不忠诚的小动作,这显然是为了对他进行报复。您真是个风流的人!您妩媚动人,是的,人家不会像拒绝唐瑟米一样拒绝您,这点我不会感到吃惊。

这部小说英俊的主人公,我终于完全了解他了,他对我再没有什么秘密了。我反反复复地对他说,纯洁的爱情是至高无上的,一次真实的感情要胜过十次逢场作戏。说到后来,我自己也变成了一个柔情蜜意的腼腆的情人了。他终于觉得我的思维方法和他的很相似。他又觉得我很老实,于是兴高采烈起来,把一切都对我说了,还一定与我结为生死之交。可我们的计划还是没有起色。

首先,我认为他的想法是:由于一位黄花闺女失去的要比一个妇人多,所以应该更谨慎地对待。他特别认为当一个姑娘比男人富有得多的时候——这正是他的近况,如果男人使姑娘不得不嫁他,或者不得不过声名狼藉的生活,这是绝对不能原谅的。母亲镇静自若,女儿单纯坦率,这一切使他胆怯,使他不敢轻举妄动。困难并不在于驳倒他的观点,不管这些观点多么正确。稍微巧妙一些,再拿出些激情来,这些观点很快就会垮掉。况且它们又是如此可笑,我们又有社交常规作为依据。使我们为难的是,他觉得他现在很幸福。确实,初恋时都是显得彬彬有礼,也正如人们所说,比较纯真无邪,进展也比较缓慢,但这并不是出于顾虑或害羞,如人们所想象的那样。原因在于这是一种从未体验过的感情,一颗心灵因此感到惊奇。它每迈进一步都要停一下,以便回味它所感受的吸引力。这是一种非常大的吸引力,初恋的心灵会因此完全失去自制力,以致把一切其他的快乐都抛到九霄云外。这个道理千真万确,即使一个好色之徒堕入情网,也会变得不那么迫不及待地要求满足欲望。正因为如此,唐瑟米对小伏朗基的态度,和我对正经的德·都尔范勒夫人的态度是大同小异。

本来,为了刺激我们的年轻人,应该让他受到更多的折磨,让他有更多的神秘感,因为神秘感可以激发一个人的胆量。我倾向于认为您为他做得太周到了,反而误了事。您的所作所为对一个情场老手是很合适的,他只需要满足欲望;但是对一个初涉爱河的年轻人来说,您似乎应该估计到,女性的爱情所表现的最可贵之处就在于证明爱情的存在。所以他越肯定人家对他有情有义,他就越不会轻率鲁莽。现在怎么办呢?我不知道。但是我相信姑娘在结婚以前是不会被占有的。我们是白费力气;我很恼火,但是我看不出有什么办法。

我在这里纸上谈兵,您却在那里和您的骑士打得火热。这使我想起,您曾经答应过为了我可以牺牲对他的忠诚。我有您的书面保证,我不希望这成为一纸空文。我承认期限还没有到;不过,您若能在到期之前,就表示慷慨仁慈,我会加倍感激您的。您觉得怎么样,我的亲爱的朋友?您这样从一而终,不感到厌倦吗?这个骑士有什么了不起,还是让我来吧!我要让您相信,您所以觉得他有些的长处,那是因为您已经把我给忘了。

再见,我的亲爱的朋友;我热烈希望拥抱您,正像我想您那样;我敢说那个骑士的吻肯定没有我的那样火热。

一七××年九月五日

第五十七封信

德·范耳蒙子爵致德·都尔范勒院长夫人

夫人,我有什么理由要接受您的责备,听您发火呢?最强烈又是最满怀敬意的爱慕,对您的哪怕是最微小的想法的绝对服从,这两点可以说明我的感情和我的行动。不幸的爱情折磨着我。我唯一的精神依托是能见到您,但是您命令我放弃这种依托,我毫无怨言地服从了。作为这次牺牲的补偿,您允许我给您写信,而今天您又要剥夺我这唯一的乐趣了。我能听任剥夺而仍然服从吗?肯定不能。我能不珍视这唯一的乐趣吗?这也是我最后的乐趣,况且是经过您的同意的!

您说我的信一封接一封!请您想一想,我被迫出走十天以来,无时无刻不在惦记着您。何况您只仅仅收到我两封信。“我尽对您谈我的爱情”!唉!我除了对您谈我心里所想的,还应该谈什么呢?我能够做的只是在表达上尽量平缓我热烈的心所带来的激动。您可以相信我,我让您看到的只是我实在无法控制的部分。您却威胁我说不给我回信了。这样,对我这个爱您超过一切,敬重您更超过爱您的人,您不仅是严厉对待,还要

鄙视他！为什么一定要有这些恫吓，这些恼怒呢？我绝对地服从您，即使您的命令是不公正的，这您还怀疑吗？我怎么可能违反您的愿望？我不已经证明了这一点吗？由于我在您面前软弱无力，您就要对我这样残酷吗？您使我成为不幸的人，使您自己成为不公正的人，您这样就能够心安理得，就能享受您认为必需的内心安静吗？您能否想一想：他让我成为他命运的主人，我能给他制造不幸吗？他恳求我的帮助，我可以视而不见吗？您知道我在绝望之下会做出什么蠢事来吗？不，您不知道。

要知道我有多大痛苦，就必须知道我爱您到了什么程度。然而您并不了解我的心。

您弃我不顾是为了什么呢？您说是因为一些隐隐的恐惧。谁使您产生这些恐惧的呢？是一个热爱您的男人，一个您始终可以绝对控制的男人。您有什么恐惧呢？您永远能随意支配的感情有什么可以恐惧的呢？您自己想象出惊涛骇浪，让自己恐慌，却将这一切归咎于爱情。只要有一点信心，您的臆造的鬼怪统统会消失得无影无踪。

一位智者说过，要想驱除恐惧，只需你无条件服从恐惧的原因。这个真理特别适用于爱情。爱吧！这样您的恐惧就会消失。您想象中的鬼怪将会被一种甜蜜的感情，一个忠实顺从的情人所取代。您的生活将在幸福中度过。唯一会使您感到懊悔的是您在冷漠之中浪费了许多大好光阴。我自己从迷乱中醒悟过来以后，知道我只是为了爱情而生存，我惋惜过去在欢乐中消磨的岁月。我清楚地意识到只有您才能给我幸福。我恳求您，别再让我写信时总是小心翼翼，唯恐惹您生气，以致破坏了给您写信的快乐。我不想违背您的意愿，我现在跪在您的膝前，祈求您别夺去您已答应给我的唯一幸福。我向您大声呼喊：请听听我的恳求，请看看我的眼泪。啊！夫人，您难道还忍心拒绝我吗？

一七××年九月七日

第五十八封信

德·范耳蒙子爵致德·梅尔提侯爵夫人

您如果知道，就一定告诉我，唐瑟米在琢磨些什么？究竟发生了什么事？他损失了什么？是不是他那个美丽的情人被他那始终不渝的恭敬态度惹火了？说句公道话，这样她当然会生气的。他要求和我谈一谈，我答应了。我今晚对他说什么呢？我当然不想浪费时间去听他诉苦，如果这些对我们毫无帮助的话。爱情的苦衷只有谱成了服从于旋律的宣叙调，或者大咏叹调后才能入耳。请告诉我情况怎么样，我该做些什么。不然，我会躲得远远的，我可不想再找麻烦。今天上午，我可以和您谈一下吗？如果您“忙”，请至少给我写上几句话，把我对手的台词的底牌透露给我。

昨天，您到哪里去了？现在，我再也看不到您了。九月份我实在没必要留在巴黎。您还是考虑一下吧！我刚接到德·B××伯爵夫人十分热情的邀请。她邀请我去乡间看她，她夸张地告诉我，她丈夫有一座世界上最美丽的树林，他精心侍弄，供他的朋友们玩乐。您也知道，我对这座树林是有些特权的；如果我对您已经没有任何价值的话了，我就要去重游那树林了。再见，别忘了唐瑟米四点钟要来我家。

第五十九封信

唐瑟米骑士致德·范耳蒙子爵

（附在上封信中）

啊！先生，我绝望了。我一切都毁灭了。我不敢把我痛苦的秘密在纸上表露，可是我需要向一个值得信任、富于同情心的朋友倾诉我的痛苦。什么时候我能够看到您，能够到您身边来寻求安慰和指教？我向您表白我的衷情的那一天是多么幸福啊！和现在相比，真是如同隔世！对我来说，一切都变了。我为自己所忍受的痛苦不过是我的痛苦中最微不足道的部分；我为亲爱的人境况的担忧才是我所无法承受的。您比我幸福，因为您能够见到她。我希望您看在友谊的面上，不至于拒绝为我做一件事。确实，我必须和您谈一下，我得把我的处境告诉您。您会同情我，帮助我的。您是我仅有的希望了。您博学智慧，懂得爱情。您是我唯一可以信赖的人了。请不要拒绝给我认真的帮助！

再见，先生；我痛苦中唯一的安慰是想到我还有您这样一个朋友。请告诉我什么时候可以见到您。如果今天上午不行，我希望能在下午早一些的时候。

一七××年九月八日

第六十封信

赛茜尔·伏朗基致莎菲·卡耳内

我亲爱的莎菲，怜悯你的赛茜尔，可怜的赛茜尔吧！她真是太不幸了！妈妈全知道了。我实在猜不出她是怎么怀疑起这件事的，但事实是她全都知道了。昨晚，德·梅尔提夫人和别的一些人在我们家共进晚餐。我发觉妈妈的情绪不大好，可我没有很在意；在她打牌戏结束之前，我还和德·梅尔提夫人谈了很多有关唐瑟米的事，但我相信我们的话不可能给别人听去。她回去后，我也回了自己的房间。

我正脱衣服的时候，妈妈进来了。她将我的女仆支了出去，接着她要我把写字台的钥匙给她。她说这话的语调叫我听了浑身发抖，我几乎支持不住了。开始的时候我假装找不到，但到后来还是得服从。她打开的正是放唐瑟米骑士的信的抽屉。我真是吓坏了。她问我那是什么，我答不出话来，只说没有什么。当我看到她打开最上面的一封信，大声读起来时，我只来得及扑到一把椅子上。我一下子昏了过去。等我苏醒过来，妈妈已经叫来了女仆，让她扶我上床睡觉。说完，她就走了，带走了唐瑟米的全部信件。我一想到第二天该如何面对她，就颤栗不已。我哭了整整一夜。

天刚放亮，我就起来给你写了这封信。我盼望约瑟菲娜会来。如果我有机会跟她单独说话，我就请她送一封信给德·梅尔提夫人。我给她写封短信。如果没有机会，我就把短信附在给你的信中，请你代我投邮。只有从她那里，我才能得到一点儿安慰。至少，我们可以谈谈他。我没有希望再见到他了。我真是可怜啊！她可能愿意替我转一封信给唐瑟米。这件事，我不敢求约瑟菲娜，更不敢托我的女仆，因为可能就是她告诉母亲我的写字台抽屉里有信。

我不能写得更多了，因为我还得给德·梅尔提夫人和唐瑟米两人写信，我得把给他的信准备好，德·梅尔提夫人可能会愿意帮助我。等这些都干完以后，我再上床，好让有人到我房间来时，看到我正睡在床上。我可以说我病了，这样就不用去见妈妈了。我并没有说谎，我的确比发烧还难受。眼睛因为哭的缘故红肿起来。胃部感到压迫。呼吸困难。当我想到再也见不到唐瑟米时，我真想不活了。再见了，我亲爱的莎菲。我不能写下去了，我已经哭得上气不接下气了。

一七××年九月七日

注:赛茜尔·伏朗基给侯爵夫人的信略去了,因为内容与这封信一样,并且还更简单。她给唐瑟米骑士的信没有找到。这在第六十三封信,德·梅尔提夫人给德·范耳蒙子爵的信中有所交代。

第六十一封信

德·伏朗基夫人给唐瑟米骑士的信

先生,您完全辜负了我们对您的最诚挚的友谊。您利用母亲的信任和少女的单纯,干出了见不得人的勾当。从此以后,我家中将永远不欢迎您这样的客人。这点,您无疑是不会感到吃惊的。我请求您不要再来我家。我想这样做比向门房打招呼要好;向门房打这样的招呼对我们的声誉都不利,因为仆人们一定会对此议论纷纷。我有权利希望您不要逼我这样做。我还要正告您,如果您将来还要做出什么举动,即使是最微小的举动,企图让我女儿再一次做下错事,我就要让她去过一辈子严格的修道院生活,以摆脱您的纠缠。先生,您不怕使她丢丑,是不是也不怕使她受苦呢?这由您来决定吧!至于我,我的主意已经打定,并且已经告知她了。

附上一包您的信,作为交换,我想您也会把我女儿的所有信件退还给我。我相信您会同意让这件事不留下任何痕迹。这样一件事,回想起来,我不能不感到愤怒;她不能不感到羞愧;您不能不感到悔恨。

一七××年九月七日

第六十 二封信

德·梅尔提侯爵夫人致德·范耳蒙子爵

好吧,我来给您解释一下唐瑟米那封信的由来。他写的那封信是我促成的。我觉得这完全是我的杰作。自从接到您上一封信后,我没有片刻停顿,我像那个雅典建筑师那样说:“他怎么说,我就怎么做。”

那么,这位漂亮的小说主人公必须经受些磨难才行!身在幸福中,他便会进入梦乡

的！啊！让他来听我的吧！我会给他做做工作的。要么，我将错就错，要么，他就睡不安宁。是应该让他知道“一寸光阴一寸金”了。希望现在他在为浪费了好时光而懊悔。您还说，他应该需要再有些神秘感才好。好吧！这种需要，他今后再也不少了。我有这个优点，只要使我知道错在哪里就行了。不改正错误，我是不会轻易放弃的。我告诉您我已做了些什么吧！

前天早上一回到家里，就看到了您的来信。我觉得它看得很清楚。我相信您已经确切地指出了病因，我只需去寻求对症的药方就是了。可是我先得睡一会儿，因为那不知疲倦的骑士没有让我片刻休息。我觉得有些疲劳，但是我并没有入睡。我的心思全放在唐瑟米身上了。我想使他摆脱懈怠的状态。直到制定好计划之后，我才享受了两小时的休息。正如人们所说的，德·萨克斯元帅制订好第二天的作战方案后，才会安安稳稳地睡觉。

这天晚上，我去了德·伏朗基夫人家。按照计划，我私下向她透露：我认为她女儿和唐瑟米有一种危险的关系。别看这个女人对您的看法是那么敏锐，这下却成了瞎子。她说我肯定是搞错了，她的女儿还是个孩子呢。我当然不能把我所知道的全部告诉她，但是我列举了些他们所说的话，告诉她他们眉目传情的样子。我说：“我作为一个尊崇道德的人，作为一个朋友，对这些非常担忧。”总之，我的表现几乎像虔诚的教徒。为了取得决定性的胜利，我甚至说出我似乎看见过他们私下传递的一封信。我还说，我想起有一天，她当着我的面打开她写字台的一只抽屉，抽屉里有许多信，她肯定把信保存了。“您知道她经常和什么人通信吗？”我问她。这时，德·伏朗基夫人的脸色变了。我看见在她的眼里转动着几滴泪水。她握住我的手，对我说：“谢谢您，忠实的朋友，我会把事情弄个明白的。”

谈了这番话以后，我又跟小姑娘谈了一会儿，谈话很短，为了不至于引起她的怀疑。没有多久，我又离开她，过来要求夫人不要在她女儿面前把我说出来。她同意了，因为我提醒她，让孩子信任我，向我说心里话，我也可以向她做些“劝诫”，这该有多好。她会信守诺言的，这点我有把握，因为我完全相信，她是要把她对女儿的敏锐观察归功于自己的。我因而觉得有权与姑娘保持朋友的关系，而不至于在德·伏朗基夫人的眼中像是一个双重间谍。结果我想和这姑娘谈多久就可以谈多久，要谈得多秘密就多秘密，那个做母亲的非常相信。

使用了这个特权。牌局结束以后，我把姑娘叫到一边，和她谈起唐瑟米。当晚这是个她总也说不完的话题。我逗她把什么蠢话都说出来了。我还预言她明天见到他时会很快乐,这使她非常兴奋。我必须把实际上她已经失去了的作为希望还给她。而这富于戏剧性的一切会使她更感觉到这次打击的严重性。我确信她越是痛苦,就越急于得到补偿。让一个未来的情场冒险家先领略一下感情上的大起大落也也不见得是件坏事!

总之,为了得到她的唐瑟米,她难道不应该付出些泪水的代价吗?她爱得真是入迷啊!好吧!我一定完成自己的承诺,她会得到他的,而且一定会比没有这场风暴得到的更早。这真是一场恶梦,可是从梦中醒来后,却有一种甜美的回味。不管怎么说,她是应该感激我的。是的,我暗中用了些阴谋诡计,但我们总得寻些开心吧!

"傻瓜们活在世上是为了让我们解闷的。"

后来我就打道回府了,对自己感到很满意。我想:要么唐瑟米振作精神,知难而进,增强爱情,而此时我将尽力帮助他;要么他只是个傻瓜(我有时候忍不住这样想),那么,他会垂头丧气,会自认失败。要是这样的话,我至少算是在能力所及的范围内报了仇。此外我还一石二鸟,使母亲对我更器重,女儿对我更友好。至于我的最终目标:席耳库尔,既然他的妻子在思想上已经在我掌握之中,而且这种掌握日益牢固,我若找不到上千种方法来处置他,那我实在是太可悲,或者是太笨了。我怀着这些美好的计划上了床,睡得很香,很迟才醒。

醒来的时候,我看到了两封短信,一封是那位母亲的,一封是女儿的。当我在两封信中看到这句一模一样的话:"我只期望从您那里得到一些安慰"时,禁不住笑了起来。一个人同时做出两种相反的安慰,同时担当冲突双方的代理人不是很可笑的事吗?我好像一夜之间成了神灵,对瞎眼的凡人们各不相同的意愿一清二楚,却绝不改变既定的旨意。然而我也曾放下这个叫人望而生畏的角色,承担起抚慰天使的义务来。因为我的职责,我去访问了处在痛苦之中的朋友们。

我首先拜访了那位母亲。我发现她伤心极了;她曾通过您那位正经的美女使您遭受了些许痛苦,这一下为您出了点儿气。一切都很顺利。我现在放心不下的是担心德·伏朗基夫人会利用这个时间来赢得她女儿的信任。这是很容易做到的。她只需对女儿言语温和、友善些,使理智的劝诫和慈爱的态度、语气相结合就行。幸亏她很严厉,表现得极不和善,我除了在一旁拍手称好以外,不用做别的事了。她的确差一点把我们的计划给破坏了,把她的女儿送进修道院去。但是我防住了她这一把。我劝她只有当唐瑟米继续追求她女儿时,才有必要使出这一着作为威胁手段。我这样做是迫使他们俩以后行事

小心谨慎，这对我们的成功至关重要。

接着我到女儿的房间去。您想象不出痛苦使她变得有多美！只要她稍微学会卖弄些风情，唉，不过我担保今后她会经常哭泣的。但是这一次，她确实是真情实意地哭……我第一次发现她是这样妩媚可爱，我给吸引了过去，竟然也有些沉醉了；所以一开始，我说的安慰话是很不得体的，不但没有减轻，反而增大了她的痛苦。我几乎使她真的窒息了。她哭不出来了。我真怕她昏厥过去。我劝她躺下，她很听话地照做了。我充当了她的女佣。她还没有梳洗。散乱的头发很快就落在她袒露的双肩和胸脯上。我吻了吻她，她倒在我的怀抱中，眼泪又簌簌地流下来。上帝，她真美啊！啊！如果玛德兰娜是这样的话，肯定首先是一个具有危险的诱惑力的忏悔者，而不是一个道德败坏者。

当沉浸在悲痛中的美人上了床以后，我开始一心一意地安慰她。我首先稳住她的心，叫她不要担心会去修道院。我使她产生了私下约会唐瑟米的希望。我坐在她的床沿上，对这个希望极力渲染，终于使她一步一步地忘却了痛苦。分手的时候，如果不是她要我给唐瑟米带封信，我们原本应该满意到了极点。我当然拒绝了她的要求。对于我的解释，您无疑是会赞同的。

首先，在唐瑟米面前牵连到我是不妥当的。如果这是我可以提出来的唯一理由的话，那么您我交谈，一定还可举很多别的理由。事实上，这么快就让我们的年轻人轻易地摆脱痛苦，这不是拿我们的殚精竭虑来冒险吗？而且如果这件事情能够涉及几个仆人，我是不会有什么意见的。因为正如我所希望的，在她结婚以后，这件事情应立即让大家知道。当然即使仆人们保持沉默，我们也会说出去的。不过由他们把事情宣扬出去比较合适些。

您今天必须去给唐瑟米一些提示。我不大相信小伏朗基的那个女佣，她自己似乎也有疑虑，所以您要他使用我的女佣，我的忠诚的维克托丽吧！我将竭尽全力使这次活动成功。我最感兴奋的是守秘密只对我们有用，因为我现在还没有把整个事件讲完呢！

我拒绝替小伏朗基当邮差时，还担心她要我把信投邮。这个要求我是无法拒绝的。幸亏她当时心烦意乱，或者是年轻无知，因而没有向我提这个要求。也可能她考虑的是如何得到回信。她是不可能从邮局得到回信的。为了使她不要产生这个念头，我当机立断做出决定，马上回到她母亲的房间。我说服她，让她女儿离开一段时间，比如带她去乡下……去哪里呢？……您的心不高兴得怦怦直跳吗？……去您的姑妈家，去年迈的罗斯蒙德夫人家。德·伏朗基夫人今天就会通知她的。这样，您又可以去见那个忠诚于您的女信徒了,她也没有必要再表示反对,说你们两人在一起会惹人嫌疑了。多亏我为您说情,德·伏朗基夫人将亲自去补偿她给您造成的损失。

可是请您听我说,不要因为太积极地关心您的事而把这一件忽略了,别忘了,我感兴趣的正是这一件。

我要您成为两个人的邮差和顾问。您把这种打算告诉唐瑟米吧!并请告诉他,您可以给他帮忙。您可能会碰到的唯一困难是怎样让您的任命书到达美人手中。扫除障碍的方法就是立即对他说,他可以通过我的女佣这条渠道。无疑他是会接受的。您费了力气,自然会有回报的。一颗纯洁的心会向您倾吐秘密。这类秘密一定是令人感兴趣的。可怜的姑娘!当她鼓足勇气把信交给您时,她的脸蛋会红到什么程度呵!说说心里话,尽管大家对充当这种信使的角色持有偏见,但对于一个居心叵测的人来说,我认为这不失为一个很有趣的游戏;而这正是您的情况。

这出戏如何收场全要由您来决定了。您看该什么时候把我们的演员们聚集在一起。在乡间能提供千百种方便。唐瑟米肯定已是整装待发,只要您一发出信号,他就会一往无前。一个夜晚、一番化装、一扇窗子……我怎么说呢?但是如果姑娘回来的时候还是和原来一样,我就追究您的责任。如果您认为需要我给她一些鼓励,您对我说就是。至于保存信件的危险后果,我相信已给了她一个很好的教训,所以我现在敢于给她写信了。我始终没有改变把她培养成我的学生的计划。

我可能忘了对您说了,关于她的书信秘密被揭露的事,她先是怀疑她的女佣。我已使她的疑虑转移到听忏悔的神父身上去了。我这是一箭双雕。

就到这里吧,子爵。这封信写了很长时间。午饭也被耽搁了。自尊心和友情驱使我写这封信,而这两者都是多余强调的。尽管如此,信最迟三点钟还是可以送到您家中,您需要的正是这个。

您现在尽管埋我好了,如果您敢的话。如此您愿意,您就回德·B××伯爵的树林里去吧!您说他是为了讨朋友们的欢心而保存这座树林!难道所有的人都是这位伯爵大人的朋友吗?行了,再见吧!我饿了。

一七××年九月九日

第六十三封信

唐瑟米骑士致德·伏朗基夫人

(信的底稿附在第六十六封信,即子爵给德·梅尔提侯爵夫人的信中)

夫人,我不想为自己的所作所为辩护,也不想埋怨您,对这次造成三人不幸的事件我感到痛心,因为这三个人本应该有一种更好的结局的。使我特别苦恼的,并不是因为我是这个不幸事件的一个受苦者,而是由于事情的起因竟源于我身上。从昨天起,我几次想给您写回信,可是终没有足够的勇气。可是事实上,我有很多话要对您说,我必须鼓足勇气。如果这封信看上去没有条理,显得杂乱无章,您一定会想到我现在的处境是多么痛苦,您能原谅我的,是吧?

请原谅我首先对您的信中头一句话表示相反的看法。我敢说我并没有利用您的信任和德·伏朗基小姐的单纯;在我的一举一动中,我对两者都很尊重。但是我的行动是取决于我的。您要求我对我的一种不由自主的感情负责,可是请允许我这样补充一句:是令嫒激发了我的这种感情,您可能会因此感到不愉快,但是这并不存在任何冒犯您的地方。在这个我无法向您形容我的真实情况的问题上,我只想让您来充当法官,让我的信件作证。

您不让我今后到府上拜访,显然,我会服从您这方面的任何指示;但是我这样突然地远远避开不同样会引起您应该避免的议论吗?您不也正是由于这个原因才不想让您的门房知道的吗?我强调这一点,因为这些流言蜚语对德·伏朗基小姐比对我更为重要。我恳求您仔细权衡一下各方面的利弊,不要让您的严厉损害了您的理智。我确信您今后做一切决定的唯一原则,将是令嫒的利害关系。我等待着您重新考虑。

我现在就可以承诺,夫人(您可以相信我的诺言),如您允许我仍如平日地来向您拜访问候,我绝不利用这种机会来和德·伏朗基小姐单独谈话,或者私下里向她递交什么信件。我答应做出这样大的牺牲,完全是出于对她的名誉的关心爱护。只要能偶尔有幸地看到她一面,我的牺牲便得到回报。

您威胁我说,您要根据我的行动来决定德·伏朗基小姐的命运,我上面所说的也就是我能作的唯一回答。如果我做出更多的保证,那只能是对您的欺骗。一个卑鄙的勾引者会见机行事，随风转舵；但是真正给人生命力量的爱情只容许我有两种情操：勇敢和忠贞。

什么！要我同意被德·伏朗基小姐遗忘？要我同意把她忘记？不！永远不！我将忠实于她。她已经接受了我的誓言，今天，我重申这个誓言。请原谅，夫人，我又离题了，我得言归正传。

我想跟您商量一件事，就是您向我索还信札的那件事。您已经发现了我的许多错误，我实在觉得难受。但在这些过错之外，我还要加上一次：拒绝。我恳求您，请您听听我的辩解，并希望您能知道，我不幸失去了您的友谊，我现在唯一的慰藉就是希望保持住您对我的信任。

德·伏朗基小姐的书信对我原本就很珍贵，现在就更加珍贵了。它们是我剩下的唯一财富。唯有它们还能使我回想起我一生中曾得到的最美好的感情。然而，您完全可以信任我，夫人，我愿意为您而舍弃它们。在这一点上，我不会有片刻犹豫。我要向您证明我对您的敬重，这种愿望会超过我因失去它们而感到的苦痛。但是我还有些疑问，我认为这些考虑非常必要，我相信您也会觉得它们是无可厚非的。

您发现了德·伏朗基小姐的秘密。这是事实。但是请允许我说，我有理由相信这只是一次意外的暴露，而不是女儿对您信任的结果。我不想指责您这些也许是出于母爱采取的措施。我尊重您的权利。但是您有您的权利，我也有我的权利！最神圣的权利就是绝不辜负别人对我们的信任。人家只愿对我一个人讲的秘密，我把它泄露给第三者，这就是失掉了自己的本分。如果令嫒愿意对您并倾吐这些秘密，那她说就是了，她的信对您没有用处。如果情况并非这样，她要将她的秘密埋在心里，那么，您不必指望我会告诉您的。

至于您希望这事永远不要被外人所知，请放心吧，夫人，在所有与德·伏朗基小姐有利害关系的问题上，我的关心不会比一位母亲的关心更少。为了彻底减去您的担心，我什么都想到了。到现在为止，这包珍贵的纪念物上一直写着“将要销毁”的字样，现在则改写为“属于德·伏朗基夫人”的字样了。我这样的做法是为了再一次证明，我所以拒绝，并不是因为信中有什么不道德的内容，怕您作为母亲看了会恼火。

夫人，这封信已经很长了。但是如果您看完了信，对我的诚实态度、深切敬意还有半点怀疑，还不相信我由于激怒您而真诚地悔恨，那这封信就还不够长！

一七××年九月九日

第六十四封信

唐瑟米骑士致赛茜尔·伏朗基

（没有封上，附在第六十六封信，即子爵给德·梅尔提侯爵夫人的信中）

哦，我的赛茜尔，我们该怎么办呢？灾难紧紧地胁迫着我们。哪个上帝会来拯救我们渡过难关呢？愿爱情赐予我们承担不幸的勇气吧！我怎样描绘在见到我的信被退了回来，在读德·伏朗基夫人的短信时，我的惊惧恐慌和绝望呢？是谁背叛了我们呢？您怀疑谁呢？您是不是有什么地方疏忽大意？您现在在做什么？您听说了些什么？我想知道这一切，可是我什么都不知道。也许您并不比我知道得更多。

我把您母亲的短信和我的复信的抄件寄给您。我希望您同意我对她说的话。我也十分希望您同意我从这个不幸事件发生以来所采取的行动。我的目的是要得到您的消息，并把我的消息通报给您。还有什么目的呢？也许是希望能够再见到您，而且希望是在一个更自由的环境里。

我的赛茜尔，您能否想象我们重逢该有多么快乐！我们又可以海誓山盟。而且我们可以感到，可以从心底感到，我们的海誓山盟不会是一句空话。在这样幸福的时刻，什么痛苦不能够忘却？啊！我对这种时光的到来抱着赤诚希望，这希望来自我请求您同意的那些行动。怎么说呢？这也来自一位最热忱的朋友给予我的帮助和安慰。我唯一的要求，是请您允许我这位朋友也成为您的朋友。

没有您的同意，我也许不应该代您表示对他信任，但是我有我的苦衷、不幸，不得不这样做，是爱情迫使我这样做的。我对一位朋友吐露了秘密，爱情会使您宽恕我。因为这是必不可少的。不这样，我们就可能要永久分离了。您也认识我说的那位朋友，他是您最亲密的女友的朋友：德·范耳蒙子爵。

我告诉他，我最初计划请他托德·梅尔提夫人送一封信给您。但是他认为这个办法行不通。不过他保证，女主人虽不行，她的却可以做到，因为她受过他的好处。这封信就将由她转交给您，您也可以把回信交给她。

如果像德·范耳蒙先生推测的那样，你们马上要动身去乡下，这个转信人就对我们没什么用处了。不过真是这样的话,他愿意帮我们的忙。你们去的是他的亲戚家。他会利用这个借口和你们一起去那里。日后,我们之间的书信往来就通过他了。他甚至保证,如果您愿意听他指导,他可以为我们想出个在那里会面的办法,而这肯定不会使您受到什么牵连。

现在,我的赛茜尔,如果您爱我,如果您同情我的不幸,如果您像我所希望的那样,肯于分担我的悲痛,您会拒绝对一个将充当我们的守护天使的男人表示信任吗?如果没有他,我会陷入悲观绝望之中,因为我现在一个人的力量甚至无法减轻我给您造成的痛苦。但我相信这种痛苦终有结束的一天。我亲爱的朋友,请不要过分折磨自己,也不要沮丧气馁。想到您在痛苦,我的心也倍受煎煞。为了您的幸福,我可以献出我的生命。这点您是知道的。坚如磐石是我爱您!但愿这种坚定的信念能给您的心灵带来些许慰藉!我的心需要您保证,爱情使您遭受磨难,但您不会因而抱怨爱情。

再见了,我的赛茜尔,再见了,我温柔的朋友。

一七××年九月九日

第六十五封信

德·范耳蒙子爵致德·梅尔提侯爵夫人

我美丽可爱的朋友,您在阅读我附上的两封信时,可以看出我是否很好地实现了您的计划。这两封信是骑士昨天在我家中,当着我的面写的,但落款是今天的日子。给小姑娘的那封是完全照我们的意思写的。您的计划取得这样的成功,我只能深感您的手段高明,我完全自愧不如。唐瑟米心中的情火燃烧正炽,一有机会,肯定就会表现得使您满意。如果他的纯情天真的意中人愿意顺水推舟,那么在他到乡下不久,事情就可以完成。我已经想了上百条妙计。多亏您用了许多心血,我显然已成为"唐瑟米的朋友"了。他现在只差是个"王子"了。

他真是幼稚,这个唐瑟米!您能相信吗,我始终没法说服他答应那位母亲索回信件的要求?他甚至准备放弃爱情。好像答应那要求很为难似的。"这是欺骗,"他反复地对我说。他想跟女孩子睡觉时竟有这许多想法,这不令人肃然起敬吗?男人们就是这样!他们在计划时个个都卑鄙龌龊,而在行动的时候却变得胆怯犹豫。这种懦弱,他们美其名曰诚实。

我们的年轻人的信中稍有些感情激动的地方,要使德·伏朗基夫人对此地方不致感到不快,那可是您的事情了。不要再提修道院了吧!另外应想办法让她别再坚持要回小伏朗基的信了。首先,他肯定是不会交还的。这一点我同意。在这里,爱情与理智是一致的。我看过这些信。读起来简直是腻透了。它们可能会变得有用,我再强调一下。

虽然我们小心翼翼,但也免不了要出大乱子。如果这样,婚姻便会告吹,不是吗?我们的席耳库尔计划也会付之东流。但是,在我这方面,我也要对那位母亲进行报复,一定要败坏她女儿的名誉才罢休。谁知道会发生什么呢?甚至可能要打一场官司。到那时,在这些信札中精心组织一下,拿出一部分来公开,大家就会看到是小伏朗基采取主动的,是自己送上门的。其中有几封甚至会危害她母亲的声誉,至少使她蒙受不可宽恕的疏忽大意的罪名。我估计那位思前想后的唐瑟米起先会反对,但因为他本人受到攻击,我相信我最终能将他说服的。这种可能性虽然只有千分之一,但什么都得料想到。

再见了,我亲爱的朋友;请您明天一定去德·××元帅夫人家共进晚餐;我未能谢绝她。

我想没有必要叮嘱您,您不会对德·伏朗基夫人说我去乡下吧!否则她会取消计划的。按照惯例她到了乡下不会很快就回来。如果她能给我一周时间,我保证完成任务。

一七××年九月九日

第六十六封信

德·都尔范勒院长夫人致德·范耳蒙子爵

先生,我本不想再给您回信的。我此刻感受的忐忑心情证明了我这么做确实是不明智的。但是我不想给您留下任何可以抱怨我的借口;我要让您相信,凡是我能够做的,我都已经尽力了。

我曾答应过他可以给我写信,您在信中是这样说的吧?这我承认;但是当您向我强调我这点的时候,您以为我忘记了当时许可您的前提条件吗?如果我和您一样,不把诺言当作一回事,您能收到我的哪怕是一封回信吗?可这已经是第三封了。当您的所作所为迫使我断绝这种通信关系的时候,却是我在想方设法保持它。办法只有一个,但如果您拒绝的话,那就足以向我证明您并不真正珍惜这种通信关系。

请您不要再使用那种我既不能接受,也不愿意再听到的语言;请您不要再沉湎于这种既伤害我的人格,又使我深感恐惧的感情之中。如果您想到正是这种感情妨碍了我们正常的关系,您可能就不会对它那么迷恋了。这种感情难道是您与我之间所能有的唯一感情吗?所谓爱情难道还要它排斥我们的友谊吗?您可能正有这样一个缺点吧!过去,您希望能够有一个人对您充满柔情蜜意,但现在您却不愿意让她成为您的朋友。我不愿承认这是事实。否则,我会觉得受了侮辱,会产生反感,并最终远远离开您。

先生,我把我的友情奉献给您。我把属于我个人的一切,我能够支配的一切都给您了。您还强求什么呢?只要您表示只需有了这种友情,就有了足够的幸福,我就会全心全意地为这种如此和谐,如此符合我的理想的友情而生活。我会忘记人们关于我的风言风语。我相信您会好自为之,以证明我没有超过应有的规矩。

您应该看到我是坦诚的。这可以证明我信任您。信任能否增强,那就完全取决于您。但是我正告您,再出现什么爱情的字样,信任就会被彻底毁了,我的种种恐惧又会复苏。特别是这将是一种提示:我应该对您永远保持沉默。

如果您像您所说的已从荒唐的梦中醒悟过来,那么,您是愿意成为一个行为端正的女人友爱的对象,还是成为一个放浪罪恶的女人悔恨的缘由呢?我相信您还是愿意选择前者吧!再见了,先生。您能体会提出,在您给我答复以前,我是再没有什么好说的了。

一七××年九月九日

第六十七封信

德·范耳蒙子爵致德·都尔范勒院长夫人

夫人,怎么回答您最近的这封信呢?我的坦率的表白会在您的心目里把我毁了,我还怎么敢把真心话说出来呢?不管怎么样,我必须真诚;我有这个勇气。我不止一次想,重要的是我要在品德上能够与您匹配,而不在于得到您。即使您会永远地不肯接纳我,不让我得到我将百折不回地祈求的幸福,我至少也应该向您证明,我的品德是无愧于这种幸福的。

就像您所说的,我是从"荒唐的梦中醒悟过来了",但这是多么令人苦恼的事啊!否

则，我读您的信会欣喜若狂呢！而今天，我写回信时，却感到心中无法平静。您在信中对我表示“坦率”，表示“信任”，又赐予我您的“友谊”。夫人，这些好处原是够我享用的了！然而遗憾得很，我已经无法从中得益。为什么我不再是原来的我了呢？

如果我仍然还是过去的我，如果我对您只有一种庸俗的肉欲，这种一般人称之为爱情，而其实只是由淫乱和色情混合而成的低级兴趣，我就会抓紧时间，利用我能获得的一切信息。只要能达到目的，我会不择手段的。由于我需弄清楚您的心意，我会劝诱您进一步袒露内心；我会千方百计要您信任我，为的只是背叛您的信任；我会接受您提供的友谊，目的是想把它引入低级的去处……怎么样？夫人，我的这番假设使您害怕吗？……然而，这正是按照我的实际情况给您描述出来的，如果我告诉您，我同意只做您的朋友的话……

我能容忍与另外一个男子分享发自您心灵的感情吗？如果有一天我同意了，那就不是今日之我，请您不要再相信我。因为从那时候开始，我将设法欺骗您；我可能还想得到您，但是有一点可以肯定，我不再爱您了。

这并不等于说，可爱的坦率、温暖的信任、深情的友谊在我的心目中毫无地位。……但是爱情！真正的爱情，我对您的爱情，是所有这些感情的总和，并赋予它们以更大的力量。发生真正的爱情和单纯只有这些感情不同，情感不会如此冷静、如此冷漠，不会允许比较，更不能容忍对方另有所好。不，夫人，我不是您的朋友，我以最温柔、最热烈、充满敬意的爱情爱着您；您可以使这爱情受挫，但是您不可能使它就此泯灭。

您有什么权利打击一颗对您无比崇敬，但又被您鄙夷的心呢？您甚至不想让我享有爱您的幸福，这是出于什么无法形容的残忍心理呢？这种幸福是属于我一个人的，与您没有关碍，我知道怎么维护它。它是我痛苦的根源，同时又是医治我痛苦的灵丹。

不，我再重申一遍：您可以一直残忍地拒绝下去，但是请别过问属于我的爱情。您喜欢我不幸，是吗？好吧！我同意。您设法打击掉我的勇气吧！我至少可以迫使您来决定我的命运。可能有一天，您会正确地对待我。我不是说我希望能使您变得比过去更具有同情心。虽然您现在不一定明白，但将来您会承认：我过去错误地评价他了。

说得更清楚些，您是小看了您对我的价值。认识您而不爱您，爱您而又心猿意马，这是我做不到的。您大概容易抱怨人家对您的感情，而较少对这些感情感到惊讶。至于我，我唯一的成功之处就是发现了您的优点，我不愿意放弃这个功绩。我绝不能接受您的带诱惑性的建议，我要跪在您的跟前重复我永远爱您的誓言。

一七××年九月十日

第六十八封信

赛茜尔·伏朗基致唐瑟米骑士

（用铅笔写的、由唐瑟米重抄的短信）

您问我正在做什么。我正在不停地爱您。我正在哭泣。我母亲已经不理我了。她把我的纸张、羽毛笔和墨水都没收了去；但幸运的是，还留下了一支铅笔，我就用它来给您写信；纸就用您来信的信纸了。我当然同意您所做的一切。我太爱您了，我希望用尽一切方法来得到您的消息，并把我的消息告诉您。过去，我不喜欢德·范耳蒙先生，我不知道他和您这么要好。今后，我会想办法很好地和他相处，并且因为您的缘故，我也要爱他。我不知道是谁出卖了我们；我看不是我的女佣，便是听我忏悔的神父。我真是太不幸：明天，我们就要到乡下去了；我不知道要去多长时间。上帝啊！看不到您，我该怎么活呀！我没地方可写了。再见吧！字写得不清楚，您尽量辨认吧！这些铅笔字可能会消褪的，但是铭刻在我心中的情义永远不会消失。

一七××年九月十日

第六十九封信

德·范耳蒙子爵致德·梅尔提侯爵夫人

我亲爱的朋友，我有一个重要的意见要向您报告。

您知道，昨天，我参加了德·××元帅夫人家的晚餐。席上，大家谈到了您，我也谈了些。我所谈的，这您不必担心，并非我心里真正知道的您那些所谓的优点，而全是我认为您并不具有的那些优点。大家似乎都赞成我的看法。谈话出现冷场了；在只谈论别人优点的时候，是经常会出现这种冷场的。这时有一个持反对意见的人出来发言了，他是普里旺。

他站了起来，说："老实地说，我并不想怀疑德·梅尔提夫人是个贤淑的女子！但是我敢说她贤淑的美名应归功于她的轻佻风骚的生活态度，而不是来自她的生活原则。追求她可能有些难,但讨好她却并不难。在追求一个女人的时候,常常会碰上其他的女人,这些女人也许跟她一样好,也许比她还好,于是有的男人便见异思迁了,有的则厌倦得半途而废了。她可能是巴黎城中最不必自卫的女人。”这样的话受到在座几个女士的微笑的鼓励,他又接下去说:“至于我,要我相信德·梅尔提夫人的贤淑的美德,那要等我向她求爱跑死了六匹马以后再说。”

如同所有带有诽谤诋毁性质的故事一样,这个恶意的玩笑没想到竟获得了成功。在随之而起的一片哄笑声中,普里旺坐了下来。大家的话题当然又转移了。坐在我们那位怀疑论者身旁的两位伯爵夫人和他进行了一场私下的谈话。我恰好坐得很近,都听到了。

接受了要在感情上将您征服的挑战;许下了要把一切情况都说出来的诺言。在和这件事有关的所有诺言中,这一个肯定会得到最严格的遵守。好啦!您现在已经什么都知道了。而那条谚语您也并不陌生。

我还应该对您说,这个您不很熟悉的普里旺是一个很讨人喜欢、并且特别机敏风趣的人。您之所以有时听我说些他的坏话,那是因为我不喜欢他,我总爱拆他的台。我清楚地知道,我说的话对我们交际圈里最红的三十来个妇女很有影响。

我用这个办法长时间地阻止他登上我们的上层交际圈。他制造过一些奇迹,但并没有因此得到什么好名声。但是他那次著名的三角恋爱引起了轰动,使人对他刮目相看,给了他雄心壮志。这下子,他成了令人可畏的人物。他是我今日在我的道路上唯一害怕遭遇的人。您如能给他些打击,除了对您自己有利,也顺便帮了我的大忙。我把他托付给有本事的人了;我希望在我回来的时候,他已经身陷了绝境。

作为报答,我答应替您将您的被监护人的事情。我会像关心我那位正经的美人那样关心她。

我的那位刚寄给我一个投降计划。整封信只表明她愿意受骗上当。她不可能再提供更方便、也更常用的手段了:她要我做她的朋友。可是这回我想用的是新奇的、较难的技巧。我不想这样轻易地放过她。如果用普通的引诱来做个了断,那我就完全没有必要在她身上花那么多心血。

相反,我要使她清楚地觉得,她对我做出的每一个牺牲要付出什么代价,会发生什么结果。我的计划是一步一步地慢慢来;快的话,她就不会感到良心的谴责了。我要使她的高尚品德在寿终正寝之前有一段痛苦挣扎的过程。我要她始终看到这幅可悲的景象。

我要迫使她彻底敞露出欲望，然后才给予她拥抱我的幸福。总之，如果我不值得人家求我，我就太没有价值了。对于一个这样骄傲的女人，一个认为爱我会使她羞愧的女人，您能劝阻我不这样报复吗？

因此，我坚决拒绝了珍贵的友谊，我坚持要取得情人的称谓。我清楚地知道尽管这只是字眼之争，却是十分重要的。所以我花了很多心血来写我那封信。我有意地写得语无伦次前言不搭后语，因为这样才能表现我激动、不安和率真的心情。我竭尽全力胡言乱语，因为不胡言乱语，就显示不出柔情蜜意来。我认为这是女人写情书所以比我们强的原因之所在。

我用颠三倒四的甜言蜜语结束了我的信，这也是符合我的深入观察的结果的：女人的心紧张活动了一段时间以后需要松弛一下；我感到对所有的女人来说，甜言蜜语是使她们安然入梦的最柔软的枕头。

再见了，我亲爱的朋友。我明天动身。如果您有什么话要我向德·××伯爵夫人转达，我可以在她家里停留一下，至少吃一顿午餐。我感到很惋惜，没有再和您见上一面就走了。在这关键的时刻，请向我提供睿智英明的指示，请您向我提出高见。

但最重要的是，您要想办法对付普里旺。但愿有一天，我能补偿您这次牺牲。再见了。

一七××年九月十一日

第二篇

第七十封信

德·范耳蒙子爵致德·梅尔提侯爵夫人

我那稀里糊涂的跟班把我的皮包丢在巴黎了！我的美人的信，以及唐瑟米给小伏朗基的信都没有带来。可是我需要它们。他得赶回去弥补他的过错。趁他准备行装的时候，让我来告诉您昨晚发生的几件事。因为我要您相信，我是非常珍惜每一点儿时间的。

实事求是地讲，这次艳遇没有什么了不起，只是与德·M××子爵夫人重拾旧好而已。我感兴趣的只是事情的细节。其次，我也很高兴能让您看到，我固然有本事毁掉女人的一生，可只要愿意，我也能拯救她们。我从事的活动，不是最有挑战性的，便是最开心有趣的。做好事，我也不会感到有什么内疚，只要我能从中获得锻炼，或者得到消遣。

我在这里遇见了子爵夫人。人们硬要留我在城堡住一宿，她也坚持，我就对她说："好吧！我同意过夜，不过条件是我跟您在一起。""那不可能"她生硬地回答我说，"弗雷萨克在这里。"本来我只想表示一下礼貌而已，但是"不可能"这三个字引起了我的强烈反感。为了弗雷萨克而牺牲我，对我来说是一种侮辱，深深伤害了我的自尊心。于是我下定决心坚持我的要求。

情况开始对我并不利。由于弗雷萨克的笨拙引起了子爵的怀疑，子爵夫人再也无法在家里同他私会了。于是他们分头来到善良的伯爵夫人家，打算在这里幽会几个晚上。子爵来到这里，碰上弗雷萨克，心情当然很不高兴。但是嫉妒归嫉妒，他还是热衷于打猎，所以住了下来。至于伯爵夫人，您是了解她的脾气的，她先安排子爵夫人住在大过道，然后将她的丈夫安置在她的隔壁，把她的情人安置在另一边，把纠纷交给他们自己去解决。我则被安排在他们对面的房间里。

那一天,也就是昨天,您能想到,弗雷萨克是费尽心机讨好子爵的,他和他一起去打猎了,虽然他对打猎没有多大的兴趣。他计划着晚上怎么从子爵夫人的怀抱中去寻求些安慰,来弥补白天她丈夫给他带来的烦扰。可是我认为他最需要的是休息,于是我千方百计要他的情妇给他时间休息。

我终于还是成功了。她答应我为这次打猎去和他吵一场,虽然他是为了她才同意去打猎的。这实在是极为勉强的借口。每个女人都会用耍脾气来代替讲理;经验告诉我们,她们越是理亏,就越难以理喻。但是好像没有一个女人比子爵夫人更长于此道。我因为只需要一个晚上,所以赞成他们第二天言归于好。

弗雷萨克回来时,没有受到他设想的温柔的招待。他想问问原因,于是就吵开了。他想为自己解释什么,可当时做丈夫的正好在场,于是子爵夫人就找了个借口中断了与他的谈话。不过后来,他利用子爵出去的一会儿功夫,请求夫人能在晚上听他解释。这一下,子爵夫人表现得简直太出色了。她勃然大怒,并有些夸张地指责男人们都是太放肆,蒙受过女人的一点小恩小惠,便以为可以对她们为所欲为了,甚至不顾自己是否已经伤及了她们。她这样巧妙地把话题转移到所谓哲学命题以后,就大谈关怀和感情,说得弗雷萨克无言可对,无地自容。我也几乎觉得她的话简直是至理名言,因为您知道,他们俩都是我的朋友,在这次谈话中,我只是一个局外人。

最后,她明确地表示,她不会给他在打猎的疲劳上加上爱情的游戏,她不想打扰他的生活,要不然她会良心不安的。这时子爵进来了。伤心透顶的弗雷萨克不便再说些什么,就转过来跟我说话。他详尽地对我说明了他的理由,这些理由我也和他一样清楚,他请我跟子爵夫人谈一谈。我同情地应承了他。我是跟她谈了,不过内容是对她表示感谢赞佩,并且与她商讨约会的时间和方法。

她对我说,因为她住在丈夫和情人之间,出于小心稳妥的考虑,她宁愿到弗雷萨克的房间去,而不方便在自己的房间里接待他。既然我住在她的对面,她来我的房间比较安全。她说等到女仆离开以后就来;我只需半掩房门,等她来就行了。

一切都按事先商量妥的进行;她在凌晨一点钟左右终于来了。

“……衣着简单,

像一个刚从睡梦中被唤醒的美艳少女。”

因为我不好自吹自擂,夜间的详情,就不再细述了:您对我是很了解的,我对自己也是满意的。

天亮了,到了该分手的时候了。一件有戏剧性的事情发生了。粗心的女人原本以为她的房门是开着的,这时,我们才发现它是关着的。更糟的是钥匙留在里面。子爵夫人立刻对我说:"这下,我完了。"她当时的绝望神情,您真是想象不出。应该承认,让她保持这样的表情很有趣。但我能够让一个女人因我而落下坏名声吗?如果是我要让她声名狼藉,那自然又当别论。我难道像一般的男人,对此情况就毫无办法了吗?必须想办法。如果是您的话,您会怎么做,我亲爱的朋友?请看我的行动吧!

我很快就发现,只要不怕发出巨响,这扇门就可以撞开。于是我尽力说服了子爵夫人。她同意装作很恐怖地大叫"捉贼!""救命!"我们商量:她喊第一声时,我就把门撞开,接着她就立刻跑回床上去。您可能想象不出,在她表示同意以后,下这个决心还得花多长时间。但是不得不这样干。她终于叫喊起来,我用力一脚踢出,门就开了。

子爵夫人行动很快,一点没有耽搁时间。因为在差不多就在同一时刻,子爵和弗雷萨克都冲到了走廊上;侍女也跑到女主人的房间里。

只我一个人保持着冷静沉着。我走过去把还在燃着的灯吹灭,并把它打翻在地上。请您想一想,房间里亮着灯,却这样惊慌恐惧,该是多么滑稽的事啊!接着,我责怪子爵和弗雷萨克睡得真是太死。我向他们证明,我从听见呼救声跑过来,到使劲踢开门,其间至少有五分钟。

回到了自己的床上,子爵夫人又恢复了勇气,她装得相当像,发誓赌咒,说房间里有个贼;她宣称有生以来从来没有这么害怕过。我们到处搜寻,结果当然是一无所获。这时,我指给他们看,宵灯给打翻了。我于是推测说,一定是一只大老鼠引起了这场混乱和惊慌。大家异口同声地同意我的意见,顺便还穿插几个有关老鼠的老掉牙的笑话。子爵第一个回房睡觉去了。临走,他说祝愿妻子以后碰上的大老鼠能够安分守己些。

弗雷萨克还跟我们在一起。他走近子爵夫人,态度柔和而不无挑逗地对她说,这是爱神的一次报复。她眼睛看着我,嘴里却是对他说:"那他真的是发怒了,报复得这么狠心。"接着,她又说:"我可是被这个家伙累垮了,我现在除了睡觉什么也不想。"

我这时心绪正佳,因此,我为弗雷萨克说情,使他们言归于好。于是两个情人拥抱在一起,接着,又都拥抱了我。我对子爵夫人的吻倒并不怎么在意。不过我承认弗雷萨克的吻却真的使我高兴。我们一起出来,在接受他的情真意切的致谢之后,我们又各自上床。

如果您觉得这个故事有趣,那我也并不要求您保密。我已经玩过了,也应该让大家高兴高兴。这次，我只对您讲故事；不久以后，我们可能还有事情涉及这位女主角。

再见了。我的跟班已经等了一个小时。我只能抽出一些时间再来吻您，另外，特别叮嘱您要警惕普里旺。

一七××年九月十一日于×城堡

第七十一封信

唐瑟米骑士致赛茜尔·伏朗基的信

（十四日才送到的）

哦！我亲爱的赛茜尔！我真是羡慕范耳蒙啊！他确实是太幸运了！明天，他就会见到您。这封信将由他交给您；而我，却在这远离您的地方，孤独郁闷，压抑着惋惜和悲伤的心情痛苦地熬日子。我的朋友，我亲爱的朋友，我是多么地不幸，您可怜我吧！就是因为您自己的不幸，您也应该可怜我，因为看到您不幸，我的勇气就荡然无存了。

这是多么恐怖的事啊！是我造成了您的不幸！没有我，您仍然拥有幸福的、安宁的生活。您肯原谅我吗？您说呀！啊！请您对我说，您原谅我；也请您对我说，您爱我，永远爱我。我需要您对我一遍又一遍地说这句话。我一向相信您不爱我，但我觉得，我越是知道您爱我，这句话听起来就越温暖甜蜜。您是爱我的，对吗？是的，您全心全意地爱着我。我忘不了，这是我听您说的最后一句话。您能猜到我听了这句话是多么快乐！我把它深深地铭刻在心里，在那里激起了多么热烈的情感！

唉！在那个激动人心的时刻，我根本没有料到厄运就在我们前头。我的赛茜尔，我们想办法改变命运吧！我的朋友认为，如果他从您这儿能得到足够的信任，我们的事情就能成功。

我觉得您对他的看法不好，这使我感到很难过。我看这是因为有您母亲的成见在起作用。最近一段时间以来，为了附和她的意见，我也疏远了这个真诚可爱的人。您母亲拆散了我们，而他却在为使我们团聚而努力。我亲爱的朋友，我希望您改变对他的偏见。请您想一想，他是我的朋友，而且也愿意成为您的朋友。他能设法让我见到您，让我重新获得幸福。如果即使这样仍不能使您改变看法，我的赛茜尔，那您就是没有像我爱您那样爱我，就是没有像从前那样爱我。啊！万一您对我的爱枯萎了……不，不会的，我的赛

茜尔的心是属于我的，是永生永世属于我的。也许会发生可怕的事情，会成为一场痛苦的不幸的爱恋，但您心灵的忠贞不渝至少可以使我免受被抛弃的折磨。

再见了，我的亲爱的朋友。请不要忘了我正在忍受的煎熬，而只有您才能使我幸福，百分之百地幸福。请倾听我的心声，并接受我最温柔的爱的亲吻吧！

一七××年九月十一日于巴黎

第七十二封信

德·范耳蒙子爵致赛茜尔·伏朗基

（附在上一封信中）

为您效劳的朋友在得知您没有写信的用品之后，已经为您的一切都准备齐全了。在您的房间前厅左侧的大柜子下面，您可以找到您所要的纸张、羽毛笔和墨水。这些东西用完后，他会想办法为您补给。如果您找不到更妥当的地方来存放这些东西，那么您依旧把它们放在那里就行了。

在大家的面前，他将装作对你丝毫不在意的样子，似乎把您当作一个小孩子，希望您不要因为这个感到难受。他认为这种态度是非常必要的。因为他需要让大家避免怀疑，这样才可以更有效地为他的朋友和您的幸福而施展手段。当他有事要告诉您，或者有东西要交给您的时候，他会设法找到与您谈话的机会；如果您能积极合作，他相信一定能够成功。

他还建议您陆续地把收到的信退还给他，这样可以使您减少受牵累的危险。

这封信就要结束的时候，他向您保证，如果您对他能够真诚信任，他将竭尽全力地去减轻一位狠心的母亲对两个年轻人造成的痛苦，因为这两个年轻人一个已是他最好的朋友，另一个则是他应该倍加关怀的人。

一七××年九月十四日于××城堡

第七十三封信

德·梅尔提侯爵夫人致德·范耳蒙子爵

哎！我亲爱的朋友,您从什么时候起变得那么谨小慎微了？这个普里旺真是那么令人恐惧吗？您看看,我是多么的善良和正直！我常常遇见这位不同凡俗的胜利者,可我极少瞅他一眼。是您的信才使我注意起他来。昨天,我纠正了对他的不公。在歌剧院里,他差不多就坐在我的对面。我留意地看了。他至少算是很英俊,确实很俊美:相貌堂堂,眉清目秀！如果在近处端详势必更加动人。您说他对我想入非非,我断定他能给我增光,带来快乐。真的,我觉得自己真的有点动心了。我可以在此告诉您,我已经试探着迈出了第一步,能否成功现在还不知道。事情是这样的:

歌剧散场时,他离我只有几步远,我大声地与德·××侯爵夫人约定:周五上元帅夫人家共进晚餐。我想这是我唯一有机会遇见他的地方。我相信他听到了我的话……可是这个小可爱会不会不去呢？请告诉我,您以为他会去吗？您知道,如果他不去,我会整个晚上魂不守舍的。您看,他想追我并不怎么困难;他想讨好我会更方便,这不会使您感到很奇怪吧？他说,他愿意跑死六匹马来向我求爱！哦！我会救过这些马的命的。我绝没有耐心久等。您知道,我一旦决定了,就不想再拖时间,这不符合我的原则,而我已经决定跟他相爱。

嘿！应当承认,跟我讲道理是一件有趣的事！您的重要意见不是提得很见成效吗？我有什么办法呢？长期以来,我过着平淡乏味的生活。我有六个多星期没有好好寻些开心了。现在行乐的机会送上门来,我能够放弃吗？这个人难道不值得我动些脑筋吗？还有谁比他更可爱呢？“可爱”这个词您怎么理解都行。

您自己也不得不对他表示认可;您不只是赞美他,还有些妒忌他呢！好吧！我来充当你们的裁判;但是首先得做些调查研究。我正想这样做呢！我将是一个公正清廉的法官。你们将在同一架天平上比较。至于您,您的起诉书已在我这里,您的案件已经预审完毕。现在,我要集中力量来研究一下您的敌手,难道这不对吗？请您自觉自愿地助我一臂之力吧！首先请告诉我,他担任主角的那次三角恋情是怎么回事。您谈这件事时有些含含混混,好像我已有耳闻似的。其实,我对这件事一点也不知晓。看来,这事可能发

生于我去日内瓦旅行的时候,而您的妒忌心使您将这件事隐瞒了下来。请快点改正这个过错吧!您应该知道:“凡是与他有关的,都与我相干。”我回来后,好像还有人在谈论什么,只是当时我偏巧忙别的事去了。况且这一类事如不是当天或前一天发生的,我是很少在意的。

我要求您做的事,也许会使您感到有些尴尬,但在我为您做了许多之后,这不是您应该做出的最起码的报答吗?您愚蠢的举动迫使您离开了院长夫人,而经过我的一番工作,你们不是关系又近了一层了吗?德·伏朗基夫人表现了对您不利的热情,您要进行报复,现在我不是已经把她的女儿交给您发落了吗?过去,您老是抱怨为了寻找奇遇而荒废了光阴,现在您不是能够唾手可得了吗?爱情、仇恨任您选择。两者就住在同一房顶下,您也尝试过一种一手抚摸,一手打击的双面生活。

除此之外,您与子爵夫人的艳遇也全靠的我。不是我,您怎么能促成这次旅行呢?我对这件事相当满意。正如您所说,应该让大家都知道才更有趣。是这样,在这件事上,您也许宁愿保守秘密,这我是能理解的,但是也得承认,这个女人是不值得对她尊重的。

还有,我对她也有私愤。德·贝勒罗什骑士觉得她比我漂亮。由于多方面的原因,若能找个借口和她断绝关系,我真是求之不得。而最方便不过的借口就是能够说一句:“与这种女人交往是一种耻辱!”

再见了,子爵。您要明白您现在的处境。对您来说,时间是弥足珍贵的;我也要抓紧时间去追求来自普里旺的幸福。

第七十四封信

赛茜尔·伏朗基致莎菲·卡耳内

(注:在这封信里,赛茜尔·伏朗基十分详尽地介绍了读者们在第一部分结束时,即在第六十一封和以后几封信里已经读到的一些与她相关联的事。我们认为再引用就是重复,应该加以删减。最后,她谈到了德·范耳蒙子爵。她是这样写的:)

……我向你保证,他是位非常奇怪特别的人。妈妈说了他不少坏话;可是唐瑟米骑士又说了他很多好话。我相信他的看法是正确的,我从来没有见过这样机敏睿智的男人。他能够当着大家的面,把唐瑟米的信交给我,可是谁也没有看见。说真的,当时我害怕极了,因为事前我一点准备也没有。现在,我有思想准备了。我已经知道了怎么把复信交给他。跟他合作的确很容易,因为他的目光能够把他的各种意思都表达出来。他在我曾跟你提过的那封短信中说,他在妈妈面前,不会表示出对我关心的样子:的确,大家都说他没有在意我,然而,每次我想看他的眼睛时,总是能够立刻遇上他的目光。

这里有妈妈的一个好朋友。我过去不认识她。她看来好像也不大喜欢德·范耳蒙先生,尽管他对她十分殷勤。我怕他很快会腻烦这里的生活,回到巴黎去;这样的话就太令人惋惜了。他特地为他的朋友和我来到这里,真是一个德行高尚的人!我很想对他表示感谢,但又不知道该怎么办。即使找到机会,我也可能因为羞怯而不知道说什么好。

我只能对德·梅尔提夫人一个人自由而无羁绊地谈我的爱情。我同你什么都说,可要是当面谈,我也会觉得难为情的。就是和唐瑟米本人,我也常常不由自主地感到有些惶恐,不敢把我想的全部都对他讲。现在,我在深深地责怪自己怯懦。我要不惜一切代价找机会当面对他说我是多么爱他。只要说一遍就够了。德·范耳蒙先生曾经答应他,假如我按照他的意思去做,他可以给我们见面的机会。我将尽可能照他的要求去做,但我想这种可能并不大。

再见了,我的好朋友。信纸上没有地方可以继续写了。

一七××年九月十四日于××城堡

第七十五封信

德·范耳蒙子爵致德·梅尔提侯爵夫人

也许您的信里全是无头无脑的冷嘲热讽,也许您写信的时候,正处在一种很危险的狂热感情之中。我的漂亮的朋友,如果我不是很了解您的话,我真会吓坏了。平时不管您说些什么,我是不会轻易地担惊受怕的。

我翻来覆去地看您的信,可是白费力气,还是不明白你的意思。因为我没有办法根据信的正面意思来理解。您到底想说明什么呢?

您是不是想说没有必要化这么多心思来对付这么一个无足轻重的敌手呢?是这样

的话，您可就错了。普里旺确实是讨人喜欢，而且比您想象的有过之而无不及。特别是他有一种很有用的本领，就是能够让很多人来关心他的爱情。只要一有谈话机会，他就会当着大家或不管任何人的面，巧妙地谈论起他的爱情。可能只有很少的女人会不做出反应，不中他的圈套。因为女人个个都自以为聪明，没有一个肯放弃一个自夸。然而，您知道，一个妇女如果同意谈论爱情，那么她不久就会堕入情网，不然，她的一举一动至少也会表现得像正在谈恋爱一样。普里旺还常常让那些情场失意的妇女们现身说法，从而在很大程度上改进了他这个方法，并从中受益匪浅。这方面我可以和您谈一谈，因为许多事例我是亲眼目睹的。

我本来只是道听途说地知道一些内情，因为我与普里旺从来没有过什么来往。但终于有一次，我们在一起，一共是六个人。德·P××伯爵夫人自作聪明地卖弄。从神情上看，她也确实像是在对所有不知情的人泛泛而谈，可实际上，她是渲染般地描述了她如何输给普里旺的过程，以及他们之间所发生的一切。她一个人侃侃而谈，我们不约而同地纵声大笑，但她却神态自若，不为所动。我永远忘不了假如有一个人假装怀疑她说的话，或者她想说的话，她就严肃地回答说，在我们中间肯定没有一个像她这么了解情况。她甚至还好像是满不在乎地问普里旺，她有没有说错了一个字。

因此，我认为这个人对所有的人都是个危险人物。对您来说，侯爵夫人，您不是只要他长得“英俊”“很英俊”就够了吗？您是那封信中这样说的。或者您只要他对您发动“一次您认为很出色的进攻，您就会因此而不顾一切地奖励他，”是吗？或者您觉得只是找个随随便便的理由屈服，玩玩便行了，对吗？或者……我应该怎么说呢？我怎么猜得透女人头脑里的种种怪想法呢？正因为有了这些古怪念头，你们女人才称之为女人呀！现在您已经知道了潜伏的危险性，我相信您会很容易脱身的；可是提醒您注意还是非常必要的。好吧！我现在回到正题上来，您到底想说什么呢？

如果您的信只是对普里旺的一种揶揄挖苦，那么它实在写得长了些，并且对我没有用处。我需要的是在社交场上好好整治他一番。我现在再一次向您提出这个请求。

啊！我相信找到这个谜底了！您信中所预言的，不是您将做的事，而是他的计量中您将做的事。事实上，您正在安排他迈向失败呢！我相当赞成这个计划，不过你还是要十分谨慎才行。您和我一样清楚，就社会效果来说，有一个男人，和接受一个男人的追求，它们完全是一回事，除非这个男人是个白痴。可普里旺远不是一般的聪明人。如果他仅仅制造假象，对他来说也满足了，他就会自吹自擂，什么话都说出来。蠢货就会认为，恶人则会装出信以为真的样子。那您如何做呢？我感到恐惧。我不是不承认您手段高超：可是游泳淹死的总是会游者！

我并不以为自己比别人愚蠢；要败坏妇女的名誉，我想过上百个，甚至上千个方法，可是要我帮她们寻找解脱无法，我却从没有发觉有什么希望。至于您嘛，我的漂亮的朋友，您所做的一切真是了不起，但我总觉得您是靠运气而不是靠手段。

啊！说到底，我可能是在杞人忧天。这一个钟头来，我一本正经地坐而论道，也真是好笑。您肯定只是开开玩笑。您无疑要嘲笑我了！好吧！嘲笑就嘲笑吧！但是请您抓紧，现在，我们谈谈别的吧！谈什么呢？还不是同样的事情。不是怎么占有女人，便是怎么丧失她们，两者往往密切相连。

正如您所指明的，我在这里两方面都可以有所建树，只是难易并不一样。我想报复会比爱情进展得快。我确信，小伏朗基已经失去抵抗力了。现在只等待时机了。我将设法制造机会。然而德·都尔范勒夫人可不是这样，这个女人真叫人受不了，我弄不明白她。我有了一百个证据证明她爱我；但我也可以举出一千个证据说明她拒绝我。说真的，我有时真怕她会从我掌心里溜掉。

我这次回来看到的第一个反应使我产生了十足的奢望。您知道我是想亲自来证明效果的。为了保证看到第一个反应，我不让人家先通报。我盘算好路程，使自己正好在吃饭的时候到达。我的确是从天而降，好像是天仙下凡来解决矛盾冲突一般。

我进去的时候，声音很响，使所有人都注意到我了。我一眼就看到我的老姑妈面带笑容，德·伏朗基夫人则显得气愤，她的女儿则露出尴尬地一笑。我的美人背对着门坐着，这时正在切什么东西，连头也没回过来。我对德·雷斯蒙德夫人说话。我一开口，那虔诚而敏感的女信徒就听出了我的声音，不由得叫了起来。我听得出在这一声叫声中，爱的成分大于吃惊和恐惧的成分。这时，我已经走得相当近，可以看清她的神情了：心绪的纷乱、理智与感情的冲突，在她的脸上都刻画出来了。我在她的身边坐下入席。她窘得不知说什么，做什么好。她想平稳地继续吃下去，但是她做不到。结果过了不到一刻钟，她由于有些侷促不安（也许是喜悦），便借口呼吸新鲜空气，一个人避到花园里去了。德·伏朗基夫人要陪她去，她婉言谢绝了。显然，她要找到借口一人独处，以便尽情地享受心中甜蜜的感觉，她的内心是多么高兴呀！

我尽量缩短进餐的时间。刚上餐后甜点，那恶魔般的伏朗基就急忙离席去寻找我那娇弱的病人。她显然是想讲我的坏话。但我料到了她的阴谋，便也跟着站起来。小伏朗

基和本堂神父也被带动了。以致在坐的只剩下德·雷斯蒙德夫人和年迈的德·T××骑士，于是他们俩也决定离席。我们一起去找我的美人，她正在靠近城堡的那个小树林里。因为她需要的是独处的快乐，而不是散步的恬静，所以她宁愿与我们一同回来，也不想留我们和她在一起。

当我肯定德·伏朗基夫人没有机会与她单独交谈以后，就考虑如何执行您的计划，关心您所监护的人。喝完咖啡，我上我的房间和其他人的房间巡视了一圈，以熟悉一下环境。为了保证小伏朗基的通信安全，我做了些布置。做完这第一件好事，我给她写了封短信，把情况告诉她，同时要求她对我信任。我把短信夹在唐瑟米的信里。我回到客厅后，看见美人正舒适地躺在一张长椅上休息。

这一幅动人的画面唤醒了我压抑的欲望。我的眼睛开始变得炯炯有神。我觉察到我的眼光里充满了温情和热切的期待。为了施展我的目光富于魅力的特长，我选择了坐的位置。我的目光的第一个作用是让那个不同凡响的规矩女人垂下了那双带有一刻怯意的大眼睛。我审视了一会她的天使般的面孔，接着，我打量她的匀称的身躯。我透过她的单薄的，不过毕竟还是碍事的衣衫，津津有味地猜测着她的体型轮廓。我从头看到脚，又从脚看到头……我的漂亮的朋友，她本来温柔地注视着我，而一瞬间，她的眼睛又低了下去。为了让它们能重新抬起来，我把眼睛转开了一会儿。我们之间建立了一种默契，这是羞答答的爱情缔结的第一个协议。这样，双方就可以满足丑相观察的需要，让视线从交替达到融合。

我深信我的美人已陶醉在这种新的享受之中，所以我就觉得有责任来关心我们的共同安全。大家正在热烈地交谈着，我想他们的注意力不会转到我们身上来，就尝试想办法促使她的眼睛坦率地表达出她的思想感情。为此，我先正视了她几眼。我的神态拘谨之至，连最害臊的人也不会吃惊。可是为了使这个羞怯的女子更加放松一些，我就努力做出和她一样侷促不安的样子。我们的眼光相遇了一次又一次，渐渐地，我们能较长时间地对视了。过不久，相交的视线不再分离了。我在她的眼神中看出了一丝淡淡的忧郁，这是令人高兴的爱情和欲望的信号。但是这种神情只一闪就消逝了。很快，她又恢复了原来的样子，显出一种羞愧的神色。

我不想让她觉察到我已经看穿她的各种感情变化，便猛地站了起来，故作惊异地问她是不是感到有什么不舒服。大家立刻过来围住她。我让他们从我的前面走过。因为小伏朗基正在一扇窗旁做女工活，所以她离开绷架需要一些时间，我就抓住这个时机把唐瑟米的信交给了她。

我离她远了一些，把信掷到了她的膝盖上。她不知道该怎么处理这封信。假如您看到她那种惊惶窘迫样子一定会大笑。我当然没有笑，因为我怕她由于过分尴尬，以致暴露了我们。我做了一个意思很明白的眼色和手势，终于使她懂得尽快把信放进口袋里去。

剩下的实在不值一提。以后几天可能会有些令您感兴趣的事情，至少是有关被您监护的人的事情。但是重要的是把时间用来计划的实行上，而不是纸上谈兵。我已经写到第八张信纸了，我觉得非常疲倦了，好吧，再见吧！

您肯定料得到，姑娘已经给唐瑟米复信了。而我也几乎同时收到了我的美人的回信。我到这里的第二天曾给她写了封信。我把这两封信的底样都寄给您。您看也好，不看也好，因为这些没完没了的情话游戏，我已经不太感兴趣了；与此无关的人肯定会更觉得乏味。

再说一遍，再见吧！我始终热烈地爱着您；不过我请求您，如果您再对我讲起关于普里旺的事情，您要讲得能让我听懂才好呀！

一七××年九月十七日

第七十六封信

德·范耳蒙子爵致德·都尔范勒院长夫人

夫人，您为什么会这样残忍的逃避我呢？我对您的百般体贴为什么会换来您的这种态度呢？即使对于最可怨恨的人，人们也不应该总是采取这种态度的呀！当爱情的力量把我带回您跟前，一个奇妙的机遇又使我坐在您旁边的时候，您为什么宁愿假装不适，惊动您的朋友们，也不愿意留在我身旁？昨天，您多少次把眼睛转过去，甚至不屑于瞥我一眼？虽说有一瞬间，您的目光没有像别人一样严厉得拒人于千里之外，可这是那么短促！您好像不是想让我得到您的赞赏，而是要使我感觉到失去它是多么的令人痛惜。

我敢说，这种待遇既非爱情所应得，也非友谊所能容忍的。只是您应当知道，这两种感情中，有一种正在重塑我生命以活力；另一种，我似乎有理由相信，您是不会轻易加以拒绝的。您曾表示愿意给予我这种珍贵的友谊，这无疑显示了，您认为我是受之无愧的。

我究竟干了些什么，以致现在又失去了它？是我对您的信任害了我自己吗？您至少应该考虑一下，您不是在糟蹋这两者吗？难道我不应该向女友倾诉衷情吗？我觉得我不得不拒绝她的一些条件。其实，我即使是把这些条件应承下来，我也完全可以不加遵守，甚至可能利用。总之，您难道愿意迫使我相信，为了得到您的宽大，必须采取欺骗手段才行吗？

我并不后悔我对您、对自己的态度。可是遗憾的是，我每次值得赞美的行动都成了新的不幸的信号，这究竟是什么病症呢？

我因为不幸得罪了您而第一次感到忧郁伤感，正是在我使您对我的行为表示同意之后。我向您表示我对您的绝对服从。我牺牲了和您见面的幸福，为的只是听从您的苛求性格。可是在这以后，您却想断绝和我的一切通信关系，想夺去我按您的旨意做出牺牲后换得的这点微小补偿。您甚至想剥夺我对您的爱情，而正是这种爱情给予了您提出要求的权利。还有，我开诚布公地向您表白心迹，没有让爱情上的理智与权衡来动摇我的真心实意，而您却好像认定我怀有险恶的用心，像躲避一个危险的勾引者一样躲避我。

您难道将永远这样不公正吗？您不感到厌烦吗？请您至少告诉我，您变得这么冷漠无情，是由于我的哪些新的过错。请您向我下达要我遵从的指示。在我答应执行您的指令的时候，想了解一下我究竟犯了什么新的过错，这要求能不能算过高？

一七××年九月十五日

第七十七封信

德·都尔范勒院长夫人致德·范耳蒙子爵

先生，您似乎对我的行动感到吃惊。您几乎是在向我进行讨伐，好像您有权利这样做似的。实话实说，我认为感到惊奇和不满的应该是我，而不应该是您。但是接到您表示反对的最后一封信以后，我就打定主意搁置在一旁，这样既可以不引起议论，也不会给人以诽谤的借口。然而，既然您要求我做说明，我也觉得满足您的愿望未尝不可，于是向您做一番解释。

人们看了您的信后好像会觉得我不公正或者不正常。我认为如果人们对我抱有看法是不公正的。尤其是您，同别人相比似乎更不可能产生这种想法。您肯定以为，您既然迫使我进行解释，我就必然会回忆您我之间发生的事情。您显然认为您只会从中得益。但我也不相信会伤害着自己，所以我不介意这样做。可能这是衡量我们两人谁有权利来指责对方的唯一方法。

先生，我相信您至少应当承认，从您到城堡那天起，您的名声不能不使我对您敬而远之。我完全可以用最冷淡的话语来应付您，而不用担心会被讽刺说是过分的一本正经。您也会理解我的态度。您会觉得一个没见过世面的女人无法明白您的长处是一点儿也不奇怪的。这肯定是个稳妥的办法，我很愿意采用它。不瞒您说，当德·雷斯蒙德夫人告诉我您到来的消息时，我想到我对她的友谊和她对您的友谊，才没有露出不高兴的神情。

我很愿意地表示，您初来时的举止比我原来想象的要好；但是您自己也应该承认这是很短一段时间的事，您很快就会腻烦了。您显然知道仅仅得到我的对您的好看法，并不能使您的努力获得足够的报酬。

于是您就利用我的诚恳和无知，随心所欲地和我谈什么感情。而您清楚地知道这对我是一种冒犯。而您在一犯再犯，错上加错的时候，我却在发现一些把它们忘掉的理由。我给您提供弥补您的、至少是部分地弥补过错的机会。我的要求是这么合理，连您自己也认为不能拒绝。但是您看到我可欺，又得寸进尺向我提出非分要求。我本不该同意，但您还是获得了允许。规定了通信的条件，可您一条也不遵守。您的信写得非常无礼，我每收到一封都觉得拒绝回信是我所能做的唯一正确事。甚至我在不得不使您离去的时候，还提出了唯一可使您和我继续保持关系的方法。这种迁就也许应该受到谴责。可是在您的眼里，您什么时候承认光明正大的感情有什么价值？您蔑视友谊；您在狂热之中，完全把痛苦和羞耻不当一回事，一味追求感官享受，物色供您玩弄的女人。

您的行动是那么轻率，您的指责是那么不合情理，您忘记了自己的诺言，更确切地说，您把承诺当作儿戏，在答应不再干扰我之后，您又自作主张地回来了，根本没有把我的要求，我的理由放在心上，甚至没有想到在事先通知我一下。您不怕让我感到意外。意外引起的反应，虽然很平常，可是周围的人看了，会做出不利于我的猜测。您一手制造了这种令人难堪的情景，又不设法转移人们的注意力，反而尽力扩大这种影响。入席的时候，您偏坐在我的旁边。我因为觉得有些不适，只好提前一步离席。而您却不让我清静，带领大家又来打扰我。回到客厅以后，我每走一步，总发现您跟在我身边；我每问一句话，回答的也总是您。最不相干的字眼，您都会用来引出一段我不爱听、并且也可能使我受到损害的谈话。因为,先生,就算您说得很风趣,但我相信我能听懂的风情话,别人也能听懂。

我已被您逼得无法,不能出声,您还是不肯放过我。我只要一抬起眼睛,就碰上您的眼神。我不得不避开您的目光。您却用一种很不可理解的轻佻举止,让大家的目光都集中到我身上。

而您却在埋怨我的态度！还对我一心想逃避您感到什么吃惊！啊！应该谴责的其实倒是我对您的宽厚。您应该为我没在您来到的时候立即离去而感到诧异。我本该这么做。如果您还要无理纠缠,结果会迫使我采取这种行动。不,我没有忘记,我永远不会忘记我的本分所在。我尊重和珍视我的婚姻关系,我永远不会忘记对它应尽的责任和义务。请您相信,如果有朝一日我真的需要在牺牲我的婚姻关系和牺牲我自己两者之中做一个选择,我会毫不迟疑地选择后者的。再见,先生。

一七××年九月十六日

第七十八封信

德·范耳蒙子爵致德·梅尔提侯爵夫人

今天早上,我本想去打猎,可是天气太差了。我手边只有一本好奇的女学生都感到乏味的新小说。离开早饭至少还有两个小时,所以,我昨天虽然已经给您写了一封长信,我还是想和您再谈谈。我可以肯定不会使您厌烦,因为我将和您谈“非常英俊的普里旺”。怎么,您不知道他那段传遍巴黎的恋情吗？他那次拆散了一伙“拆不散的女人”。我打赌,只消一提起这事,您就会想起来的。既然您想知道,我就原原本本地告诉您吧！

您还记得吧,有三个女子曾使整个巴黎感到惊讶:她们个个都很姿容俊美,具有非凡的才华,而且还有相同的抱负。她们自打一进入社交界起,就结成一伙、形影不离。开始的时候,人们可能会以为这是因为她们过分害羞和胆怯的缘故;但是只过了不久,众多的求爱者就包围了她们,她们都被人赞扬宠爱。从大家的殷勤劲儿中,她们可以看出自己的价值有多么高贵,可是她们的团结却是与日俱增的。人们甚至会说:“她们中一个人的胜利也就是另外两个人的胜利。”大家相信插入她们中间的爱情至少会造成她们反睦。于是社交场上的风流才子们都大显身手。我本来也可以在其中充一个位置,但正好在这时德·××伯爵夫人向我表达了真诚的情意。她怎么能允许我在得到我快乐之前对她不忠呢?

有一年狂欢节,我们的三个美女只是同时挑选了各自的情人。但人们所预言的风暴根本没有发生,而她们的友谊却仿佛更加富于情趣,因为她们有了知己之间可以互相倾吐的美妙动人的知心话。

于是那些落选的求爱者和妒忌的女人们汇合在一起。三个美人的牢固友谊引起了非议,受到了公开的诽谤。有人甚至声称,在这一伙"拆不散的女人"中(人们当时就是这么称呼她们的),最根本的法则是共产主义分子的财产共有,爱情也服从这一点。另一些人则断言,三个情郎虽没有男性情敌,但是却有女性情敌。他们甚至说三个情郎的中选只是出于场面上的需要,其实完全是有名无实的。

这些说法,无论真假与否,都没有产生人们预期的结果。三对情侣都感觉到,如果他们在这个时候离开,他们就完了;于是他们采取同大众对抗的态度。但大众对一切都是容易懈怠的,不久他们就感到这种无聊的嘲讽很乏味,便由见异思迁的天性所左右,去忙别的了。可是过不久,他们对这件事的兴趣又来了,但这一回赞美代替了指责。这里的一切都赶时髦,所以人人都对三对情侣热情称颂,简直可称疯狂。这时,普里旺自告奋勇地出来检验这些奇迹,以使大家和他自己对此有个定论。于是他寻找机会与这些完美的偶像结交。没有费什么大力,他就进入了他们的圈子。他觉得这可能是一个好兆头。他知道幸运的人们是不大容易被接近的。不久,他果然发现,虽然他们的幸福被人们大肆吹嘘,但其实就如同国王的幸福,为大家所艳羡,其实并非真正的幸福。他敏锐注意到,在这伙所谓"拆不散"的女人中,有的准备向外界寻求乐趣,甚至已经开始与外面有个人往来了。他从而得出结论,爱情或者友谊的紧密关系已经松弛,甚至可能已经断裂,只是由于自尊心和习惯势力,这种联系才被保持。

三个女子出于上面所说的需要,还是形影不离,装出亲密无间的表象;可是那三个男子的行动比较方便,他们又去尽他们未尽的义务,干他们未了的事情。他们虽然口中抱怨,但已经不再避开这些义务和事情,因此晚上大家就常很少到齐了。

他们的态度对普里旺有利。他每晚必到,很自然地坐在那个当日孤独无伴的女人身边;他总能根据情况,对三个女人找出相同的赞美的话,相继加以称赞。他明白,要在她们之间做出选择,那会断送自己。受偏爱的那一位会觉得自己背叛了朋友率先成了荡妇,因而会生出一种其实并不必要的羞愧感。其他两位则因为虚荣心受到伤害,因而就会敌视新来的情人,并且必然会搬出严厉的道德条文来对付他。那个情敌出于嫉妒,也肯定会倍加殷勤。总之,各方面都起来会出现障碍。但他的不分轩轾计划使一切都迎刃而解了。三个美女都变得宽宏大量起来,因为她们每人都是被关心的对象;而三个男人也都一样大方,因为个个都以为与自己没有干系。

普里旺当时只需甩掉一个女人。他很幸运,因为那位异国女人曾相当巧妙地拒绝了一位久负盛名的亲王的求爱。这件事轰动了整个宫廷和巴黎。她也因此名噪一时。作为她的情人,他当然从中分享了荣誉。于是他利用这种荣誉来提高自己在新情妇的心目中的地位。他所面临的真正困难是怎样使这三份爱情齐头并进,不要厚此薄彼而向发展最缓慢的一份看齐。我从他的一个密友处获得消息说,他最感到棘手的是如何阻遏进展过快的一份,因为它超出另外两份差不多半个月时间,到了可以率先破壳而出的程度。

重要的日子终于来到了。三个美女几乎是不约而同向普里旺吐露了爱情,他已完全掌握了主动。请看他的行动日程:三个丈夫中,一个不在,另一个第二天一早就要出门,第三个则待在城里。那三个拆不散的女友要到那位未来的"寡妇"家共进晚餐。但是新主人不许带仆人。当天一早,他把那异国美人给他的信物分成三份。一份是她的肖像;第二份是她画的以姓名起首字母组成的爱情图;第三份则是她的一鬈头发。三个女友每人收到一份牺牲品,但不知道这只是三份中的一份。作为回报,她们答应毅然决然地给失宠的情妇各写一封斩钉截铁地绝交信。

这些安排已不少了,但还不够。丈夫在城里的那个美女只能利用白天的时间,于是普里旺与她商量,让她假装身体不舒服,不去他的女友家晚餐。这样晚上是属于普里旺的。夜间则留给丈夫出门的那位。黎明时分,第三个美女的丈夫将离开,也正好成为情人幽会的吉时。

普里旺做事向来稳妥,接着他就来到异国美人家。他情绪不好,使得对方强烈不满,于是双方吵得不亦乐乎。这正是他所需要的。这样,他就可以抽出二十四小时的自由时间。做完了这些准备措施,他就回家了,打算休息一下,因为别的事正在等着他。

绝交信使失宠的情人如梦初醒。他们谁都坚信,是因为普里旺,他们给牺牲了。他们一方面因为受人愚弄而恼怒,一方面又因被抛弃而蒙受屈辱,便不约而同地要报仇雪耻,决定同他们幸运的情敌理论一番。

因此普里旺一回家就看到了三封决斗挑战书。他心胸坦荡地接受了挑战。但是他既不想放弃即将到手的快乐,也不想让这件事无人知晓,就把决斗定在第二天早上,三场决斗将同时在布洛热树林的某一入口处进行。

夜晚到来了，他的三桩恋情都获得成功。至少他事后是这样自夸的：每一位新情妇都接受了他三次爱的明证和盟誓。您可以看出来，这方面的证据是不足的，一位公正的历史学家的功绩，至多是向有独立见解的读者证明，狂热的虚荣心和想象力是能够产生奇迹的。另外，战绩如此辉煌的夜晚过去以后便不用再对将来的事情留什么情面了。不管怎么说，以下的事实是比较确切的。

普里旺准时到达他所指定的决斗地。三个情敌已经等在那里；他们对彼此在此相遇感到有些意外，但看到伙伴同遭厄运，他们消了一点气。他亲切客气地，以十足的骑士风度上前同他们寒暄，并对他们说了下面这一番话。我是后来听人说的。

他说："先生们，现在你们在这里相遇，无疑已经明白了，你们三位与我之间有同样的冤仇。我已做好满足你们的要求准备。随你们决定由哪一位先来挑战。你们的权利是相等的。我没有带任何助手和证人。我开罪你们时没有用他们；现在我来赔礼道歉，也不需要他们。"这个嗜赌如命的人，真是三句不离本行，接下来他说："我知道下七倍赌法打一张牌是难保不输掉的；但是不管等待我的是什么命运，我都毫无怨言，因为我活够了，既然我已经获得了女人们的爱情和男人们的敬佩。"

他的对手们面面相觑，也可能他们感到在这样一场决斗中，决斗双方的地位不再对等。这时，普里旺又说话了："我不隐瞒，这一夜我消耗了全部精力了。你们如果能允许我恢复体力，那真算是雅量非常了。我已经吩咐在这里准备好了早餐；请你们赏光接受我的邀请吧！我们一起来共进早餐，快快活活地吃。我们能够为这种鸡毛蒜皮的小事决斗，但是我认为我们不应为此影响心情。"

大家接受了一起享用这顿早餐的邀请。人们说，普里旺从未这么亲切可爱过。他巧妙地做到不使任何情敌感到耻辱恼怒。他使他们相信，如果条件适合他们也能轻易地获得同样的成功。尤其是令他们承认，他们也像他一样不会错过这样的机会。这些事实一旦得到认同，一切便可以顺利解决了。早餐还没有结束，大家就重复了十次：不值得为这样的女人决斗。这个观点产生了亲密的情意，在美酒的浇灌下，这种情意之花变得更为浓郁；因此没有多久，他们非但尽释前嫌而且彼此相见恨晚了。

虽然这种结局，或者另一种结局都能使普里旺感到满意，但是他绝不愿意使他的名声受到损失。于是他随机应变，对三个受辱的情人说："其实你们不该对我，而应该对你们的不忠实的情妇算账。我来给你们提供机会。现在，我已经和你们一样感受到侮慢，因为我不久可能要遭受同样的厄运。因为你们连这样的一个情妇都管不住，我能指望管住她们三个吗？你们和她们的争吵也会成为我和她们的争吵。今晚，我请你们到我的住处来吃饭。我不想让你们的报复拖得太迟。”他们三人要求他做些说明，而他当时的处境允许他以一种带有优越感的语气回答说：“先生们，我觉得我已经向你们表明我有些组织一场战役的才能；你们相信我就是了。”大家都表示同意了，于是与新朋友拥抱道别，准备晚上再见，看看他的诺言是否兑现。

普里旺没有拖延时日。他立刻赶回巴黎，按照惯例，一一拜访他的新情妇，使她们都同意这天晚上来他的小公馆与他“单独”进晚餐。其中两个本来有些迟疑，但是有什么比与他单独相处更重要的呢？根据他的计划，每场约会间隔一小时。完成准备工作以后，他去通知了另外三个同谋者，于是四个人兴高采烈地前去等候他们的报复对象。

听见第一个来了，普里旺独自出来热情接待；他把她带到公馆里最神圣的地方。她还以为自己成了那里的女神了呢！接着，他找了个借口溜走了，接着出来代替他的便是那个受了凌辱的情人。

您应该想象得出，一个在风月场上初出茅庐的妇女当时所感到的羞愧，使得取胜易如反掌。口中留情，少说一句阴损挖苦的话就算是恩典。就如同逃跑的女奴重新落入了旧主人的手掌，现在只求获得宽恕。她甘心情愿再度套上过去的锁链，和好的条约在更为僻静的地方通过了。随后空出来的舞台让给其他演员轮番表演，演出方式几乎如出一辙，结局也是完全吻合。

三个女人原来以为这情况只限于自己一人。在共进晚餐时，三对情侣碰在一起，她们才感到万分震惊和尴尬。特别是当普里旺重又出现在他们之间，恶作剧式地向三个不忠实的女人赔礼道歉，把她们的秘密全盘托出，使她们知道上了多大当的时候，她们又羞又窘，简直到了无以复加的地步。

然而大家还是入席就餐。没过多久，各人又都恢复了常态：男人们大吹牛皮，女人们温柔典雅。每人都怀恨在心，可是说起话来却和和气气。欢乐激发了欲望，欲望反过来又给欢乐增添了新的魅力。这种淫荡罪恶的狂欢一直持续到第二天早上。分别的时候，三个女人相信自己已经得到了宽恕。可是怀恨在心的男人们第二天就毫无挽回地表示决裂，而且不仅仅满足于把薄幸的情人抛弃了事，还大肆宣传他们的风流韵事，彻底地为自己报了仇，从那以后，三名女子中有一名进了修道院，另两个则去了她们偏远的领地，过着郁郁寡欢的日子。

这就是关于普里旺的故事。您看您是不是要去为他增回些显示他的能力,把自己套在他的战胜女性的战车上。您的信实在使我很不放心,我焦急地等待着您收到我的上封信后能够给我一个理智而明确的答复。

再见,我漂亮的朋友。您要提防感情用事或者离奇的念头;您太容易为它们所迷惑了。您要想到,在您现在的活动中,单凭聪明才智是不够的,一次粗心大意就会酿成追悔莫及的恶果。最后,请您允许忠诚的友情有时候成为您享乐的领路人。

再见了。我可是把您当作理智聪慧的女子来爱的。

一七××年九月十八日

第七十九封信

唐瑟米骑士致赛茜尔·伏朗基

赛茜尔,我亲爱的赛茜尔,我们究竟何时才能再次见面?谁来告诉我,我远离您之后应该如何生活?谁还能给予我这种生活的勇气和力量?不,绝对不能,我无论如何也不能忍受这种痛苦的分离。每过一天,我的痛苦就增加一分。我的痛苦还看不到终结的希望!范耳蒙答应帮助我,给我安慰,可他现在不太留心这事了,可能已经把我们忘了。他自己到了所爱的人身边,便不再理解别人远离情人的痛苦。他传递您最近的信时,没有附上什么话。而他是应该及时告诉我在什么时候,用什么方法可以见到您的。难道他没有什么重要的事情可以对我说的吗?您,您也没有同我谈起这方面的事。您难道已经没有这个愿望了吗?啊!赛茜尔,赛茜尔,我不幸极了。我比以往任何时候都更加爱您。只是过去,这种爱情是我生活的乐趣,而现在却成了我痛苦的根源了。

不行,我不能再忍受煎熬了,我必须见到您,一定得见到您,哪怕只有一会儿。每天起床时,我自言自语:“我见不到她的。”晚上就寝时,我总是哀叹:“我还没有见到她。”漫长无聊的白天,没有片刻的愉悦;唯有空虚,唯有悔恨,唯有绝望。

我期待的是幸福,可我得到的却是这些痛苦。我一方面承受着极度的痛苦,一方面又要为您的痛苦而担忧。我今日的处境,您可以猜到了。我无时无刻不在思念您,同时又总感到心烦意乱。如果我看到您悲伤的样子,会感到难受;如果我见到您心安理得、若无其事,又会倍感痛苦。总之,我看到的到处都是苦痛。

啊！当您原来与我住在同一个地方的时候，情况可不是这样的呀！那时，一切都带来欢乐。那时我坚信肯定能见到您，所以即使与您分开，心里也是充满希望的。随着分离的时间的增加，我和您见面的时间也就接近了。我的时间的使用都是和您相联系的。如果我用之于干什么事，这使我和您相比更无愧色。如果用之于学习什么技能，那是我希望用来取悦于您。即使我被卷入社交娱乐之中，我的灵魂也不曾和您分离。在看戏的时候，我总在猜想什么会使您感兴趣；在音乐会上，我回忆您的才华和我们如此甜美的游艺。在聚会时，在散步中，我每每抓住最微小的相似之处，把您与一切相比较，而最终获胜的总是您。白天，每时每刻都增加一分崇敬爱慕；夜晚，我就把它全部奉献给你。

现在我还剩什么东西了呢？只有悲痛、永恒的空虚和一个微小的希望；而这个微小的希望由于范耳蒙的不尽心职守而更为渺茫，您的缄默又使这个希望变得令人忧虑。我们相隔只有十法里。这么容易跨越的距离，对我竟如隔着不可克服的天河一般！我求助于朋友和情人以战胜困难，而你们两人都显得无动于衷！你们非但不助我一臂之力，甚至竟连信也不回。

范耳蒙的热情的友谊到哪里去了？特别是您对我的如此真诚深厚的感情到哪里去了？过去这种感情让您变得十分机智，想出了让我们能够每天见面的办法。我不能忘怀，虽然我无时无刻不想见到您，但有时候出于某些考虑，为了某些事务，我不得不放弃我的愿望。当时，您不是什么话都已经对我说了吗？您不是找到了无数个借口来战胜我的出于顾虑的理由吗？可是您要记住，我的赛茜尔，最后总是我的理由顺从了您的愿望。我这可不是表功！因为我根本说不上牺牲。您有什么愿望，我真希望立刻让您如愿以偿。可是现在轮到我向您提出一些愿望了。我有什么要求呢？我只要求和您见面，向您重新表白我的心：我对您永不变心；我也想听到您重申对我的永恒的爱情。您难道不和我一样，不再认为这是您的幸福的源泉了吗？我不敢这样去想，这样想会使我的痛苦无法克制。您爱我，您会永远爱我，我相信这点，肯定这点，绝对不会有任何怀疑，但是我现在的情况实在是太可怕了，我不能支持多久了。再见了，赛茜尔。

一七××年九月十八日于巴黎

第八十封信

德·梅尔提侯爵夫人致德·范耳蒙子爵

您的恐惧使我觉得非常怜悯！这充分证明了我的确比您棋高一筹！而您却想来教我,给我带路吗？啊！我可怜的范耳蒙,您跟我比可真差得远呢！不！您的男性的性别自豪感再强也填补不了您我之间的差距。因为我的计划实现不了,您就认为计划不妥当吗？您这样一个傲慢而又懦弱的人想来对我说三道四,议论我的能力,这样做恰当吗？说真的,子爵,我不想对您藏着掖着,您的劝告使我生气。

您为了掩饰自己在院长夫人身边所表现的令人无法相信的无能,对我大肆吹嘘您如何使这位胆小而爱您的女人张皇失措了一阵子。作为您的一次胜利,对此我没有意见;不过您把她看了您一眼,仅仅一眼,也作为您的胜利,我只能觉得好笑而已。您觉得您的行为成效不大,就向我表示,您为了使两个孩子接近,做出了何等艰苦的努力,想以此换取我的欢心,来减少我对您另一方面行为所表现的弱智无能的注意。可是,你要知道这两个孩子自己就渴望着见面。顺便说一句,他们有这样强烈的欲望,还得归功于我呢！不过这一点,我也不和您争执了。还有,您凭借您那些光辉事迹,以教训的口吻对我说:"重要的是把时间用在计划的实现上,而不是纸上谈兵。"您有这种虚荣心对我也没有什么妨害,我可以原谅。但是您竟认为我需要您的教导,如果不听从您的意见,我就会误入歧途,甚至应该为了您的意见而牺牲我的快乐,我的一时兴致。子爵,我对您的信任使您有点太忘乎所以了。

从您的举足投足来看,我哪方面不超过您千百倍呢？您引诱过,甚至毁过许多女人,但是您有过什么困难需要克服吗？有过什么障碍需要超越吗？您的真正的长处在哪里呢？您有一个英俊的脸蛋,这纯粹是偶然因素造成的;您风度翩翩,这在出入社交界后几乎连白痴也会自然形成;聪明才智您的确有一些,但是您的所谓聪明才智必要时可用胡言乱语来称呼;您恬不知耻这一点是可取的,但这可能不过是因为您早年的成功得来太容易。假如我没有什么遗漏的话,这些就是您的全部能耐了。尽管您现在很出名,我也相信您不会要求我看重您那善于创造机会,抓紧机会制造丑闻的本领。

至于提及谨慎、灵敏,不说我自己,有哪个女人不超过您呢？您的院长夫人就把您当

孩子一样牵着鼻子走。

请相信我，子爵，人们是很难获得不是自己所必需的才能的。没有风险的行动不会使您行动时小心谨慎。事实确是如此，对于你们这些男人来说，所谓失败只是没有获胜。在这种不平等的赌博中，只要不输就是我们的运气了，而不赢则是你们的不幸。就算我承认你们和我们女人一样有才能，熟能生巧，但由于我们不得不经常运用这些才能，我们就比你们不知要高明多少！

即使我承认，你们征服我们用的手腕，与我们自卫或半推半就的手腕同样巧妙，你们至少也得承认，你们一旦成功后，就无须再要什么手腕了。你们一旦有了新欢，便专心致志，毫无顾虑地尽情享受；至于能享受多久，你们就根本没有想过。

确实，这种双方互加的、大家也都乐意接受的枷锁（用一下爱情上的行话吧！），唯有你们才能放任自由地收紧或砸烂。如果你们一方面粗心大意，一方面却又愿意秘不外宣，仅仅把我们一脚踢开了事，而不是把昨日的看成宝的玩偶当作明天的牺牲品，那我们就算是运气的了！

但是假如不幸的女人首先忍受不住枷锁的压迫，企图摆脱，或者只是企图移开一下，她冒的是什么样的风险呢？对一个男人，她心中尽管怀有强烈的厌恶，但是如果真想设法打发他时，她总是浑身哆嗦。如果他执意不离去，爱情在她心中所拥有的一席之地就被惧怕占据了："心扉已经掩闭，双臂可还开着。"

她得万分谨慎地打开这样的桎梏，而你们只需一砸了事。如果她的那个情人是个刻薄寡情的人，她便会被他掌握在手中，动弹不得。怎么能指望这样的男人有慈悲的心肠呢？他有时表现得豁达大度，人家就赞美他，然而他的心眼狭窄，却从没有任何人进行指责。

这些事实，您不得不承认。它们已经司空见惯了。可是，您不是看到我呼风唤雨，左右事件和舆论，把那些可怕的男人变成玩物，以满足我想入非非的欲望吗？我不是使有些人打消了害我的念头，又使另一些人丧失了害我的能力吗？我不是根据我异想天开的爱好，一会儿把"这些丧失王位、成了我的奴隶的暴君"当作跟班，一会儿又把他们踢得远远的吗？您看，在这些频繁的变更中，我能保持住高尚名誉，您难道不应该得出结论：我已经练就了一套前无古人的方法吗？我这人生来就是为了惩治你们男性，给女性复仇的。

啊！把您的劝告、忧虑留给那些神志不清、自命浪漫真诚的妇女吧？她们头脑发热，简直令人怀疑她们的感觉器官有没有放在头脑中浪漫真诚；她们从来不会思维，不断地把爱情和情人混为一谈；由于荒唐的错觉，她们以为只有能够和她们一起寻欢作乐的男人才是她们可以寄托爱情的对象；她们又都愚蠢迷信，对神父表示出只应对神怀有的崇敬和信仰。

您还得小心有那么一些爱虚荣而又不甚谨慎的女人，她们不会在必要的时候同意分手的。

你们称为情种的那些精力旺盛、有闲的妇女，您特别要当心，所谓的爱情很容易使她们意乱情迷；当爱情不再给她们带来快乐的时候，她们仍然死抱住爱情不放；她们会完全失去理智，听任思想在头脑中翻腾；她们会写出一些充满柔情的书信，表达如火如荼的激情；但是写这样的信是很不注重理性的；她们会毫无顾忌地把证实她们弱点的凭证授予对方；她们真不懂事，殊不知今日的情人明日便会变成仇敌！

但是，我跟这些浅薄的妇女有什么相似的地方呢？您什么时候看到我偏离自己的信条，违反自己的原则？我是有意强调说“自己的原则”这几个字的。因为我的原则的确和其他妇女们的原则迥然不同，她们的原则是不加分辨，胡乱捡来的，她们遵循它也只是出于本能而已。而我的原则则是考虑细密的结果，是我自己的创造；我可以说，我这个人就是我的作品。

我初进社交界的时候还是个女孩子。当时，由于身份的原因，我只能保持缄默，无动于衷。可我正好利用机会来观察和思考。人们认为我鲁莽冒失，或者心不在焉。人家一本正经地教导我遵守的话，我听进去的的确不多，可是我留心的是听他们不想让我听到的话。

这种有益的好奇心不但使我知道了很多东西，还教会我学会了如何掩饰。我有时为了不暴露我正在注意的对象，不得不把目光四处扫射，来欺骗周围的眼睛。从那个时候开始，我就能随心所欲地做出漫不经心的眼神。您不是曾多次赞赏过我这一点吗？尝到了这第一次成功的甜头，我就试着以同样的方式来做各式各样的表情。在我感到忧郁的时候，我就要求设法装出安详、甚至欢乐的样子。我有时甚至异想天开，故意给自己制造痛苦，为的是能在这时练习快乐的神情。我还使用同样的注意力，并花费更大的精力来学会如何抑制突如其来的喜悦的自然流露。就这样，我对面部表情完全有了一种控制力。我发现您有时也对这一点表示出十二分的惊讶。

我年少的时候几乎毫不引人注意；但是我有自己的意念。我不能容忍我的思想被人剥夺，或者在违背我的心愿的情况下被人识破。既然我已经有了这种武器，我就加以利用。我不再满足于对别人隐蔽我的心意，我还喜欢变换花样，让自己以各式各样的面貌出现；我善于把握体态身姿，还留意谈吐。我还根据情况，或者仅仅根据我一时的兴致，来编排两者间的关系。从这时起，我的思想方式就是我一人所特有的了，我让人知道的只是那种对我最有利的思想方式。

由于我在自己身上下的功夫，也就注意人家的面部表情和容貌特点。我也因此具备了敏锐的眼力。虽然经验告诉我，这种眼力不是百用百验的，但是总的来说，很少失误的。

还不到十五岁的时候，我就具备了绝大部分政治家赖以出名的本领，可对我想要获得的知识来说，我还只是刚刚入门。

您可以想象得出，我跟所有年轻姑娘一样，也很想知道什么是爱情，什么是爱情的快乐。但是由于我从来没有进过修道院学习，没有一个贴心的好友，又处在一个很机警的母亲的监视之下，因而我只有一些模糊的、无法明确的概念。连我的身体的变化也没有给我任何启示；对于这一点，我以后应该感到满意才是。我的身体好像是悄悄地使自己的作品成熟起来的。只有我的头脑无时无刻不处在兴奋状态。我并不想寻求什么快乐，而只想了解它。求知的欲望提示我达到目的的方法。

我觉得唯一可以在一起谈论这种事，而不致使自己受到伤害的人是我的听忏悔神父。一旦做出了决定，我就克服了少女的羞耻心，编造了一个我不曾犯的错误。我自控干了一件“妇女们都干的事”。这是我当时的原话。事实上，我在这么说的时候，连我自己也不知道所说的是什么。我的希望没有落空，也没有完全达到。这是因为我怕露出马脚。但是善良的神父把这罪恶描绘得非常严重，我由此得出结论：这种快乐一定是与众不同的。于是想了解的欲望立刻让位于想尝试的欲望了。

我不知道这个欲望会把我引向何方。因为我那时没有任何经验，因而很可能一次尝试就把我彻底毁掉。算我幸运，过不久，母亲忽然告诉我，我就要结婚了。顿时，我的好奇心消失了，因为所有的一切我必然会了解了。我以处女之身投入了德·梅尔提先生的怀抱。

我静静地等待着这个能给我这种教育的时刻到来。为了竭力显出羞答答和害怕的样子，我需要经过一番思考和准备。新婚之夜通常使人觉得非常痛苦，或者是非常甜蜜，但对我而言，却是一个取得经验的机会。我细心地体验这一切；我把这些各种各样的感觉只看成是一些值得研究的现象。

这种研究很快就引起了我的兴趣。但是,我忠于我的原则,同时我也觉得,这可能是出于本能的需要,没有一个人比我的丈夫更不能得到我的信任;正因为我在这方面很敏感,我决定要在他的眼中显得冷若冰霜。这种表面的冷漠日后就成了他对我完全信任的牢固的基础。经过进一步考虑,我在这冷漠的态度上,又加了一重我的年龄能够被许可的稚气。结果是我越玩得凶,他就越认为我是个孩子。

我应该承认,这时我听任自己卷入了社交界的漩涡,投身于没有意义寻欢作乐之中。但是几个月以后,德·梅尔提先生把我带到了他的冷清的乡下庄园;我害怕无聊的生活,于是重新产生了对人进行研究的兴趣。在那里,我的周围尽是些仆役,他们和我的距离使我得以免受任何怀疑,我就利用这点来扩大我的试验范围。也就在那里,我通过研究得到了这个信念;人们向我们吹嘘的所谓快乐之本的爱情充其量只是寻求快乐的借口而已。

德·梅尔提先生病了,这种令人兴奋而惬意的工作就给打断了。他回城里来就医,我不得不随他来到城里。您知道的,随后不久他就去世了。虽然总的说来,我对他没有什么可埋怨的,但我还是深深感觉到了我的寡妇身份可能会给我带来的自由价值。我打算对这个身份加以充分的利用。

我母亲希望我能够进修道院,或者回去跟她一起住,但这两个主意我都没有同意了。为了在习俗上过得去,我只是回到了原来的乡下庄园,我在那里还有几项研究工作要做呢!

我借助阅读书籍来丰富这些研究。但是您不要以为我读的都是如您想象的那一类书籍。我在小说中研究我们的传统风俗;在哲学家的著作中研究我们的思维精神;我甚至在最严肃的伦理学家的作品中了解他们对我们的生活道德要求。我明确了什么事应该怎么做,心中应该怎么想,外表上应该怎么表现。在这三方面有了明确的想法后,我只是觉得最后一点在实现中有些困难;我想寻找一种克服这些困难的方法。

我开始腻烦我的乡间的乐趣了。对我的活跃的头脑来说,我这里的生活太缺乏变化。我的肉体需要卖弄风情,这使我不再排斥爱情。我不是为了真正体验爱情,而是为了启发爱情、扮出有爱情的样子。有人对我说过,在书中我也曾读到过,这种感情是不能有半点虚假的,但是我不信这一套,我觉得要做到这点,只要将作家的才华和演员的演技结合起来就行了。我在这两方面都进行了训练,而且还可能取得了一些成效。但是我不想追求剧场里的那种无谓的掌声;许多其他女人为虚荣而做出牺牲,我可要把这种种牺牲转化为我的现实幸福。

一年的时间就消耗在这些事情上了。我的服丧期在结束了,我可以重新在社交界露面了。我带着宏伟计划回到了城里,碰上的第一个障碍却是我原来没有估计到的。

长期的离群索居、严峻的田园隐士生活使我蒙上了一本正经的外表,将一些最可爱的男人吓跑了。他们离我远远的,把我抛给一大群讨厌的家伙。他们都企图向我求婚。拒绝他们倒不是困难的事。只是有几次拒绝使我的家里人生气了。我在这些内部纠葛中浪费了本想好好利用的大好时光。因此,为了亲近一批人,疏远另一批人,我只好表现出一定的幼稚来,有意地损害我本想小心爱护的名节。您可以相信,我如此简单地获得了成就。但是我一次都没有沉入爱河。我只是做了我愿意做的事。我审慎地计算过我可以轻浮到什么程度。

一触及我的目的,我就迅速抽身而返。我把这一切归功于某些女人,她们自知在容貌姿色方面已没有本钱,转而希望在道德品行方面能够出人头地。我这一招给我带来的好处远远超过了我的期望。那些感恩戴德的老妪们纷纷充当我的辩护人。她们就像对待她们栽培的花朵,无限爱护;一有人对我说三道四,这一帮正派妇人就群起而攻之,为我打抱不平。这同一个方法也使我获得了有野心的女人们对我的爱戴,她们确信我不会在情场上与她们争风吃醋,因此每当她们自夸时,总是把我捧出来作为她们称颂的对象。

然而我先前的行动已经召回了情人;我又有了忠诚的保护人。为了两方面都讨好,我就表现为一个多情而又挑剔的女人,过分的挑剔是我对付爱情的武器。

于是我就开始在广阔的天地里施展我的本事了。我的第一步是取得不可企及的名声。为了达到这个目的,我在表面上只让那些绅士们对我表示殷勤。我利用他们来为自己赢得稳重的美名,同时,又毫不顾忌地投入最心爱的情人的怀中。但是,我假装怕难为情,从不让他跟我出入社交场合,因此大家的眼光始终只盯着那个可怜的求爱者。

您知道我办事果断,因为我观察到,最能泄露一个女人的秘密的,莫过于成事前的殷勤。不管你怎么做,成功前后,语气总是迥然不同的。这种差别逃不出一个细心的观察家的眼睛。我宁可挑错情人,也不愿意让人猜出我挑了准,因为我觉得这样危险较小。而且这样做,我还排除了一切痕迹,使人无从对我评头品足。

上述预防手段,以及我决不写信、决不提供任何败阵的证据这些谨慎做法可能做得有些过分,可是我还不满足。通过自我剖析和研究他人心理,我发现没有一个人心里没有一个不能为人所知的秘密。这条真理，古人比我们更清楚，萨姆森的故事正是这条真理的一个隐喻。我像一个现代的达莉拉，总是施展满身解数去骗取那重要的秘密，嗳！有多少个现代的萨姆森的长发不是被抓在我紧握剪子的手中？这些人，我不放在心上。他们，唯有他们，我才能任意发落。对别的人，我比较温顺。我没法使他们对我不忠，这样，他们就不会以为我朝三暮四；我对他们表示虚假的友谊和信任，有时，我也要点儿计谋，使他们每个人都愚蠢地认为我只当过他的情人；通过这种种手段，我使他们守口如瓶。最后，如果这些方法都不灵，恶果在所难免，我就用散布谣言，使可能被这些危险的男人掌握去的秘密失去作用。

您也知道，我对您讲的这一切，我一直在身体力行，而您居然担心我不审慎！您回忆一下吧！您首次向我表殷勤时，我感到从来没有一个男人向我求爱，使我这么幸福过。我在看到您以前，已经想得不得的了。您的盛名吸引了我，我觉得我的荣誉里恰好没有您能给我的一份。我渴望着和您开展一场肉搏。我当时曾一度对您钟情，这种情况在我的一生中还是第一次。可是如果您想毁掉我，是没有任何办法，不过说些不会留下任何痕迹的空话而已；由于您的名声，这些话从您的口中说出来，只会引起人们怀疑。您还可以说些似真似假的事情，不过，即使您让人觉得您是真心诚意的，这些事听来也只像漏洞百出的谎话。

说实在的，我已经把我的秘密都告诉您了。我们之间存在着怎么样的利害关系，应该被指责为草率的是您还是我，您是最明白不过的。

既然已同您谈开了，我想就谈得周全些。您一定会对我说，我至少有小辫子揪在别人手里或侍女手里。确实，虽然她不了解我内心我感情上的举手投足，可我行动上的秘密，她是了如指掌的。过去，您这样说的时候，我只答复您，我信得过她。这个答复当时使您安心了，因为从那时起，您为了自身的利益，把一些非常重要的秘密都向她吐露了。但是现在普里旺使您眼红，您晕头转向了。我感到您不会再相信我的话了，因此必须给您说明白。

第一，这个姑娘是我的小妹，这在我们看来算不得什么关系，但是对于她这一层次的人来说是很有作用的，我还有她的秘密材料：她曾是一次疯狂喜欢的受害者，如果不是我救她，她早早就完了。她的父母出于面子，一心只想把她看起来。他们跑来求我。我灵机一动，觉得他们的愤怒对我十分有利。我帮助他们，设法搞到了逮捕令。接着，我突然来了 180 度大转弯，使她的父母同意了我的意见。我又利用我对老臣们的影响，使他们

全都同意由我掌握这张逮捕令，并根据这个姑娘将来的表现决定是否执行。所以她知道我掌握着她的一生。即万一我压制不了她，就揭露她的行为，使她被监禁，那样，谁还会相信她的话呢？

我认为这些是基本措施。除了这些，还有千百个局部的或次要的措施。在必要时，一心思，或求助于经验，这些措施便出来了。在这里细讲有嫌烦琐，可是采取这些措施却很小。如果您想全部知道，得花很大的劲注意我的举止才行。

但是您竟认为我那么多年辛勤耕耘不是为了采撷果实！我下了苦功夫，使自己远远凌驾于别的女人之上以后，竟会像她们一样满足于爬行在轻率和胆怯之间吗？特别是我怕一个男人竟会怕到自觉只有逃跑才能得救的程度吗？不，子爵，绝对不会。不成功则成仁。至于普里旺，我要得到他，就会实现的。他今天大造声势，可日后得保持缄默。我们的故事就可以用这两句话来概括。再见了。

一七××年九月二十日于巴黎

第八十一封信

赛茜尔·伏朗基致唐瑟米骑士

我的天呀，您的信太使我悲伤了！我当初心急如焚地等信是值得的吗？我原想从它得到些安慰，而现在却比收信前更受折磨！看信的时候，我泪如泉涌。我并不是责怪您。我已经为你留流了很多眼泪了，但是我不感到痛苦。而这一次却是不同的。您想说明什么呢？您想说爱情对您已成为一种苦恼，你不想草草地走过一生，也不能再忍受这样的处境了吗？因为爱情不再像以前那么愉快，您就要停止爱我了吗？我就不一样了，似乎并不比您好到哪里，可我却更加爱您了。德·范耳蒙先生没给您写信，那不是我的过错。我不可能请求他写信，因为我没和他单独呆在一块，而且我们约定了绝不在众目睽睽之下。这也正是为了您，为了让他尽快做您希望的事。我不是说我没有您那样的希望，这点应该完全明白。但您说我怎么办呢？如果您认为很方便，那就教教我怎么办吧！我求之不得呢！

您以为每天被妈妈训斥舒服吗？过去，她从不对我们讲什么。情况完全不同了。现在的情况比我在修道院还差劲。然而我一想到是为了您，就感到非常欣慰了。有时候，我会觉得幸运。但是当我想到您还在悲痛,而这又不完全是我的错误造成的,我就变得更痛苦了。我自己这些日子来的境遇都没有使我这么难受。

您知道获得您的信任比登天还难。要不是德·范耳蒙先生那么无私英明,我真不知道该怎么办!给您写信更是困难重重。整个上午,我都不敢写,因为妈妈就在我隔壁,随时会光顾我房间来。有时候,下午可以动笔,我的借口是练唱或者练竖琴。我还得写一段,停一停,以便迷惑别人,幸亏我的侍女有时晚上打瞌睡。我对她说,我独自可以就寝,她尽可去休息,把灯留给我。然后,我不得不必须躲在帐子里,不让别人看到光亮。我还得留神最轻微的声音,一旦人来,我就把一切都藏在床上。我真希望您能亲眼目睹这情景!您看了才会知道,要做到这样,非是真情而不能。总之,我确是竭尽全力,不过我希望还能做更多更好些。

我深知不会拒绝对您说:"我爱您,我永远爱您。"我每次说这话总是真心真意;而您却不很高兴。在我对您如此说之前,您可是向天保证过,仅仅这句话就能让您幸福。这是清晰写在您信里的。您摆脱不了,虽然这些信不在我手上了,但我记得一清二楚,一如既往我天天看这些信的时候一样。可是因为我们离开了,您就不想了!这次分离不会是永久的吧?……我的天,我多不幸啊!而这不幸之源正在您身上!……

我想您珍藏了母亲从我这里拿去退还给您的那些信。希望有一天,我的处境不会像今天这样窘迫,那时您就把信统统还给我。当我可以永远珍藏它们,而别人不会觉得我这样做是不对的时候,我会多么幸福啊!我把您现在的信都委托给德·范耳蒙先生,因为不这样做比较安全了。即便如此,我内心还是很痛苦的。

再见了,亲爱的朋友。我真心地爱您。我将终生爱您。我希望您现在永远快乐了。如果我确实知道您高兴了,我也会高兴。尽快给我写信吧!因为没收到您的信,我会一直不安的。

一七××年九月二十一日于××城堡

第八十二封信

德·范耳蒙子爵致德·都尔范勒院长夫人

夫人,您仁慈一些,让我们重新开始那本不该中断的对话吧!您得让我向您表明我和人家给您描绘的我那丑恶形象有多大距离！更重要的是，让我得到您曾经最初向我表示的那种至亲的信任吧！您赋予品行以多大的魅力呀！您多么善于美化，并使人珍视一切正直的感情呀！啊，这正是您的诱人之处；这是最有力的诱惑。这是唯一的一种既难以抵御，又令人肃然起敬的诱惑。

谁只要见到您，都会让您高兴；只要听到您说话，这个愿望就会升华。但有幸能进一步了解您的人，殷知您的心灵的人，会很快发现这个期望变成了一种高尚的热情，从而对您充满爱慕，把您作为一切德行的偶像来崇拜。这也就是我的感受，这点您应该知道。我也许与生俱来就比常人更热爱和遵守德行。我一时受到错误的诱惑而违背了德行，是您使我重守德行，使我重新感受到德行的魅力所在。您竟要把我初现的爱情作为一种罪恶吗？您要谴责您自己的前行吗？您难道还因为可能对此关切而自责吗？这样纯洁的心情有什么好怕的呢？深悟这种心情该是多么甜美的事啊！

您觉得我的爱情如同巨象泻瀑，势不可挡，使您恐惧吗？那您就用一种比较温和的爱情来加以抑制吧！我情愿听从您的吩咐，请不要拒绝我这个愿望吧！我可以发誓，我决不企图逃避您的支配。我还敢说，您在我身上施加影响还会有助于品德地发扬光大。什么牺牲我也不痛苦？因为我坚信，您会铭记我做出的牺牲。哪个男人会愚蠢到不从自己主动作的牺牲中获取欢乐呢？哪个男人会愚蠢到不喜欢对方赐予的一句话、一个眼色，而用强迫或诈骗手段去达到享受人间快乐的目的呢？而您竟认为我是这种人，因此怕我！啊！为什么您不让我带来幸福呢？否则，我一定要使您幸福，以为我自己报仇。但是这种甜蜜的内在推力不可能从单纯的友谊中产生，它只可能来自于爱情。

爱情这个名词吓着了您！这是为什么呢？更为深厚的情义、更为密切的结合、患难与共、生死相依，这和您想的有什么差别呢？这就是爱情，至少就是您所激发的，也是我所体味到的感情。只有爱情最能忘我，它是根据行为自身的价值，而不是依据其效益来加以评价的。它是多情的人们取之不竭的活水之源。凡是它做的事，或者人们为它而做的事，都是难能可贵的。

这些真理既容易理解，实践起来又值得的，有什么可怕的呢？一个富有感情的男人对您有了爱情后，您的幸福便成了他一生的幸福，这样的男人会引起您什么恐惧呢？使您幸福是我今生永久的愿望。为了实现这个愿望，我将牺牲一切，除了使我产生这个愿望的感情。至于这种感情，我请求您同意与我一起品尝！您可以随意调对。我不再让这种感情使我们分离。它应该使我们聚合才对。如果您给予我的友谊不是一句空话，如果像您昨天所说，友谊是您的心灵所熟悉的最美好的情感，那就让友谊来对我们证明吧！我不会不服从的。不过作为爱情的评判者，友谊应该倾听爱情的诉说。拒绝是不公正的；而友谊应该公正。

第二次交谈不会比第一次更不便。居然机会偶然，您也可以指定一个时间。我愿意承担我的错误，在使我迷途知返和跟我斗争这两者之间，您大概更喜欢前者！您怀疑我会不听话吗？如果那个讨厌的局外人不来打断我们的话，我可能已经完全顺从您的意见了。谁知道您的影响会达到什么程度？

您有一种无法抵抗的威力，我没有勇气和它较量，唯有服输；您又有一种不可抗拒的魅力，使您成了我形神的主宰。我要告诉您我时常害怕这种威力和这种魅力吗？唉！我要求和您交谈，害怕的原属于我！谈话以后，受承诺的束缚，我即使发觉内心燃烧的永不熄灭的情感之火，也不敢向您伸手求助！啊！夫人，您发发慈悲，不要随施您的影响吧！如果您觉得这样才是幸福的，如果在您看来，我这样才显得和您比较相应称，那么，由于这些令人感到安慰的想法，还有什么痛苦？是的，我感觉到，再与您谈话，是给您提供威力无比的武器，我更会服从您的意志。要做解释是极容易的，因为您亲口说出这些话更有打击力。然而，为了能得到亲耳聆听的享受，我甘愿这个危险。至少我为您做了所有，甚至是在无视自身利益的情况下做的，这在我便是一种幸福。我所做的牺牲将是对您的奉献。在包括我自身在内的所有人中，您是我最心爱的人。我以无数种方式感觉到这点。如能用千百种方式来向您证明，我该是多么幸运啊！

一七××年九月二十三日于××城堡

第八十 三封信

德·范耳蒙子爵致赛茜尔·伏朗基

您都看到了，昨天我们遇到了多大的麻烦。整整一天，我未能把身上的信交给您。我不知道今天有没有机会。我怕空有热心肠会伤害您。如果我的草率给您带来不幸，使您无休止地痛苦，造成我的朋友的绝望，我将永远不能自己。但是我懂得爱情的急切；我知道你得不到唯一的安慰有多么的痛苦。我竭力寻求排除障碍的方法，终于想到了一个，如果您能与我配合，那么做起来不难。

我观察到您的房门钥匙放在您母亲的壁炉架上。您会想象得到，有了这把钥匙，一切都会变得方便。我只要有它一两个小时就行了。您应该不难拿到它。为了不让别人发现钥匙消失了，我在信里附上一把样子差不多的钥匙。别人是不会注意的，除非拿去试一下，而这是不会发生的。只是得麻烦您为它系一条深暗的蓝缎带，像您那把一样。

最好在明天或后天吃早餐时把这事办妥，因为那时您可以比较方便地交给我。午后，它就可以回原位；您妈妈那时可能会用它。我可以在午餐时还给您，如果我们一切顺利的话。

您知道，从客厅去饭厅时，走在最后面的总是罗斯蒙德夫人。由我搀着。您只需稍晚点从刺绣绷架后站起来，或者失掉点东西，以便落在后面，就可以拿到钥匙。我手捏着它背在身后。您一拿到，就追上我年迈的姑妈，对她做些亲热的表示。如果不巧把钥匙掉在地板上，也不要管它，我会装出是我掉下，不会有任何麻烦。

您母亲不太信任您，对您那么严厉，您可以安心地稍稍骗她一下。而且这是让您继续与唐瑟米通信的唯一可行的途径。别的方法太危险了，可能会把你们的事弄糟；因此，作为真诚的朋友，我再使用那些方法，会受到良心的谴责。

钥匙拿到手后，还得注意防止门和锁发出响声。不过这很容易。在我给您放纸张的柜子下面有油和羽毛笔。您悄悄给锁和门铰链上些油。唯一要小心的是别留下油迹，以免泄露天机。还有，得等到夜晚来临才干，因为手脚灵巧的话——这您是能办到的——到第二天早上就什么事也没有了。

万一给人发现了，就要一口咬定是擦地板的人干的。碰到这种情况，要说清楚他是什么时候干的，甚至复述他的话，只是为了防止生锈，不常用的锁都要上油。因为您知道，您看到他这样干而不问原因是行不通的。细节构成了真实感；有了真实感，谎话就成了真理，人们不会去核实的。

请您多看两遍此信，并且仔细斟酌。首先，得好好记住您要干的事；其次，您要知道，我没有什么遗漏之处。我不大习惯为自己的事耍手腕、使诡计。我没有这个必要。要不是我对唐瑟米怀有强烈的友情，要不是我关切您，我是不会轻易使用这些手段的，尽管这些手段正大光明。我憎恨一切貌似欺骗的策略。这是我的性格。但是你们的不幸深深打动了我的心，我要尽一切可能来减轻你们的痛苦。

您想象得出，一旦这种联系建立起来后，我可以比较方便地为您和唐瑟米提供理想谈话机会了。但是现在，您还不要把这些告诉他，不然只会使他更耐不住性子，因为满足他愿望的时机还未成熟。我想，目前，您应当使他的情绪稳定下来，而不应该使它太激动。这只有靠您的谨慎了。再见，我的美丽的小人。对监护人好一些吧！尤其重要的是顺从他。您会觉得这样做对您有好处。我关心的是您的幸福；您要相信，我也会从中获得我的幸福的。

一七××年九月二十四日

第八十四封信

德·梅尔提侯爵夫人致德·范耳蒙子爵

您终于可以安心了，特别是您可以给予我公正的评价了。听着，再也不要把我和其他他女人混为一谈。我已经断绝了与普里旺的交往。结束了。您懂得这是什么意思吗？现在，您可以评判，笑到最后的是谁，是他，还是我？叙述不会有行动那样有趣。您只是就这件事说三道四，而我却为它耗费了时间，付出了心血，所以，您要得到和我一样的乐趣是不公正的。

然而，如果您有什么宏伟的计划，如果您想从事什么行动，但又对这个可怕的情敌怀有顾虑，那您就放心吧！他已退出竞争；您没有斗手了，至少在一段时间里是这样。也许从此以后，他将颓废，再也起不来了。

您有我这个朋友真是幸运！我是一个友善好施的好人。当您因为远离使您神魂颠倒的美人而精神萎靡不振时，我说一句话就使您回到了她的身边。您要对一个损害您的女人进行报复，我对你进行了指点，并使她听任您的摆布。最后，为了在情场中摆脱一个可怕的竞争者，您来祈求我，我又满足了您。说真的，您如果不终生感激我，那就是没良心的人了！现在我回过来谈谈我的风流韵事。且从头说起。

那天从歌剧院出来时，我高声跟人约会，正如我计划的那样，我的话被普里旺听去了。他如约赶来了。元帅夫人殷勤地向他表示，她为自己能在接待日两次见到他而感到高兴。他声明，他为了参加今晚的聚会，从周二晚上以来，他已推卸了许多事情。“会听话听音的人是美妙！”但是为了弄清楚我究竟是不是他殷勤讨好的对象，我便想迫使这个新的求爱者在我和他的爱好之间做出抉择。我表示我不玩牌。果然，他也随即以各种理由不玩牌。我在朗斯克内牌戏上取得了第一回合的胜利。

我挑选了××主教作为谈话对象,因为他与当天的主角有联系,而我正想给这位人物创造接近我的条件。同时,有一位可敬的见证人我也很高兴,在需要的时候,他可以为我的言谈举止作证。我一向是成功的。

讲了一番客套话以后,普里旺很快在谈话中取得了主导地位。他一次一次变换口气,看哪种口气能讨取得我的欢心。我不喜欢听他带有感情色彩的口吻,因为我知道没有任何情感。我又用严肃的神情扼制了他的眉飞色舞的姿态,我认为这样开头太轻佻了。于是他用了朋友之间的温和语气。我们就在这样的气氛中,相互展开了进攻。

到了用晚餐的时候,主教不下到餐厅去,普里旺便搂着我的腰。入席时,他很自然地坐在我身边。说实话,是他十分巧妙机智地引导着我们的悄悄话。表面上,他似乎只在意席上的谈话,是谈话的中心人物。用餐后点心的时候,有人说起下周一法兰西剧院将上演一出新剧。我有些抱怨地说我没有包厢。他便要把他的让给我。我习惯地先谢绝了。他便开玩笑地说我没有听懂他的话,他肯定不会为他不喜欢的人牺牲包厢,他让我明白,他的包厢将由元帅夫人来支配。元帅夫人接受了他开的玩笑,于是我也接受了。

回到客厅,您可以想象到,他要求定一个包厢。元帅夫人对他很好,答应了他,条件是他得老老实实。于是他抓住机会,做了一番有暗示的表白。这方面,您已经对我夸耀过他的才能。的确正如您所说的,他像个听话的孩子,跪倒在元帅夫人面前,恳求她给予指点,说了许多肉麻的恭维话。而这些话是说给我听。晚餐以后,很多人没有再玩牌,谈话的面更广泛,也就更乏味了。可是我们的眼睛在交流着。我说我们的眼睛,准确地应该说他的眼睛,因为我的眼睛只有一种语言:惊讶。他一定认为,他已在我身上产生了不可思议的影响,我深感惊讶,正在思索。我相信我当时确使他如愿以偿,我自己也相当满意。

星期一,按我们约好的,我上法兰西剧院去了。虽然您对文学很精通,但是关于演出,我无话可说;我可以告诉您的是普里旺是甜言蜜语的行家里手。这出戏是失败的。这是我的全部印象。夜晚就要过去了,我感到难受。为了延长这个夜晚,我请元帅夫人到家里吃夜宵,顺便也向可爱的奉承能手提出邀请。他请求我给他时间,以便他能到德·B伯爵夫人那看看。听到这个名字,我怒火中烧;我看得出来,他要到处夸耀了。我想起您的忠告,可是我决心让这件事继续下去,我有信心纠正他这种守不住秘密的危险品性。

这天晚上,我接待的人不多;因为他初来乍到,所以得照社交礼节,在去吃消夜时来拉我的手。我握他的手时，故意让我的手微微地颤抖了一下；行走的时候，我双目低垂，呼吸急促，现出预感到失败，对征服我的胜利者怀有恐惧的样子。他完全被我迷惑了。他本来只是献献殷勤，现在却变得温柔动人了。谈话内容倒还是差不多，没有什么变化，这是当时的情况所致，但是他的眼光不再那么炯炯有神，而是脉脉含情了；他的声音变得更加轻柔悦耳；他的微笑更加殷勤了。还有，在他的谈吐中，机智的火花逐渐熄灭，智慧让位给了温情。您说，您要处在他的位置，还能比他更好些吗？

至于我，我的神情变得迷离恍惚。甚至周围的人都发觉了，他们提醒我。我则为自己进行了一番糟糕的辩解。我同时向普里旺飞快地瞟了一眼，眼光中充满羞怯而不知所措的神情，这足以使他确信，以为我是怕他猜出我心慌意乱的原因。

晚餐后，我利用善良的元帅夫人陈词滥语时，倒在一张土耳其长沙发上，无拘无束地沉浸于甜蜜的幻想之中。让普里旺看到我这种神态，我并不恼火。他的一切心思都在我身上。您想象得到，我的羞怯的眼光是不敢和胜利者的眼光交遇的。我只会偷偷地窥视他一眼。我发现我已经成功了，但还得使他相信，我和他有同感。因此，当元帅夫人告辞时，我用一种软绵绵、满含柔情的声音喊道："啊！上帝哪！我在这里多幸福啊！"但我还是站了起来。在与她分手之前，我问了她最近的日程安排，以便说出我自己的计划，使普雷旺知道我后天在家。接着，客人相继离去了。

我开始思考问题。我相信普里旺会利用我刚才给他的约会；并且会来得特别早，以赶在别的客人之前，和我单独谈话。我预料他的进攻会是热烈大胆的。可是我心里有底，凭我的声誉，他不敢对我太轻薄；稍懂一些社交礼节的人都知道，轻薄只适用于荡妇，或者初涉社会的女人。如果他说出爱情这个词，特别他想从我这里得到爱情的幸福，就有成功的把握。

同你们这些"有规矩人"打交道真太容易了！有时，一个爱情上的糊涂虫的胆怯会使您不知所措，或者他的狂热冲动会把您弄得神魂颠倒。这种强烈的感情，正如热病一样，在表征上有所区别，有打寒战的，也有发高烧的。可你们的行动是有规律的，太容易掌握了。你们的到来，你们的举止、仪表、语气、谈吐，我前一天就心中有数了。所以我不向您报告我们的一切。您很容易就猜出来的。我只想提请您注意，我佯装自卫，其实是在竭尽全力诱惑他。我露出窘态，是为了给他时间说话；我提出错误的话题，是为了被他驳倒；我表示畏惧与猜疑，是想引他重新对我的表白。他无休止地重复这句话："我只求您开恩。"我缄默不语，让他等待，只是想刺激他的情欲。在这整个过程中，我的手被他握了上百次，虽然每一次我都缩了回来，但都犹疑不决。我们就这样度过了足足一小时。要不是听见有一辆四轮马车驶进我的院子，我们可能还在这样厮混呢！这煞风景的事来得凑巧，不用说，他的确越来越心急了。我看到我不必担心任何袭击了，便长长地叹了口气，终于说出了那个珍贵的字眼。有人通报客人到了。不一会儿，我的客厅里就几乎坐满了嘉宾。

普里旺要求第二天早上来拜访我，我同意了；但是我做了精心的自卫安排。我吩咐侍女在我们会面的时候始终在场。我在更衣室里接待他。您知道，从我的房间里，可以把更衣室里的情形看得一清二楚。我们在谈话中无拘无束。两个人有相同的情欲，因此，我们不久就达成了协议：必须没有碍事的第三者在场。我预计他会提出这一点的。

于是我没有头绪地对他描述了我的个人生活，轻而易举地获得了他的信仰，我们绝不可能找到片刻自由的时间，昨天的那段经历应该看作奇迹。但是，昨天那样做，我还是冒了很大的危险；因为随时都可能有人闯进客厅来。我还补充说，我的这些生活习惯之所以如此，是因为我总是郁郁不快。我还强调，我如果要改变这些习惯，便有可能损害我在家人眼里的形象。他显出痛苦的样子，发脾气，说我缺乏爱情。您可以想象这一切使我多么感动！为了发出决定性的一击，我向眼泪求援。这真是"扎伊勒，您哭了"。他没有奥洛斯玛纳的爱情，他有的只是信心和希望，他确信已控制了我，他希望能轻而易举地使我身败名裂。

这戏剧性的一幕过去以后，我们便着手做准备。白天不行，我们就考虑利用晚上。但是我的固执成了不可克服的障碍。我不允许人家去买通他。他提出走我花园里的小门；但我想到了到这一点，就骗他说那里有一条狗，白天不出声，晚上却是真正的恶魔。我随随便便地谈出这些情况，显然使他的胆子大了起来；于是他提出一个最荒唐的办法。我接受的就是这个办法。

首先，他的仆人像他本人一样靠得住，这是实话。他们俩简直是一个人。我将在家中举行一次盛大的晚宴，他来出席。他伺机溜出去。他的仆人叫来他的车子，打开车门，但他不上车，偷偷地溜走。他的车夫将毫无察觉。这样，大家都以为他走了，而实际上他还在我家里，问题是他怎样进入我的房间。我现在承认，我当时最困难的是找出各种蹩脚的反对的理由，让他来一一驳倒。他举出一些实例来答复。照他的说法，这个方法是最普通不过的了，他经常使用它，因为最为安全。

我被这些不容置疑的例证说服了，便老实承认有一道暗梯几乎可以直通我的小客厅,我可以把钥匙留在那边,以便于他躲在里面等待我的侍女退出去,而不至于有什么大的危险。接着,为了使我的允诺显得更真实,我忽然又翻了脸;等他表示一定百依百顺、温柔行事,我才回心转意!啊,什么样的温柔行事呀!总之,我愿意向他证明我的爱情,但不是满足他的爱情。

我忘了告诉您,出去该走花园的小门。但是要等到天亮。天一亮,凶恶的看门狗就不会再出声了。再说这个时候没人出门,仆人们正睡得香呢!您如果对这些错误的推理感到惊异,那是因为您忘却了我们的处境。我们为什么要好好地推理呢?他巴不得事情闹得沸沸扬扬;而我则肯定谁都不会知道。日子就定在后天。

请注意,这件事就这么一切就绪,而谁都还没有在我的客人中间见到过普里旺!我在一个女朋友家里晚餐时碰到他。当晚剧院上演一出新剧,他让她使用他的包厢,我接受了包厢里的一个位子。在观剧的时候,我当着普里旺的面,请这个女友来共进晚餐。我似乎碍于面子也提出邀请。他接受了邀请,两天以后,他对我做了一次礼节性的拜访。说实话,第二天早上,他就来看我了。但是现在早晨的访问已不再是引人注意的事了;再说,我要觉得这次拜访有失体统也不是不行。另一方面,我事实上又把他划入了与我关系疏远的一类人之中,我向他发出书面邀请,请他出席一次礼节性的晚餐。我完全可以像阿内特那样说:"请看,全部经过只是如此而已!"

决定命运的日子来到了。这一天,我会失去贞操和声誉;我对忠实的维克托丽作了指示,您就会看到她是怎么执行指示的。

夜幕降临了。当仆人通报普里旺来到的时候,家里已有了不少人。我以隆重礼节接待他,这表明我与他的交情颇浅;我让他参加元帅夫人的牌局,因为我是通过她认识他的。晚间,除了这个谨慎行事的情人想法给我递了一张小条子以外,什么事都不曾发生。这张纸条,我照老习惯把它烧了。他在条子上对我说,我可以信任他。围绕这个关健字眼的,是所有多余的字眼,如爱情、幸福等等;在这样的情况下,这些字眼总是不会缺少的。

到了午夜,原来的牌局结束了,我便提议来一局短短的马塞杜瓦纳牌戏。我这个提议有双关目的:一是便于普里旺溜掉,其次是为了使大家注意到他已离去。大家一定会注意到他走了,因为他是有名的好赌。同时,我也希望在将来必要的时候,大家都能回想起我当时并不急于把客人打发走。

这场牌局持续之久出乎意料。魔鬼在诱惑我,我失去了理智。我一心想去安慰已经等得不耐烦了的囚徒。我行将自我毁灭。就在这时。我意识到，一旦彻底向他屈服，我就再也无法控制他了；我的计划需要他保持稳重，而他也不可能再保持住。我终于顶住诱惑。我回到没完没了的牌戏桌上，心中不免有些沮丧。牌局终于结束了，客人都回去了。于是我拉铃叫来侍女，匆匆脱了衣服，又马上把她们打发走。

您看到吗？子爵，我穿着单薄的衣衫，羞怯地、小心地向前移动脚步，用一只微微颤动的手去为我的胜利者开门。他一眼看见了我，比闪电还要神速。我怎么对您说呢？我来不及说句话就被他制服了，完全制服了。接着，他想采取一个更方便、更适合当时情况的姿势。他诅咒他的服饰，说它们使他不能贴近我，他要以相同的衣着与我较量。但是我非常羞怯。我阻止了他的行动，我不断温柔地抚摸他，根本不让他有时间实现自己的企图，他也就放弃了。

他的权利既然被拒绝了，便又提出非分之想。可是我对他说："听着，到现在为止，您已有相当有趣的故事去说给两位德·B伯爵夫人和千百个女人听了；但是我很想知道，您将怎样叙述这一个风流韵事。"说着，我使出全部力气拉铃。这下子，我占了上风。他还在结结巴巴地想说什么时，我已经听到维克托丽跑来了，一边叫喊着遵照我的吩咐留在她房间里等候的仆人们。这时，我以女王一般威严语气，高声说道："出去，先生，永远不要再在我的面前出现。"我正说着，仆人们进来了。

可怜的普里旺吓昏了，他以为中计了，其实只是一场戏弄。他扑向他的佩剑。这下他可遭了殃，因为我的侍者是个勇猛的彪形大汉，他一把就将他抓住，狠狠掼在地上。我承认，当时我吓得要死。我命令仆人住手，让他走，但是必须看着他离开我家。仆人们照我的话办了，但是他们七嘴八舌地议论着，为有人胆敢凌辱"他们贞洁的主人"而怒不可遏。所有的仆人都加入押送这个不幸骑士的行列。他们前呼后拥，大声喧闹。这正是我所希望的。只有维克托丽留下来，和我一起整理我的凌乱的床铺。

仆人们回来了，还是议论纷纷，我仍然很激动。我问他们怎么这么巧，都没有睡。维克托丽告诉我，她请两个女友吃晚饭，大家都在她的房间里闲聊。总之，这些都是我们事先安排好的。我向大家表示感谢，请他们回去，但吩咐其中一个立刻去请我的医生。我觉得我完全有理由担心这场大惊吓会带来不良影响，而这是使这件新闻广为流传、引起轰动的好办法。

医生来了，他的确很同情我，一再嘱咐我好好休息。我又吩咐维克托丽第二天一早就到左邻右舍去串门，大肆宣扬这件事。

一切都极为成功。中午还不到,我刚刚起床,虔诚的女邻居就坐在我床头了。她来打听这次可怕事件的真相和细节,我不得不花了整整一个小时和她一起哀叹世风日下,道德沦亡。接下来,我收到了元帅夫人的短函(我把它附上)。最后,五时以前,××先生来了,这大大出乎我的意料。他对我说,他是来向我道歉的,他兵团里的一个军官竟会对我冒犯到这种地步。他是在元帅夫人府邸午餐时得悉的,他即时传令给普里旺,把他关进监狱。我为普里旺求情,但是他拒绝了我。于是我想到,作为共犯,我这方面也必须有赎罪的行动,至少应该接受严格的禁闭。我就吩咐仆人说我身体不适,闭门谢客。

现在我是一个人,很清闲,所以才有机会给您写这封长信。我将给德·伏朗基夫人也写一封,她肯定会公开宣读,您便知道这个故事应该怎么讲。

我忘了告诉您,贝勒罗什气坏了,一定要与普里旺决斗。可怜的孩子!幸亏我有的是时间,我能使他发热的头脑冷静下来。现在,我要让脑子休息休息了。再见,子爵。

一七××年九月二十五日晚七时于巴黎

第八十五封信

德·××元帅夫人致德·梅尔提侯爵夫人

(附在上封信中)

上帝啊,真是令人不寒而栗,我的亲爱的夫人!这个小普里旺竟干出了这等令人厌恶的事,这是可能的吗?并且竟是对您!我们都在冒什么样的风险呀!难道我们在家里也没有安全可以保证吗?的确,这种事倒使人认为年老还是件好事呢!但是我将永远感到深深的不安,因为您在府上接待这样的恶人,部分是因为我的关系。我向您保证,如果我听说的话是确实可信的,他就永远不可能迈进我的门了。这是一切正派人士应该做出的决定,如果他们正视他们的责任的话。

人家告诉我您身体不舒服。我为您的健康担忧。您的消息对我非常宝贵,请您告诉我吧!如果您自己不方便的话,请叫一个侍女告诉我。我只希望您给我写一句话,使我能够放心。要不是我的医生不允许我中断沐浴疗法,我今天上午就来探望您了。下午,我得去凡尔赛,还是因为我侄儿的事。

再见了,我亲爱的夫人,请永远相信我对您的真挚的友谊。

一七××年九月二十五日于巴黎

第八十六封信

德·梅尔提侯爵夫人致德·伏朗基夫人

亲爱的好朋友,我是在床上给您写信的。一件最令人难过、也最难以预料的事情使我因惊诧和忧虑而病倒了。这并不是说我自己在这方面一定有过错;但是一个正直纯朴、又具有女性特有的谦虚美德的女人看到自己成了众人观瞩的人物,总是感到非常痛心的,所以,我要是能避免这场不幸的遭遇,什么都肯舍弃。我现在还不确定是否要去乡间居住一段时间,直到这件事被大家忘记为止。事情是这样的:

我在德·××元帅夫人府上碰到一个名叫德·普里旺先生的人。您一定听说过这个人。我并不了解他。但因为我是在元帅府里碰到他的,所以我认为完全可以相信他是个有修养的人。他仪表非凡,一副聪明相。那天大家都去玩朗斯克内牌戏。我对牌戏没有兴趣,便同他和××区的主教一块闲谈。我们一直谈到用晚餐的时候。席上,有人谈起一出新戏,他便借机提出,他的包厢可供元帅夫人使用。夫人同意了,并说给我一个位子。于是上星期一,我们去了法兰西剧院。剧终的时候,元帅夫人来舍间吃夜宵,我就请这位先生陪伴她。过了两天,他来拜访了我一次,说了些客气话。第二天早上,他又来了,这在我认为有些轻浮。但是我认为与其以冷淡相待,不如以一种礼节的表示,来让他意识到我们之间的关系还没有达到他所想象的那种深度。为了这个目的,我当天向他发出一份正式的请柬,邀请他于前天来参加我的一次晚宴。整个夜晚,我没有跟他说上四句话,而他在牌局结束后就离去了。一直到这时,一点都没有要出事的迹象。这么说您是会同意的。以后,大家又玩了一会马塞杜瓦纳牌戏,一直玩到将近两点钟。后来我就上床睡了。

在侍女们离开半小时以后,我听见我的套房里有声音,我惊慌地拉开床帏,瞧见一个男人从通小客厅的门进来。我发出一声尖叫:借着宵灯的亮度,我认出是德·普里旺先生。他用难以置信的粗俗下贱的口吻对我说,我不必惊慌,他会向我揭开他这次行动的秘密;他请求我不要出声。他这样说着,点亮了一支蜡烛。我吓得说不出话来。他轻松自如、若无其事的态度使我惊呆了。他还没有说上两句话,我就明白他所谓的奥秘是什么。我唯一的答复,正如您能想象到的,是拼命地拉我的铃。

真幸运，厨师们还醒着，正在一个侍女的房间里聊天。我的贴身侍女到我房间来的时候，听见我大声喊叫，吓坏了，然后把所有的仆人都叫来了。您可以想象一下当时的喧闹场景，仆人们一个个怨言载道。我看到我的侍仆要去杀死普里旺。我承认，当时，我看到力量倾向于我而不禁洋洋得意，不过现在慢慢想起来，我倒希望当时只来侍女一人；她一个人就足以消除我的危险，也可以免掉这场使我尴尬的哄闹。

可事实是吵闹声把邻居吵醒了，仆人们又到处乱讲；所以从昨天开始，这件事就成传遍了整个巴黎。德·普里旺先生被他那个兵团的司令官下令送进了监狱。那司令官很有礼貌，来舍间向我道了歉。德·普德旺先生入狱会令这件事更为复杂；我尽了力，但没能使司令官撤回命令。城里宫廷里的人纷纷赶来，但我谢绝所有客人。我见到的一些人都告诉我，大家都在为我打抱不平，对德·普里旺先生愤恨之至。他的确是搬起石头砸了自己的脚，但这并不能减少这件事所带来的不快。

而且这个人一定有些朋友，他们一定与他同流合污。谁知道，没人知道他们会编造些什么？我的天啊！一个年轻女人是多么不幸啊！要是只是躲避了流言来陷害我，那完全于事无补，她必须使得造谣者感到畏惧才行。

请告诉我，换作是您会怎么做？您会做些什么呢？总之，请告诉我您的一切想法。我一直从您那里得到最亲切的慰问和最睿智的忠告；我也最喜欢从您那里得到这一切。

再见了，我亲爱的好朋友；您了解我对您的始终如一的感情。我亲吻您的可爱的女儿。

一七××年九月二十六日于巴黎

第八十七封信

赛茜尔·伏朗基致德·范耳蒙子爵

先生，虽然我无比兴奋地收到德·唐瑟米骑士的信，虽然我也和他一样非常希望我们能见面，可是我不敢照您建议的去做。首先，这太危险了；您要我拿去假冒的钥匙确实很像原来的那一把，但是总还有些不一样。我母亲消息极为灵敏，什么都能瞒不过的眼睛。其次，虽然我们来这里后从没有用过它，但是一旦倒霉被发现了，我将永远完了。再则，我也觉得这很不好，配两把钥匙太过份了。您是好心帮助我，但有人知道了，我会遭

人责怪，得负责错误的责任，因为您实在是为了我才这样做的。的确，有两次，我想伸手去拿那把钥匙；要是别的东西，确实再容易也没有了；可是我不晓得为什么手不停地发抖，缺乏勇气。最终我想我们还是不做的好。

要是您始终像从前一样，以乐于助人，一定会有法把信交给我的。最近这一次，要不是您一时不凑巧把头突然转过去，那信就很容易地办成了。我知道您不可能像我一样只想着这件事。可我宁愿耐心等待，而不去冒这么大的风险。我敢断定，唐瑟米先生会同意我的看法，因为每次他要求的事情只要让我为难，他都会放弃。

先生，我在给您这封信的时候，会把您的信，唐瑟米先生的信和您的钥匙都还给您。但对您的善意，我是非常感谢的。我请您和以前一样地对待我。我非常不幸，这是真心的；如果没有您，我还会更加不幸。但是母亲毕竟是母亲，我应该忍耐。只要唐瑟米先生一直爱我，只要您不抛弃我，很幸福的时候还是可能到来的。

先生，请您接受我深切的感激，我是您谦微卑小、百依百顺的女仆。

一七××年九月二十六日

第八十八封信

德·范耳蒙子爵致唐瑟米骑士

我的朋友，您的事情并不像您所盼望的那样突飞猛进，我不该承担全部责任。我在这里有很多困难得克服。德·伏朗基夫人的严格和严厉并不是唯一的问题。您的年轻的女友也给我创造了几个。也许是因为冷漠，也许是由于怯懦，她并不总是按照我的要求去做；不过，我确信我比她更明白该做什么。

我曾经想出一个简单易行而稳妥地帮您转信的办法，而且这方法以后还可以为您和她见面提供方便，但是我没能使她下决心使用。我觉得非常苦恼的是，我看不出有其他的方法能让您靠近她。单单就你们一书信而言，我也已经大伤脑筋，生怕事情被发现，我们三人都遭殃。而您应该知道，我是既不愿意自己担心这个风险，也不愿意让你们中任何一位置于危险的境地的。

您的意中人对我不是特别信任。如果因此阻碍我为您卖力，我会觉得万分痛心的。您给她写封信可能有些作用。不知您是怎么看这件事。决定只能由您来定夺。因为问题不光是为朋友服务,而且是知道怎么服务才让他们满意。这可能是一种测试她对您的感情的方法。因为一个太重个人意志的女人是不会爱得像她口头说的那样深的。

我绝不是疑心您的心上人爱您的专一性,不过她还很不成熟,很畏惧她的妈妈,而您知道她的妈妈是一心想损害您的利益的。或许让她长时间不关心您是有危险的。但是您也不要对我说的这些话过分忧虑。事实上并不存在什么使我怀疑的原因。我这完全是出于友谊,表示关心罢了。

我不再写下去了,因为我也还有些个人的事要解决。我的事情还没有进展到您那种程度。但我的爱情是亘古长青的,这点使我感到快慰。就算我这方面不会取得成功,但能为您出些力,我也会觉得物有所值。再见了,我的朋友。

一七××年九月二十六日于××城堡

第八十九封信

德·都尔范勒院长夫人致德·范耳蒙子爵

先生,我很真心希望这封信不会带给您任何不快;如果引起了您的不快,我希望至少您的痛苦会因为我给您写信时所感受的痛苦而有所减轻。现在,您对我应该已经相当了解,您应该知道我并不愿折磨您;而您,无疑也不想使我陷入永恒的绝望之中。所以我恳求您,请您看在我曾答应您的温柔的友情份上,甚至请您看在您对我所怀有的也许更强烈,但很明显不会更真诚的感情份上,不要与我再见面了。您离开吧!在您离开之前,请尤其避免和我进行单独的、过分危险的谈话。在做那些谈话时,由于一种不可思议的力量,我从来没能对您表示出想要表示的思想,相反,我只是把时间用来倾听我不该听的话。

昨天也是这样,您来花园里找我时,我没有别的想法,只想同您说说我今天这封信里要表达的意思。可是我做了什么呢?只是关心您的爱情……您的爱情,我是绝不该做出反应的!啊!您发发慈悲,离开我吧!

请放心,分离绝不可能改变我对您的感情。我既已没有希望向这种感情做斗争,当然不可能战胜它呢?您看到了,我一五一十地告诉您了;我怕向我的弱点屈服,却不惮于承认我自己的缺乏。在感情上,我失去了控制的力量,可是在行动上,我要继续这种能

力。是的,我要继续它,我已经下了决心,即使得用生命作为报偿。

不久前,我还一直认为我永远不用做这种斗争了。我洋洋自得,也许是太自负了。上帝已经惩处了,严厉地惩处了我的这种自满。可是即便在打击的时候,它也以善良为本,提醒我小心摔倒。我已经自知无能为力,如果还不慎重从事,那就是错上加错。

您已经告诉过我上百次,您不想用我的眼泪换取幸福。啊！不要再说幸福了,还是让我重新获得一些宁静吧!

您如果同意我的要求,那么,在我的心中、您还有什么得不到的权利呢?这些以品行为基础的权利,我没有必要施加禁止。我会由衷地向您表示感谢！我会清楚是您给予我快乐,使我能够问心无愧地享受一种美好的情怀。现在的境况却相反,我的感情、我的思想都让我惊骇,我既不敢想您,也不敢想我自己。甚至您的形象一浮现在我的脑海中,我就心惊。在我无法躲避它的时候,我就同它拼斗;我不能使它远远的,可是我可以暂时赶走它。

停止这种使人不安的、苦恼的境况,对于我们俩不都是很好的吗?您有一颗一直充满怜悯的心灵,即使在走歧路的时候,它也爱好德行。啊,请您想想我的痛苦处境,不要不答应我的请求吧！这样,这种奔腾的内心惶恐将会消失,代替而来的将是一种更为热烈而同样温柔的关切之情。到那时,时时感受到您的好处,我会更珍惜我的生命,我会兴高采烈地说:“我能品尝这种宁静,全因为有我的朋友。”

我希望您做出微小的牺牲,以终止我的痛苦。可我并没有强人所难之意。您会认为这是要您付出昂贵的代价吗！啊,如果我只需忍受不幸,便能使您幸福,那您可以相信,我是不会有丝毫的迟疑的……但要我成为罪过的人……那不可以,我的朋友,不可以;我宁愿死一千次。

我愧疚之至,甚至到了追悔不及的地步。我既害怕别人,也害怕自己。在大庭广众之下我脸红;在独处时我害怕而发抖。我的生活里充满痛苦,只有听到您的诺言,我才会有安宁。我所下的可贵之极的决心都不能够让我放心。我这个决心是昨天下的,但我昨夜还是在泪水中度过的。

看吧,您的朋友,您所爱的朋友,诚惶诚恐地向您请求,请您赐给她安宁和清白吧！啊,上帝,要不是您,她会落到屈辱地向您苦苦哀求的地步吗?我一点没有怪罪您的意思,我自己也深深明白:要抵住一种强烈的感情实在太困难。诉苦不等于抱怨。我想做我应当做的事,请您与我配合,请您显露出高尚的情操吧！我将在您激发的许多感情之上,增添对您的永远的谢意。再见了,先生,再见了。

一七××年九月二十七日

第九十封信

德·范耳蒙子爵致德·都尔范勒院长夫人

夫人,您的信让我惊讶,我现在还不知道该如何回复您。如果一定要在您的不幸与我的不幸之间进行选择,毫无疑问应该由我做出牺牲,我是不会有半点迟疑的。但这样最最要紧的事,我想首先应该在一起商讨一下,搞搞明白。如果我们不能再见面,再交谈,那又如何达到这个目的呢?

啊!当柔柔的情意将我们连在一起的时候,一种梦幻般的恐惧就完全可以让我们分离,而且可能是永久地分离?亲密的友情,热烈的爱情无法分享它们的权利,它们的呼声无人注意,这是为什么呢?究竟有什么紧迫的危险使您这么忧心?啊!请信任我,这样的恐惧来得如此突然,本身就可以成为保持心绪平和的有说服力的理由。

请允许我坦率地说,我在这件事上面又明了了人家强加给您的对我不利的看法在起作用。一个人和所尊重的人在一起是不会惊慌的,更不会把他认为值得交往的人赶走。被人害怕、不与交往的应该是危险人物才对。

然而有谁比我更谦卑、更听话呢?您看,我在言语上已是非常小心谨慎的了。我再不会使用我喜欢的那些甜蜜字眼;我只能在心中对您倾诉那些字眼。我已经不是一个忠实而不幸的情人,在接受温柔多情的女友的劝解和安慰;我成了一个面对法官的被告,面对主子的奴隶。这些新头衔毫无疑问意味着一些新义务;我保证一一加以履行。请听我说,如果您判我有罪,我会服罪,我会马上离开。我还可以做出更大的承诺。您是否特别喜欢这种不经审讯便判罪的独裁主义呢?您觉得自己有践踏公道的勇气吗?您下命令吧!我会遵命的。

但是这项判决,或者换个说法,这个命令,我要听您亲口说出来才妥当。这是为什么呢?您难道不会这样问我吗?啊!如果您真的提出这样的问题,那可以说您对爱情、对我的内心太不理解了!难道再和您见一次面是毫无意义的吗?您绝望融入我心灵的时候,如果能同情地看我一眼,也许能给我的心灵以抵抗绝望的力量。如果我最终不得不

放弃爱情和友谊——我生命的两根支柱,那我至少可以让您看到您的所作所为的结果。您会对我表示怜悯。这种细微的恩惠,即使我不配拥有,我也希望能得到它,我觉得我会愿意为它付出昂贵代价的。

唉!您要把我打发走!您同意我们彼此成为陌路人吗?我怎么说呢?您不仅仅是赞同,您是要求这样做。您向我保证,我的离去不会损伤您对我的感情,其实,您催促我动身只是为了使这种感情泯灭而已。

您对我说,要以谢忱来取代您对我的感情。所以您打算给我的东西,一个陌生人也能从您那里取得,只要帮您一个小忙就行;甚至您的对手也能从您那里获得,只要停止对您的攻击!而您却要我对您的赐予感到满意!您扪心自问,如果您的情人,您的爱人,哪天跑来向您表示感谢,您难道不会气愤地对他们说:"给我滚开!你们这些没有良心的家伙?"

我顿住了。我需要您宽恕我。请原有我凄苦的措辞——这纯粹是您引起的。不过,我的伤痛绝对不会影响我对您的服从。但是我也要向您提出请求;请同意我再向您表白一次心迹。请您看在这无比温柔的,连您自己也认同的感情份上,同意我的请求吧!是您使我变得六神无主,心烦意乱。至少您得可怜可怜我,不要再延迟我向您倾诉的时刻了。再见,夫人。

一七××年九月二十七日晚

第九十一封信

唐瑟米骑士致德·范耳蒙子爵

我的朋友,您的信把我吓得不轻。赛茜尔……哦,上帝呀!赛茜尔不爱我了,这是真的吗?是的,我看到了这个令人惊恐的事实,尽管您的友谊在加以掩盖。您是想让我做好心理准备,来经受这致命的打击。我谢谢您的好意。但是爱情能这样屈从吗?爱情是需要想尽办法知道它想知道一切的。它不用探听自己的命运,它能猜得到。我就猜到我的命运了。请不必讲。您可能做到这点。请吧!全都告诉我吧!是什么让您起了疑心?是什么验证了您的疑心?最细枝末节的地方都是宝贵的。尤其请您回想她所说的话。一个单词的变动会改变整句话的意思;有时候,同一个单词可以有两种解释……您也许弄错了。唉！我还想自我安慰。她是如何告诉您的？她责怪我了吗？她至少没有坚持自己的错误吧？我早应该预料到这个变化；这一段时间来，她的难处实在太多了。爱情没有经历过这么多的阻碍。

我应该采取怎样的方法呢？您给我出主意，我设法见一见她好不好？这难道不可能吗？离别是那么让人痛苦，那么可怕……而她却回绝了一个可以见到我的路子！……您没有告诉我是什么路子。如果这个办法的确太危险，那么她是知道我不希望让她冒太大的危险的。但我也知道您一向谨慎：而且为了我的不幸，我也怀疑您的谨慎。

现在我该如何做呢？怎么给她回信呢？如果让她说出我的怀疑，可能会让她伤心。如果怀疑是不公正的，我能够宽恕自己使她无缘无故地伤心吗？如果我对她隐藏我的怀疑，那就是愚弄她。对她，我是不知道伪装自己的。

唉！如果她能了解我现在多难过，我的痛苦也许会打动她。我知道她感情丰富、心怀善良，并且我还掌握了她的成千成百个爱的证据。她太内向，太羞怯，到底还是年纪小呀？她母亲对她又那么苛刻！我就给她写信；我会克制自己的；我只要求她完全信任您。即使她仍然拒绝，至少也不会对我这个要求生气吧！也可能她会接受。

我的朋友，我替她，也替我自己，向您致歉。我向您保证，您关心她，她是不会不领情的。她对您是感激的。她不是不信任您，而是胆怯，请您包涵——宽容是友谊最宝贵的优点。您的友谊对我来说是珍贵的，您为我操心，我不知道如何谢你才好。再见了，我马上就写信……

我感到我又开始害怕，怕极了。我在睡梦中也没有想到过，我有一天给她写信竟会感到无从下笔！啊，昨天，这在我还是一件最幸福的事呢！

再见了，我的朋友，请继续帮助我，并深深地同情我吧！

一七××年九月二十七日于巴黎

第九十二封信

唐瑟米骑士致赛茜尔·伏朗基

（附在上一封信中）

我从范耳蒙处获悉，您对他还是不太相信。我不能对您隐瞒，我对此感到无比痛苦。

您一定知道他是我的朋友,他是唯一能够使我们再相见的人。我原以为他具备这些条件足够赢得您的信任,现在,我痛苦地发现我错了。我是不是能希望您至少把原因告诉我呢?您是否对此感到了什么难处?没有您的合作,我实在搞不清您这种做法的奥秘。我不敢疑心您的爱情,显然您也不至于背弃我的爱情。啊!赛茜尔!……

那么,您是真的拒绝了一种能让您见到我的办法,一种"简便而稳妥"的办法?您原本就是这样爱我的?一次短短的分手就使您的感情发生了很大的变化。那您为何要欺骗我呢?您为什么要告诉我说,您一直爱我,现在更爱我了?您的母亲在毁灭您的爱情的同时,也毁灭您的真诚了吗?如果她让您还存有一些恻隐之心的话,您在获悉我倍感极度伤心的消息时,不至于无动于衷吧!啊!死的痛苦可能还弱些呢!

请您告诉我,您的心灵之门难道已对我永远关闭了吗?您把我抛之脑后吗?由于您的拒绝,我现在既不知道哪一天,您才能听到我的哀诉,也不知道您什么时候会予以答复。范耳蒙的友谊曾保证了我们的通信联系,但是,您并不情愿,您觉得这种联系庸俗,您宁愿少一些联系。不,我再也不相信爱情,再也不相信诚意了。哎!假使赛茜尔也欺骗了我,我还能信任谁呢?

回答我吧!是不是您真的不再爱我了?不,这不可能,您产生了错觉,您在诬蔑您的灵魂。这只不过是一种一时的恐惧,一时的沮丧,爱情很快就会使之消逝;是这样吗,我的赛茜尔?啊!一定是这样,我错怪了您。是我错了,我多幸运啊!我多愿温情脉脉地乞求您的宽恕!多愿以永恒的爱情来弥补这一时的不公道啊!

赛茜尔,赛茜尔,您可怜可怜我吧!您答应和我见面吧!想尽一切办法!您明晰分离的后果:恐惧、怀疑,也许还有冷漠!但只消看一眼,说一句话,我们就会变得幸福无比。唉!幸福!我现在还谈什么幸福!对我来说,幸福可能已经丧失,永远地失去了。我心慌意乱,坐卧不宁。我进退维谷,一面是对您的不公正的猜妄想,一面是显而易见的冷酷无比的事实。我真是六神无主,不知所措了。我所保留的生命力只够用于受苦和爱您这两方面。啊!赛茜尔,只有您才有力量使我的生命充满欢乐,使之成为珍贵的东西。您说的第一句话将使我再次拥有失去的幸福,或使我断定绝望是永恒的。我期待着。

一七××年九月二十七日于巴黎

第九十三封信

赛茜尔·伏朗基致唐瑟米骑士

您的来信,除了引起我的痛苦以外,我无法理喻。德·范耳蒙先生究竟告诉了您什么?是什么使您确信我不再爱您了?这对我倒可能是极为幸运的事,因为我肯定会减少一些痛苦。在我爱您爱到现在如此程度之时,您竟认为是我错了,我从您那里得到的,不是慰藉,而总是最伤我心的痛苦。您以为我在骗您,在对您说谎。您对我的看法实在令人无法思议!纵使我如您所指责的那样在撒谎,又有益处而言呢?如果我不再爱您,直说便可是了,大家都会称赞我;但是不幸得很,我的爱情已到了不由自主无可救药的地步,可我爱的对象却是一个良莠不分的人。

我到底干了什么,使您生那么大的气?我只不过是胆小不敢去拿一把钥匙罢了。我是怕妈妈发现,担心这事给我带来更多的痛苦,怕我这样做又会引起您的痛苦。而且,我也觉得这样做不妥当。这件事只有德·范耳蒙与我谈起过,您根本不了解,我无从知道您是不是愿意我这样做。现在既然您也要我这样做,我难道还会拒绝吗?我明天就去拿,看您还有无话可讲。

德·范耳蒙先生是您的朋友。但我认为我爱您至少跟他爱您一样。可是有理的总是他,而错的永远是我。我明确告诉您,这使我伤心至极。不过,我伤心,您觉得无所谓,因为您知道我很快会平静下来。我有了钥匙后,什么时候要见您就能见到您;但我郑重告诉您,您要是这种态度,我不愿见您。我情愿因自己而苦恼,而不愿因为您。现在就看您怎么想了。

如果您相信我,我们现在该会多么深情地相爱,毕竟,除了别人强加于我们的苦楚之处,我们不会有另外的痛苦。我向您担保,如果我自主,您绝不会有什么要埋怨我的。但是如果您不信任我,我们将无休止痛苦,而这并非我的过失。我盼望我们很快就可以见面。这样,我们再不会有理由像现在这样悲伤了。

如果我能预见到这些,我当时就会拿了那把钥匙。但是,我确实认为我当时是正确的。不要再怪罪于我了,我求求您。不要再悲伤了,像我爱您一样爱我吧!这样,我就很满足了。再见了,我亲爱的朋友!

一七××年九月二十八日于××城堡

第九十四封信

赛茜尔·伏朗基致德·范耳蒙子爵

先生,麻烦您把那把曾给过我的钥匙再给我吧!我愿意拿它替换另一把。既然大家都希望如此做,我也被迫同意了。

我不知道您为什么告诉唐瑟米先生我不再爱他了;我不相信我曾经使您产生如此的看法。这使他痛苦万分,也使我很痛苦。我十分清楚您是他的朋友,但这不能成为使他伤心,或使我伤心的理由。下一次您给他写信时,请转告他相反的情况,并且说明您是有足够理由这样说的。他对您最信任。而我,当我说了一件事,而人家不相信时,我就无计可施了。

关于那把钥匙的事,您大可放心,我已经完全记住您在信中叮嘱我的话了。然而,如果您那封信还在,您又愿意把它和钥匙一起给我的话,我会答应您妥善保管的。如果这些能在明天去用午餐时交给我,我就把另一把钥匙于后天早餐时交给您。您再用给我第一把钥匙的方式把它交还给我。我希望时间快些,这样,妈妈察觉的危险可以小些。

您一旦有了钥匙,劳驾常来取我写的信;这样,唐瑟米先生就可以时常获悉我的消息。这将比目前确实方便许多。但我当初的确很害怕,望您原谅。我希望您还是像过去那样乐于助人。我将永远感激您。

我是您极其卑微的、顺从的女仆。

一七××年九月二十八日

第九十五封信

德·范耳蒙子爵致德·梅尔提侯爵夫人

我敢保证,自从您那件风流艳事发生以后,您日日都在期待我的祝贺和赞扬,您对我长久的沉默无疑是在生我的气。但这有什么用?我总认为当一个男人对一个妇女只有颂词赞语要倾诉时,他对她大可放心,先去忙别的事情。但是我还是要为我的事情向您表示感谢,同时,我也祝贺您的成功。为了使您从心底里感到高兴,我甚至愿意坦白,这一次,您超出了我的期待。现在来看,我这方面也没有完全辜负您的愿望。

我要对您说的并非关于德·都尔范勒夫人的事。这方面的进展缓慢,您不喜欢。您只愿意听已见分晓的事情。循序渐进的故事使您感到厌烦。至于我，从未经历这种缓慢的进程给人带来的乐趣。

是的，我爱好打量、观察这个审慎的女子。她已不自觉地踏上了一条没有退路的小径。在陡峭的斜坡上，她不由自主地向下滑。她极不情愿跟着我走。途中，她看出了所冒的危险，惊恐万分，想站住，但终究无法驻足。她小心谨慎，灵活，这可以使她的步子迈得小一些，但是她终究会逐渐走下去。偶尔，她不敢直视危险，闭上眼睛听凭摆布，完全信赖我的呵护。更经常的是，一种新恐惧的袭来，又使她恢复了力量；她失魂落魄，想往回走；她挣扎着，艰辛地攀登了一小段距离；但是不久，一种神秘的力量又使她靠近原来的危险，而且比以前更难以自拔。她枉费力气。此时此刻，只有我一人可以作为她的向导和支柱。堕落在所难免，她也就不想责备我了，只一味求我推迟堕落的时间。凡人们在恐惧时向上帝发出的虔诚的祷告、卑微的哀求，我都从她那里听到了。她祈求我给她支持，使她得以站住脚跟；而您却要求我对她的祈愿不闻不问，并亲手摧毁她对我的崇拜，用我的双手来把她推下悬崖绝壁！啊！您至少得给我一些时间，让我来欣赏这场爱情与道德的动人心弦的斗争吧！

嗳！您以为使您迫不及待地赶到剧院，并且疯狂地鼓掌喝彩的戏剧，在现实生活中演绎，就不那么吸引人了吗？有这样一颗心灵，它追求幸福，但是害怕幸福；到了无力抵制的时候，还在不停地苦苦挣扎。这样一颗纯洁温柔的心灵所倾诉的感情，您听来津津有味；那么，对于诱发出这种感情的人来说，不更成了无价之宝吗？这就是这位绝代佳人每天提供给我的美妙的享受。我要尽情拥抱这感觉，您却对我进行指责！唉！用不了多长时间，对我来说，她就将成为一个索然无味的女人，因为堕落将使她降低身份。

我跟您讲起她，但我忘记了，我本来是不想说到她的。我不知道是什么力量把我和她缠绕在一起，一刻不停地把我驱使至她那里，即使在我诋毁她的时候。现在让我来放弃有关她的危险的念头吧！让我恢复理智来谈谈一个比较愉快的话题吧！那是关于原来被您监护，现在被我监护的人的事情。我希望这样您能看出我还是原来的我。

几天来，我那虔诚而温柔的美人待我很好，因此我没有把全部精力投在她身上。我发现小伏朗基的确很美。如果唐瑟米那样热烈地爱她是有些傻，那么我不在她身上寻找快乐也同样傻，我这种独处的生活确实需要些消遣。我觉得，我为她操了心，她报答我不能说不是件公平合理的事。我还回想起，在唐瑟米对她没有任何企图的时候，您就建议我占有她。我认为对于我拒绝或放弃以后唐瑟米才得到的财富，我是拥有一定权利的。

小姑娘漂亮的脸蛋，那么鲜嫩丰润的小嘴，稚气十足的神情，笨拙的动作都加强了我的明智的想法。于是我决定行动，而且一举成功，真是旗开得胜！

您一定在想，我用的是什么方法，如此迅速就取代了那心爱的情人？对于这样的妙龄少女，如此缺乏经验的年轻姑娘用什么方式来诱惑最适宜？您不必枉费心神了，我什么方法都没有用。您是巧妙地运用了女性特有的武器，以手腕来取胜；我则行使男子天赋的权利，用权威来制服。只要能接近猎物，我就能占有它；所以我只是为了接近它才用了些小手段。其实我这次使的手段还称不上手段呢！

我利用了刚收到的唐瑟米给他的小美人的信；但是，我用约定好的信号通知她以后，根本没有想方设法把信给她，而是想方设法表示交信有困难。我使她十分焦急忧虑，但我又装出与她分忧的样子。制造出苦恼之后，我就指示了医治的方法。

姑娘住的房间有一道门开向走廊。自然是她的母亲拿了这把钥匙。有了这把钥匙就一帆风顺了。要达到这个目的并不难。只要这把钥匙在我手里放两小时，我就可以给她一把相同的钥匙。于是传递书信、会面、夜间幽会都变得既方便又安全了。可是，您相信吗？胆小的姑娘居然害怕，不敢这样做。如果是别人，一定会感到灰心丧气。可是我，我却觉得这恰恰是提供更有刺激性的快乐的良机。我写信给唐瑟米，抱怨受到了拒绝。我做得十分巧妙，以致我们的冒失鬼坚持要他那胆小的情人答应我的要求，完全听从我的安排，否则他不会罢休。

我承认，我对变换角色感到十分满意，年轻人为我做了他期望我为他做的事。这种想法使这件风流韵事在我的心目中价值倍增，因此我一待到这把珍贵的钥匙，就迫不及待地使用它了。这是昨天晚上的事。

我回到房间已是黎明时分。我觉得十分疲惫。但是为了去吃早餐，我顾不得疲劳和瞌睡了。我想看看她的脸神。您是想象不出她的脸色和神情的。举止那么局促不安！走路多么艰难！两只眼睛那么大老是垂着，眼眶边有一圈黑晕！本来圆圆的脸蛋显得很长了！这真是太有意思了。她的母亲对她如此之大的变化十分震惊，第一次向她表示出相当亲切的关怀！院长夫人也在她身边忙开了！哦，院长夫人只是出借她的关怀罢了，总有一天，别人是要偿还给她的，而且这个日子不会太远了。再见，我的漂亮的朋友。

一七××年十月一日于××城堡

第九十六封信

赛茜尔·伏朗基致德·梅尔提侯爵夫人

啊！我的天哪！夫人，我痛苦极了！我多不幸啊！谁能在我受难时抚慰我，替我想办法呢？这个德·范耳蒙先生……唐瑟米！不，想到唐瑟米，我的心真要碎了……怎么向您讲述呢？我手足无措。我心里憋得慌……我得对人倾诉我的心事，可我只能、也只敢对您吐露实情。您对我是那么慈爱！但是，现在您没必要对我那么好了，我不配呀！我能对您说什么呢？我真难以启齿。今天，这里每个人都对我表示关切……他们这样做不可饶恕的我的痛苦。我深深感到不配获得这种关注！还是责备我吧！狠狠地责备我吧！因为我犯了严重的过错，但是责备过后，请您拯救我。如果您不愿意帮我出主意，我就会痛苦地死去。

事情是这样的……我的手在发抖，正如您所看到的，我简直难以下笔，我的脸好像在被烈火灼烧……啊！这是惭愧至极的表示。唉！我该羞愧，这是对我的罪过的第一次惩罚。好，我全告诉您。

是这样：从一开始，唐瑟米先生的信一直是由那个德·范耳蒙先生转交给我的。可是突然一下他认为这样做太困难了，要求我把我的卧室钥匙给他。我向您保证，我本来是不答应给的，但是他把这件事写信通知了唐瑟米，唐瑟米要我按他说的做。我是难以拒绝唐瑟米的要求的，尤其在我离开了他，他痛苦万分的时候。我根本没有估计到会由此产生令人羞耻的祸患。

昨天，德·范耳蒙先生用这把钥匙进入我的卧室。当时，我正在熟睡。我丝毫没有料想到会发生这种事，所以他把我叫醒时，我被吓了一跳；但是他立刻跟我说话，我认出了是他，便没有叫喊。起先，我以为他是给我送唐瑟米的信来的。谁知道根本不是这回事。过一会儿，他开始拥抱我；我进行了反抗，这是极自然的。可是他实在难以对付，我说什么也不愿意让他这样继续下去……他要求接一个吻。我只好顺从他，不然又怎么办呢？我也试过叫人，但一方面我做不到，另一方面他还威吓我，说如果有人来，他完全可以把责任都推卸在我身上。这的确很方便，因为那把钥匙是我交给他的。可是接下来，他并没有走。他要再一次接吻。这一吻，不知怎么搞的，把我的心绪完全搅乱了。下面

的事更羞于启齿了。啊！真是太邪恶了！最后我们……您别让我说下面的事了吧！我真是不幸至极了。

然而我还是应该告诉您，我深深自责的一点，是我恐怕自己没有尽力去抗拒。也不知是怎么搞的，我肯定不爱德·范耳蒙先生；可总有些时候，我却又好像在爱他……您可以想象得到，这并不妨碍我一直对他说我不爱他，可是我却觉得我所做的和所说的并不一致；这似乎不是我自己能够驾驭的，我的心境乱得很。如果自卫总是这样困难的话，那也只好顺从了！德·范耳蒙先生确实有些话使人想不到该怎么回答。最后，您能相信吗？在他离去的时候，我甚至觉得有一点不情愿，竟然同意他今晚再来。这比任何别的事都使我沮丧。

不过，我向您保证，我将阻止他再那样做。他还没走出去，我就感觉到我答应他是个大错，所以我一直哭到天亮。最使我感到痛苦的是唐瑟米。我一想到他就泪如泉涌，透不过气来。而我却又总是思念他……现在我还在想他。您看，我的信纸全湿透了。我的内心再也不能平静了。即使仅仅为了他的关系……总之，我的身心几乎崩溃，然而我却一分钟也没有睡。今早起身照镜子的时候，我的面貌变得那么可怕。

妈妈只看我一眼就察觉了，她问我有什么不对。我马上哭起来了。我以为她会责备我，这也许会减轻我的痛苦；但是相反，她却和蔼地跟我说话！我是不配的呀！她告诉我不要这样折磨自己。她不知道我伤心的缘由。她说我会因此病倒的！我倒是真想死。我忍耐不住，扑到她怀里抽噎，说："啊！妈妈，您的女儿多不幸啊！"妈妈忍不住也掉了泪。这一切加重了我的痛苦。幸亏她没有问我为什么这样伤心，因为我会不知道怎么回答她。

夫人，我恳求您尽早回信，告诉我应该怎么办。我的头脑一片空白，只会终日以泪洗面。您的来信请通过德·范耳蒙先生转交给我。如果您也给他写信，请不要告诉他我向您倾诉的这些话。

夫人，您永远是我敬爱的朋友，我是您的最卑微而顺从的女仆……

我没有颜面在这封信上署名。

一七××年十月一日于××城堡

第九十 七封信

德·伏朗基夫人致德·梅尔提侯爵夫人

可爱的朋友,前些日子您曾向我寻求慰藉,征求意见,今天,我也要这样做了。我向您提出的要求也就是您向我提过的要求。我现在真是极度痛苦。我怕没有采取最有效的办法来使自己摆脱这折磨。

是我的女儿使我心神烦乱。自从我离家来这里后,我发现她一直郁闷不乐。这种情况我料到了。我采取严厉的态度对待她。我觉得这是必要的。我希望这样把他们分开,让她轻松一下,很快使这场爱情随风消散。我不认为这种爱情是真正的爱情。这不过是一种可笑的儿戏而已。可是从我来到这里以后,情况不但丝毫没有改观,我还发现这个孩子越来越沉溺在一种可怕的忧郁之中。我真担心她的身体会垮下去。特别是近日来,她的变化很明显;特别是昨天,她令我十分震惊,这里的每个人都为她深感不安。

还有一点能说明她有多么忧郁:我发现她在改变那种对我唯唯诺诺的习惯。昨天早上,我只不过问她是否病了,她就扑到我怀中号啕大哭,对我说她是多么不幸!我没法向您表达她使我感到的痛苦。我的眼泪夺眶而出,于是我赶紧转过脸去,怕她看见我哭。幸亏我比较明智,没有再问她任何问题;她也不敢多对我说些什么。显而易见,不幸的感情在折磨她。

如果照这样顺其发展下去,我应该怎么办呢?我亲手给女儿带来不幸吗?我能以心灵的最高贵的品行——同情和坚贞来反对她吗?只有这样我才是她的母亲吗?即使希望孩子幸福的天生感情泯灭了,即使我把我们最重要的、最神圣的本分看成意志软弱的表现,强制她做出选择导致的可怕后果,我也得负责。行使把女儿置于罪与痛之间的母权有什么意义呢?

不,我的朋友,我不会一面谴责这种做法,一面又采取这种做法。我无疑曾想替女儿做出一种抉择,但这只是希望凭借自己的经验去帮助她,而不是行使什么权利。我只是履行责任而已。相反,如果她爱上某个人,我事先没能加以阻挠,她和我又都无法知道这种爱情能持续多久,又将有多么深刻,在这种情况下,我对她的爱情置若罔闻,强行为她做主,那就不是履行,而是玷污我的职责。不!我不能容忍她嫁的是一个人,而爱的又是

另一个人。哪怕我的权利受到损害，我也不希望她的德行遭受玷污。

所以我相信我会做出最明智的决定，我将收回我答应过德·席西库尔先生的话。理由，我已经告诉您。我认为这些理由应该胜过我的诺言。我还要再说一句，在目前的情况下履行我的承诺，实际上就无异于背弃它。因为，我即使不该将女儿的秘密告诉德·席西库尔先生，至少也不应该听任他完全被蒙蔽，我应该为他去做我认为他知道了也会去做的事情。他无限信任我，我难道可以卑鄙地欺骗他吗？他尊重我，把我当作他的第二母亲。在他为他未来的子女挑选母亲时，我难道可以欺骗他吗？这些令实事求是的我难以置之不理的考虑使我深为不安。我在这里无法向您充分表达这种不安的心情。

我比较了两种情况。一种是我预言将出现的种种不幸；另一种是：我的女儿和他心爱的丈夫过着恩爱和睦的幸福生活，履行妻子义务在她的眼中是充满柔情蜜意的事，我的女婿也心满意足，每天都在为自己娶到了好妻子而庆幸；他们俩都只把对方的幸福视为自己的幸福，他们俩的幸福又增加了我的幸福。难道为了顾及一些没有意义的考虑，就得放弃这样美好的未来吗？到底有什么忧虑使我裹足不前呢？完完全全是些金钱方面的考虑。如果我女儿永远是财产的奴隶，那么出身富家对她又何益之有呢？

我承认对我女儿来说，德·席西库尔先生也许是我能为她选择的最出色的丈夫；我还承认，当我女儿有幸被他看上时，我真是受宠若惊。可另一方面，唐瑟米和他相比，出身门第也不差，才能也毫不逊色；比起德·席西库尔先生来，他还有一点更胜一筹，那就是他爱我的女儿，我的女儿也爱他。他的确没什么财产，但我女儿的财产不已经够他们花了吗？啊！为什么要剥夺她让她的爱人富有起来的乐趣呢？

那些不看男女双方是否两厢情愿，而只在利害得失方面打主意的婚姻，那些门当户对，除了爱好和性格，一切都相配的婚姻不正是产生伤风败俗的丑闻的最肥沃的土壤吗？目前，这类丑事愈愈烈。我情愿把事情先耽搁一下。这样，我至少有时间来研究观察我所不理解的女儿。如果她只要忍受一时的痛苦，便可获得相对更牢固的幸福，我感觉我有勇气同意这样做；但是要她冒遗恨终生的风险，我是于心不忍的。

亲爱的朋友，这就是现在折磨着我的念头。请您帮我想个办法。这些严肃的题目不符合您可爱的乐观性格，跟您的年龄也不相称，可您的理智是完全超越您的年龄的！您对我的友谊更对您做出正确的判断有帮助。我一点也不担心您会拒绝一个母亲的恳求。

再见，我的可爱的朋友；请接受我诚挚的情意。

一七××年十月二日于××城堡

第九十八封信

德·范耳蒙子爵致德·梅尔提侯爵夫人

我的漂亮的朋友，还是一些琐事：仅有场面，还没有什么细节，所以您得加倍忍耐。因为一方面我的院长夫人进展缓慢，一方面您的被监护人却在退缩。这比以前更糟糕了。还好，我总能自己找点乐子，事事都能拿来解闷。我的确已经很习惯这里的生活了。我可以说，在我上了岁数的姑妈那毫无乐趣的城堡中，我从不曾感到过片刻的厌倦。说实话，快乐、空虚、希望、□徨，我在这里感受到了一切。在更大的舞台上，还可以得到些什么呢？有观众，是不是？嗳，请放宽心！我不会缺乏观众的。如果他们看不到我如何工作，我将让他们看到我的工作成果；到时候，他们喝彩、鼓掌便是了。是的，他们会鼓掌的，因为我现在已经能够准确地预言什么时候可以让我那严肃、虔诚的情人俯首称臣了。今天晚上，我看到德行已经奄奄一息奄，温柔的宽容已取而代之。我认为我的胜利之日将于我们下次见面前到来。我听见您已在大叫："这人真能说大话，预告胜利，预先自吹自擂！"好啦，好啦，请冷静一些！为了向您证明我的谦逊，我将先谈谈我的失败。

您的被监护人真是个古怪得出奇的小丫头！她实在是个孩子，应该像对待一个孩子那样对待她，仅仅惩罚一下是过分宽待了。您能想象吗？我们前天做了那种事情，昨天早上又是那么友好地告别，但当我昨晚再去时——这是她答应过我的——我发现她的门从里面关上了。您怎么说呢？有时候在那事没干之前会遇上这类孩子气的事，但是在干过那事的第二天遇上这事，不是很好笑吗？

可是我起先并没有笑，我从来像这次这样意识到自己性格的能力。我这次赴约本来没有那方面的想法仅仅出于礼貌而已。当时我迫切需要我的床，我觉得我的床比任何人的床都可爱，我实在舍不得离开它。可是一旦我碰上辜碍，就恨不得立时加以排除。一个孩子竟然要弄我，这使我感到无地自容。我气愤地回来，决心从此再也不理睬这个蠢货，再也不管她的事。我马上写了个便条给她，原打算今天交给她。在这封信里，我对她做了恰当的评价。但是正如谚语说的："夜阑人静出主意"，今天早上，我发觉这里没有能供挑选的乐趣，这个消遣应该持续下去，就扔了这封措辞严厉的信。一想到此处，我对自己居然在没有拿到足以使女主人公名誉扫地的把柄之前，就想结束这场风流韵事，感到

非常诧异。本能的反应会将指引我走向哪里呢！我的漂亮的朋友，像您这样从小就学会克制本能反应的人真是幸运儿啊！可是后来，我推迟了报复；我是看在您对席耳库尔有那种想法的份上，做出这项牺牲的。

现在我不生气了，只觉得您的被监护人的行为非常可笑。说实在的，我很想知道她这样做到底是为了什么！我弄不明白了：如果只是自卫，应该说这似乎太晚了。将来有一天，她总会帮我揭开这个谜底的！我想尽快知道呢！也许她只是觉得太疲倦了。坦率地说，有这种可能。因为她肯定还不知道爱神的箭如同阿基雷斯的长矛，本身就有药物在上面，可以医治它所造成的创伤。不，从她整天愁眉不展的样子来看，我可以肯定她有些悔恨了……那里面……德行之类的东西在发挥效力了……是的，德行！……她怎么配有德行吗？啊！让她把德行留给真正为德行而生的女人，留给唯一能美化德行，传播德行的女人吧！……对不起，我的漂亮的朋友，我想告诉您的我与德·都尔范勒夫人之间的事情就发生在这个晚上，我现在还有些难以平静呢！我得强制自己来挣脱这事给我的感觉；甚至我给您写信，也是为了达到这个目的。这初始的目的得请您原谅才好。

这几天，德·都尔范勒夫人和我在感情上已经形成统一，只是在字眼上还有争执。说实在的，她说的友谊就意味着我说的爱情。不过，这种形式上的语言并没有影响事物的本质。即使我们这种关系不发展，我也只是步子放缓一些而已，把握并没有减小。现在不可能有她当初要求我离去的那种事情了。至于我们日常的交谈，如果我着意向她暗示，她会用心抓住的。

因为我们一般是在散步的时候作短暂会面的，所以今天天气不好使我失望。我真有些恼火。但我却想不到这不利的天气会让我有了这么大的收益。

因为不能散步，饭后，大家就开始玩牌。我对玩牌不感兴趣，所以成了多余的人。我上楼回自己的房间，并没有什么预谋，就是想在那里等牌局结束。

当我再去客厅时，发现我那柔媚的就回她的房间来了。可能是由于一时的轻率，或者由于经不住诱惑，她柔声地对我说道："您到哪里去？客厅里已经没有人了。"这时要走进她的房间真是不费吹灰之力，这您可以想见。我所遇到的阻力比我预期的还小，但我还是谨慎地先在门口与她聊天，而且谈的是些无关紧要的话。但是一坐定，我即开门见山，谈起了我对"我的朋友"的"爱情"。她回答的第一句话，虽然简单，我却认为是很有暗示意义。"哦！在这里，我们不谈这个。"她对我说。她全身发抖。可怜的女人！她觉得自己气息奄奄了。

然而她没有理由害怕。因为一段时间以来，我确信我总有一天会得手，又看到她在一些毫无意义的抗争中耗费精力，我就决定养精蓄锐，以逸待劳，静候她精疲力竭而让步。您当然明白，在这方面，我需要的是彻底的征服，我绝不等待机会的赏赐。就是根据这个预定的策略，我又重提了"爱情"这个被她如此执拗地拒绝的名词；这也是为了在不给自己过多约束的状态下表示一下愿望的迫切性。我确信她对我的热情是有足够准备的，于是我试用了一种较为温柔的语气。这样，拒绝不再使我生气，而是使我苦恼。我的富有同情心的朋友不能够给我些安慰吗？

在安慰我的时候，她的一只手始终被我紧紧抓住，她的轻柔美妙的身躯靠在我的手臂上，我们紧紧地相互偎依着。您肯定觉察到，在这样的气氛下，随着防御的软弱化，我提的要求，她不可能马上回绝。她的头转过去，眼睛垂着，声音软绵绵的，越来越短促，变成断断续续的了。这种神态不容置疑地表明了心灵的允诺，但是这种允诺还几乎没有这种神态。我还认为，在这个时候尝试某些过于大胆的举动是危险的，因为这种忘情的境界具有十分惬意的乐趣，如果要强制人家从这种境界中清醒过来，一定会引起反感，而反感必然会导致反抗。

在此种情况下，我确实得小心，我特别需要防止使我那温柔的幻想者感到恐惧，因为她一旦觉得自己如此放纵自己，必然会大吃一惊，所以我不要求对方用言语来表达爱意，她能用眼波来表达一下就足够了。只要好好看我一眼，我就幸福了。

我的漂亮的朋友，她的确抬起一双诱人的眼睛看着我，可爱的嘴说："好吧！我……"但是突然，她的眼神没有了光彩了，她的声音听不见了。这位让人魂不守舍的女子倒在我的怀抱中了。我刚刚抱住她，她就全身颤动，全力挣扎，眼光迷离恍惚，双手高高举起……她叫喊："上帝……我的上帝，救救我吧！"突然，比闪电还快，她跑开十步远，跪倒在地上。我听见她紧张的气息，像要窒息一般，便走上前去抚慰她。可是她握住我的手，眼泪珍珠一样落在我手上。有几次，她还抱住我的膝盖，说："是的，您，必须救救我！您不想要我死，那您放过我吧！离开我吧！看在上帝的面上，离开我吧！"她洒泪如雨地越哭越厉害。这些语无伦次的话是好不容易才说出来的。然而，她却紧紧抱住我，使我不能离开。于是我使出全部力气，双手把她托起来。就在这时，她不再哭泣了，她不说话了，她的四肢僵住了，激烈的抽搐接替了感情的爆发。

我承认，我由衷地被感动了，即使当时情况不允许我不得不这样做的话，我相信我也会同意她的要求的。事实上，我在给了她一些安慰以后，就像她所请求的那样离开了她。

我为此感到庆幸。我可以说已经得达到了目的。

我原想今天会像我第一次向她求爱的那天一样,她整个夜晚会不再露面。但是快到八点时,她到客厅里来了。她只是告诉大家她刚才稍有不适。她的脸色疲惫,声音微弱,举止庄重,但是她眼含柔情,而且常常朝着我看。由于她不肯玩牌,我只好坐到她的位子上去,她就坐在我旁边。晚餐的时候,她一个人留在客厅里。当大家回到客厅的时候,我觉得她好像哭过。为了证实这一点,我对她说道:"您似乎又有些不适。"她有礼貌地答道:"这种感觉来得快,消失可没有那么快。"最后,当大家都回房间的时候,我把手伸给她。到了她的卧房门口,她用力握握我的手。我觉得这个动作似乎有些不自觉。这更好,这又是一个足以说明我的影响力的证据。

我敢担保,发展到这个地步,她一定很高兴:一切都已经准备就绪,剩下来的只是享受了!可能在我给您写信的当口,她已经被这甜蜜的感觉包围了!即使相反她在考虑新的防御计划,我们当然明白,她的这些计划是怎么回事。我问您,这件事的发生还可能迟于我们下一次见面吗?当然许诺这事的方式会有好几种,这完全是在控制之中的,可是现在第一步既已跨出,这些纯洁女人还能够止步不前吗?她们的爱情可说是爆炸性的,压抑得越厉害,爆发的力量就会越大。如果我不再理会我那难以接近的虔诚美人,她就会来追我。

总之,我的漂亮的朋友,我会很快去跟你见面,要求您履行答应我的事。您肯定不会忘记您在我成功后要做什么。您可以对您的骑士表示一下不忠诚了吧?您做好准备了吗?至于我,我急切地等待着这一天,就似乎我们从不认识。再说,由于我了解您,这也许让我的欲望更加强烈了。

"这是合情合理的,算不上淫荡。"这也将是我对那个被我征服的端庄女人的第一次不忠。我保证,我会利用随便一个借口来抛开她一天一夜。这对她也是一种惩罚,谁叫她让您和我相互渴望了那么长的时间。您可知道,这件事已经花了我两个多月的时间?是的,两个月零三天。我计算时加上了明天,因为这件事得到明天才真正完成。这使我回忆起了德·布××小姐,她曾经拒绝了整整三个月呢!一个十足的骚货竟然比一个道德的化身更有力量抵御,这很有意思。

再见了,我的漂亮的朋友,已经很晚了,得道别了。这封信有点离谱了,超出了我的计划。我准备明天早上把它送到巴黎寄出,使您能早一天分享您的朋友的欢乐。

一七××年十月二日晚于××城堡

第九十九封信

德·范耳蒙子爵致德·梅尔提侯爵夫人

我的朋友,我被欺骗,被抛弃了。我完了。我的心碎了:德·都尔范勒夫人走了。而我竟不知道她会走!竟没能阻止她抛弃我,指责她不知羞耻的背叛!啊!如果我知道的话,决不会放走她,她会走不了的;是的,她会留下来的,我会不惜使用暴力的。什么!我居然受骗上当,在那里做黄粱美梦:而在我熟睡时,却被雷电狠击了一下。说实在的,她这次离去,我毫无预见,今后不要再想去了解女人了。

我回想起昨日白天和晚上的情景,真是令人困惑!那么温柔的目光!那么亲切的声音!一双手紧握着我的手!而此时此刻,她却在盘算着逃避我!哦,女人,女人!即使有人欺骗你们,你们也应该埋怨自己!因为人们用的任何阴险毒辣的手段都是从你们那里窃取来的。

日后进行报复对我来说该是多么愉快的事啊!这个不讲信用的女人,我会找到她的。我会重新将她控制在我手心里。在过去,仅仅依靠爱情我可以找到各种各样的办法,现在又加上复仇的动力,那还有什么困难不能克服呢?我将再一次看到她跪在我的膝前,全身颤抖,泪流满面,用她那诱人的声音向我摇尾乞怜。那时,我将淡漠无情地对待她。

她现在在干什么,想什么呢?她可能在暗自高兴吧!因为她骗了我。这种快乐在她看来真是什么也比不上的,因为她超脱不了大多数女人的爱好。尽管她的德行备受人们推崇,却没有如愿以偿,但是凭借一些歪门邪道,她却达到了目的。我真是个笨蛋!我过去对她的德行有所忌惮,而实际上,我该畏惧的却是她的鬼主意。

我还不得不饮恨吞声!我愤怒到了极点,但只敢装出柔情的悲伤!看来我不得不再去哀求这个倔强的女人了。因为她已挣脱了我的掌握!我难道应该忍气吞声到这个程度吗?这又是因为哪个人呢?因为一个腼腆的,从来没经历过任何斗争的女人!如果说,她今天金蝉脱壳得逞,可以洋洋自得、心安理得地隐蔽起来,而我却没有获得那种我引以为荣的征服,那么,我在她心里确立我的地位,在她心里燃起最炽烈的爱情之火,使她陷入迷雾到难以自拔的地步,不都是枉费心机?这是我能够经受得住的吗?我的朋

友,您不会这样认为的,您不会认为我是这种可怜虫。

究竟是什么厄运使我如此深地眷恋着这个女人呢?不是有上百个女人渴望得到我的关怀吗?她们不都是准备以热情的反应来迎接我的关怀吗?即使她们没有一个比得上她,但是尝个新鲜,在数量上取胜,不也是很有诱惑力,能让体会同样甜蜜的乐趣吗?为什么偏偏要去追逐难以到手的欢愉,而看不上送上门来的快乐呢?啊,为什么?……我不知道,但是我能强烈地感觉到。

我除非占有这个我恨得发狂,但又爱得发疯的女人,不然永远不会有幸福和安宁。我只有把她的命运掌握在我手里以后,我才能承受得了自己的命运。到那时,我踌躇满志、心安理得,该轮到她来经受我现在所经受的感情的风暴了。而且我还要在她身上复加千百种折磨。希望和恐惧、猜疑和宽慰、愤恨带来的种种痛苦,爱情所赐予的种种快乐,我要使这一切占据她的心灵,随我的意思在她心中此起彼伏地翻腾。这个时刻会来到的……可是还得花费怎样的心计!昨天,这已唾手可得,可今天,这又是多么遥远了!如何去接近呢?我不敢采取任何行动。我觉得要制定一个计划,必须冷静才行,而我的血正在脉管中沸腾。

这里所有的人在回答我的问题时所表现的漠不关心的神态,更增加了我的痛苦。我向他们寻问事情的原因和种种奇怪之处。没有人知道,也没有人想知道。就是听任他们东拉西扯,他们也不会谈及此事。今天早上,我一得知这个消息,就跑到德·雷斯蒙德夫人的房间里向她寻问,她以老年人的冷漠的态度回答我说,这是德·都尔范勒夫人昨天身体不适的自然而然的后果,她害怕得病,所以想回家。德·雷斯蒙德夫人觉得这很容易理解,还说她自己也会如此:好像她们俩之间有什么共同点似的!她就快进棺材了,而另一个还主宰着我生命中的苦难与欢乐呢!

本来,我疑心德·伏朗基夫人是同谋,后来发现她因这件事没有征求她的意见而难过。我承认,她这次没有尝到伤害我的乐趣,我很高兴,这就表示她并不像我担心的那样受到这个女人的信任。我总算少了一个敌人。假如她知道人家是逃避我,那会多么高兴!如果这是她出的点子,她又会多么自豪!她会把自己看得多么的了不起!我的上帝,我对这女人恨之入骨!哦!我要和她的女儿恢复关系;我要别出心裁地教她难受。所以我想我还将在这里停留一段时间。经过初步考虑,我做出了这个决定。

您不认为我那个无情无义的人在采取这种果断措施以后,会怕我和她见面吗?所以如果她想到我会去追随她,必然会将我拒之门外。我可不愿意让她染上这样做的习惯,当然我也不愿意忍受被拒之门外的屈辱。我宁愿告知她我将留在这里，我甚至还要恳求她回这里来。待到她确信我不会去找她时，我再出其不意地去她家。到时候看看她将如何应付这次见面。不过为了增强效果，必须延迟这次会见；我还不知道我是否有这个耐心。今天我多次吩咐备马，但终于还是克制住了。我保证在这里候您的回信。我只是请求您，我的漂亮的朋友，不要让我等得太久。

最使我感到恼火的也许是我对情况毫不了解。不过我的仆人正在巴黎，他应该有权利去接触她的侍女；他也许对我有些用处。我现在给他发命令，并给些钱。请原谅我把这些附在这封信里。请您劳驾派一个仆人把这两者传到他本人手里。我所以这么谨慎行事，是因为那个狡猾的家伙有个习惯：当我叮嘱他做的事使他感到为难时，他会托词说没有收到我的信；其次，目前他对他的相好好像并不像我所希望的那样迷恋。

再见了，我的漂亮的朋友，如果您有什么可以使我加快步子的好点子、好计策，就请通知我。我过去不止一次地体会到您的友谊使我受益颇多，现在我又再一次体味到了。从开始给您写信时起，我觉得自己多少有些心平气和了，至少我是在对一个能理解我的人说话，而不是在对牛弹琴。今天早晨以来，和他们多少有些心平气和了，我觉得乏味至极。说实在的，我越活越觉得在这个世界上有一定价值的，就剩我们两个人了。

一七××年十月三日于××城堡

第一百封信

德·范耳蒙子爵致跟班阿左凉

（附在上一封信中）

你的确是笨，你也是今天早晨从这里走的，却不知道德·都尔范勒夫人今天早晨离去；或者，你是知道的，但你没有来向我汇报。我出钱让你去和仆役们买酒，你用侍候我的时间去勾引侍女们，而我的消息却从未因此灵通一些，你看你有什么用？你竟是这样的粗心大意！我警告你，在此事中，你如果再次心不在焉，那将是你在我门下的最后一次失职了。

你必须向我汇报德·都尔范勒夫人的所有情况：健康如何，睡眠如何，心绪愉快还是忧郁，是不是常常出门，去谁家，是否接待客人，接待哪些客人，怎样消磨时间，对侍女，特别是对她从这里带去的那个侍女发不发脾气，独处时，做些什么，看书时是连续地读还是

常常停下来凝思,写信时是否有跟看书时一样的情况。你要设法和替她送信到驿站去的仆人交上朋友。你可以自愿替他干这个活。他如果同意,你就只把那些你认为毫无意义的信发出去,而把其余的都寄给我,特别是给德·伏朗基夫人的,假如你发现有的话。

为此你要想方设法在一段时间内继续充当朱迪的幸运的情人。如果不出你的预料,她已寻欢心,那你就要她答应同时侍奉两个人。你也不要标榜你那种可笑的自尊心。你将同很多人的同病相怜,他们的身份、地位并不比你低!如果你的助手太碍事,譬如你发现他在白天和朱迪调情太多,使她不能经常待在女主人身边,那你就设法把他打发开,或者干脆和他寻衅吵架。人乐必担心后果,我会全力支持你。最重要的是不要从这房子走开。坚持待下去,才能观察到一切,了解得仔细。如果碰巧有一个仆人给辞退了,你就自荐去接替他。你就说为了找一家比较清静、比较规矩的人家已离开了我。总之,你要想尽方法让人家雇用你。在这段时间里,我依旧雇用你,就像你在××公爵夫人家那次一样。事后,德·都尔范勒夫人也会因此而酬劳你的!

如果你算得上机灵和忠实,那我上面的指示已经足够了;但是为了弥补这两方面的不足,我再给你寄一笔钱。凭随信寄去的一张字条,你就能从我的代理人那里领到二十五个金路易;我相信,你目前一个子也没有了。这笔钱,你可在朱迪身上花费一点,以促使她和我建立通信联系。剩下的,你可以去请仆役们喝酒。尽可能到公馆的门房家中聚饮,这样,他会希望你常来往。但是你要记住,我花钱买的不是你的快乐,而是你的服务。

让朱迪素来有认真观察、事事汇报的习惯,即使对她来说毫无意义的事也要汇报。她宁可写上十句废话,也不要漏了一句有趣的。有些事看似无足轻重,其实却不然。凡是你认为值得注意的情况,都应立刻让我知道,所以你一收到这封信,就打发菲利普前往××村,在那里等着。他可以把那匹办事的马骑去,直到我有新的命令时为止。需要时,那里可以成为一个中转站。至于一般的信件,由驿车带就可以了。

这封信千万别弄丢了。你天天把它读一遍,一方面为了保证不忘记信中所提的一切,另一方面也检查一下信还在不在你身上。总之,在我这里获取信任后应该做的事,你尽量地去做吧!你也明白,如果我对你感到满意,你也会对我感到满意的。

一七××年十月三日于××城堡

第一百零一封信

德·都尔范勒夫人致德·雷斯蒙德夫人

当您得知我这样急急匆匆离开府上时，一定会感到很吃惊。您会觉得我这个行动非常不可思议。但是您若了解了其中的原因，还会更加吃惊！如果我向您表达了真情，您也许会认为我不够体谅老年人所必需的安宁，甚至背离了我从多方面来说都应对您怀有的崇敬之情。啊！夫人，您宽恕我吧，我的心憋得慌，需要对一位温柔而审慎的友人倾诉它的痛苦；如果不选择您，它还能选择谁呢？请您把我看做您的孩子吧！请像一个母亲关怀子女那样关怀我吧！我乞求这种关怀。就我对您的感情而言，我应该有权做这样的要求。

过去，我心中充满的只是淳朴的感情，这种时光已经一去不复返了。现在，我的心中闯进了我完全陌生的感情。我忐忑不安，坐卧不宁。我完全丧失了抵御能力。可我又觉得非抵御不可，这是我的本分。啊，这次不幸的旅行毁了我……

该怎么跟您说呢？我在爱一个人，是的，我爱得很疯狂。唉！“爱”这个字，我今天还是第一次写。使我产生这爱情的人多次恳求我说出这个字，但他都未能如愿以偿。我十分想让他听到这个字，哪怕只听一次也好。我是不惜以生命为代价来换取这种温柔的欢乐的。可是我必须不断地拒绝他！他还会对我的感情有所疑虑，会认为我不应该这样做。我是多么不幸啊！为什么他不能和占据我的心灵一样轻而易举地察知我的心意呢？是的，如果他了解我现在所受的痛苦，我的痛苦便会减轻一些。至于您，我现在虽然对您说了，您也只会对此有个大概的了解而已。

不久以后，我就要离开他，并使他痛苦。当他以为还在我周围的时候，我已经远离他了。在我每天与他相会的时刻，我将到达一个他从不曾到过的、我将不同意他去的地方。我的行装已经整理好，全摆在我的眼前；我的目之所及，所有的东西都使我想起这次让人心碎的离别。一切都已准备就绪，除了我自己！……我的心越是不愿离开，就越证明我必须走。

让毫无疑问我是会服从的。与其犯罪般地生活，倒不如死去。我现在感觉到，我的罪恶已经太重了。被我挽救的不过是我的理智，德行已经丧失了。应该向您承认吗？如

果说我现在还保持着贞操，那应该感谢他的高贵人品。见到他，倾听他的声音，我就有一种快感；意识到他在我身边，我就感到温馨备至；觉得我能给他带来幸福，我就感到自己更加幸福。沉醉在情感旋涡中，我变得软弱无力。我几乎丧失了挣扎的力量，我已完全无力抵抗了。面对着我的危险，我只是非常害怕，再也没有能力躲避。可是他察觉到了我的痛苦，他同情我。这叫我如何能不疼爱他呢？我欠他的远不止我的生命。

啊！请您不要认为我希望逃避。如果留在他的身边，我只有性命之忧。可是没有他，生命对我有何意义呢？失去生命，我不是正希望如此吗？我被迫无限制地给他和我自己制造不幸；既有苦说不出，又不敢安慰他；每天不得不小心翼翼对付他，对付自己，想方设法使他痛苦（其实，我是多么愿意想方设法让他幸福啊）。这样的生活，不是生不如死吗？然而我的命运就是这样。我会忍受下去的，我有这个勇气。啊！我请您当我的母亲，您来接受我这个誓言吧！

我也请您接受我不对您隐瞒一举一动的誓言。接受它吧！我乞求您。我求您接受它就像我求您救我出困境。我保证什么都对您说。我将逐渐地认为我始终在您面前。您的德行就是我的德行。我要热爱您这个宽厚善良的朋友，因为我能向您坦白我的过错，同时我将像崇敬守护神那样对您，因为您能使我避免失态。

我提出这个请求，表明我已经颇感惭愧。这是盲目自信的惨痛后果！为什么在这种感情滋生之前，我没能做到杜渐防微呢？为什么我自信能任意地地控制或者战胜这种感情呢？我这个丧失了理智的人！对爱情了解太少了！啊！如果当初我认真应付这场斗争的话，这感情的威力就不可能如此巨大！我的这次行动也许就没有必要；或者，在我做这项令人心痛的决定的时候，不必完全割舍这种关系，而只需使它不如此亲密就是了。但是现在，我丧失了一切，永远地失去了！哦，我的朋友！……怎么？我竟然在给您写信的时候，还沉溺在罪恶的想法中！走吧，还是走吧！至少让我做出牺牲，以改正这些无意识的过错吧！

再见了，我尊敬的朋友，请把我视为女儿一样疼爱吧！请把我当做女儿吧！请相信，虽然我有错误，但我宁愿离开这个世界，也不愿辱没您做出的选择。

一七××年十月三日清晨一时

第一百零二封信

德·雷斯蒙德夫人致德·都尔范勒夫人

我亲爱的宝贝,您的离去使我感到十分难受,而您离去的原因,我倒不感到十分意外。我的丰富经验和我对您的关怀早已足够让我对您现在的心情有所理解了。请您把话说明白点;您的信什么也没有,或者几乎没告诉我任何事。如果只看您的信,我还不知道谁是您爱的那个人呢!因为您总是对我说“他”,却从未写出他的名字。我不需要您告诉我;我清楚是哪位。我自己观察到了。爱情的表现就是这样的,现在和过去没有什么分别。

我难以相信我还能记起那么久远的、对我的年龄来说又是那么不适宜的情景来。可是,从昨天起,我的确打开了记忆的门,我想从中找出一些对您有用的东西。但是除了佩服您、同情您以外,我有什么好做呢?我赞许您的明智的决定,但是这样的决定又使我感到恐惧,因为我推测,既然您这样决定,那当然是认为非这样不可了。可是一旦到了这步田地,要永远地离开一个让我们的心始终牵挂的人是很困难的呀!

然而您也不能放弃。对于您的高尚心灵,一切无所不能。即使您有一天不幸顺从了(但愿不要有这样的事!),请相信我,我亲爱的朋友,您至少能有这样一点安慰:您已经尽力抗争过了。而且在人类的智慧力不从心的时候,神的恩典也许会起作用。可能您即将得到上帝的帮助。经历了如此严峻的考验,您的德行将变得更加纯洁,更加耀目。您今天所不具备的力量,希望您明天能够得到。但是不能说您得到了这种力量就可以一劳永逸,而是更要磨炼自己的意志,用尽自己的一切力量。

虽然我只能祈求上帝来帮助您涉过险阻(我实在是无能为力),但是我准备尽力来给您以支持和安慰。我不能减轻您的痛苦,但是我能和您分担忧伤。我就是出于这个想法,很乐意成为您的知音。我觉得您的心语需要倾吐,我为您敞开我的心扉。年龄还不曾使我的心冷漠到对友谊失去感觉的地步。您会发现它是随时准备迎接您的。您满怀信心地到它这里来寻求心灵的安憩,以平缓心中难熬的躁动吧!这也许只能略微减轻您的痛苦,但至少哭泣的不仅仅是您一个人了。当这不幸的爱情给您的压力太大,使您不得不吐露心声的时候,您宁可向我倾诉,而别去跟“他”说。您看我和您的说法是相同的。

我认为，我们俩不会说出他的名字，但我们还是可以相互理解的。

我不知道我应不应该对您说，在我看来，您的离去使他感到非常痛苦。也许不告诉您比较适宜，但我不欣赏这种会使朋友难受的谨慎行为。我不能更详细地谈了。我的弱视和颤抖的手不允许我把信写得太长。

再见了，我亲爱的宝贝；再见了，我可爱的孩子。是的，我很高兴认您为女儿，您具有能使母亲感到自豪和愉快的一切。

一七××年十月三日于××城堡

第一百零三封信

德·梅尔提侯爵夫人致德·伏朗基夫人

说实话，我亲爱的、善良的朋友，读了您的来信，我禁不住那骄傲感觉的产生。您居然对我表示绝对的信任，您居然征求起我的意见来了！啊！如果您看得起我，不仅是因为友谊的偏见，那我真是高兴极了。然而，无论是出于什么理由，您的赏识对我来说总是珍贵的。在我看来，已经博取了这样的器重，我就更应该努力，庶几不让您失望。所以我想坦率地谈谈我的想法，但这并没有给您提意见的意思。而且我也没什么把握，因为这跟您的想法有所不同。我给您阐述了我的理由以后，您可以判断一下。如果您认为不对，我现在就表示支持您的看法。我至少应该有这样的自知之明：我并不比您高明。

但是如果这一次您觉得我的意见还可以采纳，那应该到母爱的糊涂想法中去寻求原因，既然母爱是一种高尚的感情，那您身上一定不会缺少。您想采取的做法显然就是由它决定的！因此，如果说您不时正确，那不过是在几种美德之中进行抉择时有些举棋不定而已。

我以为在决定别人的命运时，谨慎是最可取的美德，特别是要以永久性的、神圣的关系，譬如婚姻关系，来锁定一个人的命运时更是如此。此时此刻，一位既理智又体贴的母亲就应该——恰如您所说——用“她的经验来帮助女儿”。我想问您，为了达到这个目的，她应该做些什么呢？不是应该让女儿知明白喜爱是一回事，合适不合适却是另外一回事吗？

所以说，让母亲的权威服从于一种轻浮、浅薄的喜爱，这不是玷污母亲的权威，毁灭母亲的权威吗？这种喜爱是青春冲动的产物，又会诱发狂热。谁要是被它征服，你就很难抗抵它假想的力量；但你若藐视它，这力量也就随风消散了。对我来说，我承认，我坚信根本没有什么不可抗拒的、使人沉迷不醒的爱情，人们却似乎不约而同地以它为借口来原谅我们的荒唐行为。我真不理解这种心血来潮现的激情怎么会超越礼义、廉耻、克己这些永恒不变的道德准则。我不清楚违背这些准则的女人怎能凭她的所谓激情使自己的所作所为合乎德行，正如我不清楚小偷怎能凭自己对财物的迷恋，杀人犯怎能以报复的情绪为自己辩护一样。

而且，谁能说自己从不需要反抗呢？我就一直设法使自己相信，只要你想抗拒，你就能抗拒。到现在为止，我自己的经验至少已印证了我的看法。如不包括应尽的本分，德行又算什么德行呢？我们对德行的崇敬表现在我们的自我牺牲之中，正如德行对我们的回报体现在我们的心灵之中一样。不承认这些真理的人只能是一些道德败坏者，他们想用歪曲道理来为自己的不良辩护，以便制造一时的假象。

可是我们用得着这样为一个单纯、腼腆的孩子担心吗？而且她是您的女儿，又受过高尚而纯正的教育，这只会使她的难得高贵性情得到更多的熏陶。正是出于这种顾虑，您想放弃您明智地为她安排好的相宜的婚姻！我可以说，您这样替女儿担忧是低估了她的人格！唐瑟米讨人喜欢。长久以来，您也知道，我很少见到德·席西库尔先生。但是我对前者的友谊和对后者的冷淡并不影响我感觉到这两个对象的巨大差别。

他们的出身一样，这我认可；但是有一个没有家产，而另一个哪怕不是出自名门望族，他的财富也足以使他为所欲为。我完全承认金钱不能换来幸福，但也应该承认金钱能够大大促进幸福。伏朗基小姐的财产，如您说，对两个人来说已够富了，但是如用唐瑟米的姓氏，需要另起炉灶，并维持一个相称的家庭，她将享有的六万法郎年金就显得有点局促了。我们没有生活在德·赛维米夫人的时代。现在，铺张排场耗尽了一切。人们谴责奢侈，但又照样奢侈；奢侈品剥夺了生活的必需品。

至于您所看重的个人才能，德·席西库尔先生在这方面的确是无可挑剔的。他的作为已证明了这点。您的重视也是有充分理由的。我希望，我也相信，唐瑟米并不比他差劲。但是我们是不是真有把握呢？到现在为止，他好像没有同龄人的短处，还喜欢结交有教养的人，这使人感到他将来是会有成就。但是谁能说他这表面的明智不是他财产有限导致的呢？一个人只要怕当骗子、怕当花花公子，就不会去赌博或玩女人，因为他明白这些都是花钱的事；也有人会喜爱缺点，只是不想过分而已。总之，他也许是迫不得已才

结交有教养的人。这样的人也许不止一千个。

这并不是说,我确信他是这样(但愿不是这样!),但这到底是个风险。如果结局欠美满,日后,您将会怎样自责!您又怎样面对您的女儿呢?她会对您说:“妈妈,我当时年轻,缺乏经验;我甚至堕入了情网。像我那样的年龄犯那样的错误是情有可原的。但是上帝预见到我的弱点,为了弥补,也为了防止我误入歧途,恩赐了我一位明智的母亲。可是您竟一下子这么不加小心,听任我铸成大错。在我对婚姻关系毫无理解的情况下,难道该由我来为自己挑选丈夫吗?即使我想这样做的地步。我是决意听您的话的,我怀着恭谨依顺的心情期待着您为我进行挑选;我从不曾违背您的意愿,可是我今日却承受着只该由叛逆的孩子经受的痛苦。啊!您的软弱害了我……”也许她对您的敬意会阻止她抱怨,但是一位慈母是能洞察女儿的内心的。您女儿的眼泪尽管躲避了您的视线,却不会不在您的心中暗暗地流。您将到什么地方去寻求安慰呢?难道到这荒唐的爱情中去寻求吗?您本该使女儿坚强地抗拒它,而相反地,您自己竟也被它迷惑住了。

我亲爱的朋友,我不知道我对这爱情是不是有太深的偏见,但是我认为这种爱情是可怕的。我并非反对以一种淳朴的,甜蜜的感情来美化夫妻关系,并在一定程度上使夫妻关系所附加的义务显得不是件苦事,但是构成夫妻关系不能依靠这种感情,安排我们的婚姻大事不能凭一时的幻觉。诚然,为了选择,必须有比较;可是我们的注意力被一个对象吸引住了又如何比较呢?况且迷恋到狂热和盲目的地步,连这唯一的对象也不能了解了。

我碰到过不少得了这种可怕缺点的女人,这您是想得到的。有几个对我说了知心话。由她们一说,她们都有一个十全十美的情人。可是那些情人完美的品质只存在于她们的幻想之中。她们发热的头脑所梦想的只是各种可爱之处和美德;她们恣意地以此来粉饰她们的意中人。这是高贵的外衣,却常常给穿在低贱的模特儿身上。无论何人,她们一让他穿上这身服装,就被他所诱惑,跪下来向他顶礼膜拜。

也许您的女儿并没有爱上唐瑟米,也许她正在体验这种幻觉。如果他们相互爱恋,那么他们都被这种幻觉控制。因此您要使他们永远结合的理由,说到底是确信他们互不了解,他们不可能互相了解。您会对我说:“但是,德·席西库尔先生和我女儿就了解深刻吗?”不,当然不,但是至少他们之间并没有误解,他们只是互不了解而已。假若是这样,夫妻之间会出现怎样的情形呢?我指的是有教养的男女双方。他们每人都会研究、观察对方,约束自己,而且马上就会明白,为了共同的安宁,他或她在兴趣或性格方面应该做出怎样的让步。作这些微小的付出并不是痛苦的事，因为这是双方的，而且是在意料之中的；不久他们就会相亲相爱。任何倾向和习惯不被毁灭便会加强；因此，渐渐地，温柔体贴的情谊、亲密无间的信任就自然形成了。加上相互的尊重，这才是我心目中幸福的真义。

爱情的幻觉也许更加美好，可是谁都知道这难以长久，况且这些幻觉破灭时，什么凶险不会发生呢？到那个时候，最无关紧要的缺点都会使对方产生反感，使对方忍无可忍，因为这和大家当初的美好想法相背离。然而夫妻彼此都认为是对方变了，再也体会不到对方的魅力，又无法让它再见，便感到吃惊，觉得受了屈辱，遭了挫折，于是情绪恶化，错误愈演愈烈，终于生出无满的情绪。这样，为了一时的微不足道的快乐，不得不以长期不幸为代价。

亲爱的朋友，这就是我对我们共同关心的事情的看法。我并非说它如何如何高明，只是向您表述，做最后决定的是您。不过，如果您坚持己见，那我请求您告诉我您的理由，我将很高兴受到您的启发，并对您可爱的女儿的命运感到放心。为了我对她的友谊，也为了您我之间永恒的友谊，我衷心祝愿她幸福。

一七××年十月四日于巴黎

第一百零四封信

德·梅尔提侯爵夫人致赛茜尔·伏朗基

怎么！孩子，你气恼了，难为情了？这个德·范耳蒙先生不是好人，是吗？他居然敢像对待他最爱的女人那样对待你！他把你渴望知道的那种事情教了你！这种做法的确是不可饶恕的。而你要把初夜保留给你的情人（他并没有糟蹋）；在爱情上，你珍视的是它带来的痛苦，而不是它赋予的快乐！这太好了，你如果作为小说里的主人公真是再适合不过了。激情、厄运，外加德行，多美的东西呀！生活在这光辉明朗的情调之中，的确，有时不免感到厌倦，但是人们自有办法寻些开心的。

你不是看到了吗，那让人怜爱的女孩子多么值得同情？第二天，她的眼圈发黑！如果你的情人眼圈这样黑，你会说什么呢？行啦！我的美丽的天使，你的眼圈不可能永远这样黑的；并非所有的男人都是范耳蒙。还有，你不敢抬起眼睛来！啊！你做得真对，是的，大家会从你的眼睛中发现你的风流事来的。可是，如果是这样的话，请相信我，我们的夫人们以

至于我们的小姐们的目光就会变得比较羞怯了。

尽管我夸奖了你,但我不得不说你是功败垂成的,你应该把一切告诉你的母亲。你的开头做得太妙了!你扑到她怀中,哭个不停,把她也感动得哭了,这是多么哀婉动人的一幕!可是遗憾的是,你没有坚持到底!否则,你的善良的母亲会满心喜悦,帮助你修炼德行,把你送去修道院终生隐修。你在那里要怎么爱唐瑟米都可以,不会有情敌,也不会有罪孽;你尽可以哀痛;范耳蒙肯定不会违背你的想法去找你寻欢作乐,扰乱你的痛苦的心情。

如果你强制自己考虑一下,就会发觉你应该庆幸而不是抱怨。可是你感到羞耻,因而局促不安。嗳,你放心吧!那种事情只会带来一次羞耻,也只会引起一次痛苦。过后虽然可以假装羞愧和痛苦,但不会再有什么感觉了。第一次的快感保留下来就很不错了。我甚至认为,从你对我说的这番话里可以看出来,你对那样的快感还是相当重视的。行啦,还是直说吧!你说你"心烦意乱",无法让"所做的和所说的相一致",觉得"反抗相当艰难",在范耳蒙离去时甚至感到"有些难过",这一切是羞愧引起的,还是快感引起的呢?还有"他有些话使人不知怎么回答才好",这难道不是他的言行造成的吗?啊,姑娘,你在欺骗,你在对你的朋友撒谎!这不好。好了,到此为止吧!

这样的事对所有人来说都是愉快的事,也只能是愉快的事,在你现在的处境中,这种快感成了一种真正的幸福。你一方面有一位母亲,你一定要得到她的爱,另一方面,你有一个情人,你希望永远得到他的爱,如何在这相互矛盾的两方面都获得成功呢?你难道没有看出唯一的方法是和一个第三者接触吗?有这样一件新的风流韵事分散注意力,你在你母亲面前看上去会很驯服,因为你为她放弃了使她恼火的爱情;在你的情人眼里,你又博得了荣誉,因为你在努力自卫。你不断地向他保证你的爱情,同时,你又不向他做出爱情的最后的表态。这种拒绝,在你所处的境遇中,是不会使你感觉不好的,而他却肯把它算在你的德行的名下。他可能会因此而抱怨,但他也会因此而更爱你。在一个人的眼里,你放弃爱情;在另一个人的眼里,你抗拒了爱情。而你却只需去享受做爱的快感,来作为你付出的代价!哦,有多少女人落得放荡的名声!如果她们能用类似的方法来保持名誉,情况肯定不会是那样。

我建议你采取这种手段,你不认为是最温和因而也是最合乎情理的吗?你知道你采用的办法使你得到了什么吗?你母亲把你的过分悲伤归罪于你的痴情。她被激怒了,她一旦证实此事就要对你进行惩罚。她刚给我来了信,说要想尽办法使你坦白。她对我说,为使你坦白,她甚至会答应把你嫁给唐瑟米。如果你被这些骗人的甜言蜜语蒙蔽,说了实话,你立刻又会被长期,也可能是永久地禁闭起来。到那时,你将可以放声地为你因盲目轻信而招来的这些痛哭。

她要用诡计来对付你,你必须和她针锋相对,也用诡计来对付他。你先要向她装出不大悲伤的样子,使她确信你不怎么想念唐瑟米了。她会轻信这些的,因为这是分别的惯常结果。而且,她会对你感到格外满意,原因是,她可以把你转变态度归功于自己的明智作法。但是如果她还心存疑虑,要坚持对你进行考验,那你在她跟你谈及婚嫁时要表示绝对地服从,这样才适合你的高贵出身。归根结底,这对你有什么不好呢?至于谁来做丈夫,这个跟谁都无所谓;就是最惹人讨厌的也没有一个母亲那样碍事。

你母亲一旦对你感到满意,就会让你出嫁。到那时,你的行动比较方便,就可以凭自己的想法进行挑选,你可以离开范耳蒙,选择唐瑟米,也许,甚至和两个都保持那种关系。不过,你得特别小心,因为你的唐瑟米性子温柔,他属于那种想要就可到手,要保留多久就能保留多久的人,所以与他交往可以比较自由。德·范耳蒙可不一样。守住他固然不容易,离开他却又危险。对付他要耍着手段,否则,就得对他俯首帖耳。还有,如果你能使他成为你的朋友,那太好不过了!他会立即使你成为首屈一指的时髦女性。在社交界,人们凭借这个来巩固地位,而不是凭脸红和淌眼泪,像当初修女们要你们跪着吃晚餐时那样。

假如你是不笨的话,那你要想方设法与范耳蒙言归于好。他现在一定特别生你的气。不要顾忌主动与他和好,你必须为自己做的蠢事有所补救。况且你不久会知道,如果男人最初向我们采取主动行为,我们几乎总是不得不和他配合的。你采取主动作法有一个借口:由于你不需要保留这封信,我请求你,要求你看过以后,马上把它交给范耳蒙。但是不要忘记,先把它重新封上。因为首先,你对他采取行动,功劳应该归于你,而不应表现出是别人给你出的主意;其次,在这个世界上,只有我会对你这样说话。

再见了,美丽的小天使;依我的意见行动吧!日后,请告诉我,你觉得这样可好……

又及:有一句话,我险些忘了……你得注意文笔。你写的信一直跟孩子写的一样。我很清楚为什么会这样:你随心所欲地写。在你我之间可以这样,我们之间不需要有任何欺骗。但是对别人,特别是对你的情人,如此就不对了,会使人觉得你是一个傻丫头。你要明白,当你给一个人写信时,你是为他而不是为自己写,你应该设法多给他写些使他高兴的事情,少写些你内心想象的事情。

再见了,我的宝贝;我不怪你,我拥抱你,希望你变得更加成熟。

一七××年十月四日于巴黎

第一百零五封信

德·梅尔提侯爵夫人致德·范耳蒙子爵

干得太漂亮了，子爵，这回，我爱您真是爱得发了疯！在收到您这两封信中的第一封以后，我就猜到会有第二封，所以您的第二封信没有使我感到吃惊。当您觉得胜利势在必得，自豪地要求酬劳，问我是否已经做好准备时，我看得很清楚，我没有必要急于行事。是的，这是实话。看到您在信中淋漓尽致地描述的那个使你过分激动的感人场面，看到您这么能把握自己，充分体现出处在黄金时代的骑士的风度，我就说了多次："这件事没门了。"

事情不得不是这样。人家主动献身给您，您又不接受，您要这个可怜的女人怎么办呢？在此时此刻，至少应该拯救名誉吧！您的院长夫人就是这么做的。对我来说，我觉得她所采取的主动行动的确见效。我相信，下一次如果必要时，我也会为自己采取同样的行动。但是我可以断言，如果我主动接近一个男人，可他不比您更善于把握这种机会的话，那他就永远不要在我身上费心了。

您看您现在两头落空了。这两个女人，一个已经勾搭上了，另一个巴不得被勾搭上，可都从您身边溜了！嘿！您会说我在吹牛，您会说当事后神仙是容易的；可是我向您发誓，我的确是有所预见的。您实在没有顺藤摸瓜的本事！您只知道使用学到手的一些能耐，却不会有所创造，有所发明。因此一旦情况与您习惯的公式不合，需要再择良策的时候，您就像个小学生一样不知所措。总之，您一方面遇上的是孩子般天真的女人，另一方面遇上的是个貌似正派的骚货，这些不是天天都遇得上的事足以使您张皇失措。您事先既不知道防患于未然，事后又不会亡羊补牢。啊，子爵！子爵！您教育了我，不能仅凭成就判断男人。以后，应该这样来评价您："有时，他是勇敢的。"而您在干尽蠢事以后，就来寻求我的帮助！好像我无所事事，整天都可为您弥补过失似的。这项工作够我干的，这是实情。

无论如何，这两件事一件是违反我的意愿干的，我不想管；另一件既然多少是为了成全我而做的，我就来管一管。我附上的信，您可以先看一下，再交给小伏朗基。她看了这信，是会乖乖回到您的掌握之中；但是，我请求您多关心这个孩子；让我们共同努力，使她变成她母亲和席耳库尔痛苦的绝望的根源吧！您尽可加重剂量，不必疑惧。我很明白，这个小丫头在这方面毫不畏惧的。我们在她身上的目的一旦达到，就听任她自己去变吧！

我对她根本不感兴趣。我曾希望她至少成为一个会玩弄阴谋诡计的人，充当我的副手。但是我发觉她不具天份。她的直率几乎就是愚蠢，连您在她身上使用手段也没奏效，而这种特效药一般是灵验的。我认为，这是女人的最危险的毛病。它特别显示出了一种性格上的弱点；有了这个弱点，将一事无成；以至我们想把这个姑娘培养成玩弄阴谋的能手，但造就出来的恐怕只是一个轻薄随和的女人。而我觉得没有什么比这种愚蠢的随和更加俗不可耐的了。这种女人一味服从，稀里糊涂地顺从；其唯一原因，就是不知道如何反抗。这种女人只是供人寻欢作乐的工具而已。

您会对我说，干脆把她培养成寻欢作乐的工具好了；这对我们的计划来说已经够了。很好！但是你要知道，从这种工具身上，谁都能一眼看出策划人和指使人。所以，为了利用这个工具而又不至于有危险，一定要抓住机会，并及时罢手，将其毁弃。老实说，要摆脱她，方法可不少，而且如果我们愿意的话，席耳库尔就会把她完全地禁闭起来的。总之，当他觉得他从恶梦中醒来，当事情已经到了满城风雨，尽人皆知的时候，他施行报复关我们什么事？只要他心里永远痛快就行了。我着眼的是她丈夫这部分，您想的该是她母亲那部分，因此这事情是值得干的。

这个办法，现在我感觉是上策，我决定采用了。这样一来，我就得加快诱导那小妮子，这您可以从我的信中了解到。重要的是不能有连累我们的把柄落在她手里，我请您千万小心。采取了这项防范措施以后，思想、情绪上的工作由我负责，其余则归您负责了。如果日后发现她的纯真改变了，我们还可以及时修改计划。可是我们得经常想一想，下一步该怎么做。不管怎样，我们的力气不能白费。

您知道吗？我险些白操心了，席耳库尔的运气差点儿占了我的上风。德·伏朗基夫人一度表现出母亲的宽容，想把女儿嫁给唐瑟米。您在“第二天”注意到的那种比平日更为温柔的关切就说明了这点变化。而且这种好事的原因还在您身上。幸亏这位慈母写信告诉了我，我希望我的回信能改变她的主意。我在回信中大谈伦理道德，还拼拼命奉承她，所以她应该觉得我的话在情理之中。

我很遗憾没有时间把那封信抄一份给您，让您了解我的严肃的道德观。您会看到，我是多么蔑视那些道德败坏到自我寻欢作乐的女子。口头上说说正经话有多方便啊！这只会损人，绝不会害己……还有，我还知道，这位善良的夫人在年轻时跟其他女人一样，也犯过一些那么无耻的过错，我很高兴能使她至少在内心深处感到羞愧；这也使我得到了安慰，因为我不得不言不由衷地对她做了一番奉承。同样地，在同一封信中，想到要教席耳库尔丢人现眼，我就有了为他说好话的勇气。

再见了，子爵；我极为赞成您在姑母家里多待些时间的决定。我寻些开心使您的进展加快，但是我劝您和我们共同监护的人在一起解解闷。至于和我的事，尽管您引用了一句十分得体的诗句，您也观察到现在还不是时候，还得等待。您自然会觉得这过错并不在于我。

一七××年十月四日于巴黎

第一百零六封信

阿左凉致德·范耳蒙子爵

老爷：

遵照您的指示，我接到您的信后就去了贝特朗先生府上。他按照您的命令，给了我二十五个金路易。我恳求他多给两个，但是您的代理人不愿意，说是您的命令中没有这一条。我原打算把这两个给菲利普，我根据您的指示要他立即动身，但他一个钱也没有。我不得不自己掏腰包给他两个。老爷心好，会帮我记住这一点的。

菲利普昨晚就动身了。我再三叮嘱他不要离开酒店。如此一旦有情况，我就可以找到他。

接着我马上赶到院长夫人公馆去看朱迪小姐，但是她外出了。我只与拉·富勒尔谈了一下，什么情况也没探听到，因为他在公馆的时间仅限于用餐时，一切服侍工作都是副手做的。我从未见过那个副手，这老爷是知道的。但是今天，我开始有进展了。

今天上午，我又去找了朱迪小姐。她见到我她好像很兴奋。我问她女主人回来的原因。她说她不知道。我相信她说的是实情。我责怪她没有事先把她动身的事告诉我，她向我发誓她是头天晚上去服侍夫人就寝时才知道的。她不得不连夜收拾行装。可怜的姑娘那一夜没有睡上两个小时。她从女主人房间出来已经一点钟过了。院长夫人此时才开始写信。

早上，都尔范勒夫人出发时交给看门人一封信。朱迪小姐不知道写给何人，她说可能是给老爷的。可是您没有对我讲起过。

在一路上，夫人用一顶大风帽遮住脸，不让人家认出她。不过朱迪小姐确信她哭了多次。途中，她一言不发。和来时相反，她不愿意在××村停顿，这使朱迪小姐生气，因为她还没有吃早餐。但是我对她说:“主人总是主人嘛!”

一到家,夫人就睡了。但是她在床上只躺了两小时。刚一起床后,她就叫来了看门人,命令他不要让任何人进来。她没有梳洗就进午餐,但是只喝了一些汤就离了座。仆人送咖啡时进了她房间,朱迪小姐同时也进去了。她看见女主人正在把一些纸张放进抽屉去。我敢保证那是老爷的信。在她当天下午收到的三封信中,有一封到了晚上还展开在她的面前。我肯定这封信一定也是您寄给她的。但是她为什么要这样离去呢?我莫名其妙。但老爷一定是晓得其中原委的,是吧?这不是该我管的事。

下午,院长夫人到书房拿了两本书带到小客厅里,不过朱迪小姐保证说她一整天没有看十五分钟,她只是看那封信,埋头思考。我想老爷会高兴知道这是两本什么书的,可是朱迪小姐又不知道,于是今天我借口想看看书房,请朱迪小姐领我去。那里只有两本书的空位,一本是《基督教义沉思录》第二卷,另外一本是书名叫《克拉丽莎》的书的第一册。我是照抄的,老爷也许明白书名的含义。

昨晚,夫人没吃晚饭,只喝了茶。

今早,她大清早就拉铃,吩咐马上为她准备马匹。九时不到,她赶到了富伊昂修道院,在那里做了弥撒。她想做忏悔,但她的听忏悔神父不在,而且十天半月不会回来。我认为我得把这些告诉老爷。

后来,她就回家,吃了早餐,然后写信,一直写到近一点钟。我幸运地获得了老爷最希望我干的差事,所以是我把信送到驿站去的。没发现给伏朗基夫人的信。不过我把一封给院长先生的信寄给老爷,因为我认为这封信最值得注目。还有一封给德·雷斯蒙德夫人的信,我想老爷今后肯定看得到,就让它发出去了。况且,那封信里的事情,老爷不会不知道的,因为院长夫人也有信写给您。以后,您要的信,我都能拿到;因为几乎总是由朱迪小姐把信交给仆人去发。她对我发誓,为了对我,也为了对老爷表示亲热,她很高兴做我希望她做的事。

她甚至不愿意收我送给她的钱。我想老爷会给她送些小礼物的。假如老爷有这个意思,又愿意由我代劳,我倒很清楚什么东西会让她满意。

我希望老爷不会认为我有玩忽职守的表现。老爷对我的指责,我很想解释一下。我不知道院长夫人动身,正是我热忱为老爷效力的结果:老爷要我凌晨三时就出发,为了不致惊吵府邸里安睡的人,我在附近的小客店中过夜,因此没能像往常一样见到朱迪小姐。

至于老爷指责我经常一文不名,这是因为首先我喜欢穿着得立索,就像老爷看到的

那样；其次，我想应该维护爵府仆从的体面。我明白我要为今后多节约一些，但是我完全信赖老爷，因为您是出手阔绰，如此善良的主人！

至于我既为德·都尔范勒夫人当差，又为老爷服务这一点，我希望老爷不要这样要求我。这与在公爵夫人府邸时的情况大不相同。在有幸成为老爷的跟班以后，我坚决不会再去当仆从，而且是法官的仆从了。除此以外，老爷可以任意地控制着我，我是对您充满崇敬和真挚情意的卑贱的仆人。

跟班鲁·阿左凉

一七××年十月五日晚十一时于巴黎

第一百零七封信

德·都尔范勒夫人致德·雷斯蒙德夫人

哦，您是我的慈爱的母亲！我该怎么感谢您呢！我多需要您的信啊！我反复地看着，不能释手。自从我回来后，仅仅靠了它，我的痛苦才得到轻微的消解。您这么善良！明智、有德的人最终还是同情软弱的人的！您可怜我的痛苦！哦！您要能体会到我的痛苦该有多好啊！……我实在无法忍受这痛苦。我原以为自己经受过爱情的折磨，唉！我可以说只是到今天才知道了什么是爱情。无法名状的痛苦，只有亲身经历过才能了解的痛苦是：离开了，永远地离开了自己的心上人！……是的，今天使我心如刀割的痛苦，明天、后天，此生此世都不会消失！天啊！我还这么年轻，我有的是受苦的日子呀！

自己制造了自己的不幸；亲手打碎了自己的心！我承受着难以忍受的痛苦，同时又时刻意识到，只要说一句话，就可苦尽甘来。然而说这句话是犯罪！啊！我的朋友！……

当我做出离开他那个痛苦的抉择时，我希望分离会增强我的勇气和力量，可我完全错了！正好相反，我的勇气和力量好像都丧失了。以前，我要作更多的反抗，这是真的；但是即使在抵抗，我也从未失去一切感觉。至少，我有时候还看到他。我不敢注视他，但是我却感觉到他的目光。是的，我的朋友，我感觉到。他的目光虽然没有通过我的眼睛，但照样透视了我的心灵，温暖了我的心。可现在我寂寞难耐。我离开了亲爱的人了，只有不幸陪伴着我。我生活在忧伤中，我无时无刻不泪流满腮。没有任何东西可以减轻我的忧郁。我所做的牺牲并没有给我带来半点安慰，而我迄今为止所做的一切付出只发挥了一种效力，就是使我为尚未做出的牺牲付出更痛苦的代价。

昨天，这点被我强烈地感觉到了。仆人交给我的信中，有一封来自我爱的人。仆人还没走到我跟前，我就在几封信中辨认出他的信。我不自觉地站起来，颤抖着，无法掩饰激动的心情。这种心情里不是没有伴随着一丝快乐的感觉。一会儿以后，仆人出去了，这种骗人的快感马上就消失了，接踵而来的是一个新的牺牲。是的，我能拆这封信吗？可我是多么想打开看看呀！命运真是同我做对。安慰好像自己送上门来了，但其实不是这样，我尝到的只是新的分离的痛苦。这种痛苦变得特别激烈，因为我想到德·范耳蒙先生也在经受这种痛苦的折磨。

请看，这个名字还是写出来了，它日夜萦回在我的心头，但我是费了好大的劲才把它写出来的呀！您对我的责备可真使我手足无措。我恳求您相信，我的羞愧虽然毫无道理，但并没有对您的信任有损害。我为什么怕说出他的名字呢？啊！我是因我的感情而羞愧，而不是因引起这种感情的人而脸红。唉！除了他，谁有条件引起这种感情呢！但是我不知道为什么我写下这个名字总是很不自然。就是这一次，我也是经过深思熟虑才写出来的。我再来讲讲他吧！

您在信中告诉我，在您眼中，他对我的逃避感到很痛苦。他怎么啦？他说了些什么？他提到回巴黎的事吗？我请您尽可能让他打消这个念头。如果他了解我，就不应该对我的行动抱怨，而且应该体会到我做出这项决定是毅然决然的。我感到最难受的一点是我不知道他现在如何考虑。他的信就在我旁边……但是您肯定同意我的看法：我不该打开它。

只有通过您，我的宽容的朋友，我才不至于与他彻底分离。我不想滥用您的好意，我完全了解您不能写长信，但您不会拒绝给您的孩子写上几句话吧！一句支持她的勇气，一句给她以抚慰。再见了，我尊敬的朋友。

一七××年十月五日于巴黎

第一百零八封信

赛茜尔·伏朗基致德·梅尔提侯爵夫人

夫人,至今我才把我荣幸地收到的您给我的信交给了德·范耳蒙先生。我把它保存了四天。我一直害怕被人发现,所以把它藏得很好。每当郁闷袭来的时候,我就关起门来读它。

我终于明白了,过去我认为是非常不幸的那种事情,实际上够不上不幸。甚至应该承认它包含了相当多的欢趣,所以我现在几乎不再感到伤心。不过想到唐瑟米的时候,我还有些难受。但是我已经有好些时候几乎把他忘了了!这也因为德·范耳蒙先生实在令人很满足。

我和他重修旧情已经两天了。这很容易,因为我只对他说了两句话,他就说如果我有事对他讲,他晚上就到我房间里来。我只回答一句,我迫切希望他来,事情就成了。他来时没有一点生气的样子,就像我没得罪他什么似的。只是到后来他才埋怨我,但是那么温柔,又是那种让人愉快的方式,完全像您一样……这说明他也对我充满了情谊。

我没法让您知道他给我讲了多少怪诞可笑的故事,我本来是根本不能相信的,特别是关于我母亲的事情。如果您能告诉我一切属实,我将多么高兴!我实在忍不住笑。有一次,我居然失声大笑。这使我们惊恐万状,因为妈妈可能会听到,如果她过来看了,那我将如何呢?肯定她会把我立刻送回修道院去!

所以必须谨慎,而且德·范耳蒙先生对我说,他绝不愿意使我蒙上坏名声,我们便商量,以后我们一起到他的卧房去。在那里想怎么样都行。昨天,我已经去了那里,现在,我一面给您写信,一面在等他来。夫人,我希望这样您不会再责怪我了。

不过,您信中有一点很使我感到意想不到;就是您关于我结婚后跟唐瑟米和德·范耳蒙先生的关系的话。我记得有一天在歌剧院,您告诉我的似乎正好相反:一旦结婚了,我就只能忠于我的丈夫,我甚至应该忘了唐瑟米。不过,也许我当时听错了。我多么希望您不是这样说的,因为现在我不再那么害怕结婚了。我甚至渴望结婚,因为结了婚我可以有更多的机会。我希望到那时可以设法使自己只想唐瑟米。我深切地体会到只有和他在一起才能得到真正的幸福,直到如今,他的念头老在折磨我;只有想不到的时候,我才感到舒服一点，但是这种时候不多。我一想到他，就变得痛苦万分。

眼前使我稍感宽慰的是您保证唐瑟米将加倍爱我；可是您能肯定吗？……哦！是的，您是不会骗我的。然而这始终是很刺激的：我爱的是唐瑟米，而德·范耳蒙先生……不过，正如您说的，这可能是一种快感！总之，我们就等着瞧吧！

我看不太懂您关于我写信方式的话。我觉得唐瑟米喜欢我这样写。然而我和德·范耳蒙先生的关系，我觉得应该对他保密。所以，您不用害怕。

妈妈还不曾跟我谈论婚嫁。如果她和我谈，要叫我上当，那我向您保证，我会撒谎的。

再见了，我的好朋友。我对您深表谢意。我向您发誓我永远忘不了您对我的一切好意。我应该结束了，因为已经快一点了；德·范耳蒙先生马上就到。

一七××年十月十日于××城堡

第一百 零九封信

德·范耳蒙子爵致德·梅尔提侯爵夫人

"天使啊！我曾经有一颗忍受痛苦的心，请恩赐我一颗可以享受幸福的心吧！"我猜这句话是多情的圣普勒说的。我比他幸运，我同时过着两种生活。是的，我的朋友，我现在苦乐交织。既然您是我的知音，我就应该把我的苦与乐都告诉您。

您知道吗，我那虔诚的无情的女郎始终不肯原谅我？我连续四封信都给退回来了。我说四封不太准确，因为在第一封信退回来以后，我就想到以后的信还会被退回来。我不能这样浪费时间，于是决心写些套话来表达怨恨，而且不写日期；从第二封信开始，来来回回的始终是同一封信，只是换换信封罢了。如果我的美人同所有的美人一样，有朝一日终于被感动，或至少由于厌烦而把信收下，到那时我就需要重新跟上形势了。您看得出，使用这新的通信方式，我只可能驻足不前，不会比第一天多了解些什么情况。

然而我发现我那轻浮的情人已经换了心上人了。我至少可以肯定，自从她离开城堡以后，她没有给德·伏朗基夫人写信，却给年迈的罗斯蒙德夫人来了两封。由于罗斯蒙德夫人对"亲爱的美人"的事守口如瓶（过去她总是说她的事儿），我便得出结论：她是她的知心人了。我猜想情况如此：一方面她需要跟人论及我；另一方面，要对德·伏朗基夫

人重谈她一直不承认的感情,她不免有些羞愧,因此发生了巨大的变化。我怕这个变故会使我更吃亏:因为女人越年迈,就变得越严厉、越难以琢磨。前者也许多对她说些我的坏话,后者则可能多说些爱情的坏话。而这个规矩敏感的女人对爱情的恐惧甚于害怕人!

您知道,了解内情的唯一方法是拦截秘密。我已经给跟班做了指示,天天在等待他活动的结果。在获得结果之前,我只能毫无目的地尝试。因此,一星期来,我一直在温习我所了解的方法,小说里的和我严守秘密的回忆录里的一切方法,可是纯属徒劳,我没有发现一个适合这次事件的情况以及女主人公性格的方法。困难的不是进入她的家,即使是晚上进去也挺容易,甚至麻醉她,制造另外一个克拉丽莎都做得到,但是要我在费了两个多月的心计以后,还去使用我不熟悉的手段吗?要我卑屈地循着别人的足迹爬行,去取得毫无影响的胜利吗?……不行,不能让她“既得到罪恶的快乐,又得到贞洁的荣誉”。这样占有她是不够的,我要她主动向我献出贞操。为了达到这个目的,不但要到她家去,而且要在她认可的情况下去;要她独处,并且有心听我说话;特别是要使她看不见危险,如果她对危险有察觉,就会去战胜,不然就会死去。但是我越知道怎么干好,我就越感到做起来不易。我还要向您承认,不管您会不会讥笑我:随着我对她的欲望加强,我的困难也加大了。

我深信,要是我们共同监护的人没有给我肉体上的发泄,我真会晕头转向。我现在除了写作哀歌以外,尚有别的事可做,这要归功于她。

您想这个小妮子惊吓得到了何等地步!过去了整整三天,您的信才发挥了全部作用。最柔顺的性情竟然也会被一个荒唐想法所困扰!

直到星期六,人家才最后找到我,吞吞吐吐地说了几句话,由于不好意思,声音压得那么低,又含糊其词,根本不可能听得清。可是她脸上泛起的红晕使我猜到了她的意思。我本来一直保持矜持的态度,但是我被这种如此惹人喜爱的悔改打动了心,十分乐意地许诺当晚就去会这个美丽的悔过者。对我的宽大,她报之以深切的感激;这算不得什么,因为我给她的恩惠是这样的。

因为我一直牢记您我的计划,便决定利用这个机会来深入体味这个孩子的才华,并加速对她的教育。但是为了更加方便地启发她的身心,我需要更换我们的幽会地点。在她的房间和她母亲的房间之间,只隔着一间厕所,这不能给她以充分的安全感,使她可以尽情享受。因此我曾想迫使她发出响声,使她害怕,从而同意换一个较为稳妥的地方。

可她居然不要我操这番心。

姑娘爱笑。为了使她高兴,我在欢悦的性爱间歇时对她叙述我头脑中闪过的伤风败俗的淫歌艳趣。为了使这些故事更有刺激性,更能抓住她的心思,我把它们全都栽在她母亲头上。就这样,我随心所欲地让她母亲一身集中了淫荡邪恶的笑谈。

我这样做当然自有原因:这比什么都更能刺激我的胆怯的学生,同时,我可以引发她对她母亲的极大的蔑视。我长期以来注意到,要勾引一个少女,不一定使用这个方法,但要使她成为荡妇,这个方法却是必须的,而且常常是最有效的。因为不尊重母亲的女孩子也不会尊重自己。这条道德上的真理,我认为不见得是十分有用的,我也很高兴为证明这句至理名言制造了一个实例。

可是,您监护的人并没注意到道德上的教训,她只是笑,每次都笑得上气不接下气。有一次,她几乎纵声大笑。我轻易地使她相信,她发出了可怕的响声。我装出很惊慌的样子,她也立刻害怕起来。为了使她永记不忘,我就显出不高兴的样子,还比平常提早三个小时抛开了她。于是,在告别的时候,我们就约好从第二天起,在我的房里相会。

我已经在我的房间里彻底深入了解她两次了。在这短短的时间里,学生几乎变得和老师一样对这种事无所不知了。是的,我确实把一切都教给她了,包括怎样献媚、讨好!我只是没有教给她怎样采取预防措施。

由于整夜欢爱难停,白天的大部分时间我就用于养精蓄锐。城堡里目前的社交活动我并不感兴趣,所以我每天只在客厅里露面一个小时。今天,我甚至决定在房间里用餐,计划在做短时间的散步时才离开房间。这些不正常的表现,我都归因于我的健康状况。我声称我头晕,浑身发热。我只需说话慢一些,声音弱一些就够了。至于我颜面上的变化,您可以信赖您监护的人。“爱情会做到这点的。”

空闲的时候,我思考如何恢复我在和那薄情的女人交往中已丧失的有利地位,还撰写一部淫经艳史供我的学生模仿学习。书里我用的尽是专门术语。想到这会给她和席耳库尔在新婚之夜提供有趣的谈资,我就笑了起来。她已经开始运用她所知道的少量淫声浪语。没有什么比她说这些话时的天真神态更惹人喜爱的了!她从未想到还有别的说法。这个孩子实在招人喜爱!她的纯朴、坦率恰和她使用的荒唐淫荡的语言形成对照,效果十分显著。不知为何,现在唯有古怪精灵的事物才能使我高兴。

可能我太迷恋于她了,因为我在她身上花费了时间和精力。但是我希望装病除了能帮助我避免客厅里的无聊应酬以外,还会在那个一本正经的女人身上产生一些对我有利

的作用,因为她的操守虽令人望而生畏,但她的性情却十分温柔多情。我确信她对这样的大事已经有所风闻,我很想知道她怎么想;因为我可以肯定,她必然会把光荣归于自己。我将依照我装病对她造成的影响来调整我的健康状况。

我漂亮的朋友,您现在像我自己一样了解我。我希望不久会有更有趣的消息告诉您。我请您相信,在我所希冀的那方面乐趣中,您给予我的快感的赏赐,将占有相当大的比重。

一七××年十月十一日于××城堡

第一百一十封信

德·席西库尔伯爵致德·伏朗基夫人

夫人,看来这里的一切都将风平浪静。我们不断地等待着获准回国。我一直抱着与盼望归国同样急切的心情,盼望着和尊府结秦晋之好,和德·伏朗基小姐结婚。我希望您对此深信不疑。然而,我的表兄德·××公爵——您知道他对我恩重如山——刚才把宫廷从那不勒斯召他回国的消息通知了我。他告诉我,他打算经由罗马回国。一路上,他想了解他还不熟悉的那部分意大利。他邀我在这次旅行中与他结伴回归,这大概需要六个星期或者两个月的时间。我不想对您隐瞒,对我来说,这是个难得的良机,因为结婚以后,除了公事要求,我难得有时间外出。另外,婚礼等到冬天举行也可能较为适宜,因为那个时候,我的所有亲属将聚集在巴黎,特别是德·××侯爵,我是由他引见,才攀上您家的。但是,虽然有这些理由,我还是对您言听计从,只要您仍倾向于以前的计划,我就准备放弃我的打算。我只是恳请您尽早告知我您对这件事的意见。我在此洗耳恭听。我的行动全将取决于它。

夫人,我在此向您表示敬意,向您表示儿子对母亲应有的情份,我是您最卑微的……

德·席西库尔伯爵

一七××年十月十日于巴斯蒂亚

第一百一十一封信

德·雷斯蒙德夫人致德·都尔范勒院长夫人

我亲爱的美人，我刚接到您十一日的信，信中有最温和的指责。您得承认，您是很想对我进一步责备。要不是您记得您是我的"女儿"，真会狠狠地怪罪于我的。真若如此，您就很不公道了！我希望能亲自给您回信，所以一天一天拖延了下来。您看，今天，我还迫不得已借助我的侍女的手，我的可恨的关节炎又犯了。这一次，它对我的右臂纠缠不放；我完全成了一个独臂人。既然您这样一个年轻美貌的女子交上一个如此老迈的朋友，情况就只能如此了！我自己行动受限，也害苦了人家。

我向您许诺，待我的疼痛稍稍减轻一些，就与您长谈。现在先让您知道：我已经收到了您两封信；如果我对您的深厚友谊还能更深一步，它们肯定会使我始终关心您生活中的所有问题。

我的侄儿也略有些不舒服，但是丝毫没有危险，千万不用挂念他；这是一种小病。据我看，这种不适主要影响了他的情绪，对他的健康无关紧要。我们几乎见不到他了。

他的隐退和您的出走使我们的小圈子丧失了乐趣。特别是小伏朗基对您的离去感到非常遗憾，她现在整天犯困。尤其是这几日以来，她整个下午都在大睡。

再见了，我亲爱的美人，我永远是您的朋友，是您的母亲，甚至是您的姐姐，如果我的这把年纪容许我有这个身份的话。不管怎样，最亲密的感情把您我联结在一起。

德·雷斯蒙德夫人口授

阿黛拉其德笔录

一七××年十月十四日于××城堡

第一百一十二封信

德·梅尔提侯爵夫人致德·范耳蒙子爵

子爵，我想我有必要通知您，巴黎现在有人开始对您品头论足了。有人注意到了您

不在巴黎，而且已经想象到了原因。昨天，我参加了一次人数众多的晚宴；席上，大家认定您被一种传奇式的不幸的爱情滞留在乡下了。当时，所有对您的成功有所嫉妒的男人和所有被您冷淡的女人脸上都露出了幸灾乐祸的神情。如果您听我的话，您就不能让这种有害的消息被确认，您应该马上回巴黎来亲自揭穿它。

试想，如果您使人改变了您是无法抗拒的想法，您就会感觉到人家的确可以轻易地对付您；您的情敌也会失去对您的敬意，而胆敢与您较量了。您尤其要想到，在您勾搭过的众多女人中，没有跟您享受欢爱的那些会出来说明真相，以正视听，其余的则会努力颠倒是非，让大家上当。总之，您应该预计到您的身份可能会遭到低估，正如迄今为止，您的身价一直是被过高估计的那样。

还是回来好，子爵，不要因为孩子气的任性牺牲您的美名了。对小伏朗基，我们希望做的，您已经尽职尽责了；至于您的院长夫人，并不一定要有距离才能满足您那一时冲动的爱情。您以为她会去找您吗？可能她早把您忘得一干二净了。即使她还记得您，那也只是因为羞辱了您而洋洋自得。在这里，至少您可以重新显显威风，而这正是您所需要的。即使您要继续那可笑的艳遇，我也看不出您回来会有什么害处……我觉得恰恰相反。

的确，如果您的院长夫人深爱您（您对我说过多遍，却很少加以证明），那么她现在唯一的安慰，仅有的乐趣就应该是念叨您，设法知道您在干什么，想什么，甚至设法知道和您有关的毫无意义的琐事。这些琐事的价值倍增，因为人家心里正难受呢！这是从富人桌上掉下来的面包屑，富人不屑一顾，穷人却贪婪地拾起来充饥果腹。可怜的院长夫人今日就像可怜的穷人；她捡得越多，对其余的一切就越不着急品尝。

还有，既然您知道了现在谁是她的知音，肯定知音给她的每一封信中至少有一小段说教，以及可以用来“明智显德”的内容，为什么还要把自卫的办法教给她，把危害您的办法也教给她呢？

这并不意味着我完全赞同您关于她更换知心人对您不利的看法。首先，德·伏朗基夫人厌恶您，而憎恨总是比友情更能使人变得敏锐、机警。您的姑妈尽管德齿俱尊，也不会有片刻时间想到要对至爱的侄子产生非议，因为德行也是有其弱点的。其次，您的担忧建立在一个绝对错误的观点上。

“女人越年迈，就变得越发严厉怪僻”的看法是不正确的。在四十岁到五十岁期间，妇女们看到自己的年老色衰了，某些抱负、某些乐趣不得不放弃，因而感到悲伤、愤怒；这一切使她们装出正派的样子，性格变得暴戾乖张。为了做完这项重大的牺牲，她们需要这样一段漫长的时间。但是这段时间一过去，她们就分成了两类。

绝大多数的女人，过去仅凭年轻美貌取胜的女人，自此变得愚蠢和麻木不仁。她们只有在赌博和某些宗教活动中才能摆脱这种状态。这种女人总是令人感到可厌，她们常常喜欢责怪别人，有时还会找事，但心一般挺不错。这种女人说不上严厉或不严厉。她们没有头脑，反复无常；她们拾人牙慧，人云亦云，自己既不理解，又无动于衷。她们本人其实根本没有。

另一类人则极少。这一类女人是真正可贵的。她们有个性，从未忽视培育自己的理性；她们失去了性爱的体验，知道去创造另一种生活。她们决定拿过去美化容貌的修饰品来美化灵魂。这种女人一般有很健全的判断力，精神振作、开朗、性情柔和可爱。她们以感人的仁慈和随着年龄增长而更加可爱的诙谐来替代诱惑的魅力。因此，她们能在某种程度上和年轻人相接近。更加讨年轻人喜欢。到那时，她们根本不是像您所说的那样"严厉怪僻"。她们所养成的宽恕的性情，她们对人类弱点的长期的了解，特别是她们对自己青春年华的回忆（这些回忆是使她们对人生还有所依恋的唯一的原因），也许使她们变得过于温和。

最后，我可以对您说的是，我长期与老年妇女结交，因为我早就意识到博得她们的赞同是很有裨益的。她们中间有不少人吸引住我，一方面是由于我可以获得好处，另一方面也是我对她们产生了感情。我话就说这么多，因为您那么容易动感情，那么热爱德行，恐怕您会突然爱上您那年迈的姑妈，把自己和她一起葬在坟墓中。我现在再回过来说。

我看您好像对您的学生神魂颠倒，但我却不认为她在您的计划里是个主角。您遇上了她，跟她尝了欢爱，的确不错！但这谈不上是一种喜爱；实话实说，这甚至也不是十足的享乐：您只是得到了肉体的刺激！我不说她的心灵，我料到您对她的心灵毫不在意；但是您连她的头脑也没有征服。我不知道您是否意识到了这点，我可在她最近给我的信中找到了这方面的证据。我把这封信附上，让您自己研究。您看，当她提到您的时候，总是称呼德·范耳蒙先生；她所有的思想，包括在您启迪下产生的思想，总是归结到唐瑟米。她对他一直是直呼其名。光是这点，她就把他同所有其他男人区分开来了；即使在她向您贡献玉体的时候，她也只是和他做爱。如果您认为这样一个被您征服的女人是迷人的，如果她给予您的性的快感居然使您恋恋不舍，您倒真是个谦卑的、容易对付的人了！您保留她，我不反对，这也在我的计划之内。但是我认为并不值得为此花费上片刻，而且

也应该对她有些制约，譬如说，在使她把唐瑟米进一步忘却以前，就不准许她和他再见面。

在谈完您的事，回过来谈我自己之前，我还要对您说一点。您告诉我您想使用的那种装病办法是众所周知的，也是不乏先例的。子爵，您这人实在没有创造力！至于我，我有时候也使用旧技。下面，我就给您讲一件这样的事。但是，我总是在细节上做文章，以进行补救，特别是事情的最后成功证明了我的正确。我还想再来一次尝试，再增写一篇新的风流史。我承认，这件事并没有什么很困难的地方，但我至少可以从中获得肉体的刺激。我现在无聊至极。

我不知道为什么自从普里旺那件事以后，贝勒罗什使我无法忍受。他加倍对我献媚，表示亲热和崇拜，我实在不能容忍了。他有时也对我发怒。开始时，我感到有趣。可是总得设法使他平息怒气，因为让他发下去会对我的名声有损。然而毫无办法使他恢复平静。为了更便于制服他，我不得已对他表示更多的爱情。而他却当真了；从此，他兴高采烈，干个没完，使我十分厌烦。我尤其注意到他那种带有轻蔑意味的把握十足的神情，他认为他可以任意玩弄我，好像我是永远隶属于他的。我的确感觉到受了玷辱。如果他自命不凡到认为我要终身顺从他，那他真是把我看扁了！最近，他不是常对我说，我大概除了他没有跟第二个男人做过爱吗？哦，我那时使劲克制自己，以免为了使他清醒头脑而忍不住把实情告诉他。我承认这位先生仪表非凡，相貌堂堂，但是归根结底，毕竟只是一个性爱的工具而已。现在，时间终于来到，我们该分手了。

我已经进行了半个月的尝试，依次使用过冷淡、任性、发怒、吵嘴等方式，但是执拗的人就是不肯这样分道扬镳，于是必须采取更加有力的办法。因此我要把他带到乡间去。我们后天出发。跟我们一起去的，只有几个缺乏洞察力的局外人。我们在那里可以旁若无人，几乎享有完全的自由。我将向他施展百般调情的花招，表示百般的亲热，直到他感觉力不从心，我们将整天一起欢爱，卿卿我我，难舍难分。这样我可以担保，他一定比我更希望尽快结束这次旅行；而他现在正对它抱着极大的幻想呢！在他回来时，要是厌恶我的程度不超出我厌恶他的程度，那您就可以说：我在这方面不比您更有经验。

我做这样一次旅行，理由是要认真处理我那关系重大的官司。这场官司将于冬初进行审理。我十分快乐，因为一个人的财产一直悬而未决真叫人不舒服，我倒不担心案件的判决不利于我；首先，理由在我一边，我的律师们都向我明确了这一点。即使我没有理由。我也要胜诉，否则是没面子了。我的对方只是一些未成年的孩子和一个行将就木的监护人！然而这样重大的事件不能等闲视之，所以我带了两个律师一起去，您不觉得这次旅行是件令人高兴的事吗？然而假如我能因此胜诉，又能甩掉贝勒罗什，那我就不会觉得是浪费时间。

现在，子爵，您猜猜我下一个情人会是谁？您尽量猜。算了吧！我知道您永远也猜不到的。告诉您，是唐瑟米。您吃惊吗？虽说我还不至于落到启蒙孩子的地步，但是他确实值得刮目相看。他具有青年人的风流倜傥，却没有他们的浅薄。他在社交场上非常小心谨慎，这就不会引起人家猜疑。而当他和你私下亲热的时候，你只会觉得他更讨人欢心。这并不是说我已经跟他上过床，我还只是他的密友而已。但是在友谊的掩护下，我看得出，他对我抱有强烈的欲念，我觉得我对他也十分倾心。他才气横溢，又异常顺服，这样一个人去为伏朗基那个蠢丫头浪费一辈子，牺牲自己的聪明才智，未免太可惜了！他以为爱上了她，我希望这是他搞错了；她是远远配不上他的爱情！我并不是妒忌她，他和她的爱情就是一场谋杀，我要救救唐瑟米。因此我请求您，子爵，设法别让他再接触他的“赛茜尔”（他还是有这样称呼她的坏习惯）。第一次相爱总是有我们所意想不到的影响的。如果他再看到她，特别是在我离开的时候，我就什么都控制不了了。我回来以后，可以把握一切，肯定不出差错。

我本想把年轻人带去，但我向来做事审慎，便放弃了这个念头。而且我怕他发现贝勒罗什和我的关系。如果他看出了一点毛病，我就会痛苦之至。我至少不能以淫女荡妇的形象出现在他的眼中；只有这样，我才能真正配得上他！

一七××年十月十五日

第一百一十三封信

德·都尔范勒院长夫人致德·雷斯蒙德夫人

亲爱的朋友，我感觉到强烈的不安。不管您能不能回我的信，我都抑制不住自己，要来向您询问了。您说德·范耳蒙先生病情“没有危险”，我却不能像您所表示的那样放心。忧郁和厌恶社交常常是某种严重疾病的征兆。身体上的病痛和精神上的苦恼同样会使人向往独处，人们会常常责怪一个人脾气不好，其实应该同样对疾病责怪才是。

我认为他至少该去问问别人。您自己也身体不适，怎么能没有一个医生在左右？今

天上午我去拜访过我的医生，我不瞒您，我间接地问过他了。他的看法是天性很活跃的人，突然变得懒洋洋，这种情况绝不能小看。他还说疾病如果不及时治疗，就永远无法治愈。为什么要让您这么心爱的人去涉险呢？

他四天没有和我联系了，我心里发慌。我的上帝呀！您没有在他的健康状况上骗我吧？为什么他突然停止给我写信了呢？若因为我把信退给他的话，那他很久以前就该不给我写信了。我是不相信预感的，可是几天来，我极度担心。啊！可怕的事情就要发生了。

说出来，我感到惭愧，您也不会相信，不再收到那些同样的信我有多么难受！可是，收到了，我还是拒绝拆看的。可我会知道他没有忘了我！我看到了来自他那里的东西。我不打开这些信，我只是边看着它们，边流泪。我觉得甜丝丝的，心情比较舒畅；唯有流泪为我部分地缓解了我回来以后的沉重心情。亲爱的朋友们请您给我封信吧！目前，暂且请人每天把您和他的消息告诉我。

我发觉，我才说了一句有关您的话；您应该知道我是重感情的，您知道我无限眷念您，深切感激您。请您原谅我，我心绪不宁，内心忧伤，如果他病了可能就是由我而导致的。上帝啊！这个令人绝望的念头纠缠着我，撕裂着我的心灵。我以前没有经受过这种不幸。我认为只要我活着各种痛苦就会永远伴随我。

再见了，亲爱的朋友；爱我吧！同情我吧！今天我能够收到您的信吗？

一七××年十月十六日于巴黎

第一百一十四封信

德·范耳蒙子爵致德·梅尔提侯爵夫人

这件事让人无法理解，我的漂亮的朋友，两个人一分手就会那么容易产生分歧，当我和您在一起的时候，我们总是只有一种意见，一个看法；因为最近没有见到您，我们对一切事物也就没有了一致的认识。我们两人到底谁错了呢？您是非常清楚的。可是我比较懂事，或者比较有礼貌，我可不做判断。我所做的一切都在给您的回信中。

首先，是您告诉我别人是怎样诽谤我的我谢谢您了。但是我现在还不担忧：我肯定不久后有办法使这些谰言终止流传。请您放心，在公共场合我更加有知名度，更加配得上您。

我希望人们能把小伏朗基事件当作一回事。您对它好像极不重视。在很短的时间里把女孩从情人怀里抢过来觉得是件小事。我可以对她为所欲为,完全把她当作自己的尤物,甚至对卖笑女郎都不敢要求的,我也可以从她身上得到,而且毫不影响她的纯真的爱情,因为我不想占有她,所以她什么都没改变——这样,当我头脑一热过去以后,我把她送回她情人的怀抱里时,她什么都没想。这种做法能说是一般的吗?而且,请相信我,她即使脱离我的手掌后,我教给她的原理也会发展的。我敢说,我的学生会做出出色的成就来。

假如在这类事上,人们更喜爱英雄类型,那我就可以举出院长夫人,她是一切美德的典范,妓女也会尊敬她,人们对她连染指的妄想都不敢有。您听着,我可以这样来描绘她:她为了我,抛弃了自己的美德、追求这种与我相伴的幸福。只要我跟她说一句话,看她一眼,她就觉得她作的牺牲得到了充分的补偿。她没有实现愿望。我还要更进一步,我将抛弃她。我知道是不会有人来接替我的,除非我不了解她。她不需要安慰,对什么都不感兴趣也没有仇恨。总之,她将只为我而活着;我决定她的一切。一旦取得了这样辉煌的胜利,我将对我的对手们说:“请看看我的成绩吧!在本世纪中,能找出第二个例子吗?”

您会问我:“今天怎么又信心十足了呢?”因为最近我知道了她的隐私。她自己可没有对我说,是我发现的。她给德·雷斯蒙德夫人的两封信就足以使我掌握情况了。没有必要再看其他他信了。要获得成功,我一定得接近她。办法已经找到,我将立即付诸行动。

我知道您不相信我会想出什么好办法,因此我也不必告诉您了。说真的,我真该收回对您的信任,至少在这件事情上。要不是您给这次胜利外加了一种美妙的奖赏,这事我是不愿讲的。您看,我生气了,然而,我还是希望您能改正,所以我坚持给您一个轻微的惩罚。现在我还是宽大为怀,把我的伟大计划搁置一下,来谈谈您的打算吧!

您现在到了乡间。您像田园诗一样令人烦恼,又像田园诗的读者感到忧伤。您不但让贝勒罗什喝健忘药,您还对他动刑!他现在觉得怎么样?他受得了爱情引起的恶心吗?我非常希望他更加热恋您。您还有什么好办法,可以告诉我吗?您不得不出此下策,我真同情您。在我的一生中,只有一次,我把做爱作为手段。我当时肯定是有非同小可的动机的,既然我的搭档是××伯爵夫人。和她亲热的时候,我时常想说:“夫人,我放弃我央求的位置了，请允许我离开我现在占有的位置吧！”在我占有过的妇女中，她是我唯一真正乐意说坏话的人。

至于您的理由，老实说，我觉得可笑之至。我确实不知道谁是接替人。怎么，您为了唐瑟米而费那么大的心机！我亲爱的朋友，让他去爱他的有德行的赛茜尔吧！您别掺和进去免得连累了您。您让小学生们在保姆的身旁成长，或者让他们和修道院的寄读女生们在一起玩玩无伤大雅的游戏吧！您怎么选上这么一个新手呢？他既不知道怎么爱您，又不知道怎么抛弃您，一切都得由您代劳。我不喜欢您选的人这是真的。不管多么隐秘，您这样做，至少在我的心目中，在您个人的良心上，损伤了您自己的形象。

您说喜欢他其实只不过是句假话罢了。我觉得已经找出您犯错误的原因了。您在巴黎时就开始不喜欢他了。由于没有可供选择的余地，您的思想又活跃过头，于是您就随便想到了一个对象。但是您想想，您可以在众多男人中选择。而且，如果您担心一味拖延下去会无所事事，那我可以自荐来为您消磨闲暇。

从现在到您回去以前，我的几起大事好好坏坏都会有个了结。那时谁也不会使我很忙。在您需要我的时候，我将尽量为您效劳。甚至在那时我可能已经将小妮子送还给她那拘谨的情人了。不管您怎么说，我不同意这是一种令人恋恋不舍地享乐；我要让她觉得我比任何其他男人都强，所以我和她在一起时节奏十分紧凑。我不可能长期如此，否则我的健康会遭到破坏。现在我不放松她，只是出于对家庭事业的考虑……

您不明白我的意思吧？我是在等待第二个周期来证实我的希望，证实我的计划已完全获得成功。是的，亲爱的朋友我早就预感到了。我的学生会子孙满堂；德·席西库尔家族将来的族长只不过是德·范耳蒙家族的一个小子孙而已。请让我照我的意思来结束这段艳史，虽然我是根据您的请求来开始的。您如果让唐瑟米移情别恋，您就是使这件事失去意义了。最后，请您考虑一下，我自荐来替代他，我认为我是应该得到您优先照顾的。

正因为我对这一点指望颇高，所以我不怕和您看法相悖。我帮助了拘谨的情人，使他增强了对他那高贵的初恋对象的感情。昨天，我发现您监护的人在给他写信。我把一项更好的工作交给她去做让她停止以前的工作。事后，我要求看看她的信。我觉得信写得不热情，不自然。我使她明白，她这样写是安慰不了她的情人的。我说服她在我的口授下重写一封。我尽可能模仿她的啰唆口气，竭力用比较可靠的希望来培育年轻人的爱情。小妮子表扬我的信写得好。她要我此后负责给她代笔写信。为了这个唐瑟米，我什么没有干过？我身兼数职，我是他的朋友、他的知己、他的情敌，甚至是他的情妇！而且，如今我还继续帮助他，我在把他从您的危险关系中拯救出来。是的，这种关系无疑是危险的，因为占有您，然后失去您，这是以永恒的悔恨来换取一时的欢乐。

再见了，漂亮的朋友；您应该有勇气来尽可能彻底了结贝勒罗什的事。离开唐瑟米，回到我们从前的欢乐中去（也就是说，把它偿还给我）。

又：这件关系重大的诉讼案即将进行审理。我先向您表示祝贺。这件好事在我的任内发生，我会感到万分高兴的。

一七××年十月十六日于××城堡

第一百一十五封信

唐瑟米骑士致赛茜尔·伏朗基

德·梅尔提夫人今天早上起身去乡下了。我仅存的一点儿欢乐也没了，那就是和您的朋友，也是我的朋友在一起谈您的快乐。这段时间以来，她允许我称她为朋友。我便迫不及待地这样称呼她，为了加深我们的友情。我的上帝啊！这位女人真是可亲可爱极了！她赋予友谊以多么强烈的魅力呀！似乎在她身上凡是拒绝给予爱情的东西都用来美化和加强这种温柔的情谊了。她非常喜欢我在她面前谈到您！……这无疑是我那么喜欢接近她的原因。我能够只为你们俩而活着，把一生用于穿梭般地在爱情的快乐与友谊的乐趣之间往返，成为沟通你们相互眷恋的感情的联系点，在为你们中这个的幸福效劳的时候，为你们的一切也是我的幸福所在！您爱吧！我的可爱的朋友，深深地爱这位值得爱慕的女人吧！我喜爱她，如果您和我一样喜爱她，那我这种感情就更有意义了。您应该知道友谊是很有诱惑力的。一种快乐不与您共享，我便觉得只享受了一半。没错，我的赛茜尔，我要以最美好的感情来环绕您的心灵；我要让它的每一下跳动都使您感受到幸福。就算这样，我觉得您给我的一切我无法偿还。

为何这些诱人的计划只能是我的幻觉呢？为什么现实只给予痛苦的、无休止的折磨呢？我不能去乡下看您了，请原谅。我能得到的安慰，只是使自己相信您确实是无能为力。而您忽略了告诉我这一点，您也没有为此和我分担痛苦。我已经抱怨了两次，可是没有得到过回音。我非常相信赛茜尔是很喜欢我的，但是您的心没有我的心那么灼热！为什么不能由我来排除障碍呢？为何我必须小心对待的不是我的利益，而是您的利益

呢？不久，我会向您证明，为了爱情什么都可以做。

您也不告诉我这次痛苦的分离什么时候可以结束。如果您不走，我偶尔还会与您相见。您迷人的眼光会使我沮丧的心灵恢复勇气。您的含情脉脉的表情可以使我安心。我有时候是需要安心的。请原谅我，我的赛茜尔，这种担心并不是乱猜。您对我的感情是专一的。啊！如果我怀疑的话，那就太卑鄙了。但事情真是困难重重啊！而且还在层出不穷的变化！我的朋友，我伤心，我伤心透了。德·梅尔提夫人这次动身似乎又使我感受到各种不幸。

赛茜尔但愿我们还会相见。请试想您的情人在受苦，唯有您才能使他幸福。

一七××年十月十七日于巴黎

第一百一十六封信

赛茜尔·伏朗基致唐瑟米骑士

（由范耳蒙口授）

我的好朋友，您以为当我知道您痛苦时，我更加痛苦？您不相信我跟您一样感到难受吗？我甚至分担了我给您造成的悲痛；而且，看到您不能正确对待我，我比您又多了一层痛苦。哦！这样不好。我很清楚是什么使您不快：您想来我处，我没有答复您。我无法做出决定，您以为我不知道您所要求的事是很不合适的吗？这种事，您远离我的时候我都难以拒绝，如果您就在这里，那会怎么样呢？如果给您一时的安慰，我会痛苦一生的呀！

我对您是多么坦率呀！上面说的就是我的理由，您判断吧！如果我告诉过您的那件事，即造成我们不幸的那个德·席西库尔先生不这么快来到，我可能已经答应您的要求了。最近妈妈对我很好；我也尽最大可能同她亲热。谁知道我能从她那里得到什么呢？如果我们能够幸福，而我又不受良心的责备，那不是更好吗？我常常听人对我说，丈夫在婚后和婚前的两种情况下，对待妻子的态度会有所不同。这种担心比其他事情更使我克制自己。请相信我吧！朋友。我们将来不有的是时间亲热吗？

您听着，我答应您，我和德·席耳库尔结婚对我来说是很痛苦的——我在认识他以前，就深深憎恨他了——那就一切都阻拦不了我尽可能属于您，甚至首先属于您的意愿。我真正爱的人是您；因为您了解，我即使做坏事，也不是我的错，其他一切就更无所谓了，

只要您答应永远像现在这样爱我。可是,我的朋友,在那个时候到来之前,请让我经常像现在这样做;不要再向我提出我有充分理由推却的要求。我也想答应您,可没法呀!

我很希望德·范耳蒙先生不被您催逼得太紧,不然,这会使我更加伤心。哦!我可以向您保证,您的朋友对您的帮助太大了。好了,再见吧,我的朋友;我很晚才动手给您写信,我用去了夜晚的一部分。现在我去睡,以弥补失去的时间。我拥抱您,可别再埋怨我了。

一七××年十月十八日于××城堡

第一百一十七封信

唐瑟米骑士致德·梅尔提侯爵夫人

可爱的朋友,从日历上看,您只离开了两天;但若凭心灵的感觉,您已经离开两个世纪了。是您要我始终相信自己的心灵的,因此现在是您回来的时候了,您的事情该早结束了。我怎么会关心您的官司呢?官司是赢是输我不在乎,但是如果您走了我会很难过,付出代价。啊,我真想与别人吵一架;我有充分的理由发脾气,却无权这样做,这多可悲啊!

您使您的朋友变得少不了您以后,又远远地离开他,这实际上不是一种不友好的表示,这是不讲信义的行为吗?您即使向您的律师们讨教,他们也绝不可能为您这种缺德的行为找到辩护的理由;而且,律师们所说的理由对感情是不起作用的。

您对我说了多次,您作这次旅行是出于理智,说得我对理智都产生了反感。无论在什么情况下我都讨厌理智这两个字。不过,这种理智是非常合情合理的,而且实际上,这也并不如您可能想象的那么困难。我只要革掉经常想您的习惯就成了。我向您肯定,在这里,没有任何事物会使我想起您。

这里人们认为最好的女人与您也无法相比,她们只能对您的形象提供一个非常模糊的概念。我而且相信,独具慧眼的人开始时越认为她们与您相像,到后来越会发现你们之间存在着很大的差异。她们怎么努力,都是枉费心机,无济于事。您的优点在她身上永远找不到。不幸的是,白昼是如此漫长,我又无所事事,于是就胡思乱想,建造空中楼阁,刻画心目中的理想人物。渐渐地想象力丰富了。为了美化作品,我集合了一切美的特点,最后作品达到了尽善尽美的境界。到这时,画成的人像使我想到了模特儿,我突然觉得我真正爱的人是您。

马上,我还在上当受骗。错误的性质也差不多。您可能以为我坐下来给您写信是为了您。根本不是。我是为了消除对您的想念。有很多话要对您说但一直压在心底,这您知道,可它们与您都是无关的。但是这些事我现在不去想了。从什么时候起,友谊的魅力压倒了爱情的魅力?啊!如果仔细检查,我可能得稍微责备一下自己。嘘!别作声,有些过失应该忘记,以防重犯吧!但愿我的朋友永不知情!

因此,您为什么不在这里回答我的问题?假如我误入歧途,怎么不在这里把我领回正路?为什么不在这里同我谈我的赛茜尔?为什么不让我(如果可能的话)想到我爱的是您的朋友,从而增加我在爱她之中所领略的幸福。是的,我承认,对我来说,自从您愿意倾听我关于爱情的知心话时起,我就非常珍惜我们的爱情。我多么愿意向您敞开心扉,用我的感情来占据您的心,把这些感情毫无保留地寄托在您的心中。自从您表示愿意听我倾诉以来,我似乎更加珍爱我的爱情了。另外,我看着您,心中思量:“有了她我才会有幸福!”

关于我的情况,我没有什么新的可以奉告。她昨天给我的那封信使我信心倍增,但是希望实现之日却更要往后推了。然而她的理由是那么动听,如此正当,以致我既不能责备她,也不能对她抱怨。如果您在的话,一定能知道我现在说的话是什么意思。虽然对朋友我什么都可以说,有些话、有些事是不能在信里说的,特别是那么微妙的爱情秘密,是不能让任何人知道的,也得注意它们的行踪,要看着它们进入新的安全庇护所才行。啊!您还是回来吧,可爱的朋友!您应当知道您不回来是不行的。把那千百个证明您不能回来的理由都扔在脑后吧!否则,您告诉我没有您的时候该怎样活着。

我是您最卑微的……

一七××年十月十九日于巴黎

第一百一十八封信

德·雷斯蒙德夫人致德·都尔范勒院长夫人

我亲爱的美人,我的病虽没痊愈,但还是迫切地想给您写信,同您谈谈您所关心的事情。我的侄儿还是那样忧郁孤僻。

他每天都派人来询问我的起居情况,可是他自己一次也没有来过,虽然我曾差人去请过他;因此我没有再见过他,就像他去了巴黎似的。然而今天上午,我在没有料到的地方见到他了。旧病复发之后到现在我还是第一次到我的教堂里。今天,我得知,四天来,他是天天去教堂里望弥撒的。但愿他能够坚持下去!

我进去后,他来到我身边,十分亲热地祝贺我健康好转。因为弥撒开始了,我只简单地和他谈了几句,打算弥撒结束后再继续谈。可是我再也没有找到他。不瞒您说,我觉得他有些变了。但是我亲爱的美人,请您放心,不要过虑,别使我因信任您的理智而后悔。您尤其应该了解到:在您面前我说谎是件痛苦的事。

下定决心,要是我的侄儿继续对我保持这种敬而远之的态度,我待病情好转一些后,就到他房间去看看。我很想知道他怎么地是这个样子。我相信您在这里面也起了些作用。我会把了解到的情况告诉您的。我的手指动弹不了了,我就写到这里。要是阿黛拉其德知道我写过信,会整夜埋怨我的。再见了,我亲爱的美人。

一七××年十月二十日于××城堡

第一百一十九封信

德·范耳蒙子爵致圣奥诺雷街斐扬修道院修士昂塞姆神父

先生,我没有被您认识的荣幸,但是我知道德·都尔范勒院长夫人绝对信任您。我也知道她这样做是非常有道理的。请您帮我一下可以吗?您的帮助将是至关重要的,是和您的圣职十分相称的。您的帮助会给我和德·都尔范勒夫人带来一定的好处。

我手中有一些与她有关的重要信。我只应该,也只愿意交给她本人。我不知道怎样才能让她知道。由于某些原因,她已决定和我断绝一切书信往来。这些原因(您可能已从她那里得知),我认为我不能擅自向您透露。现在我已经不能否认她的决定了,因为有些情况她不可能预见,就是我也无法预料。这些情况,我们得承认只有超人的力量才能应付。

请您能告诉她我现在的想法吗?并为我向她要求单独会见一次。在这次会见中,我起码可以用赔礼道歉的方式来部分地弥补我的过错,还可以当着她的面销毁那些仅存的可以用来证明我对她犯下错误或罪过的记载。

只有在这样初步赎罪以后,我才敢对您说我这么长时间所走的是什么样的路,并恳

求您为我们的和解出力。这事情更为重要,但不幸也更为艰难。您会给我必要的帮助和关心吧？我真诚地渴望走上新路,可是我不得不羞愧地承认我还不知道这条路在哪里！先生,我能对您抱这样的希望吗?

我以后悔和痛改前非的焦虑心情等待您的回信。请您相信我对您同样地充满着感激和崇敬之情。

您的非常卑贱的……

又:先生,如果您认为适宜的话,我同意您把这封信转给德·都尔范勒夫人。她是我应该终生尊敬的。我永远尊敬她。上天就是以她为榜样,向我展示了德行,使我的灵魂重新归附于德行的。

一七××年十月二十二日于××城堡

第一百二十封信

德·梅尔提侯爵夫人致唐瑟米骑士

我收到了您的信。但是在感谢您之前,我得先埋怨您。我要告诉您,您如果改正错误,我还会写信给您。如果您相信我,就应该去掉这种阿谀奉承的语气。这种甜言蜜语如果不是爱的表示,就只可能是难懂的行话了。朋友这不是友谊,各种感情都有自己相应的语言;使用别的语言,就是在掩饰自己表达的感情。我很清楚,如果人家说话用的不是这种流行的语言,我们的那些妇女就无法理解了。我是个与众不同的人,您应该觉察到,您小看我,使我非常生气。

您在我信中找到的将只是您信中欠缺的东西,即坦率和纯朴。比如,我会对您说:“我不喜欢周围的人,所以很想您盼望和您相见,那时我心情会好些。”同样一句话,您却说成:“教会我如何在您不在的地方生活。”您这样是让我设想将来,您也一定要我以第三者的身份与您和您的情人一起生活,否则您就不能生活了吗？这多可怜！还有,您觉得那些女人总是“缺少些我的什么”,您可能觉得您的赛茜尔也缺少这样的东西吧！您看,当今人们滥用这种语言,这会带来什么后果。这样的话太空洞、太模式化是无人相信的。

我的朋友,您给我写信,就得说说您的想法和感受,而不要写那些话。那些话没有您,我也可以在当代任何一部小说中找到。我希望您不要因为我这番话而难过,就算您看出我有些生气。我并不否认生气，但是为了不让我自己有半点我责备您的那种缺点，我是不会对您说我发脾气部分是因为我远离了您。我觉得总的说来，和您相好比打一场官司请两个律师更值得，甚至您可能比那个殷勤的贝勒罗什还强。

您不是看到了吗？我没有表扬过您，所以我走之后您会很高兴的。我以为我受榜样的影响，也要对您说些阿谀奉承的话了。但并不如此，我还是情愿保持我的坦率。正是坦率保证了我对您的亲密的友谊。这种友谊又促使我对您表示关怀。交一个心中已有所爱的年轻男友是件十分快乐的事。这并不是所有女人共识，只是我的理论。我觉得沉湎于一种无须害怕后果的感情之中乐趣更大，因此，我可能相当早就自认为是您的密友了。但是您挑选的情人这么年轻，我忽然觉得自己不再年轻了！您为自己开辟了一条漫长的忠贞不贰的生活道路。您做得很对。我衷心地预祝你们相互间忠诚不渝。

您依从了那些"正当的、娓娓动听的理由。"按您所说，这些理由"使您很难得到幸福"。您这样做是应该的。对于不能坚持到底的女子来说，能够进行长时期的自卫算是很不错的了。且不说小伏朗基这样的孩子，别的女人之所以不能获得谅解，我觉得是因为她们不知道躲开危险。其实她在承认她的爱情的时候，已经充分意识到了这种危险。你们男人没有贞操观念，对于牺牲贞操得付出多少代价也没有概念！对一个女人来说失去贞操是一生中最不幸的事情。我不能设想一个有片刻时间考虑问题的女人会听任自己去上当的。

请您不要反对我的这个想法，因此我才喜欢您。您从未来的爱情漩涡中拯救了我。虽然到现在为止，没有您我也能抵御爱情的袭击，我还是觉得应该表示感激之情，而且将来我会更好地、更进一步地喜爱您。

此致：愿上帝保佑您。

一七××年十月二十二日于××城堡

第一百二十一封信

德·雷斯蒙德夫人致德·都尔范勒院长夫人

可爱的孩子，我本来希望能最后解除您的不安，但我现在却忧悒地看到我还要加大您的不安！不过请放心，我侄儿没有危险，可以说他没有病。但是他肯定有什么异常的

心事。我一点也不清楚。我从他房间里出来时,心里像压了一块石头,甚至还感到几分恐惧。我不该让您担心,然而我不能不告诉您,我克制不了自己。您可以确信我的叙述是忠实的,无论过了多久,我都忘不了这件事。事情的经过是这样的:

今天上午,我去了我侄儿的房间。我发现他正在写东西,周围堆满了纸张。他的全部注意力都集中在那些纸张上面。他连看也没看走进他房间的人。他一瞥见我——我很仔细地注意了一下——便站起来,竭力调整自己的表情。可能正是这一点引起了我很大的注意。他确实还没有梳洗、敷粉。我发觉他苍白、委顿,面容憔悴。他过去是那么精神抖擞、神采飞扬,现在却流露着悲哀、沮丧的神情。总之,我们私下说说,我真不希望您看到他这个样子,由于他的样子很令人感动,我认为很能激起温柔的怜悯,这种怜悯会很危险。

我虽然感到震惊,还是和他交谈起来,好像什么也没有注意到似的。我先谈他的身体。他没谈及自己的身体状况。于是我抱怨他不出来和大家接触,说这简直像是一种怪癖。我尽量设法把这轻微责备的话说得风趣些,可是他回答得很简短,并且用了确信无疑的口气:“这又是一个过错,我承认;但是它将同所有的过错一起得到纠正。”他的话略微破坏了我的诙谐效果,他的神情更甚。我就赶紧对他说,他把一句纯粹出于友谊的责备看得太严重了。

我们于是重新开始平静地交谈起来。一会儿以后,他对我说,由于“他有生以来一件最重大的事”,他不久要回巴黎去。我亲爱的美人,因为我怕猜中这是什么事,又怕这会引起他诉说衷肠,便什么也没有问他,只说,“我劝你想一些高兴的事。我又说这一次,我对他没有任何要求,我爱朋友们是为了他们好。听了这句这么简单的话,他便握紧我的手,他当时的表情用语言无法形容的,他说:“没错,我的姑妈,您好好疼爱既敬重您,又爱您的侄儿吧!正如您说的,为了他好而爱他吧!请不必为他的幸福而悲伤,不要打扰他即将得到的幸福、清静的生活。请再对我说一遍,您爱我,您原谅我。是的,您会原谅我的。我知道您很仁慈。那些受过我伤害的人怎样才会原谅我呢?”说着,他朝我倾下身子。我想这是为了掩饰他的痛苦表情。但是他说话的声音却早已泄露了他的痛苦。

我已无话可说。我突然站了起来。他无疑觉察到了我的惊慌,立即显露出平静的表情,接着说道:“请原谅,夫人,请原谅。我感到我语无伦次了。您忘了我说过的话吧!我是非常敬重您的。”他还说:“在我动身之前,我不会忘了来向您再次表示敬意的。”他好像不希望我再问下去了。我也就走了。

我怎么也弄不明白他到底想说什么。“他有生以来最与众不同的事”是什么事呢？他要求我原谅他什么呢？他在和我说话时怎么会情不自禁地悲伤起来呢？这些问题，我已经扪心自问了千百次，但都回答不了。这儿和您一点儿关系也没有。可是爱情的眼睛要比友谊的眼睛更富有洞察力；我与侄儿之间所发生的事情希望您能知道。

这封长信，我是断断续续写了四次才写成的；要不是感到累了，我还会写得更长些。再见了，我的亲爱的美人。

一七××年十月二十五日于××城堡

第一百二十二封信

昂塞姆神父致德·范耳蒙子爵

子爵先生，接获手书，不胜荣幸。昨日，我即遵照您的意愿去了夫人府上。我向夫人说明，是您要求我采取这个行动，并说明为什么要这样做。尽管我发觉她开始时坚持先前做出的明智决定，但我向她指出她如表示拒绝，可能会动摇您悔过自新的可喜决心，从而在某种程度上违抗了天父仁慈的意旨后，答应和您只谈这一次。她要我通知您，她下星期四，二十八日在家。那天您有事的话，请您告诉她并另外指定一天。您的信会被接受的。

可是，子爵先生，请允许我奉劝您，如无特殊原因，尽量如期而至，以便早日并且完全地实现您向我表达过的值得称赞的想法。您要想到，您若不及时抓住天父赐予的恩惠，恩惠就有被收回的危险；尽管上天很慈祥，但使用它却是根据正义来定的；有的时候，仁慈的天父也可能变成复仇之神。

要是你还相信我的话，只要您有求于我，我会尽力而为的。不管我的工作有多么繁重，我最主要的任务也是履行圣职规定的义务；对于圣职，我是特别地忠诚的。我一生中最美好的时刻就是我经过努力，藉靠天父的降福，而有所建树的时刻。我们都是些无用的人，靠我们自己，什么事都干不成，唯有正在召唤您的天父才无所不能。您希望能和他在一起，我能找到给您领路的方法，这是因为他有一颗善良的心。依仗天父的圣助，我希望不久能使您信服，即使在这个尘世，也只有神圣的宗教才能向我们提供牢固而持久的幸福；不要陷入情感的漩涡中，那是毫无价值的。

谨致敬意。我是您的卑微的……

一七××年十月二十五日于巴黎

第一百二十 三封信

德·都尔范勒院长夫人致德·雷斯蒙德夫人

夫人，我昨天得知了一个消息，惊诧之余，我想起您若知道了，也会感到高兴，所以急忙向您通报。德·范耳蒙先生抛弃了我。他今后要过一种堪为表率的生活以弥补他的过错，或者说得确切些，他青年时代的错误了。我是从昂塞姆神父那里得悉这件大事的。德·范耳蒙先生请求神父在今后给他指导，怎样和我相见。我估计这次会晤的主要目的是为了把我写给他的书信还给我。以前我向他要我给他的信，但他就是不给。

对这个可喜的变化，我无疑只能表示热烈的欢迎，并为此感到欣慰。正如他所说的，我过去积极地促使他做出这个变化。为什么我该被作为工具来使用？为什么该我牺牲平静的生活来做为代价呢？难道德·范耳蒙的幸福一定要建立在我的痛苦之上吗？哦！我的仁慈的朋友，请原谅我发这样的牢骚！我知道不该由我来窥测上帝的意旨。然而，请上天给我勇气吧！让我忘掉那痛苦的情爱，却终是徒然。一方面对于没有这种要求的人，他慷慨施予，另一方面，则听任我束手无策，孤立无援。

还是停止抱怨吧！这是有罪的。我难道不知道浪子回头，从父亲那里得到了比从不曾出走过的儿子更多的恩典吗？我们不能请他为我们做什么并未授惠于他呢？即使我们对于他可享有某些权利，我又可能享有哪些权利呢？我能夸耀自己的贞洁吗？是范耳蒙保全了我的贞洁。他救了我，现在为他受些苦，我能抱怨什么呢？不能。我宁愿用自己的痛苦换取他的幸福。他无疑有朝一日会回到我们共同的父亲身边来。上帝既造了他，必定会疼爱他。上帝绝不是为了弃绝他而创造出这么一个可爱的人的。由于我漫不经心所造成的损失就由我自己负责。就算我不可能爱他，我不能和他接近。

我的过错，或者说，我的不幸就是在很长的一段时间里一直不接受这个真理。您可以为我作证，我亲爱的可敬的朋友，我愿意做出这个有价值的牺牲。但是这还不算完全的牺牲。要完全得有一点，就是不要德·范耳蒙先生和我共同承担这个牺牲。我要不要向您坦白承认呢？目前最折磨我的就是这个念头。别人痛苦时我们非常高兴，这里有一种令人厌憎地心理在起作用！啊！我要克服这种顽固的心理状态！我要使我的心灵习惯于忍受屈辱！

为此，我终于同意在下星期四接受德·范耳蒙先生的令人难受的访问。那时，我将听到他亲口对我说：我对他已经完全无所谓了，我给他留下的淡薄的、一时的印已经荡然无存了！我将看到他的眼睛无动于衷地注视着我，我不敢让人看出我的心思，不得不低下头来。过去那么长时间，他一直不愿退还我的信，到那时，他将满不在乎地把它们交还给我。他不想再保存这些信了，他将把它们像废物一样递给我，可我在接回这份可耻的寄存物时，双手将颤抖不已。我将感觉到对方的手坚定而平静！最后，我将看着他离去……永远地离去，我的眼睛将一直盯住他，他一直没有理我！

我竟注定要受这么多屈辱！唉！至少我得使这种屈辱变成有用的东西，通过它我可以了解自己的弱点。我把这些他不想看的信保存起来。我要强制自己每天读一遍，重温耻辱的感觉，直到有一天，我的泪水把所有的字迹都褪去为止。我把他给我的信全部撕了，因为它们浸透了腐化过我的心灵的毒汁。哦，如果爱情居然使我们留恋它给我们设置的陷阱，如果对方已经变了心，我们却还害怕爱情会在自己心中重重，那么，爱情是何等的令人不可思议！不要再陷入这种感情里了，它只让人们在羞辱和不幸之间进行选择，有时这两者还结合在一起！还是让谨慎来替代德行吧！离他们访问的日期还很远！我为什么不能一下子就完成这痛苦的牺牲，把原因和对象同时统统忘掉？这次访问使我心烦意乱；我懊悔答应了他。他何必要求再相见？我们之间还有什么呢？如果说他曾经冒犯过我，现在我已原谅他了。我甚至还为他愿意改过自新而庆幸。我称赞他。我还要仿效他。由于我也犯了同一性质的错误，他的榜样可以使我迷途知返。他原来是想躲着我，可现在又想见到我这是什么原因呢？我们当务之急不是相互把对方忘记吗？啊！忘记他无疑是我今后唯一要操心的事了。

可敬的朋友，假如您允许，我将去您身边从事这件困难的工作。只有您能使我忘掉他。只有您能理解我，能够把话说到我心里。您的珍贵的友谊会充实我的整个生命。您愿意帮助我。和您配合，我觉得任何困难都不存在了。我能有宁静的心境，有幸福和德行，都应该归功于您。我一定要对得起您的这份苦心。

我觉得在这封信里说了很多离题的话。我认为，因为我在整个写信的过程中，心中一直忐忑不安。如果信文里暴露了一些可耻的感情，请您以友谊为怀，对我宽容、包涵。我非常相信您。我是不愿向您隐瞒我心中的任何活动的。

再见了，可敬的朋友。我希望过不了几天就能告诉您我来到的日期。

一七××年十月二十五日于巴黎

第一百二十四封信

德·范耳蒙子爵致德·梅尔提侯爵夫人

她在和我的较量中失败了,这个了不起的女人！她过去竟然以为她能够抵御我！是的,我的朋友,她是属于我的了,全部地属于我了;从昨天开始,她一无所有了。

我现在还沉浸在幸福之中,没法对它进行估量。可是我已惊异地发现我感受到了一种从未感受过的魅力。评价女人不能单凭德行,否则将是个可笑的做法。我们在第一次取胜之前,不是几乎总遇到一种伪装巧妙,程度各有不同的抵抗吗？而我在别处是否感受过我所说的那种魅力呢？然而,这也不能说是爱情的魅力。虽然和这个卓绝非凡的女子在一起,我有时感到柔情缱绻,好像沉湎在那种怯懦的爱情之中,可是我不能因为感情而失去做人的准则。即使昨天的会面使我走得比预期的远,即使我一时也堕入了由我引发的不安与陶醉之中,我也坚持了我的原则。这种短暂的幻觉现在可能已经消散了,但是这种魅力还持续着。我可以坦白地说,要不是我为此感到有些不安的话,我愿意用这种幻觉来控制我！难道我到了这样的年龄,还会像小学生一样,受一种不由自主的陌生的感情支配吗？不会的。不要和这种情感妥协。

可是,我也许已经窥见了原因！至少我喜欢抱这样的看法。我希望这个看法是对的。

现在我有了很多情人,履行了情人的职责。我尚未遇到一个没有投降意愿的女人。她们的投降意愿至少和我想迫使她们投降的欲望同样强烈。我甚至已习惯于管那些半推半就者叫一本正经的女人,以区别于无数采取主动行动的妇女。

而在她这里恰恰相反,我头一次发现了一种对我不利的偏见,这偏见是以一个对我充满仇恨而又目光锐利的女人所提的劝告和消息为依据的;我才知道还有这样的胆小的人,这种胆怯加强了一种合乎情理的贞操观念;还发现一种受宗教的指引,已有两年胜利历史地对德行的依恋;最后我还发现了一些为上述原因所发的种种出人意料的举动;这些做法是想离开我。

因此我这一次不像以往那样,接受的是一种廉价、简单的、有利可图然而不能引以为荣的投降。这次是经过了艰苦的战斗,运用了巧妙的战术而赢得的彻底的胜利。因此,由于我的努力使我的成就突出，这是可以理解的。我在胜利中体验到的，现在还在感受的额外的快乐，其实就是光荣带来的甜滋滋的感觉。这种看法我觉得很好，能使我增强自尊，不至于觉得我在某种程度上还要从属于我征服的奴隶，不至于觉得我不能独自得到全部幸福，不至于觉得只有这个或那个女人，而不是任何其他女人，才能使我享受到最大的幸福。

这些设想使我知道该做些什么；您可以放心，我不会陷得很深，以至于再也不能轻而易举地、随心所欲地割断这种新关系。您看，我已经谈到和她的决裂了。您还不知道我是如何获得决裂的权利的。请您看信吧！看一看聪明人为了那些愚人做出了多大的牺牲。我十分仔细地推敲了我的论点，研究了我得到的答复。我希望能以使您满意的精确度来向您作这两方面的汇报。

您可以在我附上的两封信的抄件中看出，我挑选了什么人来作为我接近我的美人的媒介，这个神圣的人物又如何热情地使我们团聚。还有一点要让您知道（这也是我用老办法截了一封信而得知的），这是个认真的女人怕我弃她而去，而丧失了自尊心，这一来她的一本正经的常态不免发生了一些变化。她的心灵充满了荒谬的感情，头脑充满了荒谬的思想。这些思想感情尽管荒谬，还是相当令人感兴趣的。我在完成了必要的准备工作之后，昨天，二十八日，星期四，就是那个负心女人指定的日子，到她家去了。到她那里时还很拘谨，但回来时却很得意。

我来到那个隐修的美人家时是下午六时。她自从回来后，一直闭门谢客。当人们通报我到达时，她像是要起来，但腿却不听使唤，无法站直，只好又立即坐下。带我进来的仆人在房内还有些事要做，她便显得不耐烦。这时我们说了些客套话。但是为了充分利用极宝贵的时间，我仔细地观察了房间；我断定这是我成功的地方。我本可以选择一个更为方便舒适的地方，因为在这个房间里，摆有一张土耳其式长沙发。不过，在长沙发对面，我看到了她先生的照片。老实说，我一时感到很担心，这个捉摸不透的女人万一把眼光射向这个方向，我的千辛万苦不是一下子就付诸东流了吗？房里再没有其他人了，我谈了必须谈的话。

我简短地说昂塞姆神父应当告知了我的来由，接下去就抱怨我受到的严厉对待。我特别提出了她对我的轻蔑态度。我料到她不会承认的。您也一定会想到，我的证据不外乎是：她不信任我；我使她害怕；她不告而别，使众人大惑不解；她拒绝回我的信，也拒绝接受我的信，等等。她开始进行辩解。要辩解是不难的，我偶尔插几句话使她的话连贯不起来。打断人家的话是粗暴的。为了请求原谅，我立即对她甜言蜜语，百般奉承。我说：“我无法忘记您的美丽。您的无与伦比的美德在我的灵魂上也产生了同样的作用。显然我被您的美德吸引住了，竟然因此自认为可以配得上您的美德。我并不责怪您对这一切有您的看法，只是要惩罚我自己犯了这样的错误。”她尴尬地一言不发。我继续往下说：“夫人，我的愿望是：希望您重新打量我一下不要再计较过去。自从您拒绝为我的生命增添光辉以来，生命在我已毫无价值了。因此我至少可以比较平静地结束它了。”

我说到这里，她试图回答：“我的本分不允许我……”说了半句就说不下去了。在我面前她无法说谎。我就用最温柔的语气接着说：“难道您要逃避的真的是我？”“我不得不离去。”“您真的要我和您分离？”“必须这样。”“永远地分离吗？”“我应该这样做。”我毋庸告诉您，在进行这段短短的对话时，她不敢大声讲话。她的眼睛不敢抬起来直视我。

我觉得应该活跃一下这沉闷的场面，就摆出一副气恼的神情，站起来说道：“您的态度坚决，我也不能不坚决。好吧，夫人，我们分手吧！这是您盼望已久的。”这责备的口吻使她有点吃惊，她想反驳，说：“您所做的决定……”我愠怒地打断她说：“这是我绝望的结果。您要我痛苦；我郑重地告诉您，您已经达到了目的。”她回答说：“我愿意您幸福。”她说话的语调开始透露出内心相当强烈的激动。因此我冲向前，跪倒在她的跟前，用您所熟悉的那种戏剧性的声调叫喊道：“您为什么要食言？离开了您，哪里能找到幸福呀？啊！永远不能！永远不能！”我承认，我原来打算在做这番强烈的自我表白时用眼泪来助阵，但不知为什么我哭不出来。

幸亏我这时想起了：要制服一个女人，什么方法都行，只要能做出一个非同小可的举动，使她吃惊，给她留下深刻的、良好的印象。因此我就借用恐怖手段来弥补感情的不足。我的样子没有变，我仅仅改变了音调，说：“只要我还活着，我就要把您抓在手里。”在说这几句话时，她看着我的眼睛。我不知道这个胆小的女人在我的眼睛里看出了什么，或者以为看出了什么，我只见她惊恐万状地站起身来。她把我推开后便站到离我很远的地方。我没有去拉她，这倒是真的。因为我曾多次注意到，痛苦的场面展开得过分，时间拖得过长就会显得滑稽可笑，要不就只能用真正悲剧性的手段来使之结束，我不想这样做。但她在挣脱时，她会听到我那可怕的声音：“好！我就死吧！”

于是我站了起来，沉默片刻，像是无意地向她射去凶狠的目光。这目光虽然看来迷离恍惚，但还是具有敏锐的观察力的。看到她异常的表情证明我的计划完成了。可是，爱情上的一切事情都要在十分贴近的位置中才能办成，而我们那时却相距甚远，所以首要的一点就是我们必须靠拢。为了这个目的，我尽快地表现出平静，这有利于缓和暴烈状态所产生的后果，但又不至于削弱它给人留下的印象。

作为转弯，我说："我真不走运。我不应该让您痛苦。我致力于使您获得宁静，但我还是扰乱了您的宁静。"接着我以严肃的，但是不自然的神情说道："请原谅，夫人！我很少经历爱情的风暴，所以不善于克制感情冲动。这样的感情冲动是错误的。以后我不会再有这种冲动了。啊！您镇静点，镇静点，我求求您。"在说这一长段话时，我不知不觉地靠近了她。"如果您要镇静，那您自己先变得安静些。"受惊的美人回答说。"好吧！我就答应您。"我对她说。我轻轻地说："这要做出很大的努力，好在时间不会长了。"我立即又带着恍惚的神情说："我这次来不是为了把您的书信还给您吗？行行好，请把这些信收回去吧！这些信会使我软弱。"我从衣袋里取出珍贵的信札，说道："这就是您的骗人的友谊的保证物！它曾经使我眷恋生命，现在请您收回去！让它作为我们分手的开始吧！"

她听了我的话非常激动。"哎！德·范耳蒙先生，您怎么啦？您这是什么意思？您今天采取的行动不是自愿的吗？不是您自己反复思考的结果吗？您不是经过反复思考终于赞同了我出于本分不得不遵循的决定吗？""是您让我下了决心。"我接着说。"您做出什么决定？""是唯一能使我在和您分开时，终止我的痛苦的决定。""请您回答我吧！到底是什么决定？"这时我把她紧紧抱在怀里。她不做任何抵抗。她把礼仪抛置脑后，可见她的情绪有多么激动。我鼓起勇气孤注一掷，向她说出了这番热情洋溢的话："亲爱的，我是多么的爱你呀！您永远不会知道我爱您到了何等程度，您也永远不会知道对我来说这种感情比生命要宝贵多少！但愿您这一生过得幸福，平静！我愿用一切换取您的欢心，给您的生命锦上添花！为了报答我这番真诚的祝愿，您至少应该感到一点歉意，淌下一滴眼泪吧！您可以相信，我最后的牺牲对我的心灵来说将并不是最痛苦的一次。永别了。"

每当我说这些话时，我感觉到她的心在剧烈地跳动；我注意到她的表情在变化；她用泪水代替了她要说的话。这时我决定佯装离去。于是她用力把我拉住，慌忙地说："不，请听我说。""放开我。"我回答说。"您听我说，我求求您。""我不能再见到你！""不！……"她叫喊起来。喊出最后一个字，她向我冲来。说得确切些，她晕倒在我的怀抱中。因为我没想到我的计划实施得这样顺利。我装出十分惊恐的神情，但是尽管我惊恐万状，还是领着她，或者说是抱着她，走向先前看定的地方，使它成为我的光荣的战场。确实，在苏醒过来时，她已屈服，把一切交给了我。

算了，漂亮的朋友，我相信您会觉得我使用的是能取悦于您的那种正当的方法。您会发现，我丝毫没有偏离这种战争的真正原则。我们会发现，这种战争酷似另一种战争，所以就请您以评判杜雷纳和弗雷德里克的尺度来评判我吧！我迫使一味拖延时日的对手起来应战；我做了充分的准备找到合适的地点；我成功地使对手感觉到安全，这样，在对手后退的途中，我能更容易地逼近他；交战前，我又成功地让恐惧在敌人心中接替了安全感；为了在胜利时得到很大的好处，在不利的情况下找到她的办法，我不让任何偶然性因素起作用；总之，我在进行这场战役以前已确保了退路，以便一切既得利益都能得到保护和保存。我相信没有人能做得更完善。但是，我怕自己被成功冲昏了头脑。下面请看以后发生的事。

我很有思想准备：一件如此重大的事总少不了痛哭流涕的场面。我首先看到的是略为明显的羞愧表情和沉思的面孔。我觉得这就是她的性格，所以我不去注意这些细微的差别。我觉得这些差别纯粹是局部性的，我只是按照常规来安慰她。我确信常理是：行动是表达爱情的有效方法。当然我也不忽视言辞。可是我遇到的抵抗实在惊人。说它惊人，主要不在于它的强有力的程度，而是在于它的表现形式。

请您想象一个坐着的女人的样子：她僵直不动，毫无表情；看上去，她头脑里没有思想活动；她心不在焉，听不见别人说话；从她目光呆滞的眼睛里不停地缓缓地流下眼泪。我讲话时她总是这个样子。但是当我拭图抚摸她，以吸引她的注意力时，即使我的动作最无伤大雅，这种表面上的麻木迟钝立即让位给了恐怖、窒息、惊厥、抽泣，以及穿插在其中的几声喊叫，可是听不清说什么。

这种情况发生了好几次，一次比一次厉害。到后来一次简直可怕透了，使我感到灰心丧气。我突然觉得是否自己失败了。我于是又乞灵于各种陈词滥调，其中有一句这样的话：“您就是因为给了我幸福而感到痛苦吗？”听到这句话，这位绝代佳人转向我，样子和以往一样的美，尽管麻木的样子还没有全部消失。“您的幸福？”她问我。您可以猜到我是怎么回答的。“您感到幸福了吗？”我竭力加以肯定。“我使你快乐吗？……”我又说了些赞美话和温柔话。她听了我的话，四肢变软了，有气无力地靠在扶手椅上。她听任我抓住她一只手。她说：“我觉得这样的想法使我感到宽慰，如释重负。”

您可以想象，我找到了这个好办法，便再也不放弃它了。这确实是一个很好的，唯一的办法。当我想作第二次尝试时，遇到了阻力。但先前发生的事使我变得很谨慎。于是我再求救于“我的幸福”这个名义，立刻觉得收到了很好的效果。她温柔地对我说：“您说得对；除非我的生活能使您变得幸福，要不我再也不能忍受这样的生活了。只要你高兴让我做什么都可以。从现在起，我是属于您的了，您再也不会遭到我的拒绝，或者听到我表示悔恨了。”她表现出这种天真或是崇高的率直。她把一切都献给了我，还和我分享了快乐，这更增强了我的快感。我俩都很有激情。我还生平第一次感到，在我的快乐过去以后，狂热的感觉依然继续存在。我从她的怀抱里出来就跪倒在她跟前，发誓永远爱她。真的，我当时是心口如一的。她走后，我仍沉浸在那种快乐之中。为了把她忘怀，我不得不狠下了些功夫。

啊！您为什么不在这里？您如果在的话一定会赞扬我的。您不是至少可以用对我的奖赏来抵消她的作用吗？话说回来，我的等待不会白费，对吗？我希望我在上一封信中建议的那种妥善的解决方法可以看作我们之间达成的默契。您看，我可以成功地实施和完成我的计划，以便将我的一部分时间保留给您。所以请您赶快打发走您那笨头笨脑的贝勒罗什，并把那甜言蜜语的唐瑟米撂下，以便一心一意地爱我。可是您竟连信都不回。您究竟在乡下忙些什么？您得知道，我很想责备您一通，但是快乐不再使我小气。其次我也不会忘记，我既然再度成了您的求爱者队伍中的一员，就必须重新来顺从您的古怪想法。但是要提醒您的是：新恋人是不会放弃任何权利的。

像过去那样说声再见吧！……是的，再见吧，我的天使！请接受我的爱之吻。

一七××年十月二十九日于巴黎

又：您可知道，普里旺在遭受了一个月的禁锢以后，只好离开军队？这成了今天巴黎不胫而走的新闻。说实话，他为了一个不曾犯的过错受这样的惩罚是够惨的了。您的胜利是史无前例的。

第一百二十五封信

德·雷斯蒙德夫人致德·都尔范勒院长夫人

可爱的孩子，我本来可以早些回您的信，因为前几天劳累旧病又犯了，所以一直无法使用手臂。我是非常急于向您表示感谢的，由于您告诉了我有关我的侄儿的好消息。我也同样急于向您表示我的衷心的祝贺。确实，我们都认为这是天意：一个人的心给打动了，另一个人也得救了。是的，亲爱的美人，上帝只是想考验您一下，到了您的力量衰竭的时候，他就拯救您。我相信，尽管您有些怨言，还是需要感谢上帝的。我理解您的想法。您是希望这个决心由您先来下，而范耳蒙下决心只是您下决心的结果。从人性角度来说，只有这样我们的权力才有保证，由于我们是不愿意丧失任何权利的！但是重要的目的已经达到，这些表面上的考虑又算得了什么呢？我们是否见过一场海难的脱险者抱怨当时未能挑选方法呢？

我亲爱的孩子，痛苦会逐渐减小的；纵使这些痛苦还分毫未减地存在，您也会觉得它们比对罪恶的悔恨，比自我轻蔑要好受得多。早些时候，我这样严厉地对您说是徒劳无益的。爱情是很特殊的东西，审慎行事可以避免它，但是不能战胜它。爱情一旦产生，便只能自然消亡，或者在完全的绝望中死去。您的情况属于后一种。让我能够说出自己的想法。吓唬一个病入膏肓的人是残忍的，他只经得起安慰的话和姑息的疗法；但是向一个正在康复中的病人指出他所经历过的风险是明智的做法，这能促使他变得谨慎，接受劝告，因为他需要这种谨慎，也可能需要这些劝告。

我以医生的身份与您谈谈。我得告诉您，您目前的轻微不适可能需要一些药物治疗，但比起那可怕的疾病来算不了什么；治愈那可怕的疾病现在是有保证的了。然后，作为您，一个有理智、有道德修养的女人的朋友，我还想说一点：您的爱情太不幸了，爱情的对象又是这么一个人，因此它就更为不幸了。我承认，我对侄儿可能有些偏爱，他确实有许多值得赞扬的品质和可爱之处；但是据一般人说来，对于女人，他是个可怕的人。他不能说没有对她们犯下罪过，他热衷于勾引她们，也几乎同样地热衷于将她们毁灭。我相信您是能使他弃邪归正的女人。做这件事，可以说从来没有人比您更合适。但是有许多女人虽有这个抱负，最后却以希望破灭告终，我不想让您落到这一步。

现在请您想一想，我亲爱的美人，您不用再担这么多风险了。相反地，您的良心得到了安宁，您过上了恬静的生活。此外，您还可以感到高兴，德·范耳蒙为了您而改邪归正了。至于我，我并不怀疑这在很大程度上是您英勇抵抗的结果，您当时若稍一软弱就有可能使我的侄子永远不知回头。我倾向于这种看法，我希望您也持这种看法。这样您就会得到初步的安慰；而我呢，我就更有可贵的理由来爱您了。

我可爱的孩子，我期待你的到来。找回在这儿曾经失去的东西吧！更重要的是，您来这里可以和我这个温柔的母亲一起庆幸您出色地履行了您向她许过的诺言：决不做任何与她和您自己不相称的事！

一七××年十月三十日于××城堡

第一百二十六封信

德·梅尔提侯爵夫人致德·范耳蒙子爵

子爵，我至今未回信，并不是因为我挤不出时间写信；是这样的：我读了那封信很不高兴，我觉得信的内容荒唐，所以我认为最好的对付方法是置之不理。但是您又来信啰唆了，好像仍坚持您在那封信中所说的话，认为我已经同意了，所以我必须把我的意见向您说清楚。

有时我也许有我一人来顶替整个后宫的意图，但是我从来没有想过成为后宫的一员。这你应该清楚。至少，现在我让您懂得了这一点以后，您就不难发现您的建议该使我觉得多么可笑。哼！要我为理睬您而牺牲我的爱情！而且还是一种新的爱情！我不知道怎样对待您！要我像奴隶一样驯服地等待，等到轮到我的时候去接受陛下高贵的恩赐。譬如说，当您想调剂可爱的、天仙般的德·都尔范勒夫人让您第一次感受到的那种魅力，或者您害怕损害您希望“令人依恋不舍的”赛茜尔在心目中保持的强者形象时，您就会屈尊来找我，要我给您提供快乐。说真的，我给您提供的快乐是不够强烈的。但是不会给您带来麻烦。我对您的奢望不高，您只来一次我就很高兴了。

显然，您是一个颇为自命不凡的人，但是看来我也不是一个十分谦卑的人：因为我反复照镜子，都没发现我到了那么不值钱的程度。您要知道我犯过很多错误！

譬如我有这么一个突出的过错：我相信还是小学生的唐瑟米，温柔体贴的唐瑟米尽管才二十岁，却会比您更善于给我幸福和快乐；他会专心致志地爱我，在初恋还未成功之时，就抛弃了恋人，且并不因此而居功自傲；他在爱我时会充分表现他这个年龄的人应有的热情。再加一句：如果我心血来潮，想给他找一个助手的话，我也不会找您，至少目前是这样。

为什么呢？您会这样问。但找不到原因。只是任性而已。同一种任性会使您比别人更受宠爱，也会使您受到冷遇。可是出于礼貌，我还是愿意和您谈一谈为什么我有这样的想法。我认为那样您要对我作的牺牲太大了；您一定想让我感谢您，而我呢，我不仅不会这样做，相反却想让您感谢我！您可以清楚地看到，我俩想法太不一样了，毫无接近的可能。恐怕要我改变想法，还需要很长的时间！如果我改变了，我答应通知您。在此

之前，请您相信我的话，且做些其他安排，把吻保留着。把它用在关键时刻！

像过去那样说声再见，您是这样说的吧？可是，在过去，您比较重视我，并不完全派给我三流角色，尤其是，您本来总是愿意等我点头称是以后，才敢肯定我是表示同意了，所以您应该同意我像现在这样对您说一声再见，而不是像过去那样！

我愿做先生您的女仆。

一七××年十月三十一日于××城堡

第一百二十七封信

德·都尔范勒院长夫人致德·雷斯蒙德夫人

夫人，我昨天才收到您迟来的复信。这封信本来会立即致我于死命，假若我的生命还是我自己的话，现在有个人主宰了我的一切，他就是德·范耳蒙先生。您看我对您什么都不隐瞒。即使您认为我再也不配得到您的友谊，我主要害怕的也是滥用了它，而不是失去它。我能告诉您的只是德·范耳蒙先生迫使我在他的死亡和幸福之间进行选择，我选择了他的幸福。我既不想标榜自己，也不想指控自己：我只是说明事实罢了。

根据以上的叙述，您会知道，您的信和信中包含的严峻的真理给我留下了什么样的印象。但是请您别以为这信会引起我的悔恨，它改变不了什么。我并不是说我没有感到难受的时候，但是当我最忧伤，担心顶不住痛苦的时候，我就思忖：范耳蒙是幸福的。一想到这点，什么忧伤都没了。说得更确切些，这个想法能使一切变成欢乐。

我的全部都给了他。因为他，我糟蹋了自己。他成了我的思想、我的感觉、我的行动的唯一中心，我的生命。我的心愿就是能使他快乐。如果有一天他变了心……他不会听到我的半句怨言或谴责。我已经敢于正视这可怕的时刻，我已下决心了。

您好像担心有一天德·范耳蒙先生会把我毁掉。我不怕他会毁了我。因为在毁掉我之前，他先得终止对我的爱情。到那时，既然我已经听不到了，人家的无谓责备，与我无关？唯有他才是我的审判官。既然我是为他而死的，他的心里将保存着对我的记忆。他若知道我爱他，那么我做的一切也算没白做。夫人，我向您表明了心迹。我情愿由于坦率而不幸地失去您的器重，也不愿由于可鄙的谎言而使自己卑劣到遭您鄙视的地步。我坚信我对您的绝对信任归因于您多年来对我的仁慈关怀。我要再多说一句话，您就会疑心我在荒唐地指望您眷顾。而事实上正相反，我已对自己做了正确的评价，我已停止了这样的企求。

我是夫人一个胆小的仆人。

一七××年十一月一日于巴黎

第一百二十八封信

德·范耳蒙子爵致德·梅尔提侯爵夫人

亲爱的朋友告诉我，您上封信中通篇充满的讥刺语气，不知究竟是起因于什么？我到底犯了什么罪？如果您非常生气，我真是摸不着头脑的。您责备我在没有获得您的同意之前，就一厢情愿地认为您是会同意的。可是我一向认为，在外人看来，这是很轻视的动作，但在您我之间，这从来只能被看作信任的表现。从什么时候开始，这种感觉就于友谊或爱情有害了呢？我把一切综合在一块。我完全听从了本能的冲动。而本能冲动总是使我们觉得我们已经接近于我们所追求的幸福。您却把这些看成高傲。我很清楚，在这种情况下，人们通常谦逊地表示把握不大，可是您也知道这只是一种形式，一种纯粹的礼节；而我觉得有资格认为这些繁文缛节在我们之间不再有必要了。

我还觉得，这种以旧日的情分为基础的坦率作风要比无聊的甜言蜜语好得多。后者常使爱情变得索然无味。然而，我感觉这个办法很好，可能正是因为它使我回想起那段可贵的幸福时期；也正由于这一点，您对此抱有不同看法会加深我的痛苦。

这是我一生到此一个错误。由于我想不到您会真的以为我在这个世界上发现了一个比您更可爱的女人。我更想不到我对您的评价会低到如您假装相信的这种程度。您说您为此照了镜子，您应该感到自己怎么样。我完全相信这一点，这正证明您的镜子是忠实可靠的。可是为什么您不能从中得出更自然、更正确的结论，即我肯定没有那样评价过您呢？

我想知道你为什么这样做，但是没有结果。然而我觉得您这种想法也许和我对其他女性的一些赞词多少有些关系。我这个念头至少有这样一点根据：您热衷于罗列一些我谈到都尔范勒夫人或者小伏朗基时用过的形容词：“可爱的”“天仙般的”“令人依恋不舍的”。可是您要知道，这些字眼多半是信手拈来的，而不是经过深思熟虑得出的，它们并

不在意谁，而主要是表示我们在谈到某人时，对当时的情景的看法。再说，在我被这个或那个人如此强烈地爱恋的时候，我盼望你的爱，在我只有损害她们才能与您重续旧情的情况下我对您的爱慕还明显地超过对她们俩的爱慕，我实在看不出这有什么可以责备的地方。

您好像对“第一次尝到的味道”这个提法也有一些反感。对于这一点，我要自我辩解也不困难。首先，第一次尝到的，不一定就是最强烈的。唉！有什么东西能胜过您给过我的那种种甜蜜的快乐呢？唯有您，才能不断地赋予它们以新鲜感和更强的刺激性。所以我只有讲出我的看法，并未想给它确定级别。我当时还说过，今天我要重复一遍，不管这魅力有多强，我都能和它斗争，并战胜之。如果这种事这对您的尊敬的话，那我从事起来一定会更有热情。

对于小伏朗基，她无足轻重。您不会忘记，我是受了您的托付才去照料她的。现在只要您一声令下，我可以离开她。她的天真烂漫，她的年轻美貌也许吸引了我的注意力；我一时甚至觉得她“令人依恋不舍”。是的，一个人对自己做出的成绩总是或多或少感到洋洋自得的。可以这样说，她的各种特点都缺乏稳定性，他不能抓住男人的心。

如果，我漂亮的朋友，我要向您正直的心，感谢我的心意，向您我悠久深厚的友谊，我认为咱们很好，难道您对我采用严厉的语气是公正的吗？可是，当您愿意的时候，您要补救一下又是何等容易啊！您只消说一句话，不是一天就能感到一切，就是一分钟也留不住我。我将飞到您跟前，扑在您怀中。我将用千百种方式来向您千百次证明，您依然是，永远是我心中真正的主宰！

再见了，我漂亮的朋友。我等着你的回信。

一七××年十一月三日于巴黎

第一百二十九封信

德·雷斯蒙德夫人致德·都尔范勒院长夫人

亲爱的美人，为什么您不愿意再当我的孩子了呢？为什么您好像是通知我们之间的一切交往要断绝了呢？这是否因为我没有猜着这实在令人意想不到的情况而给的惩罚？我不是特意让你伤心？不，我是深知您的心的，我不相信您会如此来猜度我的心。这封信给我带来痛苦,不如说是和您自己有关!

啊,我年轻的朋友!我很伤心向你说:您太讨人喜爱了。正因为如此,爱情是绝不会使您幸福的。唉!有哪个多愁善感的女子不在爱情中碰得头破血流,尽管爱情许给她这样那样的幸福?男人们是否知道该如何怜爱他们所占有的女人呢?

不否认有好人的存在。但是,即使是那种男人,又有几个能和我们心心相印,情投意合呢?亲爱的孩子,您别以为他们的爱情和我们的爱情是相同的。他们感到很兴奋,有时他们还更加冲动些,但是他们感受不到我们女人那种不知满足的热忱,那种无比细腻的关注。我们体贴入微、持续不断地关怀的目标永远只是我们所爱的对象。男人享受的是他自己感觉到的幸福,女人就是给他人幸福。这个如此本质的、如此不为人所注意的区别十分明显地影响着男女双方的全部行动。一方的快乐在于满足自己的欲望,另一方的快乐主要在于引起对方的欲望。能让男人喜欢她,对女人来说则是成功本身。女人卖弄风骚,往往会受到责备,其实它只是过分地突出了女人的这种感觉方式,由此也可以证明这种感觉方式的普遍性。还有,专一性,这爱情的特征,在男人只是一种爱的表现。偏爱的用处充其量是增加快乐的强度。它可能会被另一个对象所削弱,但不会被消灭。但在女人方面,专一性是一种深切的感情。这种感情不仅能消灭任何外来的欲望,既能克制,又能享受。有了这种感情,在本该是充满快乐的引诱的地方,她们感到的却似乎只是厌憎和腻烦。

您可不要以为我们能举出一些例外情况来反对这些普遍真理!这些真理有公众舆论作为依据。舆论只不过是一种现象;他们利用了这条界线,其实他们应该为此感到丢脸才对。在我们女性之中,只有那些道德败坏者才接受这条界线。她们是女性的耻辱。任何方法,只要能使她们不感觉到她们的行为卑鄙下流,她们感觉很好。

我亲爱的姑娘,我想这些认识可能对您有用,它们可以用来消除一个人对十全十美的幸福的幻想。爱情总是用一种虚幻的东西来愚弄我们所仅有的可怜的想象力,这是一种很有欺骗性的希望,即使人们觉得已经到了绝望的边缘,也舍不得抛弃它。炽烈的爱情总是和沉痛的痛苦相伴随的,失去了这个希望,痛苦还要加剧!我现在唯一想做的、唯一能做的就是减轻您的痛苦。面对那些无可救药的疾病,我们所能提的建议就只能局限在节制饮食方面,我只要求您记住:怜悯一个病人并不等于责备他。唉!我们是什么人?我们怎能互相责备?让我们把审判的权利留给能够洞察我们心灵之神吧!我甚至希望在神的如天国慈父一般的眼里,众多的德行可以赎回一次软弱的表现。

但是,我亲爱的朋友,我求您千万别做出粗暴无理的举动,因这并不意味着您强大的力量,相反,这恰恰是你绝望无助,万念俱灰的表现。您不要忘记,您在让另一个人成为您生命的主人的同时(我这是套用了您常说的话),并没有夺走您的朋友们原先在您生命中原先有的位置,他们将始终不渝地要求保留这个位置。

再见,我最亲爱的孩子。您要经常想到您可爱慈祥的母亲。您要相信,您永远是她心中胜过一切的日夜思念的宝贝。

一七××年十一月四日于××城堡

第一百三十封信

德·梅尔提侯爵夫人致德·范耳蒙子爵

不错,子爵,这一次我对您是比较满意了。但是现在,我们还是心平气和地坐下来善意地谈谈吧,我希望我能够说服您,您所希望的那种安排对您对我来说都是荒唐的事。

您难道还没有注意到,快乐虽是男女两性结合的唯一动力,但是还不足以在他们之间形成一种相互的关系?在这种快乐的高潮到达之前,必须有接近对方强烈的渴望,可是在巅峰之后,我们就会互相排斥,互觉讨厌,这一点您也没注意到吗?这是一条自然规律,唯有爱情才能使之改变。而爱情难道是说有就有的吗?然而不管在任何时候,爱情都是不可少的。好在我们发现,只要单方面有爱情就足够了,否则事情可就真的难办了。这样,困难虽然减少了一半,而我们也不至于失去什么。一方享受着爱情的快乐,另一方则享受着取悦于人的快乐。这后一种快乐当然在强度上略嫌不足,但是加上欺骗的快乐,也就达到了平衡;于是一切都解决了。

那么,子爵,请您告诉我,我俩由谁来负责欺骗对方呢?您所知道的那两个靠赌技骗人的家伙。他们在赌博时互相认出来了,于是说道:“我们各付一半吧!”然后就撒手不赌了。您就听我这一次苦口婆心的话吧,把他们做一个榜样,我们不要浪费宝贵的时间了,用这时间做些别人的事该多好啊!

为了向您证明,我此刻做出的决定,一半是出于和自身利益的考虑,一半也是为您考虑。为了向您证明我做事不是凭一时的性子,不是凭心血来潮,我依然承诺我们之间谈妥的条件。我清楚地感到,只要一个晚上待在一起,我们就可以相互得到充分的满足和快乐。我甚至相信,我们将使这个夜晚变得非常甜美而又奇妙,长夜将尽时分,我们还会感到难舍难分呢!但是我们不能忘记,这种难舍难分的情绪是爱情所必需的。还有,不管我们所设想的虚幻的情景是多么温馨、甜蜜,我们要清醒地认识到这种时候绝不会长久的。

您看,我不是正要按你所说的去做吗?而您呢,您对我说过的话还没有兑现呢!照理讲,我应该拿到这位天仙般的美丽善良女人事后写给您的第一封信了,可是,也许您对那封信爱不释手,也许您忘了交易的条件(您或许很重视这笔买卖,其实可能并不尽然),总之,我至今一无所有。可是,或许是我弄错了,或许那温柔虔诚的女人确实写了很多信,因为她独处的时候,不写信又做什么呢?她一定不会理智地去进行娱乐消遣。并且,按我原来的意思,我要在一些细小的地方责备您的,可是,我已在上封信中发了点火气,就不再说了。

如今,子爵,我还得提一个要求:推迟一下我也许和您一样热切期待的那个时刻。这既是为了我,也是为了您。我觉得应该将那个时刻推迟到我回城以后。一方面,在这里我们没有必需的自由;另一方面,我要有勇气冒一点敢冒的危险。因为可怜的贝勒罗什和我的关系已经岌岌可危,如果再点燃他的嫉妒之火,他就会紧紧地抓住我不肯松手了。他爱我已经到了心有余而力不足的地步,以至于有时我和他亲热时,既要耍手腕,又要小心翼翼。但是同时,您也应该看到我不会为了您而牺牲抛弃他!双方都是欺骗,这样可以更增强快乐的程度呢!

您不知道,我偶尔也对我们现在的境地感到相当惋惜?以前,我确信您我之间的爱情是真正的爱情,我是幸福的。可是您呢,子爵?唉!为啥还要再次重温那已成为过去的幸福,不管你怎么讲,你要知道,幸福已不再来了。第一,我会要求您做出一些牺牲,而您是不能或不愿做出这些牺牲的。也很可能我不配让您为我做出这些牺牲。其次,我又怎么来让您变得对爱如此专一呢?唉!不,不,这一点我想都不愿再想了。虽则我这会儿给您写信觉得还有趣味,可我还是情愿和您一然决然分手。再见!子爵。

一七××年十一月六日于××城堡

第一百三十一封信

德·都尔范勒院长夫人致德·雷斯蒙德夫人

夫人,您的善良、仁慈那么深地打动了我,我原来要承受您的好意但我怕这样做会伤害您,我有点犹豫不决。您的仁慈对我是如此珍贵,可为什么我觉得自己不配受用呢?唉!我至少还有向您表示感激的勇气。我特别敬佩您的宽容的美德,您对我们的弱点总是表示怜悯。这种美德的魅力在我们的心中保持着深刻而又美好的印象,在爱情面前也不稍见丝毫逊色。

可是如果友谊不能成为我幸福的全部,我还要享受这份友谊吗?我亦同意您的解释。我觉得它们可贵,但我不能接受。我现在完全沉浸在美好的幸福之中,又如何去否认这实实在在的幸福呢?是的,如果男人们是像您说的那样,那他们是可憎的,我们应该躲开他们。可是范耳蒙和他们是多么的不同呀!他和他们一样具有强烈的情欲,即您所谓的性冲动,但是在他身上压倒一切的,正如我们所看到的,还是他那种过人的温柔体贴呀!啊,我的朋友!您说要分担我的痛苦,但您还是享受一下我的幸福吧!这源自爱情的幸福也因爱情而大放光彩!您说您爱侄子可能是出于过分的宽容?啊!如果我们换一下,那该有多好!我对他的爱近乎崇拜,可是还远远没有达到他应得到那么多。他无疑犯过一些错误,他自己也承认;但有谁像他这样真正理解爱情的含义呢?我还能再对您说什么呢?他给我对爱情的启发,使我们得以共同享受爱情的甘霖。

您会认为这不外乎是一种“幻想,被爱情用来捉弄我们想象力的幻想”。但是,假如是这样的话,为何在他得到爱后,更加热烈温柔体贴呢?我承认,以前我总觉得他经常显出一副沉思、克制的神情,使人家灌输给我的他如何虚假、可怕的成见在我的脑海中不由自主地浮起。可是自打他自由自在以来,他好像能洞察我心中的一切。也许我们就是天生的一对!也许我命中注定有这样的幸福:我是他的幸福所必需的人!啊!如果这只是一种幻觉,那就让我在这幻觉破灭之前死去吧!不,不,我要活下去,我要爱他,我要崇拜他。他为什么会停止爱我呢?还有哪一个女人能比我更使他感到快乐呢?此外,凭着女人的直觉,我觉得这种关系是最幸福的,也是最可靠的,它把两个相爱的人紧紧联在一起,这种甜甜蜜蜜的感情赋予爱情高尚的品质和崇高的境界,并使得爱情得以净化的,真正不负范耳蒙的高贵、纯洁、敏锐的心灵。

再见，我亲爱的、可敬的、仁慈的朋友，我原本要再多写一点，可是这是不可能的，他要来了，约定的时间已经到了，我脑中不可能想别的事了。请您原谅！您不是要我幸福吗？我这会儿的幸福已经降临到我一个人几乎有点受用不尽了。

一七××年十一月七日于巴黎

第一百三十二封信

德·范耳蒙子爵致德·梅尔提侯爵夫人

漂亮可爱的朋友，您说我不愿意做的牺牲究竟指的是哪些？听说作了这些牺牲能使您高兴一些。哎！您就告诉我吧！如果我知道了还犹豫不决，那我就允许您拒绝接受我的牺牲。最近以来，您到底怎么看待我？现在是您最宽宏大量的时候，您竟还在怀疑我的爱及我对爱所做的投入？居然说我有什么牺牲不愿意作或者不能做！这样说来，您相信我已堕入情网，成了爱情的俘虏？您疑心我把成功的价值和人联系在一起了？啊！上天保佑！我还没有堕落到这个地步，我愿意向您证实这一点。是的，我将这样做，即使得通过德·都尔范勒夫人。这样做以后，我可以肯定；您不会再有任何一丁点怀疑了。

我根本可以做得出来在一个女人身上花一些不糟蹋我名声的事来，只要她是一个非同异常有个性特色的女子。也可能这件艳事发生在社交场萧条的季节，因此我专心一些。现在，大潮流刚开始再度流动，我对她几乎全神贯注并倾心于她也是不足为奇的事。请想一想，这花了三个月的心机得来的果实，我才享受了仅仅一个星期啊！过去那些价值不大，所花代价也不大的成果往往使我流连更长的时间，而您从没对我提出过任何一丁点异议。

而且，您是不是想知道，我在这方面表现出高度热忱的原因是什么？我可以告诉您。这个女子生性胆小懦弱，头几天还在不停地怀疑她是否幸福。这种怀疑使她心神不宁。因此，我到现在才刚刚能够观察我对这类女人究竟能施展多大的威力。这可是一件我渴望了解的事。这种机会并不像人们所想的那么容易去轻易获得。

首先我们必须清楚，快乐对于大多数女人来说，只能单纯地算作快乐，而没有任何附加值。在她们的心目中，我们不管拥有什么头衔，我们永远只是代理商，单纯的经纪人。

我们的活动就是成绩,谁的活动最多,谁的成绩就最出色,也就是最出色的。

对另一类女人来说——这类女人在我们现在这个社会决不会少——情人的名誉地位,从情敌手中夺得情人的快乐满足,怕情人又被情敌夺走的担心,这些就是她们整天所想和放心不下的东西。或许她们曾经获得某种幸福,我们也或多或少起了作用,但是她们的幸福主要来自情境,而不是来自人的本身。幸福通过我们的手触摸到她们,让她们感到快乐和愉悦。

所以为了进行观察和进一步研究,我就得寻找一位多愁善感敏锐而又多情的女子。在她,爱情是唯一的心事,即使在之雨时,她着眼的也只是情人。她们快乐和幸福在做爱时,发自内心,传向身体的每一部分。我终于见到了这样的女人。在达到巅峰状态,她哭成泪人一般(我不说第一天的事)。过了一阵,听到了一句说到她心坎上的话,她才领略到了来自肉体的快乐。此外,她还要天性憨直,并自然地流露,她毫不掩饰心中任何细微的心理变化,我们不得不承认,今天这种女性是不多见的,我要说,如果没有她这样一个女人,我就完了。

因此,她比其他女人耗去我更多的时间是很正常的。为了对她进行研究,需要下功夫使她幸福,一定要使她幸福,如果这不单不会使我不快,反会对我有好处,我又何乐而不为呢?再说,一个人的头脑给占据了,难道心灵就会受到奴役?不,不会的。所以,尽管我重视这件事,它也不会使我放弃其他风流韵事,甚至我还会牺牲它去从事更有快乐的事。

我自由自在,随心所欲地生活,可并未忽略小伏朗基,尽管我对她很不重视!她母亲再过三天就要把她带回城。我昨天已经安排好了联系方法:给门房塞些钱,向她的侍女甜言蜜语一番,事情就办成了。唐瑟米居然没有想到如此简便的办法,这您能理解吗?好,让人家说去吧!什么爱情使人变得聪明机智!恰恰相反,它只会使堕入情网的人变得愚蠢糊涂。我不能免除这种命运吗?啊,请您放心。要不了几天,我就会平静下来,我要分散我的注意力,一次不行,就多做几次。

但是,等您认为时机一到,我还是准备把那个年轻的修道院学生交还给她拘谨的情人。我觉得您已没有任何理由阻止这件事的实现。我呢,也同意给可怜的唐瑟米帮这个大忙。说实话,他帮了我这么多忙,这也是我应该报的事了。他现在最大的焦虑就是不知道德·伏朗基夫人肯不肯接待他。我尽力主他不要挂念,我向他保证,不管怎样,我要设法使他尽早得到幸福。并在他得到幸福之前,我继续负责通信;等到他的赛茜尔回来后，通信将恢复。我已经有他的六封信了，在那幸福的日子到来之前，我一定还会收到一封两封。这个小伙子真是闲得没事干！光会做这个，也只能做这个。

得啦！别谈这对年轻可爱的情侣了，谈谈我们自己吧！您上一封信使我产生了对未来的美好希望，让我日夜怀着这个希望吧！是的，毫无疑问，有了您，我就不会再胡思乱想了。如果您竟怀疑这一点，我是不会宽恕您的。难道我对您有过三心二意吗？我们的联系真的是没有紧绷着了，但是没有割断。我们的所谓决裂只是我们想象上的错误。我们的感情，我们的利害关系始终是一致的。我将像一个幻想破灭的游子返回家乡。我也会像他一样承认我曾抛弃了幸福去追求梦想。我也要像达尔古尔那样说道：

"我见到的异国人越多，就越热爱我的祖国。"

因此，请您赞成我要你早点回到我身边的想法，或者是我对你那种日益思慕的感觉，及我心中燃烧的爱。当我们经历了那么多事，那么多种快乐之后，我们才真正发现，我们过去的快乐才是最大的快乐。在将来的回忆中，它将变得越为甜美醇香。就让我们沉浸在这种幸福的感觉中吧！

再见，迷人的朋友。我同意等您回来，不过您要抓紧时间，别忘了我是多么渴望您回来。

一七××年十一月八日于巴黎

第一百三十三封信

德·梅尔提侯爵夫人致德·范耳蒙子爵

说真的，子爵，您真像孩子一样。在孩子们面前，什么都不能说什么都不能许诺，什么都不能给他们看，否则就立即给他们揪住了。有一个小小的念头闪过我的脑海。我告诉您我不想就此停住。我同您谈了，可您却抓住不放，翻来覆去提醒我。我想忘了它，而您却用它来约束我。您很荒唐，要我产生和您相同的想法和欲望，让我一人如履薄冰般小心翼翼，这是不公平的，我想再次提醒您的是，我思虑多次，不同意您的安排，即使您充分显现您的公平，我也不会接受任何有损您，人生幸福的牺牲！

至于您对德·都尔范勒夫人的感情，子爵，您真的存在着幻想吗？这种感情就是爱情，否则，世界上就没有爱情可说了。您矢口否认，然而您却在不容辩驳地加以证实。比

如说，您想保留住保护这个女人。这个欲望，您既掩饰不了，也无法克制。您说这是出于一种观察的意愿。这种遁词，您用来应付您自己（因为我相信您是对我说真话的）。这种遁词算得了什么呢？您好像从未使别的女人获得过幸福，完全的幸福似的。唉！如果您对此置疑，那您的记性是够差的了！不！问题不在这里。真正的问题是您的理智被您的内心所欺骗，编造了蹩脚的借口我是不想上当受骗的，也不会轻易满足。

因此，虽然我注意到您已礼貌地、小心翼翼地删去了您觉得使我感到不安、难受的词句，但我发现您还是不经意中流露了同样的意思，换汤不换药。的确，信上没有提可爱的、天仙般的德·都尔范勒夫人；但是有"一个令人惊奇的女子""一个多愁善感的女子"。您这样说，就无异是在把她同别的女子给区分开了。总之，她是一个"不多见的女人"，"再无第二个的女人"。那第一次感受到的并非"最强烈的"魅力也是如此。好，就算是这样！但是，既然您直到那时为止从未感受过这种魅力，那今后也很可能不会感受到，这样，您的损失不就成为无法弥补的了吗？子爵，这些绝对是您对一个人有所爱的症状。否则，就别想找到任何症状了。

您可以安心，我跟您说话并未带任何点私人情绪。我向自己发了誓，要防止情绪作怪，我清楚地认识到情绪会成为一种危险的陷阱。好吧！请相信我，我们做个朋友，我们的关系到此为止。然而您应该，对我能够克制自己的勇气表示感激。因为有时候即使阻止自己做出明知不好的决定也是需要勇气的。

因此，我之所以回答您所提出的那些问题，就是为了说服您接受我的观点和想法，我强烈地要您不做出牺牲到底为什么呢？我简直是有一点近乎残酷的苛求，并特地用了"强烈要求"这个词。您看，我对您是如此的坦白尽管我也需要隐藏一些我认为该这样做的事情。

我强烈要求的是（请看这不是很残忍吗?）：让这位不多见的、令人惊奇的德·都尔范勒夫人在您心目中变成一位平平凡凡普普通通的女子，去掉她头上的光环，还她本来的面目。因为我们不应该受蒙蔽：我们觉得他人具有某种魅力，其实这种魅力只是存在于我们自身之上，是爱情，而不是别的东西美化了我们爱的对象。我向您提出的要求，不管是多么的不可能，您也会尽力答应我，甚至发誓做到。但是，坦率地说，我是不相信空头许诺的，只有您的全部行动才能向我做出证明。

不止这些。我是很任性的。您很可爱的向我提出，您准备抛弃小赛茜尔。我并不希望您如此。相反我要求您继续把这件苦差事干下去，直到有了新的指示为止。也许是我有点爱发号施令，也许是我很宽容或是公正，我只想控制您的感情，您可以有您的快乐。一句话，您必须服从我的命令，因为这种命令是不容违背的！

当然，到时候我会觉得我需要谢谢您。说不定我还会给您一点奖励呢！譬如说，我肯定会缩短这次使我烦透了的外出。我终究会和您再见，子爵，我又以……怎样方式……来和您再见呢？……但是你应该明白，我只不过随随便便说了些无法兑现的计划，为希望和所求的是不光我一个人把整个忘掉……

您知不知道，我的官司使我有些不安了？我想了解一下我究竟有哪些本钱。我的律师们给我举出了好几条法律条文，特别引述了许多权威人士的话。可是我在那里面看不出有多少公道和正义。我几乎后悔当初没有接受调解。可是，当我想到我的诉讼代理人机敏，有手腕，律师口若悬河，诉讼人仪表堂堂时，便又放下心来。如果这三件法宝都不起作用，就得改弦易辙了，那么尊重习俗便成了一句空无一物的废话。

这场官司是使我现在还留在这里的唯一原因。关于贝勒罗什的官司已经结束了：不予追究法律责任，诉讼费用自理。他可能惋惜今晚不能参加舞会了。这是无所事事者的惋惜！我一回到城里，就让他恢复全部的自由。我为他做出巨大的牺牲并承受着痛苦，他若能体味到我那博大的胸怀我也就知足了。

再见，子爵，时常来信吧！您对您的快乐尽情地描写将部分地抵偿我感受的厌烦和不快。

一七××年十一月十一日于××城堡

第一百三十四封信

德·都尔范勒院长夫人致德·雷斯蒙德夫人

我尝试给您写信，但不知道能否写成。啊，上帝！真没想到，深深地沉浸在幸福中的我，屡次提笔也难以把信写完；而现在，却是过度的悲伤几乎压得我喘不过气来，亦同样地夺走了我忍受痛苦和表达痛苦的力量。

范耳蒙……范耳蒙不再爱我了。他根本也没有爱过我。爱情决不会消失得这么快。他是在欺骗我，出卖我，侮辱我。因为他，我蒙受了，人世间的种种不幸和屈辱！

您可别认为这是疑神疑鬼。这绝不是疑神疑鬼！我连对此置疑的福气都没有。我

看见了他。他能对我说什么来为自己辩白呢？……我这个不幸的人！你责骂他，向他流泪水根本不起作用呢？他的心根本不在你身上！……

这是真的，他把我牺牲了，可以说是出卖了……出卖给了谁？一个低贱的东西……我能这样说吗？唉！我连蔑视他的权利也没有。他背叛的本分没有我的多，他的罪过没有我的大。啊！以悔恨为核心的痛苦是多么令人难以忍受呀！我觉得我的悲痛剧增。再见吧！亲爱的朋友，假如你能想见并体味到我的痛苦，不管我已变得多么不屑于令人同情，您都会心眼里可怜我、怜悯我的。

我刚才重读了一遍这封信，我发现它什么也没告诉您。我现在努力鼓起勇气来把这可怕的事情向您叙述一遍。事情发生在昨天。我要到外面去晚餐，这是我回来后的第一次。范耳蒙五点钟来看我。他从来有表现出这么温柔可爱。他要我懂得我出去晚餐的事使他感到不快。所以我立即改变主意，不想出门了。可是过了两个钟头，他的神情和语气突然发生了明显的变化。我不知我说了什么使他不快乐的话。总之，过了不一会，他声称想起了一件事，要去办，就走了。当然，走之前，他向我表示他十分遗憾。我当时觉得他这个表示是真诚的，充满着温情。

他走之后，我可以随心所欲地做事了，我便觉得最好还是守约，于是梳妆完毕，就上了车。不幸的是，我的车夫让我从歌剧院前面经过。正赶上散场，街上车水马龙。我见到范耳蒙的马车在旁边那一列车队里，离我的车有四步远。我的心立即扑腾扑腾跳个不停。并不是出于害怕。我唯一想的希望就是我的马车向前移动。可我的车没往前移动，他的马车倒后退了几步，和我的车并排了。我立即俯身向前，不觉大吃一惊！我看到他身旁坐着一个姑娘，一个在这个圈子里有些名气的姑娘！我缩回身子。您可以想见，我该多么的伤心几乎要晕了过去。但是更令人难以置信的是，范耳蒙显然无耻地把秘密告诉了她，因为她一直伏在窗口，不停地看我，还发出一阵阵大笑，几乎把周围的人全部招了过来。

我当时感觉肝胆俱裂，强忍悲痛去驱车赴约，我没有在那里吃晚餐，也不可能在那里逗留，我随时都会晕过去，特别是悲伤的泪水不断涌出来。

回家后，我立刻给德·范耳蒙先生写信，并把信送去。而他不在家。我让仆人再去，并等到他回家。我要不惜任何代价使自己远离这死亡的状态，要不就使其成为永久的状态。但是午夜前仆人返回来了，告诉我范耳蒙的车夫回了家，那车夫说他主人不回家。今早，我想我该做的就是向他要回我所写的信，并请他别再上我这里来。我确实下了一些命令，但显然没起作用。现在已过了中午，他还没有来过，我甚至没有收到他一封短信。

亲爱的朋友，现在我想说的话。您了解了情况，也了解了我的心情。我唯一的希望就是不想让您这位善良的朋友为我再长期难受。

一七××年十一月十五日于巴黎

第一百三十五封信

德·都尔范勒院长夫人致德·范耳蒙子爵

先生，发生了昨天的事情以后，您无疑已经预料到，您不会再在我家里受到隆重的接待；您显然也并不太想受到好的接待！因此这封信的目的主要不是要求您不再来这里，而是向您索还我给您写的信。这些信件是原本不该写的。它们曾一度使您迷恋，因为它们证明了我的盲目性。而您一直力图使我盲目行事。但是既然这种盲目性已经消失，它们所表示的感情已被您摧毁，那么它们对您也是无关紧要的了。

我承认，信任一个不该信任的人是个大错误。很多女人在我之前成了这种信任的牺牲品。在这件事上，我只责备我自己。可是我至少认为，您没有权利使我承受耻辱。我为您牺牲了一切，仅仅为了您，我失去了自尊和要求别人尊重自己的权利，我本以为可以指望您在评判我时比大家宽容些；再说，在大家的心目中，一个软弱的女子和一个腐化堕落的女子是有极大的不同之处的。我向您谈到的过错只是一般人经常犯的错误。至于爱情上的过错，我保持沉默。我们的心灵没有共同的语言。再见，先生。

一七××年十一月十五日于巴黎

第一百三十六封信

德·范耳蒙子爵致德·都尔范勒院长夫人

夫人，我读着仆人交给我的信，心里直颤，几乎感到没有力气来回信。您对我竟产生了如此可怕的想法！唉！我确实有不对的地方，即使您加以宽宥，我也一辈子难以原谅自己。可是您所指责于我的过错，我从来没都没想到过！什么？是我使您受辱！使您丢脸！可

我如此疼爱您，又如此尊重您！我只是在您认为我配得上您的时候才觉得自豪！您被表面现象蒙蔽了。我承认这些表面现象对我不利。但是您的心灵难道不能向您提供戳破假象的力量吗？当您想责备我时，内心里竟没有产生一点反感吗？您不是向来都很信任我的心吗？照此看来，您不仅认为我会做出各种坏事来，甚至还觉得您是由于对我好才受了我的害。唉！如果您觉得爱情把您玷污到这个程度，那我在您心目中一定是猪狗不如了！

这种想法让我承受着痛苦的煎熬，我屡次试图驱除，却白费时间，我决定向您坦露我的一切，可是还有一个小小的顾虑。难道我需要重述一下内心否定的事实吗？难道我需要使您和我的注意力都集中在这一刻的错误上吗？我要用我的余生来弥补这个过错。我在找它的原因。一回想起此事，我就被耻辱和绝望所包围。唉！如果我对自我的控诉燃起了您的愤怒之火，您完全不用到处去想方设法复仇，您只需听任我悔恨便是了。

可是谁会相信，造成这件极端不幸的事的根本原因恰恰是您对我的身心的强大魅力？是这种魅力使我把一件不能拖延的重要事情忘了。待我想起它而离开您时，时间所剩不多了，我没找到要找的人。于是我希望在歌剧院和他见面。在那里我也没有见到他，但遇上了埃米莉。我在认识您以前，感受爱情以前很久就和她相识了。她没有车，请求我把她送回去。她家就在附近。我觉得是顺路，就同意了。可就在那时我遇到了您。我顿时感觉到这下子您会觉得我是个罪人。

我怕您生气，怕您难受，这种心理非常强烈，很容易引起注意，实际上也是很快就引起了注意。我不得不承认，我害怕伤了您：因此叫这个姑娘不要露面，但是这个请求反倒伤害了我们之间的美好的爱情。埃米莉和所有和她身份相同的女人一样，都喜欢擅自使用非法取得的对我们的支配权，当然不会放过这个好机会。她越看出我的窘态，就越是趾高气扬地把头伸出去。她纵声大笑。我想您可能认为您成了她取笑的对象。我急得面红耳赤，不知所措。实际上她是在戏弄我，让我承受痛苦。这痛苦来源于我对您的尊敬和我的爱情！

直到此时，我无疑的是不幸的，但不能说是有罪过的。至于您谈的“一般人常犯的过错”并不存在，所以不能借助指责于我。对于爱情上的过错，您保持沉默也是没用的。我不能保持沉默，因为一种至关重要的利害关系迫使我必经打破沉默。

这并不是说，我在对这种不可思议的失去检点的行为感到不安时，能回忆起这件事我很痛苦。我对过错有深刻清醒的认识，愿意受到应有的惩罚，也愿意等待，让时间、让我永生不变的感情、让您的宽大、让我的忏悔来洗清过错。但是我要说而未说的话对您的心境大有关系，我怎能保持沉默呢？

请您不要以为我是在想办法开脱或掩饰自己的过错。我承认我做得不对。但是我绝对不会，永远不会认为这个可耻的错误可以被看成爱情上的过错。唉！一次感官的刺激，一时的放纵，和纯洁的感情有什么共同之处呢？前者必然引起懊悔和羞愧，而后者只可能在高尚的心灵中形成，并由敬重来维系，最终结出幸福的果实。啊！请您不要以此来亵渎爱情！尤其不要把截然不同的事物无原则一起考虑，否则您会辱没了您自己。让卑贱堕落的女人因为感到无力阻止情敌的出现而害怕吧！让她们去忍受猛烈的、可耻的妒火的煎熬吧！可是您，请转过智慧的双眼，别看她们，她们会玷污您的目光！您有上帝一样圣洁的心灵、您也和上帝一样，在惩罚错误行为的同时，又对它漠然置之！

但是您要对我施加什么惩罚呢？还能有什么惩罚比我现在所感受的痛苦更痛苦的呢？我因触犯了您而感到悔恨不已，而心如刀割，我看到自己的品质下降，灰心丧气。有什么惩罚这种痛苦更难忍受呢？您只顾惩罚，而我呢，却想得到您的一点点抚慰！这并不是说我值得您安慰，而是我需要能给我安慰的也只能是您。

如果您打算把您我的爱情突然忘却，对我的幸福不屑一顾，使我遭受一辈子的痛苦，您有这个权利这样做。您干吧！但是假如您比较宽容，比较仁慈，还记得原先使我们心连心的柔情蜜意，还记得我们一次又一次地、一次比一次深入地领略过的那种来自心灵上的欢乐，还记得我们相互带给对方的那些美妙绝伦、令人心花怒放的时光，还记得那些，唯有爱情才能赐予的幸福，那么您也许更愿意使这一切重新开始，而不是变此做终结。我还能对您说什么呢？我失去了我所有一切，而这是自作自受。但是借助于您的恩德，我可以重新获得我所失去的。由您来做决定了。我不再多说一句。您昨天还对我起誓，说如果我的幸福存在于您力所能及的范围之内，那么它是有完全的保证的。唉，夫人，今天，您要听任我去感受永远的绝望和悔恨吗？

第一百三十七封信

德·范耳蒙子爵致德·梅尔提侯爵夫人

美丽的朋友，我坚持认为，我没有堕入情网。我当时是不得不那样做的。这不能说

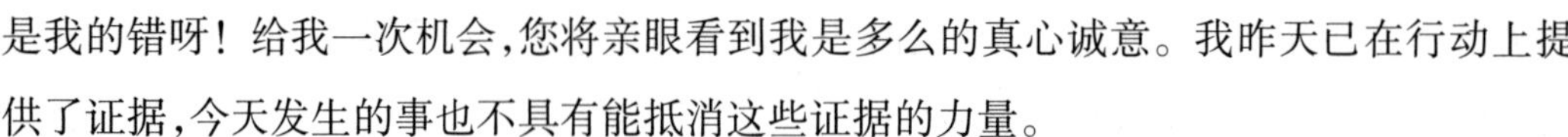

是我的错呀！给我一次机会，您将亲眼看到我是多么的真心诚意。我昨天已在行动上提供了证据，今天发生的事也不具有能抵消这些证据的力量。

我昨天到了那位正正经经的情人家里，因为的确没有别的事情好做。还是因为无事可做，我本想把晚上的幽会再延一点时间，为此，我让我的情人做了一个小小的牺牲。可是她刚刚答应，就想起您固执地认为这就是爱情，起码您执意责备我这一点，于是预期的快乐就蒙上了阴影。我的欲望没有了，只希望能向我自己证明，同时也向您证明，您对我说的话纯粹是无根据、无道理的。

我立即做出断然的决定。我随便找了的借口，把我那美人丢下了。她非常惊奇，同时，她感到万分难受。我呢，心安理得地到歌剧院找埃米莉去了。她会对您说，到今天早上我们分手时为止，我们一直陶醉在快乐之中，没有感到一丝内疚和不安。

然而发生了一件要我忧思不已。由于我的从容，事情没有变得很糟我可以告诉您：我离开歌剧院时，埃米莉坐在我的马车上。还没过四座房子，那严肃虔诚的女信徒的马车就正好来到我的马车旁。这时车辆阻塞了，我们两辆马车差不多有半刻钟并排停靠在一起。大家彼此看得清清楚楚，如同光天化日之下，无法躲避。

这不算，我还偷偷告诉埃米莉说，这就是上次我给她写信的那个女人（您大概还记得那件荒唐事，那次，埃米莉充当了我的写字台）。她还记得这件事，她那种女人又爱笑，结果她仔仔细细瞧了瞧她称之为“德行的化身”的人，把她看了个够，边看边不断地哈哈大笑，真是令人生气。

还不光这些。那个可恶的醋坛子的女人不是当晚就差人到我家吗？我不在家。她一不做，二不休，又派那个仆人来，并告诉他一直等到我回家。在埃米莉索性说服了我，在她那里宿夜之后，就立刻把马车打发回去了。我只要车夫今早来接我。他回到家，见到那位爱情的使者，就告诉他和在别的女人那睡了。您完全可以料到这个消息会引起什么结果。我一回家，就马上看到了写给我的绝交信。信里流露出当时情况所允许的尊严！

就这样，这件在您看来没完没了的事完全可以在今早做了结，不是吗？如果还了结不了，您会以为我这段经历，希望它延续下去。其实不是，这样，而是因为一方面我觉得让她离开有损我的面子；另一方面，我想把这个牺牲留作以后对您的献礼。

所以我构思了一封热情洋溢，诚恳委婉的信给这言辞严厉的女子，讲了一大通大道理。爱情起了作用。不一会儿前，我收到了她的第二封信，还是十分苛刻，并且进一步肯定了决裂的永久性。这些没有出乎我的意料,但是信的语气已明显有所不同。她特别强调不想再见到我。这个决心在信中以最坚决方式重复申明了四次。我从中得出结论:我得马上去见她,一分钟也不能浪费。我已派了跟班前去说服门丁。等一下,我将亲自前去,争取对我的宽恕和谅解。因为,我知道对于这一类过错,只有一种方法才能赢得全面的恕罪,而这种方法只有当面使用才能奏效。

再见,迷人的朋友;我现在就赶去办这件大事了。

一七××年十一月十五日于巴黎

第一百三十八封信

德·都尔范勒院长夫人致德·雷斯蒙德夫人

亲爱的朋友,我在深深地责备自己,我对您说得太多,太早啦!我的承受的痛苦是一时的。当我沉浸在无比的幸福中的时候,你却正在为和引起的忧伤而难过。是的,一切都被忘记了,宽恕了。说得更准确些,一切都得到了弥补。痛苦和焦虑过去了,接替而来的恬静、温馨和快乐。啊!我内心的欢乐!我怎样才能向您表达呢?范耳蒙是无辜的。他是不可能对爱情犯过错的。我气愤地责备他犯了严重的冒犯人的罪过,其实他没有犯。如果他有需要我表示宽恕的地方,我就没有不公道的地方需要纠正和谅解吗?

我不打算对您细讲那些事实或理由以证明他无罪。可能理智是很难对这些做出正确的衡量的,唯有人的心灵才有真正的分辨能力。然而如果您怀疑我心慈手软,我可以求助于您的判断力,来印证我的判断。正如你所说的男人不忠诚并不意味着变心?

这并不是说,有了公众舆论的认可,我便感觉不到不忠与变心这两者的区别还是会伤害感情的。可是,如果范耳蒙在感情上受到如此巨大的痛苦,我这方面又有什么可抱怨的呢?就算我忘了他那个过错,他也决不会宽恕自己,或者安慰自己。相反,他通过对我表示强烈的爱,通过使我获得巨大的快乐,来改正他的那次小小的的过错。

或许,我的幸福确实超过了过去,也许因此害怕失去而能懂得珍惜幸福,并正确评价它了。但是我可以向您肯定这样一点:只要我觉得自己还有力量经受一次我刚经受过的那种有些残忍的痛苦,那么我在痛苦之后领略的额外幸福的代价,我是不会认为它过于昂贵的。啊!我亲爱慈爱的母亲!您责备轻率无知的女儿吧!是她无端地使您难过;责骂她吧！是她对那个值得她终身爱慕的人乱加评价指摘，进行诬蔑。但是尽管您觉得她冒失，但您同样料到她现在生活在幸福中。您去分享她的快乐，她会因此而更加快乐的！

一七××年十一月十六日晚于巴黎

第一百 三十九封信

德·范耳蒙子爵致德·梅尔提侯爵夫人

漂亮的美人，我怎么没有收到您的回信呀？至少我的上一封信还是值得您提笔回一封的吧！我三天前就该收到回信，可是你要我今天还在等你的回信呢！至少我感到难过，因此我根本不愿意跟您谈我的重要事情。

和解的事取得了成功，达到了理想的效果，没有责骂和怀疑，又增添了新的无限柔情。实际上，倒是人家向我赔礼道歉，因为她发现冤枉了我这样一个坦白，天性可爱的人。这种种我都闭口不谈。要不是昨晚发生了那件意外的事，我现在是再也不会再写信给您的。但是既然这件事牵涉到您所监护的人，而她本人又不可能在这段时间内向您汇报此事，我就来代劳吧！

因为一些您也许猜得到，也许猜不到的缘故，这几天来，我没理会德·都尔范勒夫人。我在小伏朗基身上花费了更多的时间。门房是个热心肠的人，我们很容易勾痛。所以您监护的人和我一起过着舒服的、有规律的生活。可是习惯会带来疏忽。头几天，为了不被别人发现，我们小心又小心，闩了门还提心吊胆！可是昨天，我们竟然粗心大意到了极点。我现在要把发生的事告诉您。对我来说，只是受了惊吓，但是这姑娘所付的代价就太大了。

我们那时刚行乐完毕，全身正处在松弛的休息状态中，突然听到房门打开了。我立即从床上一跃而下，紧握宝剑，准备自卫，也准备保卫我们共同监护的人。我小心翼翼搜索了几步，没有发现任何人，可是房门确实被打开了。当时灯是亮着的，我就掌灯出去查看，可是连人影也没看到。这时我想起我们忘了采取通常必须采取的安全措施，门没有关紧，或者关得不好，自动打开了。

我回头看那胆小的女伴，她不在床上。她也许是从床上摔下来的，也许是躺进去的，总之，我发现她躲在床边的通道里，直挺挺地，没有知觉，全身在相当剧烈地抽搐。请您想一想，我是多么难堪！但我还是成功地把她抱到床上，并使她苏醒过来。可是她在跌倒时受了伤，症状很快表现出来了。

她觉得腰痛、剧烈的腹痛，还有更明显不过的症状，我一下子就明白这是怎么回事了。但是，要把这个情况讲清，得先告诉她在这以前她处在什么情况之中，因为她还一无所知呢！也许从未有过这样一位天真无邪的女子，准确无误做了该做的事，使自己的身体从中解脱出来！哈！这个丫头是不需要耗费时间来进行思考的！

但是很长一段时间她在那里流泪，独自伤心。我觉得我应当当机立断，就和她商定：我先去通知她家的内外科医生，有人要来请他们。我将把一切告诉他们，并要求他们保守秘密。她等我一走就打铃呼唤侍女。至于要不要把内情告诉侍女，则由她自己做主。但是她要派人去请医生，并要绝对禁止人们吵醒德·伏朗基夫人，做女儿的不想让母亲担心，也是一种自然的体贴。

我尽可能快速地赶到内外科医生的家里，并向他作了一下简要的说明，然后就赶回家，闭门不出，等待消息。但那位外科医生是我旧相识，中午时分，他跑来和我谈了病人的情况。我原先的估计果然没有错。但他认为并且如果不再发生别的事情，家中的人完全可以给蒙蔽过去。当然侍女是知情的人了。那位内科医生给了一个病名。这件事就会这样过去，像无数其他事情一样，除非日后我们大家觉得有谈到此事的必要。

但是我们之间到底还有没有共同的利害关系呢？您的沉默使我疑惑不已。值得庆幸的是，我还在想方设法保持这个希望，否则我会完全丧失信心而绝望的。

再见，漂亮的朋友；我拥抱您，尽管我心中充满了对轻佻的怨恨。

一七××年十一月二十一日于巴黎

第一百四十封信

德·梅尔提侯爵夫人致德·范耳蒙子爵

我的上帝！您像块臭粘羔一样缠住我，使我厌烦透了！我保持沉默，对您又有什么影响呢？您以为我保持沉默是因为我理屈词穷无言以对了吗？唉！要是这样倒好了。不，我只不过感到难以像您这样的人开口罢了。

你说实话：您是蒙蔽自己，还是想欺瞒我？我只能在这两种看法之中择其一，因为您的言行不一致。哪一种才是对的呢？在我没有吃准之前，您要让我对您说些什么呢？

您好像把您和院长夫人闹矛盾看成一个巨大的成果，其实这并不能证明什么。我根本没有对您说过，您爱这个女人爱到不可能对她不忠的程度，爱到会放过一切您觉得称心如意或易于得手的机会的程度。您这一次只是有计划地做了您以前逢场作戏做过上千次的事，我对此很熟悉，因为您的轻薄无知的态度可以说是举世无敌的。谁不知道这只是一股社会风气，是你们全体男人，包括流氓和一般人的习惯手段？今日不这样做的人可以被看作富有传奇色彩的稀有动物。我相信这不是我要责备您的缺点。

可是我说过，我想过，我现在还这样想，您还是爱您的院长夫人的。当然，这虽然不是十分纯洁、深厚的爱情，但这正是您能有的爱情。这种爱情有这样的特点：它使您觉得您的情人具备很多她其实没有的优点和可爱之处；您给予她以不同寻常地位，而把所有其他的女人都划在她其下；即使您在凌辱她时，也在感情上和她难舍难分。总而言之，这样爱情就是我想象中苏丹对宠妃的爱情。尽管他有宠妃，他有时却会更喜爱一个女奴。我觉得这个比喻再恰当不过了，因为您也像他一样从来不是女性的良友或情侣，而永远是她的暴君或她的奴仆。所以我相信您为了重新得到这个美人的恩宠，一定低三下四去乞求，你的目的达到后，获得宽恕，并重新获得爱情就会得意忘形，露出狐狸的尾巴再去干自己所谓的大事。

另外，在上一封信中，您对我谈的不仅仅是那个女人，那是因为您根本不想对我谈“您的大事”。琐碎在您看来是如此的重要，以至于您认为守口如瓶对我便是一种惩罚。而您在提供了无数确凿的证据，已经明显说明您对另一个女人存在着偏爱以后，居然还心安理得地问我：“您我之间还有没有共同的利益！”子爵，你要小心！我做出的答复，永远不会改变。我害怕我现在做出答复，我已经压抑不住自己，我快受不了的。我绝对不愿意再谈下去了。

我现在所正在做的，就算是给您讲一个故事，可能你没有时间看，或许不想理解。那么就算我多事而已，白讲了。

我认识一个男人，他像您一样跟一个女人纠缠不清，可恨的是那个可恶的女人并不给他带来多少光彩。他间或头脑清醒了，就感到这样搞下去迟早会伤了他自己。但是尽管他觉得有失体面，勇敢地一刀两断。他的处境十分难堪，他还在向自己的朋友猛吹他可以随心所欲做自己愿意做的事。他也知道，一个人越想避免可笑就越显得可笑。他就是这样地挨日子，不断地做蠢事，事后又总是说：“这不是我的错。”这人有一个女友，她一度想把他这种如痴如醉的实情公之于世，以使他永远成为人们笑话的对象和内容。但她毕竟还算作一个善良的女人，也可能她有什么别的动机，想进行最后的尝试以便不管怎样，到头来，她可以像他那样声称“这不是我的错”，便给他送去下面这封信，作为有利于根治他的病症的良药。信中没有附带任何说明。

“我的天使，人对一切都会感到厌烦的。这是一条自然规律。这不是我的错。

“如果我今天对这漫长的四个月以来用心所做的事情感到厌倦了，你要知道这不是我的错。”

“譬如说，过去你的德行有多高，我的爱情就有多深(这样说肯定有些言过其实)，那么现在你的德行完了我的爱情也终结了是很正常的。这不是我的错。

“所以，近来，我对你并不忠诚，恰恰是由于你的冷酷的感情使我这样做的！这不是我的错。”

“现在，一个我爱得发疯的女子要求我离开你。这不是我的错。”

“我明知这是你说我背信弃义的大好机会，如果说大自然让男人忠贞让女人执拗，这不是我的错。”

“听我的话，你另外找一个情人吧！正如我另外选了这个情妇一样。这是一个绝妙主意，一个很好的主意。如果你觉得有点差劲，这不是我的错。”

“再见吧，我的天使！我当初得到你很高兴，如今离开你也并不感到惋惜。我也许还会回到你身边来。世界原本就是这个样子。这不是我的错。”

关于这最后一着的效果如何，发生了什么事，现在还不是对您说的时候，子爵。但是我答应在下封信中告诉您。同时也将就续约问题，提出我的“最后通牒”。现在就不多谈了，再见吧！……

顺便再说一句，感谢您向我提供了有关小伏朗基的详细情况。这条消息可以暂时保密。到她举行婚礼的第二天可以在街头小报上披露。现在，请允许我对您的后嗣的不幸早年亡故表示哀悼。晚安，子爵。

一七××年十一月十七日于××城堡

第一百四十一封信

德·范耳蒙子爵致德·梅尔提侯爵夫人

老实说,漂亮的朋友,我没有读通,以至于没有正确理解你信中的内容。我现在只想对您说的就是:我觉得有些东西,能够产生特殊效果。所以我就很干脆地誊抄了一遍,并且很干脆地把它送给了那位天仙般的院长夫人。这封难解而又多情的书信当时就送走了,我没有浪费时间。我觉得这样好,首先因为我确实答应昨天给她写信,其次因为我想她需要用整个夜晚来思考“这件大事”(尽管您要再次责备我使用这种说法吧!),时间也不会嫌多的。

我本要今天一大早就把我心上人的回信寄给您瞧瞧。但是现在已近中午,我还未收到一丁点消息。我将等到五点钟。如果到时还是没有消息,我就亲自前去,因为与人交往,第一步是往往最难的。

现今,您也许料到,我迫切想知道的就是那个讲故事的末尾结局。很明显,您熟悉的那个男子是不会当机立断,丢弃一个女人的。他改正自己的缺点了吧!心地善良的女友宽恕他了吧!

我也同样强烈地盼望接到您的“最后通牒”。您的用语多富有政治色彩!我异常想知道的还有,您是否还在我这次举动里发现了真爱的存在。哎!爱情肯定是有的,并且深!但这是对谁的爱情呢?我可什么也不想做,我仅是把希望寄托在您的仁慈之上而已。

再见,漂亮的朋友;我这封信要到两点钟才能封口,我想把我等待的信附上。

一七××年十一月二十七日于巴黎

什么也没有收到。我很忙,没有功夫再加写别的事。这一次,您还不接受最甜蜜的爱的亲吻吗?

下午两点

第一百四十二封信

德·都尔范勒院长夫人致德·雷斯蒙德夫人

那层薄薄的可恶面纱终于戳破了,我从曾有的幻想中醒了过来,我唯一的出路是死亡。这是用羞耻和悔恨筑成的路。我走定了这条路。如果我的痛苦能缩短我的生命,我宁愿这么干。我把昨天收到的信已经寄给您瞧过了。我不再附加任何想法。我的想法是明确的。现在不再是怨恨的时候了,如今只能忍受痛苦。现在我需要的不是怜悯,而是力量。

夫人,请允许我最后一次向您挥手道别,并答应我最后一次恳求:听任我去接受命运的摆布吧!彻底地忘掉我,忘掉地球上有我这个人吧!人的不幸是有限度的,到了这个地步,即使是友谊也会增加痛苦,而不能有丝毫的削弱痛苦的功效。当创伤到了致命的程度,一切救援都变成不仁之事了。现在,除了绝望,任何别的感觉都对我成了陌生的东西。让我在漆黑的长夜里埋葬我的耻辱吧!我除此以外,别无他求。我要在黑夜中为我的过错放声大哭,昨天以来,我没有淌过一滴泪水。我的破碎的心已枯竭了。

永别了,夫人。别给我写回信。收到那封狠毒的信后,我发誓再也不接任何信件。

一七××年十一月二十七日于巴黎

第一百四十三封信

德·范耳蒙子爵致德·梅尔提侯爵夫人

漂亮的朋友,一直等到昨天下午三点钟,还是没有,我就极不耐烦地去了被遗弃的美人家。家人告诉我她出门远行了。我觉得这句话只不过是拒绝接见的一种借口罢了。我一点不感到惊奇也不感到生气。我离开了,心中还渴望这个举动至少能促使这位知书达理的女子给我一个答复。为了得到回音,我在九点钟时特地回家看了一眼。这样的沉默大出我的意料之外,使我惊奇,我就派遣跟班前去探听情况,了解那多情的女人是死了,还是正在死去。终于,当我再次回家时,他告诉我,德·都尔范勒夫人确实在上午十一时带着侍女了,坐车到了××修道院,在傍晚七点钟的时候,她把马车和仆役们先打发回

来,并且吩咐不要让别的人在家中等她。显然,这样做是为了合乎礼法而已。修道院其实是孀妇的避难所。她的决心令人赞叹不已,如果能坚持下去,我就更加感激她了,由于这段艳事会使我名噪一时的。

我以前曾对您提过,您不用为我担心,我重返社交舞台时,一定会增添新的光芒,令人目眩。好!现在让那些尖嘴利牙的批评家们来吧!他们不是指摘我陷入如情爱小说中的遭遇而不能自拔吗?看他们和女人决裂能否比我更加果断坚决?不,他们应该出手更狠:慰问者的身份去登门造访!道路已经摆在他们的面前。行啦!现在只看他们敢不敢试一试我已经完成的这种事业!如果他们中有一人获得最起码的成就,我宁愿甘拜下风,把第一名的地位让位于他。但他们所有的人都会有同样的感觉:每当我认真行事,我便能给人以深刻难以忘怀的印象。我这次肯定给人以这样的印象!如果真有那么一天,哪个男人胜过我成了这个女人的情人,我就心甘情愿取消我引以为傲的战绩!

她满足了我的自尊心,这我承认,可是她居然还能在自身之上找到足够的力量离开我,这就使我不快乐。这样说来,在我俩之间,除了我设置的障碍,还存在着其他的障碍!什么?我就是想和再次接近她也不会回头,我怎么说好呢?她不再把这看作她至高无上的幸福了!爱情难道真是这样的吗?美丽的朋友,您想一想,这让我怎么忍受?我不是可以设法使这个女人回头,重新考虑和解的事情吗?这样做不是很好吗?只要有和好的希望,人总是愿意和好的。我不妨试一下,这一次,当然我不会把它十分当真,因此是不会使您产生疑心的。相反,我们俩可以合作从事这次简单的试验。如果成功了,我可以按照您的意旨再来牺牲她一次。您好像很赏识我这样做。现在,美丽的朋友,该是我该领取奖赏了,我一心一意等着您回来。您快回来吧!这里有您的情人,您的欢乐,您的朋友!您快来了解各种事态的发展吧!

小伏朗基的情况大有起色。昨天我烦躁得在家中呆不住,就四处走动,到了德·伏朗基夫人家。她来到了客厅里,虽然还是一身病人打扮,但康复得很不错,并且显得更加可爱。你们这些女人,有了类似的情况,就非在躺椅上躺一个月不可。说实在的,小姐们真是了不起!这位小姐,我真想了解一下她是否康复!

我不得不声明,这位姑娘的事几乎使唐瑟米变疯了。开头,他忧心如焚;今天他又欣喜若狂。他的赛茜尔病倒了!您想一想,当一个人遇到这种不幸的事多半会晕头涨脑的。他一天三次派人去探听消息,并且每天自己必亲自做一次。他后来写了一封词语华丽的信给她的母亲,要求允许他前去祝贺他如此心爱的宝贝的玉体得到康复。德·伏朗基夫人同意了。这样一来,年轻人又像过去那样出入这家大门了。仅是不像当初那样随便而已。

这些情况是他亲口所谈的。我和他一起告辞出来,就说出了一大番话。您想象不出这次拜访对他产生了多大的影响。他那种喜悦、那种兴奋。我向他保证,过不了几天,就能使他更加接近他的心上人。这一下子,他更是飘飘欲仙了。

是的,我已经做出决定,等我做了一次试验后,就把她托付给他。我想我可以全身心的投入。再说,如果您监护的人要欺骗的仅仅是她的丈夫,那也值得让我来收她做学生吗?使她愚弄自己的情人,尤其是第一个情人,那才是最绝的。因为对我来说,我没有说过“爱情”二字,也毋须负此责任而感到内疚。

再见,美丽的朋友;尽早回来支配我吧,接受我的献礼,并付与我相应的奖赏吧!

一七××年十一月二十八日于巴黎

第一百四十四封信

德·梅尔提侯爵夫人致德·范耳蒙子爵

子爵,您确实甩了院长夫人了吗?您把我替您写给她的信真的寄给她了吗?您的可爱超出了我的预料!我承认这次胜利比以往任何一次胜利都使我更加感到欣慰。您也许会觉得,我曾经很瞧不起这个女人,现在却抬高了她的身份。情况其实并不完全这样,因为我这次战胜,是您。事情真好玩,有趣极了!

是的,子爵,您一直和德·都尔范勒夫人,狂恋着甚至现在您仍然爱着她,您爱她爱得如痴如醉。但是因为我拿这事来取笑您,您就勇敢地牺牲了她。您是情愿牺牲一千个也不愿被人笑话一次的那种人。可见虚荣心将会引导我们走上邪路!智者说得很对:虚荣心是幸福的仇敌。

设想我想做的只是愚弄你,您今天会落到什么地步呢?但我这人是一点也不会欺骗人的,这点您很清楚。纵使我处在绝望中,进修道院,我也在所不惜。我举双手缴械向您这个胜利者投降。

可是我这次归降,实际上纯粹源于我脆弱的心灵,因为我愿意的话,可以找您很多茬!您也许就是该给我找茬儿的!譬如,您在信中极有分寸的提出我允许您去和院长夫

人言归于好,您刻画的是那样精致入微,换句话说,又是多么笨拙,这点正是我所欣赏的。一方面把这次决裂的功劳记在您的账上,一方面又不失去肉体上的刺激,您梦寐以求的就是这种方式,难道不是吗?到那时,这种表面的牺牲对您来说就不算得了什么,于是您会向我表示,只要我一声令下,您就会再一次将她牺牲!通过这种巧妙的安排,那美丽如天仙的女人会认为她永远是您心灵唯一选择的人,而我也会洋洋自得地认为我战胜了情敌。我们俩都受骗上当。不过您心满意足了,其余的事又将怎么办呢?

可惜的是,您只是善于订计划的人,而不善于行动。有一步行动您考虑欠周。仅仅这一举措,您就在前进道路上为自己设置了不可逾越的鸿沟。

什么!您既有言归于好的想法,却又抄了我的信!您把我想象得如此笨拙!子爵,女人最了解女人,她们互相伤害的时候,总是击中要害。当我在打击这个妇人时,或者说得确切些,当我在借您的手打击她时,我记得她在你心目中是胜过我,换言之,您把我看成比她次一等的女人。如果我失败了,我愿承担后果。所以,子爵,我不仅对您使出全身本领来。我甚至敦请你这样做。我并且向您保证,如果您得逞了,我决不生气,我会泰然处之的。我不想再多谈了。谈谈别的事吧!

譬如,小伏朗基的健康问题,我一回来,您就可以告知我关于她的确实消息,不是吗?这些好消息让我高兴不已。然后,您自己决定,看是将这姑娘交还她的美丽情人合适,还是您借席耳库尔的名义,再次作范耳蒙家族一支旁系的开辟者合适。于对这个想法,倒是蛮有趣的。我让您自己拿主意,在最后决定之前一定要和我商谈。这并不是说事情越迟越好,因为我很快就回巴黎来了。我还不能肯定地告诉您准确的日子,可是您应有充分的理由,我回来时,您将是第一个得到通知的人。

再见,子爵。尽管我们对事物有不同的看法,我捉弄您,责骂您,但有一点应是肯定我是爱您的,我并且准备向您证明这一点。以后见,我的朋友。

一七××年十一月二十九日于××城堡

第一百四十五封信

德·梅尔提侯爵夫人致唐瑟米骑士

年轻的朋友,我要动身了。明晚我就将到巴黎。出门一趟回来,家中总会弄得乱七八糟的，所以我将不接待任何人。然而如果您有什么特别的请求，我倒很愿意让您成为例外。但你是唯一享受这个特权的人，所以我请您为我的到达保密，连范耳蒙不让他知道。

以前如果有人说你会得到我专一的信任，我是不会确认的。但是您对我是如此信任，以致我也不知不觉地效法您所做的了。我简直认为您使用了巧妙的、甚至是勾引的办法。这样做至少是很不妥的！然而现在您对我的信任不会有危险了，您要忙着去做别人的事了！就如女主角一登台，知心人便遭了冷落了一样。

因此，我没有机会将新成就告诉你。当您的赛茜尔不在的时候，整天整夜来听您情意绵绵的怨言都不够。假使我不再听你发牢骚你只好对着空气讲话了。后来，她病了，把我当作知心朋友，向我倾诉了焦虑。您那时还需要有人来听您说心里话。但是现在她来到了巴黎，她身体好了，而且你可以时常见到她，她就成了一切了，您的朋友们就都可以不做理会了。

我不愿责备您，这是你们年轻人一贯的毛病。谁不知道，从阿尔西比雅德到您，年轻人只有在忧郁时才真正领略到友情的滋味。而当他们处在幸福中时，他们有时变得饶舌，但绝不会向你诉说衷情。我很同意苏格拉底的话："我欢迎朋友们在不幸时前来找我。"不过他是伟人，平凡的人很难接受他的思想，他不需要他们的理解，也无法得到他们的理解。在这方面，我可没有他这么豁达大度。女性的弱点使我感觉到您的冷静和沉默。

但是您别认为我对您这个人有什么过度苛求，我对您的要求远不是苛刻的。使我注意到我受了损失的感情又使我勇敢地去面对我接受损失，因为我的损失是我的朋友们幸福的原因或明证。所以，仅仅是在爱情给您留下足够的自由和空闲的情况下，我才希望您明天晚上有空来看我。我禁止您为我做出最微小的牺牲。

再见，骑士。我将对您的归来表示最热烈的欢迎。您来不来呀？

一七××年十一月二十九日于××城堡

第一百四十六封信

德·伏朗基夫人致德·雷斯蒙德夫人

可敬的朋友,当您了解德·都尔范勒夫人的情况,一定会像我一样难过。她从昨天突然病了。她的病来得迅猛,症状特别严重,我害怕极了。

发高烧,严重的神志不清,不住地说着胡说,整天想喝水,这些就是表面的症状。医生们说现在还不能有任何明确的诊断。治疗相当困难,特别是病人执拗的什么药都不肯吃,采用放血疗法,得用力按住她才行。后来又不得不再次给她包扎绷带,她在迷迷糊糊之中总想扯掉绷带。

在您我的印象中,她的确是一个文文静静的女子,非常腼腆,非常温柔。但您能想象吗,现在四个人都几乎按不住她? 不管大家对她说什么,她总是莫名其妙地发怒。我怕这不只是谵妄,而是一种真正的精神分裂症的表现。

前天发生的事更增加了我这方面的恐惧。

就在那天上午十一时,她带了她的侍女直奔××修道院。因为她是在那里长大的,因此习惯去那里。这是她的习惯。她像往常那样受到了接待,大家觉得她很安详,身体也很好。两个钟头之后,她去了她当年学习时住过的现在空着的房间,人家告诉她空着,她就要求重新看一下那个房间。院长和几个修女陪同她去的。这时,她宣称她要回来住,说她当初不应该离开这个房间,并说这一次她要“到死才出这房门。”

开始,大家惊讶得不知说什么好,后来告诉她已婚女子是不可能来住的,除非有特殊的许可。但这条理由以及别的理由说了都无济于事。从那时起,她就钻牛角尖,不仅不肯走出修道院,而且不肯走出她的房间。大家拿她没有办法,到了晚上七点钟,终于同意她在那个房间里住下。她的马车,她的仆役们都给打发回去了,大家只好第二天再想办法。

人们都说整个晚上她神态自若,表情安详,毫无异常的地方。只是有四五次,她有点昏昏欲睡怎么也无法使她清醒,一旦清醒后,她总是用双手按住额头,好像要紧紧箍住似的。看到她这样,在场的一个修女就问她是不是有些头痛。她盯住那个修女愣愣地瞅着,才回答说:“痛的不是这里!”过了不久,她要求大家统统走开,并请大家以后不要再理她。

众人都退了出去,女仆因为无处安身,只好和她睡在同一个房间里。

根据这个侍女所讲过的情况,她的女主人在夜晚十一时前一直比较安静平和。到十一时她说要睡觉了。但衣服还未脱去,她就开始在房内不停地踱着步,一边做很多动作和手势。朱迪亲眼目睹了白天所发生的一切,所以不敢吱声,只是静静地等待了将近一个钟头。终于德·都尔范勒夫人连声叫了她两下。她赶紧跑过去。她的主人倒在她的怀里,口中说道:“我不行了!”朱迪把她送到床上躺下。她只要求放些茶水在她床头就行了,接着她就叫她的侍女去睡觉不要管她。

朱迪半夜两点钟还没入睡,在这段时间内,她没有听到任何动静。五点钟之后,她被女主人的说话声弄醒了,问她需要什么,她也不回答,掌灯走到女主人床前。德·都尔范勒夫人认不出她了。只见她突然中止了毫无连贯性的话,尖声喊道:“让我一个人呆着,呆在这黑暗里;我需要黑暗。”和昨天说过的话一模一样。

这也算是一个命令吧!朱迪就趁机溜出房间,叫来了人,并请来了医生。可是德·都尔范勒夫人一并拒绝。她暴跳如雷,大声说胡话,这一幕以后屡屡出现。

整个修道院给闹得乱七八糟的,院长昨天早晨七点钟派人来把我叫了过去……当人家通知德·都尔范勒夫人我来看她时,她的神智好像突然清醒了,她回答说:“好!让她进来。”我轻轻走到她床边,她呆呆地望着我,牢牢地抓住我的手,用一种凄惨而有力的声音对我说:“我未按您的话去做,我完蛋了。”跟着,她双手捂住眼睛,又重复起她说过无数次的话,“让我一个人待着。”如此等等。她又完全糊涂起来了。

她对我说的这句话,以及夹杂在胡言乱语中间的一些别的话,使我隐约猜测到一个更加令人害怕的病因。不,我们还是不要去探究我们的朋友的那些秘密吧,为她流下同情的泪吧!

昨天整个白天她烦躁不已。她一会儿发出一阵阵胡言乱语,令人害怕,一会儿又虚弱不堪,进入昏睡的状态。这时候包括她在内,大家都可以休息一下啦。我到晚上九点钟才离开她的床头。现在,我还要去守候一整天。我肯定不会丢下她不管。但使人难以忍受的是,她总是固执地拒绝人家服侍她,给她治病。

我把最新的病情报告寄给您。她的情况还是丝毫不容乐观的。以后的病情报告我会及时给您送去。

再见,可敬的朋友,我要去照看病人了。我替女儿向您转达敬意。她很幸运,身体差

不多康复了。

一七××年十一月二十九日于巴黎

第一百四十七封信

唐瑟米骑士致德·梅尔提侯爵夫人

啊！我喜欢您！啊！我疼爱您！啊！是您开启了我的幸福之门！啊！是你使我达到了幸福巅峰状态！多情的朋友，温柔的情人啊！为什么你要难过，使我不能安心地陶醉在幸福之中？啊！夫人，请您别烦恼！正是可贵的友谊要求您这样做的。啊！我的朋友，你要高高兴兴才好！这是爱情的祝愿。

哎！您有什么可以自我谴责的呢？请您相信我，事情越想越糊涂了。您感到后悔，您怪我不对，全是您的错觉啊！我从心底里感到我俩都不是诱惑者，要说有诱惑者，那就是爱情。所以，你不要有瞻前顾后，你放心投入的爱情的怀抱中来吧！让你点燃的情欲之火在你心里熊熊燃烧！什么！我们的心灵没有及时察觉，就变得不够纯洁了吗？不，不会。相反，诱惑者的每一步注定有计划的，他可以使行动和能耐相适合，并很早就能预见到事情发展的全过程。但是爱情是不允许我们这样盘算不已和思考再三的。有了它，感情占据了我们的心灵，我们因爱而不能专心思考。只有在爱情不为我们所注意时，它的束缚力才是最最强大的。它神不知鬼不觉地用一条无形的绳索套住了我们。

就连昨天也是这样，尽管我为你的回来激动不已并感到由衷的快乐，但我仍以为是一种温柔的友情在召唤和引导着我。或者可以这样说，我是一心沉浸在美妙的感情之中，而忘了领会原因和追究根源。你和我一样，我的温柔多情的朋友，你也感受到这种不可抵御的诱惑，是这种魅惑使我俩的心灵都陶醉在柔情蜜意之中。等到我们清醒过来时，我们才恍然明白，维纳斯已将我们带入美好的爱情之乡。

但是这样恰恰表明我们的清白，解脱了我们的罪责。是的，你并没有背叛我们的友谊，同样地，我也没有滥用你的信任。真的，我们原来对各自的感情感觉到的是一种幻觉，我们并不是故意地制造了这种幻觉。啊！我们千万不要对它责怪不已，我们应该想到恰恰是它向我们提供了幸福！我们不要以另类的责备来干扰这种幸福，相反，应该全心全意以平静的心来面对！啊！我的朋友！我多么珍惜美好的希望啊！是的，从今天起，你要排除一切顾虑，心中有着爱情，要具有和我一样的要求，一样的冲动，一样炽烈的情欲之火，一样的心灵的陶醉。幸运的日子里，我们的时时刻刻都有新的满足！

拜拜了，我的心上人！我今晚去看你，你是否一个人在家？我不敢有这个美妙的想法。啊！你的欲望绝不会有我那样强烈。

第一百四十八封信

德·伏朗基夫人致德·雷斯蒙德夫人

令人敬佩的朋友，昨天白天，我都在渴望把我病人的好消息送给你；但到了晚上，这个希望灭了，我只能痛惜永远失去了这个希望。一件表面上看来不相干的事却带来了大麻烦，病人的状况至少又回到了以前那种令人担心的地步，恶化了。

如果是在昨天，我们可怜的朋友没有把她的所有心中的事告诉我，对于这场突然的转变，我注定会无法理解的。她当时告诉我，她的全部不幸遭遇，我可以毫无保留地对您谈一谈她的可怜的境地。

昨天早上我赶到修道院时，人们告诉我病人已经睡了三个多钟头了。熟而安静，以致我起先担心她得了嗜眠症。过了一会儿，她醒之后，撩开了床帷，并用一种惊讶不已看看我们大家。当我站起身向她走去时，她一下子认出了我，喊我的名字，要我坐在她身旁，并先问我她在什么地方，我们在干什么，她是不是病了，她为什么不在家中？我开始以为她又在胡说，但是比以前的平和一些而已。但我惊奇地发现她能听懂我的回答。她终于清醒了，但是记忆力还没完全恢复过来。

她细致地打听她来修道院以后发生的一切事情。她说忘记了这所修道院的情景。我如实地回答了她，除了那些令人害怕的细节。当她问完话，我问她感觉如何时。她说，稍稍觉得有点累，不过在睡觉时，她给折磨得很厉害，现在感到疲劳。我让她安静，少讲话。这时，人家请她喝一碗肉汤，她说味道很好。

她这样静静地呆了半个钟头左右，没有说什么话，只对我的照顾表示感谢。她的态度是那样动人可爱。在接着在一段时间中，她保持了绝对的沉默。她打破沉默的第一句话就是："啊！对啦！我想起来我到了这里。"接着，她痛苦地喊道："我的朋友，我的朋友，请您可怜我吧！我的不幸又把我包围了。"我这时向她走过去。她牢牢地抓住我的，把头

靠在上面,“上帝啊!”她继续说着。“我为什么不死啊?”我掉下了眼泪,她的表情,感动了我。她从我的声音中觉察到了我的感动,便对我说:“您可怜我!啊!如果您了解……”她又改口说,“让旁人都出去吧!我要把心底的事告诉您。”

我早猜透了几分,我相信我曾经向您表露过这点。起先,我觉得谈话的时间可能很长,会更令人伤心,对她的身体状况会不利,在她的一再坚持下,我只好顺从她的意思。当房间里只剩下我们俩人时,她露了心底的秘密,所以,这一点,我就不多说了。

后来,当她谈到她被人毫不留情地丢弃时的时候,她说:“我当时为我会为此而死,我有这种勇气。要我屈辱、痛苦地活下去,这是绝对办不到。”我试图运用她信奉的宗教来战胜这种悲观绝望的情绪。但是我马上觉察到,要完成这样艰难的使命,真感到力不从心。我只能向她提出把昂塞姆神父请来的建议,因为我知道她充分信任这位神父。她同意了,并表示很愿意。他很快就赶到了。他和病人呆了很长一段时间;出来时,他说,如果医生们同意他的看法,他觉得圣事仪式可以向后延一下,并表示他第二天再来。

从下午三点,到五点,我们的朋友一直都很安静,于是大家又产生了希望。有人给她送来一封信。她表示不想接受任何信件,大家也就不再强求。但从时起,她开始显得焦躁不安。过了一会,她问这封信来自何处。是谁送来的。没有人知道。信是替谁送来的?负责传达信件的修女也不清楚。跟着,她有一会儿保持沉默。后来,她又开始不停地说,但说得断断续续。我们知道她的胡说又开始了。

不过,在她最后要求把那封信交给她以前,还是有过一段时间的平静的。我们把信递给她,她扫了一眼,立即大声叫嚷起来:“我的上帝!是他写来的!”接着便用一种充满力量的压抑的声音说道:“拿走,拿走。”她随即叫人把床帷合上,并且不许任何人靠近。可是在同时,我们又得回到她身旁:她胡说得更厉害了,并且带有极其可怕的抽搐。晚上的时候,这样的发作一次紧接一次。从今天早上的病情报告看来,她昨天一夜都没有停止。总之,她的情况十分严重。我感到惊奇不已的是,她居然还可以支持到现在。我丝毫不向您隐瞒,我觉得几乎没有希望了。

我猜想这封可恶的信一定是是德·范耳蒙先生写来的。但是他还敢对她说什么吗?亲爱的朋友,请原谅,我不想发表任何见解。可是看到一个向来如此幸福,也理应如此幸福的女子这样悲哀地死掉,这实在是令人感到心如刀割。

一七××年十二月二日于巴黎

第一百四十九封信

唐瑟米骑士致德·梅尔提侯爵夫人

我的温柔多情的朋友,在还没有和你幸福地重新见面之前,让我先来享受一点写信的独特的快乐吧!不能和你在一起时,做些关于你的事,可以减轻我的烦恼和不快。向你描述我对你的爱恋,体味你对我的情意,这对我的心灵来说是一种莫大的享受。通过这种享受,那在你身边的时刻也能给我无限珍贵的爱情的特有的想念的快乐。但是,说来,我将不会再从你那里得到一点回音,我这封信也将是最后一封;我们得放弃这种你认为既危险又不必要的联系方式。当然,如果你想这样做,我就听从你。因为你有什么要求和愿望不是我的要求和愿望呢?但是在你做最后决定之前,你难道不想在一起谈谈吗?

至于危险,我让你一个人去判断,我无法权衡这一切。我只想请你注意安全,因为你如果感到焦虑,我也无法安下心来。在这个问题上,不是我们俩成了一个人,而是你成了我们俩。

在"需要"这个问题上,情况可就大不一样。这里我们只能有一样的想法。假如我们的意见有不同的地方,那只可能是因为我们没有更好地勾痛交流,或者没能做到更好地相互理解。下面我谈谈我的初步看法。

当然,在我们可以随意自在地交往时,写信确实好像不大需要。说一句会心话,使一个眼神,甚至沉默片刻,其表达力不比写信强一百倍吗?我觉得这是一个千真万确的道理。因此当我被要求不用信时我的内心就直截了当接受了。我可能感到有些别扭,但并不感到痛苦。就好像我亲吻你的胸口时,隔了一条缎带或一层薄纱,我只是将其拨开,像没有障一样而毫无遇上障碍的感觉一样。

但是最终我们还是分手了。你不在我身边,写信的问题就让我懊恼不已了。我心里想:为什么又要我遭受损失呢?难道一分开,就无话可说了吗?我想,如果有一天情况许可的话,我们可以共同度过美好的一天难道要用谈话去占用享乐的时间吗?是的,享乐的时间,我的亲密的朋友;即使在您身旁休息,对我来说也是一种美妙的享乐。还有,不管在一起时间有多长,最终我们还是要分开;分开后,我是多么孤独呀!那时,信就是最宝贵的物件！即使不读它，也可以看着它……啊！当然，我们可以默默地看，而不读它，就好像夜里，我摸着你的肖像也能感到无比的快乐似的……

我说信是灵魂的肖像。一封信和一副冷冰冰的画像不同，它没有那种和爱情格格不入的呆滞味道，它能传达我们内心的各种波动和真实的感受：先是兴奋，接下去达到快乐的高潮，然后又慢慢回味……你的每一丝感情对我来说都是那么可贵！你难道还要剥夺我唯一一点权利吗？

你是否确有把握，永远不会感到没有必要写信给我？这永远不会折磨你吗？倘若你在一个人时感到欢乐不已或者苦闷不堪，倘若有一种快乐能深入你的内心，倘若你的心灵一时笼罩在不由自主地哀愁之中，难道你不愿向你的好朋友共同分享幸福，共同承担痛苦吗？你难道会有不让他和你分享的感情？你难道让他一个人懵懵懂懂，对你的感情感到迷惑？……我的朋友！……我亲密的朋友！……但，最后的发言权还是归属于你的。我只想说一些理由而不是想引诱你。并且我敢于断定，如果我恳求你，会比我向你说理更有效。如果你坚持自己看法的话，我也保证做到不因此伤心。我将设法对自己说你会在信中对我说的话。但是，请注意，你比我说得好；我特别喜欢您亲口说出来。

再见，迷人的朋友。可以重新见到你的时刻终于快要到来了。我停下了笔，为的是能够尽早到你那去。

一七××年十二月三日于巴黎

第一百五十封信

德·范耳蒙子爵致德·梅尔提侯爵夫人

侯爵夫人，我发现您今晚有个特别的晚会，您解释说是一种“惊人的偶然性”把唐瑟米带到了您家中！无疑，您不会认为我在这种事上如此愚蠢，以至于受到您的欺骗。这并不是说您久经世故的面部表情未能出色地表现出镇定和安详，也并不是说您说漏了什么话：尽管一个人心神不宁或者感到懊悔时往往会漏嘴的。我甚至还承认您的听使唤的眼色的确给您帮了不少忙。如果您的眼色不仅能令我真心诚实地信服的话，还能使我真心信服，那么，我就不会产生，也不会存有半点疑心了，也同样一点也不会感觉出“这个讨厌的第三者”给您带来了巨大的苦闷和悲愁。但是为了不至于徒劳无功地表现您的过人的才华和能力，为了达到您自己预期的效果，一句话，为了使我产生您要制造那种虚幻的情景，您应该在事先多花些力气来训练您那还是新手的新情人。

虽然现在您已开始培养学生，那就应该教导他们不要因为一个微不足道的玩笑而立即满脸通红；不要为某一个女人果断否认一些事情，由于他们为所有其他女人否认这些事情时是那么软弱无力。您还应该让他们学逐渐习惯赞美他们的情妇，不要以为听到这些话就必须非指责她不可。另外，如果您允许他们去交际场合，那他们应该先学会把那种占有者的目光掩饰起来，因为他们的笨拙，经常把这种目光和脉脉含情的目光混在一起。等他们把一切都弄懂之后，您就可以让他们在公众场合开始操练了，他们的行动就不至于危害聪明的老师了。我呢，为了让您能成为名家，我很乐意效犬马之劳。并且我向您保证，我要编写这所新型学校的教学大纲，并把它发表。

可是，说实话，使我感到惊奇的是，您直到此刻仍以我是小学生来看待。啊！换一个别的女人，我很快就会报仇！我会因此而快乐满足的！我的这份喜悦会轻易地胜过我失去了的那份喜悦！是的，可能只是对您，我才喜欢使用补救的办法，而不进行报复。您要明确的一点是，我不再有半点怀疑，绝对吃得准，所有的一切我都了如指掌了。

您来到巴黎已四天多了，您天天都见了唐瑟米，而且您只见他一个人。今天，您的大门虽然还是关着的。只是由于您的门房，我才得以来到了您的跟前。可是，您曾经告诉我不要起疑心，说您回来后我一定会第一个得到通知。您还要我相信，您是一定会回来的，虽然您还不能告诉我准确的出发日期。可是您写信给我的那天，恰恰是您动身的前夕。您既不想承认这些事实，又不打算表示歉意？我倒还能克制自己！您可以认为这是您的力量在起了作用。但请听我的话，您试过几次就该知足了，不要长时期地滥用您的力量。我们俩都是心知肚明的，侯爵夫人，说这句话就足够使您明白了。

您以前对我说过，您明天要出去一整天？假如您果真出去，那很好；您应该明白，我也会明白的。可是晚上您总得回家。在后天以前，我们已没有更多时间来实现我们困难的和解了。所以我想知道，还是在“那里”来开展我们多种多样的、相互的和解活动呢？首要的一点，是叫唐瑟米站到一边去的。您的荒谬的头脑想的全是他。对于您这种胡思乱想，我可以不嫉妒，但是您要知道，从现在起，一种单纯的心血来潮会变成强烈的爱欲的冲动。我想我不是生来就能忍受这种屈辱的人，我也不希望这种屈辱源于您。

我甚至认为这种牺牲是一种牺牲。纵使您感到有点难受，我觉得我也向您提供了一个楷模！一个多情而又漂亮的女子可能正在为爱情和悔恨而死去，她曾经只为我而生活，这样一个女子难道是一个年轻学生吗？我承认他长得英俊潇洒，并且人聪明，但是他到底没有经验，意志薄弱。

再见，侯爵夫人，我不想谈我和您之间的感情。我现在能做的只是不去内视我的心灵。我期待着您的回答。您在答复时要记住，您现在还能轻易地使我忘掉您对我的无辜的指责，您若表示拒绝，或是拖延一下，您就越会使这些指责永远铭刻在我的脆弱的内心上。

一七××年十二月三日晚于巴黎

第一百五十一封信

德·梅尔提侯爵夫人致德·范耳蒙子爵

子爵，你最好老实点！我是极端胆小的，请多照顾照顾我这个毛病吧！是我惹起了您的无名怒火？您想一想，这种想法使我心情沉重，无法承受。特别是您还要报复我，我害怕得要死？因为，您要毁坏我的名誉容易，我要毁坏您的名誉则是不可能的。我到处说也于事无补：您的生活依旧被人关注，您依旧平淡地过日子。说到底，您有什么好怕的？您也许怕不得不逃亡国外，如果您来得及走的话。但是到国外不是和咱们这一样生活吗？只要法国听任您逍遥自在，那么对您来说到国外只不过是找个好地方去夺取您的胜利罢了！给您讲这些道理，是希望您能恢复冷静。现在言归正传，谈谈我们的事吧！

子爵，您可知道我为何未出嫁？这显然不是因为我没有很多合适的对象。我只是想，这样就没有人有权来挑剔我的行动。也不是因为我害怕不能随心所欲，因为我总是有办法的。但是只要有一个人对我指责，我就感到难受得不得了。说到底，我只是单纯地欺骗，我觉得是一件乐事，但我不想被迫进行欺骗。可是您瞧，您用丈夫式的口吻！您在信里一味唠叨我的过错和您的可爱之处！可是我并没有向您承担过任何义务，我对您来说有什么过错呢？我真无法想象！

行啦！现在看看到底出了什么大事！您在我家中看见了唐瑟米，对此不高兴，是不是？好吧！就算是这样。那你又能有什么高见呢？要么，这是偶然性造成的，要么，这是我的意志的体现，这点我没有对您解释过。如果是前一种情况，您的信便是一种歪曲；如果是后一种情况，您的信则是滑稽可笑的。您真有闲情逸致写这样的信！您是在嫉妒，而嫉妒的人是不善于思考问题的。那好，我来代您思考吧！

现在您：或是有一个情敌，或是没有。如果有，那您就应设法去博得人家的欢心，以便战胜你的情敌;如果没有,那也要设法博取欢心,以防止情敌出现。在不同的情况下,您的行动不应该有差别的。所以说,您为什么要自找烦恼呢?特别是您为什么要使我烦恼呢?您难道已经忘了要使自己成为一个受人喜欢的人吗?您已经对成功失去信心了吗?不会的,子爵,您在贬低自己,真正的问题是:在您的心目中,我是不值得花这么大的力气的。其实,您并不是希望我对您好,您不过是想支配罢了。行啦!您这个无情的家伙。您看,这不是在流露感情吗?如果这样继续下去的话,这封信就会变成完完全全的情书了。而您是不配得到这样的一封信的。

您也不值得我来为自己辩白。您猜疑我,就该受到报应。上天的报应的方式就是让您留住这种猜疑。因此,我什么时候回来,唐瑟米几次来看我,这些情况我将对您守口如瓶。您已经花了大力气来探听,不是吗?那么,现在您知道更多了吗?我希望您觉得这样做有无穷乐趣。至于我,这也不妨碍我的快乐。

对于您这封有威胁力的信,我能给予的唯一的解释是:它既没有使我,也没有将我吓倒。此刻,我不可能答应您的要求。

说实在的,依您今天的表现,我答应您的要求将是对您极大的不诚。这不是和我旧日的情人重归于好,而是结交一个新情人,而新情人差得很远旧日的那位。我还没有完全忘记昔日的那位,所以我决不会弄错的。我过去爱过的范耳蒙是一个令人喜欢的家伙。我从来没有遇到过那样迷人的男子呢!啊!子爵,如果你能把他找回来,请您把他带来见我;他将永远地受到我的欢迎。

但是请您一定要他,今明两天我不能接待他。他的"孪生兄弟"给了他不利的影响。而且急急忙忙,我也怕认错人。或者说,这两天,我也许约了唐瑟米吧!你的信中警告我的,要是我言而无信,您是绝对不会饶恕我的。所以,我们还是得等待。

可是这对您有什么影响呢?对于您的情敌,您总是没法去报复的。他不会损坏您的情妇,正像您不会损坏他的情妇一样。还有,到头来,这个女人和那个女人不全一样吗?您一时心血来潮,怕被人讥笑,不是连那位"多情而又美丽,只活着,最后为了爱情和悔恨而死去的女子"也丢弃了吗?您要求别人有所顾忌,这是不公平的!

再见,子爵,努力重新成为一位受人喜欢的男子吧!听着,我是巴不得您变得可爱的。我答应您,一旦我确认您已有了转变,我就向您证明我会改变对您的看法。真的,我的心地太善良绝对。

一七××年十二月四日于巴黎

第一百五十二封信

德·范耳蒙子爵致德·梅尔提侯爵夫人

我马上给您写回信，努力把话说清楚。不过，做到这点不易，如果您横下心根本不听的话。

在过去，本不需要长篇大论便能证明，互相宽容对双方都有好处，因为我们都掌握了对方的老底。但现在这一点不用谈了。目前有两种办法：一是互相毁灭，一是和好如初，重温旧梦，感情更深厚。后一种办法无疑是比较好的。但我说在这两者之间还有很多其他的办法。因此我干脆对您说，从今天起，我要么是您的情人，要么是您的仇敌。以前我这样说并不可笑，现在重复这话也并不可笑。

我充分理解您很难做出选择，对您来说搪塞过去比较合适。我也不是不知道，您从来都不喜欢处在这样必须说出同意或者否认的地位上。但是您也知道，我不能让您走出这个小的圈子，否则我会给您耍了。您也应当能预料到，我是不能承受这一点的。现在该由您来决定了。我可以听任您做出选择，但我不能总是觉得心里没底。

我只是想告诫您，不要用您的大道理来愚弄我，不管这些大道理站不站得住脚。您不要再用甜言蜜语来哄骗我了。开诚布公的时刻到了。我巴不得给您提供一个好榜样。我很高兴向您宣布我是爱好和平与团结的，但我坚信，假如需要，我也有破坏这两者的权利和力量。

我再补充一点，您设置的障碍都会被我以宣战来对待。您明白，我要求您做出的答复不是的、富丽堂皇的句子。两个字就足够了。

一七××年十二月四日于巴黎

德·梅尔提侯爵夫人把她的答复写在这封信的下方：

行！宣战。

第一百五十三封信

德·伏朗基夫人致德·雷斯蒙德夫人

亲爱的朋友，最近的病情报告能准确地告诉您我们的病人的身体糟到什么情况，我

就不多说了。我现在将所有的能量都花在照料病人上，只是在发生与疾病无关的其他事情时，我才挤出些时间来给您写信。这里就有一件我意料不到的事：我收到一封德·范耳蒙先生写来的信。他把我看做知心人，把秘密告诉了我。他甚至要我替他在德·都尔范勒夫人跟前说情。他还在给我的信中附了一封给她的信。我马上写了回信，并退回了另一封信。我把他给我的信寄给您瞧一瞧。我相信您会和我持同样的态度。我既不能够也不应该对他的要求有半点迁就。即使我答应了他所要求的一切，我们不幸的朋友也不可能理解我的话了。她不停地说着胡话。可是您怎么看待德·范耳蒙先生这种痛苦绝望的心情呢？首先，他是真的，还是想一直骗人到底？如果说这一次他是真心诚意的，那么他应该明白不幸是他自己造成的。我相信他对我的答复是不会很满意的。但是我承认，这件事我了解得越多，就越使我厌恶肇事者。

再见，亲爱的朋友。我要回去做我的令人伤心不已的工作了。这是特别伤神的工作，因为我看不出有什么成功的希望。我对您的感情是永不改变的。

一七××年十二月五日于巴黎

第一百五十四封信

德·范耳蒙子爵致唐瑟米骑士

我亲爱的骑士，我去了您家两次。但是，自从您抛弃了恋人的角色，而扮演走红运的情人的角色以后，您就忙得不可开交，不过这也合乎常情。您的随身男仆肯定，您今晚将回家，他遵命在家中等着您。但是我了解您的企图，我很清楚，您只是暂且回来，换上一身适宜的服装，然后立即重新踏上您的胜利的征途。这很好，我只能衷心祝福。但是，今天晚上，您可能想选择一个不同的方向。您还只知道您的事情的一半关于您的事情，现在应该的另一半告诉您，然后由您自己做出决断。所以请您仔细读一下我的信。这不会使您远离快乐，相反，这封信的目的正是让您选择一种欢乐。

假如您把秘密全部告诉了我，如果不用我去猜测您那些心底的东西，那我就能及时地掌握动态，我今天的这股热情也就不会显得这样不合适，不会阻碍您的行动了。我们现在还是从实际情况出发来考虑问题吧！不管是什么样的，即使最坏的选择也会使另一人得到幸福。

您今天夜里有个幽会吗？您是和一个迷住您心窍的可爱女人幽会，是吗？没错，像您这样年龄的人，是见什么女人都动心的，至少在第一个星期里！那寻欢作乐的环境注定会使你兴奋。一幢专为您安排的舒适而安逸的小楼，一定会以其自由和神秘的魅力来使情欲变得更加美妙。一切都已约定，人家正等候着您，您也急于前往！您看，尽管您对我保密，我们俩还是同样地清楚。现在让您知道您所不知道的事吧！我有必要告诉您。

自从我回到巴黎以后，我就想方设法让您有机会接近德·伏朗基小姐，因为我曾答应帮您和她接近。即使在前一次我和您谈起这件事的时候，依据您的回答，或者根据您热烈的反应，我也有理由认为我是在为您的幸福而努力做着一切。只凭我一个人的力量，要办成这样一件困难的事是不行的。因此我只想好了办法，其他的事就靠您那位年轻恋人的热血和激情了。她在爱情的启示下找到了我未使用过的方法。使您运气不佳的事是：她居然成功了。她今晚对我说，这两天来，一切障碍克服，您的幸福已掌握在自己的手中了。

两天以来，她一直想亲口告诉您这个消息。尽管她妈妈并不在家，您去了也同样会受到接待。但是您从来没有去！对您实说吧！我觉得这姑娘对您冷淡的表现是有点生气的。这或许是为有点执拗，或许也是有道理的。她最后要我去她家，要我把她的一封信越早交给您越好。从她的急切的态度，我可以我立刻断定跟晚上约会的事有关。不管怎样，我敢拿自己的名誉和友谊向她担保，您今天白天一定会接到这封情书。我不是说话不算数的人，所以把这封信附上。

今天，我的年轻人，您将采取什么措施呢？一边是风骚浪漫，一边是情窦初开，一边是欢乐，一边是幸福，您将选取哪一个？如果唐瑟米还是三个月前的唐瑟米，甚至是一个星期前的唐瑟米，我知道他会做什么，由于我了解他这个人。但是今天的唐瑟米已经拜倒在石榴裙下，醉心于艳事，也难免变得有些轻薄了，他的心能偏向于一个羞答答的少女吗？美貌、纯朴和一片真情是这个少女所拥有的一切，而一个老练的妇女却用各种花样挑逗一个男人呢！

假如是我的话，亲爱的朋友，我认为，即使依您的新原则——我承认这些原则和我的原则有些共同之处——在这样的处境里，我要挑选的也是年轻的女情人。首先，多了一个收获；其次一种新鲜感觉；还有，辛勤栽培的果实如果不去摘取，你便会害怕它丢掉。因为，归根结底这实在是错过机会，而这种机会不再重来，特别是你第一次就显得意志薄弱。在这种特殊的状况下，往往只要产生一时的愤懑情绪，嫉妒的猜疑，甚至只要稍微生生气,您的最光辉的战绩就给毁了。落水的德行往往会紧紧抓住一根稻草,一旦脱险,它就百倍警惕,再也不轻易上当了。

相反,在另一方面,您又会承担什么风险呢?根本不用担心会把关系搞断了,顶多是闹一场别扭,只要来点殷勤,就可以言归于好并带来快乐。一个已被征服的女人,除了宽恕之处,还能有什么对策呢?她要是愤怒,又能做到什么好处?她只会失去快乐,名声也会搞糟。

假如像我所渴望的那样,您选择了爱情——在我看来等于选择了理智——那么我认为,为了小心起见,您不要为失约而去请求原谅,您让人家白等就是了。如果您瞎编一个理由,人家可能会去核实。女人们是好奇的,而且固执成性。一切都会被发现。最近我就在这方面得到了深刻的教训,这您不是不知道。您让人家保留着希望,那么这希望受到虚荣心的支持,在可以了解情况的时机过去之前是不会消失的。而第二天,您就说碰上了一个无法超越的障碍,无法脱身:您病了,或者死了,如果需要这样说的话,或者说些其他使您同样感到痛苦的事情,这样一切便得到了很好的。

可是,不管您做出了什么样的决策,我都请您让我知道。这跟我没有利害冲突,所以我总是认为您做得对。亲爱的朋友,拜拜了。

我另外要提的一点,我很遗憾德·都尔范勒夫人。不能和她在一起,我感到悲痛欲绝。我把一半生命全部奉献给了他,这是我的幸福所在,我愿以另一半生命来换取这独有的幸福。啊!请您相信,一个人有了爱情的滋润才会有幸福。

一七××年十二月五日于巴黎

第一百五十五封信

赛茜尔·伏朗基致唐瑟米骑士

(附于前一封信中)

可亲可敬的朋友,怎么搞的,我看不到您了?我可一直望眼欲穿。您不再有和我同样强烈的欲望了吗?唉!我从没有像现在这样难过!我们分别的时候也没这样伤心。以往,悲伤来自别人,现在使我痛苦不堪的是悲伤来自您。

您要知道,这几天妈妈都不在家。我一直希望您设法利用这段自由的时光,但是您连想也没想。我不幸!您过去总是说我爱得不够深;我知道实际情况恰恰相反的。瞧,

现在不是得到证明了吗？只要您想看我，就能实现。因为我和您不同，我想的只是我们能在一起的办法。依您现在的表现，我可能完全不该把我为了这个目的所做的一切告诉您，这浪费了我多少精力啊！但是我实在太爱您了，我是多么想见到您呀，所以我制止不了自己，还是对您说了吧！说了以后，我再看看您是否真的爱上了我！

我活动的进展是：门房现在站在我们这边了；他向我保证，您每次来，他都装作没看见，让您进来。我们可以相信他，他是一个很老实的人。所以现在的问题是您进来后，不要让人家看到。这也很容易做到，您只要在晚上不用怕的时候来，就行了。比如说，妈妈现在天天出去，每晚十一时便睡了。所以，我们可以有更多的时间在一起了。

门房对我说，您愿意来的时候，敲他的窗就行。然后，您可以找到小楼梯。因为您不能打灯，所以我就让我的房门半敞着，这样总能给您一点头。您要小心，千万别搞出声音来，特别是在妈妈的房门前过去时。至于经过我的侍女的房门，那无所谓，她答应过我，她不会管的。她也是一个很好的女孩子！您离去时，要注意的事情和来时一样。好吧！现在就看您来不来了。

为什么我写这信的时候，心狂跳着，我的上帝？是要倒什么楣，还是想到快见到您了，心中十分激动的缘故？我可以清楚感觉到的一点是：我从来没有像现在这样爱过您，我也从来没有像现在这样希望把这句心里话告诉您。来吧，我的朋友，我亲爱的朋友！让我无数次对您说："我爱您，我崇拜您，你永远是我唯一的爱！"

我设法通知了德·范耳蒙先生，说我有话告诉他。他是一个很好的朋友，他明天一定会来，我将请求他把我的信马上还给您。这样我明天晚上就可以等您来。您一定来吧！如果您不愿意让您的赛茜尔痛苦的话。

再见，亲爱的朋友，我全心全意地拥抱您。

一七××年十二月四日晚于巴黎

第一百五十六封信

唐瑟米骑士致德·范耳蒙子爵

亲爱的子爵，千万不要置疑我的心，也不要怀疑我的任何行为。我怎么会抗拒我的赛茜尔的欲望呢？啊！我爱的是她，只是她！我永远只爱她一个人！她温柔多情，天真烂漫，充满魅力。我虽然可能一度轻弱，三心二意，但她的魅力将永远存在。尽管我又有了一件风流事——这在我可以说是不知不觉地发生的——我还是时常脑中想起赛茜尔。甚至当我在享受最美妙的快乐时,我又想起了赛茜尔,使我于心难受。也许正是在我对她傲慢之时,我从心底感到了对她前所未有过的真实的钦佩之情。但是,我的朋友,我们应该体贴她脆弱的内心,不要把我的错误告诉她;这不是欺骗她,而是为了不致使她难受。使赛茜尔幸福是我最由衷的愿望,要是她为我的过错而流泪的话,我是绝对不会原谅自己的。

您说我有了您所谓的新原则,我觉得您这样取笑我不是很过份。但是您可以相信我,我现在的行为已和这些原则一点也不相干了。我决心从明天起就来证明这一切。我要当着使我和自己走上歧途的女人的面自我控诉。我要对她说:“请您剖析我的心灵吧!我对您心怀最深厚友情,友情加上欲望和爱情极其相像的啊!……我们俩都弄错了。但是我即使会陷入谬误,也不会欺骗自己。”我了解我的朋友,她又忠厚老实,又有博大的胸怀。她不单会宽恕我,还会支持我。她自己就常常责备自己辜负了友谊。她常常顾虑重重,因而影响了她狂放的感情她比我明智,会设法加强我这种有益的畏惧心理,而我却冒冒失失,企图压制她心中这种有益的感情呢!由于她,我成为一个更善良的人,正如由于您,我更加幸福了。啊!我的朋友们,你们来分享我对你们的感激之情吧!我的幸福来自你们,也就更有价值。

再见,亲爱的子爵。我心中的狂喜,不可能阻止我想到您的痛苦并分担您的痛苦。我要能对您有哪怕一丁点帮助该多好啊!德·都尔范勒夫人竟是这样一个不为所动的人吗?人家还说她病得很厉害。我的上帝,我是多么同情您!但愿她的身体能够早日恢复健康,同时又变得开朗,永远使您幸福!这是发自友谊的祝愿,我相信爱情能把这一切变为现实。

我愿意和您再聊下去,可是时间不允许,因为赛茜尔已经在等我了。

一七××年十二月五日于巴黎

第一百五十七封信

德·范耳蒙子爵致德·梅尔提侯爵夫人

怎么样?侯爵夫人,昨夜玩得愉快吧!现在是不是有点累了?您应该承认唐瑟米实在是个让人喜欢的家伙!他是个会创造奇迹的小伙子!您没有料到这点,是吗?行啦!我可以正确面对自己了。面对这样一名敌手,我被抛弃是在情理之中的了。说实在的,

他是有那么多优点！特别是那深厚爱情，多么忠贞不渝的品德，多么体贴入微的性情！啊！如果将来他能像他现在爱赛茜尔那样爱您，您就永远不用担心您的生活中会出现情敌。他昨夜已向您证明了这一点。也许会有一个女人对他搔首弄姿，使您一时失去他，因为一个年轻人是很难抵挡人家特别是年轻有姿色的女子骚扰的。但是您放心，正像您现在所看到的，只要他爱的对象写一封信，他就会回到现实之中。所以现在您需要的，只是争取成为他爱的对象。到时候，您将是天底下最幸福的了。

这方面，您肯定是不会弄错的。您感觉敏锐，人家不用为您担心。我俩之间有条牢固的友谊纽带，这您并不否认。我对您是一片真诚。然而正是出于我对您的友情，我才希望有天晚上的考验。这是我的热情的杰作，它赢了。可是您完全不用感谢我，因为这不费吹灰之力。

话说回来，这是否要我付出了代价呢？是的，我做了一点小小的牺牲，稍稍动了动脑子。我同意这个年轻人和我共同享用他的情人的爱情。因为这方面他本来就拥有和我相同的权利，我也不会放在心上！这个姑娘的信是由我口授的。这只是为了能节约一点时间，因为我们都知道时间不够用！至于附上的那封信，那是无所谓的！因为所有的一切只不过是从友谊出发提几点意见，让新情人在选择中有所依据。但是老实说，这些意见并不重要。事实是，他未曾有过任何片刻迟疑。

还有，他今天要去看您，向您倾诉心中的一切。他是多么的天真率直啊！他的故事一定会教您听得津津有味！他将对您说："请您解剖我的内心世界吧！"他把他的打算告诉过我。你看，这样一来，你们不就重归于好了吗？我希望您顺从他的心愿，仔细审视他的心灵，同时，也看到这种年轻的情人是有潜在危险的。我希望您最好明白与其把我当作敌人不如把我当作朋友。

再见，侯爵夫人，下次有时间再跟您聊。

一七××年十二月六日于巴黎

第一百五十八封信

德·梅尔提侯爵夫人致德·范耳蒙子爵

（便函）

我不喜欢有人在采取卑鄙的行为之后，又开恶意的玩笑。这绝不是我的作风，也胜过他不符合我的口味。当我怨恨某人时，我不对他挖苦嘲讽，我的做法要：我要报复。不管您目前多么快乐舒服，您可不要忘记这样的事不是第一次，您暗自庆幸，以为自己掌握在自己的手中，可就在您拍手称快的时刻，胜利从您的指缝间溜走了。再见。

一七××年十二月六日于巴黎

第一百五十九封信

德·伏朗基夫人致德·雷斯蒙德夫人

我是在我们身处不幸的朋友的房间里给您写这封信的。她的身体自始至终没有一点起色。今天下午请四位医生给他会诊。不幸的是，您也知道，他们能做到的是证实病情的危险，而几乎没有可能是找到治疗的方法。

可是，昨天夜里，病人似乎清醒了一些。侍女今早告诉我，将近午夜时分，女主人把她叫到跟前，要她伴着她，并口授了一封相当长的信。朱迪还告诉我，当她把信装进信封时，德·都尔范勒夫人又开始胡说了，弄得她不知道在信封上写谁的名字和地址好。我感到惊奇，难道信的内容不足以说明信是给谁写的？侍女回答说，她怕弄错。因为她的女主人叮嘱过她立即把信发出，我就负责把信件打开来看。

我看到目前给您寄去的这封信。这封信确实可以说写给许多人都行，所以难以断定到底是写给谁的。可是我倾向于相信，我们不幸的朋友开头是想写给德·范耳蒙先生的，可只不过因为有点思绪混乱，她不知不觉地放弃了这个念头。无论如何，我认为这封信不应该交给任何人。我把它寄给您，因为占据病人头脑的究竟是什么可怕的念头，我说不清楚，您自己更看得清楚些。只要她的身体一刻不见好转，我就不可能产生什么希望。精神状态如此地不安定，身体情况是很难有转机。

再见，我亲爱的可敬可佩的朋友。我每天目睹这令人伤心的情景，而您远在外地，我为您深感不幸。

一七××年十二月六日于巴黎

第一百六十封信

德·都尔范勒院长夫人致×××

(由她口授,侍女笔录)

恶毒的作恶多端的家伙,你将永远残害我吗?你折磨了我,糟蹋了我,玷辱了我,这还不够?你连坟墓里的安谧都不留给我吗?什么!我蒙受奇耻大辱,走投无路,被迫下到坟墓之后,还得永无休止地忍受精神上的痛苦吗?我绝望了吗?我并不祈求我过分享有的恩典。我可以受苦,我不会抱怨任何人的,条件是我的痛苦在我的力量控制范围之内,你不要对我进行残忍的折磨。你在把痛苦留给我的同时,请不要使我痛心地回忆起我曾有的幸福。你夺走了我的幸福以后,就不要再在我眼前描绘幸福,使我心如刀割。我曾经过着安静舒适的生活,见到你,我失去了平静;相信你话的结果,使我成了一个罪恶的女人。你既是我的过错的根源,又有什么权利来惩处它们呢?

以前怜爱我的朋友们现在到哪里去了?他们在哪里?我的不幸遭遇把他们都吓跑了。谁都不敢接近我了。我心如刀割,而他们对我袖手旁观!我将命赴黄泉,却无人为我流泪。我得不到半点安慰。我像一个罪人一样,而同情只停留在深渊的边缘。罪人内心忍受着悔恨的煎熬,而他的呼声没有人理会!

可是,在受了我的侮辱后,依然尊敬我,这更加重了我的痛苦。你完全有权利为自己进行报复,你却远离了我,你现在在干什么呢?你回来惩罚我这个不忠诚的女人吧!让我来承受该我承担的那份痛苦吧!我本来早应受到你的惩罚了,只是我没有勇气把你受辱的事告诉你。这并不是为了欺骗,而是出于尊敬。至少让这封信告诉你我悔恨了。上帝与你同在,他已替你雪耻报仇,而你还蒙在鼓里。是他封住了我的口,不让我说话。他担心你会饶恕一个他要严惩的罪人。他使我得不到你的宽恕,因为你的宽恕会有损他所主持的公道。

他铁面无私。为了报仇,他把我托付那个毁灭我的人。我的痛苦源于这个人,对我直接施加痛苦的也是这个人。我要躲避,但是没有用,他尾随着我。他就在这里,在不停地骚扰我。但现在的他和原来的他真是判若两人!他的眼神只表露出仇恨和蔑视。他满嘴尽是辱骂和责备。他抱住我只是为了把我撕成碎片。他狂暴又野蛮,有谁能帮助我躲过灾难呢?

啊,怎么!是他……我绝没看错。啊,我可爱的朋友!你抱住我!请你把我藏在你的怀抱里!是的,是你,的确是你。是什么可怕的东西模糊了我的双眼?你和我分开的时候,我是多么痛不欲生啊!呵!我们要在一起,永远不要再分开了。让我喘口气。你听,我的心狂跳不止!啊!这不再是因为恐惧,这是因为甜蜜的爱情啊!你怎么能拒绝我亲热的爱抚呢?你的温柔的眼光转过来对着我吧!你想方设法要扼杀的是什么关系呢?你这副冷酷无情的脸色是用来对付谁的?是谁使你一改往日的样子啊?你做什么?你快走开!我怕呀!上帝!这个凶神又来了!

我的朋友们,你们不要丢弃我呀!你们曾经劝我远离他,现在请你们协助我和他英勇地战斗吧!而您,您尤为宽容,请您来到我身边吧!您答应消除一下我的痛苦。你们俩都在哪里呀?如果我不可能再见到你们,至少请你们给我写封回信,好让我知道你们对我的爱始终没有改变。

没有心肝的家伙的人,你滚!你又在发什么疯?你是怕让我的心灵感到温暖吗?你在加倍地折磨我。你要我仇恨你所做的。哦!仇恨多么令人难受!仇恨从心灵中分泌出来时会强烈地伤害我们健康的心!您为什么要迫害我?您还有什么要对我讲呢?正是因为您,我不是变得既没有能力听您说话,也没有能力回答您的话了吗?您不要再企图从我这里再获取新的东西。再见,先生。

一七××年十二月五日于巴黎

第一百六十一封信

唐瑟米骑士致德·范耳蒙子爵

先生,我已经明白你如何待我。我还知道您并不满足于卑鄙地愚弄我,还厚着脸皮以此为荣,炫耀自己,洋洋自得。我看到了您亲手写下的,是可以证明您出卖朋友的证据。我承认我感到非常伤心。我为此羞愧;当您滥用我的盲目的信任时,我竟帮助您从事这种罪恶的行径。然而我并不羡慕您占有的这点让人唾弃的便宜,我只是想知道您占有的这些便宜,是否都能留下来。假如您如我所希望的那样,明早八九点钟之间愿意去凡赛纳树林门外的圣芒代村,那我就会得到一个明确的答复。到时候,您我之间为了搞

懂这个问题，我负责弄好一切东西。

唐瑟米骑士

一七××年十二月六日晚于巴黎

第一百六十二封信

贝特朗先生致德·雷斯蒙德夫人

夫人：

我以十分悲痛的心情来履行我这个难过的责任：告诉您一个会使您极度悲哀，伤心的消息。在这以前，请允许我先要求您做好逆来顺受的心理准备。我们要听从神的安排。人们曾无休止地赞赏您具备这种态度，唯有它才能让我们承受满布在我们痛苦的生命旅程上的各种苦难。

您的侄儿……我的上帝啊！难道我必须使一位可尊敬的夫人如此难过不已吗？您的侄儿今早在和唐瑟米骑士的决斗中不幸死掉了。争吵的缘由我无从知道。但是，从我在于爵先生的衣袋中发现的那张便条看来，我可以说并不是他挑起这场决斗。但命赴黄泉的却是他。天底下竟发生这样的事情！

当人们把子爵送回他的寓所来时，我正在那里候着他。您的侄儿被两个仆人抬着，全身都是血。您可以想象我当时惊愕到什么程度。他身上中了两剑，已经快不行了。唐瑟米先生也来了，他还流着眼泪。啊！当然他是应该哭的。一个人闯下无法弥补的大祸时，仅凭泪水是不够的。

我当时无法控制自己，尽管我地位低下，还是当面地指责他。这时，子爵先生真正表现出了他的崇高之处。他命令我住口，还握住那个要了他的命的凶徒的手，称他为朋友，并当着我们的面和他拥抱。他对我们说："我要求你们像尊敬一位正直高尚的人士那样尊敬这位勇士。"他还当着我的面叫人把一大沓东西交给他。我不明白这是什么，但我看得出来他非常重视这叠东西。接着他要我们让他们俩单独呆一段时间。这时，我立即差遣人去请神父和医生。可是伤势已到了不可救药的地步。唉！不到半小时，子爵先生就昏迷了。他只能接受临终涂油礼了。仪式刚结束，他就一命呜呼了。

我的万能的主啊！这个赫赫有名的家族的高贵支柱一出生，我就把他接过来抱在怀

里，那时，我怎么预见得到今天他竟会在我的怀抱里死去，竟会要我来为他吊丧呢？他死得太早了，真是可怜！我抑制不住泪水。请您原谅我，夫人，我竟敢这样来和您一起悲痛。可是各个阶层的人都有感情的一颗心呀！老爷待我这么仁厚，这么信任我，我要是不为他哭泣一辈子，不就是一个忘恩负义的家伙。

明天遗体运走以后，我将在各处贴上封条。您可以完全信赖我。您一定明白，夫人，这件倒霉的事终止了代位继承，使您得到了全部的财产支配权。如果我能为您工作的话，您尽管向我下达命令便是。我将全身心准确无误地加以执行。

我最敬佩的夫人，我是您卑微的……

贝特朗

一七××年十二月七日于巴黎

第一百六十三封信

德·雷斯蒙德夫人致贝特朗先生

亲爱的贝特朗，顷收到的来信，知道了可怕的事件。我的侄儿是这个事件的不幸的遭难者。是的，毫无疑问，我有事情要您去做。我极度悲哀，要不是这些事必须做，我真不想做任何事情。

您寄来的唐瑟米先生的短简是一个证据，证明是他挑起了这场决斗。我的愿望是：您立即以我的名义，就此事提起诉讼。我的侄儿宽恕了他的对手，宽恕了置他于死命的家伙，他这样做是为了满足他的宽宏大量的本性。但是我不一样，我要为他的死，为人类，为宗教而复仇。我们要求法律严肃处理这种残余的野蛮习性，因为它始终污染着我们的道德风尚。我一点也不信在这个案件中，上面会对罪人做出饶恕的判决，并要求我们服从。您要使出我所了解的全部热情和财力来处理这件事。这是我所期待的。这样您也就不会辜负我的侄儿了。

首先，您要代表我去拜访××院长先生，并和他就此事进行高谈。我不另给他写信了，我现在一直沉浸在我的痛苦之中。请您代我向他转致歉意，并将这封信转交给他。

再见，亲爱的贝特朗，您的善良的心是值得人称颂和感谢的。我永远属于您。

一七××年十二月八日于××城堡

第一百六十四封信

德·伏朗基夫人致德·雷斯蒙德夫人

亲爱的令我尊敬的朋友,我了解到您已经知晓了您刚刚蒙受的损失。我知道您对德·范耳蒙先生心怀很深的感情。我非常诚挚地分担您此刻的哀伤。我感到实在令人伤心的是:我还得给您增添新的伤悲。唉!对于我们的不幸的朋友,您也只能为她洒一捧热泪了:我们已于昨晚十一点钟失去了她。一种冥冥之中的力量好像抵消了一切人为的努力,使她比德·范耳蒙先生仅仅多活了片刻,然而这片刻却足以使她得知后者的死亡。也正如她曾经讲过的那样,她只有等到不幸的重压达到极限以后,她才会给弄垮。

是的,您知道她不省人事已有两天多了。昨天早上,她的医生也赶过来了。我们走近她的床边,她认不出我们,说不出半句话,也没反应。可是,当我们回到火炉旁,医生把德·范耳蒙先生的死讯告诉我时,这个不幸的女人的头脑又清醒过来了。这可能仅仅由于是自然的力量;也可能是我们不断地重复“德·范耳蒙先生”和“死”这些字眼,使得很久以来她呆滞的脑子又灵活运转起来。

我看到她急急忙忙地拉开床帘,大声叫道:“什么!你们说什么?德·范耳蒙先生死了!”我原本不想让她知道,便说她听差了。但是她不信,要求医生把这个令人伤心的故事从头讲一遍。我还想说服她不要相信,但是她把我唤过去,小声对我说:“您怎么能欺骗我呢?他不是已经为我而死了吗?所以我只好放弃原先的想法。”

我们不幸的朋友先是以很安静地听着。但不一会儿,她便打断了医生的话,说道:“够了,我知道足够多了。”她立即要求我们把她的床帷拉好。医生后来要给她检查时,她坚决不允许他走近她。

医生一出去,她就把护士和侍女也统统轰出去了。房间里只剩我们两个人。她要我帮助她,扶着她在床上跪下。她沉默了片刻,泪如泉涌;再没有任何别的表情了。最后,她把合住的双手举向天空,以一种细微而虔诚的声音说道:“万能的主,我现在接受你的裁判。请你饶恕范耳蒙吧!我承认我自作自受。你不要把我的不幸归责于他。我将对你感激不已。”亲爱的、可敬的朋友,我知道我这样不厌其详地对您讲述这件事,会再度诱发和加深您的伤痛,可是我还是这样做了,因为我敢肯定德·都尔范勒夫人的这个祷告还是能给您的心灵带来巨大的安慰的。

我们的朋友讲完了这么几句话，就扑到我的怀抱里。我刚刚把她在床上放好，她就昏厥过去了。昏厥的时间很长，可是常规的治疗方法还能奏效。她一苏醒过来，就要求我派人去请昂塞姆神父，说："他是我现在唯一想找的医生。我感到我的痛苦快要结束了。"她说话艰难。她说胸口闷得厉害。

很快，她叫侍女拿给我一个盒子。我现在把它寄给您。里面装的东西，据她说是她的信札，她要我在她死后，立即把它交给您。接着她不顾体力衰弱，满怀深情地和我谈起了你们之间的友谊。

昂塞姆神父于四点钟左右来到，和她单独呆了将近一个小时。当我们回到房间里时，病人的面容平静安详。但一眼可以看出，昂塞姆神父流了很多眼泪。他留下来参加最后的宗教仪式。这种场面总是即庄严，又令人伤悲不已的，昨天更是如此。因为是病人显得安静，视死如归，而可敬的神父却痛苦异常，在病人身边哭得像泪人一般，两个人之间形成了一种鲜明的对照。在场的人都潸然泪下，而引得大家悲泣的人却没有留哪怕半滴泪水。

在这一天剩余的时间里，大家做了些常规的祷告，病人频繁的昏迷经常打断祷告的进行。最后，到了晚上十一点钟，我觉得她更加气闷得厉害。我伸手去摸她的手臂，她还有力气来握住我的手，把我的手放在她的心口上。我感觉不到她的心跳：也正是那一刹那间，我们不幸的朋友与世长辞了。

不知你是否记得？不到一年以前，您来巴黎时，我们一起谈论到有几个人的幸福是比较靠得住的。她是我们那时特别高兴地注意的一个，而今天我们却正在为她的不幸和死亡而伤心流泪。那么美好的情操，如此了不起的品德和可爱之处，如此温柔平和的个性；她和丈夫相敬如宾，她喜欢周围的环境，也为大家带来欢乐；她漂亮、年轻、有钱；这么多的有利条件汇于一身，却因为一次失足而全给毁了！哦！上帝啊！是的我们应该尊崇你的安排，但它是多么令人难以理解呀！我不想多讲了，我怕这样令人伤心的事，更会加剧您的悲痛。

离开了您，我就去探女儿，她有点难过。今早，她从我这里得知她认识的两个人这样遽然亡故时晕了过去，我让她上床休息。我希望这种轻微的打击不会有什么关系。这样年龄的人还没有学会感受忧伤，忧伤给她的印象就更为深刻。这种多愁善感无疑是一种可贵的品德，可是我们日常的所看到的一切却告诉我们，这种品德又是多么令人担忧呀！

再见，亲爱的、可敬的朋友。

一七××年十二月九日于巴黎

第一百六十五封信

贝特朗先生致德·雷斯蒙德夫人

夫人：

我很荣幸地接到您的书信，又荣幸地见到了××院长先生。我向他转达了您的手书，并向他承诺，根据您的想法，我的一切行动都将以他的意见为自己的。这位令人尊敬的司法官让我告诉您，您想对唐瑟米骑士起诉，这会危及您侄儿以后的名誉；他的名声必定会被法院的判决玷污，这无疑将造成一种更大的不幸。他的主张是：要竭力避免采取任何行动；即使需要采取行动，那也是设法防止检察院获悉这件几乎已经闹得满城皆知的不幸的事。

这些意见我认为是十分明智的，因此我决定等候您的新的指令。

夫人，请答应我要求您，在向我下达新命令的时，顺告诉我您的健康状况，因为我极为担心这些伤心事会影响您身体的健康。我希望您看在我的忠诚和热情份上，原谅我这么冒昧地提出这个要求。

可敬的夫人，我是您卑微的……

一七××年十二月十日于巴黎

第一百六十六封信

致唐瑟米骑士的匿名信

先生：

我很荣幸能让您明白，今天早上，在检察院里，检察官和律师都在谈论您最近和德·范耳蒙子爵先生的那场生死之战。恐怕法院会提出公诉。我有理由确信，我向您透露这个消息会对您有好处。因为这样，您可以寻求您的保护人的帮助，以阻止不愉快的事发生,或者即使您做不到,也可以采取有关您个人的安全措施。

假如您允许我提个建议的话,我建议您在最近一段时间不要轻易抛头露面。虽然人们通常对于这类决斗比较宽容,但是法律总是要尊重的。

您要谨慎才是,因为我听说有一位德·雷斯蒙德夫人要对您起诉。他们告诉我,她是德·范耳蒙先生的姑妈。到那时,检察官就很难拒绝她的要求了。托人去向这位夫人讲讲情,也许是一种明智的做法。

由于某种特殊的理由,我不可能在此信上写名字,可是我希望,就算您不知道这封信出于谁的手笔,也不会妨碍您对于写这封信的善良动机的正确对待。

我是您卑微的……

一七××年十二月十日于巴黎

第一百六十七封信

德·伏朗基夫人致德·雷斯蒙德夫人

亲爱的、可敬的朋友,目前散布着一些非常惊人、非常让人烦恼的有关德·梅尔提夫人的坏话。我当然绝对不会去相信,而且我完全可以断定,这只是可怕的诋毁。但是我也同样清楚,即使是最离奇的谎言中伤,也能给人留下难以磨灭的印象。所以我感到十分恐惧,尽管我坚信这些恶意中伤的话是很容易揭穿的。我现在最迫切的希望是在这些谣言没有进一步散布开来以前就把它们制止住。但是,我是在昨天很晚的时候才得知它们的。当我今早派人去德·梅尔提夫人家时,她刚动身下乡去了,要在那里呆些天。谁也不能告诉我她去了哪一家。我把她的第二侍女叫来问话,她只知道女主人要她在星期四那天等她回来。留下来的其他仆人也都一点也不了解情况。我也猜不出她去了哪里。我想不起来她的朋友中间还有谁仍呆在乡间。

虽然这样,我觉得在她回来之前,您还是可以帮助我澄清一些事实。对她同样。因为这些可恨的传说是以德·范耳蒙先生之死的前因后果为基础的。这些情况如果属实的话,那您无疑是知情的,至少您打听起来相对容易一些,所以我才来恳求您。现在请看人们在散布的,也许说得精确些,在悄悄嘀咕的是些什么(但是悄悄嘀咕肯定很快就要变成公开的议论):

有人说德·范耳蒙先生和唐瑟米骑士的这场决斗是德·梅尔提夫人一手炮制的,是她欺

骗了他们俩。这两个情敌同决斗的方法解决问题,到头来才弄清真相——这些事几乎全都是这样——他们真诚地和解了。人们并且说,德·范耳蒙先生为了让唐瑟米骑士完完全全看清德·梅尔提夫人,同时也为了开脱他自己,除了口头表白以外,还拿出一大堆书信。原来他和她经常写信。她在信中谈她自己,并以毫不遮掩的口气叙述最荒唐不过的丑闻。

他们还说,唐瑟米在一气之下,把这些信向所有感兴趣的人公开了。目前这些信件正在全巴黎被传看。人们特别提到其中两封信。有一封信谈了她自己的一生和她的生活原则,人们说这封信真是把天下的丑恶都集中起来了;另一封信完全替德·普里旺先生洗刷了罪过。您还记得他的故事吧!信的内容可以证明他不过是接受了德·梅尔提夫人的最露骨不过的引诱,那次幽会是她和他偷偷商定好的。

好在我有最足够的理由相信,这些令人发指的信口胡说是毫无根据的。首先,我们俩都清楚德·范耳蒙先生肯定和德·梅尔提夫人之间不会有任何不正当关系,我也坚信唐瑟米跟她没有任何特殊的交往。因此我觉得这就得到了证明:绝不是这场格斗的原因或挑起者。另外我搞不懂的是,人家说德·梅尔提夫人和德·普里旺先生是有约在先的,可她闹这么一场对她有什么利益呢?因为这种事闹得满城风雨总是不光彩的,对她还会造成伤害。她这不是使一个掌握了她的部分秘密,当时又拥有很多支持者的人变成她的不共戴天的敌人了吗?可是,值得注意的是,这件事情闹过以后,竟无人挺身而出为普里旺辩护,连他本人也没有提出任何申诉。

基于此种想法,我自然而然地猜疑今天这些谣言的制造者一定是他,我认为这些狠毒的话是他用来发泄心中的怨恨、进行报复的。他希望这样做至少可以散布一些疑团,并起到转移注意力的作用。不过,不管这些诽谤来自什么地方,首先是戳穿它们。如果德·范耳蒙先生和唐瑟米先生在他们不幸的事件发生以后没有交谈过,一方也没有给过另一方什么东西,那么这些谣传就会如雾见阳光一样消散了。

因为我急于弄清事实真相,今早便派了人去唐瑟米家。他也不在巴黎,他的仆人告诉我的男仆说,他是昨夜才离开的,因为昨天有人劝他出去。他的去处是不为所知的。显然他害怕决斗会带来什么后果。因此,亲爱的、可敬的朋友,我现在只能从您这里了解到使我需要的情况。这些情况对于德·梅尔提夫人可能是十分必要的。我再一次请求您尽快地告诉我一些事实。

我女儿的现在感觉很好。她向您表示问好。

一七××年十二月十一日于巴黎

第一百六十八封信

唐瑟米骑士致德·雷斯蒙德夫人

夫人：

也许您会觉得我今天的举动是非常令人惊奇的，但是我恳求您等我说完后再下您的判断。请您别把尊敬和信任看成放肆和狂妄。我并不是为了掩饰自己的过错，我对不起您。如果我当时想到有可能避免犯这些过错，那我一辈子也不会宽恕自己。您还可以相信，我虽然觉得自己应该免受处罚，但并不因此而不感到悔恨。我还可以坦率地说："我使您悲痛也是我自己感到悲痛的一个重要原因。"您只消想一想您的为人和地位，只消知道我虽然没有认识您的荣幸，却是了解您的，那么我冒昧表示的这些我心中的意见，您就会相信了。

然而，当我哀叹命运给您带来了悲哀，又造成了我的不幸时，有人向我提出警告，说您只想着复仇，您甚至有可能将求助于庄严的法律。

对于这一点，请允许我向您说明，您的悲痛已使您陷入了迷惘。因为在这方面，我的利益和德·范耳蒙先生的利益是紧紧连在一起的。您要求判我的罪，他也不能幸免。因此，我觉得，夫人，在我可能不得不设法使这件不幸的事件永远不再被人挂在嘴边时，我不应受到您的阻挠，相反，你应该帮助我啊？

可是这种对有罪者和无辜者同样适宜的合作形式并不能满足我的自尊心；虽然我想让您做我的原告，但我要求您做我的审判官。尊敬的器重，对我们来说是最珍贵。我不愿意眼睁睁看着我失去您的器重。我相信我是有能力去挽回的。

没错，如果您认为，当一个人在爱情上、友谊上，特别是对人的信任上被人出卖时复仇是可以的，甚至是理所当然的，那么我的罪过就会在您眼中不再存在。只这些话是算不了什么的。如果您有勇气的话，我请您瞧一下我交给您的这些信件。它们中间绝大多数是真迹，另几封转抄的信也就显得真实可信了。还有，我荣幸地给您寄去的这些信，都是德·范耳蒙先生手把手交给我的，可以说是原封未动。我没有添加哪怕一句话，只是抽出了其中两封信。这两封我已大胆加以公开了。

一封是替德·范耳蒙先生和我本人复仇所不可缺少的。我们俩都有权利这样做。他特别委托了我进行复仇。再说，我认为向社会揭露像德·梅尔提夫人这样危险透顶的

女人是对社会做实实在在是有益的。您将发现她是德·范耳蒙先生和我之间一切事情的真正和唯一的原因。

在正义的激励下,我也发表了第二封信。是为了证明德·普里旺先生是清白的。我并不认识他。但是他完全不应该遭受那种严峻的惩罚和公众的近乎苛刻的指责的。后者比前者更为可怕。这么长时间以来,他为此含垢忍辱,根本没办法保护自己。

因此,这两封信您只能看到手抄的,原信我需要留在这里。至于所有其他的书信,我想没有比交给您保存更为稳妥的了。对于我来说,我最关心的是不能让它们遭到毁坏。我不想利用它们,我觉得利用它们是可耻的。我相信,夫人,对我这些信有关的那些人来说,把它们托付给您和交给他们自己一样妥当,因为这样一来,他们就不会知道我知道他们的私事,也就不会有难堪的感觉。他们一定不希望任何人得知他们的个人的事。

我认为,我还得告诉您,这里附上的所有信件只是德·范耳蒙先生当着我的面,从一大堆信件中抽出来的很少的一部分。在他的房屋启封时,您会看到剩下的那些。上面标有“德·梅尔提夫人和德·范耳蒙先生来往账目”的字样,您愿意怎么处理都行!

尊敬的夫人,我是您的卑微的……

一七××年十二月十二日于巴黎

又:由于有人给我提建议,我的朋友们也对我进行规劝,我决定暂时离开巴黎。我的隐避地点对除您之外的所有的人保密,如果我能有幸得到您的复信,您可把信寄到:P××,××骑士封地,收信人可写××骑士先生。我就住在他家很荣幸给您写这信。

第一百六十九封信

德·伏朗基夫人致德·雷斯蒙德夫人

亲爱的朋友,让人惊奇的事和使人伤心的事接踵而至。只有做母亲的才能体味到我昨天上午忍受了什么样的痛苦。后来,极度焦急的情绪虽有所缓和,但我还是深深地感到伤悲,并且不知道什么时候才能得到解脱。

昨天上午十点多钟的时候,我还没有见到女儿。我感到诧异,就叫侍女去瞧一眼为什么她迟迟不来。侍女很快就回来了,神色惊慌地告诉我她不在房间里,就没有见过她,这就使我越发惊恐不安。您想象一下我的处境!我唤来全体仆人,特别是门房。所有的人都发誓说，他们什么也不知道，不能向我提供任何有关的情况。我立即查看了她的房间。房间里乱七八糟，一看就知道她是早上才出的门。但是我也没有发现什么线索。我查看了她的衣柜和书桌，一切都没有动过，衣服也都在，除了她出去经常穿的那件连衣裙。她连她仅有的少量的钱也没有带在身上。

她是昨天才知道有关德·梅尔提夫人的种种非议的。她对她感情很深。她以至于哭了整整一个夜晚。我想起她不知道德·梅尔提夫人已去了乡间，所以我的第一个念头是她想去看看自己的女友，于是独自一个人冒冒失失地去了。时间在流逝，她却没有回来，所以我又烦恼起来。随着时间的推移，我越来越焦急。尽管我迫不及待地想知道到底发生了什么事，却不敢去设法打听，怕这样会使事情闹得沸沸扬扬，因为事后我可能希望将这件事情瞒过大家。啊！我一生中从来没有这样痛苦过。

最终，两点钟敲过了，我同时收到了女儿的信和××修道院院长的信。我女儿的信只是说她怕我反对，因此没敢对我谈自己去当修女的事。其余的都是些请罪的话，因为她在没有获得我的许可之前就做出了这个决定。她还补充说，如果我理解她的话，我一定会赞同她这个决定的。但是她请求我不要问她的动机。

修道院院长告诉说，她本来是想拒绝接受这样一位少女的，但是知道了她是谁以后，她就决定暂时收留她。她觉得这样做对我是一种帮助，免得我女儿再四处奔波，因为我女儿看来是拿定了主意。院长从她的地位出发，让我不阻止这事。她认为这是神灵的召唤。但是她也通情达理地表示愿意将我的女儿交还给我，如果我要她回来的话。她还说，她没能尽快把这件事通知我，是因为她花了很多时间来说服我的女儿给我写封信。据她说，我女儿本打算不让任何人知道她隐修的地方。孩子们丧失理性竟会达到这么令人痛苦的地步！

我马上赶往那座修道院。见到院长后，我就要求看望我的女儿。她出来时畏畏缩缩，身子因害怕而发颤。我先是当着修女们的面和她讲话，后来便单独和她交谈。她挥泪如雨。我能得到的只是一句话：她只有在修道院才会获得幸福。我最后决定同意她留在修道院，但不是像她所要求的那样去当一个备修生。我担心德·都尔范勒夫人和德·范耳蒙先生之死给这个年轻人精神上的摧残太狠了。尽管我很尊重出家修道的志愿，可是看到自己的女儿这么干时，我还是感到难过，甚至感到恐惧。我觉得我们需要履行的职责已经够多了，毋需再添加新的职责了。并且，她这种年龄的人还不能弄清究竟什么样的未来才是适合了他们的。

使我倍感难堪的是德·席西库尔先生就要回来。这么好的一桩婚事难道必须取消吗？我们到底怎样才能使女儿幸福，如果说光有这个心愿、光尽自己的力量还不够的话？您若能告诉我，我该怎么做的话，我将不尽感激。我现在茫然不知所措。我要决定别人的命运，在我看来是最最可怕的事。我在处理这件事上，既怕自己会严厉得像个法官，又怕暴露出母亲的软弱之处。

我在向您诉说痛苦的同时，不停地责备自己给您增添痛苦。但是我深深地了解您：对您来说，给予他人的安慰，就是自己能得到的最大的安慰。

再见，亲爱的可敬的朋友，我殷切地等待着您对这两个问题给我的回复。

一七××年十二月十三日于巴黎

第一百七十封信

德·雷斯蒙德夫人致唐瑟米骑士

先生，我知道了您让我知道的这一切以后，只能默默地流泪。了解了这种种无耻之尤的勾当以后，人会觉得活下去真是令人遗憾的事。看到竟有女人干出了这等可鄙的勾当，作为女人真是无地自容。

先生，我现在心悦诚服地承诺不再提起和这件痛苦的事有关的一切，并永远把它们遗忘。我甚至祝愿您除了打败我侄儿的可悲胜利本身所固有的痛苦以外，不再有别的痛苦。尽管我侄儿有过错——这一点，我不得不承认——但我感到他的丧亡给我带来的悲痛是会一直伴随着我的。可是我这永恒的痛苦是我允许自己对您进行的唯一的报复，所以您可以想见我的痛苦之巨大。

如果您允许我这种年纪的人表达一种您这种年纪的人不大会有的想法，我就说："假如一个人懂得什么是真正的幸福，他就绝对不会在法律和宗教所确定的范围之外去寻找幸福。"

您可以放心，我将忠诚地保管您托我保管的各种信件，但是我请求您答应我有权不把这些信件转交其他别人，包括您在内，除非您为了申辩需要用它们。我希望你不要拒绝这个请求。我也希望您不再有这样的感觉：一个人在报复后，常要蒙冤受屈，即使这是绝对无可指责的复仇。

我的要求还不仅局限于这一点上。我坚信您是一个心地善良，又能体谅别人的人。因此，把德·伏朗基小姐的信札全数交给我，将是完全符合您这两种可贵的品质。这些信您无疑还在保存着，但显然不再使您感兴趣了。我知道这个姑娘对不住。但我不认为您会因此而想处罚她。您不会辱没一个您曾经如此热恋过的对象吧！即使仅仅是出于自我尊重，您也不会这样做吧！所以，我想我没有必要再向您指出：女儿即便是不值得敬重，我们也起码应该尊敬母亲。她是一位年高德重的妇女。对于她，您也许不能说没有很多得罪的地方。因为，一个人不管怎么称赞自己，自称有什么样的崇高的情感世界，只要是他首先设法诱惑一个天真无邪的少女，他就会成为使她堕落的第一个罪人，他就应该对她日后走上歧途、堕落负全部的责任。

先生，请您不要为我这番严厉的言辞感到吃惊，这正是有力地证明了我对您的高度重视。如果您能保证保守秘密，如我所希望的那样，那么您就更应该受到我的器重了。这秘密公开了会对您也没好处，也会使一颗已经为您所伤害的慈母心受到致命的摧残。总之，先生，我希望能帮我的朋友一个忙。我担心您可能不会答应，因此请您好好考虑一下，这是您能给我留下的仅有的安慰。

我是您卑微的……

一七××年十二月十五日于××城堡

第一百七十一封信

德·雷斯蒙德夫人致德·伏朗基夫人

亲爱的朋友，我得从巴黎知道您需要的有关德·梅尔提夫人的情况，现在还不可能向您提供，还得等一段时间。再说，即使我了解的，那也只是些含混的、不足为凭的材料。可是我现在得到了一些我没有期待的，也不可能期待的材料。它们字字属实。啊！我的朋友，您被那个女人欺骗了！

这许多肮脏的勾当，我不想加以描述。不过您可以确信，不管人们讲些什么，都没有把事情的全部真相说出来。亲爱的朋友，我希望您能相信我，因为您对我十分了解。我希望您不至于要我拿出证据来，您只需要知道有那么一大堆证据，现在都紧紧地握在我的手心里就够了。

对于您征求我对伏朗基小姐的看法，我也难过地要求您不要强迫我说出我的看法所依

据的理由。我希望您不要反对她的志愿。当然,一个人若不受到上帝的召唤,我们是绝无任何借口去迫使她出家修行的。可是受到上帝的召唤有时是一种无上的幸福。您的女儿不就对您说过,如果您了解她,就会同意她这么做吗?给我们以启迪的神常比依仗世俗智慧的我们更能发现我们的需要。神的行为常常看起来十分严厉,其实却很仁爱。

一句话,我的主张是您应该让德·伏朗基小姐留在修道院,既然这是她出于自愿的选择。我知道我这个主张会令您伤心,但是您也要知道,我这样提不是没有经过深思熟虑。我认为您应该支持,而不要阻碍她实现她好像已经定好的计划。我还认为在这个计划尚未实现之前,您就应毫不犹豫地解除她的婚约。

亲爱的朋友,我已尽了该尽的义务,可我还无法给您带来任何安慰。最后,我还望您能够的是,今后您不要再询问和这些令人可悲的事件有关的任何事情。让我们把这一切都遗忘吧!这是最合适的。我们不要去探听徒然使人痛苦不堪的问题。服从上帝的安排吧!让我们相信他的意图是正确的,纵使我们无法加以解释。再见,亲爱的朋友。

一七××年十二月十五日于××城堡

第一百七十二封信

德·伏朗基夫人致德·雷斯蒙德夫人

啊!我亲爱的朋友,您在我女儿的前途上蒙盖了一层那么令人害怕的幕布啊!您好像害怕我把它揭开似的!您使我陷入了猜疑和恐惧之中。这层幕布底下到有什么比这种疑惧更能使一位母亲更悲伤不已的事呢?我越是想到您的友谊,您的宽大,就越觉得烦恼。自从昨天以来,我有天数次想摆脱这种令人难以承受的状态,想求您毫不留情地,详细地把一切都告诉我。可是每一次,我都恐惧得浑身发颤,因为我想起了您要我别发问的请求。终于,我打定了一个主意,它也许能给我最后一点希望。请您看在友谊的分上,答应我这个恳求:如果我大致体会了您的言词的意思,那就请您毫无顾虑地把凡是一个做母亲的所能饶恕的、不是不可能补救的事告诉我。假如我的不幸超过了这个限度,那我就同意您只用沉默来对待我。下面我就谈谈我已经知道的和我担心已经发生的事。

我的女儿曾经流露出她对唐瑟米骑士有好感。我还得知她曾收过他寄来的信,她甚至写过回信。但是我一直以为我已经成功地防止了这类孩子气的过错可能引起的任何危险后果。但今天我又感到恐惧了。我想我的监督可能还不是很严密，我担心女儿受了勾引，已经堕落到了无法自拔的地步。

我还想到了一些别的事情，从而更觉得害怕。我曾告诉过您，我女儿听到德·范耳蒙先生不幸丧命的消息后晕了过去。造成她这种感情脆弱的原因可能只是因为想起唐瑟米先生决斗冒的危险而感到特别牵挂和害怕。后来，她听说了关于德·梅尔提夫人的各种风言风语后，哭得跟一个泪人似的。我本以为这是在为朋友难过，其实这只是发现情人不忠以后的一种嫉妒或悔恨的流露。据我看来，她最近这次行动，也可以用这种理由来解释。一个女子觉得自己受到上帝的召唤，其实只是对男人感到厌烦。总之，假如这些属实，那么，您这个知情人就完全有可能觉得您提出的严肃的劝告是有充足的理由的。

事情如果真是这样，那么我认为，在谴责女儿的同时，我更应该竭尽一切努力，使她避免一时的不切实际的志愿会带来的终身的烦恼和危险。如果唐瑟米先生没有泯灭良心的话，他就不应该拒绝补救他一手造成的过失。我还要说，他和我女儿结婚是很好的，他和他的家庭都会感到满意。

这就是我唯一仅存的希望，亲爱的、可敬的朋友。如果可能的话，请尽快向我证实这希望实现的可能性吧！您可以设想，我是多么殷切地期待您的回答啊，而您的沉默则会给我以多么残酷的打击。

我正要结束这封信时，一个熟人来探望我了，他给我叙说了德·梅尔提夫人前天遇到的一个难堪的场面。我最近几天没见到什么人，所以这件事我到此刻才获悉。我来重述一遍目击者说的话。

前天，星期四，德·梅尔提夫人从乡间回来，在意大利剧院下了车。她在那里有一个包厢。她独自一人。演出之中没有一个男人进入她的包厢，这应该使她产生异样的感觉。散场时，她依照老习惯，来到已经满座的小客厅。顿时室内响起一片低语声，但她显然并没有意识到自己是众矢之的。她看到一条长凳上有一空位，就过去坐了下来。但是所有坐在那条长凳上的女士立即不约而同地站起来，走开了，剩下她孤零零一个人。这种明显的表示公愤的动作赢得了男人们的喝彩，低语声倍增，最后据说形成了一片嘘声。

最该她倒霉的是，自从出了那件事以后从没有露过面的德·普里旺先生就在此刻进入了小客厅。这下子她出尽了丑。大伙儿一见到德·普里旺先生，便围住他，向他鼓掌致意。他简直可以说被大伙儿抬到了德·梅尔提夫人的面前。在他们俩周围，人们围成了一圈。人家向我保证说，德·梅尔提夫人当时依然保持着自然的神色，好像什么都没看见,什么都没听见,真是脸不改色!但我觉得这个说法是过分了。不管怎样,这种对她说来实在是丢脸的场面一直延续到有人来报告她的马车接她的时候为止。她走出去时,刺耳的嘘声更是变本加厉了。做这种女人的亲戚是可怕的。当天晚上,德·普里旺先生受到他所属的部队所有在场的军官的热烈欢迎。大家相信,在不久的将来,他可以重返岗位,恢复军衔。

告诉我这些详细经过的人还对我说,德·梅尔提夫人到第二天晚上就发起了高烧,人们开始时以为发病的原因就是她遇到的那个粗暴场面。但是到了昨天晚上,大家就看出这是一种天花,一种非常严重的粘连性天花。说实在的,我觉得,她这下子如果死去,对她来说倒是件幸运事。人家还说,这些事对她的官司可能产生很不利的影响。官司快要判决了。人们认为,这是一场需要她走很多旁门左道的官司呢!

再见,亲爱的、可敬的朋友,我清楚地看到在这些事情上,恶人受到了惩罚,但是受害者却没有得到半点安慰。

一七××年十二月十八日于巴黎

第一百七十三封信

唐瑟米骑士致德·雷斯蒙德夫人

您的要求是对的,夫人。凡是可以由我做主的,您认为有一定意义的事,我绝对不会拒绝去做。我荣幸地给您寄上的这个小包就是德·伏朗基小姐的全部书信。假如您通读一遍,可能会惊奇地发现一个如此天真纯朴的人竟可能同时又是一个如此奸诈诡谲的人。我适才又看了一遍。可以说,我最深的感受就是这一点。

但是当我想起德·梅尔提夫人是如何千方百计地利用我们十足的单纯无知来满足她的见不得人的私欲,我怎能不感到满腔的愤慨呢?

不,我已经没有任何爱情了。被人如此卑劣地出卖,爱情已经荡然无存了,所以再不会有爱情促使我去替德·伏朗基小姐辩解了。可是,一颗如此纯洁的心灵,一种如此温柔随和的性格,如果向善的方面发展,不是会比向恶的方面堕落更容易些吗?不过,话说回来,刚从修道院出来的少女,没有经验,又几乎没有思想,在初进入社交界时,对于善与恶同样地一无所知,有哪一个又能成功地抵御这么罪恶的诡计呢?啊!有多少独立于我们意志之外的非主观因素在可怕的决定着我们的倾向，或是让我们保持高尚的情操，或是让我们腐化堕落。我们只要想到这点，就会变得宽宏大量了。夫人，您认为，就算德·伏朗基小姐的过错必然使我感到切肤之痛，却不会使我产生任何报复的思想，您对我这样的估计是正确的。要我放弃对她的爱情，这已经够我受了！要我对她怀恨，我实在横不下这条心。

我可以不加思索地说，我是愿意使一切和她有关的不光彩的事情永远不为人所知。如果说我在满足您这方面的要求时似乎有些延宕，我觉得我可以向您坦白我的动机。我是想等待一下，希望明确地看到我那不幸的决斗不会给我带来麻烦。我怕在我要求您宽容的时候，在我觉得有一定的权利获得您的宽容的时候答应您的请求，会使我显得好像是在用这个来换取您的宽容。我承认，由于我确信我的想法无可厚非，我是有些自傲，但我不让您有可能对我产生半点怀疑。我希望您能原谅我这种顾虑。这种顾虑也许是过分了些，但是您明白，我这么崇敬您，自然我也希望博得您对我的器重。

我对您的这种感情同时也促使我向您要求最后一个恩典：请您告诉我，我是否已经尽了我在这不幸的处境中应尽的本分。一旦在这一点上我可以安心了，那我就决定前往马耳他。我将在那个岛上高高兴兴地发誓许愿，并且坚定不移地恪守我的誓愿。我立志要和这个环境决裂。我还这么年轻，却已在这里面受尽了磨难。在异国的苍穹下，我将设法忘却这些可怕的事；回忆只会徒然给我的心灵带来忧愁和沮丧。

尊敬的夫人，我是您卑微的……

一七××年十二月二十六日于巴黎

第一百七十四封信

德·伏朗基夫人致德·雷斯蒙德夫人

德·梅尔提夫人的命运看来终于成了定局，亲爱的、可敬的朋友。结局是悲惨的。她最大的敌人现在既感到愤慨，又感到怜悯，也是很自然的事。我说得对，她假如因天花而死，对她来说也许是一种幸福。但她已脱离了危险，这是事实，不过她的面容已可怕的毁了，特别是她已瞎了一只眼。您知道我没有再见过她，可是人家对我说，她的确成了一个丑八怪了。

……侯爵不放过说挖苦话的机会，他昨天在谈论她时说道："疾病使她里外翻了一番，她的灵魂现在展现在她的脸上了。"不幸的是大家都觉得侯爵说得有道理。

而且一件事又来加重了她的厄运和罪孽。她那场官司前天判决了，她输了。所有的法官全部同意，不但将损害的赔偿判给了那些未成年的人，而且还判她偿还过去的收益，并且支付全部诉讼费。这一来，她未在这场官司中失去的有限的财产将被各种费用耗尽，而且还不够。

她尽管疾病缠身，获悉这个消息后，还是做了些安排，当夜就独自一人乘坐驿车出走了。她的仆人们今天说，他们中没有一人愿意跟她走。大家猜想她是去了荷兰。

这次出走比其他任何事都招来众人的斥责，因为她随身带走了她的钻石，这些价值昂贵的钻石应该是她丈夫的遗产的一部分。她还带走了她的银器、首饰，总之，能带走的，她都带走了，可是她却留下了将近五万法郎的债务。这实在是一场倒闭。

她的亲属们明天将聚会，商讨如何和债主们协商。我虽是一个远亲，也表示愿意尽力相助。可是我不能参加这个集会，因为我要出席一个更加叫人伤心的仪式，我的女儿明天要成为备修生了。我希望您还记得，亲爱的朋友，我做出这个重大的牺牲，原因就是您对我保持沉默，使我别无选择。

唐瑟米先生约在两周前离开了巴黎。人们说他的去向是马耳他。他将在那里定居。现在想留住他可能还为时不晚吧？……我的朋友！……我的女儿难道真是十恶不赦了吗？……一个做母亲的是多么不愿意接受可怕的现实啊！您是一定能够宽恕我的吧！

这段时间以来，到底是什么厄运钉住了我！我最亲爱的人，我的女儿和我的朋友都成了牺牲者！

仅仅一种危险的关系就会带来如此多不幸，想到这一点，谁能不胆战心惊呢？我们如果多考虑考虑，有什么痛苦不能避免呢？有哪个女人不设法逃避一个诱惑者呢？有哪个母亲看到第三者同她女儿说话而不感到胆战心惊呢？唉！这些都是事后的念头，都是马后炮。在轻薄的世风席卷之下，这样一条极为重要的，也可能为最大多数人所公认的真理被束之高阁了。

再见，我亲爱的、可敬的朋友。我此刻深深地体味到，我们的理智在替我们预防不幸的遭遇上已经有些没有办法了，在给我们提供安慰上就更糟了。

世界禁书文库

【法】居伊·德·莫泊桑⊙著
随　强⊙译

线装書局

第　一　章

约娜收拾好行李后，走到窗前，可是雨淅淅沥沥地下个不停。

整整一夜，暴雨噼里啪啦地打在玻璃窗和屋顶上。低沉的、蓄着雨的天空仿佛裂开了一条缝，将水倾泻于大地上，使泥土变得泥泞起来，象溶化了的糖。吹过一阵阵闷热的暴风。行人稀少的街道上，阴沟像澎湃的小河，发出潺潺的流水声。街道两旁的房子也像海绵似的吸着天空倾下来的水份，湿气渗入其中，从底层到顶楼，墙上全是那么湿漉漉的。

从清早起，约娜观望天色，该有百来次了。她是昨天刚从修道院回家的，以后可以长此自由自在了。她准备要享受一番向往已久的人生的百般幸福，现在她所担心的是，天气要不放晴，她父亲肯不肯动身。

约娜发现自己忘了把日历放在手提包里。她从墙上把一个小小的月份牌摘了下来，月份牌上花边中间有用金字印成的1819年这个年份的日期。她拿起铅笔，划掉前面的四栏和每一个圣名，一直划到五月二日，也就是她离开修道院的这一天。

“小约娜！”有人在房门口叫她的名字。

约娜回答说：“爸爸，进来吧！”她父亲就走进她的房间来了。

这就是勒培奇・德沃男爵，名字叫罗蒙・雅克。男爵属于上一世纪的贵族，心地善良，但有些脾气古怪。他非常崇拜卢梭，热爱大自然、原野、树林和动物。

作为贵族，男爵对1793年所发生的事本来就反感；但他那哲人的气质和所受的非正统的教育，使他痛恨暴政，当然这种痛恨也就只限于无关紧要地发发牢骚而已。

秉性善良是男爵最大的优点，也是他最大的弱点。这种善良，不论为怜悯，为施舍，为拥抱都是心有余悸，一种造物主式的善良，佛光普照，来者不拒，仿佛出于意志的迟钝和魄力不足，几乎像是毛病特征。

男爵是一个理论家，因此他为女儿的教育想出了一整套的方案，希望使她成为一个幸福、善良、正直而温柔多情的女性。

约娜在家里一直呆到十二岁。然后，虽然做娘的哭哭啼啼，父亲终究把她送进圣心修道院去寄宿了。

他让她在那里过着严格的幽禁生活，与外界隔绝起来，不使她知道人世间的一切。他希望在她十七岁上把她接回来时仍然是童真无邪，然后由他自己诗意地来灌输给她人世的常情，在田园生活中，在丰饶和肥沃的大地上来启发她的性灵，利用通过观察动物的相亲相爱和依恋不舍来向她揭示生命和谐的法则。

现在她从修道院回来了，喜气洋洋，精力充沛，急想尝一尝人生的幸福和欢乐，以及种种甜蜜的奇遇，这一切都是她在修道院闲愁无聊的白日里，在漫漫的长夜里，在孤独的幻想中一再在心头出现过的。

她长得使人想起韦洛内兹的一幅肖像画：闪闪发光的鲜红色的头发，仿佛使她的皮肤显得更为耀人，这是生长在贵族家庭里的人所特有的一种白净而红润的皮肤，在阳光的抚弄下，隐约可以分辨出在皮肤上还蒙着一层细绒般的汗毛。眼睛是暗蓝色的，就像荷兰小瓷人的眼睛一样明亮。

她在左鼻翅上有一粒小小的黑痣，右腮也有一粒，带有几根乍一看时分辨不出的和皮肤一样肤色的汗毛。她身材修长，胸部丰满，腰身显出柔美的线条。她说话时清脆的嗓门有时显得太尖，但是她爽快的笑声可以教她周围的人们都感到快乐。她常有这种习惯性的动作：把双手举到鬓角边，像是要掠平她的发髻。

看见她父亲进来，她迎着跑过去抱住他，吻着他，叫道："到底还走不走呢？"

他微笑了，摆动着他那留得很长的苍苍白发，一边伸手指着窗外说：

"你说这样的天气还怎么动身呢？"

然而她撒着娇，甜蜜蜜地央求他：

"啊！爸爸，我求求您，我们走吧！到下午天一定会晴的。"

"可是你母亲可绝对不会答应呀！"

"行！我担保她会答应的，我去跟她讲就是啦。"

"好吧，你要能说服你母亲，我这方面就不成问题。"

她连忙跑向男爵夫人的卧室，因为她等候这起身的一天，早等得愈来愈不耐烦了。

自从她进圣心修道院以后，从没有离开过卢昂，因为不到一定年龄，她父亲不放心她享受任何娱乐。只有两次把她带到巴黎去，每次住了半个月，可是巴黎也是一个城市，但她所向往的却是乡村。

现在她就要到白杨山庄度过夏天，这个古老的庄园是他们家的产业，房子造在意埠附近的高岩上。她相信这种在海边的无所拘束的生活一定是其乐无穷的。而且，庄园的产业决定留给她，等她结婚以后她就要在那里长期住下去。

可恨这场大雨从昨夜下起，片刻不停，这真是她一生中第一次遇到的最倒霉的事情。

可是刚过了三分钟，她就从她母亲的卧室冲出来了，整个屋子都听得见她的叫声：“爸爸，爸爸，妈妈答应了；快备车吧！”

雨仍然哗啦哗啦地下个不停。但当那辆四轮马车到达门口时，雨反而下得更大了。

约娜正要上车时，男爵夫人才从楼梯上被搀扶下来，一手是她丈夫扶着，另一手是一个高个儿的使女，这位姑娘身体棒得像一个小伙子。她是诺曼底省格沃地方的人，年纪至多才十八岁，不过看上去少说也像有二十岁了。这一家人拿她当第二个女儿看待，因为她妈从前是约娜的奶妈，这样她和约娜就成了同奶姊妹。她的名字叫萝伯丽。

萝伯丽主要的任务是搀扶她的女主人走路，因为近几年来男爵夫人由于害了心脏扩大症，身体变得非常肥胖，她时刻都为这个叫苦不迭。

男爵夫人步行登上这所古老的府邸的台阶上，已经累得气喘嘘嘘，她望一望院子里到处淌着水，叹气说：“这真是不讲道理。”

男爵始终堆着微笑，答道：“这可是您自己定的主意，阿卡来德夫人。”

因为她有阿卡来德这么一个华贵的名字，她每当丈夫叫她时，便总要带上“夫人”这个称呼，表示尊敬，其实却是含有几分藐视的意味。

男爵夫人又向前走了几步，很吃力地上了车子，把车身的弹簧压得咯吱咯吱地响。男爵坐在她旁边，约娜和萝伯丽坐在对面的板凳上，背向着马。

厨娘吕迪芬抱来几件外衣，盖在他们的膝头上，又拿来两个筐子，塞到他们腿底下；然后自己爬上车，坐在罗蒙老爹身边的位置上，用一块大毡子裹住了全身。门房夫妇急走过来关上车门，向全家鞠躬告别；行李是随后另外用两轮车拉走的，主人为这事又向他俩叮嘱了一番，全家这才动身。

马车夫罗蒙老爹在雨中低着头，弓着背，缩在三幅披肩的长外套里，看都看不见了。呼啸的风雨吹打着车窗，路面淹没在雨水中。

两匹马拖着那辆四轮马车快步沿着河岸驰去，赶过一排排的大船。船上的桅杆、帆架和网绳像落了叶子的光秃秃的树木一样凄然挺立在湿漉漉的天空里。然后马车转入漫长的里节台山的林荫大道。

没多久车子穿过一片一片的牧野，偶尔一株被淹的垂柳，枝叶像尸体那样无力地垂着，从雨水迷茫中显露出它那沉重的神态。马蹄在路上嗒嗒地响着，四个车轮溅起成团的泥浆。

车上的人都没有说话，一片片原野的心情也和大地一样，仿佛是湿乎乎的。男爵夫人抬着头，闭上了眼睛，把头靠在车厢上。男爵凄然瞭望着雨中田野忧郁的景色。萝伯丽膝头上搁着一个包，像乡下老百姓常有的那样，在那里兀然出神。独有约娜，在这种温暖的下雨天，仿佛刚从禁闭室出了一棵植物，觉得自己又复活了；她那浓厚的唱歌，像是密集的枝叶，把她的心和忧虑愁闷隔绝开了。虽然她也默不作声，但心里却想唱歌，恨不得把手伸到窗外接一点雨水来喝；她喜欢马儿载着她飞奔，她观望沿路凄凉的景色，而感到自己安稳地坐在车中，倾盆大雨，淋不到她，心里真是愉快极了。

在滂沱大雨下，两匹马儿发亮的臀部上冒出腾腾的热气来。

男爵夫人渐渐睡着了。六股梳理得很整齐的下垂的发卷，好像框子似的围住她的脸庞，脸庞慢慢奄拉，绵软软地被托住在脖子下三道厚厚的肉褶上，脖子最靠下的几道褶裥已经和汪洋大海似的胸部连在一起了。每呼吸一次，她的脑袋昂起来，然后又垂下去；两个腮帮子都一鼓一鼓的，同时从半开的唇缝中呼噜呼噜地发出热闹的鼾声。她丈夫向她偏过身子去，轻轻地把一个皮制的小钱包放到她交搭在肥大肚皮上的双手里。

这一动作把她扰醒了；她像人们在瞌睡中突然被惊醒时的那种发呆的神色，看了看这个钱包。钱包掉下去，散开了。金币和钞票哗啦一下撒满了车。这时候她才完全清醒过来；她女儿乐得哈哈大笑。

男爵把钱币拾起来，搁在她的膝盖上，说道："你看，亲爱的朋友，从艾勒多田产得来的钱，全部都在这里了。我把它卖了，为的可以修理白杨山庄，以后我们常要住在那里了。"

她数了数，总共是六千四百法郎，然后从从容容地放进自己的口袋里。

在祖遗的三十一处田产中，艾勒多是其中被卖掉的第九处了。他们手头现有的田园产业，每年还能有两万法郎的进账，如果管理正确，每年收入三万法郎也是毫不费事的。

因为他们生活简朴，如果不是因为家里始终有着一个敞开的无底洞，这笔收入按理也就蛮够开销的了。那无底洞是什么呢？就是秉性善良。这种善良吸干他们手心里的钱，就像太阳吸干洼地里的水一样。金钱流出去，流得无影无踪了。到底是怎么回事呢？谁也说不准。他们中总是不免有一个人说："究竟是怎么回事，今天我花了一百法郎，可并没有买什么值钱的东西。"

这种慷慨解囊倒也是他们生活中的一大乐趣。对于这一点，他们彼此心里都有这样的感觉，毫不介意。

约娜问道："我那庄园，现在很漂亮？"

男爵兴冲冲地回答说:“孩子,你去看一看就知道了!”

滂沱大雨就要过去了;后来只是剩下烟雾中飘着的极细的雨丝了。天空的乌云拨开了,天色晴朗起来;而突然,一抹斜阳仿佛从看不见的洞口斜射在原野上。

先是云散开了,从隙缝中露出蓝色的天幕;然后云层的裂口,像被撕碎了的面纱,越来越扩大;明净碧蓝的天空终于整个展开在大地上了。

吹过一阵凉爽的和风,好像大地满意地透过一口气来;而当马车驰过田园和树林时,人们偶尔可以听到一只晾着羽毛的鸟儿欢快的歌唱。

夜幕降临了。现在车子里除了约娜,人人都在打瞌睡。马车两次在小旅店前停下来,为让牲口歇一歇,喂它们点水和饲料。

太阳早已落山;远方传来教堂的钟声。他们在一个小村庄里点上了车灯;这时天空已布满了繁星。一路上,从疏疏落落的村舍中,在黑夜里仿佛看见一点点灯火。突然,在一座小山背后,透过杉林的枝叶,升起一轮圆月,又红又大,仿佛还带着浓浓的睡意。

夜晚很好,车窗都打开了。尽情饱尝着梦境和幸福的幻想后的约娜,这时也已疲倦,而在那里闭目养神了。有时一个姿势坐得太久了,感到麻木,她就又睁开眼睛,向外边望望。在这满天星斗的夜色里,她看见农庄上的树木从她身边闪过,躺在场地上的几头牛听见车声抬起头来。于是,她又另换一个姿势坐着,想重温一个隐约的梦境;然而车轮继续不断的转动声在她的耳朵里隆隆地叫着,使她倦于思索,于是她又闭上眼睛,感觉身心实在都太疲倦了。

最后马车终于停住了。男男女女手提灯笼,站在车门跟前。他们已到目的地了。约娜突然醒来,很快就跳下车子。她父亲和萝伯丽由一个农户照着亮,几乎是把男爵夫人抬下车来。她已精疲力竭,难受得直叫,却不断用微弱的声音重复说:“啊! 天哪! 我的可怜的孩子们哪!”她什么也不肯喝,什么也不愿吃,在床上躺下,立刻就睡熟了。

约娜和男爵,父女俩共同吃晚饭。

两人相对而笑,在桌上手握着手;父女俩满怀着孩子般的喜悦,最后便一同去察看经过整修后的住宅。

这是一所诺曼底式的高大的建筑,包括农庄和邸宅。正屋全都是用白石建成的,可是现在已经呈露灰色了,宽敞得足够住下整族的人。

一间宽广无比的大厅贯穿着这整所住宅,并使它分隔成左右两部分,大厅前后对开着两道大门。进门处两侧都有楼梯,梯级像桥一样从两面各向上升,汇合到二楼,这样楼下正中就留出很大的空间来。

楼下右首是一间奇大无比的客厅，墙上挂着花鸟图案的壁毯。全部家具上都覆着细绣的锦毯，图案全是拉封丹《寓言》中的故事；约娜发现了她幼年时所喜爱的一把椅子，高兴得蹦了起来，这把椅子上绣的是《狐狸和仙鹤》的故事。

紧靠客厅的是一间堆满古书的藏书室和其他两间空着的屋子；左面是刚换了壁板的餐厅，另外还有洗衣房、餐具储存室、厨房和一小间浴室。

二楼是一条贯穿全楼的长走廊。十个房间的门都是对着走廊开着的。右边最靠里的一间便是约娜的卧室。父女俩走进这个房间里。这个房间是男爵最近叫人重新装修过的，家具和挂毯都是利用了原来不用的东西。

挂毯是弗朗德勒的产品，都已很旧了，这就使这间房间里增添了许多图案中古怪的人物。

但是当约娜一看到她的床，她高兴得跳起来了。床的四个角上，有四只橡木雕制的大鸟，周身乌黑锃亮，上蜡后闪闪发亮，它们像守护天使一样围抱着床。床架两旁雕的是绕着花朵和鲜果的两个大花环；四根带有哥林多式的柱头、细刻精镂的凹纹床柱，托着檐板，上面刻着身缠蔷薇花的小爱神。

这张床十分豪华，虽然时间很久，木料变暗了，显得有些严肃，但却仍然是典雅温馨的。

床上的床单和床顶的天幕灿烂如繁星闪耀的天空，那都是用深蓝的古式丝绸做成的，上面绣着一朵朵金色的大百合花。

约娜细细地把床观赏了一番以后，又用蜡烛去看墙上的挂毯，想看一看绣的是些什么。

一个贵族青年和一个贵族少女穿着绿色、红色和黄色的很奇怪的服装，正在一棵结着白色果子的青色的树下聊天。一只大白兔子啃着一点点灰色的小草。

就在这两个人物头顶上，有用写意法表示出来的远处的五所尖顶的小圆房子；再往上，几乎接近天空的地方，是一架红色的风车。

在整幅挂毯上，还绕着许多花朵的图案。

另外两幅和第一幅很像，不同的是可以看到从房子里走出来四个小人儿，他们身穿弗朗德勒人的服装，高举着胳膊，表示万分惊异和愤慨的神情。

但后来一幅挂毯上绣的是一个让人伤心的画面：兔子仍然在那里啃草，但在它旁边，那个年轻人已经躺在草地上，像是死去了。少女看着他，正用利剑刺进自己的胸膛，树上果实的颜色已经都变成了黑色。

约娜不了解这里绣的都是什么意思，正想走开不看了，却发现原来在一个角上还有一只小得看不清的野兽。图案中的那只兔子要真是活的，会把它当作是一片草屑而吞下去。可是那野兽却是一头狮子。

这时她才看懂，原来挂毡上绣的是皮拉姆和蒂丝佩悲惨的故事！虽然这里图案的天真让她觉得好笑，但发自内心的喜欢有这个爱情冒险故事做伴，倒是怪有意思的，因为那可以时刻唤起她内心的憧憬，这个古老传说中的温情蜜意夜夜都会萦绕在她的梦中。

室内其他的陈设和家具，风情各异。世代祖传下来的用物使这种古老的邸宅成了包罗万象的博物馆。一口路易十四时代式的富丽堂皇的五斗衣橱，边上镶着光彩耀人的铜件；摆在衣橱两边的，却是路易十五时代式的两把圈手椅，还带着当年的花绸椅套。一张花梨木的大书桌和壁炉遥遥相对，壁炉台上摆着一座用圆玻璃罩罩上的帝政时代的台钟。

钟本身的式样是青铜制的一个蜂房，被四根大理石的柱子凌空架在一座满开金色花朵的花园上。蜂房下端又细又长的缝，从这里伸出一根细长的钟摆，钟摆上是一只珐琅质翅膀的蜜蜂，这只蜜蜂就在上空来回不停地摆动飞舞。

钟面是彩色瓷质的，嵌在蜂房中间。

钟声响了十一下。男爵抱吻过女儿，回到自己的房间去了。

此时约娜意犹未尽，但也不得不上床睡觉了。

她向卧室最后环顾了一周，才把蜡烛吹灭。她那张床只有床头靠着墙边，左首面向窗，月光从窗口射进来，倾泻在地上，晶莹清澈，恍如泉水。

月色反照到墙上，悄悄地抚弄着皮拉姆和蒂丝佩永生的爱情。

从床脚那端的另外一个窗口，约娜看得见那棵大树，这时也整个浸在柔和的月光里。她转过身去，闭上眼睛侧卧着，但不到一刻钟，眼睛又睁开了。

她好像还在马车上受着颠簸，脑子里老听到车轮在那里转动的声音。最初她仍然躺着不动，希望静卧一阵就可以睡着了；然而不久，焦躁的情绪又侵占了她的全身。

她觉得两条腿有些发麻，浑身愈来愈热。于是她起来了，光着脚，裸着胳膊，穿着一身长睡衣，看去好像幽灵，踏着地上的月光，走过去推开窗子，眺望夜色。

月光是那样皎洁，看去像在白天；少女约娜对自己儿时所喜爱的景物，一草一木都还记得很清清楚楚。

在她面前，首先是那一大片草地，这时在月光下，涂上了一层奶油似的黄色。邸宅正面，耸立着那两棵大树，靠北的一棵是梧桐树，靠南的一棵是菩提树。

在这一大片草地那头，有一座小小的灌木林，这是庄园的一道分界线。为了防御海面暴风的侵袭，这里还种着五排古榆，它们经受不了海风的折磨，早已折了腰，树梢削平而倾斜成像一个屋顶了。

园景的左右两面，各有一条林荫道，把正中主人住的邸宅和毗邻的两个农庄分隔开来。长长的林荫路旁都种了长成高大无比的白杨树；左右两个农庄，一个归库亚尔一家人看管，另一个归马丁家看管。

白杨山庄这个名字就是因这些白杨树而来。在这围圈之外，伸展着一大片未经开垦的荒地，长满了金雀花。不分昼夜，海风都在那里呼啸。然后海岸突然倾下，形成一道陡直的高达百公尺的白色悬崖，崖脚浸没在海水里。

约娜眺望着远处微波荡漾的海面，它好像正在星光下酣睡。

在这不见阳光的岑寂的时刻里，大地上散发出各种的气息。攀缘在楼下窗口四周的一株素馨花不断吐出浓郁的香味，和嫩叶的清香搅和在一起。海风阵阵袭来，带着强烈的盐味和海藻粘液的气息。

约娜起初放开胸怀，贪婪地呼吸着，乡间宁静的气氛，像一次凉水澡似的，使她的心境平静下去。

夜色降临时才苏醒的夜行动物，在黑夜的静寂中度过默默无闻的一生，这时在月色薄明中悄悄地活动起来。大鸟像斑点，一个黑影，无声地掠过天空；看不见的飞虫，嗡嗡地在耳边擦过；轻轻的脚掌窜过浴着露水的草地或是杳无人迹的沙径。

只有几只忧愁的癞蛤蟆对着月光发出短促而单调的叫声。

约娜仿佛觉得自己的心扩展了。像这明净的夜晚一样，在她心中也充满了细声密语；好像在她周围活跃的夜行动物一样，无数彷徨的欲念都突然在她心中慢慢地动起来。像有一种吸引力把她和这充满生命的诗一般的境界融合在一起了。在这柔和的月夜里，她感觉到神秘的东西在颤抖，不可捉摸的希望在蠕动，她感到了一种像幸福的气息似的东西。

于是她开始幻想起爱情来了。

爱情！两年来在这怀春的少女的身上愈来愈成为势不可挡的东西了。现在，她已有了去恋爱的权利和自由。只要能够遇见这个人，遇见“他”！就是够了。

“他”是怎么样一个人呢？她并不十分清楚，甚至也没有考虑过。总之，“他”就是“他”。

她只知道她会忠心耿耿地崇拜他，而他也会一心一意地喜欢她。在这样的夜里，在星光下,他们会一同出去散步。他俩会手牵着手,脸偎着脸走去,能听得见两颗心的跳跃,能感觉到紧贴着的肩膀的温暖,他俩会把自己的爱情和夏夜柔和的月色交织在一起。他们是那样地结合成一体,只凭相亲相爱的力量,就能渗透彼此内心最隐秘的活动。

而此情此景将在一种无法明言的温情蜜意中,永远地保持下去。

她安然地觉得仿佛他真的就在自己身边,紧挨着她;一种令人销魂的肉感突然从她脚尖直升到头顶。不知不觉中,她用自己的双臂紧搂着胸膛,像是要拥抱住这个梦似的;她把嘴唇挨近那不可知的人儿,便像有什么东西落到她嘴唇上,宛如春风给了她一次爱情的接吻,几乎使她晕倒了。

意想不到地,在庄园后面的大路上,她听到有人在黑夜中走路的声音。于是,在她极度紧张的精神激动下,她竟把不可能有的事情、天定的机缘、神赐的预感、命运浪漫的巧合诸如此类的东西都信以为真了,她想道:"一旦是他呢!"她放心不下地倾听着走路的人高低的脚步声,以为他必定要停住在大门口,来要求借宿了。

当他走过去了,她好像是受了一场欺骗似的感到忧伤。但是她立刻明白了,这是她自己的精神作用,并对这种痴情感到羞怯。

当她稍稍安静下来时,她把自己的思想引导到更为合理的向往中去,她猜想自己的前途,计划自己的生活。

她要跟他一起在这里共同生活,住在这俯瞰大海的祥静的庄园里。她一定会有两个孩子,男孩给他,女孩给自己。她想象孩子们正在那棵梧桐树和菩提树之间的草地上玩,做父母的得意地望着他们,互相交换着甜情蜜意的眼色。

她这样梦想了很久很久,此时月亮在天空已将走尽它的旅程,正要隐没到大海中去。空气变得愈加清凉了。东方的天已慢慢变白。右首农庄里的一只公鸡叫了;左首农庄里的公鸡随声附和。它们嘶哑的啼声穿过鸡舍的板壁,像是从很遥远的地方传来;天空无际的苍穹在不知不觉中发白了,群星慢慢隐去了。

鸟儿唧唧地叫响了。起初是怯生生地从树叶丛中传来,逐渐胆大起来,叽叽喳喳闹成一片,枝枝叶叶间都响彻颤动的、喜悦的欢唱。

约娜顿时觉得天已大亮了;她把埋在双手里的头昂起来,然后又闭上眼睛,黎明的光彩使她目眩。

翻腾着的紫红的朝霞半掩在白杨树的大路后面,向着苏醒的大地投射出万紫千红的光芒。

逐渐,拨开耀眼的云彩,太阳仿佛火球似的出现在眼前,把火一样的红光倾泻到树木

上、平原上、海洋上和整个大地上。

这时约娜欢喜若狂。在这绚丽多彩的大自然面前,一种醉人的愉快,一种无限的柔情,淹没了她那纤弱的心。这是她的日出!她的黎明!她生命的起点!她希望的再现1她用双臂伸向光彩夺目的空间,想要和太阳拥抱;她要说出,她要大声高呼像这黎明一般神圣的事物;但她只是木然矗立在这股无从表达的热情中。于是,她感觉热泪盈眶,她用双手抱住额头,如醉如痴地哭了。

她重新抬起头来的时候,早上的耀眼景色已经消散。她觉得自己心境开始平静了,感觉有点累,刚才那种兴奋仿佛已经过去了。她没有关上窗子,就倒在床上,又空想了一阵,然后才沉沉入睡。她睡得很香,到八点时她父亲喊她,她都听不见,直到他走进她的房间里,才把她喊醒。

他要带她去看修缮后的庄园,“她”的庄园。

邸宅对田野的一面,有一个种着苹果树的大院子和村路隔开。这条村路两旁都是农家的田园,走半英里路的样子,便接上从勒哈佛通往费岗的公路了。

一条笔直的甬道,从木栅栏的大门起一直通到邸宅的台阶面前。院子两旁,沿着左右两个农庄的沟渠,各有一排用海滨鹅卵石铺成的茅顶小屋。

邸宅的屋顶已经重新翻盖;所有门窗墙壁都修理过,房间重新装饰过,整个内部粉刷一新。新添上的银白色的窗扉和正面高大的灰墙上的修补,使这座褪了色的古老邸宅,看去像是生了许多斑点。

从邸宅的背面,也就是从约娜卧房中有一扇窗口对着的那一面,越过灌木林和久经海风剥蚀的一排榆树,可以眺望大海。

约娜和男爵,臂挽臂,到处察看了一遍,连一个墙角都没有漏下过;然后父女俩,沿着那两条长长的白杨路,散起步来。白杨路所抱的一圈,总称为“花园”。树下生长起来的青草看去已成一片绿茵。灌木林就在花园的那一头,这一带最是迷人,曲曲折折的小道交错在一起,树木的枝叶形成了一道道分隔的矮墙。突然间蹦出一只野兔来,使约娜大吃一惊,野兔越过斜坡,窜进悬崖边的蔺草中间去了。

午餐之后,阿卡来德夫人还是十分困乏,说是要去休息,男爵便建议和他女儿到意埠去走一圈。

父女俩出发了,先是穿过白杨山庄所在的埃都旺村。三个农民,仿佛一向就认得他们似的,对他们敬礼。

他俩顺着曲折的山谷,走入通向海边的斜坡上的树林中去了。

很快,意埠那个小镇就在眼前。坐在门口缝补衣服的妇女们,望着他们走过。那条倾斜的街道中间,一道水沟,两侧人家的门口都是垃圾,发散出一股刺鼻的难闻的气味。棕色的渔网,晾在门口,网上还留有小银币似的闪着光的鱼鳞;小屋子里,每个房间要住上好几口人,发出一股难闻的气味。

几只鸽子在水沟边走动,找着食物。

约娜看着这一切,觉得新奇,仿佛在看舞台上的一幕布景。

但当他们在一道墙角拐弯时,她猛然看见了一望无垠的大海。

他们在海滩前站住了,瞭望海面的景色。点点帆影,有如飞鸟白色的翅膀掠过海面。左右两面都矗立着高大的悬崖。在一边,有一个海岬挡住了视线,在另一边,海岸线无穷无尽地伸展开去,到最后只能望见淡淡的一线。

在附近的一个大海湾里,可以看见一个港口和一些居民住宅。微波冲击着岸边的碛石,发出一阵阵轻微的声响,它所激起的泡沫,替海岸镶上了一道白色的花边。

当地的渔船,被拉上到海边,东倒西歪在鹅卵石的沙滩上,在太阳下晾着涂上了沥青的椭圆形的船舷。几个渔夫,为了要赶晚潮,正在那里收拾渔船。

一个船夫走过来卖鲜鱼,约娜买了一尾大比目鱼,她要亲自把它带回白杨山庄去。

船夫还建议他们以后玩就到他的船上来。他为了使人记住她的名字,三番五次地重复说:"拉斯蒂克,约瑟芬·拉斯蒂克。"

男爵附和着不会忘记。

父女俩这才走回庄园去。

那条大鱼真把约娜累够呛,于是她用她父亲的手杖穿在鱼鳃上,这样两人各执一端,就可以抬着它走了。他们快乐地向山坡走去,像孩子般地谈个不停,面迎着风,眼睛里是一股得意的神气;只是那条比目鱼的分量,越来越使他们的胳膊感到沉重,肥大的鱼尾巴只能压着草地,被拖着往前走了。

第 二 章

约娜开始过起闲适的自由自在的生活来。她也读书，幻想一阵或是独自跑到附近一带去闲逛一番。她沿着大路徘徊，整个心沉浸在梦幻中；有时她蹦蹦跳跳，走下那曲折的小山谷，山谷两面的岩石上如同披着金线的围巾，长满了整片的金雀花。浓烈而芬芳的香味，受着热气的蒸发，使约娜如饮了醇酒般地沉醉；从远方传来的拍岸的海浪声，使她的心灵像坐在摇篮中似的感到发困。

有时，一阵懒洋洋的感觉促使她在山坡上茂密的草丛里躺下去；有时候，在山谷拐弯的地方，在一方长着浅草的洼地里，她猛然望见一面蓝色的海在阳光下闪烁，海面上漂着一叶孤帆，这时她便喜出望外，好像一种神秘不可捉摸的幸福就要落到她身上来了。

在这乡间温柔清新的气氛里，在这水天交接的宁静的境界里，她很喜欢孤独，她会许久许久独自坐在山岗上，听凭那些小野兔在她脚边蹦着过去。

她时常到悬崖上去奔跑，被海面的和风吹拂着，来来回回，像水底的游鱼和空中的飞燕一样，浑身感到一种说不出的痛快。

正如人们在大地上播种一般，她处处留下纪念，这些纪念生下了根，除非到了死亡，否则就会一直保存下去。在约娜看来，这些山谷的每一个隐蔽处，都播种下了她的一分心意。

她对海水浴发生了浓厚的兴趣。由于她强壮、勇敢，从来不想到会有什么危险，她就每每游泳到很远很远的地方去。清凉、透明而碧绿的海波托着她，轻轻地摇曳着她，她真觉得舒服。当她游得离海岸很远的时候，她就仰卧在水上，双臂交搭在胸口，凝望着蔚蓝的苍穹天空，那里不时掠过一只飞燕，或是海鸟白色的侧影。除了海浪冲击岸边碛石时遥远的微响，除了由隔着水波传来的、地面上模糊得几乎分辨不出的嗡嗡的喧声以外，什么都听不见。这时约娜会欠起身来，欣喜若狂地，双手拍着水，尖着嗓子叫喊。

有时，当她游得实在太远的时候，就会有小艇来把她接回去。

她回到庄园时，脸色已饿得发青，但仍然感到非常快乐，唇边总是带着微笑，眼睛里充满着宽慰欢乐。

至于男爵呢，他正在那里研究农业上的远大计划；他想做各种试验，推广新的方法，试用新农具，移植外国种子；他每天一部分的时间用来和农民交流经验，可是他们总是摇摇头，不信他的那些做法。

他也常常和意埠的船户们到海上去。当他游览了附近一带的岩洞、泉水和山峰之后，他就想作为一个普通的渔民那样去捕鱼了。

在和风的日子里，宽边的渔船张着帆，在海波上滑行，从船舷两边撒下长线，一直沉到海底，便有成群的鲭鱼跟着而来，于是男爵用慌张得发抖的手握住那根细绳子，鱼在钓钩上挣扎，绳子就震动起来了。

他往往趁着月光，乘船出发去收回前一个晚上撒下的渔网。他爱听船桅咯吱咯吱的响声，他爱呼吸夜间拂过的凉爽的海风；他凭山岩的脊背、教堂的钟楼和费岗的灯塔来测定方向。长时间地在海上探寻浮标之后，他喜欢在日出时安静地坐下来，欣赏甲板上在日光中闪闪发光的扇形滑背的鳊鱼和大肚皮的比目鱼。

每当在餐桌上，他总兴致勃勃地讲起他的收获；而这位被称作"小母亲"的男爵夫人，这时也向他讲述她曾经在白杨路上散步了多少趟。她指的是右手靠库亚尔家农庄的那一条，因为另外那条白杨路上没有那么多阳光。

由于人家劝她"要活动活动"，所以她现在硬着头皮散步。每天早上，等夜间的寒气消散尽了，她便扶着萝伯丽的身子走下楼来，身上裹着一件斗篷和两方披肩，头套在黑风兜里，外面再包上一条红围巾。

她拖着她那不大好使的左腿，从邸宅的墙角直到灌木林的第一排灌木跟前，在这一条直线上无休无尽地走她那走不尽的旅程。这只笨重的左脚，不断走在这条路上，来来回回，已踏出两道灰蒙蒙的印迹，这里青草也长不起来了。她叫人在路的两头各安置了一条靠背长凳；每走五分钟，她便停住脚步，对那扶着她的耐心地可怜的使女说："孩子呀！我们坐一下吧，我有点累了。"

每一次休息时，她总要在这两头的长凳上留下一点东西，最初是包头的围巾，然后是一方披肩，接着又是另一方披肩，再就是风兜，到最后是那件斗篷；所有这些东西，在林荫路两端的长凳上，都堆积很多，到午餐的时候，萝伯丽便用那只空着的胳膊抱了回去。

午后，男爵夫人还是散步，可是腿力较前更软弱了，休息的时间也拖得更长了。有时甚至在一张躺椅上一打盹就是一个小时，这张躺椅是专为她设置这里来的。

她管这一切叫作"她的锻炼"，正如她说"我的心脏扩大症"一样。

十年以前，她患气喘，请了一个医生医治，当时医生用过心脏扩大症这个名称。虽然

她并不很明白是什么意思,但从此以后,这个字却深印在她的脑海里了。她老让男爵、约娜和萝伯丽摸她的心脏,只是心脏深埋在肥厚的胸膛里,谁也摸不到它的跳动;但是她坚决拒绝再请任何医生检查,害怕医生检查出其他的毛病来;这样时时刻刻她就提到"她的心脏扩大症",仿佛这种病是她特有的似的,只是属于她的,任何人都无权侵占。

男爵说"我太太的心脏扩大症",约娜说"妈妈的心脏扩大症",就像在说"连衣裙、帽子,或是雨伞"一样。

男爵夫人年轻时长得非常漂亮,苗条得胜过一根芦苇。帝政时代的军官都和她跳过舞,她读《柯丽娜》这部小说时哭过好多回;从此这部小说像是在她心灵中打上了烙印。

当她的身材与日俱增起来,她在灵魂深处像是愈来愈充满了诗意;由于非常肥胖的身子使她离不开靠手椅时,她的思绪却飘游在种种浪漫故事的情节中,而她设想自己就是故事中的女主人公。她所喜爱的有些情节,会反复地在她幻想中出现,就像那种音乐匣子一样,上紧了发条,就像一首歌总是唱不完。一切哀艳的传奇小说,里边都讲到小燕子,讲到女主人公的怎样落难,都会使她热泪盈眶;她甚至还喜欢贝朗瑞一部分轻松的歌谣,因为这些歌谣叙述了怀旧的感情。

她经常好几个钟头动也不动坐在那里,沉浸在她的幻想中;她非常喜爱白杨山庄,正因为这里有使她沉醉的传奇小说中所需要的背景:周围的树林、荒野,近在咫尺的大海,都使她想起几个月来她在耽读的司各特的作品。

遇到下雨天,她就躲在自己的卧室里,把她称为"老古董"的那些东西,拿来检阅一番。那是她全部的旧信件,这些都是她母亲写给她的。有她订婚后男爵写给她的,也还有其他各种的信。

这些她都收在一张桃花心木的写字台里,台面四个角上各装有一只铜的人面狮身像;刻着专为此时下的话语:"萝伯丽,我的孩子,替我把那只装'纪念品,的抽屉拿来!"

小使女便打开柜门,取出抽屉,拿来放在女主人身边的一把椅子上。男爵夫人一封一封地细读着那些旧信,偶尔还掉下一滴眼泪在上面。

有时,约娜取代萝伯丽,扶着母亲出去散步,男爵夫人便把她儿时的回忆讲给约娜听。约娜从这些故事中找到自己,很吃惊她母亲当年所想的,她自己也都想过,她母亲当年的渴望和向往,也和她自己的相仿佛。这因为每一个人都以为那些触动人们心弦的感情只有自己经历过,其实最初的人类经历过的,直到最后一代的男女也都一定会经历到的。

母女慢慢地散着步,这和男爵夫人缓慢的叙述正是节拍相合的,有时一阵气喘,故事就被打断;这时约娜的脑海,越过故事本身,在快乐的明天飞翔,盘旋在种种希望和向往中了。

一天下午,当母女俩在白杨路尽头的长凳上休息时,突然瞥见一个肥胖的神父,朝她们走来。

他远远就行了礼,笑容满面地走过去,就要到跟前时,又行个礼,喊道:"怎么样,男爵夫人,一向都好吧!"这是当地的教区神父。

男爵夫人出生在哲学昌盛的十八世纪,在革命的年代里,由一个并不笃信宗教的父亲教养成人,所以她难得进教堂去。她对神父有好感,只因为自己是一个女性,本能地带有一点宗教情绪。

她把这位本教区的比科神父早已忘得一干二净了,现在看见他未免脸红。她请他原谅这次回来竟没有能事先通知他。但是这位好好先生倒像毫不见怪;他瞧着约娜,称道她的气色好,然后坐了下来,把那顶卷边的三角帽放在膝头上,用手绢擦着额上的汗。他很肥胖,冒着虚汗。他不时从口袋里掏出一条浸透了汗水的毛巾,擦着脸部和脖子;但是他刚把手绢放回到道袍里,新的汗珠又已从皮肤里钻出来,滚落到裹着肥大肚皮的道袍上,和路上拈来的灰尘和在一起,形成一块一块的小圆斑点。

这是一位地道的乡村神父,性情温和,健谈而又仁慈。他给他们讲了好多故事,谈论当地的居民,但仿佛并没有注意到他这两位教民还没有去做过弥撒;男爵夫人对信仰淡泊自然就不愿去教堂了,而约娜在修道院里早就看腻透了这一切,现在刚解放出来,正感到舒服呢。

男爵过来了。这位泛神论者对教义是不关心的。但他认识这位神父已多年了,殷勤地留他共进晚餐。

许多能力极其平凡的人,因为机会偶然把他安置在一个管辖别人的地位,就会不知不觉中养成一种狡猾。这位神父就是这样,由于他的职位在于如何巧妙地去处理人们的灵魂,他就懂得讨人的喜欢。

男爵夫人爱惜他,大概是出于一种物以类聚的吸引力。这个大胖子充血的面色和短促的呼吸,配着他那喘不过气来的肥胖,怎么能不教她同情呢!

晚餐快完的时候,美酒佳馔使神父已有点飘飘然,他的兴致就更高了。

仿佛一个非常得意的想法一下掠过他的脑筋,他突然叫道:"我的教区里新来了一个教民,那就是德·拉马尔子爵!我真应该把他介绍给你们。"

男爵夫人对本省的贵族世家一向是了如指掌的,便问道:"难道就是欧尔省的德·拉

马尔这一家子的人吗?”

神父点头说:“当然,夫人!他就是去年故世的约翰·德·拉马尔子爵的公子。”

所以这位对贵族非常痴情的阿卡来德夫人,便问长问短,提了许许多多的问题,终于知道了这个年轻人为了偿还他父亲的债务,把祖上传下来的庄园卖掉了,他在埃都旺这一乡还有三个农庄,如今就在其中之一安顿下来了。这些农庄的产业每年总共有五六千法郎的收入;但子爵生性俭朴,为人正派,他打算在农庄的住宅里过上两三年朴素的生活,攒一些钱来,然后再到社会上去露面,结下如此有利的亲事,既无须乎借债,也不必把农庄抵押掉。

这位教区神父还补充说:“这是一个十分受喜欢的年轻人;多么稳重,多么深沉!只是他觉得当地没有什么可以消遣的地方。”

男爵说:“神父先生,带他到我们这儿来,这里永远使他开心。”

到这里谈话就转到别的方面去了。

他们喝完咖啡,回到客厅去的时候,神父要求到花园里去走走,由于他在餐后照例要稍稍活动一下。男爵陪他一起去。他们顺着邸宅正面的白石墙壁往返地从这一头走到那一头。他们在月光下的影子,一个是瘦削的,另一个是滚圆的,而且头上还覆着一顶香菌式的帽子。当他们面向月光时,影子就落在他们的身后,当他们背向月光时,影子又赶在他们的面前。神父从口袋里掏出一支烟卷,叼在嘴边吸着。他以乡下人坦率的口吻夸奖吸烟的益处:“这可以帮助消化,由于我的消化力不强。”

然后,突然望望月色皎洁的天空,神父感叹说:“这样的景色真是永远看不厌的。”最后,他回到客厅里,向女主人们告别。

第　三　章

过一个星期日，为了表示对神父的敬意，男爵夫人和约娜去做弥撒了。

做完弥撒，她们等候神父，请他在星期四到家里来午餐。神父从圣器室出来时，一个高大漂亮的年轻人和他亲密无间挽着胳膊同行。神父一看到这两位女客，显出惊喜交集的样子，叫道："真巧呀！男爵夫人和约娜小姐，请容许我给你们介绍你们的邻居德·拉马尔子爵。"

子爵行了个礼，说自己早就盼望能认识男爵夫人和小姐，然后自自然然地交谈起来。由于他是一个经验丰富的人，一切都做得恰到好处。他生有一副漂亮的面孔，让女人见了钟情，让男人见了生厌。乌黑的鬈发遮盖着光润的棕色的前额；两条匀称的长眉毛，像是特意修饰过的，使一双眼白微带蓝色的惊恐忧郁的眼睛显得幽深而温柔。

浓长的睫毛使他的目光中添上一种热情的感染力，那会在客厅中使高傲的美妇人心乱，在街头上使头戴便帽手提篮子的贫家女儿顾盼。

他眼神里那种懒洋洋的惑人的魅力，令人相信他的思想深刻，使他所说的一言一语都增添了力量。

他的那厚密的胡子，又光泽又细密，盖住了他那过方的腮骨。

大家各说了一番客套话之后各奔东西了。

两天之后，德·拉马尔先生第一次到男爵家里来拜访。

当他来的时候，主人们正在研究一张田园风味的长凳子，这是当天早晨就设置在对客厅窗口的那棵大梧桐树下的。男爵的意思想在另一面的菩提树下也摆一张，形成对称；男爵夫人讨厌对称，不。他们征求子爵的意见，他同意夫人的看法。

然后他谈起当地的景致，认为真是美丽"如画"，又说他在孤独的漫步中，已发现了许多悦目的"景致"。他的眼睛，像是出于偶然，常常和约娜的眼睛打个照面；这突然扫射过来而顷刻又避开的目光，在约娜心里挑起一种极不寻常的感觉，在这目光中既有亲切的赞扬，又有爱慕的情意。

德·拉马尔先生去年去世的父亲，很久以前就认识男爵夫人的父亲居尔托先生的一

个要好朋友;这一重交谊的发现,就使他们滔滔不绝地谈论起婚姻、年代和亲戚关系来了。男爵夫人非凡的记忆力,叙述着各家族的祖先和后裔,她在错综复杂的家谱的迷宫里绕来绕去,却能谈得有条有理,丝毫不乱。

“子爵,请告诉我,您可曾听到谈起过索诺瓦·德·瓦弗勒这一族人吗?老大贡特朗,娶了库尔西家的一位小姐,老二娶了我的一个表姐妹德·拉罗舍·奥贝尔小姐,她和格里臧日家是亲戚。而格里臧日先生原是我父亲的至好,所以也一定和您父亲是熟悉的。”

“对呀,夫人。不就是那位亡命到国外,最后儿子弄得倾家荡产的格里臧日先生吗?”

“就是他。我姑母艾勒特利阿德莲娜寡居以后,他曾经向她求过婚;我姑姑不干,就因为他吸烟。谈起这件事,我不免想问问您,后来维洛瓦兹这一家的景况变得如何?他们家道中落以后,于 1813 年光景离开土兰,迁居到奥韦涅,后来就一直再没有他们的消息了。”

“就我所知,夫人,那位老侯爵仿佛从马上掉下来摔死了;两位小姐,一位和英国人结了婚,另一位据说被一个叫巴梭勒的富商利诱嫁给他了。”

他们把从幼年起在长辈聊天中印在心上的这些姓名都托出来了。这些名门望族之间的婚事,在他们心目中,就如同一般社会大事件一样重要。他们谈论这些从来没有见过面的人,仿佛就和谈论熟人一样;而这些人,在其他地区,也以同样的方式在谈论着他们;尽管相隔很远,彼此却都很熟悉,几乎就像是朋友或亲戚,这没有别的,只因为他们都属于一个阶级,门第相等,血统相同。

男爵生性不喜欢在交际圈中往来,他所受的教育也使他和自己同一阶级的人们的信仰和偏见颇有距离,他对住在周围的一些望族都无来往,因此他向子爵求根问底。

德·拉马尔先生回答说:“啊!这一地区的贵族不多。”他说这话时的语调,就像说山坡上兔子不多一样地自然;后来他细致地给他们讲了情况。附近一带可以算得上贵族的不过三家:古特列侯爵,他是诺曼底贵族阶级的首脑;勃利瑟维勒子爵夫妇,他们都是世家出身,不过不怎么和人来往;然后就是福尔维勒伯爵,这人是个怪物,据说把他妻子都折磨得快愁闷死了,他住在建筑在湖边的佛丽耶特庄园里,终年的消遣就是打猎。

另外还有几家暴发户,他们互相通气,这里买田,那里置地,但是子爵并不认识他们。

他告辞时,最后又向约娜瞟了一眼,那目光仿佛是对她表示的一种更亲切更温柔的特殊告别。

男爵夫人认为他非常招人喜爱,尤其是很懂道理。男爵回答说:“是呀!的确如此,这是一个很有教养的年轻人。”

他们约他下一周来晚餐。从此他就经常来拜访了。

他总在下午四点左右到来，陪着男爵夫人在“她的林荫便道”上散步，挽着她的胳膊帮助她“锻炼”。遇到约娜没有出门，她便在另一边搀着她母亲，这样三个人不断顺着那条笔直的路，从这一头到那一头，慢慢地徘徊。他很少和约娜说话，但他那黑绒般柔和的目光却总和约娜蓝玛瑙色的眼睛遇在一起。

好几次他俩和男爵一同到意埠去。

一天傍晚，当他们正站在海滩边上，拉斯蒂克老爹就凑上去和他们打招呼了。这个船夫的嘴上总是衔着一根烟斗，他要没有这根烟斗，就会比缺了鼻子还更叫人奇怪。拉斯蒂克老爹张口说：“爵爷，趁这样的风，明天满可以到艾特勒塔去逛一逛，来回都不费事。”

约娜高兴得拍起手来：“啊！爸爸，咱们一块儿去吧！”

男爵转过身去，问德·拉马尔先生：

“子爵，您同意吗？我们可以在那边用午餐。”

事情立刻就这样决定下来了。

第二天天刚亮，约娜就起床了。她等候她父亲，因为他穿着起来需要更多的时间，然后父女俩踩着露水，穿过田野，走进鸟声阵阵的丛林。子爵和拉斯蒂克老爹已经都坐在拴船用的绞梁上等他们了。

另外两个船户帮着把船拖进水里去。他们用肩膀抵着船舷，使尽全力把船推出去。在海滩的砂石上要把船推到水里是很费劲的。拉斯蒂克用涂了油的圆木棍塞到船身底下，然后回到他原来的位置上，拉长了嗓子，有节奏地喊出“嗨唷嗨”的声音，使大家跟着他一起用力。

当船已推到斜滩上时，马上就轻快起来。小艇沿着圆卵石滑下水去，发出撕裂布匹似的声响。船在激起泡沫的小浪花上停稳了，大伙都登上了船，坐定在长板凳上；那两个留在岸上的船户便把船一送，推向海面。

从海上吹来阵阵微风，使水面漾起片片涟漪。帆扯了上去，略微鼓着；小艇在微波上静静地滑行。

他们已远离海滩。一眼望去，水平线上水天相连。靠陆地的一面，陡直高耸的峭壁在脚下的水面上映出一大片暗影，只有浴在阳光下的小片草坡在黑影上形成几个缺口。前方，在他们身后，望得见棕色的帆船正在离开费岗白色的码头；往前看时，有一块圆而

带孔的山岩，样子非常古怪，就像一匹大象，把象鼻插入海水中。这正是艾特勒塔小港的入口处。

海波的荡漾使约娜感觉有点头晕，她一手攀着船舷，目光瞭望着远方；她仿佛觉得在大自然中只有三件东西是真正称得上美丽的，那就是光、空间和水。

大家都没有说话。拉斯蒂克老爹把着船舵和帆脚索，不时从他的坐凳下取出酒瓶，喝上一口；一面片刻不停地吸着他的瓦烟斗。那烟斗仿佛是永远也不灭的，一缕青烟从他的烟斗中冉冉上升，同时又从他嘴角飘出另一股烟。人们从来不见他需要燃点那比乌木还黑的瓦烟斗，或是添装一些烟草进去。偶尔他用手从嘴里取出烟斗，从喷烟的嘴角里，向海中吐出一大口浓痰。

男爵坐在船头上，坐着船夫坐的位置，管着船帆。约娜和子爵并排坐着，两人都感到有点不好意思。一股不可知的力量，使他俩的目光时时相遇，像是有什么吸引力叫他们同时抬起眼睛；在他们之间已经交流着一股微妙的、朦胧的感情。只要男孩子长得不丑，而女孩子又很漂亮，在年轻的男女之间，这种感情很容易产生的。他们相依在一起都感到快乐，也许由于彼此都在思慕着对方。

太阳上升了，像是要从更高的地方，来窥探仰卧在它下面的大海；海却像一个调情的女郎，用一层薄雾裹着身子，遮住了阳光。这是一重透明的金黄色的雾幕，贴近水面，但遮隐不了什么，只是使远方的景色更形柔和罢了。太阳射出它的光芒，把闪亮的雾幕溶化开了，当它发挥作用的时候，雾气便蒸发和消失了；这时候，大海光滑如镜，在阳光下闪闪跳动起来。

约娜感动极了，低声说："太美了！"

子爵回答说："是的！真美丽！"

宁静明朗的晨景在这两颗心里唤醒了回音。

忽然间，艾特勒塔巨大的拱门出现了，好像悬崖的两条腿横跨在海上，高得船只可以穿行。在第一道拱门前面，矗立着一柱尖形的白色山岩。

小艇靠岸了。男爵第一个跳上去，拉住船索，使船停了下来。这时子爵把约娜抱上来，免得使她的双脚沾水；然后两人并肩走上崎岖的沙滩，心中都为那一瞬间的拥抱激动着；他们听见拉斯蒂克老爹在对男爵说："我看这真可以结成一对小夫妻呢！"

他们在海滩附近的一家小旅店里一起吃了午餐。一路上辽阔的海面，仿佛使他们的思想静止了，各人都沉默寡言，而这时在餐桌面前，好像度假的小学生一般，言谈就热闹了。

一点点小事情都教他们兴高采烈个不停。

拉斯蒂克老爹在餐桌前坐下时，十分小心地把那还在冒烟的烟斗，收在便帽里；大家便都笑起来了。一只苍蝇，一定是受了他那酒糟鼻子的引诱，屡次飞来想停在他的鼻尖上；当他用手去抓，可又慢了一步，没有抓到的苍蝇又飞回的洋纱窗帘上栖息下来，但对船夫的酒糟鼻子好像还是恋恋不舍，因为它立刻又飞起来要去停在上面。

每当苍蝇飞动一次，就会发出一阵哄笑；老汉被刺痒得不耐烦了，叽里咕噜地说："这家伙真够啰唆，"这时约娜和子爵都忍不住了，捧腹大笑，笑得几乎眼泪都出来了，他们赶快用饭巾堵上嘴，来掩饰笑声。

大家刚喝完咖啡，约娜便建议说："我们出去走走吧！"

子爵站起身来；但约娜的父亲却宁肯到沙滩上去躺一躺，晒晒太阳，说道："孩子们，你们去吧，一个小时之后再到这里来找我。"

他俩一直走去，穿过当地的几家茅舍，后来又越过一个不大的庄园，便来到了一个空旷的山谷面前。

海的波动曾使他们有些失去平衡，感觉困倦，海上饱含盐味的空气却刺激了他们的食欲，加上这顿喧嚣欢快的午餐时所产生的激动，此刻他们高兴得真想在田野上飞奔。约娜听到耳朵里嗡嗡地响着，整个身心被新奇的突如其来的感觉所扰乱了。

烈日当空。道路两旁，成熟的谷物在炎热的阳光下弯着腰，低着头。蚱蜢多得像草叶，在小麦和黑麦地里，在岸边的苇草丛中，四外都发出微弱而嘈杂的鸣声。

在这酷热的天气里，再也听不到别的声音。天色蔚蓝耀眼，带着那种即将变成火红的橙黄，就像金属过于挨近炉火时一样。

他们望见右手稍远处有一个小树林，便向那里走去。

一条狭窄的小径穿行在两个斜坡中间，路旁参天大树，浓荫蔽日。他们一进去时，便感到一种清凉的潮气，这种潮湿教人毛孔发冷，沁入肺腑。由于缺乏日光和流通的空气，这里不长青草，只有一片青苔掩盖着地面。

他们继续向前。

"看！我们可以到那儿坐一下，"她说。

有两棵老树早就枯死了，它们仿佛在周围的绿叶丛中打开了一个天窗样的窟窿，一道阳光从这里射进来，温暖了大地，使青草、蒲公英、葛藤都发了芽，使地面布满了薄雾似的小白花和卷丝似的狐尾草。蝴蝶、蜜蜂、肥短的黄蜂、像瘪苍蝇似的大蚊子、带红色斑点的瓢虫、闪着绿光的硬壳虫、长着甲角的黑壳虫，各种各样的飞虫，都群集在这一块井

口似的明亮温暖的地方，在这周围，周围是很密的阴暗冰。

他俩坐下了，头躲在树荫中，脚伸到阳光下。他们观望着那些在阳光下浮动的小生命；约娜感慨起来，叹道：

“生活是多么有趣呀！乡间是多么惹人喜爱啊！有些时候我真想变成一只苍蝇或蝴蝶，藏在花朵里。”

他们谈起各自来，谈到个人的习惯和爱好，用低微亲切的语声，互诉衷曲。他说自己对社交生活早已厌烦了，不想再过那种无聊的生活；天天都是老一套，从来遇不见一点真心和诚意。

社交生活！她却很想经历一次；不过她预料那必然不及乡间快乐。

两颗年轻的心越来越近了，他们越是彬彬有礼地互相称呼着“先生”和“小姐”，他们的眼睛也就越发含笑相对；他们仿佛感觉在心头荡漾着一种前所未有的仁慈，一种更广阔的爱，一种对千万事物的兴趣和关怀。

他们走回来；但是男爵已经步行去观光悬崖顶上的那个“宫女洞”了；他俩便在小旅店里等着他。

男爵在山坡上散步很长时间，直到傍晚五点钟才回来。

他们回到船上。小艇顺着风慢慢前行，没有一点动荡，几乎不像是在前进。和风一阵阵地吹来，一下子把帆扬开，但紧接着它又瘫痪地垂在桅杆上。不透明的海水像是静止的；消失了热力的太阳，循着弧形的轨迹，渐渐接近水平线了。

海上沉滞的气氛又一次使大家沉默不语起来。

最后约娜开口了：“我非常喜欢旅行！”

子爵接应说：“是的，不过一个人独自旅行太孤单了，至少应该有两个人，彼此可以谈谈各人的印象。”

她沉思了一下，说道：“这话是对的……不过我还是喜欢一个人出去散步；……一个人独自沉思，该是多么有意思啊！……”

他对她凝视许久，说道：“两个人一起，也不妨碍沉思呀！”

她垂下了眼睛，心里想：这话中有什么含义吗？也许是有的。她凝望着水平线，像是想要看得更远；然后，慢吞吞说：“我想到意大利去……到希腊去……啊！是的，到希腊去……还要到科西嘉去！那里一定很粗犷，可是也一定很美！”

他却喜欢瑞士，喜欢那里的木屋和湖水。

她说：“不，我喜欢的要就是像科西嘉那样新鲜的地方，要就是像希腊那样古老而令人怀旧的地方。这些民族的历史，我们从小就知道，今天要能去游览他们先民遗留的名胜和古迹，该是多么有意思呢！”

子爵比较更实际，他说：“我呢，倒很想去英国，在那里一定可以学到很多东西。”

这样，他俩聊遍了全世界，讨论着从南北两极直到赤道每一个国家的美妙之处，叹赏着他们意想中的某些国家的景物和人民奇异的民族风情，如像中国的和拉波尼人的；最后得出结论，认为世界上最美丽的国家，还是要数法兰西，因为它有宜人的气候，冬暖夏凉，有肥沃的田野、葱绿的森林、漫长的平静的河流，以及从伟大的雅典时代以来世界各国所未曾有过的艺术上的成就。

之后，两人默默无语。

落日仿佛血一般地鲜红；一道宽广的耀眼的光波，在水上闪闪跳动，从海洋的边际一直伸展到小艇的周围。

风停了；浪也平静下去；帆叶在晚霞中渲染成红色，无声无息地飘着。无际的沉寂笼罩了整个夜空，在大自然的交合中，一切都静默了；这时候，大海在天空下袒露出它光润起伏的胸腹，等候那火一般热烈的情郎投入到她的怀抱中。太阳被爱情的火焰燃烧着，赶紧扑下身去。终于使他们走到一起，大海逐渐把太阳吞没了。

这时天边吹来一股凉气，使海面激起一阵颤栗，仿佛那被吞没了的太阳向天空舒出一口满足后的叹息。

黄昏是短暂的；夜幕降临了，星光满天。拉斯蒂克老爹荡着双桨；他们看见海面发出点点磷火。约娜和子爵并肩望着被小艇抛在身后的荡漾的点点波光。他们几乎什么都不想，茫茫默默地注视着，在一种舒适甜蜜的境界里欣赏着夜色。约娜的一只手搁在长凳上，子爵的手指，好像出于偶然，放下来时碰到她的娇肤；她并不回避，这轻轻地接触使她感到幸福、吃惊和慌乱。

晚上她回到卧室里的时候，感觉心情特别乱，同时却又那样地受到感动，看到什么，就止不住想流泪。她注视着壁炉台上的那座时钟，心里在想那只小蜜蜂的来回飞着，就像一颗跳着的心，一颗朋友的心；这小蜜蜂将是她一生的唯一见证人，它将用那活泼而有规律的滴答声分享她的欢乐和哀愁；于是她捉住那只金色的蜜蜂，在它翅膀上接了一个吻。她见到什么，就吻什么。她记起在抽屉里藏着一个旧日的洋娃娃，便去寻找，找到时快乐得像是重见一个心爱的朋友；她把它紧抱在怀里，热情地吻着那洋娃娃红润的双颊和浅黄色的鬈发。

她抱着那个洋娃娃，冥想起来。

难道这个男人就是平日自己内心里日日夜夜盼望着的终身伴侣吗？这个人就是主宰一切的天意投在她生命途中的人吗？他不就是为了她而创造的吗？但她自己不就是要把一生奉献给他的吗？他俩不就是注定要心连心，永远紧抱在一起而产生爱情的吗？

她还从来没有经历过这种全身心所感到的骚动的情绪，这种如痴如醉的欢乐，这种内心深处的激动，而她相信这就叫作爱情；她感到自己爱上他了，由于每一思念到他，她常感到自己有点魂不守舍，而她又不断地想起他来。他在面前时，她心就要跳动；目光相遇时，她的面色绯红；听到他的声音，浑身就感到颤栗。

那一夜，她几乎没有入睡。扰人的爱情的欲望在她心目中与日俱增。她总是问自己，问雏菊，也问流云，还把钱币抛向空中来预卜自己的命运。

一天晚上，她父亲对她说：

“明天早晨，你好好打扮一下！”

她就问：“为什么，爸爸？”

他答道：“秘密。”

第二天她换上了一身浅色的新装，更显得格外动人。当她下楼来时，她看见客厅的桌上堆满了糖果盒子。一把椅子上，放着很大的一束鲜花。

一辆车子驶进院子里来，车身上写着：“费岗勒拉面包房，专办喜庆筵席”；厨娘吕迪芬在一个助手的帮助下，从后边车门口取出许多平扁的提篮，香味扑鼻。

德·拉马尔子爵到了。他的裤腿是笔直的，裤管紧裹在一双精致的漆皮靴里，从皮靴的轮廓可以看出他的脚型是很细巧的。他的礼服在近腰处剪裁得十分合身，胸前露出衬衫的花边；一条非常漂亮的领巾，围着脖子绕了几圈，使他棕黑头发的脑袋显得很挺直，完全是一副高贵严肃的气派。他的神情和平时大不一样。在最熟悉的面孔上，一经打扮，都会突然给人这种出其不意的效果。约娜惊呆住了，注视着他，仿佛过去从来没有见到过这个人似的；她觉得他从头到脚都显得是一个极有气派的贵族。

他鞠了一躬，微笑着说：“您准备好了吗？亲家。”

她小心地问：“怎么回事呀？这到底是怎么回事呀？”

男爵说：“一会儿你就知道了。”

马车过来了。阿卡来德夫人由萝伯丽搀着，身着盛装从卧室走下楼来。萝伯丽看见德·拉马尔先生这么漂亮，羡慕极了，以致男爵小声对子爵说：“子爵，您看，我猜想我们的使女可看中了您啦！”子爵的脸一下子红到耳根，假装没有听见，捧起那一大束鲜花，献给约娜。她接过来，但越发感到惊讶了。四个人都上了车；厨娘吕迪芬替男爵夫人端来一杯冷肉汁，为的给她提提精神，同时说："是的，夫人，别人会说这是做喜事呢！"

到了意埠，大家便下了车；当他们穿过小镇时，船户们身穿带着褶痕的新衣服，都从屋子里出来，向他们敬礼，并和男爵握手，然后跟在他们身后，像是列队欢迎。

子爵挽着约娜的胳膊，两人走在最前头。

到了礼拜堂门前，人们都站住了；唱诗班的一个儿童直挺挺地捧着一个银质的大十字架走了出来，后面还跟着一个白衣红袍的孩子，手上端着一个圣水盂，里边浸着一把洒水刷。

紧随其后是三个唱圣诗的老人，当中一个是跛脚的，接着是一个吹奏蛇形管的乐师，然后是那个肚子上佩着金十字绣花圣带的教区神父，他用微笑和点头道了早安；然后眯上眼睛，嘴里念着祷告，那顶四角形的法冠已经压到鼻梁上，他跟在一群穿白法衣的侍僧后面，直奔大海。

海滩上，一大群人围住一艘系着花环的新游艇，正在那里等候。船桅、船帆和绳索上都缠了彩带，迎风飘扬，船尾用金色漆上了这艘游艇的名字："约娜"。

拉斯蒂克老爹就是这艘由男爵出资建造的游艇的船主，他走上前来，欢迎这一行人。所有男人一齐脱帽致敬；一排信女，身着肥大的黑道袍，肩上带有下垂的大褶裥，当她们一望见十字架，便围成一圈跪倒在地上。

教区神父，左右跟着两个唱诗班的儿童，走向船的一端。在船的另一端，那三个唱圣诗的老人，身着白色法衣，面容污浊，满腮胡髭，态度严肃，眼睛盯着唱本，放开喉咙，在明净的晨空里大声歌唱。

每次他们停声换气的时候，那个蛇形管的吹手便独自继续呜呜地奏乐；他鼓胀着双颊，吹得那么起劲，连前额和脖子上的皮肤仿佛都已和肉脱开，那双灰色的小眼睛缩小得看也看不见了。

透明而平静的海，好像也变得非常严肃，在那里参加这艘小艇的命名典礼；它只漾起指头般高的小浪花，轻击着海滩边的砂石，发出轻微的声响。白色的大海鸥展开双翼，在蔚蓝的天空飞翔，飞过去，又转回来，在那些跪着祷告的人们头上飞翔，像是也要看看人们究竟在干些什么。

在一声拖长到有五分钟之久的"阿门"之后，唱圣诗的声音就停止了；神父用滞重的声调，喃喃地背诵着一段拉丁文，人们能够听出来的，只是拉丁文响亮的语尾。

接着他绕着小艇走了一圈，一面洒着圣水，接着又开始喃喃地诵读祝福的祷告，这时他是站在船边，面对那两个手牵手一动不动矗立着的教父和教母，即游艇的保护人德·

拉马尔先生和约娜小姐。

男的保持着一个美丽少年的庄严面容，那少女却由于过分的激动，身子发软，颤抖得连牙齿都打颤。这一时期以来久久在她脑海中盘旋的梦想，猛然在一种幻觉里，仿佛已成了现实。她听到人们用了“喜事”这个字眼，神父又站在那里，为他们祈祷、祝福，身穿白色法衣的人们唱着圣诗；这简直就是在为她举行婚礼。

她在自己的心头感到，难道只是一种神经质的颤栗吗？她内心的苦闷和忧愁，会不会已经通过她自己的血管传给她身旁站着的那个人的心坎上去了呢？难道他明白吗？他猜想到吗？他也和她一样沉醉这样的爱情了吗？或是他只从经验里知道什么女人也抵抗不了他？她突然觉得他在按她的手，起初是轻轻的，越来越重，快要把她的手捏断了。他的脸上始终无动于衷，谁也注意不到他在轻声对她说，是的，很清楚地说：“啊！约娜，如果您愿意的话，这就算是我们的订婚吧！”

她慢慢低下头去，意思或许就是表示同意。这时神父还在洒着圣水，有几滴正落到他们的手指上。

仪式终于完了。妇女们全都站起来。回去时，路上是乱哄哄的。唱诗班儿童手中的十字架已经失掉了尊严，在人群中穿来穿去，东奔西窜，有时几乎要扑倒在地上了。已经不再念经的神父，跟在后面直跑；唱圣诗的和那蛇形管的吹手，由于忙着要脱去法衣，走着一条小路，早走得无影无踪；船户们也成群结队地急忙赶路。他们脑筋里都只转动着一个念头，这一个念头就像厨房里传来的香味，使他们的腿伸得更长，使他们嘴里流着口水，并钻进到他们的肚皮里，使他们的饥肠辘辘地歌唱。

一顿丰盛的午餐，正在白杨山庄等候着他们。

一张长餐桌摆在院子里的苹果树下。船户和农民共有六十多人已入座。男爵夫人坐在正中，意埠的神父和本区的神父，分坐在她两边。男爵坐在对面，他左右两边是镇长和镇长的妻子。镇长的妻子是一个纤细的上了年纪的农村妇女，她向四处点着头，打招呼。她那狭长的面孔，紧裹在一顶诺曼底式的大帽子里，看去真像一个长着白冠的鸡脑袋，一双滚圆的眼睛总是带有惊惶的神情；她吃东西时，小口小口地吃，但吃得很快，像是用鼻子在盘中啄食一般。

约娜坐在子爵身边，梦游在幸福中。她好像看不见东西，也听不见任何东西。她默默地坐着，脑袋仿佛快乐得直响。

她问他：“那么您的小名叫什么呢？”

他回答说：“卡罗。您以前不知道吗？”

她默不作声,心中却在想:“这个名字,今后我会不断地挂在嘴上。”

吃毕午餐,院子里只剩下船户们了,其余的人都进入另一间屋去了。男爵夫人开始她的“锻炼”去了,她由男爵搀着,还有两位神父紧紧相随。约娜和卡罗一直向灌木林走去,然后进入枝叶密集的小路;忽然,他握住她的双手问道:“说呀! 您肯做我的妻子吗?”

她低下头去;他又嗫嚅地追问说:

“回答我呀,我我求您啦!”她慢慢地抬起眼睛望着他;在这目光中他已看到了她的答复。

第 四 章

这天早晨，约娜没有起来，男爵便走进她的卧室里，坐在她的床边，告诉她说："德·拉马尔子爵到我们这里来向你求婚呢。"

她真想把脸藏到被窝里去。

她父亲接着又说："我们没有立刻答应他。"她激动得说不出话来，只是喘气。过了一会儿，男爵又笑着补充说："没有你的同意，我们决不会硬自己做主张的。我和你母亲都不反对这门亲事，却也不想替你来做主。你远比他富有，不过说到人生的幸福，就不能够光从财产上来看了。他是个没有了父母的人，倘若你和他结婚，那就等于我们家里招进了一个女婿，假如嫁给别的人，那就是你——我们的女儿，到陌生人家去生活了。这孩子讨我们喜欢。不过你呢……你喜欢他吗？"

她脸红到头发根，羞涩地回答说："爸爸，我也很愿意。"

父亲注视着她的眼睛，始终微笑着望着她，小声说："我猜得差不多，我的小姐。"

这一天，从早到晚，她浑身都飘飘然似的，不知道自己在做什么，随手抓起一件东西，却把它错当成是另一件东西，虽然并没有走什么路，两条腿却软绵绵的感觉非常困乏。

快到六点的时候，当她正陪她母亲坐在那棵梧桐树下，子爵来了。

约娜的心突突地跳起来。年轻人很从容地走到她们跟前，吻了男爵夫人的手指，然后又握起少女颤动着的手，把嘴唇贴在上面，温柔而怀着感激地印上了一个长吻。

订婚后最幸福时候了。他俩单独地在客厅的一角聊着，或是面对着靠海的旷野，并坐在灌木林里的斜坡上。有时他们一同在林荫路上散步，他谈说着将来，她呢，低着头，眼睛望着男爵夫人在泥土上留有的脚印。

事情既然这样，大家都想早日完成婚事；婚礼选在一个半月以后的八月十五日举行，然后新婚夫妇去蜜月旅行。征求约娜的意见时，她选定到科西嘉去，因为那里要比去游览意大利的城市更清静些。

他们等着这结婚的一天到来，心里倒并不过于焦急；他们被缠绕在一种细腻的柔情中；轻微的爱抚、手指的接触，能使他们体味到一种不可言说的甜情蜜意；有时从相互热情的凝视中，两颗心仿佛就连接住了；但是朦胧地希望紧紧拥抱在一起的欲念，也常使他们暗暗地感到苦恼。

举行婚礼时，除邀丽松姨妈参加，决定不再邀请其他客人。这位姨妈是男爵夫人的妹妹，住在凡尔赛的一个女修道院里。

在她们父亲过世之后，男爵夫人原想留她妹妹和她住在一起；但是这位老小姐，认定自己是添麻烦，既无用又啰唆，就退隐到一个女修道院里，那里专门备有房子，出租给寂寞孤独的人居住。

她只是偶尔到她姐姐家里来住一两个月。

丽松姨妈是一个矮小的女人，不大讲话，不爱露面，只在进餐时才出来，然后又上楼去，整天呆在自己的屋里。

她的态度很和善，目光温柔而带有哀愁，虽然才四十二岁，样子显得老多了；她在家里总受轻视。小时候，既不漂亮，也不顽皮，从来没有人吻过她抱过她；她总是很安静地呆在墙的一个角落。后来她就一直被人奚落。及至成了年轻的小姐，便也没有人来关心她了。

她就仿佛是一个影子，经常看到的东西，一件活动的用具，大家每天都能看到它，却无人去注意它。

她姊姊在父母家里时，就有一个旧俗，把她看成是一个无足轻重、可有可无的人。大家对她也都很随便，毫无拘束，但是这种亲近里埋藏着一种蔑视。丽松姨妈本名叫丽丝，她感觉这名字很好听，听去很舒服。后来大家看她不结婚，而且也已经再没有结婚的可能，就把丽丝这名字改成了松丽。自从约娜出世以后，她就成了"丽松姨妈"了。这位没有地位、权位的亲戚，偏好洁净，非常胆小，连对她姊姊和姊夫也是十分怯生生的。他们待她不错，不过那只是出于一种泛泛的同情，一种不自觉的怜悯和一种天生的仁慈。

有时候，男爵夫人回忆到自己的过去的青年时代的往事，目的就是告诉发生的年代，便说："就在丽松头脑发疯的那时期。"

另外再没有更多的说明，因此，关于"头脑发疯"这回事，就像笼罩在雾中。

原来丽丝二十岁那年，一个夜晚，她突然跳河自杀，谁也不知道原因是什么。她的生活、她的行为，都绝不能叫人想到她会做出这种怪事来的。她被别人救起时，已经半死；她父母气得高举起胳膊，但并不去追究其中的原因，只说她"头脑发疯"，就算完事了。正像他们议论的那匹名叫骒骒的马的遭遇一样，这匹不幸的马，就在这事情发生不久以前，在车辙里跌断了一条腿，后来就也只好宰掉了事。

丽丝，也就是不久以后的丽松，打那以后被人看作是一个有精神病的人。一家人对她的漠然轻视的内心，逐渐感染给她周围所有的人了。就连小约娜，出于孩子天然的敏感，对她也满不放在心上，从来就没有上来与她亲吻，从来不进入她的卧室。只有使女萝伯丽，由于替她料理家务，仿佛是唯一知道她的卧室在哪里的人。

当丽松姨妈到餐室来进午餐时，“小家伙”才照例走过去，向前倾身伸出头让她吻，这就包括一切了。

假如有人要和她说话，就得派仆人去找她；她不在时，谁也注意不到，谁也想不起她来，没有人在意，没有人会提一句：“真的，直到今天早晨，我还没有见到过丽松呢。”

她是一点地位都没有的；她就属于这样一种人：就是自己的亲人也对她不理解；死了，在这家庭里也不会感觉缺少了什么，或是引起空虚和遗憾；她正是这样一种人：不愿叫其他人的生活接近，迎合大家的习惯，使大家关心自己。

当人称呼“丽松姨妈”时，这几个字在别人心目中并不带有任何感情的成分，那么就像人们说“那个咖啡壶，就是个糖缸”。

她总是用急促而无声的小步走路，从来就不吵吵闹闹，从来没有碰响过什么东西。她仿佛是把不声不响的性质传给了她周围的一切用物。她那一双手像是棉絮做成的，不论接触什么东西，都显得轻柔而灵活。

丽松姨妈是七月中旬来的，这桩婚姻使她十分高兴。她带来一大堆礼物，只是因为丽松送给的，任何人没有放在心里。

她到达后的第二天，人们就好像没有这个人似的。

但她心已特别激动，眼睛老是盯住那一对未婚夫妇。她为新娘做贴身的衣物，独自关在卧室里，就像一个一般的女服装制作者，谁也不进去看她，但她却干得那么起劲，那么专心。

她总是把手藏在手绢里，或是绣好了号码的餐巾，拿给男爵夫人看，问：“阿卡来德，这样行吗？”而男爵夫人不过顺手翻一翻，回答说：“你不用着这样操心，我可怜的丽松啊！”

那是七月底的一个夜晚。白天的烤人的热浪已散去了，月亮已经升起来，夜色明静而温暖。正是这种令人烦恼、令人感动、令人感到高兴的夜，它似乎要唤醒一个人灵魂深处隐藏的诗情。田野温暖的气息飘向安静的客厅里来。遮着灯罩的灯在桌上投射出一轮光圈，男爵夫人和她丈夫，没有兴趣地玩着纸牌，丽松姨妈坐在他们身旁织毛衣；那一对年轻人，凭倚窗栏，从开着的窗口眺望月光下的花园。

菩提树和梧桐树的树影就躺在地上，那一大片浴着月光的草地，一直伸展到黑压压的灌木林边。

约娜不由自主地被温柔娇美的夜色，被树木和林中朦胧的光影所吸引，转过身来对她父母说：

"小爸爸，我们到邸宅前面的那片草地上走走吧！"

男爵一面玩牌一面回答说："我的孩子们，你们去吧！"他又继续玩他的牌。

两位年轻人走出去了，于是在月光照射下的草地上散步，他们一直走到顶端的小树林边。

时候晚了，他俩还不想转回来。男爵夫人已经疲倦，要上楼回她的卧室去："把那对情人叫回来吧，"她说。

男爵向月光下宽阔的花园里望了一望，望见一对在夜光里散步。

他便说："随他们去吧，外边的月色多好啊！让丽松等着他们。对吧，丽松？"

老小姐抬起忧愁的眼睛，用她那胆怯的声音回答说：

"没问题，我等着他们。"

小爸爸搀起男爵夫人，因为白昼的炎热，他也疲倦了，便说："我也要去睡了。"

他就和他妻子一起走出了客厅。

此刻丽松姨妈也站起身来，她把手上的活计、绒线和钢针都搁下，放在圈椅的靠手上，走向窗口，倚着窗栏，欣赏美丽的夜景。

那一对未婚夫妻在草地上来回不停地散步，从灌木林到台阶前，又从台阶前回到灌木林。他们紧握着手，都不作声，心灵仿佛脱离了形骸，而和大自然活生生的诗情诗景合而为一了。

约娜忽然望见窗口被灯光映出的那位老小姐的侧影。

"看！丽松姨妈看着我们呢！"她说。

子爵抬起头来，不假思索地应声说：

"是的，丽松姨妈望着我们。"

这样他们还是继续幻想，继续漫步，互相热恋着。

夜露沾湿了草地，冷气使他们稍有颤抖。

"我们回去吧，"约娜说。

他们就回来了。

当他俩走进客厅时，丽松姨妈在那里打毛衣了；她低下头在做活计，纤瘦的手指有点

发抖,她是很疲困了的样子。

约娜走近去,说道:

“姨妈,该睡了。”

老小姐转过脸来,眼圈已红过,好像是刚哭过。这一对情侣却一点没有注意到;但是青年人忽然发现约娜薄薄的凉鞋上已沾满了露水。他有点担心,温柔地问道:

“这双可爱的娇小的脚,一点不觉得冷吗?”

姨妈的手指一下子颤抖起来,抖得非常厉害,她的活计也落在地上了;毛线球在地板上滚得远远的;她急忙用手遮住脸,抽搐着,伤心地哭泣起来。

那对未婚夫妻站在那里惊呆了,都发愣了。约娜突然跪下去,拉开她的胳膊,惶惑地一再问道:

“怎么啦? 怎么啦? 丽松姨妈!”

于是这个可怜的女人,声音里都是哭腔,全身伤心地抽搐着,断断续续地哭道:

“他刚才问你……说这双……可爱的……娇小的脚……不觉得冷吗? ……从来没有人对我这样说过……这样的话……从来没有过……”

约娜又惊讶,又觉得怜悯,只是一想到果真有人来和丽松谈情说爱,这就使她忍不住想笑了;子爵早已转过身去,为的掩藏起自己的笑脸。

这时姨妈忽然站起来,毛线球落在地板上,手中的活放在椅子上,她没有拿灯便跑向黑暗的楼梯口,自己摸着回到卧室去了。

当只剩下这对年轻人时,两人互相望着,觉得有趣而又难过。约娜悄悄地说:

“可怜的姨妈呀! ……”

卡罗答道:“她今天晚上一定有点疯了。”

他俩手握着手,还舍不得分离,温柔地,十分温柔地,在丽松姨妈刚刚离开的那张空椅子面前,两人第一次接吻。

第二天,他们便全然忘记那老处女的眼泪了。

结婚前的那两个星期,约娜过得很平静,仿佛这一阶段来亲亲爱爱的柔情已使她疲乏了。

决定她终身的那天早上,她也没有时间去思索。她只感到全身都有一种空洞的感觉,仿佛她的肉、她的血、她的骨骼,全在皮肤下溶化了;她发现接触东西时,自己的手指颤抖得厉害。

直到在教堂里举行婚礼的时候,她才真正地静下心来。

结婚了！她终于结了婚！她好像从早到晚，继续不断的种种场面、行动和事件，全像一场梦，一场真正的梦。人生中有些时刻里，仿佛我们周围的一切都改了样子；一举一动都有了新的意义；每一时刻都不同寻常。

她感觉有点眼花缭乱，特别是感觉有点惊惶。昨天晚上，她生活里还没有起一点变化；她的愿望更近了，几乎伸手可及了。她睡下去时还是一个年轻的女孩子；而现在，她成了别人的妻子。

她已经跨越了一道防线，幻想中未来的日子都展现眼前。她觉得一扇大门已经在她面前打开，她就要进入她所梦想的境界里去了。

仪式完毕了。他们进入圣器室，那里显得特别冷清，因为他们没有邀请任何来宾；接着他们就退了出来。

他们刚一出现在教堂前，一阵惊人的轰响使新娘吓了一大跳，弄得男爵夫人呼叫起来：这是农民们放的礼炮；放了一路的礼炮，一直伴送他们回到白杨山庄。

全家的人、本区的神父、意埠的神父、新郎和当地富农中挑选来的证婚人，都先吃了早茶。

然后大家在花园里散步，等候喜筵。男爵、男爵夫人、丽松姨妈、镇长和比科神父都在男爵夫人经常"锻炼"的那条林荫路上散步；而神父就在对面的林荫路上踱着大步，嘴里念着祈祷经文。

在邸宅的另一面，可以听见农民们热闹的喧闹声，他们在苹果树下痛饮苹果酒。附近的居民都穿着新衣服，挤满了院子。小伙子们和姑娘们相互追逐着。

约娜和卡罗穿过灌木林，登上斜坡，两人都不作声，远眺大海。虽然正在八月中旬，天气却还凉爽，北风吹来，炽烈的阳光辉耀在一碧无际的天空。

这一对年轻人找一个安静的地方，便往右穿过旷野，走向面对意埠的绿荫起伏的山谷。他们一走进矮树林，一点微风也吹不到了，于是他们便离开便道，走向一条树叶密集的小径。他们几乎不能站着走路；此刻她觉得有一条胳膊轻轻地伸过来抱住了她的腰。

她不吱声，喘着气，心房跳动着，感到呼吸困难。低垂的树枝抚弄着他们的头发；他们时常须弯下身子才能过去。她摘下一片叶子，叶下隐着一对瓢虫，像是两个纤细的红贝壳。

这时约娜已平静一些，天真地说："看，正好是一对。"

卡罗用嘴轻轻吻着她的耳朵，说道："今天晚上您就要做我的妻子了。"

虽然从她到乡下以来，已经懂得了许多事情，但她心里所想的，还只是爱情的诗意的

一面，因此她觉得惊讶了。他的妻子？这难道不是他的妻子吗？

于是他又快速而急促地吻她的鬓角和颈部靠发根的那一个角上。这种男性的接吻，她还没有习惯，每到接吻时，她本能地把头歪在一边，躲避那使她快乐的戏弄。

他们突然发现已经来到树林的边了。她停住脚步，奇怪怎么已经走得这样远。别人会怎么想呢？

"我们回去吧，"她说。

他把胳膊拿出来，两人都转过身子，恰好面对面，站得那么贴近，各人脸上都可以感到对方的呼吸了；他们互相对视着，相互凝视。这种凝固的、锐利的、能穿透一切的目光，好像把两个人的心灵都溶在一起似的。他们想从彼此的眼睛里，并透过眼睛，从生命不可窥测的深处，来认识对方；他们默默而固执地彼此猜探着。他们彼此的命运将是怎样呢？他们正在共同开始的生活将是怎样的呢？在这悠长而不可分离地结合在一起生活中，各人能给对方的是欢乐？是幸福？还是幻灭呢？他们两个人都觉得彼此好像是第一次见面。

意想不到他，卡罗把双手搭在他妻子的肩膀上，于是亲吻了她。她从来没有这样地被人吻过。这个吻深深地渗透到她的血管里，到她的骨髓里，在她身上有一种欢快的颤动，她用双臂猛力推开卡罗，而自己也差点摔倒在地上。

"我们走吧！走吧！"她颤颤巍巍地说。

他没有回答，只抓住她的双手，紧握在自己的手中。

他们一直走回家去，他们谁也没说话。午后这段时间过得很慢。

直至黄昏时分，大家才入席。

喜筵和一般诺曼底人的习俗相反，既简朴时间又短。客人显得都很拘束。只有那两位神父、镇长和四个被邀请的庄稼人还开点玩笑，增添几分热闹。

热闹声结束时，镇长说了一句话，才算又鼓起大家的兴致。时钟指针快指到九点；马上要喝咖啡了。在屋外第一个院子的苹果树下，具有田园趣味的舞即将开始。从开着的窗口，就能看见欢乐的情景。挂在树枝上的彩灯，照得树叶发出青灰色的光彩。附近的农民，男男女女，环成一圈，边跳舞，边唱着古老的曲子。两把提琴和一支笛子微弱地伴奏着，演奏师高坐在厨师用的大桌子上。农民们喧嚣的歌唱有时完全淹没了乐器的声音；那微弱的音乐，通过骚嚷的歌声，割裂成支离破碎的音节，零零落落，像碎片从空中撒落。

两个大酒桶，周围烧着火把，供应人群解渴的饮料。两个女仆不停地在一只木盆里

洗杯洗碗。杯碗还滴着水，就拿到酒桶的龙头下面去接红色的葡萄酒，或是金黄的纯苹果酒。口渴了的舞客、静观的老人、泪流满面的女孩们都奔过来，伸出胳膊，随便举起一个杯子，便仰着头，把自己喜欢的饮料一口气灌进喉咙里去。

一张桌上摆着黄油、面包、奶酪和香肠。随时有人过来，抓在手里，吞下一口。在这灯光照明的绿荫丛中，这样快乐的假日景象，引诱得那些在餐厅里呆得发闷的上宾，也都想来跳一次舞，从圆而粗的大肚皮的酒桶里倒一杯来狂饮，嚼一口抹上黄油的面包和生葱头。

镇长用手里的餐刀随着音乐敲着拍子，叫道："我的天！这真不错，正像人家说的加纳希的婚宴。"

此时响起一阵欢笑声。比科神父和地方上的掌权者原先就是仇人，便驳他说：

"您的意思是在说迦纳吧！"

镇长不接受这样的训斥，回敬说：

"神父先生，我明白我要说的是什么；既然我说加纳希，那就是加纳希。"

大家站起身来，向客厅走去。客人们接着挤到热闹的人堆里混了一阵，然后才向主人告辞。

男爵和男爵夫人低声地争吵着。比平时更喘不上气来的阿卡来德夫人，像是正在那里拒绝她丈夫的一个要求；最后她差不多大声吵着说：

"不行，我的朋友，我干不来，我简直不知道怎么开口。"

男爵这时突然丢下他妻子，走到约娜身边。

"孩子，你愿意和我出去散散步吗？"

她十分感激地回答说：

"爸爸，只要你高兴。"

于是父女俩一起走了。

一走到门口，从海边迎面吹来一阵凉风。虽然还是夏天，这阵风却已叫人感到秋意了。

云在天空奔腾，星星一时被遮隐了，一时又露出脸来。

男爵让女儿紧靠自己，同时温柔地握住了她的手。他们步行了几分钟。他显出犹疑不决，仿佛很为难的样子。最终他才决定了。

"亲爱的，这个角色本来应当由你母亲来担当的，对我来说很困难；但是她拒绝了，我只有替代她。你对人生的事情，究竟懂得什么，我不清楚。人生中有些秘密，一向都是小

心地不让孩子们知道的,尤其是女孩子们,由于女孩子要保住心灵的纯洁,洁白无瑕的纯真,直到把她们交给某一个男人的怀里为止,这个男人就应当照顾她一生的幸福。他有权利去掀开层层掩盖的人生欢乐的面纱。倘若女孩子们根本没有想过这种事情,到那时,便要对这种没有梦想到的、比较粗暴的现实,发生反感了。不仅在精神上,而且在肉体上受了凌辱,便会拒绝她们的丈夫,但是不论从人类的法律,或是从自然的法则来说,这都是做丈夫所应有的绝对权利。我的好宝贝,我不能讲得更多了;只是一定不要忘记这些:你完全是属于你丈夫的。"

难道她听懂了?她猜测些什么呢?她开始颤抖了,一种沉重而痛苦的悲伤,像一种预感似的,压得她透不过气来。

他们走回去。到了客厅门口,两个人都惊呆了。阿卡来德夫人正倒在卡罗怀里痛哭。她的泪水,像是被鼓风箱所搧动,同时从鼻孔、嘴角和眼睛一起往下流;那个惊慌失措的年轻人,滑稽地托住这位胖太太。她扑倒在他的怀里,目的就是要叮嘱他好好待她的女儿、小宝贝、小心肝。

男爵急忙赶上前去,劝阻说:

"啊!别做戏了,别哭哭啼啼啦,我求求您!"

这样妻子被带过来,让她在一张圈椅上坐下,此时她还不住地抹泪。然后转过身来对约娜说:

"来吧,小东西,快亲亲你母亲,之后就去休息吧!"

约娜几乎也要哭了,她立刻吻过了她父母,于是跑进自己屋里。

丽松姨妈已早回到自己的卧室去了。男爵夫妇俩单独和卡罗留下在客厅里。三个人都觉得很窘,他们都没有话说:两个男人身穿晚礼服,站在那里茫然若失,阿卡来德夫人倒在圈椅里,不时还有点抽噎。这种难堪的局面让人无法容忍,于是男爵便开始谈起新婚夫妇旅行的事情来,他们准备在几天之后就要出发。

萝伯丽正在约娜的卧室里,帮她更衣,使女泪流满面。她的双手慌乱地摸索着,连带子和扣针都找不着了。她显然比她的女主人还激动得厉害。但是约娜并没有注意到使女的眼泪,她好像来到另一个世界,到了另一个天地,过去她所熟悉的和她所心爱的种种,都已恍若隔世了。她觉得自己生命里和思想里的一切都引起了剧变,甚至她有个怪想法:"她真的爱她丈夫吗?"这时他在她眼里成了一个几乎不相识的陌生人了。三个月以前,她完全不知道有这个人的存在,现在做了他的妻子。这都是为什么呢?为什么要这样快落入结婚的圈套,就像走路不小心掉到脚下的窟窿里去一样?

她穿好睡衣，上了床；被单有点凉，使她皮肤有点打颤，这更加深了两小时以来重压在她心头的那种寒冷、悲哀和寂寞之感。

萝伯丽走开了，总是哭着；约娜等待着。她焦虑不安地等待那已被她猜到了几分、而后来由她父亲用含糊的语言暗示给她的难想的意外事情，这个所谓爱情中最大的秘密。

她没有注意听到上楼的声音，这时却听见门上轻轻敲了三下。她大吃一惊，害怕得答不出声来。又有了敲门声，下面是开门的声音。她把头藏进被窝里，好像有小偷进来似的。靴声轻轻地踏在地板上；突然间有人触动着床了。

她的神经震动了一下，轻轻地叫唤了一声；她伸出头来，看见卡罗站在面前望着她微笑。

“您真让我害怕！”她说。

他问道：“那您没有等着我吗？”

她不回答。他穿着晚礼服，带着青春正经的面孔。约娜觉得在一个穿得这样整齐的男人面前，自己却躺在床上，简直太羞涩了。

在这严肃而紧要的关头，在他们一生幸福所系的这一时刻，他们却都不知道说什么，做什么，甚至谁都不看谁。

他或许已多少感觉到这场战斗的危险性，感觉到应该怎样做，如何运用聪明的温柔手腕，才不致使一个充满幻想的少女的心灵——它那种非常的敏感和细微的害羞心理——受到伤害。

他轻轻地握住她的一只手，拉到嘴边亲吻，然后他像在祭坛前一样跪倒在床边，用轻如呼吸的声音，悄悄地说：

“您爱我吗？”

她此刻忽然安心了，从枕头上抬起头，微笑着说：

“我爱您呀，我的朋友。”

他把他妻子纤巧的指头贴在自己的唇边，由于把嘴堵住了，从指缝中发出抑压的声音：

“您愿意证明您爱我吗？”

她这时更为难了。她联想到她父亲所说过的话，即使她并不懂此话的意思，这时便用来回答说：

“我就是您的，我的朋友。”

他在她手腕上强烈地吻着，然后缓缓地抬起身来，贴近她的脸去，但她又躲藏了。突然，他的一只胳膊从床上伸过去，隔着被，抱住他的妻子，同时他把另一只胳膊插到枕头底下，连枕带头一起托了起来，低声问道：

“那就是说您愿意在您身旁留一点小小的地方给我？”

她害怕了。这是出于本性的害怕，她嗫嚅说：

“啊，先不要，好不好，我央求您。”

他似乎失望了，显得很生气，艰险便还是央求着，但语气却更急躁了：

“既然迟早要躺在一起，那还等什么呢？”

这句话引起她的反感；但出于顺从和退让，她又一次地重复说：

“我就是您的，我的朋友。”

他立刻进到盥洗室去。她能听到他洗澡的声音：他慢慢地脱去衣服，衣兜里的硬币叮叮当当地响着，然后两只皮靴先后落到地板上。

他突然急忙穿过卧室，去把表放在壁炉台上，身上只着了一条短裤和一双短袜。他又跑回到那个小房间去，翻弄了一阵，约娜听到他就要出来了，赶紧闭上眼睛，把身子侧转到另一边去。

一条毛茸茸的凉腿碰到她的腿脚时，约娜惊跳起来，像要扑到床下去；她急忙地用双手蒙住脸，缩进被窝里，惊恐和惧怕得想要叫喊起来。

她背朝着他，但他还是马上把她搂在怀里，贪婪地吻着她的脖子、她睡帽上飘着的花边和睡衣上的绣花领子。

她的身子僵硬了，一动不动，心里真是又急又怕，她用双肘夹着胸脯，但这时她感觉到一只粗壮的手，正向胸脯上摸来了。她的呼吸急促起来，全身被这种粗暴的接触所震动了；她真希望能逃走，逃出屋子去，把自己禁闭起来，远远地躲开这个男人。

他却不动了。他热乎乎的体温传到她的背上。这时她的惊惶又平静了，她突然想到：只要转过身去，她就能和他拥抱了。

他忍不住了，发愁地说：

“那您真的不愿意做我的小妻子吗？”

她从指缝中轻轻地说：

“难道我现在不是吗？”

他气愤地回答：

“亲爱的，好啦，别和我开玩笑了。”

他话语中带着不满，使她感到难受；她便立刻向他转过身去，求他原谅。

他如饥似渴地整个把她抱在怀里；急促地、猛烈地、疯狂地遍吻她的面部和脖子，把她抚弄得透不过气来。她松开了双手，没有任何反抗由他了，她的思想完全混乱了，她再不知道自己在干什么，他在做着什么，她什么也不知道了。这时她感到一阵被撕裂似的剧痛，她呻吟起来，在他的怀里扭动着。她被他粗暴地占有了。

她完全慌乱了，后来的经过，她已不很记得；她只感觉他感激得在她的嘴唇上，雨点一般，不停地吻了又吻。

未毕，他一定问过她，她也一定回答了。接下来他又想再来，她惊慌地推开他；当她挣扎着时，她接触到他胸前硬而挺的胸毛，这和他长在腿上的一样。她猛然一惊，便把身子躲开。

一再要求没有成功，最后他也倦了，便仰身躺着不动了。

这时她独自沉思起来；她从心灵深处，感到了绝望，这和她梦想中的爱情是多么不同啊！多年来的梦想打碎了，幸福成了泡影。她在幻灭中自语说：

“看哪！这就是他所谓做他的妻子；原来就是这么回事！原来就是这么回事！”

她这样伤心地躺了许久，眼珠转着，望着墙上的挂毡，寻思那环围着她卧室的古老的爱情传说。

因为卡罗不说也不动，她便把目光慢慢转移到他身上。她发现他已经睡着了！他半张着口，非常镇静地睡着了！

她简直不敢相信有这样的事。她非常气愤。他的酣睡比他的狂暴更使她受到侮辱，他竟拿她不当一回事。他能在这样的一个夜里睡熟吗？那么他俩之间所发生的关系，在他心上就完全不足为奇？啊！她宁肯让鞭子打、被蹂躏、受那种种可厌的戏弄直到使她失去知觉！

她躺着不动，用肘支着身子，注视着他，听他从唇边发出轻微的呼吸，时而这呼吸就像带着鼾声。

天亮了，天色起初是黯淡的，渐渐白起来，转成玫瑰色，最后就大放光明了。卡罗睁开眼睛，打了个呵欠，伸一伸懒腰，看看自己的妻子，微笑着问道：

“亲爱的，你睡得好吗？”

她发现他用“你”称呼着她了。她微微一惊，回答说：

“好呀，您呢？”

他说：“我，啊！好极了。”

他把身子转过来，亲了她一下，安安静静地谈起天来。他讲到他一生的计划和他的

经济观点;他多次提到“经济”这两个字,这叫约娜有点惊诧。她听着他讲,可是捉摸不住他话中的意思,她望着他,千头万绪的思虑都从她心头飘拂过去。

钟敲八点了。

“该起来了,”他说,“晚了,别人会笑话我们呢!”

说着他首先下了床。他自己打扮好了,就很高兴地干一些零碎活,他不肯让她使唤萝伯丽。

走出卧室时,他又叫住她说:

“你要知道,我们之间,从此可以‘你’‘我’称呼了,可是在你父母面前,暂时还不能这样。等到蜜旅回来,那时听着就自然了。”

她到午餐时才露面。这一天就过得和平常一样,仿佛并不曾起过什么新的变化。只是家里多了一个男人。

第五章

四天之后,一辆四轮马车来到门前,他们起程去马赛。

约娜经历了初夜的苦恼之后,已经习惯了卡罗的接吻和温柔的抚弄,但对夫妇间更进一层的亲密关心,仍然抱着厌恶的心情。

她觉得卡罗很漂亮,她喜欢他;她感到非常快乐了。

这次离别是暂时的,并没有什么值得悲伤。只有男爵夫人又动了点感情;车子快要动身的时候,她把一个沉甸甸的大钱包塞到女儿的手里,嘱咐说:

“这是给你零用钱。”

约娜把钱包放进衣袋里,马就拉着车子走了。

傍晚时刻,卡罗便问约娜说:

“你母亲给你的那个钱包里有多少钱?”

她完全没有想起过,这时她便把钱包倒在膝上。金光闪闪的一大堆,总共是两千法郎。她高兴地说:“我可以花个痛快了!”于是把她的钱收起来。

炎热的天气里,在路上颠了一周,他们才到达马赛。

第二天,一条小海轮路易王号,乘着它到科西嘉岛去了,这条船是开往那不勒斯去的,中途要在阿耶佐靠岸。

科西嘉!那里的丛莽!强盗!山岳!拿破仑的故乡!约娜好像感觉自己正在远离这个平凡的现实生活,睁着眼睛,踏入梦境中去。

她和卡罗一起站在船头的甲板上,眺望那从眼前滑过的普罗旺斯的悬崖。在茫茫无垠的蔚蓝的天空下,伸展开一片静止的、碧绿的大海,太阳炎热的光芒像是使海凝固了,成为坚硬的了。

约娜说:“上次我们乘拉斯蒂克老爹的小艇到海面去游玩,你还记得吗?”

作为答复,卡罗轻轻地在她的耳根处亲了一下。

海船的机轮鼓动着水,惊醒了海的酣睡;船过时,一条漫长的水浪,翻腾着香槟酒般白色的泡沫,笔直地拉到与天相反接的地方。

突然，距船头不过几十英尺远的海上，一条大鱼——一条巨大的海豚，跃出水面，随即头向下钻进水去，不见了。约娜吓了一跳，惊叫了一声，扑在卡罗怀里。之后，看到自己的大惊小怪，便又笑起来了；她焦急地望着，想看那条大鱼还能否再现。不到几秒钟，果然它又出现了，像一个机械玩具似的跳了起来。它钻进水去，又钻出来；后来又来了几条鱼，它们在船身周围欢快地游着，像是护送它们的弟兄——这条铁鳍本身的大怪鱼。有时它们游向船的左舷，有时又出现在右舷，忽而成群，忽而一条跟着一条，仿佛是在游戏，在追逐作乐，它们会猛然跳起，飞向空中，划成一道弧线，然后又一条接着一条钻没入水中。

那些动作灵活的大鱼每出现一次，约娜便全身感到颤动，随即快活得为它们鼓掌。她的心，跟鱼一样，在一种童趣中跳跃着。

一下子，它们都消失了。后来，在很远的大海上，又出现了一次；从此便再也不见了；约娜为它们的别离，刹那间感到一阵伤心。

黄昏来临了，那是个宁静的黄昏。天空和水面，没有一丝波动；天和海无限的宁静沁入到那同样没有一丝波动的沉醉了的心灵里。

太阳在远方缓缓地沉落下去，落向遥远的西方去了，那大地如像燃烧般的非洲，它那灼人的炎热仿佛已经有点教人感觉到了；但在落日完全隐没之后，却有一阵清凉的气息，微弱得几乎不能叫作微风，拂过人面。

他们不愿意回到船舱里，那里发散出海船上特有的令人恶心的气味；他们裹着大衣，并排睡在甲板上。卡罗马上就睡熟了；但是约娜依然睁开着眼睛，旅行的见奇使她高兴。机轮单调的转动声在替她催眠，她仰望那灿烂的繁星，在这南方明净的天空里，水晶般闪烁着夺目的光芒。

黎明时，她不知不觉中睡着了。喧哗的人声使她惊醒，原来水手们唱着歌已在洗刷甲板。她推醒还在酣睡中的丈夫，他们便都起来了。

约娜得意地呼吸着带有盐味的海雾，它一直淌到她的指头。四外都是海。但在前方，在曙光里已望得见一种灰色的、模糊的东西，像是一簇畸形的、尖尖的、罅裂的云飘浮在水上。

随后就显得更清楚了；在明朗的天空里，轮廓映得更加分明，峰峦起伏的群山出现了：被笼罩着的科西嘉岛。

太阳从升上天空，把所有突出的尖峰如暗影般刻画出来，接着山顶被染红了，而岛上其余的部分依然淹没在雾气里。

船长走过来，这是一个身材矮小的老人，被强烈的带有盐味的海风吹成焦黄、起皱、干瘦、坚硬而枯缩，三十年来的发号施令和在暴风雨中狂叫，使他的声音发哑了。他对约娜说：

“您闻到了吗，那个女妖精的香气？”

她真的闻到了一种奇特的香气，一种野生植物的芳香。

船长接着说：

“夫人，这就是科西嘉的香气，就是那个漂亮女人的专用香水。就算离别了二十年，我在海上五英里远的地方，还是可以辨别出来。我是这岛上的人。据说他在那边，在圣赫勒那岛上，也还仍然一直在谈他故土的香气。他和我是同族的人。”

此刻船长摘下了帽子，向科西嘉致敬，越过海洋，又向被囚禁在那边的他的同族人大皇帝致敬。

约娜激动得快要哭。

然后船长手指着天边，说道：“那就是桑吉内尔群岛。”

卡罗站在妻子身旁，搂着她的腰，这时两人都望着远处，探找船长所指的目标。

他们最后看见像金字塔形的山形，船马上就要绕过那里，驶进一个宽阔平静的海湾里去，海湾四周都是高山，山坡上看去像是长满了青苔。

船长指着那一大片绿叶葱茏的地带说：“那就是丛莽。”

船渐渐向前航行，群山的环抱仿佛就在船的后方合拢了；船在深绿的水上行着，海水透明得有时可以望得见海底。

在海湾尽头的傍山面水处，突然出现一片耀眼的市区。

几艘意大利的小船停泊在港口。四五条划子穿梭在路易王号周围来迎接乘客。

卡罗正在把行李集在一起，他小声问他妻子说：“给服务员二十个苏不算少吧？”

一周以来，他老是爱问这一类事情，而她每次都是很烦。她显出有点不耐烦地回答说：“多给点总比少给好。”

他总是和一些商贩讲价还价，每当费尽口舌才得到一点便宜时，他就搓着双手对约娜说：“我不愿意上人的当。”

她一看到账单送来时，心里就要发抖，因为她料到她丈夫在每一项目上都会有意见，她为这些感到羞耻，特别当仆役们手里摊着那给少了的酒钱，用轻蔑的眼光望着她丈夫时，她的脸红得到耳根。

他和送他们上岸的船夫再次发生了争论。

她看见的第一棵树是棕榈。

他们到了一家客人稀少的旅店，旅馆是在一个辽阔的广场的拐角上，他们便在那里午餐。

他们刚吃完甜食，约娜站起来想到市上去游玩，卡罗就挨着她的胳膊，温存地附在她耳边轻声对她说：

“我们去睡一会儿好不好，我的小乖？”

她一下子惊呆了：

“去睡一会儿？我并不累呀！”

他搂着她说：

“我想你。你懂我的意思吗？已经有两天啦！……”

她感到十分羞涩。

“啊！就在现在！别人会怎么看我们呢？你怎么敢在白天里问他们要房间呢？啊！卡罗，千万不要这样。”

但他插嘴说：

“我才不想别人怎么想。你就看我来办好啦。”

他按了铃。

她不吱声了，垂下了眼睛，不论在精神上和肉体上，她对丈夫这种无休止的欲望都很反感。她虽然嫌恶，但又不能不委屈服从。她把这看作是一种兽性，一种堕落，总之是龌龊的。

她的性感还没有觉醒，而她丈夫却以为她已分享他的热情了。

服务员走来时，卡罗教他带他们进客房。这是一个地道的科西嘉人，胡髭一直长到眼睛边，他起初不明白是什么意思，忙说晚上房间会有的。

卡罗忍耐不住了，只好又向他解释：

“不，我的意思是现在就要。我们在路上疲倦了，想要休息一下。”

此时服务员从他的浓胡髭里现出一道微笑，约娜简直想要逃走了。

大约一小时以后，他们下楼来时，约娜不敢再在众人面前经过，认为别人一定会在背后议论她。她对卡罗不了解这种心情，不顾一点面子，缺乏天生的细腻和敏感，心里很是生气；她感到她和他之间隔着一层帘子，横着一道屏障，她第一次发觉，既然是两个人，就永远不能从心底里，从心灵上达到彼此谅解，他们可以并肩同行，有时拥抱在一起，但并非真正的合而为一，所以我们每个人的精神生活会永远是感到孤独的。

他们在这个蓝色海湾尽头的小城市中呆了三天。城市包围在群山中，吹不进一丝风来，热得像关在火炉里一样。

打那以后才把旅行路线确定下来了。为的能穿行任何困难的道路，他们决定骑马。他们找了两匹目光凶猛、瘦小而耐劳的科西嘉种的小马，在一天的早晨上路了。一个骑着骡子的向导陪他们同行，并且带了食品，因为在这种荒野的地方，是没有什么旅店的。

道路最初沿着海湾，不久进入一个浅谷，便对着高山直上了。他们不时越过几乎干涸了的溪涧；在石缝中间流着水，好似隐伏的野兽般发出微弱的咕噜咕噜的声音。

这地方还没有开垦过，看去是一片荒芜的景象。山腰上长满了高高的野草，在火热的天气里已晒成焦黄。有时会碰到一个山民，步行着，或是骑着一匹小马，或是跨在一头狗一般大的毛驴上。他们人人背上都有一杆装好了弹药的枪，虽然是生了锈的旧武器，拿在他们手里却是让人害怕的。

岛上遍地是香料植物，发出浓烈的香味，仿佛使空气也变得沉重了。道路在群山中盘旋，慢慢愈伸愈高。

青绿色的峰，使远近的景色罩上了仙境似的；由于地形起伏的坡度十分险峻，较低的山坡上一望无际的栗树林，看去就像是绿叶的灌木。

有时向导指着山峰，说出一个名字来。约娜和卡罗抬头望去，却看不见什么，最后才发现了一点点灰色的东西，很像是从山顶掉下的石块。原来这是一个小村落，一个在花岗岩上的孤零零的小村，像一个真正的鸟巢似的悬贴在那里，在这高山好像望不见的。

长时间在马上蹒跚而行，使约娜有些厌倦起来。“我们跑一阵吧！”她说。她的马就冲向前去。由于听不见她丈夫的马在她身边奔跑的声音，她又回过头去；当她看见他面色发青，揪住了马鬃，在奔驰的马上扑通扑通地跳动，不禁大笑起来。他那副漂亮的外表，那副骑士的神气，越发使他的笨拙和胆小显得滑稽。

这样他们促马慢慢前行。此时道路两旁，伸展开漫无边际的丛林，就像一件大衣一样，裹着整个山坡。

这就是丛莽，深不可测的丛莽，这里有青槲树、杜松、岩梨、乳香树、水蜡树、月桂、石南竹、横杨、桃金娘，在这些树木的枝叶间，还有像青丝似的缠在一起的牡丹蔓、巨大的羊齿草、金银花、金雀花、迷迭香、薰衣草、野蔷薇，它们在山脊上摊成乱羊毛般找不到清理的办法。

他们都饿了。向导也来了，带他们到一处美丽的泉眼边，这种泉眼在岩石崎岖的山区里是常见的，冰冷的泉水从岩石的小洞里，像细丝射出来，然后流进到一片栗树叶子里，叶子是过路行人留下在那里的，用来为把泉水接到嘴里去。

约娜觉得如此幸福，她禁不住要大声欢呼了。

他们仍向前走着，开始向环绕着萨贡海湾的下坡路走去。

傍晚时刻，他们穿过了卡耶斯村，这是从前一群希腊的亡命者从祖国被驱逐出来时建立起来的。一群群美丽的少女围在一口水泉边，细手纤腰，圆圆的臀部，苗条的身材，姿态十分动人。卡罗高声向她们道了“晚安”，她们用故国悦耳的语言，带着音乐般的声调答谢他。

到了比阿纳，他们要像在古老时候地区的风俗一样，向人求宿。卡罗去叩门，约娜等着开门，快乐得浑身发抖了。啊！这真正是一次旅行，在这荒僻的旅途中可以遇到种种意想不到的事情。

他们去求宿的那家人，正好是一对与他们相仿的年轻夫妇。主人接待他们，有如古代的族长接待神所派遣的远客一样。这是一所虫蛀了的古老的房子，木料上全部都有蛀洞，专吃横梁的长条的蛀木虫在上面蠕动着，屋架□□□□地发出响声，就像活人的叹息。约娜和卡罗就在那房子里睡着了。

天明时，他们就又动身，不久他们在一座石林面前停下来休息。这是一座紫红色花岗岩形成的真正的森林，这里有石峰、圆柱、钟塔和各种奇形怪状的形象，都是多少年代来经海风和海雾剥蚀成的。

这些令人惊异的岩石，有高达三百公尺的、有细长的、圆形的、弯扭的、钩状的、残缺的、出人的外表而怪有趣的，它们看去像草木、像树、像野兽，也有像碑石、人物、穿袈裟的和尚、生犄角的魔鬼和巨型的飞鸟，这全部怪物，这梦魔中的兽苑必然是按一个狂妄的神的意志而塑造成的。

约娜心中感动得说不出话来，她紧紧牵到卡罗的手，面对这瑰丽的景物，她的心渴望着爱情了。

从这个怪异的石林中出来，猛然间他们又碰上了另一个海湾，被一圈血红的花岗岩的峭壁环抱着。鲜红的花岗岩倒映在蔚蓝的海水里。

“啊！卡罗！”约娜叫了一声，感动得再也说不出话来了。满怀的赞美仿佛把她的喉咙扼住了，两行热泪流在脸上。卡罗望着她，惊得怔住了，问道：

“你怎么啦？我的小乖。”

她擦去眼泪，微笑着，用颤巍的声音说道：

“没有……只是神经有点……我不知道为什么……有点太感动了。我太快乐了，一点小事就打动了我的心。”

卡罗对于女性的这种神经质是非常困惑的。她们往往为一点小事可以浑身都震动起来，一股热情就能让她们高兴得了不得，一种不可捉摸的感动会使她们完全神魂颠倒，几乎让她们快乐得或是失望得发狂。

约娜的眼泪是他觉得好玩的，他一心只注意山路的崎岖：“你最好还是多照顾你的马吧！”他说。

他们从一条几乎无法通过的道路上，向着海湾方向驶去，然后转往右首，攀登阴暗的奥塔山谷。

但是这条小路实在太难走了。卡罗便建议说：“我们步行怎么样？”她十分同意；在刚才那阵感动之后，能够单独和他步行，在她是最快乐没有的了。

向导带着骡子和两匹马在前面先走了，他们慢慢地在后面跟着。

那座从上到下裂开的山，中间露出一道缝，小道就在裂缝中穿行。两边都是巨大的石壁，一股汹涌的激流在裂罅间奔腾。空气是冰凉的，花岗岩看着是黑色的，向上一望，一线青天令人目眩心惊。

忽然一阵响声，让约娜吃了一惊。她仰头看时，正有一只大鸟飞过来：那是一只苍鹰。它那展开的翅膀，仿佛探索着这条坑道的两壁，然后直上青空，就不见了。

继续往前走山缝分成两道；小道曲曲折折地上升，两边都是深谷。约娜轻松雀跃地走在前面，踢着脚下的鹅卵石，壮着胆向山谷望去。他追随着她，气喘吁吁的，两眼盯着地，生怕头晕。

炎热的阳光忽然一下子照在他们身上；他们觉得像是走出了地狱。他们都口渴了，便顺着一条水迹，穿过许多乱石堆，找到了一个泉眼。泉水由一条小木管接引出来，是供牧羊人使用的。周围的地面上覆满了青苔。约娜就蹲下去喝水；卡罗也仿效着她。

当她正欣赏着泉水的清凉时，他把她拦腰抱住了，并想抢夺她在泉眼口用木管接水的地盘。她抵抗着；他俩的嘴唇你推我挤地战斗着。在这场争夺中，他们都有机会抢到过管子的尖端，一下咬住不放开。那一线清凉的泉水，在不断地你抢我夺中，时而中断了，时而喷射出来，洒在他们的脸上、颈上、衣服上和手上。水珠缀在他们头发上，珍珠般地闪着光。他们的吻和流水合而为一了。

约娜猛然动了爱的灵感。她含满口水，把面颊鼓成像个小皮囊，然后授意给卡罗，让她嘴对着嘴，替他解渴。

他微笑着，张开双臂，伸长了脖子，头向后仰着，一口气从这活的泉眼里吸尽了

泉水，一股热火般的欲望注入肺腑。

约娜此时特别温存，偎依在他身上；她的心扑通扑通地跳着，她的乳峰膨胀起来；眼睛显得娇弱无力，水汪汪地闪着光。她小声地说：“卡罗……我爱你！”这次是她来逗引他了，她仰倒了身子，用双手掩着羞红的脸。

他扑在她身上，狂热地拥抱她。她在兴奋的期待中喘着气；突然她尖叫了一声，像是被雷电击中了。

他们很久才到达山顶，她的心一直在跳，并非常困乏；傍晚时分，他们到了爱维沙，在向导的一个亲戚保利·巴拉勃莱蒂家里住下。

这个人身体强壮，微微驼背，带有肺病患者的那种忧郁的神情。

他带领他们到住宿的房间里。这是个石头屋，室内一无陈设，但在这个不懂享受的地区里，就算是很不错的了；他用科西嘉的方言——一种法语和意大利语的混合语——表达他对他们的欢迎。这时，一种爽朗的语声插了进来；这是一个棕色头发的矮小女人，眼睛又黑又大，焦黑的皮肤，纤细的腰身，不断地露着牙齿笑着，她抢前一步，拥抱了约娜，高兴地握着卡罗的手，反复说：“好啊，太太，好啊，先生，你们都好吧？”

她用一只手臂接过了帽子和披肩，他的另一只手是在空中吊着的，她又叫大家一起到外边去，她对她丈夫说：“带他们去散一散步，到晚餐时再回来。”

巴拉勃莱蒂先生马上顺着她的意思，他夹在青年夫妇中间，带他们到村庄上去看看。他缓慢地走着，慢吞吞地说话，常常咳嗽，而每一咳嗽便说：“这是山谷里的凉气吸进到我的胸口去了。”

他带领他们走在一条荒僻的小路上，路边长着参天的大树。他忽然停住脚步，用他低沉的音调说：

“我的表兄若望·里纳耳迪就是在这里被玛提·洛利杀死的。瞧！当时玛提离我们十步远的地方出现时，我就站在那里，离若望很近。‘若望，’他喊道，‘你不要再到阿尔贝塔斯那里去；你不要再去，若望，你去我就杀了你，我先关照你。’

“当时我拉住若望的胳膊：‘若望，别去了，去了他会干得出来的。’

“那是为了一个女孩子，他们都在追求她，她的名字叫保荔娜·西娜古比。

“但是若望大叫说：‘我要去的，玛提；你不能阻止我。’

“这时玛提端起枪来，我还来不及拿起我的，他就开枪了。

“若望双脚同时跃起，像孩子跳绳似的，是的，先生，他倒下来了，正倒在我身

上，打落了我的枪，这杆枪一直滚到那边那棵大栗树下。

“若望的嘴张得很大，可是他一个字也说不出来，他已经死了。”

这对青年夫妇惊呆了，睁大了眼睛望着这一桩凶杀案的冷静的见证人。约娜问道：

“那个凶手呢？”

保利·巴拉勃莱蒂咳嗽了一大阵，接着说：

“他逃到山里去了。第二年，那是我的哥哥把他给宰了。您知道，我的哥哥菲利比·巴拉勃莱蒂是一个强盗。”

约娜打了一个寒噤。

“您的哥哥？难道是强盗？”

那个沉着的科西嘉人眼睛里掠过一股自豪的神采。

“是的，太太，他是很出名的，真的。他打死过六个警察。后来他和尼古拉·摩拉里在尼奥洛被包围了，经过六天的战斗，直到快要饿死了，他才和尼古拉一同送了命。”

他毫无怨言地补充说：“这是本地风俗。”这声调正如他说“这是山谷里的凉气”是一模一样的。

他们回去吃晚饭了，那个科西嘉的小妇人招待他们，就像老相识了。

约娜被一种忧虑苦恼着。回头被卡罗搂在怀里，会不会像在泉水边的青苔上一样，又感觉到那种奇怪的、猛烈的震动呢？

当只剩下他们俩在卧室时，她显得很愁，生怕卡罗的热情不能引起自己同样的反应。可是她马上就安心了；而那竟成了她爱情的第一夜。

第二天要动身的时候，她差不多舍不得那房子了，因为正是在这里，她觉得她开始了一种新的幸福。

她于是把这家女主人让进卧室，一面说得明明白白并非想送她什么礼物，可是一面她又坚持一定要在回去之后，从巴黎寄一件纪念品来，而这个纪念品，在她认为几乎是具有神圣的重要意义的。

这位少妇推让了很久，不肯接受。最后才同意了：“好吧，”她说，“替我寄一支小手枪来，一支很小很小的。”

约娜睁大了眼睛。那年轻妇女又贴近她的耳边，像吐露一桩可喜的、内心的秘密似的，悄悄地说：

“这是为杀死我小叔子用的。”

她微笑着，一面兴冲冲地解开那只受了伤的并缠着纱布的胳膊，露出雪白滚圆的肌肉，上面有一块很宽的刀伤，如今已快结疤了。

“如果不是我力气和他一般大，”她说，“我早被他杀死了。我丈夫并不妒忌，他是了解我的；而且他有病，您知道，火气也小一些。更何况我是一个正经的女人，太太，可是我的小叔子听见什么都相信。他替我的丈夫抱不平；他一定不肯罢休。所以如果我有了一支小手枪，我就安心了，不怕不能报复了。”

约娜勉强答应给她寄枪来交个朋友，便又起程了。

她后来的旅行，过得就像一场春梦：夫妇二人难分难解地拥抱在一起，陶醉在百般的恩爱中。她什么都不放在心上了，不管是风景还是人物停留的地方。她的眼睛里只剩了卡罗。

他俩之间产生了一种孩子般动人的亲昵昵，他们在爱情中胡闹开了，他们制造出种种甜蜜的、无聊的称呼，替身上吻出线条、轮廓和隐蔽的角落都取了动听的名字。

约娜睡觉时身子总侧在右边，这样，睡醒时左边的乳房便悬在空中。卡罗注意到了，就称左乳为“游荡汉”，而由于右乳峰上蔷薇色的花苞被吻时更为兴奋，被称为“有情郎”。

两乳之间的空道，成了“小母亲林荫路”，因为他经常在那里游玩；另一条路更隐蔽，为纪念奥塔山谷中的爱情，被定名为“大马色路”。

到了巴斯底亚，他们该向向导付钱了。卡罗在口袋中掏了一阵，数目不合适，便对约娜说：

“你母亲给你的两千法郎，你现在不用，交给我带着吧！放在我身边更保险些，这样我也免得再去换零钱了。”

她于是把所有的钱交给她。

他们到了利武讷，旅游了佛罗伦萨、热那亚，以及沿科尔尼希大道的全部风景地区。

在一个刮着北风的早晨，最后到达了家——马赛。

他们离开白杨山庄，已经有两个月了。这时已到了十月十五日。

那好像是从遥远的诺曼底吹来的寒冷的大风，使约娜感到几分愁闷。不久以来，卡罗仿佛变了样子，既疲惫又冷淡；她心里起了一种无名的忧虑。

她有点舍不得离开阳光明媚的南方，因此又把归期延缓了四天。她觉得她已完成了幸福的旅程。

他们离开了。

他们准备到巴黎购置为在白杨山庄安家所需的一切用物。约娜想到可以用母亲给她的钱，带回许多心爱的东西，不禁快乐起来；但她首先想到的，就是她答应寄给爱维沙那位科西嘉少妇的小手枪。

他们一到巴黎的第二天，她便对卡罗说：

“亲爱的，你把钱还给我，好不好？我要去买东西。”

他满脸不高兴地转过身来，问她说：

“你要多少呢？”

她吃了一惊，讷讷地说：

“这是怎么回事？……随你要吧！”

他接着说：“我给你一百法郎；可千万不要乱花。”

她真不知道怎么说才好，感到惊讶又气愤。

最后她踌躇着说：

“可是……我把那钱交给你……是为了……”

他不等她说完，就抢着说：

“没错，一点不错。既然我们生活在一起，钱就放在我这，那又有什么分别呢？我并没有不给你，我不是给你一百法郎吗？对不对？”

她不敢开口要得更多，就一言不发地接过那五枚金币来，除了那支小手枪之外，她什么也没有买成。

一个礼拜后，他们回白杨山庄了。

第六章

全家上上下下都在砖柱子的白栅栏门前等候着。驿车到来了，大家抱吻了许久。男爵夫人哭了；约娜也心酸地掉了眼泪；男爵兴奋得来回地走着。

门口还在卸行李的时候，约娜在向家人讲述他们的旅行。她谈得十分起劲，除了有些细节在这匆忙的叙述里不免被遗漏掉，其他一切在半小时之内，全都被她说完了。

然后她去解开那些小包。萝伯丽也非常高兴，在一旁帮她整理。当一切都安排妥当，衬衫、连衣裙、化妆品也都归了原位，使女才离开她的女主人；约娜也有点疲倦了，这时才坐了下来。

她不知道以后该干啥，她的心需要有个着落，她手上需要有件事情可做。她不想再下楼到客厅里去，在那里正有母亲在打瞌睡；于是她想出去散散步；但是野外的景象显得悲凉，仅仅从窗口眺望，已使她心头感到一种沉重的忧伤。

她觉得自己再没有什么事可做了，从此再没有什么事可做了。在修道院时，她青春的岁月全部指望着将来，沉湎于梦想。在那个时期，盼望和期待无时不激动着她，所以她注意不到岁月的飞逝。及至她一离开了那曾经使她遐想奔放的严峻的围墙，她的爱情的期望就立刻实现了。她遇见了、爱上了她心目中所希望的男人，并且像那些一见钟情的男女一样，在几个星期之内就结了婚，她来不及做任何考虑，已被那个男人抱在怀里了。

可是如今，温柔的蜜月已成过去，摆在眼前的，将是日常生活的现实，它把无限的希望之门关上了，把不可知的美丽的向往之门关上了。是的，再没有什么可期待的了。

再没有什么事可做了，今天如此，明天如此，以后也永远如此。她模糊地意识到这种幻灭的心情，她的梦想消沉了。

她站起身来，把额头贴在那冰冷的玻璃窗上。她向那阴霾的天空望了一阵，便决心到外面去走一走。

哪里再见得到五月间的草木和景色？树叶上阳光的嬉跃、草地上那种葱绿、那火焰般的蒲公英、血红的罂粟花、耀眼的雏菊，还有那像是系在眼不能见的线梢上飞舞的黄色蝴蝶，像诗般的景象到哪里去找？再不见那充满着花粉和香味、充满着生命的令人陶醉的空气了。

被连绵的秋雨浸湿了的林荫路在颤巍巍的白杨树下伸展着。白杨树几乎都已光秃秃的了，枯叶落了满地。干枯的树枝在寒风中摇曳，抖动着那即将飘向空中的残叶。这些黄得和金圆一般仅存的残叶，整日里，像不停地秋雨，凄凄切切，离开枯枝，回旋飘舞，落到地上。

约娜一直漫步到灌木林中。这里就像是死人的卧室。围绕着曲折的小径并使它隐蔽得分外幽静的碧绿的枝叶都已凋零。嫩枝交织成花边似的密植的灌木，只剩下枯瘦的树干；风扫落叶，在地面上一堆堆的，瑟瑟作响，有如垂死的季节发出深沉的叹息。

小得可怜的鸟儿，畏寒啁啾，四处蹦跳着，寻觅栖身之地。

只有那棵菩提树和那棵梧桐树，受到防御海风的榆树林的保护，还是枝叶茂密，在这初寒天气，由于树叶不同，一棵像是披上了红色的天鹅绒，另一棵穿上了橙黄的织锦。

约娜沿着库亚尔家的农庄男爵夫人经常散步的那条小道，慢慢地来回走着。她的心情十分沉重，好像是放在眼前似的，将是单调生活中数不尽的烦恼。

后来她又在向海的山坡上坐下来，这是卡罗第一次和她谈情说爱的地方；她战战兢兢地呆坐在那里，心灰意懒，几乎什么也不想，她恨不得能躺下睡一会，来躲开这愁闷的日子。

突然她看见一只海鸟，乘风掠过长空；这使她回想起在科西嘉阴沉的奥塔山谷里也曾见过的那只苍鹰。想到那过去的欢乐，她心中感到一阵酸痛；她眼前突然又出现了那弥漫着野花香味的明媚的海岛，那使橙子和柠檬成熟的阳光，那蔷薇色花岗岩顶峰的群山和碧绿的海湾，波涛汹涌的深谷。

然而在她的四周，却满是落叶，阴霾愁人，这是悲凉的景色，使她陷入在那样深沉的悲伤中，她再不回去，简直要放声大哭。

她母亲呆坐在壁炉前瞌睡，她已经过惯了这种漫长乏味的日子，也就感觉不到任何东西了。男爵和卡罗到外面散步去了，他们忙着谈自己的事情。夜色来临了，宽阔的客厅笼罩在惨淡的暗影中，只有壁炉偶然投射出明亮的火光。

窗外，暮色中一线余光，还能让人分辨出岁末大自然的凄凉景象，和沾上污泥般的灰暗的天空。

不久，男爵进来了，卡罗跟在他身后；一走进这间阴暗的客厅，男爵就打铃叫人，嚷着说：

“快点灯！快点灯！屋子里阴暗得好难受呀！”

他在壁炉面前坐下来。他那双沾湿了的鞋子，在炉火边冒出热气来，鞋底上的泥泞被火烤干了，碎落下来，他快活地摩擦着双手，说道：

“我看就要冻上了；北面的天色晴朗起来；今晚是满月；夜里一定冷得很！”

然后转过身来对他女儿说：

“我说，小宝贝，你又回到了家乡，回到了自己的家里，和老人团聚在一 起，你满意吗？”

这一句简单的话，却使约娜浑身激动了。她扑向父亲怀里，眼眶里噙着眼泪，兴奋地吻着他，像是在请求他的原谅；因为尽管她心里想强作欢笑，她却已伤心得不能支持了。她想起原先觉得再见到父母时，一定会很快乐的，而她诧异她所预期的亲昵，却被一种冷漠的心情束缚住了，就像我们在远地思念自己所爱的人，及至一下见了面，由于许久不在一起，感情仿佛突然中断，必须经过共同生活中的种种接触，才能恢复过来。

晚餐吃得很久；话却讲得很少。卡罗似乎已经忘掉他的妻子。

后来回到客厅里，约娜坐在壁炉前沉沉欲睡，男爵夫人在对面已经睡熟了；两个男人谈话的声音，一下子使约娜清醒过来，她想振作精神，自问以后会不会也和她母亲一样，在无尽的沉闷的常规生活中，陷入可悲的昏睡状态中去呢？

壁炉里是苍白的火焰，这时变得活泼、明亮，发出毕毕剥剥的爆炸声。有时突然射出亮光，射在褪了色的地毯上，照见狐狸和仙鹤，还照见忧郁的鹭鸶、秋蝉和蚂蚁。

男爵面带笑容，走近炉边，伸开手要去取暖，一面说道：

“啊！今晚这火烧得真旺。要上冻了，孩子们，要结冰了。”

然后把一只手搭在约娜的肩膀上，指着火说：

“孩子，过来，这是人间最惹人喜欢的东西：炉边，一家人团聚在炉边。没有比这更有意思的了。可是大伙该去休息了吧！孩子们，你们一定都疲倦了吧？”

上楼回到自己的屋内，约娜不禁自问，为什么两次回到她所心爱的老家来，这一次和上一次竟是那么不同呢？为什么她自己像受过伤似的？为什么这所房子，这可爱的故乡，最后到了今天还是使她激动的，今天却使她觉得是这么凄凉呢？

她的目光有时落在那座时钟的时候。钟摆上的那只小蜜蜂，依然轻松而连续地，在金色的花朵上，来回摆弄着。于是一种突然的感情冲动，使她面对这个像是有生命的、替她报时而像胸口一般跃动着的小机件，忧伤地哭了。

没错，当她和她父母拥抱时，她也从来没有这样感动过。人心中原有许多秘密，不是任何理性所能窥测的。

自从结婚以来，这是第一次她独自一个人睡在床上，卡罗推托说他疲乏了，睡到另一间卧室去了。他们原已同意各人有各人自己的房间。

她失眠很久，自己身旁少了一个人，感觉很是异样。她失去了独自睡眠的习惯了，而且阴惨的北风嗖嗖地吹打着屋顶，也使她心烦。

一片通红的日光照在她的床上，把她催醒；结霜的玻璃窗也映得通红，像是整个天空都着了火。

她裹上一件厚厚的浴衣，跑向窗口，把窗打开。

一股爽朗透骨的寒风拥入室内，使她觉得皮肤上冷如针刺，眼泪都流了出来；在红艳艳的天空中，旭日像醉汉的面孔般涨得通红地从树后出现了。大地上覆满了白霜，干燥而坚硬，在农庄里的人们的脚下，踏得簌簌作响。一夜之间，白杨树上的叶子完全落光；在那片荒地后面，望得见一条长长的碧绿的波涛，翻腾着白色的泡沫。

梧桐树和菩提树的叶子在疾风中纷纷凋落了。每当吹过一阵寒风，经霜的树叶猝然脱离树枝，像一群飞鸟一般，在风中飞舞。约娜穿好衣服，走出门去，由于无事可做，便去看望左右两个农庄中的农户去了。

马丁一家人招手欢迎她；主妇在她面颊上吻了一下；接着他们一定要她喝干一小杯果仁酒。然后她又到另一个农庄去。库亚尔这一家人招手欢迎她；主妇在她耳边上吻了一下，她又被灌下一小杯覆盆子酒。

之后，她回家午餐。

这一天和前一天一样，在不知不觉中过去了，所不同的只是寒冷代替了潮湿。一个星期里的其余各天和这两天并没有不同；一个月中的每个星期也都和第一个星期一样。

她对远方的怀念逐渐淡却了。她慢慢地在自己为生活中变得听天由命，就像有些水使水壶逐渐积起一层水碱一样。她的心思用到对日常生活中琐琐碎碎的事情上去了，每天千篇一律的事务也都成了她的心病。对生活失去了幻想，她的心情逐渐变得忧郁。她还需要什么呢？她所希望的是什么呢？她全不知道。她没有任何世俗荣华的向往，没有什么乐趣可言了，连任何欢乐的念头都没有；再说，有什么可欢乐的呢？正像客

厅里那些古老的圈椅年久而褪了色，在她眼里，一切都逐渐失去了光彩，一切都暗淡了，现出白色的色调。

她和卡罗的关系全变了。自从蜜月旅行回来之后，他仿佛完全成了另外一个人，就像一个演员扮演完一个角色，此时又回复他经常的面目了。他很少关心到她，连说话都不容易；任何爱情的影子都突然不见了；夜里到她的屋里去也是很少的事情了。

他接管了家里的全部遗产，修订契约，刁难农民，压减开支，并且由于改换成土财主的装束，他在订婚时期的那种光彩和仪表也都不见了。

他小时候穿过的衣服中，找出了一身带铜钮扣的绒料的旧猎装，即使很脏，穿上后却不再脱掉了；他说觉得自己用不着打扮了，因此脸也不刮，胡子又长又乱，看上去很脏。他从此不再修饰他那双手；而每当餐后，总要喝上四五小杯白兰地酒。

约娜想要委婉地规劝他几句，他便粗鲁地回答她："你不要管我的事，中不中?"从那以后约娜再不给他提任何意见。

她对这些变化竟能听其自然，连自己都觉得奇怪。卡罗在她心里已成了一个陌生人，一个在精神上和情感上都使她猜不透的陌生人了。她常常想着这件事，不明白相见之初会相爱，并在一股热情的冲动下结了婚，后来会忽然间彼此成了几乎是素不相识的人，好像他们就不是夫妻似的。

对于他的冷淡，她何以并不感到更深的痛苦呢？难道人生就是这样的吗？难道双方都看错了人吗？难道她一生就是这样了吗？

要是卡罗还是像从前一样漂亮、整齐、优雅、动人，是否她会感到更痛苦呢？

已经商量好了，新年之后，这对新婚夫妇将单独住在这里；男爵和他的妻子要回卢昂的住宅去住几个月。这对年轻人今年冬天不再离开白杨山庄，为的可以定居下来，使他们对自己要过一辈子的这个地方能够习惯，并且对它发生好感。此外，这里也有几家邻居，是卡罗准备带他妻子去拜访的。那就是勃利瑟维勒、古特列和福尔维勒这几家人。

可是这对年轻夫妇还不能出去做客，由于马车上的纹章还是原来那个样子，而直到目前那位专画纹章的油漆匠始终没工夫来。

实际上是男爵已把家里的这辆旧马车让给他女婿用了；而卡罗坚持要把德·拉马尔家的纹章和勒培奇·德沃家的纹章画在一起，否则他绝不同意到邻近的庄园去做客。

然而这一带只有一个人还懂得纹章图案的这项专门技术，那就是博耳贝的一个油漆匠，名叫巴塔伊，诺曼底省的所有贵族家庭都约请他去描绘用在车门上的这项珍贵的装饰，所以他忙得东跑西奔。

最后，在十二月的一天里，快用完午餐的时刻，他们看见一个人推开栅门，从笔直的白杨路上走来。这人背上背着一口小木箱。他就是巴塔伊。他们把他请到餐厅里，招待贵宾似的替他准备了午餐。因为他有这项专门技能，他就同本省的所有贵族经常有来往，他对有关纹章学及其专门术语的各种知识，使他成了专家一样的人，士绅们可以同他握手而无愧色了。

他们立刻教人取来铅笔和纸张，在巴塔伊用着午餐的时候，男爵和卡罗便在设计两家纹章如何安排的草样了。男爵夫人每碰到这事，便异常兴奋，提出自己的意见，就连约娜也和他们讨论起来，仿佛某种神秘的兴趣把她也唤醒了。

巴塔伊一面午餐，一面发表他的意见，有时拿起铅笔，画出一个草样，举了好些例子，给他们讲了这个省贵族家的马车样式，仿佛在他的见解里，甚至就在他的声调里，都传来一种高贵的气息。

他是一个小个子的人，头上已两鬓发白，满手带着油漆的痕迹，身上发出一股煤油味儿。据说他从前在男女问题上出过一些丑事；但是因为他受到所有世家的重视，这个丑事已被他早忘了。

他刚喝完咖啡，他们就带他到车房里，掀开车罩。巴塔伊察看了一番，随即对图案上所用的尺寸认真地发表了他的意见；经过又一次互相磋商之后，他于是着手干活了。

男爵夫人不怕凛冽的寒风，叫人端来一把椅子，就是想看他干活；后来她的脚冰冷了，又教人送来一个脚炉。她同那个干活的人聊着天，向他打听她所不知道的各家生男育女、婚丧喜事等近况，用来补充那牢记在她心里的贵族家谱。

卡罗跨坐在一把椅子上，坐在他的岳母身旁。他吸着烟斗，随地吐痰，边倾听，边看着巴塔伊用油彩描绘他家的纹章。

时间不长，罗蒙老爹肩着铲子到菜园去，也停住脚步来观望了；巴塔伊来到的消息，传到了那两个农庄，两家的主妇少不得立刻就赶了来。她们站在男爵夫人的两旁，赞叹不止，连连地说：“干这细巧的活儿，得要多大本领啊！”

两扇车门上的纹章，直到第二天上午十一点，才算完工。立刻人人都赶了来，他们把车子拉到外面，以便仔细观看。

大家都很满意。巴塔伊受过一番夸奖，背起他的小木箱告辞了。男爵、男爵夫人、卡罗和约娜都一致承认这个油漆匠是大有天才的，如果遇到好的环境，必然一定是个

艺术家。

卡罗由于想节省开支，已经进行了一些改革，这就必然要做许多新的安排。

原来赶车的罗蒙老爹已经派作园丁，子爵自己担任了这个职务；为了节省一笔草料钱，驾车的马也早卖掉了。

但是当主人下车的时候，总要有人牵住牲口，于是他就把原来放牛的牧童马里于斯改作一个小跟班的。

最后，为了要有驾车的马，他便在库亚尔和马丁家的佃约上附加了一个额外条款，规定两个农户每家每月在他指定的那一天，必须出一次马来拉车，并以免缴他们供奉的鸡鸭作为交换条件。

这样，库亚尔家牵来了一匹黄毛大马，马丁家带来了一匹长毛的小白马，两匹马并驾在一起；马里于斯缩在罗蒙老爹穿的那套旧号衣里，把马车带到邸宅的台阶前。

卡罗自己也打扮了一番，又抖了抖衣服，多少恢复了一点他过去动人的仪表；但是他的长胡须，仍然使他摆脱不了那股土气。

他把那两匹马、那辆马车和那个小跟班的看得很细，还算满意，因为他唯一看重的东西，是车门上新漆的纹章。

男爵夫人靠在她丈夫的胳膊上，从卧室走下楼来，十分吃力地上了车，坐下身去，背上放了靠垫。约娜也出来了。她先就乐那两匹马的颜色，她说那匹小白马是黄毛大马的孙子；及至看到了牧童马里于斯，面孔埋在那顶缀有帽徽的大帽子里，全靠鼻子把它托住，两只手又缩回袖筒里，两条腿被号服的下摆像裙子似的围着，下面滑稽地露出套在大鞋子里的两只脚，要看东西时，必须仰着脑袋，每走一步，就像过问似的弯着腿，全身淹没在肥大的号服里，一听到吩咐，动作简直仿佛一个瞎子，当她看到这副样子，她怎么也忍不住不放声大笑，并且笑得前仰后合。

男爵回头一望，看见这个人那副滑稽的场面，立刻受到传染，也哈哈大笑起来，笑得说不出话来，他拼命叫他的妻子：

“快……快……快看马里于斯！他太有意思了！天哪，真是滑稽，真是滑稽！”

这时男爵夫人从车窗口探出头来，一看这情景，被逗得浑身直颤，使车身在弹簧上跳个不停，像是走在坎坷的路上一样。

卡罗面色变得铁青，问道：

“什么事情会有这么可笑；你们一定是病了！”

约娜笑得扭成一团，实在按捺不住，便坐在一级台阶上。男爵也跟着坐下来；这时在车子里，一阵阵爆发的喷嚏声，连续不断的咯咯声，这说明男爵夫人笑得透不过气来了。突然，马里于斯的大礼服也摆动起来了，毫无疑义他懂得了别人为什么在笑，因此把头躲在大帽子下面，他自己也尽情地大笑起来。

此刻卡罗怒不可遏地冲了过去。他一巴掌打掉了牧童头上的帽子，这顶其大无比的帽子一直滚落到草地上；然后转过身来对着他的丈人，声音气得发抖地叽咕说：

“照我看，您没有发笑的资格。如果您不坐吃山空，浪费财产，我们还不会弄到这步田地呢。家道衰落，这应该怪谁?”

欢笑完全被冻结了，鸦雀无声，谁也不再说一句话。约娜这时几乎要哭，一声不响地上了车子，坐在她母亲身旁。男爵也惊得怔住了，默默无言，面对母女俩坐下；卡罗先把那个打肿了脸、流着眼泪的孩子举到车子前头的座位上，然后自己就坐在他的身旁。

路上走得很久，气氛是令人愁闷的。车里的人谁都不说话。三个人都心情黯淡，很不自在，谁也不愿意提到自己的心事。他们都感觉到只要这痛苦的思虑还纠缠在心头，就无法谈别的事情，与其触到这个令人难堪的题目，倒不如保持忧闷的沉默。

两匹步调不同的马，拖着车子擦过许多农庄的院落，几只黑母鸡吓得急忙跑开，钻进篱笆缝里躲藏起来，偶尔有一条狼狗吠叫着跟在车子后面奔跑，接着又回到它的窝里，竖直了毛，回转头来，又对着车子吠叫。一个少年穿着泥泞的木靴，无精打采地拖着两条长腿，双手插在口袋里，蓝布罩衫在背上被风吹得鼓鼓的，懒散地走着，看到车子过来时，站在一旁，笨手笨脚地摘下他的鸭舌帽，露出贴在脑门上的光滑的头发。

每个农庄之间，都有一片空地，一处接着一处，远远地伸展开去。

最后他们进入和大路连接着的一条宽阔的大道，道旁都种上了松树。车子在泥泞而深陷的车辙上前后颠起来，男爵夫人叫起来。大道尽头，是一道关着的白栅栏门；马里于斯跳下车去把门推开，车子便进到一条环抱着一大片草地的便道上，最终在一所高大而阴森的邸宅前停了下来，邸宅的百叶窗都紧闭着。

正中的大门忽然开了，出来一位岁数大的老仆人。他身着一件黑条纹的红坎肩，外面系着一条工作时穿的白围裙；他侧着身子迈着小步从台阶的右级上走下来。他问过了客人的姓名，把客人带到大客厅里，一面很费力地打开那些一直关着的百叶窗。客厅里的家具都盖着东西，座钟和高脚烛台上蒙着白纱布；一种发霉的气息，一种陈腐、冰冷和潮湿的气息一直渗入到客人的皮肤、心脏和肺腑中去，叫人十分沉闷。

大家都坐下来，等着。能听见走廊跑动的声音。被惊动了的庄园的主人正在那里赶紧打扮起来。那花了很长的时间。唤人的铃声响了好几次。下楼来上楼去的脚步声都很紧张。

男爵夫人感到很冷，便哆嗦起来。卡罗来回地踱着步，约娜垂头丧气地坐在她母亲的身边。男爵低着头，背靠在壁炉的大理石台上。

最终，客厅中一扇高大的门被推开，勃利瑟维勒子爵夫妇进来了。两个人都瘦小利落，看不出多大年纪，有些故弄玄虚。女的穿着一件花丝袍，头上戴着一顶结丝带的小帽，嗓音很尖但说话快。

丈夫穿着一身绷得很紧的华贵的礼服，向客人答礼时膝有点屈。他的鼻子、眼睛、长长的牙齿、打过蜡似的头发、华贵的礼服，像受人们细心保护的东西一样，都闪闪发出光亮。

经过见面时的客套和寒暄之后，大家都找不到什么话可说了。于是东一句，西一句，凭空地互相恭维了一番。双方都表示，希望这种亲密的来往能保持下去。由于常年住在乡间，大家互相见见面，是最好不过的事情。

客厅里冰冷的空气刺人骨髓，连说话时嗓子都发哑了。男爵夫人既咳嗽，又打喷嚏。于是男爵表示要告辞了。勃利瑟维勒子爵夫妇却竭力挽留："怎么？那么急吗？何不再多坐一会儿呢。"尽管卡罗做着手势，认为拜访的时间过短了，但约娜已经站起身来。

主人想要打铃唤仆人去叫马车开过来。但铃是坏了的。主人急忙亲自赶出去，回来时说马已经牵在马房里了。

大家只好等着。每个人都想找一两句话来说。于是就谈到多雨的冬天。约娜愁闷得直打寒噤，便问主人，两个人孤单单地成年做些什么。但是勃利瑟维勒夫妇却为这个问题吃惊了：因为他们整天都很忙碌，他们经常要和散布在全法国境内的贵族亲戚们通通信，平日有那么多琐琐碎碎的事情要处理，夫妇间像在陌生人面前一样保持着各种的礼节，还要像煞有介事地商讨着无聊的芝麻般大的事情。

在这间无人来往的宽大的客厅里，头上是黑暗暗的高大的天花板，所有东西都罩上了布套，这一对那么娇小，那么洁净，那么讲规矩的夫妇，在约娜眼中，正像是封在罐头中保存起来的贵族。

最后车子由两匹搭配得不相称的马拉着，终于来到窗前了。但是马里于斯却不见了。他以为天黑以前不会有他的事情，一定跑到附近闲遛去了。

卡罗气愤已极，让人关照他走路回去；双方再三行礼告别，然后客人便上路回白杨山庄去了。

他们一上了马车，约娜和她父亲尽管心里还没有忘掉卡罗先头那种粗暴的态度，却都笑了起来，模仿着耶夫夫妇的腔调。男爵装丈夫，约娜扮演他的妻子，但是男爵夫人心里不乐意，觉得这有伤对贵族的尊敬，便说：

“你们不应该这样嘲笑人，他们都很有礼貌，不愧是世家出身的人。”

为了不触犯男爵夫人，他们就不作声了，可是过了一阵，父亲和约娜互相望着，禁不住又开起玩笑来了。男爵先是规规矩矩地一鞠躬，然后模仿那种腔调说：

“夫人，你们那白杨山庄，整日面临海风，其冷无比吧!”

于是约娜模仿他妻子故弄玄虚的神态，像鸭子洗澡一般，迅速地摆一摆脑袋，又娇又媚地说：

“噢！男爵先生，我终年忙碌！我们有这么多亲戚，都要给他们写信。勃利瑟维勒子爵万事不管，一切都堆在我身上。他呀，他光和贝勒神父做研究工作。他们一起在写一本诺曼底的宗教史。”

男爵夫人又有点生气，又觉得好笑，一再劝导说：“不应笑话这样的人。”

可是马车忽然停住了，卡罗气愤地吵着找后面的仆人。约娜和男爵把头探向窗口，望见一个怪样子的东西，向他们这边跑过来。这正是马里于斯使出他全部脚力拼拼命在追赶着车子：他的两条腿被号服飘着的下襟牵制着，眼睛掩盖在那顶不断下沉的帽子里，两只大袖子挥舞着，他慌乱地踩过一个又一个的大水坑，不断被石头绊倒，他蹦着跳着，满身沾上了污泥。

他刚赶上车子，卡罗就弯腰一把抓住他的衣领，把他抓住就放在自己身边，丢开缰绳，举起拳头，照准他的脑袋就打，打得那顶帽子一直罩到孩子的肩膀上，击鼓似的咚咚作响。孩子在帽子里嘶叫，挣扎着想要从车座上跳下去逃走，卡罗用一只手把他按住，另一只手还是打。

约娜害怕得说不出话来，一再呼喊着：“爸爸……啊！爸爸!”

男爵夫人也气愤极了，抓住她丈夫的胳膊说：

“雅克，快拦住他呀!”

男爵这时急忙放下前座的玻璃窗，伸手牵住他女婿的袖子，声音气得发抖，嚷着说：

“你把这孩子打得还不够吗?”

卡罗惊讶地回过头去，说：

“您不看见这畜牲把号服糟蹋成什么样子了吗?”

男爵把头插到他们两个人中间，说道：

“这算得什么！何必粗暴到这种地步。”

卡罗重新发起火来：“请您不要管，好不好，这和您不相干！”说着他又动手要打，但是他丈人立刻把他的手抓住，往下直拉，用力过猛，使那只手撞到座位的木板上，一面厉声喝道：“您再打，我就下车，我有办法阻止您！”这时子爵才突然平静了，耸了耸肩，没有答话，他在马背上抽了几鞭，两匹马拉动车子奔跑起来了。

两个女人，脸色发青，静静地坐在那里，人们可以清楚地听到男爵夫人胸口突突跳动着的声音。

晚饭显得静一些，就像并没有发生过任何事情一样。约娜和她父母本着那种息事宁人的厚道气质，很快把事情忘得一干二净，他们看见他这么和悦，也就带着病后恢复健康时的那种舒坦心情，跟着他高兴起来；约娜又谈起勃利瑟维勒夫妇来，卡罗也一同打趣，但他很快补充说：“到底还是他们很有气派。”

他们不再去看望邻居了，因为大家都害怕又惹起马里于斯的问题来。他们决定在新年时发个贺年片，等到明年春暖时节再去访问。

圣诞节到了。他们邀请镇长和神父来吃饭。新年时再次邀请了他们。这是他们生活的调节剂。

男爵老夫妇准定一月九日离开白杨山庄。约娜想要留他们，但是卡罗没有表示挽留，男爵发现卡罗态度变得冷漠起来，便派人到卢昂去雇了一辆长途马车来。

别离前夕，虽然结了冰，夜色很明净，行李收拾好了，约娜和她父亲决定到外面去一次，由于从科西嘉旅行回来之后，他们再没有到那里去过。

他们从树林的中间走过去，这就是她在结婚那一天和那个已成为自己终身伴侣的人散步过的树林子，那时她心中只有他，就是在那个林子里，她接受了他第一次的爱抚，她第一次从爱情中感到浑身的战栗，至于肉欲的爱，那时她还只有一种预感，这是到那个荒凉的山谷里，在泉水旁嘴对着嘴吸水时，才正式体味到的。

如今树叶落尽了，蔓草不见了，只有枝柯在冬天的树林里发出干枯的声响。

他们走到那个小镇上。街道上静寂无声，不见一个人影，只留下那股海水、海藻和鱼的气息。棕色的大渔网依旧晾在那里，有的挂在门前，有的铺在沙滩上。灰色而寒冷的大海，载着永远起伏动荡的泡沫，正在开始退潮，费岗那边，悬崖脚下灰绿色的岩石已经露出在海面。斜躺在海滩一带的大渔船，看去就像一条条死了的大鱼。天黑了，渔夫们穿着水手的大靴子，迈着沉重的步子结队而来，脖子上裹着毛围巾，一手提着酒瓶，一手提着船上用的风灯。他们在斜躺着的渔船四周转来转去，转了很久，以诺曼底人固有的从容不迫的姿态，把渔网、浮标、一大块面包、一罐黄油、一只酒杯和一瓶烈酒一一放到船上。然后把船躺正了，向水里推去，船在沙滩上摩擦着，发出切切卡卡的响声，随后冲开泡沫，漂到水浪上，摇晃了一会儿，张开棕色的帆翼，带着桅杆顶上的小灯光，在黑夜中消失了。

渔人们的妻子，个儿高大，在单薄的连衣裙下，可以看出她们结实的骨骼。她们守在海边，一直等到最后一个渔夫上了船，才回到静寂沉睡的小镇去。她们尖锐响亮的语声惊动了黑夜中街巷的睡梦。

男爵和约娜一动也不动，默默地看着渔人们在黑暗中消失，他们为饥饿所迫，夜夜都要这样去冒生命的危险，然而他们还是那么贫困，嘴里从来吃不上肉。

男爵面对大海，感慨起来，他小声说：

“真是既叫人害怕而又吸引人。看这片大海，黑夜渐渐地降下来，多少人的生命正在受着威胁，但它又是多么壮丽啊！小约娜，你说对不对？”

她冷淡地微笑说：“远比不上地中海。”

但是她父亲不服气地说：“地中海！那就像油和糖水，或是洗衣桶中发青的漂白水。你看看这个海，翻腾着汹涌的泡沫，多可怕呀！再想一想那些人仍感到害怕。”

约娜叹了一口气，表示同意：“是的，如果你爱这么说。”

但是地中海这个名字一到了她口边，又打痛了她的心灵深处，把她的种种思想吸引到寄托着她的梦想的遥远的国土去。

父女俩不再从树林回去，他们走着大路，漫步在山坡上。他们都不说话，眼看就要分离，心头感到悲伤。

父女俩走在农家的沟渠边时，一阵阵捣碎了的苹果气味扑面而来，在这个季节，所有诺曼底的乡村里，到处飘散出这种新鲜的苹果酒的香味。偶尔还从牛栏里吹来一股浓烈的气味，这是牛粪里发出来的一种乡土的气息。从小小的窗口，透出一线灯光，说明院子的尽头住着一户人家。

约娜感到自己的心灵开阔起来，并能洞察目力所不及的事物。分散在原野上的点点灯光，突然使她强烈地感觉到一切生命的孤独，好像与亲人隔绝。

她感觉无奈说：“人生，可并不总是快乐的。”

男爵叹息说：“孩子呀，这有什么办法呢，我们谁也无能为力。”

第二天，当男爵夫妇离开后，白杨山庄只剩下约娜和卡罗了。

第七章

纸牌成了这一对小夫妻生活中的消遣品了。每天午餐后，卡罗总和他妻子玩上几盘纸牌，这时他一面吸烟，一面慢慢地喝着白兰地酒，他渐渐已能喝到六杯或八杯之多。之后，她上楼回到自己的卧室去，在窗口坐下，凭风雨打着玻璃窗，她却把全副精神用在刺绣裙子上用的一道花边。有时疲倦了，她便抬起头来，静看远处阴沉的、白浪翻腾的大海。很茫然地看了一会，她又回头做她的活计。

除此之外她便没事可干了，由于全部家务的管理已由卡罗一手包揽，这样就充分满足了他做主人的威风和处处节约的愿望。他非常小气，对下人从来不赏一点酒钱，伙食减缩到最低限度；约娜自从回到白杨山庄以来，每天早晨总要叫面包店送来一个诺曼底式的小蛋糕，卡罗把这花销也给撤了，限定她吃普通的烤面包。

她无话可说，为了避免解释、辩论和争执；但是每当她丈夫表现出一种新的吝啬作风时，她心中就像针刺般受到痛苦。她觉得那是卑鄙可耻的，因为她生长的家庭，从来没有拿钱当过一回事。她时常听到她母亲说："钱本来就是为人花的。"如今卡罗却一再说："难道你总不能改掉乱花钱的习惯吗?"每次他在工资或是账单上克扣到几个小钱的时候，他便沾沾自喜地把钱放进自己的口袋里说："积少成多呀!"

有些天约娜又沉浸在幻想中了。她轻轻地放下活计，双手无力，目光茫然，重温起她作女孩子时的美梦来，迷失在动人的浪漫冒险的境界里。但是卡罗在那里吩咐罗蒙老爹的声音，猛然打断了她甜蜜的梦境，此刻她重新拿起她孜孜不倦在进行的活计，自言自语说："完了，一切都成过去了!"一滴泪珠落到她正在穿针的手指上。

萝伯丽以前是很快活的，时常歌唱着，但是近来也变了样子。她那圆鼓鼓的腮帮子失掉了红润，几乎凹成两个坑，有时看去带着土青色。

约娜常常问她："孩子，你病了吗?"小使女总回答说："没有，太太。"她脸上会微微泛起红潮，然后急忙退出去了。

她不像以前欢乐了，现在不愿走动，而且不再注意打扮。那些小贩把丝带、胸衣和各种香水放在她面前时，她却什么也不买了。

这所大邸宅现在显得空空洞洞，整个阴暗的住宅，雨水在墙上留下了一道一道灰色的痕迹。

年底，天下雪了。从远处阴暗的海面上，能见到从北方吹过来的乌云，团团的雪花开始下降了。整个晚上，整个田野被淹没了，到清早树木都像是穿上了冰雪的冬装。

卡罗脚上穿了长靴子，一身破旧的打扮，走到灌木林里，藏在草丛中，窥伺着迁徙的候鸟，消磨时光。不时一声枪响，震动了原野冰冻的沉寂；一群群乌鸦惊起飞起。

约娜闷得不堪，有时下楼来站到台阶上。远处传来人员的嘈杂声，在死一般沉寂的阴凄惨白的雪地上发出了回声。

这以后便什么也看不见了，除了远方波浪的冲击声和不停地下降的雪花的沙沙声。

轻松而稠密的飞絮无止无休地下降，地面的积雪愈来愈厚。

就在这样一个阴沉的早晨，约娜呆坐在卧室里，双脚伸在炉边取暖，此时萝伯丽正在慢慢地替她铺床，小使女的样子已经一天一天地起了变化。突然间约娜听见自己身后发出一声痛苦的叹息，她没有回过头去，便问道：

“你怎么啦?”

使女像平时一样地回答说：

“没有什么，太太。”

但是她的声音非常凄凉并且微弱得几乎听不见。

约娜心里已想着别的事情，忽然她发觉听不见小使女的动静了。她叫道：

“萝伯丽!”仍然没有一点动静。她心想也许她已悄悄地出去了，便更响地叫她：

“萝伯丽!”她正要伸手去打铃，这时候，就在她身边发出一声深长的呻吟，她一阵寒战，立刻站了起来。

小使女脸色惨白，两眼发愣地坐在地上，伸着腿，背靠在床边。

约娜冲上去问她：

“你怎么啦?你怎么啦?”

萝伯丽一言不发，一动也不动；她目光呆滞地看着女主人。她像是被一种无比的痛苦折磨着，老是喘着气，然后突然挺直了全身，仰翻在地上，咬紧牙关，发出撕裂般的叫声。

这时她那裹在连衣裙里的、叉开着的双腿下，有什么东西在动了。并且从那里立刻出来一种异样的声音，波浪波动一般的声音，一种被扼住了脖子的窒闷的喘息；接着忽然是一种拖长的猫一般的叫声，一种脆弱而已感到痛苦的哀鸣，这是婴儿来到世

上第一声叫唤。

约娜马上清楚了，她脑子里一片空白，赶忙跑到楼梯口，大声喊叫：

“卡罗！卡罗！”

他在楼下回答：“干什么呀？”

她十分为难地说：

“是……是萝伯丽，她……”

卡罗两步并作一步地冲上了楼，冲进卧室，一下撩开小使女的连衣裙，发现一小团难看的起皱裥的血肉，浑身带着粘液，抽搐着，哀鸣着，在那赤裸的大腿中间蠕动。

卡罗面带凶色，把那吓坏了的妻子推到门外，说道：

“不用你管，走吧！把吕迪芬和罗蒙老爹叫到这里来。”

约娜浑身发抖，来到楼下厨房里。她不敢再上楼去，便走进那冰冷的客厅。自从她父母走了以后，客厅里就没有再生火，她在那里等着听听消息。

很快她看见男仆跑着出去。五分钟之后，他带着接生婆进来了。

之后楼梯上忙乱了一阵，像是运送伤员似的；最后卡罗进来告诉约娜，说她可以回到自己的卧室去了。

她发着抖，像是刚遇见了一桩惨剧似的。她重新在炉火边坐下，然后问道：

“她怎么样啦？”

卡罗怀着心事，焦躁不安，在屋子里踱来踱去；一阵怒火像是激动着他。起初他一字也不回答，然后过了几秒钟，他站住了，问道：

“你打算怎么处理这个女孩子呢？”

她没有听懂他的意思，眼睛望着她的丈夫，说道：

“怎么？你说什么？我不知道呀！”

突然他像激怒起来，大声嚷着说：

“我们总不能在家里留养一个私生子呀！”

约娜感觉很为难了。长时间的沉默以后，她提议说：

“不过，朋友，也许我们可以把孩子寄养出去吧？”

卡罗不等她说完，紧接着问：

“那么谁来付钱呢？当然又是你喽？”

她又思索了许久，想找出一个解决问题的方法；终于她说：

“当然这个孩子的父亲要负责任；而且只要他娶了萝伯丽，一切困难也都解决了。”

卡罗似乎再也不能忍耐了，怒气冲冲地说：

“孩子的父亲！孩子的父亲！……你知道孩子的父亲……是谁吗？你也不知道，可不是？那么怎么办呢？……”

约娜心中受了感动，也激昂起来：

“但他总不能这样把这个女孩子扔开了。那这个人就太卑鄙了！我们一定要探问出他的名字来，这个人，我们一定要把他找到，非叫他把事情说个明白不可。”

卡罗那股气平下去了，又开始踱来踱去：

“亲爱的，她不愿意说出那个男人的名字来；难道她对我不肯说对你就肯说吗？……而且，如果那男人不要她，又怎么办呢？……我们总不能在家里留下一个养了私生子的小姑娘和她的私生子，这你懂吗？”

约娜还是固执地说：

“那么，这个男人太可恨了；但是我们一定要弄清他究竟是什么人；到那时候，我们就要和他办交涉。”

卡罗面色慌张，羞涩得通红起来：

“但是……目前怎么办呢？”

她自己也定不了，问道：

“那么，你主张怎么样呢？”

于是自己说出来自己的主张：

“啊！我看这事情很简单。我多给她一些钱，就让她和那孩子一起滚出去算了。”

约娜很气愤，反对说：

“这个，我怎么也不同意。她是我的同奶姊妹，我们是一起长大的。她犯了错误，那是她活该；但是我不能因为这个把她撵走：如果必要的话，归我来养这个孩子就是了。”

于是卡罗暴怒起来：

“那样我们的名声就会名誉扫地，我们这些人，还有我们的门第和我们所来往的人！到处别人会说我们包庇罪恶，收容贱货，以后有脸面的人不会和我们来往了。你到底怎么想呢？我看你疯了！”

她还是非常镇静。

“我决不让人把萝伯丽赶出去；如果你不愿意把她留下，我母亲会要她的；迟早我们一定要把孩子父亲的姓名弄个清楚。”

于是卡罗砰的一声带上门，非常气愤地出去了，一面嚷着说：

“女人和她们的想法真叫蠢!”

下午约娜上楼去看产妇。小使女由唐屠寡妇看护着，她睁大了眼睛，一动也不动地躺在床上，看护把初生的婴儿抱在怀里摇着。

萝伯丽一看见女主人就痛哭起来，用被蒙住脸，伤心得浑身颤抖。约娜想抱吻她，她盖住脸躲开了。看护过来把被揭开，使她露出脸来；这时她不再躲藏，但仍然低声哭泣着。

微弱的火在壁炉里燃烧；屋子里很冷；婴儿在啼哭。约娜不敢提到那个小东西，生怕又伤她的心；她握住使女的手，不由自主地反复说：

“没关系，没关系。”

可怜的小使女偷眼往看护那里望着，孩子一哭，她就心惊；她心头的悲伤还没有完全消去，时而迸裂出一两声抽搐的哽咽，她抑制住眼泪，吞回到嗓子里，发出咯咯的声响。

约娜又一次吻了吻她，小声安慰他说：

“我们会很好照顾他的，你放心好了，好孩子。”

于是萝伯丽又哭泣起来，她于是忙着走出房间。

约娜每天都要去探望一次，而萝伯丽每次看到她的女主人时，便伤心地哭泣起来。

婴儿送到邻居家去寄养了。

卡罗很少和他妻子说话，约娜不辞退使女以后，他好像一直对她怀着很大的愤怒。有一天，他又提起这个问题来，约娜便从口袋里掏出男爵夫人的一封信，信中告诉他们说，如果白杨山庄不留萝伯丽的话，可以把她送到母亲那里。卡罗气极了，大叫说：

“你母亲和你一样的蠢。”

不过从此他也不再坚持了。

半个月以后，萝伯丽能下床了，并又照常工作了。

一天早晨，约娜叫她坐下，她牵着她的手注视着她，眼睁睁地盯着她，说道：

“孩子，把一切都告诉我吧 1”

萝伯丽哆嗦起来，支吾说：

“讲什么呢，太太?”

“那孩子到底是谁的?”

小使女满脸露出痛苦而绝望的神色，她惊恐欲把手抽出来，遮住面孔。

可是约娜仍然抱吻了她，安慰她说：

“这事很不幸，但是有什么办法呢，孩子？你一时软弱了；不过这也是很多人都免不了的。如果那孩子的父亲娶了你，以后就不会有人说三道四了，我们可以雇用他，让他在这里和你一起工作。”

萝伯丽像是受了酷刑似的呻吟着，时时挣扎着想要脱身逃走。

约娜马上又说：

“我很了解你心里感到的羞愧；但是你看我并没有生气，我耐心地和你谈。我所以向你追问那个男人的名字，这是为了你的好处，因为看你悲伤的样子，我想是他抛弃了你，不过我不能容许他这样做。卡罗会把他找来，我们可以迫使他和你结婚；我们要把你们两个人都留在这里工作，我们一定要他使你幸福。”

这时萝伯丽猛一挣扎，就把手从她女主人手里摆脱出来，她像疯了一般地逃走了。

晚餐时，约娜对卡罗说：

“我劝说了萝伯丽，叫她把那个引诱她的男人的名字告诉我，结果她不肯说。你也从你那方面试一试，我们一定做到叫那个可恨的家伙肯娶她。”

可是卡罗立刻生气了：

“唉！你知道，这件事情我早听厌了。你舍不得这个使女，你就留下她好了，但是再也别拿她的事情来给我添麻烦。”

自从萝伯丽分娩以来，他的脾气比过去显得更坏了；他已养成一种习惯，每和他妻子说话，就要大嚷一通，仿佛他总是怒不可遏。她却相反，总是小声地说话，采取温和的、商量的态度，避免争执起来；不过到了夜间，她常常躺在床上，独自流泪。

自从他们旅行回来之后，卡罗很少和他妻子同床，现在他尽管经常要发脾气，夫妇之爱却又恢复了，难得有相隔三夜而他不到他妻子的卧室去的。

很快萝伯丽完全恢复健康了，她也不再那样伤心，不过她仍然很惊慌，一种不知名的恐惧始终追逐着她。

有两次当约娜又想追问她时，她都逃开了。

卡罗忽然也变得更可亲了；青年夫妇又乐观起来。她的心情比以前快乐了，只是偶尔生理上出现某种异样不舒服的感觉，不过她从来也不谈起。冰雪还没有解冻，马上就有五个礼拜了，白天天空明净得像蓝色的水晶，夜间繁星闪烁，有如严寒季节中的满天冰霜，覆盖在纯洁、坚硬而闪光的雪地上。

农庄孤零零地被隔绝在四方的院子里，藏在缀满霜雪的大树后面，就像是穿上白

色的睡衣睡熟了。再也看不见有人和牲畜走出那里，只有茅屋的烟囱里吐出缕缕炊烟，飘升到寒冷的天空中，显示出这里还隐藏着生命。

原野、篱垣和御风的榆树林全被冷气笼罩了。时而可以听到树木的折裂声，好像他们的肢体在树下破碎了；偶尔一截粗大的树枝断下来落到地上，那是由于严寒冻结了树液，把纤维折断了。

约娜万分急迫地祈望春天快点回来，以为她浑身的不舒适都是由于季节寒冷的缘故。

有时她一点东西也吃不下，只要看见吃的东西就恶心；有时脉搏跳动得非常剧烈；有时只是吃一点便是呕吐；神经紧张得嗡嗡地响，使她不断地生活在一种难以忍受的兴奋状态中。

有一天晚上，寒暑表降得更低了。饭后卡罗冷得直打颤，因为他要节省木柴，餐厅总是烧得不够热，他擦着双手取暖，一面低声地说：

“这样的晚上两个人睡在一起多好呢，小猫儿，你说对不对?”

他用他从前那种孩子气的笑声笑着，约娜伸出胳膊搂住他的脖子；但不巧那天晚上她身上感觉很不舒服，心里烦乱而又异样地紧张，她便嘴对嘴轻声地央求他，让她一个人睡。她向他解释了几句，说她很不舒服：

“亲爱的，我央求你；确实我很不舒服。明天一定能好些。”

他不坚持。

“亲爱的，随你高兴吧；既然病了，就应该好好休息。”

后来就谈别的事情了。

约娜早早地睡了。卡罗破例叫人在他睡的屋子里生起炉子来。等到他们通知他说“炉子生好了”，他在妻子的额上吻了一下，就出去了。

整所房子仿佛是受着寒气的侵袭；连墙壁也轻轻地发出颤动的声音，约娜在床上冷得发抖。

她两次起来，在壁炉里添进一些木柴去，又把袍子短裙和旧衣服都找来压在被上。然而什么也不能叫她暖过来；她的脚冷得发木，从小腿直到臀部都发着抖，使她不停地翻来覆去安不下心，神经焦躁到极点了。

不久，牙齿格格作响，两手发抖，胸口紧压得难受，心怦怦地跳得很慢，有时简直像要停止跳动了，嗓子好像就要喘不上气来。

难以抵挡的寒冷一直透入她的骨髓，另外她精神上也产生了一种绝对的恐怖。她从来没有过这种感觉，从来没有这样地受到过生命的威胁，简直就只剩下最后的一口气了。

她心里想：“我活不下去了……我就要死了……”

受着恐怖的袭击，她跳下床来，打铃喊萝伯丽，等了一阵，又打铃，又等，身子冰冷地颤抖着。

小使女始终不见来。她一躺下就睡得特别死，怎么也叫不醒的；约娜急了，不顾一切，光着脚跑到扶梯口。

她不声不响地摸上阁楼去，摸到了门，推了进去，叫唤“萝伯丽!”她再往前走，撞在床上，用手在床上摸了一下，发觉床上并没有人。床是空的，而且冰冷，不像有人在上边睡过。

她惊讶了，自语说：“这是怎么回事！这样的天气，她仍然跑出去了!”

这时她心跳加速，使她喘不过气来，她的腿很软弱，她下楼来想去叫醒卡罗。

她以为自己一定快要死了，想要在没死之前见到卡罗，便猛然闯进他的卧室去。

在炉子里的余光下，她看见她丈夫的头和萝伯丽的头并排躺在枕头上。

她一声叫喊，两个人都坐了起来。面前的情景使她惊呆了，约有一秒钟光景，她站在那里不能动弹。之后哭着跑回自己的屋里；卡罗惊惶地叫着“约娜!”，这使她引起了一种激烈的恐怖：她怕看见他，怕听到他的声音，讨厌他那谎言的解释，怕面对面地遇到他的目光，于是她又冲到扶梯口，冲下楼去。

此时她在黑夜中跑着，她已顾不得会从梯级上滚下去，会在石头上跌断四肢。她一直向前冲去，急于要躲开一切，任何事都不想知道，任何人都不想见。

当她下了楼，她光着脚坐在台阶上，身上只穿着一件睡衣；她出神地坐在那里。

卡罗已从床上跳下来，急忙穿上衣服。她听到他的行动，听到他的脚步声。她要躲开他，就立即站立起来。这时他已在下楼，他叫喊着：“听我说，约娜!”

不，她不愿意听，也不愿意让他的指尖触到她，她像逃避杀人犯一样闯进餐厅去。她寻找一条出路，一个可以隐藏的地方，一个黑暗的角落，一种能够躲避他的办法。她蹲到餐桌底下去了。但是他已经把门推开，手里拿着蜡烛，连声叫着“约娜!”。她像野兔一般又冲了出去，窜进厨房里，像被围的野兽似的兜了两个圈子，看他还要追来，她就猛力打开那扇通向花园的门，直奔野外去了。

她赤裸的脚在雪地上有时深陷到膝盖，这种冰冷的感觉突然给了她绝望地挣扎的力量。虽然全身几乎是光着的，她却并不觉得寒冷；她没有什么感觉了，内心的痛苦

已使她的躯体麻木了，她向前奔跑，面色惨白得和地面的积雪一样。

她沿着林荫路，穿过灌木林，越过壕沟，在旷野中奔跑。

天上没有月亮；灿烂的群星像是撒在黑暗天空里的点点火种；原野上积雪反射出一片黯淡的白光，一切都凝冻成无声无息，大地笼罩在无垠的静寂中。

约娜屏住呼吸，飞快地往前跑，大脑中一片空白，心里什么也不想。突然她发现自己已经走到悬崖的边缘。她本能地急忙站住，在雪地上蹲了下来，什么也不想，失去了意志和力量。

在她面前是阴暗的深渊，沉默的、望不见的大海从那里发散着潮退时海藻的咸水气息。

许久她呆在那里，精神和肉体都已麻木了；然后突然她开始发抖，颤抖得就像在风中摇摆的船帆。她的胳膊、她的手和她的脚被一种不可抗拒的力量所震动，猛烈而急促地抖动起来；她的知觉突然清醒了。

回想起过去的事情一一在目，和卡罗在拉斯蒂克老爹小艇上的漫游，他们的谈心，她爱情的开端，那艘小艇的命名典礼；然后她回想得更远，一直想到她初返白杨山庄时那通宵的梦想和陶醉。而如今！啊！现在她的一生已经毁灭了，一切的欢乐已成泡影，一切的期待化为乌有；展示在她眼前的，是漆黑的未来，充满着痛苦、欺骗和绝望。倒不如一死，一切也就立刻化为乌有了。

但是远处有人在叫喊：

“在这里，这是她的脚印；赶快，赶快，快往这里来！”

听见卡罗在找她的声音。

啊！她不愿意再看见他。深渊就横在面前，她听到海波轻轻地冲击着岩石的声响。

她猛然站起来，决心要向空中跳去；她向世间诀别，叫出了人们在临死时和年轻的士兵在战场上牺牲时最终的呼声：“妈妈！”

母亲好像出现在眼前；她看见她在痛哭；她看见父亲跪在她血肉模糊的尸体面前，刹那间她感到了他们在绝望中的痛苦。

她昏倒在雪地上。之后卡罗和罗蒙老爹，还有提着灯跟在后面的马里于斯都过来了，她也就不再躲避了，大伙抓住胳膊往里拖，因为她的身子已经紧挨在悬崖边上了。

她听任他们摆布，因为她已一点不能动弹了。她觉得他们把她抬走了，后来放到一张床上，用热手巾替她摩擦；这以后她一切都不记得了，她完全失去了知觉。

后来她做了一场噩梦——真是一场噩梦吗？她睡在自己的卧室里。天亮了，但是她起不来。什么缘故呢？她一点都不了解。她只听见地板上有微弱的声音，一种爪抓和轻轻擦过的声音，突然一只老鼠，一只灰色的小老鼠从她被上窜过去。另一只跟着来了，接着又是第三只，它轻松活泼地跳动着，直向她的胸前奔来。约娜并不害怕；她想捉住它，她伸出手去，但是捉不到。

这时又有许多只老鼠，十只，二十只，几百只，几千只，都从四面八方钻出来。它们往床柱上爬，在挂毡上跑，后来满床都是老鼠了。不久它们就钻进被窝里；约娜觉得它们在她的皮肤上溜过，使她腿上感到痒痒，又在整个身上跑上跑下。她看到它们从床脚边跑出来，钻进被里，扑向她的胸口；她挣扎着，伸手想要捉住一只，但总是扑一个空。

她被激怒了，想要逃走，她大声叫喊，但仿佛有人按住了她，不让她动，仿佛有人用粗壮的胳膊把她拖住了，教她无能为力；但是她并看不见有人。

她已经没有时间的观念。这种状态延长了很久很久。

然后她醒了，醒后又疲倦又疼痛，但心里却很安静。她觉得浑身都很软弱。她睁开眼睛，看见她母亲坐在她的卧室里，此外还有一个她不认识的肥胖的男人，这一切她都并不惊奇。

她有多大年纪了？她一点不知道，她还以为自己是个小孩。此外，过去的事情，她一点也不记得。

那个肥胖的男人说话了：

“看，她恢复知觉了。”

这时她母亲就哭了。

于是胖子又说：

“请安静，男爵夫人，现在我可以保证。不过不要和她讲话，什么也不必讲。让她睡吧！”

约娜觉得自己又迷迷糊糊地生活了很久，每当她要想什么，她的脑筋就昏昏沉沉地要睡熟；她都不去回忆那些事情，像是暗暗地害怕记忆中又会触到过去的种种。

有一次，她刚醒来，就看见卡罗独自站在她身边；突然就像那掩盖起她过去生活的幕布被揭开了，她想起了一切。

她悲痛万分，于是她又想逃走。她掀开被，跳到地上，她的双腿支持不住，就跌倒了。

卡罗赶忙想去搀她，她愤怒喊起来，不许碰他。她蜷曲着身子，在地上打滚。门

开了。丽松姨妈和唐屠寡妇都跑来了，接着是男爵，最后是男爵夫人惊恐地赶来了。

他们把她放回到床上，她马上把眼睛闭上，免得和他们说话，同时也可以静静地想一想。

她母亲和姨妈在她身边手忙脚乱地守护着她，争先恐后地问她：

“约娜，小约娜，我正说话，你听得见吗?”

她装作没有听见，什么也不回答；她知道现在天快黑了，夜已来临。看护守在她的床边，时时给她点水喝。

她喝着水，却什么也不说，可是她再也睡不着了；她竭力思索着那些记不起来的事情，好像她的记忆中有着漏洞，有着整片的空白点，许多事情都没有留下痕迹。

经过长时间的努力之后，她才漫漫把事实的经过都想起来了。

她把全副精神都用到这上面去了。

既然她母亲、丽松姨妈和男爵都来了，那么她一定病得很厉害。但是卡罗呢？他说了些什么呢？她父亲都知道吗？还有萝伯丽呢？她在哪里呢？而且以后怎么办？怎么办？突然她想出了办法：像从前一样，和父母回到卢昂去吧！她就算成了寡妇，一切也不过如此而已。

于是她等待，静听她周围的人们在讲些什么，她都听懂了，但不让旁人看出来，她欣幸自己又能理解事物了，她很耐心，知道需要用一点手段。

到了晚上，终于只留下她和男爵夫人两个人时，她低声叫道：

“小母亲!”

她自己的声音使她吃了一惊，仿佛和以前不一样了。男爵夫人握住她的双手：

“我的女儿，我亲爱的约娜！我的女儿，你认得我吗?”

“认得，小母亲，可是你不要再哭，我们有好多话要谈。卡罗和你说过为什么我要逃到雪地里去吗?”

“是呀，我的宝贝，你当时高烧得厉害。”

“不是这样的，妈妈。发高烧是以后的事情；可他对你说过我怎么发烧的吗？为什么我要逃走呢?”

“没有，我的宝贝。”

“那是由于我发现萝伯丽睡在他的床上。”

男爵夫人认为她神志不太清醒便说：

“睡吧，小宝贝，安静一些，想法子睡吧!”

但是约娜固执地要说下去：

“现在我完全清醒了，小妈妈，我根本就没病。有一天夜里，我觉得我病了，我就去找卡罗。萝伯丽和他睡在一起。我伤心得失掉了理智，我就逃到雪地里，想从悬崖上跳下去。”

但是男爵夫人又重复说：

“没错，我的宝贝，你那时病得很严重，病得很重。”

“事情不是这样的，妈妈，我发现萝伯丽睡在卡罗的床上，我不和他一起生活了。你把我带走吧，像从前一样，带我回到卢昂去。”

男爵夫人曾经受医生的嘱咐，不能反对约娜所说的，便答应说：

“我的宝贝，好的。”

可是病人不耐烦起来：

“我知道你仍不会相信我的话。把爸爸叫来吧，他一定会了解我的。”

男爵夫人很吃力地站起身来，慢慢地走出去。几分钟以后，男爵搀着她一同进来了。

约娜哭泣地向父母讲述那件事。她把一切都说了：卡罗古怪的性格、他的冷酷、他的吝啬和他对妻子的不忠实。她说话很缓慢，声音很微弱，但叙述得清清楚楚。

她讲完之后，男爵看得很明白，她不是在说梦话，可是他不知道怎样办这事，如何解决，如何回答。

他十分慈爱地握着她的手，就像先前那样哄她睡觉，他给她说故事时一样。

“亲爱的，听我说，我们做事要稳妥，急躁不得；在我们没有决定出一个办法之前，对你丈夫，暂且迁就一些吧……你肯答应我吗?”

她絮声说：

“我同意，但是我病好之后，我决不能再留在这里了。”

接着她又低声说：

“现在萝伯丽在哪里呢?”

男爵回答说：

“你再也见不到她了。”

但是她还是追问：

“她在哪里呢？我要知道。”

这时男爵不得不承认她还没有离开白杨山庄；但是他肯定说她就要离开的。

男爵从病人的屋子里出来，做父亲的心受了创伤，憋着一肚子气，便去找卡罗。他开门见山地对他说：

“先生，我来请您解释一下您对我女儿的行为。您和她的使女一起做了见不得人的事情，这对她是一种双重的侮辱。”

但卡罗说这是冤枉他的，他竭力否认，指着上帝发誓。而且他们没有证据。约娜不是在说疯话吗？她不是刚得过脑膜炎吗？她刚生病时，有一天晚上，突然发狂了，她不是逃到雪地里去了吗？而正是在她发狂的时候，她几乎赤身裸体在屋子里乱跑，才胡说她看见她的使女睡在她丈夫的床上！

他大发脾气；他以提出诉讼来威胁；他表示愤慨极了。男爵倒被弄得糊涂起来，又向他道歉，又赔不是，真心地伸出手去请他原谅，卡罗却拒绝和他握手。

当约娜知道她丈夫说了些什么，她一点也不生气，只回答说：

“他撒谎，爸爸，可是我们最后一定有办法叫他承认的。”

整整两天，她一声不响，集中精神，独自在那里思考。

到了第三天早晨，她要见萝伯丽。男爵不许人叫那使女上楼来，说她已经离开了。约娜不答应，一再说：“那好，派人把萝莎叫来！”

当医生进来时，她已经十分激动了。他们把一切都告诉他了，好让他判断。但约娜哭了，神经紧张，几乎喊叫着说：

“我要见见萝伯丽，我要见她！”

这时医生握住她的手，低声向她说：

“镇静一些，太太；任何过激的行为会造成严重的后果；因为您已经怀孕了。”

她像被打了一下惊呆了；她立刻觉得自己身子里像有什么东西在动。她就呆着不作声，甚至不听任何干什么，陷入沉思。在她肚子里怀着孩子的这个新奇的观念，使她彻夜辗转不能入眠；想到这是卡罗的孩子，就使她心里难过和悲痛；约娜害怕孩子也像他的父亲那样，就又使她忧虑不安。一天亮，她就叫人把男爵请来。

“爸爸，我已经下了决心；我要把一切都弄得水落石出，尤其是在现在的情况下；你明白吗，我一定要这样做；你知道在我目前的情况下，阻止我是没有好处的。你听我说。你去把神父先生请来。我需要他，免得萝伯丽撒谎；他一到，你就把使女叫上来，你和小母亲也都不要走开。最要紧的是事先别使卡罗怀疑。”

一小时之后，神父来了，他比以前更胖了，和男爵夫人一样，气喘得厉害。他坐在她旁边的一张圈椅里，肚子垂到两条张开的腿中间；他照例用他那条方格子的手绢擦着前额，一面用诙谐的口吻开始说：

“可不是，男爵夫人，我看我们是瘦不下去了；我说我们简直可以成双搭对了。”

说着把脸转向床上的病人：

“嗳！嗳！少夫人，我听人说，前些天我们又要来一次新的洗礼了吧？呵！呵！呵！这一次可不是一只小船了。”接着又用庄重的语调补充说：“将来一定是个祖国的保卫者”；然后，一动脑筋，又说：“要不然就是一位贤妻良母，像您老夫人一样。”说时向男爵夫人弯一弯腰。

卧室靠边的门开了。萝伯丽满脸是泪，惊慌万分地攀住门框子不肯进来，男爵在后面推着她。他已经不耐烦了，一使劲就把她推进卧室。于是她用手遮掩着脸，站在那里啼哭。

约娜一看见她，就猛然坐了起来，脸色比被单还白；她的心在那贴身的薄衬衣下突突地狂跳着。她连话也说不出了，呼吸困难得喘不上气来。最终她开口了，由于情绪的激动，声音时断时续。

“我……我……没有必要……来盘问你。只看你……在我面前……这副惭愧的样子……也就够了。”

她气极了，等了一会说：

“但是我要知道一切，一切……一切。我把神父先生请了来，就是要你说真话，你懂吧！”

萝伯丽一动也不动，心在颤抖，几乎是号叫。

男爵恼火了，抓住萝伯丽的双臂，猛力拉开，把她按倒在地上，用那纤嫩的双手蒙住了脸。

“说吧……回答吧！”

她跪在地上的姿势就像画像中的玛德兰娜一样。她的软帽歪在一边，围裙铺开在地板上，她又用双手把面孔掩盖起来了。

此刻神父对她说：

“孩子，问你什么，你就回答什么。我们不会为了伤害你；而是要知道事情的经过。”

约娜侧着身子在床边，眼睛望着她，问道：

“我撞见你们的时候，你正在卡罗的床上，这完全是事实吧？”

萝伯丽从指缝间哭泣说：

“没错，太太。”

男爵夫人这时也一下子哽哽咽咽地哭泣起来；她那哭声与萝伯丽的抽泣声混合着。

约娜的目光死盯在使女身上，问道：

“这样的事有多长时间了？”

萝伯丽吞吞吐吐地说：

“自从他来了以后。”

约娜不懂了。

“自从他来了以后……那么……自从……自从春天起？”

“是的，太太。”

“自从他进了我们家以后？”

“是的，太太。”

约娜心里压着一连串的问题，此刻都倒了出来：

“但事情是怎么发生的呢？他是怎么向你要求的呢？他是怎么把你弄到手的呢？他当时对你说了些什么呢？什么时候你就答应了呢？你怎么能把自己的身子给了他呢？”

这一次萝伯丽把手放了下来，她也激动得想要说话，想要回答问题：

“我怎么知道呢？就是那一天，他第一次到这里来晚餐，他进到我的屋子里来了。他先就藏在阁楼里。我不敢叫喊，怕让人笑话。他就和我睡了，当时我也不知道我在做什么；他爱怎么样就怎么样。我什么也没有说，由于我觉得他很可爱！”

这时约娜尖叫一声，问道：

“那么……你……你的孩子……就是他生的？……”

萝伯丽呜咽着说：

“是的，太太。”

往下是大伙沉默不语。

只听得见萝伯丽和男爵夫人嘤嘤啜泣的声音。

约娜心里感到十分伤痛，眼眶里也挂满了眼泪；泪珠簌簌地滚落到颊上。

这就是说，约娜的孩子与使女的孩子是同父异母！她的愤怒平息下去了。她沉浸在一种忧伤、消沉、深刻而无止境的绝望中。

约娜气得声音都变了，是一种嘶哑的、女人哭泣时含泪的声音：

“当我们回来时……从旅行回来时……他又是什么时候开始和你在一起的呢？”

小使女好像是趴到地上似的，讷讷说：

“第……第一天晚上他就来了。”

每一个字都刺痛她的心。原来第一夜，就在他们回到白杨山庄后的第一夜，他就抛开了她去找这个丫头了，就让她独守空房。

她觉得自己全明白了那些事，她不想再听下去；她喊道：

“快走吧，快走吧！”

萝伯丽由于害怕瘫在了地上，约娜便招呼她父亲说：

“带她走吧，拖她走吧！”

但是直到现在，神父还没有说过一句话，他认为该出场了。

“我的孩子，你做了坏事，做了很坏的事情；善良的天主不会原谅你的。想想地狱吧，今后你的行为再不改好，地狱就等着你哩！眼前你已经有了一个孩子，你应该重新做人了。男爵夫人免不了要给你一点照顾的，我将再给你找个丈夫……”

他还会不断地说下去，但是男爵已抓住萝伯丽的肩膀，把她从地上拖了起来，一直拖到门口，然后把她当作一包东西似的扔在走廊里了。

男爵面色气得比他女儿还苍白，神父等他一回来，便接着说道：

“没法子，这里的女孩子都是这个样子。这是可悲的事情，可是谁也想不出办法来，所以我们只好宽容一些这种人性的弱点。她们从来没有不先怀孕而后结婚的，夫人，从来没有的。”他又微笑着说：“这几乎成了当地的风俗。”然后用愤慨的语调说：“就连孩子们也跟大人学。去年我不就在坟地里碰到过两个孩子么，一男一女，还都是在教理问答班听讲的孩子呢！我通知了他们的父母！您说他们怎么回答我？‘神父先生，这有什么办法呢，这些脏事情，不是我们教他们的呀，我们也没有办法。’所以，男爵先生，您那使女的行为和其他的人是一样的……”

男爵气得发抖了，截断他的话说：

“她吗？我倒没有放在心上！叫我气愤的是卡罗。他这种做法是下流的，我要把我的女儿带走。”

他踱来踱去，愈来愈激动了，气愤地说：

“这样欺负我的女儿，无耻，简直太无耻了！这个人，是个流氓，是个坏胚子，是个下流的东西；我要当面说给他听，我要给他几个耳光，我要用我的手杖打死他！”

神父坐在满脸是泪的男爵夫人身旁，从容地吸着鼻烟，正在想怎样能做到息事宁人，于是他接着说：

“男爵先生，听我说句自家人的话，他也不过和大家所做的一样。忠实的丈夫，您倒认识过多少呢？”他又狡猾地用半开玩笑的态度说：“您看，我敢打赌，您自己年轻时也胡闹过。我说，问问您的良心，这话对不对？”

男爵一愣，面对神父站住了。神父又说：

“对吧，您也和别人一样。什么人能知晓没有调戏这样的女孩子呢。我对您说，人人都有过这种事情的。您夫人却也并没有因此少得了幸福和爱情，您说对吧？”

男爵被弄得不知所措，站着不动了。

的确，这话是真的，他也同样有过这类事情，而且绝不止一次，问题就看有没有机会；他从不珍惜夫妻生活；只要太太的使女长得漂亮，他也就毫没有顾忌了！难道因此他就是个下流东西吗？既然觉得自己这样的行为不算一回事，为什么对卡罗就要这样苛刻呢？

泪痕未干的男爵夫人，一回想起丈夫的风流韵事，唇角上不禁现出了微笑，由于她是那种感情丰富的女人，在她看来，爱情的浪漫行为原是人生的一部分。

疲乏不堪的约娜，垂着双臂，像僵尸似的直挺挺地躺着，茫然睁大了眼睛，落在悲痛的沉思中。萝伯丽的那一句话，有如锥子刺进了她的心坎，最使她伤痛：“我呢，我什么都没有说，因为我觉得他很可爱。”

她也觉得他很可爱；正因为这个才和他结婚，和他结成终身夫妻，终于放弃了任何其他的希望，放弃了原先的种种打算，放弃了日后可能的良缘。她所以掉进这个婚姻的圈套里，不小心掉进个陷阱里，掉进这种不幸、悲伤和绝望的境地里，也就和萝伯丽一样，因为她当时觉得他很可爱！

门被猛然地推开了。卡罗气势汹汹地走了进来。他瞥见萝伯丽在楼梯上啜泣，就知道有人诱使使女把事情讲了出来，所以他要来知道个究竟。一进门看见神父在那里，他就突然站住不动了。

他用十分稳定的语调问道：“怎么啦？什么事情呀？”

刚才还是那么激愤的男爵，这时却一点也不敢作声了。他害怕神父的论断，也怕女婿反过来引用他的例子。男爵夫人又泪如泉涌了；但是约娜用手支起身子，喘着气，望着这个那样狠心地带给她痛苦的人，断断续续地说道：

“事情就是我们什么都知道了，你所做的那一切不体面的事……自从……自从你到这里来的那一天起……事情就是……那个使女的孩子是你生的，正像……正像……我的那个……他们倒是兄弟了……”

她一想到这，伤心到极点了，倒在被窝里，放声痛哭起来。

他愕然站在那里，不知道该说什么，该做什么。神父又来解围了。

“好了，好了，我们不用伤心到这种地步，少夫人，理智一些吧！”

他站起身来，走到床边，把他温暖的手放到伤心绝望的少妇的前额上。这种简单的接触产生了意外的效果，她立刻安静下来并且感觉疲倦了，好像这个乡下神父的粗手，经常替人赎罪，给人以希望和慰藉，凭它这一抚摸，给她带来了不可思议的和平心境。

神父一直站在那里，接着又说：

“少夫人，我们应该经常地宽恕人。您看，厄运落到了您头上，但是仁慈的天主却用最大的幸福来报偿您了，因为您就要做母亲了。这孩子将来就是您的安慰。现在我用他的名义恳求您，恳求您原谅卡罗先生的过错吧！这孩子将成为您两位之间的新的结合，也是以后他对您忠实的保证。您身子里怀着他的孩子，难道您和他能老是两条心吗?”

她答不出话来，她的心碎了。她感到非常痛心，都不愿生气了。显得麻木。她觉得自己的神经已经松懈了，一一地被割裂了，她已只剩了最后的一口气。

男爵最不习惯于对人记恨，他没有太久的毅力，这时轻声地说：

“算了吧，约娜。”

于是神父握住年轻人的手，拉他到床边，把他的手放到他妻子的手里。他在他俩手上轻轻地一拍，仿佛就这样永远在一起似的了；然后收起他作为神父的说教的口吻，满意地说：

“好了，这事就这样了：相信我，这样做是最好的。”

两只手，合拢了一会儿，很快又分开了。卡罗不敢吻自己的妻子，在他岳母的额上吻了一下，转过身去，挽住男爵的胳膊。男爵看到事情这样解决，心里已经很满足，其他也就算了；他们就到外面去散步、谈心了。

神父和男爵夫人还在那里低声商谈，这时约娜精疲力竭，已快睡熟了。

神父进一步解释并发挥自己的看法；男爵夫人总是点头同意。最后，作为结束，他说：

“太好了，事情解决了；您把巴维勒的农庄给了这个丫头，我来负责替她找一个丈夫，帮她找一个好丈夫。啊！凭两万法郎的财产，就不怕没有人找上门来。我们会感到困难的，倒是挑选谁的问题。”

男爵夫人满意了，脸上没有眼泪，露出了微笑，面颊上却还挂着两颗泪珠。

她再三叮嘱说："事情就这样说定了。巴维勒这份产业，少说也值两万法郎，但要写明产业是属于孩子的，他父母活着时，也只有这样。"

神父站起身来，和男爵夫人握手告辞：

"您千万不要送，男爵夫人，千万不要送；我知道对您我来说，走一步路是多么费力啊！"

他出去时正好遇见丽松姨妈，她是来看望病人的。她什么也没有察觉，和平时一样，别人什么也不和她讲，而她也就什么都不知道。

第八章

萝伯丽已经离开白杨山庄，约娜进入了痛苦的怀孕时期。她一点不因为要做母亲了而心里感到快乐，数不尽的忧伤压在她的身上。她毫无兴致地等待着孩子的降临，内心沉重地怀着不可知的灾难的预感。

春天渐渐地来到了人间。赤裸裸的树木还在阵阵的寒风中颤抖，沟渠里，秋天的败叶正在腐烂，可那里，黄色的莲馨花已在潮湿的草丛中开始探出头来。从整个原野上，从农庄的院子里，从渗透了水分的耕地里，到处可以闻到一种潮湿的、发酵似的气息。无数嫩绿的幼芽从褐色的泥土里钻出来，在阳光下闪闪发亮。

一个生得十分魁梧的胖使女接替了萝伯丽，她搀扶了男爵夫人在那条白杨路上单调地来回散步，那一条特别沉重的腿，不断在路上留下湿润而泥泞的印迹。

男爵把胳膊伸给约娜挽着，她现在身体已一天天笨重起来，而且总是不很舒服；丽松姨妈在另一边扶着她，她为约娜即将到来的大事十分操心，并对这项她自己无缘体会的神秘感到忧虑。

他们就这样一起走着，几个钟点也不说话，这时卡罗却骑着马在乡间驰骋，他对这种新的爱好是突然产生的。

再没有什么来惊动他们沉闷的生活。男爵夫妇和女婿曾到福尔维勒家去拜访过一次，卡罗像是已经和他们很熟悉，只不过谁也不知底细而已。和勃利瑟维勒家又互相做了一次礼节上的拜访，这对夫妇总是隐居在他们死气沉沉的邸宅里。

一天下午，四点光景，一对男女跑进了他们的院子里，卡罗大为兴奋，跑到约娜的卧室里。

"快呀，赶快下楼去。福尔维勒夫妇来啦。他们知道你的怀孕了，作为邻居顺便来看看你。你就说我出门了，就要回来的。我去换一下衣服。"

约娜不情愿地走下楼。一个面色苍白的、漂亮的年轻妇人，不慌不忙地替她丈夫做了介绍。她漂亮但显病态，金色的头发枯黄得像是从来没有见过太阳；男的像个巨人，像是一个奇怪的东西似的，之后她又说：

“我们已和德·拉马尔先生会面过好几次了。是他告诉我们你病了，我们不想再耽误时间，就作为邻舍，毫不拘礼节地来看望您了。您看，我们骑着马就来了。前几天你的父母来这我们感到光荣。”

她说话自然、亲切而又文雅。约娜受她迷惑了，立刻觉得她很可爱。她想：“这真够一个朋友。”

福尔维勒伯爵恰巧相反，就像跑进了客厅的一只大熊。他坐下后，把帽子搁到身旁的椅子上，迟疑了一阵，不能决定把手搁在哪里，先放在膝头上，然后又放到圈椅的靠手上，最后把指头交叉起来，仿佛在做祷告。

此时卡罗忽然进来了。约娜吃了一惊，简直不认得他了。他刮了脸，显得就像他们订婚时期那样漂亮、整齐而诱人了。他一进来，伯爵仿佛也醒了。卡罗握了握伯爵毛茸茸的大手掌，吻了阿德莲娜的手，这时阿德莲娜象牙般的面颊上微微一红，眼皮一上一下地跳动着

他说话了。他像从前一样和蔼可亲。那双大眼睛，像爱情的明镜，又显得非常亮；刚才还是黯淡而枯涩的头发，经过刷子和香膏的润饰，突然恢复了柔软而光亮的波纹。

当福尔维勒伯爵夫妇告别的时候，阿德莲娜转过身来对他说：“亲爱的子爵，星期四我们骑马去散步好吗?”

卡罗非常高兴地答应了。

这时阿德莲娜握住约娜的手，深情地微笑着，用温柔而恳切的音调说：

“啊！将来等您身体好了的时候，我们几个到乡下去散散心。那该多有意思呢！您愿意吗?”

她轻快地跳上马，这时候，她丈夫笨拙地行完了礼，跨上他那匹诺曼底种的大马，四平八稳地安顿在马背上，就像神话中那个半人半马的怪物。

当他们转过木栅门不见了的时候，卡罗得意扬扬地叫道：

“这两口子多么讨人喜欢啊！交这种朋友将来对我们是大有好处的。”

约娜不知怎的也很高兴。

“阿德莲娜生得小巧玲珑，怪讨人喜欢的，我觉得我一定能和她合得来，但她丈夫却真像是个老粗。你在哪里认识他们的呢?”

他快活地搓着双手：

“我是不经意在勃利瑟维勒家遇见他们的。丈夫有些失水准。这家伙真爱打猎，但不失为一个真正的贵族。”

这一天的晚餐吃得有说有笑，仿佛家庭里不知不觉中又有了新的幸福。

直到七月，再没有发生什么新的事情。

一个星期二的晚上，在那棵树下谈心，围着一张木桌，桌上放着两只小酒杯和一瓶烧酒，约娜忽然叫喊了一声，手抱着肚子，脸色变得非常苍白。一下子感觉剧痛难忍，但很快就过去了。

过了十分钟光景，又一阵疼痛上来了，虽然不及前一次厉害，但时间却继续得更久。她费了很大的力气，几乎是被抬着回到卧室前，才走回卧室去。从梧桐树到她卧室这一段短短的距离，他觉得这段路很漫长；她不由自主地呻吟着，肚子里那种难以忍受的沉重的感觉，使她不能不走几步，就得歇下来坐一阵。

她怀孕还没有足月，生产预计要在九月间；但怕发生意外，就由罗蒙老爹套上马车，飞奔去接医生了。

半夜时，医生赶到了，他一看情况，就肯定是早产的征象。

约娜躺在床上，疼痛虽然减少了一点，但心中感到一种难以忍受的恐惧，像是整个生命已绝望地瘫痪下去，自己已面临死亡的边缘了。生命中有时有这样的时刻，死神离我们那么近，从我们身边轻轻擦过，他的表情使我们很伤心。

满屋子全是人。男爵夫人倒在圈椅里，喘得透不过气来。男爵双手发抖，忙乱地张罗着，递送东西，和医生商量，脑筋弄得糊里糊涂了。卡罗踱来踱去，面色很紧张，心里却很镇静；唐屠寡妇站在床脚边，不动声色，类似的场面她经历得多了，什么也不会使她感到惊慌的。看护、接生和守尸都是她的职业，她迎接那些新生的婴儿，听到他们第一声啼哭，第一次用水替他们洗干净新生的肌肤，第一次替他们包在 褓里，她用同样安静的态度，听到垂死者最后的遗言、最后的喘息和最后的战栗，最后一次替他们打扮起来，用醋擦净他们衰亡了的躯体，裹进到尸衣里，面对生生死死的任何场面，她已养成了一种绝对冷静的态度。

厨娘吕迪芬和丽松姨妈一直悄悄地隐藏在靠近走廊的门口。

产妇时时发出微弱的呻吟。

两个小时过去了，可以肯定短时间内还不会有什么变化；但快到天亮的时候，疼痛又突然剧烈起来，而且很快就可怕的发作了。

约娜咬紧牙关，但痛叫声仍然不由自主地迸发出来，她不断地想起萝伯丽，想到她当时并不受什么痛苦，几乎哼也不哼一声，便毫不受折磨、毫不费力地把那个孩子，那个私生子，生下来了。

在她心灵的痛苦和纷乱中，她一再拿自己和萝伯丽比了起来；她就诅咒起一向她都认为是公正的天主，她愤恨命运不可有宥的偏爱，愤恨那些宣扬正直和善良的人们口中的罪恶的谎言。

有的时候疼得脑子里一片空白。生命、力量、知觉，一切就都用来抵御痛苦了。

在几分钟平息的时间里，她的眼睛就盯在卡罗身上；一种心灵的痛楚涌上心头。她想到那一天，她的使女就是倒在这同一张床的床脚边，双股间夹着那个孩子，而那孩子却正是如今使她痛裂脏腑地翻腾着的这个小生命的弟兄。她清楚记得那天丈夫和萝伯丽在一起的情景而现在从他的一举一动上，还是反映了他的思想，她可以看出对她也和对萝伯丽一样，他所表现的是同一种苦恼，同一种冷淡，总之是一个自私自利的男人不愿做父亲的那种漠不关心。

这时又一阵剧痛来临了，她就想：“我要死了，要死了！”于是她心灵中充满了一种愤怒的反抗，一种诅咒的欲念，她对这个给她惹起这一切痛苦的男人，她恨这个婴儿使她疼痛。

她挺着身子，使出生平最大的力气，要扔掉身上的这个包袱。她突然觉得她肚子里的一切都倒出来了；她身上的痛苦也就过去了。

接生的大夫忙了起来。他取出了一件什么东西；马上一种她曾经听到过的逼闷着的声音使她颤抖了；接着是初生婴儿脆弱的呱呱的哭声钻进了她的灵魂、她的心脏和她那精疲力竭得可怜的全身；她下意识地动了一动，企图伸出手去。

在她面前是幸福的景象，仅仅一秒钟，她已经得救了，她轻松了，她从来没有像现在这样感到幸福过。她的心情和肉体都复活了，她觉得自己已经做了母亲！

她要看一看自己的孩子！由于早产孩子没有指甲和头发；可当她看到这个幼小的软体动物蠕动着，张开小嘴呱呱啼哭，当她摸着这个带皱纹的、怪样子的、动弹着的不足月的孩子时，她沉醉在一种不可抗拒的喜悦中了。她知道自己没事了。她的爱情有了寄托，其他一切都可以不顾了。

打那她只有一个念头：她的孩子。她立刻成了一个盲目地溺爱的母亲，正因为她在爱情中受了骗，她的希望幻灭，她的母爱也就显得特别狂热。她一定要把摇篮昼夜搁在她自己的床边，后来当她能起床时，她就整天坐在窗口，轻轻地摇着婴儿的小床。

她妒忌孩子的奶妈；每当那个饥饿了的小生命张着手偎向那满布青筋的丰满的乳房，贪婪的小嘴吸住褐色起皱的乳头时，她面色发青，浑身颤抖地望着那个强壮安详的农妇，心里真想抢过她的儿子来，用指甲把他贪婪地在吮吸的乳房抓个稀烂。

为了打扮孩子，她又要亲自替他绣精致复杂的衣饰。孩子满身都裹上了花边，头上戴着华丽的软帽。她一开口，就离不开这些，她不惜打断别人的谈话，为了叫人欣赏一块小毛毯，一个围嘴或是一条精制的丝带；她周围的人在说什么，她一律都听不见，她的全副精神都被几件小衣服吸引住了，拿在手上，转来转去，然后再举高一些，以便更仔细地端详一番；于是突然问道："你们看他穿上这个漂亮吗？"

男爵夫妇对这种狂热的母爱，一笑置之。但是卡罗却因这个吵吵嚷嚷而势力高于一切的小暴君的来临，搅乱了他的生活，削弱了他的威严，夺取了他在家庭中的地位，不自觉地对这小家伙怀着妒忌，他忍耐不住，一再愤怒地说："她和她这个小东西可要烦死人了！"

没多久，她更爱这孩子了，坐在摇篮边，望着他睡觉。这种狂热而病态的守护耗尽了她的精力，她一点也不休息，她逐渐衰弱和消瘦下去，她咳嗽了，医生只好吩咐把她和孩子隔离。

她气哭了，她哀求；但是大家都不理会她。孩子每天晚上被放在奶妈身边了；奶妈每夜都起来聆听静听他是否睡得安稳，有没有醒，要不要什么东西。

有一次，卡罗在福尔维勒家吃了晚饭，回来晚了，正碰上约娜在偷看孩子在干什么。后来，为了使她能睡觉，他们便把她锁在卧室里。

八月末，替孩子举行了洗礼。男爵作了教父，丽松姨妈作了教母。孩子取名为比埃尔·罗蒙·贝尔；平时就叫他贝尔。

九月初丽松姨妈默默无声地离开了；她不管在不在，都无足轻重。

一天晚上，晚餐之后，神父来了。他显得有些不太自在；他不着边际地闲聊了一阵之后，要求和男爵夫妇单独谈几句话。

他们三个人出去了，漫步到白杨路的尽头，商量的很投入，这时留下卡罗一个人在约娜身边，他对这种秘密的举动，心里感到诧异、不安而又气愤。

神父告辞时，卡罗要送他，他俩在晚祷的钟声中，一同往教堂的路上走去。

空气很凉，一家人又进屋了。他们都有点睡意了，这时卡罗突然回来了，面红耳赤，仿佛很气愤的样子。

他一到门口，也不管约娜也在那里，便向他岳父和岳母喊道：

"老天爷，您两位可真发疯了，为这么个丫头，一扔就是两万法郎。"

大家都奇怪，但什么话也没说，他怒吼着又说：

"做人不能愚蠢到这种地步，那么您两位连一个铜子儿也不给我们留啦！"

这时男爵恢复了镇静，想要阻止他：

“不许再说了！想一想您妻子就在您面前哩！”

但是他暴怒得跺脚说：

“我才管不了这许多呢；其实她明白这些东西。这种盗窃就是叫她受损失啊！”

约娜弄得莫名其妙了，她望着他，讷讷地说：

“究竟是怎么一回事呀？”

这时卡罗向她转过身来，想要她也站在同一条战线上，因为这些钱涉及他俩的利益。他立刻把嫁萝伯丽的秘密谈判，和赠送价值至少两万法郎的巴维勒农庄这回事情，都向她讲了。他一再不断地说：

“亲爱的，你爹娘疯了，实实在在的疯了！两万法郎！两万法郎！他们真的是昏了！把两万法郎送给一个私生子！”

约娜若无其事地听着，一点也不生气，她自己的那种镇静连自己都奇怪，现在只要与她孩子无关的事情，她全不放在心上。

男爵气得喘不过气来，想不出用什么话来回答他。最后他实在忍不住了，跺着脚嚷道：

“想一想您说的是什么话，这简直太无理了。能不给她点嫁妆吗，这都是怪你。孩子是谁生的呢？您现在倒想把他一扔就算啦？”

男爵激烈的态度使卡罗大吃一惊，他目不转睛地打量着他，然后用更平和的语气回答说：

“可是一千五百法郎也就足够了。这些女人，结婚之前，早都有过孩子。至于孩子是什么人的，谁也不会去追究。可是你给她一个庄园，不仅让我们受了损失，倒让大伙能看破这些事；至少您也应该替我们的名声和地位想一想呀！”

他说话的语调很厉害，好像自己站道理的一方，讲得合乎逻辑。男爵被这番料想不到的论据弄得不知如何是好，反倒在他面前呆住了。卡罗自以为胜了，便自己下了结论：

“好在一切都还没有说定；我倒觉得将是她丈夫的那个人，他倒是一个顶好的人，和他一定什么都好商量。这事情由我来办吧！”

他很快就出去了，看得出惧怕吵闹下去。他很高兴大家都没有作声，这就被他看作是默认了。

他刚一出去，男爵惊异和气愤得实在忍耐不住了，大声喊道：

“真是岂有此理！真是岂有此理！”

但是约娜望着父亲束手无策的脸色，竟大笑起来，这种爽朗的笑声，是她从前一遇到什么滑稽的事情才有的。

她反复说：

“爸爸，爸爸，你可听见他说‘两万法郎’时的那股腔调吗？”

随时都能哭笑的男爵夫人，每当她想起她女婿那副愤怒的脸色、他的怒吼，想起他坚决反对别人拿出一部分与他不相干的钱给那被他诱惑而失身的小使女时，约娜的这番打趣使她也开心起来，她仰头大笑，笑得眼泪也出来了。这时男爵受到她们的感染，也跟着笑了；这三个人，像在过去快乐的日子里一样，乐得连肚子都快笑痛了。

当他们稍许平静下来，约娜连自己都感到吃惊了：“这真是怪事，我把这一切都忘了。现在我已经把他看成是一个与我无关的人了。我能不能相信我还是他的妻子。你们看，他这种……他这种不要面子的行为都使我觉得好笑了。”

他们自己也不很知道为什么，竟激动得互相拥抱起来，一面还是快乐地笑着。

过了两天，吃完午饭，正当卡罗骑马外出的时候，一个年纪约在二十二岁到二十五岁左右的小伙子，鬼鬼祟祟地从木栅栏门外溜进来了。他身上穿着一件全新的、熨得笔挺的蓝布罩衫，鼓着宽大的袖管，袖口上扣着钮扣。他仿佛从早晨起就潜伏在门口，这时顺着库亚尔家农庄的水沟，绕过邸宅，踌躇不前地向男爵和他的两位女眷走来。他们一家三口子当时正坐在那棵梧桐树下。

他一看见他们，便摘下头上的鸭舌帽，局促不安的一面鞠躬，一面朝前走。

他又往前走了一会儿，为的是让所有人听见，他便讷讷地说：

“小人向男爵先生和太太、小姐问安。”

因为没有人答话，他又自我介绍说：

“我就是代西雷·勒科克……代西雷·勒科克就是我。”

这个名字一点也不说明问题，男爵便问道：

“你想干什么呢？”

小伙子要说明白自己要干什么，便惧怕起来。一双眼睛时而低下来看看手里拿着的鸭舌帽，时而抬起来望望邸宅的屋顶，嘴里支吾着说：

“就是神父先生为那件事情向我提过两句……”

认为说多了对自己有影响。

男爵没有听懂，追问说：

"你说的是什么事情呀？我不明白。"

这时对方下定了决心，终于放低声音说：

"就是您府里的使女……那个萝伯丽的事情……"

约娜心里明白了，就站起来，抱着孩子走开了。男爵便说："你过来，"然后指着他女儿刚才坐过的那把椅子，叫他坐下。

那个庄稼人马上就坐下了，讷讷地说：

"您真是太好啦。"

他说了就等着，仿佛再没有别的话要说了。他想了一会儿便决定说明这些事，说道：

"这个季节里，现在可真是好天气。但是已经种地了。没什么可有的好处。"说完他又不响了。

男爵实在忍耐不住了，就干脆开门见山地问他说：

"那么，想娶萝伯丽的就是你了？"

小伙子表现出矛盾的神态，他怀了戒心，用比较兴奋的语调回答说：

"那得看情形了，或许是的，或许不是，那得看情形了。"

男爵听了这些话，便不知所措，心里急了。

"真是见鬼！爽爽快快地回答吧：你是不是为这件事情来的？你到底要不要娶她？"

小伙子十分为难地把眼睛望着自己的脚，说道：

"倘若是照神父先生所说的，我就娶她；倘若是照卡罗先生所说的，我就不娶她。"

"卡罗先生对你怎么说的呢？"

"卡罗先生说给我一千五百法郎；可是神父先生说给我两万法郎；两万我就要，若是一千五百我就不要。"

这时身子瘫在圈椅里的男爵夫人，望着乡下佬这种焦急的表情，不禁咯咯地笑了。庄稼人不懂她笑什么，懊恼地从眼角里望了望她，就又等着了。

男爵对这番讨价还价，感到心烦，便直接地说道：

"我对神父先生说过，把巴维勒的那个农庄给你，你活着时一辈子归你享用，将来就留给那个孩子。农庄值两万法郎。我说过的话就算数。这样说定了，行不行呢？"

小伙子高兴了，谦恭地微笑起来，马上话也多得说不完了：

"啊！照这么说，我就答应。原先我心里不踏实，就是为的这个。神父先生对我说的时候，我马上答应了，这还用说，当时我就这样想，男爵先生这样照顾，我也一定

要让他老人家称心。话可不是这么说吗：利己利人，彼此帮忙，大家都得好处。可是后来卡罗先生出头了，他说只给一千五。我来到这就是为了个明白。这话并不是说，我不相信男爵先生，而是我想弄个明白。常言说，先小人后君子，男爵先生，您说这话不对吗？……”

男爵觉得没有必要让他再说下去了，便打断他的话头问道：

“你打算什么时候结婚呢？”

这时，小伙子害怕起来。他迟疑不决，最后才说：

“先写一个字据，行不行呢？”

这一次，男爵真生气了：

“你这个鬼东西！将来你不会有结婚证书吗？那不是最好的字据是什么？”

庄稼人还是很固执：

先立个字据总有好处的。

男爵不愿意再谈下去，于是站起身来，说道：

“不管你愿不愿，就痛快地说一句，还有别人想取娶她呢。”

这个狡猾的诺曼底人听说另有对手，害怕得着急起来。他下定决心，像买下了一头牛似的伸出手来：

“这就说定了，男爵先生，拍吧！翻悔的不是人。”

男爵在他手上拍了之后，便喊道：

“吕迪芬！”

厨娘从窗口探出头来。

“拿一瓶酒来！”他们干杯表示，这事解决了。小伙子走出去时，脚步显得很轻松了。

他们一点也没有把这件事情告诉卡罗。结婚程序是在秘密下办的，等到结婚公告在礼拜堂里张贴之后，婚礼就在一个星期一的早晨举行了。

一个女邻舍抱着那个小娃娃到教堂来，站在新郎新娘的背后，作为财运的可靠保证。这里的人不感到奇怪，大家反倒羡慕代西雷·勒科克，都说他生下来运气就好。说这话时虽带会心的微笑，但一点也没有恶意在内。

卡罗大吵了一场，男爵夫妇最终提前离开了白杨山庄。女儿见父母走了，并不感到伤心。

第 九 章

约娜生完孩子后健康完全恢复了，他们夫妇就决定先到福尔维勒家去回拜，此外也要去拜访古特列侯爵。

卡罗买了一辆单匹马的新车，这样他们每月就能出门两次了。

他们在十二月一个晴朗的日子里，驾起车子出发了。马车在穿越诺曼底平原的大路上跑了两小时之后，开始沿着山坡跑下去，山谷的两边树木成林，中间留作耕地。

走尽播种了的耕地之后，紧接着就是牧野，牧野后面便是芦苇丛生的沼地。在这季节里，高大的苇塘在风吹下响成一片。

沿着山谷陡然转了一个弯，便可以望见佛丽耶特庄园了。庄园的一边靠着树林密布的斜坡，另一边面临湖塘，邸宅的墙脚伸在湖中，湖的对面是沿着山谷另一斜坡上展开的高大的松林。

他们先越过一座古式的吊桥和一道路易十三时代式的大拱门，然后才进入邸宅的正院，邸宅精致的格局也是路易十三时代式的，门窗都用火砖砌出框边，邸宅四角各有用青石片盖顶的小塔楼。

卡罗十分熟悉地把这座建筑的各个部分解释给约娜听。他大加赞赏，尤其称道它的壮丽。

“你看那道拱门！这样一所住宅才真叫作富丽堂皇，你说对不对？邸宅的那一边面对湖塘，一列皇家式的台阶一直通到湖边，四只小艇停泊在台阶底下，两只是伯爵的，两只是阿德莲娜的。靠右手，你可以看见那一片白杨树林，那就是湖塘的尽头，从那里有一条小河，直通费岗。这一带动物非常多，伯爵就最爱在那里打猎。这才真正称得上是爵爷的府第。”

邸宅的正门开了，脸色惨白的夫人仍笑着迎接来客。她身上穿的是一件曳地的长据裙袍，如同中世纪庄园的女主人一样。她正像那“湖上美人”，生来就为住在这座爵府里的。

邸宅的客厅有八扇窗子，其中四窗面向湖塘和湖塘外山岗上一片苍郁的松林。

树林的阴暗使湖水显得深邃，风吹过时，松涛就像沼泽的叹息声。

阿德莲娜握住约娜的双手，仿佛小时候的伙伴，然后她请约娜坐下，自己就坐在她身旁的一把矮椅子上。此刻卡罗有说有笑，温柔而又和蔼，最近五个月以来，他又像从前那样可爱了。

阿德莲娜和卡罗谈论起他们骑马的事情来。她笑话他骑马的姿势，管他叫“坐不稳的骑士”。他也笑着，称她为“女儿国的骑士皇后”。这时窗外一声枪响，使约娜惊叫了一下。原来是伯爵打中了一只野鸭。

他的老婆立刻叫唤他。大伙能听见小船已到岸，接着伯爵奇大的身材就出现了，他足蹬长靴，身后跟着两条湿淋淋的猎狗。猎狗的毛是棕红色的，正和伯爵头发的颜色一样，到门口时，狗就在门外的地毯上躺下了。

伯爵在自己的家里显得自然多了，因为客人的到来他十分高兴。他叫人在壁炉里添了木柴，端来马代尔产的红葡萄酒和饼干，然后又突然叫道：

“我说您两位留在这里晚餐吧，对，就这么办了。”

约娜心里丢不下孩子，竭力婉辞；伯爵十分坚持，约娜一定不肯，这时卡罗焦急地使了个眼色，约娜害怕他又发脾气，引起争吵，因此虽然要到第二天她才能看得见贝尔，也只有违心地同意了。

下午过得很快乐。他们先去游览泉水。水从长满青苔的岩石脚下喷涌出来，落到一个清澈的水池里，翻腾不息；然后又到苇塘中穿行，伯爵荡着桨，两条狗分坐在他的两旁，扬着鼻子在向空中闻嗅；每一桨下去，船身向前一冲，推进了一大步。约娜有时把手伸进水里去，一股清凉的感觉从她的指尖直奔到心头。卡罗和围着披肩的阿德莲娜坐在船尾上，像那浸在幸福中一样面带微笑。

暮色降临，带来了冰冷的寒气，一阵阵的北风吹拂着枯萎了的灯芯草丛。太阳已经沉落到松林后面，通红的天空里，飘浮着奇形怪状、小片小片红艳艳的云彩，令人望去就感到寒意。

他们回到那个宽大的客厅里，壁炉的火正熊熊地燃烧着。一进门就给人一种温暖和舒适的感觉。这时伯爵心里特别高兴，伸出粗壮的双臂，抱住他的妻子，把她像孩子似的举到他自己的嘴唇边，就像一个称心如意的老好人一样，在她左右面颊上都亲了一个响吻。

约娜很喜欢这个善良的老人，他那骇人的胡髭会叫人想起童话中吃人的妖怪，于是她就想：“看人是如此容易看错啊！”这时她几乎不由自主地把眼睛转到卡罗身上，

看到他正站在门框前，脸色特别难看，眼睛盯在伯爵身上。她担心地走到她丈夫身边，轻声问道：

“你生病了？你怎么啦？”

他气呼呼地回答说：

“没有什么，你别管我。我刚才有点冷。”

当他们走进餐厅时，伯爵请求客人们允许他把狗也带进来；这样那狗也趴在主人左右，主人不时丢下一点吃的去，一面摸着它们那光润的长耳朵。两条狗都伸着脑袋，摇着尾巴，得意扬扬地浑身颤动着。

晚餐后，约娜和卡罗准备要告辞的时候，伯爵又留住他们，让他们看他用火炬打鱼。

他请他们和阿德莲娜都站在湖塘边的石阶上，他自己带着一个仆人上了船。仆人一手拿着渔网，一手举着点燃了的火炬。

夜晚很凉，满天的星星。

火炬在水面上映出一道道奇异而流动的火光，把耀眼的光亮投射到芦苇上，照明了湖边高大的松林。突然变了方向，一个巨大的人形的怪影耸立在松林明亮的边缘上。人影的头部越过了树梢，消失在天空中，两条腿却一直伸进到湖塘里。然后那巨人扬起胳膊像要摘取天上的星星。这一双粗大无比的胳膊猝然举起来，顿时又放下去；水面能听到稍微地激水声。

船慢慢转过弯，火光也转过去。那个巨大的怪影就像沿着树林在奔跑，一闪眼却不见了，接着又突然出现在邸宅正面的墙上，可是影子已不及原先那么庞大，那些古怪的动作也映得更清楚了。

这时听到伯爵的嗓子喊道：“琪尔蓓特，我捉到了八条！”

船上的双桨击打着水波。那巨大的身影映在墙上，但轮廓已逐渐缩小；头低垂了，身子细瘦下去；而当伯爵走上石阶，身后跟着那个掌火炬的仆人，这时影子已缩小到和他本人一般大了，但还在那里表演他的一切动作。

他在网中带回了八条蹦跳着的大鱼。

当他们回家时，伯爵夫妇借给他们毛毯，途中约娜说道：

“这个大汉真是个好人！”

卡罗驾着车，答道：

“是的，不过他在别人面前太放肆了一点。”

一星期之后，他们又去拜访古特列夫妇。这是本省最知名的贵族。他们的勒米尼庄园靠近卡尼镇。在路易十四时代新盖的那所邸宅，深藏在一个有围墙的宏丽的花园里。在高处能看见庄园的遗迹。身穿制服的仆役把客人们引到一间气象堂皇的大厅里。大厅正中，在圆柱形的台座上供着一只塞佛尔瓷的大盘子。台座的基脚上，有用玻璃板罩着的一封国王亲笔的信，写的是把这只盘子赐赠给莱奥波德·埃尔韦·约瑟夫·日尔迈·德·瓦尔纳维勒·德·罗勒博斯克·德·古特列侯爵。

他们很喜欢这些赠礼，侯爵和侯爵夫人进来了。夫人的头发上扑了粉，她摆出做主人的一副和蔼态度，为了显示自己的身份，就显得很装腔作势。侯爵本人身材硕大，头上的白发梳得溜光，无论从他的姿势、他的声调和他整个态度上，都表现出地位很高的现象。

他们属于那些最讲究礼节的人，他们的思想、感情、言谈无一不安放在那副居高临下的臭架子上。

他们自言自语，并不等待别人的答话，心不在焉地微笑着，仿佛总是对待客人有礼貌，并表现出小贵族的气质。

约娜和卡罗显得手足无措了，他们竭力想讨主人喜欢，局促得再也坐不下去，却又不知如何告退；但是侯爵夫人像一个懂礼貌的皇后辞退觐见的人一样，很从容地把谈话继续下去，这样就便于客人自动的告辞。

归途中，卡罗对约娜说：

“如果你愿意，我们访客就到此为止吧；对我来说，和福尔维勒家来往就已经很够了。”

约娜完全赞同。

十二月这个岁暮的月份，这个月显得阴沉，日子过得很慢。像去年一样，幽居的生活又开始了。约娜倒一点都不觉得烦闷，因为她时刻为贝尔忙碌着，卡罗并不喜欢那个孩子，显得有些不耐烦。

常常当母亲把孩子抱在怀里，并像一般母亲对自己的孩子一样，百般爱吻和戏弄之后，把孩子递给父亲，一面说道：“亲亲他呀，人会说你不喜欢他哩。”此时露出不耐烦的神态，躲着身子，仿佛生怕碰到孩子痉挛地乱抓的小手，用唇尖在他光秃秃的脑门上轻轻地接触了一下，然后便不胜其烦地急忙走开了。

有时镇长、医生和神父到家来晚餐；有时是福尔维勒夫妇，他们两家人现在越来越亲密了。

伯爵对贝尔好像十分钟爱。他一上门来，总把那孩子抱在膝上，有时整整抱上半天。他把贝尔放在腿上，和他嬉闹，用自己长长的胡髭尖儿搔痒他的鼻子，然后像许多母亲一般，激动而热情地抱吻他。他因婚后妻子一直没有生育，不断地感到苦恼。

三月间天气爽朗而干燥，几乎显得温暖了。琪尔蓓特又提议他们四个人一同骑马去游玩。日复一日的生活显得枯燥，使约娜觉得有点厌倦了，所以她十分高兴地接受了这个提议；整整一个星期里，她兴致勃勃地缝制她骑马的服装。

他们开始出游了。每次阿德莲娜和卡罗总是走在前面，伯爵和约娜相隔他们约有百步远的距离。后面的他们如同朋友在聊天，这两个人都为人正直，心地坦率，一接触就成了朋友；前面的那一对常常低声细语，有时发出一阵哄笑，突然互相对望着，仿佛他们嘴里所没有讲的话想从眼睛里传达出来；忽然两人都纵马疾驰起来，像是想逃走的念头支配着他们，叫他们跑向更远更远的地方去。

后来，琪尔蓓特好像变得很暴躁。她发脾气的声音，被风传送过来，偶尔传入后面两人的耳朵里。伯爵就微笑着对约娜说：

“我的太太不是天天都那么好脾气的。”

一天傍晚骑马回来的时候，阿德莲娜挑逗她骑的牝马，她用骑马嘲笑它，然后又猛然勒住缰绳，可以听到卡罗几次告诫她说：

“当心，要不它会把你弄到地上来！”

她回答说：“您别管，这不干您的事！”

语调强硬，目的都是让别人听见，像是久久地悬挂在空中。

那匹母马忽而竖起了前蹄，忽而向后反踢，嘴里吐着白沫。伯爵担心起来，使尽力气大声喊道：

“小心哪，琪尔蓓特！”

她像被激怒的母狮子似的，出于挑衅，狠狠地鞭打那匹马，鞭子一下一下地落到牲口两耳间的脑门上，马被激怒得直立起来，两条前腿向空中乱扑，然后一落地，像被刀刺了似的奔跑起来。

它先越过一片牧野，接着闯进耕地里，把湿烂的泥土抛得四外飞溅；在它飞速的奔驰中，人和马看去也全然分不清了。

卡罗吓呆了，一直站在那里，绝望地呼喊：

“阿德莲娜！阿德莲娜！”

这时伯爵咆哮起来了，他把身子贴到高大的马颈上，用全身的力量迫使马前进；

他想用喊叫、用马来激励它，激怒它，激怒它，叫马飞奔，这个巨人般的骑士就像用双腿夹住这头笨重的牲口，要提起它来腾空飞去。人和马以不可想象的速度向前直闯；此时约娜发现他们夫妇俩在狂奔着，飞奔着，愈缩愈小，模糊难辨，最终消失，如同一对鸟儿互相追逐着，一直追到天边隐灭了。

这时卡罗骑着马，慢慢走来，一面恼怒地叽咕着说："我看她今天是疯啦!"

于是他们也向那个方向走过去。但这时伯爵夫妇已在起伏不平的原野里隐没不见了。

一刻钟之后，约娜和卡罗望见伯爵夫妇正迎面走回来；不久他们又都汇聚在一起了。

伯爵满面通红，流着汗，带着胜利的神情得意地笑着，在他的铁腕中牵着他妻子那匹哆嗦着的牝马。阿德莲娜脸色铁青，一副惊恐的表情；她的一只手搭在她丈夫的肩膀上，像是要晕倒的样子。

那一天，约娜才了解伯爵是十分疼爱他的妻子的。

在这之后的一个月中，阿德莲娜不曾有欢乐。她来白杨山庄的次数比以前更多了，老是笑着，热情地抱吻约娜。仿佛她的生命陶醉在一种神秘的喜悦中。她丈夫也很快乐，眼睛从来不离开她，时刻热情倍增地想摸摸她的手和衣裙。

一天晚上，伯爵对约娜说：

"现在生活在幸福中多快乐。琪尔蓓特过去从来没有这么可爱过。她心情变好了，再也不发脾气了。我感到她是爱我的，这一点过去我就不敢相信。"

卡罗似乎也改变了，比以前高兴多了，不再不安，仿佛这两家人的友谊替每一家都带来了和平和快乐。

在这一年，春天来得特别早，天气已经十分暖和。

从早到晚和煦的阳光照着大地。一转眼间，所有嫩芽一齐欣欣向荣地萌放了，液汁不可抗拒地上升着，发散出热力，这是在不寻常的好年头里大地回春的景象。

这种心境使约娜更心动了，她会面对草地上的一朵小花，突如其来地感到困倦，有时甜蜜的惆怅袭上她的心头，她常常会几小时沉湎在无目的的幻想中。

随后她又回想起动人的初恋时期的种种；可不是说又对卡罗的感情依旧，仍是一去不复返的；而是她的肉体受和风的爱抚，为春的气息所陶醉，引起了不安，好像是有一种看不见的温柔的呼唤在挑逗她一般。

她愿意一个人，在温暖的阳光下，忘怀一切，不受任何思想的触动，享受那种朦

胧而恬静的愉快心情。

一天早晨，当她正在这种梦幻的境界中时，心里突然涌现出往日的一幅图景，那是在艾特勒塔附近的一个小树林里，四周是阴凉的树影，只有一缕阳光照射进来。就是在那林荫下，在这个爱恋着她的年轻人身边，她头一次感到肉体的战栗；在那里，他第一次怯生生地吐露了他心头的愿望；也是在那里，她突然觉得接触到了自己希望中的美好的未来。

她想再去看看那个树林，做一次感伤性的、迷信的巡礼，仿佛又回到初恋的时候。

卡罗一清早就出门了，他到哪里去，她一无所知。她叫人把马丁家的近来她常骑的那匹小白马备上了鞍子，接着她就出发了。

这一天特别温和，没有一点风；风像是死灭了，一切仿佛都将永远地静止下去。昆虫也都像是隐藏得无影无踪。

太阳炽烈地照耀着，静寂的原野笼罩在金黄色的雾霭中，约娜骑着那匹小马，怡然自得地缓步前进。她偶尔抬起头，望着天空尽头的小云朵，这是一小块凝聚的水气，孤零零得像被人遗忘了似的悬挂在那里。

约娜沿着山谷下行，山谷直通到海边，在称为艾特勒塔拱门的悬崖高大的穹窿下入海；迥则地走向树林。阳光从稀疏的枝叶间散泻下来。她走遍了许多小路，却找不到她所探寻的地点。

就在当她穿过一条漫长的小道时，她突然望见路的尽头有两匹带鞍的马拴在一棵树上，她立刻认出那是琪尔蓓特和卡罗所骑的马。她正开始感觉寂寞，这种意外的相遇使她喜出望外，她便策马向前跑去。

那两匹马很习惯这种悠闲、漫长地等待，当约娜跑到它们跟前时，她大声呼唤。但是没有人答应。

一只女人的手套和两条马鞭丢在踩平了的草地上。显然他们在那里坐过，然后把马留下，走到远处去了。

她等候了一刻钟，二十分钟，心里有点奇怪起来，不明白他们去干什么。当她下了马，靠在一棵树干上站着不动的时候，两只小鸟儿，没有注意到她，就飞到她身边的草地上。一只小鸟在另一只的四周忙碌地跳着，抖动着展开的翅膀，点点头，叽叽喳喳地叫喊；忽然间它们交尾了。

约娜吃了一惊，好象她不懂这事似的，然后她暗自想道："真的呢，这是春天呀！"紧接着，另一个想头，一种猜疑，出现在她心中了。她又看了那手套和那两匹马；她立刻跳上自己的马，迫不及待地想避开了。

她飞马奔回白杨山庄去。她不停地动着脑筋，把一连串的事实和情况联系到一起，翻来覆去在思考这个问题。为什么原先没发现呢？她怎么一点也没有注意到呢？卡罗经常往外走，并且打扮整齐，他的脾气变好了，怎么对这一切她都没有认清楚呢？她也记起了琪尔蓓特那种突然的神经质的暴躁，那种过分的娇媚和亲密，这段时期，阿德莲娜情绪非常好，这是连伯爵也都替她高兴的。

她勒住马，让它慢步前进，因为她需要静静地思考一番，跑快了，就扰乱她的思想。

开始的那种激动过去之后，她内心又平静下来，既不妒忌，也不憎恨，而是轻蔑。她根本不去想卡罗；他所做的一切已没有什么使她吃惊的了；但是她的朋友阿德莲娜的这种双重欺骗却使她感到愤懑。这样看来，世界上的人个个都是阴险的，说谎的，虚伪的。想到这里，她想到那些事，不觉流出委屈的泪。有时人们为幻灭而哭泣就像为死者而哭泣一样地感到伤心。

可是她决心装作什么也不知道，从那以后只爱贝尔和她的父亲、母亲，除此之外，再不使任何感情触动自己的心，对其他一切人都采取冷静旁观的态度。

她一回到家里，便扑倒在儿子身上，把他抱到自己的卧室里，足足有一个小时，疯了似的不停地和他亲吻。

卡罗回家晚餐时，笑容满面，殷勤可亲，处处想讨她的欢心。他问道：

"难道爸爸和小母亲今年真的不来了吗？"

这种关心深深地触动了她，她差一点就原谅卡罗在树林中所做的一切，想重见这两位老人的强烈的愿望顿时袭上她的心头，因为除贝尔以外，他们是她所最心爱的人了。她把整个晚上的时间都用来写信，敦促他们早日回来。

他们通知说五月二十日可以到达。那时才五月七日。

约娜越来越急着看见自己的父母，仿佛除了想念父母之外，她还感到另有一种需要，那就是她要使自己的心接触那些诚实的心，要好好与自己的双亲谈一谈，吐露一些心中的苦闷。在他们的一生中，无论行动、思想和愿望，素来都是正派的。

她觉得生活在自己周围的，全是一些精神上不健康的人，这才使她心灵上感到孤独；这段时间她也学会了表里不一的那种笑容，装着笑脸，伸出手去接待阿德莲娜，但是她内心的那种空虚之感和对周围人们的鄙视却越来越扩大起来，把她整个包围住了；每天在当地传播的那些琐琐碎碎的闲话，在她心中产生厌烦，和对人发生更大的

蔑视。

库亚尔家的闺女生下了孩子，最近不能不结婚了。马丁家的女仆，那个孤女，肚子大了；邻居一个十五岁的小姑娘肚子也大了，那个瘸腿的、其脏无比的寡妇，诨号叫作“烂污”的穷婆子肚子里也有了孩子。

随时随刻所听到的，只不过是当地妇女，或是一个有丈夫、有儿女的农妇，或是平素为人所尊敬的一个富农的妻子大了肚子或是干出了其他丑事。

在这个火一样热情的春天里，人也像草木一样精力旺胜。

而约娜呢，她的感官已经不再激动了，只有她那受了创伤的心和那多愁善感的灵魂，她一边感受春天的气息，又一边在幻想，在梦幻中消耗热情，至于肉的要求则早已绝迹，这才使她对污浊的兽性感到吃惊，从嫌恶而到了愤恨。

一切生物的性行为都使她恼怒，仿佛那是违反天性的事情；她所以怨恨琪尔蓓特，倒不是因为她抢了自己的丈夫，于是自己也掉进感情的深渊中。

琪尔蓓特理应和那些受低级本能支配的乡下人有所不同。怎么她竟也做出这种畜生一般的行为来呢?

就在约娜父母要到来的那一天是卡罗讲一个十分可笑的愚蠢事情，这就更引起了约娜的反感。他讲到面包房的那个老板听到烘炉里有什么响声，那一天却并不是烘面包的日子，因此他以为是钻进了野猫去，结果却发现了自己的老婆，“她并不是在那里烘什么面包。”

他还接着说：“面包房的老板把炉门关住了；叫那一对几乎闷死在里面；还是那小儿子去告诉了邻居；因为他看见他母亲是和铁匠一起进去的。”

卡罗一再笑着说：“这些人想让我们重蹈覆辙！这真不愧是拉封丹笔下的一篇好故事。”

约娜听了这个之后都不敢再摸面包了。

当长途马车停下在石阶前，男爵慈爱的面容从窗口探出来时，约娜像从来不曾有过地受到了深刻的感动，一种思慕之情在她心灵深处激荡和翻腾起来。

当母亲到来时，她吓呆了。男爵夫人经过了这个冬天，仅仅六个月不见，却衰老得竟像相隔了十年。她那肥大的、松软下垂的双颊，像是胀满了血而发紫了；她的眼睛已昏黯无神；除非两臂有人扶持，她都不能行动了；呼吸时发出嘶嘶的声音，而且愈来愈困难，这使她家里的人感到很劳苦。

男爵天天和她在一起，反而觉察不到这种每况愈下的衰弱；当她认为自己呼吸困难时，他便答道：

“那倒不一定，亲爱的，我知道你从来都是这样的。”

约娜陪她的父母到他们的卧室之后，回到自己的房里，心慌意乱，不禁痛哭起来。委屈的泪水流出来，她又扑到父亲的那慈祥的怀抱中，问道：

“啊！母亲的样子变得多么快呀！她怎么啦？告诉我，她究竟怎么啦？”

他大为吃惊，答道：

“你是这么想吗？哪有这回事呢？还不就是这个样子？我和她天天在一起，我可以保证说，她并没有坏下去，仍然是这个样子。”

那天晚上卡罗对他的妻子说：

“你母亲身体很坏，可能快不行了。”

约娜听了哭泣起来，他显得不耐烦了。

“别说了，我可没说她不行了，你怎么这样大惊小怪。她改了样子，这是事实，她也到了年纪啦！”

过了一个星期，她习惯了母亲的面容的改变，便不再想这件事情了，正像我们为了需要心境的平静，出于自私的本能，排除或抛开威胁着我们的惊惶和忧虑，她这样就解除内心的恐惧。

男爵夫人已没了精神，一天在外只呆半小时，每逢在“她的”林荫路上走完一趟，她就疲乏得不能动弹，需要在“她的”长凳上坐下了。她也觉得自己走不动了，她便说：

“就到这里吧；我的心脏扩大症今天把我的腿要压断了。”

她不再大笑了，如今已不像从前那样发笑了。但是她的目力仍然很好，她就接连好几天重温《柯丽娜》和拉马丁的《沉思集》来消磨时光；随后她又叫人替她端来那只装“纪念品”的抽屉。她把旧时的回忆都“倒”出来似的，再把抽屉搁到身边的椅子上，把这些“老古董”全部重读过一遍，然后再一一放回到抽屉里。当她一个人的时候，真正是一个人的时候，她就拿起一些信来吻着，仿佛人们在怕别人看见而亲吻死者头发一样。

有时约娜突然闯了进去，发现她在那里掉泪，伤心地掉泪，便吃惊地问道：

“怎么回事呀，小母亲？”

“男爵夫人深深地叹一口气，答道：

这些旧的东西使我想起往事，一翻弄这些东西，就会想起快乐的日子，但现在已

经都完结了。好多旧友又一一显现在面前。你仿佛看见了他们，听到了他们的声音，这真叫人心惊。这一切，将来你会明白的。”

男爵若在这种伤心的时刻走进来，就轻声地对女儿说：

“约娜，亲爱的，你听我的话，就把信烧掉，不论是你母亲写的或是我写的，统统烧掉。人到老年都特别怀旧的。”

但是约娜也保存了她的信，准备着她的“放老古董的匣子”，尽管她在别方面都和她母亲不同，她的习性正是她父母传给她的。

几天之后，男爵因为要去料理一件事情，就离开了。

这正是最美好的季节。每天早晨阳光明媚，之后是白日中天，接踵而来的又是宁静的黄昏和柔和而星光满天的夜晚。不久男爵夫人身体就好了些；约娜忘掉了卡罗不正当的恋情和琪尔蓓特阴险的行为，她真的感觉世界上的生活太幸福了。乡间到处都是花香，大海从早到晚静静地在太阳下闪闪发光。

一天下午，约娜抱着贝尔，向田野走去。她时而望望她的儿子，时而望望沿路草地上的野花，心里感到无比的幸福。她一个劲地吻着贝尔，并抱得很紧；从田野里吹来一阵阵甜蜜的香气，她感觉自己完全沉醉并融化在一种极乐的境界中了。她梦想着孩子的将来。他将成为怎样的人呢？有时候约娜真的望子成龙，有时她又宁愿孩子终身守在自己身边，虔诚孝顺，永远讨妈妈的欢心。每当她从母亲的自私心理来爱他的时候，便希望他永远做她的儿子，光是做她的儿子；当她用真正的爱来爱抚他时，她就一心盼望他能成为世界上一个有地位的人。

她在水渠边坐下来，仔细地端详着他，仿佛她从来不曾见到过他似的。当她想到这个小生命有一天长大了，迈着矫健的步伐走路，脸上长了胡子，说话时发出洪亮的声音，她心里不禁惊异极了。

她听到远远有人在叫她。她抬头一看，却是马里于斯正向她直奔而来。她想家里来客人了，心里因为受了打搅而不太愿意。这时那孩子已飞奔到面前，当他跑近时，他嚷着说：

“太太，男爵夫人不好了。”

她感到一阵心冷，便急忙跑回家。

她远远望见一大群人都围在梧桐树下。她奔上前去，人们让出一条路，她看见她母亲直躺在地上，头底下垫着两个枕头。脸色完全是黑的，眼睛闭上了，她那喘了二十多年的胸部再也不动了。奶妈从约娜怀里接过孩子，把他抱开了。

约娜瞪着眼睛问道：

“怎么回事呢？她是怎么跌倒的？赶快叫医生去。”

当她一回头时，看见神父已经在那里，他是怎么知道这样快。他卷起黑袍的袖子，张罗着在那里帮忙。但是无论用醋，用花露水抹擦，都已经不见效了。

“不如让她宽了衣服睡到床上去吧！”神父说。

农户约瑟夫·库亚尔、罗蒙老爹和厨娘吕迪芬当时都在场。比科神父帮着他们，大家想把男爵夫人抬走；他们想要扶起她却很费劲。由于她特别胖，难于搬动，弄得她身上的裙袍也被撕裂了。约娜看到这种情形，害怕得叫喊起来。他们便把这肥胖成软绵绵的身体重新安放在地上。

到后来众人只好找来木板把她抬走。他们一步一步地登上台阶，再上楼梯，终于抬到卧室里，把她安置在床上。

正当厨娘一个人怎么也脱不下衣服时，唐屠寡妇及时地赶到了。按仆人们的说法她也和神父一样，是“嗅到了死亡的气息”，顿时出现的。

约瑟夫·库亚尔骑马飞一样地去请医生；神父正打算回去取圣油，看护便在他耳边悄悄地说：

“不必了，神父先生，您可以相信我的话，她已经过去啦！”

约娜狂喊着求别人救救自己的母亲。神父坚持诵读赦罪礼的祷文。

人们守着这个青紫色的无生命的躯体已有两个小时了。约娜这时跪在地上，哀痛地哭泣着。

医生的出现，约娜好像见到生命的曙光，她扑过去，把就她所知道的事情的前后经过，断断续续地说给他听：

“她和每天一样散着步……她没有觉得不舒服……一点也没有觉得不舒服……午餐时吃了清肉汤和两个鸡蛋……她忽然倒下了……人就和现在一样发黑了……就再也不动了……我们用尽一切办法想让她醒过来……用尽一切……”

当看护摆手示意时，表示病人早完了，她便呆住不响了。但是她还不肯相信，焦急地一再问道：

“情形严重吗？您看这个情形严重吗？”

医生终于回答说：

“我想恐怕……恐怕是……完了。要面对现实，节哀顺变。”

约娜伸开胳膊，扑倒在她母亲身上了。

这时卡罗回来了。他呆住了，显然心里很不高兴。他显然不是很悲哀，只是突来的事故不好显露表情，他喃喃地说：

"我早就料到了，我早知道就要完啦。"

于是他掏出手绢来，擦着眼睛，跪到地上，在胸前画了个十字，嘴里喃喃地念着什么，然后站起身来，同时还想把他妻子也扶了起来。但是她抱住尸体吻着，几乎全身扑在尸体上。最后在号哭中把她架走了。

一小时之后，才又让她进来。一切希望都完了。这时卧室已布置成停尸室了。卡罗和神父正在窗口低声交谈。唐厝寡妇舒舒适适地倒在一张圈椅上，已经快要睡熟了。她是个守尸的人，于是习惯这种场面。

天黑了。神父走到约娜身边，握住她的双手，用宗教的大道理鼓励她，劝解她，企图使这颗破碎了的心得到安慰。他说及死者，便说了一些套话，显出一副在他职业上应有的假慈悲的哀痛样子——其实死了人对他总是有好处的——要求守在尸体旁作一夜的祈祷。

但是约娜抽搐地哭泣着，不肯答应。在这诀别的日子里，她想独自一个人享受一下清闲。卡罗走来说道：

"这可不行，我和你一起留下吧！"

她说不出更多的话了，只是摇摇头表示拒绝。终于她又说：

"这是我的母亲，她只有我一个女儿，所以我陪着她。"

医生悄悄地说道：

"听她做主吧，看护可以留在旁边的屋子里。"

他们感觉还是躺在床上会更好些，便赞同医生的提议。于是比科神父跪下去做祷告，然后站起身来，临走时，口里说："这是一个圣女，"那声调就像他念"天主保佑你"一样。

这时子爵用平时的语气问道：

"去吃点东西好吗？"

约娜不知道是在对她说话，一点没有作声。他又说：

"不吃东西身体会垮的。"

她心不在焉地回答说：

"你马上派人去找爸爸回来。"

于是他出去派人骑马到卢昂去。

她好像只有在父亲面前，在这个唯一亲人面前，才消除更多的悲痛。

屋里渐渐阴暗起来，夜色笼罩在死者的周围。唐屠寡妇用极轻的脚步走来走去，用看护病人的那种悄悄地动作，在黑暗中摸索着看不见的东西，一一把它们拿来安放好了。她点燃了灯便放在桌子上。

约娜仿佛什么也看不见，什么也不觉得，什么也不了解。她只等待能独自一个人留下来。卡罗晚餐后又进来了，又一次问道：

“你不吃一点东西吗?”

“你妻子根本就没胃口。”

他带着不是悲伤而是无可奈何的神情坐下了，一言不发。

这三个人各坐一个角落。

有时看护睡熟了，发出轻微的鼾声，接着突然又醒了。

最后卡罗站起身来，走向约娜身边：

“你愿意一个人留在这里吗?”

她好像他说出了自己的心愿，答道：

“啊，是的，让我一个人留下吧!”

他在她额上吻了一下，喃喃地说：

“我会时常来看你的。”

他出去了，唐屠寡妇也推着圈椅，坐到旁边屋子去了。

约娜关上了门，然后去把两扇窗子完全都打开。一股新鲜空气吹进屋里。前一天割下来的青草，在月光下都成堆地晾在草地上。

这种温柔的感觉使她痛苦，像嘲弄似的刺伤了她的心。

她回到床边，握着母亲的冰凉的手，心里一阵酸楚。

她已经不像刚倒下时那样肥肿了；她只是像静静地睡着了，这是她过去所从来不曾有过的；微弱的烛光在风中颤抖，光影投在死者的脸上，移来移去，看去仿佛她在那里活动了。

她回忆起童年时母亲。

她记起小母亲几次到修道院来看她时的情景，她在接待室里把一纸袋糕点递给她的那种样子，记起许许多多的小情节和小动作，母亲的音容笑貌都历历在目。

她留在那里端详着死者，若痴若呆地反复说：“她现在死了。”所以这个死字所包含的一切恐怖都出现在她的眼前。

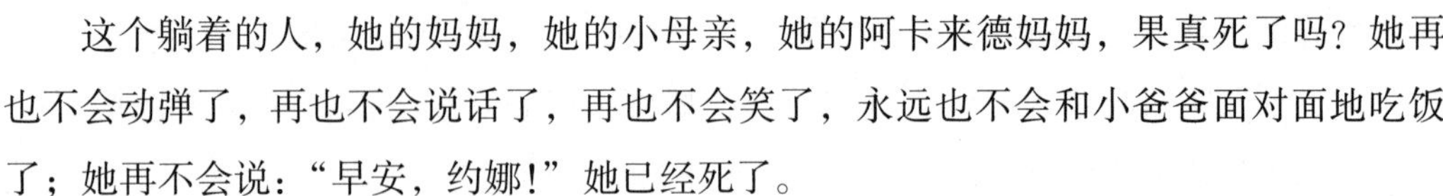

这个躺着的人，她的妈妈，她的小母亲，她的阿卡来德妈妈，果真死了吗？她再也不会动弹了，再也不会说话了，再也不会笑了，永远也不会和小爸爸面对面地吃饭了；她再不会说："早安，约娜！"她已经死了。

她虽走入人生尽头，但躯体还在亲人身旁，马上会装入棺材。从此再也不会见到她了。这是可能的吗？这是怎么回事呢？她就永远没有母亲了吗？这个在心头如此熟悉如此亲爱的人儿，这个从她一睁开眼睛时就认识了的，一张开胳膊时就喜爱的人儿，这个爱情的泉源，这个唯一的生命，这个在她心上比任何人都更可宝贵的她的母亲已经不见了。再有几小时就离开这张面孔了，永远离开了。这张毫无表情一动也不动的面孔；以后什么也没有了，除了一个记忆，什么也没有了。

在一阵悲惨的绝望的挣扎中，她跪倒在地上；她用痉挛的双手绞着被单，嘴贴着床，头裹在被褥中，发出令人心碎的呼声：

"啊！妈呀，我可怜的妈呀！"

她觉得她要发疯了，约娜感到悲痛，但又感到窒息，所以就到窗前去吸新鲜的空气。

修剪了的草坪、荒野、树木、远处的大海，都安憩在静穆的和平里，沉睡在幽美的月光下。这样温和的月光打动了她的心，她的眼睛里渐渐充满了眼泪。

她再回到床边，坐下来，把小母亲的手又握在自己的手中，好像母亲病了而约娜守在病床旁。

一只大甲虫被烛光吸引，飞了进来。它好像个球似的撞着墙壁，在房间里飞来飞去。她被甲虫的飞入而吸引了，但她只在白色的天花板上望见了它那晃来晃去的影子。

后来她听不见飞虫的声音了。这时屋里静得只有钟摆在永无休止地摆动着。这是床脚边的一张椅子上，忘在脱下的裙袍里的小母亲的表还在那里走动的声音。人死了，但这个机械却还在不停地跳动，突然这个无意识的对比在约娜心上又引起了一阵刀割似的伤痛。

她看了看时间。这时还不到十点半；在这里过一夜，她好像真的很害怕。

接着在她心中又逗起了其他的种种回忆：她自己的一生、萝伯丽、琪尔蓓特，以及爱情苦味的幻灭。人间不过最后走向死亡。人人都在欺骗，人人都在说谎，事事令人烦恼，事事令人落泪。在哪里才能找到一点安静和快乐呢？显然只能在另一个世界里！直到死才从痛苦中逃脱出来，灵魂！她开始对这个深不可测的神秘做种种幻想，一时突然投入到诗意的信念中，一时这些信念又立刻被同样空虚的臆想所否定。那么母亲的灵魂也这样飘零吗？也许落在很遥远的地方。在空间里的某个地方？但究竟是哪个地方？是像一朵枯萎了的花中的香气一般蒸发了吗？还是像脱缰的野马在原野上驰骋。

被上帝召回去了呢？还是偶然散布到新的创造物中，也许是掺和到刚露出来的幼芽中去了呢？

会不会就在很近的地方呢？就在这间屋子里，就在这个它刚离开地失去了生命的肉体周围呢？正在这时好像真的有灵魂在屋内飘浮，她很害怕。她吓坏了，确实吓坏了，吓得既不敢动，也不敢呼吸，更不敢回头看一看。她的心恐怖得怦怦地跳着。

忽然间那看不见的甲虫又飞起来，在墙壁上撞来撞去。她从头到脚都颤抖了，然后她看明白那不过是甲虫振翅飞舞的声音，立刻就又安心了，她站起身来，回头望了一望。她的目光落在四角上镶有人面狮身像的那张搁“老古董”的写字台上。

马上有一种古怪的想法，她要在这永别的夜晚，像读祷告书一般，把死者所珍爱的旧信来读一读。在她看来，这是为实现一种微妙而神圣的义务，这仿佛真正是一种孝心的表示，这会使她母亲在另一个世界里感到高兴。

所有一切都是她从未见过面的外祖父和外祖母给她母亲的信。她想越过她母亲的遗体向他们伸出手去，好像在这个哀悼之夜，他们也一定感到痛苦的，并在那逝世久远的人们和刚故世的母亲以及还活在世上的她自己之间联成一道神秘的爱的锁链。

她走过去拉开写字台的柜门，从底层的抽屉里，取出十来扎纸色发黄了的旧信，这些信都排列整齐放在那里。

由于太伤心了，她把那些信全都放在床上，搁在她母亲的怀里，这才开始读了。

这些旧信是在许多家庭的古老的书桌里都可以找到的，它们带有上一世纪的气味。

第一封信的称呼是“我的亲女儿”，另一封是“我的美丽的小女儿”，其他还有“我亲爱的小人儿”，“我的小爱女”，“我最宠爱的女儿”，“我亲爱的孩子”，“我亲爱的阿卡来德”，“我亲爱的女儿”，这些称呼由于时间的不同而改变着。

记录着整个家庭的各种小事，犹如一本日记：“父亲患了感冒；女仆荷尔当斯烫伤了手指；捉耗子的猫儿死了；栅栏门右首那棵松树砍掉了；母亲从礼拜堂回来时丢了她的那本弥撒经，她想是被人偷走了。”

信里还谈到好些约娜所不认识的人，但她似乎记得在她童年时代曾听到过这些人的名字。

这些琐碎的细节都像启示一般，引起她的感动；好像约娜走入母亲的生活中似的。

她的眼睛望着躺在那里的尸体，突然大声念起信来，念给死者听，就像是替她解闷，使她得到安慰。

死者一动不动地躺在那里，好像感到幸福了。

她想把这些信与母亲一起下葬。

她又解开另一束信。这里笔迹和以前的不同了。她开始念道："没有你的爱抚我简直不能生活下去了，我爱你爱得快发疯了。"

信上只有这两句话；也没有署名。

她拿信笺翻来覆去地看了一遍。不能了解。收信人明明写着是："勒培奇·德沃男爵夫人"。

于是她又打开第二封："今晚等他一出门，你就来吧！我们可以有一小时的工夫在一起。我热情地爱着你。"

在另一封信里："我徒然疯一般地彻夜想念着你。我仿佛抱着你的身子，眼对着眼，嘴贴着嘴。当我想到这时候你却睡在他的身边，他可以随心所欲地……我真发狂得想从窗口跳下去了。"

约娜惊呆得不能了解。

约娜真的迷惑了，不明白信中说的是什么。

她继续往下看去，每封信里都是狂热的表白，密约幽会和谨慎的叮嘱，信尾总带着这一句话："此信务必焚毁。"

最后她翻到一张便条，一张接受应邀晚餐的普普通通的便条，笔迹却和前面那些信中的一样，署名是"贝尔·德·恩纳马尔"，这人在当时每逢男爵谈起时，总是用"我可怜的老贝尔"称呼他的，而他的妻子是男爵夫人最要好的朋友。

约娜终于明白了，原来母亲是他的情妇。

她头脑一阵昏乱，急忙扔掉她手上这些龌龊的信，就像扔掉爬在她自己身上的毒虫一样，然后她跑到窗口，不禁震动着嗓门放声痛哭起来；哭累了后，约娜躲在一个角落不停地抽噎着。

她也许会整夜地这样哭下去；另一个屋的响动把她吓坏了。这会不会是她父亲呢？但所有这些信还都摊在床上和地板上！他只要打开一封，那就完了！他到底知不知道呢？他呀！

她把所有的信件都收拾到一起，还不曾打开的以及那些用绳子捆着还留在写字台的抽屉里的，统统成把地扔进壁炉里去。然后她端起燃点在床头桌上的一支蜡烛，把这一大堆信点着了。立刻炉子里的火高了起来，屋子里一片亮光，死人僵硬的面孔和被单下庞大的躯体的轮廓，在床后白色的布帘上，映出一幅颤动着的黑色的侧影。

所有的信烧完时，约娜走到窗前，像是她已不敢再停留在死者的身边，她坐在那里，用手遮着面，又哭泣起来，悲痛地呼喊着：

“啊！我可怜的妈妈，啊！我可怜的妈妈！”

她认为，现在如果母亲醒来，自己该怎么办？能不能像以前那样的孝顺呢？她迷惑了。

夜已阑珊；星光黯淡下去；这是破晓前清凉的时刻。月亮正在沉到大海里去，使水面闪出螺钿色的银光。

约娜顿时回忆起她初回白杨山庄时倚窗眺望夜色的那第一个晚上来了。那已是多么遥远的事情，一切都改变了，现实中的明天和她想象的是如此不同啊！

早上的阳光是多么漂亮呀，约娜不仅为其惊讶，她不禁自问，世上既有这样美丽的晨曦，怎么可能就没有一点快乐和幸福。

推门的声音使她一惊。卡罗进来了。他问道：

“怎么样，你不觉得太累吗？”

她含糊地回答说“不”，心里却高兴现在已经是独自一个人了。

“现在你去休息一下吧，”他说。

她带着双重的悲哀吻了母亲后回到自己屋里。

这一天就在准备丧事的凄切中度过。男爵傍晚才赶到家。他哭得很厉害。

葬仪在第二天举行。

约娜在母亲冰冷的额上亲了最后一次的吻，替她做好了最后一次的打扮，看着尸体钉到棺材里，这才退了出来。客人都快要到来了。

琪尔蓓特到得最早，她一见到约娜，就抱住她痛哭起来。

从窗口可以望见几辆马车正在转进栅栏门快跑而来。宽大的外厅里充满着一片人声。穿着孝服的人们陆续走过来。古特列侯爵夫人和勃利瑟维勒子爵夫人都过来和她拥抱。

忽然间她看到丽松姨妈悄悄地躲在她背后，她那么亲切地抱住了姨妈，使这位老小姐感动得快晕倒了。

卡罗进来了，他全身丧服，穿得很有气派，神情忙忙碌碌，显然对这样热闹的场面感到十分满意。他压低声音和他妻子商量了一番，又机密地提醒说：

"所有贵族都来了，场面确实很像样。"

他与客人们见了面后就出去了。

丧礼开始后，只有丽松姨妈和琪尔蓓特阿德莲娜一直陪伴在约娜身边。阿德莲娜不断地拥抱她，一再安慰着说：

"我可怜的好朋友！我可怜的好朋友！"

当福尔维勒伯爵来接他妻子时，仿佛这死去的是他的母亲。

第十章

这些天都过得很悲惨，在这些日子里，由于亲人的离世，屋子里显得悲凉和寂静，在这些日子里，每遇到死者日常使用过的东西，就会令人感到难过。时时刻刻都会触动回忆，叫人心酸。这里是她坐的圈椅，那里是她留在外厅里的洋伞，母亲用过的东西忘记收拾了，在每一间屋子里，都能发现零零碎碎的小东西：她的剪刀，一只手套，被她的粗手指翻破了的书，许许多多本来算不了什么的零星用物，每一件物品都能回想起一段往事，无一不令人感到伤心。

还有她的声音到处追逐着你，响在你的耳边；你总是躲不开像是魔力在追逐着你。可是却又不能不留在这里，因为别人也都忍受着痛苦留在这里。

母亲的那些信件刺痛了约娜的心。这使她思想上感到非常沉重；她那破碎了的心再也不能复原了。由于这桩可怕的秘密，更增加了她目前的孤独；她的最起码的信奉，一齐都消失了。

父亲不久之后就离开了，他需要活动一下，换一换空气，逃出那悲凉的境界。

这所大房子，见惯了它的主人一个又一个地离去，便又恢复了平静和正常的生活。

不久贝尔病了。约娜快急疯了，接连十二天没有睡觉，也几乎不吃什么东西。

孩子病好了；她一直担心贝尔会突然离开她。到那时她怎么办呢？她会弄成什么样子呢？逐渐地在她心中不自觉地产生了再要一个孩子的念头。不久，过去的愿望重燃起来，她梦想能有两个孩子，一男一女，环绕在自己身边。这种想念把她纠缠住了。

可是从发生萝伯丽的那桩事情之后，她和卡罗一直不同床了。在当前的情况下，要恢复他们之间的关系，简直是不可能的。卡罗另有所欢，这是她所知道的。一想到如果再和卡罗发生关系就十分气愤。

她为想要再生孩子的念头深深地苦恼着；为了这个，她是情愿忍受一切了；但是她自问怎么去和卡罗恢复关系呢？如果让他猜透了自己的心理，那真会叫她羞死的；并且他显得早已不再想念她了。

她也许可以抛弃这个念头；她始终想再要一个女儿；她看见贝尔和他的小妹妹在

那棵梧桐树下一同游戏，有时她觉得简直忍耐不住，就想从床上爬起来，一言不发地跑到她丈夫的卧室去。其实她也去过两次，只是由于羞涩而没有叩开丈夫的门。

男爵走了，小母亲死了；约娜现在再也没有人可以商量了，再也没有人可以诉说自己的心事了。

后来她决心去找比科神父，想用忏悔的方式保守秘密，把这个难题讲给他听。

她去时，神父正在他那个种着果树的小花园里读经。

在谈了一会儿别的事，约娜终于说出来：

“神父先生，我想要忏悔。”

神父很奇怪，想看一看约娜到底怎么了。

“我想您不会是良心上有什么重大的罪过吧!”

约娜更慌张起来，回答说：

“不是的，我有件事想求你，一个很难……很难开口的问题，所以我不敢在这里讲给您听。”

他立刻变得严肃起来，显出祭司般的神情说道：

“既然如此，我的孩子，我就到忏悔室里去听你讲，走吧!”

可她突然一想，在那严肃而寂静的圣堂中，这样的事多叫人不好意思，想到这又有些打退堂鼓了。

“神父先生，我看……我看不必了吧……我可以……我可以，……如果您愿意的话……就在这里把我要讲的话讲给您听。或是您看，我们坐到那边那个小亭子下面去吧!”

他们走着，约娜想怎样说才好，他们坐下了。

于是，就像忏悔时一样，她开始了：

“我的圣父……”

她踌躇了，又一遍地说：“我的圣父……”便心慌得说不下去了。

他把双手搭在肚皮上，等待着。他看出她很不情愿，便鼓励说：

我的孩子，有什么事讲出来吧!

像一个胆怯的人再不顾任何危险，下定了决心：

“我的圣父，我想再要一个孩子。”

他不清楚是怎么一回事，所以没出声。于是她想解释，但是惊惶失措得不知道怎样来表达。

“我现在的生活很孤单；父亲和丈夫彼此不融洽；母亲又死了；再加……再加……”说到这里，她浑身发抖了，她把声音放得更低……“那一天，我的孩子差一点完了！果真那样，我怎么办呢？……”

她停住了。神父还是莫名其妙，用眼睛瞪着她：“我说，开门见山地讲吧！”

她重复说：“我想再要一个孩子。”

神父经常和农民开玩笑的。听到这句话时，他微笑了，一面会意地点点头，答道：

“可是，这事得靠你自己呀！”

她用天真的眼睛望望他，羞得前言不接后语地说：

“可是……，卡罗和那……使女发生的事后，……我就……我就不和他在一起了。”

神父见惯了乡间男女的混杂和不正当的关系，听到这番话时不觉吃了一惊；忽然他错误地理解约娜的意思。他用眼角望着她，对她的不幸抱着满腔的好心和同情：

“是的，现在我完全懂了。我懂得您的……您的孤单的生活使您烦恼。您正年轻，身体又很健康。这当然是自然的，完全自然的。”

神父显得很从容，他轻轻地拍拍约娜的手，说道：

“依照戒律，这是许可的，完全许可的。‘肉体的结合仅仅只能由结婚才得到许可。’您是结了婚的人，可不是吗？那就完全不是乱插萝卜了。”

神父说的这些话给约娜造懵了，既生气又羞耻。

“啊！神父先生，您说的是什么呢？您在想什么呢？我向您发誓……我向您发誓……”她哭得哽咽住了。

他吃惊了，安慰她说：

“好了，我没有要使您难过的意思。我只是说了句笑话；只要心里诚实，说句笑话也没有关系。这事就交给我吧，我去替你办。”

她简直不知道该说什么。她怕这种调停是笨拙的，而且是危险的，她想阻止，但是又不敢开口；她含糊地说了一声：“谢谢您，神父先生，”便匆匆忙忙地离开了。

一个星期过去了。她生活在令人苦恼的不安中。

这天晚上进晚餐时，卡罗望着她，并且面带温和，她知道这是他平时戏弄人的时候惯有的一种表情。他甚至对她表示殷勤，但其中暗暗地带有嘲弄的意味；餐后两人在小母亲经常散步的那条白杨路上走着的时候，他附在她耳边低声说道：

“这样看来，我们又和好如初了。”

她什么也没有回答。由于时间长了，过去的路迹已模糊不清了。这是男爵夫人平

时散步所留下的足迹，现在也像一个回忆一样，逐渐地被磨灭了。约娜凄苦地感到一阵心酸；她觉得自己在人生道上迷了路，孤独到与世隔绝了。

卡罗接下去又说：

“在我，这是求之不得的。我原来只怕你不肯。”

太阳西沉了；夜色温柔而幽静。因为长时间的痛苦，没人诉说，于是扑到卡罗怀中哭了起来。

她哭泣着。他吃惊了，他望着她的头发，但看不见藏在他怀里的脸。他以为她还爱着他，便大模大样地在她的发髻上亲了一个吻。

他们默默地走回来，他跟她进了卧室，那一夜他就睡在她那里了。

他们旧日的夫妇关系恢复了。他就好像尽了丈夫的一种义务，可是心中却暗暗欢喜，在她这方面，心里觉得既痛苦而又可厌，但也作为一种必要而承受了，她只等待一怀了孕，就决心断绝这种关系。

约娜发现丈夫在夫妻欢乐时有所保留，就像怕惹上是非似的。

她诧异了，暗自观察，很快发觉他每次和她性交时，都在她能受孕之前就停住了。

在一天晚上，约娜依偎在卡罗怀中，喃喃地说：

“为什么你不像从前一样毫无保留地给我呢？”

他冷笑起来：

“天哪！就是为的不让你肚子大起来。”

她哆嗦了一下：

“你怎么就不想要孩子？”

他惊呆住了：

“嗯？你说什么？你发痴啦？再要一个孩子？唉！那可要不得！有一个孩子哭哭啼啼已经够受累的了，人人为他操心，还要花钱。再要一个孩子！谢谢老天爷吧！”

她把他按在怀里，亲他，吻他，低声对他说：

“啊！我央求你，让我再做一次母亲吧！”

她好像是被激怒了似的，大怒起来：

“你真是发昏啦！我求求你，别让我再听这种疯疯癫癫的话了。”

她没出声，决心想对他使用圈套，来获得她所梦想的幸福。

尽管约娜想出各种妙计，但卡罗始终没能上当，最后控制住自己。

她越来越被想做母亲的强烈的欲望所激动，她决心不顾一切了，什么都不怕，什

么都敢做，就在这种情况下，她又找到比科神父那里去了。

神父刚用完午餐，由于餐后经常心跳，所以满面通红。他一看见她进来，便大声问道：

“那事现在怎么样？”神父关心地问。

约娜现在已下定决心，也就不再胆怯害臊了，她立即答道：

“我丈夫不想再生孩子了。”

神父对这事极感兴趣，转过身来看着她，准备以教士床第间的秘密，这些原是他在忏悔工作中足以消遣解闷的部分。他问道：

“这话怎么讲？”虽然她已下了决心，到要解释时却又觉得为难了：

“但是他……他……他不肯和我再生孩子了。”

神父明白了，他对这一类事情是内行的；他像一个斋戒而又贪嘴的人一般，神父连每个细节动作都没有放过，细细地问了一遍。

他想了一阵，然后用平静的声调，就像在估计丰收的年成似的，替她拟定了一个考虑得很周到的巧妙的计策：

“我的孩子，你有一个妙策，那就是说你已经怀孕了，这样他就不再戒备了，到那时您便真的会怀孕了。”

她连眼睛都羞红了；但她已顾不得这么多了，便又追问道：

“可是……可是他要不相信我的话呢？”

神父对掌握人们的心理是最擅长不过的：

“你要把自己怀孕的事告诉每个人，最后逼得他不得不相信。”

然后像是为自己这道策略辩护，他又补充说：

“这是您的权利。教会容许男女间的关系，只有一个目的，那就是为的生育。”

她听从了这个巧妙的主意，半个月之后，便告诉卡罗说自己可能怀孕了。他吓了一跳。

“那怎么可能呢！那不会是真的。”

她指出怀孕的特征，可是他还自信地说：

“那可不一定，等着看吧！”

从此每天早上他都问：

“怎么样？”

她却总是回答说：

“没有，还是没有来。要不是怀了孕，那才怪呢！”

他也急了，心里感到恼火，反复说道：

“这个我可真不懂，简直不懂。吊死了我，我也不知道那是怎么搞的！”

一个月了，她真的把自己怀孕的消息传出去。

卡罗从最初产生了顾虑之后，就不再和她接近了；后来懊恼极了，也就索性算了，说道：

“这一个可真是自己找上门来的。”

从此他又和他妻子同床了。

神父所预料的一切完全实现了。她真的怀了孕。

愿望实现了，她非常高兴，她出于对她所崇敬的那不可知的神祇的感恩，立誓要永守贞洁，从此，每天晚上，她把卧室的门关得紧紧的。

她感到特别快乐，没想到这么快从悲哀中解脱出来。她原以为自己再得不到安慰的了，可是现在不到两个月，敞开的伤口竟痊愈了。仅剩一种淡淡的忧郁，就像是笼罩在她生活上的一层惆怅的纱幕而已。她觉得不可能再发生任何其他事故了。孩子们会长大起来，都会很爱她；她毋需再去为她丈夫操心，她的老境会过得平静而称心。

将近九月底的时候，比科神父穿着一件上身才一个礼拜的新法衣，正式来告别了，也是为了一个新的神父托耳彪克，这是一位很年轻的神父，身材瘦小，说话有些夸大，一对深陷的眼睛周围有一道黑圈，说明他性情的急躁。

老神父调到戈德镇去当首席神父去了。

约娜很伤心他的离去，这位好好先生的面影是和她作少妇的全部回忆联系在一起的。为她举行婚礼的是他，给贝尔施洗礼的是他，主持男爵夫人葬礼的也是他。她要一想到埃都旺村，就一定会联想到比科神父挺起大肚子沿着农庄院子路过的神气；约娜喜欢比科的大度。

神父尽管高升了，心里却并不觉得高兴。他对约娜说：

“子爵夫人，我心里是难过的，我心里是难过的。我在这里已经十八年了。这里不是很富有。男人对宗教的信仰不高，妇女呢，您也知道，品德不好。女孩子不先朝拜了大肚皮圣母，是不会到教堂来结婚的，因此这个地方橘花不值钱。我对这里有一定的感情的。”

新神父听得很不耐烦，满脸涨成通红。他猛然插嘴说：

“我在这里，一切都不能这样下去。”

他那样子，就像一个瘦弱而性格暴跳如雷的孩子，他身上穿着一件干净的旧法衣。

比科神父斜眼看着他。这是比科神父高兴时的动作，接着说道：

“您看吧，神父，您想防止这些事情，除非把全区的教徒都用链子锁住；就是这样，也得不到什么效果。”

那个青年神父厉声答道：

“我们将来看吧！”

老神父往鼻子里送了一撮鼻烟，慢慢嗅着，微笑地说道：

“年纪大了，您就少操心吧！这和经验也有关系；按您的做法，只会把最后的几个信徒也从教堂里赶跑了；除此不会有什么益处。这里的人宗教信心是有的，但也很能胡闹，这一点您要注意。说老实话，每当我发觉一个肚子有点大了的姑娘来听讲道的时候，我心里就想：‘这一下，她要替我多带进一个教徒来了，’我就尽力帮助她结婚。您要知道，您无法防止他们不出乱子；但是您可以去把那个小伙子找出来，避免丈夫抛弃妻子。使他们结婚，神父，使他们结婚，别的事您不要管。”

新来的神父冷冷地答道：

“争论也没有用；我们的想法不同。”

这时神父回忆起村庄的琐碎小事，便有一片深情流露出来。

两位神父都告辞了。老神父抱吻了约娜，她几乎要哭了。

一个星期之后，托耳彪克神父又来了。他像一个新接王位的王子似的，谈到他正在进行的改革。小神父要求他们每个节假日都参加礼拜。

“您和我，”他说，“我们是地方上带头的人；我们应该管理这个地方，并且凡事要以身作则。我们应该相信团结就是力量。教堂和庄园携手合作，住茅屋的人就会服从我们并且怕我们了。”

约娜的宗教完全是从感情出发的，她的信仰，像一般女人的信仰一样，是带有梦幻色彩的；约娜不情愿做教徒所做的一切，那完全出于在修道院时所养成的习惯，至于她的宗教信念，则早受她父亲那种自由思想哲学的影响而抛在九霄云外了。

比科神父看见她多少能对教会尽点责任，心里就满足了，因此从来不作过分的要求。新来的神父发现约娜没去礼拜，便跑来训斥她。

她不想和教会闹崩，可心里却是有保留的，她只准备为了情面关系在最初几个星期到教堂去。

可是她渐渐养成了到教堂去的习惯，并且接受了这个严格而专横的瘦个儿神父的

影响。并且更加信奉教会了。他挑动了她那根每个女人心灵中都有的宗教诗情的心弦。他那种执拗的苦行，他对于世俗和肉欲的蔑视，他对人世间种种牵挂的厌恶，他对天主的敬爱，他那种年轻人对人情世故的无知，他生硬的言辞，他那不屈的意志，所有这一切给了约娜一种印象，认为这就是殉道者的形象；受苦受难的约娜被教会的仁慈迷住了。

他引领她走向救苦救难的基督，指示她宗教虔信的快乐一定能解除她的一切痛苦；当她驯顺地跪在这个看去不过十五岁的神父面前忏悔时，真觉得自己既软弱而又渺小。

很快，这个小神父被村里人恨透了。

小神父的要求特别严格，不给别人宽容。其中爱情这件事特别引起他的愤慨和恼怒。他在布道时，常常按照教会的习惯，用狠毒的词句，十分激烈地指摘爱情，并在乡下听众的头上不时地大发雷霆，谴责淫风；而且因为他在愤怒中描绘出来的形象，就是为了刺激他，并且故意气他，甚至跺起脚来。

年轻的小伙子和姑娘们，在教堂里挤眉弄眼，偷偷地你看看我，我看看你；一向喜欢在这些事情上开开玩笑的老年农民，做完弥撒，在回家的路上走在穿蓝布外罩的儿子和披黑斗篷的老婆身边时，谈起这个可恶的小神父的偏激，也纷纷表示不满。

人们窃窃地议论在忏悔室时他是多么的严酷，惩罚人时又是多么的厉害；当他坚决拒绝赦免那些贞操受到侵犯的姑娘们时，大伙都嘲讽他。节日做大弥撒时，人们看见有些青年男女还留在座位上，不和别人一起去领圣体，便哄堂大笑。

不久，小神父就像看守人追逐私猎户一般，去打扰情人的约会。在明月的夜晚，他到路边的沟渠里，到谷仓背后或是海边小山坡的草丛里去驱逐幽会中的男女。

有一次碰到在他面前接吻、抱腰的一对。

神父嚷道：

“真不要脸，你们够了吧！”

那个小伙子回过头来答道：

“神父先生，这种事您还管吗？”

于是神父拾起一些鹅卵石，像赶野狗一样，向他们扔去。

那两个人笑着逃走了；可是下一个礼拜日，他在教堂里当众宣布了他们的名字。

从此，当地所有的年轻小伙子都不去做弥撒了。

老神父也常来与女信徒们说天谈地。她也和他一样，一谈起精神的事物，便变得非常兴奋，宗教论辩中所使用的古老而复杂的种种武器，她也全盘掌握了。

他俩在男爵夫人经常散步的那条白杨路上边走边谈，当他们谈到基督和他的使徒或是圣母和教会的圣者，好像在说他们认识的人。有时候，他们停下来，研究一些高难度的问题这时她就腾云驾雾似的发出种种诗意的议论，而他呢，要求更严格，好像一个偏执狂热的辩护人一般，抱定主意非要做到数学般精确地从圆形里求得相等的方形面积。

卡罗十分尊敬地对待新来的神父，屡次说：

这个神父性格很倔强。我很喜欢他。

因此他按例去做忏悔和领圣体，出色地起着示范作用。

他现在几乎每天必到福尔维勒伯爵夫妇家去，他和伯爵一起打猎，伯爵似乎没有他都不行了，同时不论刮风下雨，他都陪着阿德莲娜去骑马。伯爵说：

“他们骑马骑得入迷了，不过这对我妻子的身体倒有好处。”

男爵在十一月中旬回来了。男爵回来时变得苍老了许多，精神上再也摆脱不了那种阴沉忧伤的心情。他对他的女儿更恋恋不舍了，仿佛几个月来的寂寞孤独，使他更迫切地渴望家庭的温暖，亲人的爱和精神上的安慰。

约娜没有同父亲提起自己的变化，特别是对宗教的热爱；不过男爵很讨厌那个小神父。

晚上当约娜问他：

“你觉得这人怎么样？”

他就回答说：

“这个人吗，这是一个十足的宗教裁判官！所以是个危险的人。”

后来，他是在其他他农民口上知道神父的威严，他那种违反自然法则和对人性本能的迫害，他心里对他就越发憎恨了。

男爵原是属于崇拜大自然的前辈哲学家的信徒，当他看见一对生物的交合，他会受到感动，他是个热心肠的泛神论者，因此怒斥天主教观念中的那个“天主”，那个合乎资产阶级的意图、具有耶稣会教士的迫害狂和暴君的复仇心理的“天主”，那个“天主”，在他认为，实际是缩小的一种“创造”，而“创造”同时也就是生命、光、思想、大地、植物、人、岩石、空气、牲畜、神、星辰、昆虫等这一切的总和，“创造”所以称之为“创造”，就因为它创造一切，它比意志更坚强，比理念更广阔，它随着时机的需要和温暖宇宙的日月星辰的运行，在无限的空间里，四面八方，不问形式，无目的、无理智、无终结地产生着一切。

“创造”包括万物的萌芽，包罗万象。

所以在男爵看来，生殖是自然的大法则，是圣洁而可敬的行为，它实现了宇宙本体永恒而不可索解的意志。男爵号召大伙起来反对这个神父。

约娜感到很苦恼了，她向天主祷告，向她父亲央求；但男爵总是回答说：

“必须和这样的人斗争，这是我们的权利，也是我们的义务。这种人简直毫无人性。”

他摇动着长长的白发，反复说道：

“这种人简直毫无人性；他们什么都不懂，简直什么都不懂。对什么都是昏头昏脑地乱来一气；这种人是违反自然的。”

他喊出“违反自然!”，这几个字在他口中就像是给人许下的咒语。

神父明白发生了什么事，可是由于他要把庄园和年轻的女主人掌握在自己的手中，并且确信他能获得最后的胜利，他便等待着时机。

时间不长，一个可怕的想法计上心头：他曾经在无意中发现了卡罗和琪尔蓓特之间有着不正当的男女关系，现在他就想不惜用一切手段来拆散他们。

有一天，他去看约娜，经过一番交谈后，他让约娜站在自己一边，共同对付那件见不得人的事。

她不明白他的意思，想要问个明白。他却答道：

“时机还不成熟，不久我会再来看您的。”说完就突然走了。

冬天快过去了，按乡间的说法，这是一个发霉的冬天，既潮湿又温暖。

不到几天神父又来了，他不敢开门见山地说，在有些人中间存在着不正当的关系，而这些人照理应该是无可指摘的。如果这事被人们知道，大家有责任去阻碍他们。他发了许多冠冕堂皇的议论，然后握住约娜的手，劝她一定要睁开眼睛，弄个明白，并且和他合作。

这一次，约娜已经懂了，但是她不作声，想到家庭里如今平安无事，又要招来一场风波，心里就很害怕；约娜不愿意再痛苦下去，便装着没听懂。这时他就不再犹疑，明白地摊出来了。

“子爵夫人，我要来做的这件事情是令人很痛苦的，但这是我的责任，我没有别的办法。您要知道，您丈夫对福尔维勒阿德莲娜的友谊是罪恶的。”

她忍辱无奈地低下了头。

神父接下去说道：

“现在您准备怎么办呢?”

她讷讷地问道：

“神父先生，你说该怎么办?”

神父粗暴地回答说：“您一定要出面干涉这种罪恶的情欲。”

她哭了，带着悲痛的声音说道：

“他曾经和一个仆人鬼混过，但是他并不听我的话；他已经不爱我了；如果我有什么要求不合他的意，他很野蛮地对我。我有什么办法呢?”

神父不做正面回答，咆哮说：

“那就是说，您默认啦！您屈服啦！您同意啦！通奸的罪人就在您自己家里，而您就容许啦！如果在你面前，你就这样下去吗？您是一个妻子吗？一个基督教徒吗？一个做母亲的人吗?”

她啜泣着：

“您叫我怎么办呢?”

神父答道：

“这是最叫人丢脸的事。我告诉您，什么都比这要好。离开他吧！逃出这个肮脏的家庭。”

约娜又说：

“但是，神父先生，如果离开他我将用什么来生活；再说我并没有证据怎么就离开呢？我没有权利这样做的。”

神父气得浑身发抖，站起身来：

“夫人，你太软弱无能了，你怎么是这么个人呢？您是不配受天主的怜恤的!”

她在他面前跪下去了：

“我求您帮我这件事吧，我受不了了。”

他说得很干脆：

“您叫福尔维勒先生睁开眼睛看看吧！这事应由他来断定。”

她一想到这个，真是觉得可怕极了：

“他会把他们杀死的，神父先生！那我就犯了告密的罪！啊！那可不行，绝对不行!”

这时神父生气极了，举起手来像对她发出诅咒似的，说道：

“你生活在这种情况下，难道就安心吗？因为您的罪过比他们更大。您是一个容忍

奸情的妻子！我就没有必要留在这里了。”

他非常气愤地走了。

约娜不知所措，十分恐惧，就要快妥协了。可是他仍然怒不可遏地匆匆往前走去，手里激动地挥舞着那柄几乎和他身子一般高的蓝色大雨伞。

他瞥见卡罗站在栅栏门附近，正在那里指挥修剪树枝；于是他向左一拐，想从库亚尔家的农庄穿过去，嘴里反复说：

“夫人，让我走吧，这是我最后的请求。”

就在他要经过的农庄的院子中间，一群庄上的和附近邻居的孩子们正混在母狗米尔扎狗棚的周围，孩子们默不作声地看着，好奇而又紧张地在那里观看什么东西。男爵就像一个小学里的老师似的，也站在孩子们中间，背着手，在那里好奇地观望着。为了不和神父打招呼，他躲开了。

约娜还在那里恳求说：

“给我几天时间吧，神父先生！请您再来一趟，到时候，我可以告诉您我所能做的，和我所能准备的一切；那时我们研究一下。”

这时他们已来到那群孩子身边；神父便走近去看看到底是什么东西使孩子们这样感兴趣。原来是老母狗生狗崽，正在母狗的周围蠕动着，母狗疲惫不堪地侧身躺在那里，喜爱地舐着它们。正当神父弯下身去观看时，母狗痉挛地把身子一挺，第六条小狗钻出来了。孩子们兴奋极了。

“又是一只，又是一只！”

在孩子们眼里，只觉得这是很好玩的，除了很自然地觉得好玩以外，并没有任何不洁的观念在内。他们看着小狗生下来，也就像看见苹果落到地上一样。

托尔彪克神父最初惊呆了一阵，然后怒不可遏地举起他的大雨伞，用全身的力气，向孩子们的头上打去。孩子们都害怕了，一哄而散，只剩下神父面对着那条正在分娩中的母狗。母狗挣扎着想站起来，但是神父已不能控制自己，他不等狗站起来，便拼着命想把它打死。狗由于被锁着，被神父打得直嚎叫。他的雨伞打断了。这时他赤手空拳，只好跳到狗身上，疯狂地踩着，踢着，想把它弄个稀烂。由于他的挤压下，最后的一条小狗被生出来了；母狗已被打得鲜血淋淋，还在那堆没有睁开眼睛、呜呜地叫着正在寻找奶头的小狗中间颤动着，他终于又提起脚跟，狠狠地踢过去，这才结果了它的性命。

约娜早已逃开；但是神父突然觉得有人抓住了他的脖子；打了他一个嘴巴；异常

气愤的男爵一直把他拖到栅栏门前，然后一下把他扔到大路上去了。

当勒培奇先生回转身来，他看见他的女儿正跪在那堆小狗中间，边哭边把小狗捡起来。他指手画脚地匆匆向她走来，大声嚷道：

“你看这个家伙，你看这个家伙，这个穿道袍的家伙！现在你看明白了吧？”

全庄的人都过来了，看着已死去的狗，库亚尔大娘叹道：

“真会有这样野蛮的人哪！”

此时约娜已经把那七条小狗都捡起来了，想要把它们抚养起来。

人们试着用牛奶来喂它们；有三条第二天就死了。罗蒙老爹想为小狗找一个狗妈妈而跑遍全村。他没有找到带奶的母狗，结果却找来一只带奶的母猫，说那也能顶事。结果只好把其他的三条小狗也牺牲了，留下最后一条交给母猫来抚养，这个异族的奶娘立刻收容了它，侧躺着身子给小狗喂奶。

过了两个星期就断了奶，另由约娜自己用奶瓶给它喂奶。她替小狗取了名字，叫“多多”。男爵坚决要替它取名为“屠杀”。

神父不再来了，可是在下一个星期日讲道时，他便对庄园痛施诅咒、辱骂和威吓，说一定要无情地扑灭一切病疫，开除男爵的教籍，他却不以为然；而且神父还风言风语，影射卡罗另有了新欢。子爵听得非常恼怒，可是生怕丑事宣扬出去，也只好把怒火压在心头。

从此，每次讲道，神父必定要宣讲一番他报仇的心愿，预言天罚的日子就要到了，一切和他作对的人都得遭殃。

卡罗给大主教写了一封既恭敬而又强硬的信。托耳彪克神父有被撤职的危险，就不再作声了。

大家经常见到他到处走动。琪尔蓓特和卡罗每次骑马外出散步时，总能望见他，有时远远地看去，在原野的尽头或是在悬崖的边上，就像一个黑点子，有时当他们正要走近一个峡谷时，他却正在那里读经。这时他们便掉转马头，免得从他身边经过。

爱情好像春天的到来而复苏了。天天不是在这里，就是在那里，骑马找个隐蔽的地方，互相搂抱在一起。

不过树叶还很稀疏，草地又很潮湿，所以他们不能像在盛夏时节那样，躲进小树林里去。为了不让人看见，他们秘密的幽会经常利用伏高特小山坡顶上牧羊人休息用的一间小木屋，这木屋是能移动的，这是去年就留在这儿的。

木屋高高地架在轮子上，孤零零地竖立在那里，和悬崖相距约有五百公尺，正在

山谷开始陡峭直降的山坡上。他们隐蔽在木屋里是万无一失的，因为居高临下望得见整个原野；两匹马拴在木屋的辕木上，一直等待到主人们的欢乐兴尽而止。

可是有一天，当他们离开那小屋时，发现小神父像是藏在草丛中。

卡罗说道：

“今后应该把马留在山谷里，不然人们老远就能望见了。”

从那以后他们便把马放在山谷中隐蔽的地方。

又有一天傍晚，当他们正返回佛丽耶特庄园去，那里伯爵等着他们晚餐，他们遇见埃都旺的神父正从里面出来。他客气地先让他们过去并打了招呼。

他们感到一阵担心，可是很快也就忘记了。

谁知五月初的一个下午，外面刮着大风，约娜正在火炉边看书，她从窗口望见福尔维勒伯爵急急忙忙地步行而来，认为发生了什么大事。

她赶快下楼来招呼他，当她站在他面前时，以为他真的疯了。他头上戴着那顶平时只在家里戴的大皮帽，身上穿着猎装，脸色非常难看，一向和他鲜红的皮肤很调和的红胡子，这时看去就像一团火焰了。他的眼睛怒发着气愤，眼珠滚来滚去，显出丧魂失魄的神情。

他喃喃地说：“你知道我妻子在你家吗？”

约娜不知所措地答道：

“并没有呀，我今天还没有看见过她。”

他的两条腿仿佛直发软，他便坐下了；他摘下帽子，三番五次不由自主地用手绢擦一擦前额；突然又站起来，伸着手，张着嘴，向约娜面前走去，像要向她吐露内心中极度的痛苦；可是他又站住了，眼睛盯着她，像说梦话似的自语道：

“可是您的丈夫……您也……”

说罢他就去海边。

约娜跑去想拦阻他，一面叫唤他，恳求他。约娜心里十分害怕。暗自想道：“他全都明白了！但是他想去做什么呢？啊！但愿他找不着他们！”

但是她没有能赶上他，他完全不听她的劝说了。他仿佛很有自信，毫不犹疑地直奔而去。他跳过水沟，迈着大步穿过那片芦草地，然后登上了悬崖。

约娜站在种了树木的土岗上，久久地望着他，直到看不见了，才忐忑不安地回来了。

这时伯爵转向右手，开始奔跑起来。大海喧啸起来，波涛汹涌；大片大片的乌云从天边飞奔而来，每一片云都带来一阵暴雨。风飕飕地怒啸着，掠过草地，刮倒禾苗；一群一群的海鸥，像起伏的浪花似的，乘风向大陆飞去。

大粒的雨点阵阵地打在伯爵的脸上，他的双颊和髭须上湿淋淋地挂着雨珠，雨声在他耳边哗啦哗啦地响，由于气愤心跳加速。

那边，就在他眼前，伏高特山谷张大了幽深的咽喉。一眼望去，只看见一个空寂的羊栏和羊栏旁牧羊人的小木屋。两匹马拴在这所活动房子的辕木上。在这样暴风雨的天气，还有什么可不放心的呢？

伯爵一望见那两匹马时，便伏倒在地上，然后用两膝和双手匍匐前进，这个浑身是泥、头上戴着兽皮帽的庞然大物，看去真像一个鬼怪。他一直爬到那所孤零零的木屋边，为了隐蔽钻入屋底层。

那两匹马一看见他，便骚动起来。他小心地把缰绳割断；骤然吹来一阵狂风，冰雹敲打着木屋的斜顶，木屋在轮子上摇动起来，把两匹马吓得都逃跑了。

伯爵跪直了身子，眼睛贴在门缝里，向里面窥望。

他一动也不动，像是在等候着什么。呆了好一会儿，他愤怒地站起来。他愤怒地拨动门闩，把门从外面划上，然后握住辕木，把小屋拼拼命地捣动着，仿佛想把它捣得粉碎似的。忽然间他挽住辕木，像牛拉车似的，弯着高大的身躯，喘着气，拼命地把木屋拉到悬崖边上。

关在木屋里的人，一面用拳头敲着木板，一面大声叫喊，他们不知道发生什么事。

当伯爵把木屋拖到斜坡边缘时，一松手，轻巧的小屋子便顺着斜坡滚下去了。

它像愤怒的雄狮冲下山去。

一个蜷缩在山沟里的老乞丐，看见那木屋从他头顶上跃过；他说出那木屋里有喊叫声。

忽然间那木屋撞失了一个轮子，倒向一边，接着就像一个皮球，就像一所连根拔起的房子从山顶上翻滚下来。当它滚到最后那道山凹边时，一跃而在空中划出一道弧形，跌进到谷底里，摔得粉碎。

木屋一撞碎在石头上，那个曾经看到它从头上跃过的老乞丐，马上蹑手蹑脚地踩着荆棘，从山坡上走下来；他带着乡下人的那种小心谨慎，不敢直接走近那间砸碎了的木屋去，便先到附近的农庄去报信。

人们都跑来了，拨开碎片，发现了两具尸体，但全已血肉模糊，惨不忍睹。男的已面目全非。女的受了撞击，腭骨脱落下来；他们的四肢折断，软酥酥的皮肉下，像

都已没有骨头了。

即使面目全非，但人们能认出这一对人是谁。

“他们到这里面去干什么呢?”一个女人说。

这时那个老乞丐便说他们显然是为了躲雨，躲进到里面去的，后来狂风把小屋吹倒，这才滚了下来。他还解释最初他自己也想躲避到木屋里去，只因看到辕木上拴着两匹马，他才知道里面已经有了人。

他又得意地补充说：

“不然，我就送了命了。”

有人开玩笑说：“那看起来更好?”

于是老汉怒不可遏地说道：

“为什么那就更好呢?难道就因为我是穷汉，他们都是阔人吗?看看现在他们这副样子！……”

老汉气得发抖了。他衣服破旧并且很湿，乱蓬蓬的胡子和从破帽子里钻出来的长头发脏成一片，他用手里的那根弯曲的棍子，指指那两具尸体，叫道：

“死了，我们大家还不都是一样。”

这时又有一批农民赶来了，他们带着不安、疑虑、惊慌、自私而又胆怯的神色，冷眼旁观着。大伙把这两人抬回去，可在垫什么上有了争执。两辆小篷车驾好了，但这时又发生了新的难题。有些人主张车子里铺上一点稻草就行了，另一些人却认为要放上垫褥才成个样子。

刚才说过话的那个女人嚷道：

“可是垫褥上会染得满处是血，以后还能掉吗?”

一个气色快活的胖农民答道：

“自然有人会出钱的。东西越贵重，钱就越出得多。”

这话使大家都信服了。

两辆车各载一个尸出发了。这两个生前搂抱在一起，打今再不会见面的尸身，每当车轮走在高低不平的车辙中时，在车子里被震动得晃来晃去，东摇西摆。

伯爵一看到小屋从陡峭的山坡上滚下去，便在狂风暴雨中飞奔地逃走了。他越过大路，冲开篱笆，跳下土岗，这样跑了几个小时，在黄昏时才到了家，连自己也不知道他是怎样到家的。

仆人们惊慌地正在家里等着他，告诉他两匹马——卡罗的那一匹跟在另一匹后面

——刚到家，却不见马上的人。

福尔维勒先生一阵眼花，用断断续续的语声答道：

“在这样可怕的天气里，也许出了什么意外的事情，让所有的人都去找他们吧！”

他也假惺惺地出去找了；但一走到人家看不见他的地方，便躲进树丛里，偷偷地朝大路上探望着，至今还被他死命地爱着的这个女人，就要从这条路上回来，她也许已经死了，也许还留着最后的一口气，或是折断了四肢，永远成为残废的人了。

不一会儿运尸体的车回来了。

车子先在庄园门前停住，后来才进去。对呀，那一定是“她”；他又害怕面对现实了；他一动不动，畏缩成像一只野兔，任何声响都会使他发抖。

他等了一小时，也许是两小时。那辆篷车并没有出来。他对自己说，他妻子也许只剩最后一口气了；一想到去见她，去面对她的目光，他心里就非常害怕，他害怕有人知道是他干的，强迫他回去目睹她垂死时的惨状，便又一直逃进树林中去。但是他忽然间想起，也许她正需要照料，而周围显然没有任何人能服侍她，他便疯了似的跑回家去。

进门时，他遇见了家里的园丁，便叫道：

“怎么样啦？”

那人不敢回答。于是福尔维勒先生更大声地吼道：

“她死了吗？”

仆人讷讷说：“是的，伯爵先生。”

顿时他心中感到无比的轻松。他感觉一切事都办妥了。于是他稳步登上高大的台阶。

这时另一辆篷车到达了白杨山庄。约娜老远就望见了，当约娜看见车子时，她明白了一切，她所受的刺激是那样地强烈，她立刻晕倒了。

当她醒来时，她父亲正托着她的头，拿香醋擦在她的鬓角上。他犹疑地问道：

“你知道吗？……”

她喃喃地说：

“是的，爸爸。”

但是当她想站起来时，可是就站不起来。

当天晚上，她就分娩了，生下的婴儿是死的。是个女孩子。

卡罗下葬她一点也不知道，她不在场。她只知道一两天之后丽松姨妈已经回来了；

在昏昏沉沉的噩梦里，她总是想知道那个老处女究竟是什么时候，在什么时期和在什么情况下离开白杨山庄的。后来觉得很清醒，她也仍然记不起来，唯有肯定在小母亲死后，她还见过她的。

第十一章

约娜已经三个月没出房门，她太纤弱了，脸色苍白，看去是无可挽救的了，谁都这样想，谁都这样说。以后她自己却好了起来。她父亲和丽松姨妈都在白杨山庄住下来，不再离开她了。她在这一次的打击中，得了神经衰弱症，动不动就头晕，有一点刺激就能昏过去。

她从来没有细细地问过卡罗是怎样死的。她管这些做什么呢？难道她还知道得不够吗？别人以为是意外，这可骗不了约娜；他们通奸的行为她知道，出事那一天，伯爵怒气冲冲突然跑来看她的那一幕她记得很清楚，这些折磨着她的秘密，只有她自己心里知道。

丈夫给的欢乐浮现在眼前。每当她突然想起他时，她的心就发抖了；这时在她眼前出现的，是他们订婚时期的那个卡罗，是他们在火热的科西嘉岛上旅行时她在短促的时刻中所热恋着的卡罗。现在人已进了坟墓，随着相隔的距离愈来愈远，他的种种缺点缩小了，他的粗暴不见了，就连他那些不忠实的行为也不是那么不能令人容忍了。约娜对这个曾经把她抱在怀里的男人，在他死后，产生了一种对他近乎感激的心情，她只去回忆那些幸福的时刻，再也不计较过去他所带给她的痛苦了。时光不断地消逝，一个月又一个月，遗忘就像逐渐积聚的尘埃，遮盖了她一切的回忆和痛苦；从此她把自己的一生完全寄托在儿子身上。

贝尔成了围绕在她身边的三个亲人的偶像，成了他们唯一念念不忘的对象；他就像暴君似的骑在他们头上。而在他这三个奴隶中间，以至于还产生了一种妒忌，约娜心里怪不舒服地看着孩子骑在外祖父的膝上，骑完了还亲热地抱吻他。丽松姨妈常常躲到自己的房间里去流泪，由于这个还不大能说话的孩子也像大人一样，冷落了她，有时像对待女仆似的对待她，孩子对自己的母亲和外祖父亲亲热热，而她则煞费苦心才能讨得他一点欢心，两相比较，姨妈心里就觉得很委屈了。

两个安静的年头都在专心照顾孩子的身上太太平平地度过。到了第三年初冬，他们决定到卢昂去住到春天，全家就都出发了。到了久未有人居住的潮湿的老房子里，

贝尔得了病，大家又怕是肋膜炎；三个大人慌张起来，都说这孩子离开了白杨山庄的空气是不行的，等贝尔好了一点，家又回来了。

从此便开始了平静而单调的日子。

他们总是包围着这个小人儿，有时在他的卧室里，有时在大客厅里，有时在花园里。贝尔已经会说简单的话了，他的一举一动，都逗起他们的惊喜。

他的母亲为了称呼得更亲昵，管他叫保莱，孩子咬音不准，说成了普莱，这就引得他们笑个不停。大伙就用普莱是他的小名。

他长得很快，这三个大人——男爵所谓“三个妈妈”——最感兴趣的事情之一，就是替他量身材。

他们在客厅的门框上，用小刀刻上了一连串的横道，标记他每个月长高的进度。这一道一道的记号，也就是所谓“普莱的进度表”，这是一个生活中的大事。

小狗“屠杀”的长大也给众人添了快乐，约娜全神贯注在她儿子身上以后，早不去注意那条狗了。它一直被人用链子锁着，孤单单地生活在马房前面的一只旧木桶里，由厨娘吕迪芬喂它一点吃的。

一天早晨贝尔看见了，嚷着要去抱它。人们非常小心地把狗带来，狗和孩子玩得很亲昵，孩子哭叫着不肯再离开了。于是只好把“屠杀”解去了锁链，让它住在屋子里了。

它成了贝尔一刻也分离不开的游伴。孩子和狗在地毯上一起打滚，挨着睡觉。后来屠杀竟睡到它小朋友的床上去了，因为贝尔再也不肯让它离开。约娜担心狗身上的跳蚤，有时很焦虑；丽松姨妈讨厌那条狗，因为她觉得它霸占了这孩子的心，她自己在孩子心中应有的地位，倒被那只狗抢夺去了。

他们很难得同勃利瑟维勒和古特列这两家人有来往，在这里进出的只有两个公职人员。自从神父杀害母狗，以及在阿德莲娜和卡罗的惨死中约娜对神父起了疑心之后，她就不再到教堂去，她对天主手下竟能有这样的神父，感到愤懑不平。

托耳彪克神父仍然时时对庄园进行攻击，他毫不隐讳地暗示说，庄园里有“罪恶的精灵”“永恒反叛的精灵”“谬误和谎言的精灵”“不义的精灵”“败德和不洁的精灵”在作祟。那个人就是男爵。

很少有人到教堂去了；每当托耳彪克神父经过田间时，所有的人感到厌恶神父，大家都不理他。由于他曾经从一个中了魔的女人身上驱走了魔鬼，他就被看作是一个弄妖术的人。大家都说他懂得驱除妖魔的咒语，这些妖魔在他看来，都不过是魔王所设的圈套。他把手按在奶牛身上，牛奶就变成蓝的，牛尾巴就挽成一个圆圈；他念几句咒语，失掉的东西就能重新找回来。

他那狭隘而固执的头脑，特别喜欢钻研记述有关魔鬼在世上出现的历史、魔鬼权力的各种表现、魔鬼变化莫测的作用、魔鬼所使用的一切手段以及最常见的诡计之类的宗教典籍。他认为自己负有特殊的使命，要来和这种神秘的宿命的恶势力做斗争，因此他学会了教士手册上的各种驱除妖魔的咒语。

他随时都觉得有恶魔在黑暗中徘徊，所以嘴上总是挂着这一句拉丁文："他像怒吼的狮子般来往奔驰，追逐可以吞噬的一切"。

于是周围的人对他都惧怕，这是巨大的神的力量所引起的恐慌。连他那些同行，那些无知的乡下神父也都把宗教和魔术混为一谈，因为在他们的信仰中，魔鬼居要位，魔王显灵时有关仪式上的种种详尽的规定使他们感到迷惑，因此他们也把托耳彪克神父看作是一个多少懂妖术的人；他们设想他具有一种神秘的力量，他们对这样的高尚行为，表示同样的敬佩。

现在当他遇见约娜时，他不再和她打招呼了。

这种情况使丽松姨妈心很心酸，在这位老处女胆怯的心灵中，简直不能理解人们怎么可以不到教堂去。她内心是真诚的，她去忏悔和参加神功，任何人不想知道这些事。

当她独自和贝尔在一起的时候，她便悄悄地对他讲述"仁慈的天主"。当她讲到有关开天辟地的那些神奇的故事时，孩子多少还听一点；她教育孩子信奉天主，有时孩子就问道：

"姨奶奶，天主在哪里呢?"

这时她就用指头指着天上说：

"就在那里呀，普莱，但是不要说出来。"

她怕男爵不高兴。

但是有一天，普莱对姨妈说：

"仁慈的天主每个地方都有，就是不在教堂里。"

显然他已经把姨妈那些神秘的启示对外祖父讲了。

孩子已长大到十岁，他母亲看去却像四十岁的人了。他身体非常好，他不喜欢读书，一读就厌。每次男爵管住他多念一会儿书时，约娜马上就过来了，说道：

"应该他去玩一玩了。他还那么小，不要教他累着了。"

在她眼里，贝尔始终是一个孩子。她好像不知道他能走能跑，说话已经像个小大人了；她总是不放心，担心摔倒，怕他着凉，怕他活动多了太热，怕他吃多了不消化，吃少了又不够营养。

贝尔到了十二岁，这时就产生了一个很大的难题，那就是关于他第一次做神功的问题。

一天早上，丽松姨妈来找约娜，再不能耽误孩子的教育了，不能不教他去履行初步的宗教义务了。她百般劝说，举出种种理由，其中最主要的是周围人们的议论。做母亲的很为难，拿不定主意，最后却说还可以等一个时期。

但是过了一个月，约娜去看勃利瑟维勒子爵夫人时，子爵夫人偶然提到说：

“您家的贝尔今年一定要第一次参加神功了吧！”

不假思讨，她只是顺口说：

“是的，夫人。”

这一句话就使她决定下来了，她没能和父亲研究一下，就托丽松姨妈把孩子带去进教理问答班了。

一个月很顺利地过去了；一次贝尔回家时嗓子不适。第二天就咳嗽起来。做母亲的惊慌了，问他是怎么回事，这才知道他在班上不规矩，由于不老实受罚了。

她只好把他留在家里，自己教他点宗教知识。但是托耳彪克神父认为他学习不够，拒绝他参加第一次神功。尽管丽松姨妈一再恳求，神父仍然不肯答应。

第二年仍然如此。男爵非常生气，扬言孩子要学点好东西，本来就没有必要去相信那种无稽之谈，去相信“化体”这类愚蠢的象征；于是决定用基督徒的精神来教养这个孩子，而无须使他成为一个地道的天主教徒，等孩子大了就由他选择吧！

没多久，约娜又拜访过勃利瑟维勒夫妇，可是这次他们没有来回看她。她知道邻里都是有身份的人，这就使她感到诧异了；但是古特列侯爵夫人却高傲地向她解释了不通往来的原因。

侯爵夫人由于她丈夫的地位和真实的头衔以及巨额的财产，素来把自己看作是诺曼底贵族中的女王，而她也真像女王般统治着一切，她说话一点没有顾忌，看情况有时表现出对人很关怀，有时又非常威严，她什么事情都过问，她教训，她批评，有时她也夸奖。约娜去见她时，这位贵妇人冷冰冰地敷衍了几句话之后，便板着面孔说道：

“社会分作两个阶级：一个是信天主的，一个是不信天主的。信天主的，连穷朋友一起和我们是一种人；至于那些不信天主的人，那我们就完全没有把他们放在眼里。”

约娜觉得这是在攻击自己，便反问说：

“难道一个人不到教堂去就不能相信天主吗?”

侯爵夫人答道：“那不成，夫人。信徒一定应该到教堂去祷告天主，这正像我们要找人总得到他家里去一样。”

约娜受了屈辱，反驳说：

“天主是无处不在的，夫人。说到我自己呢，我是从心底里相信天主的慈悲的，但是当有一些神父站在我和天主之间，我倒反看不见天主了。”

侯爵夫人站起身来：

“神父是教会的旗手，夫人；谁不跟着这面旗帜走，便是反对教会，也便是反对我们。”

这时约娜也站起来，浑身颤抖着：

“夫人，您相信的是某一派人的天主。我呢，我确信的是正直人的天主。”

说完便生气地转身走出。

农民中间也在那里议论约娜，责备她没有让普莱去参加他的第一次神功。尽管他们自己不去做弥撒，不参加神功，也许是只按教会的明文规定在复活节才去参加，但是对于孩子们，那就是另外一回事了。任何人不敢违背这个规矩一个孩子，因为宗教究竟是宗教啊!

约娜对这种责备看得很明白，他们这些人都是口是心非，对一切都害怕，明明是怯懦却还要用许多冠冕堂皇的理由来粉饰，她对所有这一切从心底里感到万分气恼。

男爵亲自督促贝尔学习，教他拉丁文。他母亲只叮咛着一句话：“千万别让他累着了!”她还是不放心，在书房附近走来走去，男爵不让她进去，因为进去了她会时刻打断学习的进行，不时问孩子说：“普莱，你脚上不冷吗?”“普莱，你不头痛吗?”或是来阻拦男爵：“不要让他学得太多，那多累呀!”

孩子一下课，便同母亲和姨奶到花园里去。他们现在都对园艺特别感兴趣；春天，三个人一起栽树苗，撒种子，种子发了芽，长出苗来，他们喜欢这树苗，他们还修剪树枝，采摘鲜花拿去扎成花束。

贝尔最感兴趣的是种菜。他在园子里种了许多生菜。他松土、浇水、锄草、分秧，他母亲和姨奶帮着他，他指使她们仿佛就像是他所雇用的两名短工。为了种菜，他们宁肯几个小时在田间，不怕泥土沾满全身。

普莱长大了，他已满十五岁；客厅里的进度表上他身高已达一公尺五十八公分，

但是整天和这两个女人以及一个跟不上时代的慈祥的老人生活在一起，无论怎样他终究是个小孩子。

一天晚上，男爵认为贝尔去上学；约娜一听就啜泣起来。丽松姨妈也吓坏了，缩在一个阴暗的角落里。

他母亲终于回答说：

“他要那么多知识有什么用呢。我们就让他在乡下住下去，作一个乡下绅士就行了。就像其他人一样种地就行了。我们在这所房子里生活过来，我们死也死在这里，他也可以在这里舒舒服服地生活到老。无所可求”

但是男爵摇摇头，说道：

“等他长到二十五岁，他来质问你说：‘我到现在没有任何知识都是因为你太自私了。我没有工作能力，在社会上毫无地位，可是我的命运不该过这种不见天日、穷愁潦倒的生活，而是因为你只顾了疼我，瞎了眼睛，把我害成这个地步。’到那时，你又怎么回答呢？”

她一直哭着，央求她的儿子说：

“普莱，你说，你将来一定不会批评我今天太疼你了吧？”

这个吃惊的大孩子答应说：

“不会的，妈妈。”

“这话是真的吗？”

“是的，妈妈。”

“您喜欢这里吗？”

“是的，妈妈。”

这时男爵大声而坚定地说道：

“我的孩子，你不能管他一辈子，你现在这种想法是最没有出息的，几乎是犯罪的；你为了个人的幸福而去牺牲你的孩子。”

她双手遮着脸，呜呜咽咽地哭泣着，从眼泪中断断续续地说道：

“我的命真苦……真苦！我们此时活得很好，可是你要把他送走离开我。如今……孤单单的一个人……我又怎么办呢？……”

男爵站起来走过来，抱住她说：

“我呢，约娜？”

她因为激动抱住她，边咽泪边抽噎着说：

“是的。……也许……你说得对……小爸爸。刚才我太糊涂了，可是这也因为我经受的痛苦太多了。我同意了他去上学。”

普莱并不十分了然他们准备怎样摆布他，这时也开始掉眼泪了。

于是这三位妈妈都来抱吻他，来劝他，到上楼去睡觉时，每个人的心里都很悲伤，每个人脸上流着泪，连一直支撑着的男爵也不例外。

他们决定在下学期开学的时候，送贝尔到哈佛中学去；由于要走的缘故吧，贝尔特别惹人喜爱。

他母亲一想到离别，就常常伤心叹气。约娜给他准备了生活用品，就像他要在外面住上十年的样子；然后，在十月的一个早晨，这两位妇女和男爵一夜也没有合上眼睛，最后把他送上了上学的路程。

他们上次去的时候，已替他选定了寝室里的床位和课堂里的座位。这次来到学校，丽松姨妈帮着约娜把衣服整理好放在一个小五斗柜里，这就忙了一整天。柜子太小，装不下带来的东西，约娜就去找校长，想再要一个柜子。庶务给找来了，校长觉得这些东西实在太多了，反倒是碍手碍脚；他按校规办事，不同意再另给一个柜子。母亲发愁了，决定替他到附近的一家小旅馆里租一个房间，并且特别关照旅馆主人，普莱需要什么时，他就得亲自送去。

然后他们到哈佛港的码头上去走了一圈，观望那些进进出出的船只。

港口的夜色是悲凉的，他们走进一家餐馆去，但是谁也不饿，各人含着眼泪，相互望着，菜一道接着一道送上来，但几乎原封不动地又撤回去。

后来他们缓步向学校走去。大大小小的孩子们，由家长或是由佣人护送着，从各个方向汇聚到学校来。与亲人分别时他们和自己的孩子都掉泪了。在学校灯光暗淡的大院子里，可以听得见哭泣的声音。

约娜和普莱拥抱了很久。丽松姨妈站在后面，用手绢护着脸，完全被忘掉了。男爵也受了感动，他拉开女儿，为的可以早点离去。马车等在门口；三个人登上车子，当夜返回白杨山庄去了。

在黑暗中不断发出呜咽的声音。

第二天，约娜一直哭到晚上。第三天她叫人准备好车子，又到哈佛去了。贝尔好像习惯学校的生活。平生第一次他有了这么多同学；他一心惦记着游戏，在会客室的椅子上简直坐不住。

约娜每隔两天去看他一次，星期日就接他回家。平时上下课之间，她既舍不得离

开学校，又没有其他事情可做，便一直坐在会客室里。校长曾劝约娜几次，叫她不要总是放心不下，但是，她一点没有听从这个劝告。

于是校长警告她说，如果她再打扰贝尔的正常活动，就把贝尔送回去，男爵还接到了学校书面的通知。从此约娜就像囚徒一样被看守起来，不准她离开白杨山庄了。

每到节假日，他非常急迫见到儿子。

她心里愈来愈感到烦恼。她开始在附近徘徊，独自一人整天带着狗儿屠杀，一面散步，一面空想。有时整个下午，她坐在悬崖顶上眺望大海，时而她穿过树林，一直走到意埠，来感受一下过去的温情。当年她在这些地方散步的时候，她还是一个做着美梦的少女，那时的快乐离现在太遥远了。

每次和她儿子见面时，她总觉得他们像已离别了十年。贝尔的长大，催促着约娜的衰老。她和父亲看去就像兄妹了，至于丽松姨妈，自从二十五岁起就已容颜憔悴，可是也一直老不到哪里去，现在都像她的姊姊了。

贝尔在学校很糟，学习成绩一直不好。

这时普莱已是一个高大而漂亮的青年人了，双颊和上嘴唇都开始长出胡子来。现在每到星期日，他自己回白杨山庄来了。他早就学骑马，他只消租一匹马，路上走两个小时就到家了。

因为年龄过高，男爵就是一个老头了。

他们顺着大路慢慢地走去，有时在沟边上坐下来，望着远处看有没有骑马的人出现。在漫无边际的大路上稍微能见到时，这三个人就挥动着他们的手绢；这时他便策马飞奔，像一阵旋风似的冲了过来，约娜和丽松姨妈害怕得心里扑扑地跳，外祖父高兴得不知如何是好，直嚷着：“真了不起啊！”

虽然贝尔已比他母亲高出一头，但他到底是个孩子，总是问：“普莱，你脚上不冷吗？”午餐后，他抽着烟卷在台阶上散步时，她又推开窗子向他喊道：“我求求你，别光着脑袋出去，那样会感冒的。”

贝尔夜间骑马回学校时，她更是忧虑万分：

“一定不要跑得太快啊，我的小普莱！一定要小心，万一出了事，我就会死的。”

可是有一个星期六的早上，她接到贝尔一封信，信里说他第二天不回家了，因为他的一些朋友组织了一个野餐会，也邀他去参加。

星期日一整天，她都是在焦急和忧虑中度过的，像是就要发生什么灾祸似的；等到星期四，她再也忍不住了，就又自己赶到哈佛去。

她觉得他的样子变了，但也说不出在哪一点上有了改变。他好像很高兴，仿佛是个大人。突然他显得非常自然地告诉她说：

“我说，妈妈，今天既然你来了，那么下个星期日我就不回白杨山庄了，我们要去游玩。”

她吃惊得发呆了，嗓子也噎住了，就像听到说他要到新大陆去一般；最后她终于说道：

“啊！普莱，告诉我，你怎么啦？这究竟是怎么回事情啊？”

他笑了，抱住他母亲说：

“我的母亲，我们只是为了玩一玩，我只是和朋友们一道去玩，我已经这么大了。”

她找不出一句话可以回答，可是当她独自一人坐在马车里的时候，各种怪想头都出来了。她已经认不出他就是她的普莱，从前的那个小普莱。她第一次发现他已经长大成人，他不再属于她了，他要过他自己的生活了，管不了那些老年人了。她觉得就在一天中他已变作另外一个人了。看呀！这难道还是她的儿子吗？从前叫她移植生菜的她那可怜的小东西，今天已成了自己心里有主意、长出胡子来的年轻人了！

三个月中贝尔都不过是偶然回来看看家里人，来了又总是急着想走，晚上巴不得早走一个钟点也是好的。约娜心里着慌了，男爵一直劝解她说：

“这已经是个二十岁的孩子了，随他去吧！”

一天早晨，一个穿得不很体面的老头儿，说着德国人腔调的法国话，要求见子爵夫人。他对约娜恭恭敬敬地行了许多礼之后，从口袋里掏出一个油污的皮夹子，说道：

“这张小纸条是给您的。”

说时他把一张油腻腻的纸片展开了交给她。

约娜看了一遍又一遍，看看那个犹太人，再看了一遍，问道：

“这是什么意思呢？”

那个人满脸堆着谄媚的笑容，解释道：

“我来讲给您听。您的公子当时需要一点钱用，我知道您太太是个好心人，我就借给他一点儿钱，应他的急用。”

约娜浑身发抖了，说道：

“但是为什么他不向我要呢？”

那个犹太人解释了许久，说这是一笔赌账，当时必须在第二天中午以前还清，因为贝尔还未成年，自然谁也不肯借钱给他，要不是他出来给这个年轻人“帮了个小

忙”，他可要“名誉扫地啦”！

约娜想要叫男爵，但她已激动得全身都麻木了，站也站不起来。最后她对那个放高利贷的人说道：

“请您替我按一下铃，好不好？”

他犹豫着，生怕上了圈套。他喃喃地说道：

“您要是觉得不方便，我下次再来吧！”

她摇了摇头，表示没有必要。他按了铃；两个人面对面默默无言地等待着。

男爵一进来，立刻就明白是怎么回事了。借据上写的是一千五百法郎。他付了他一千法郎，同时用眼睛盯着那个人，说道：

“下次可不能再来了。”

那人谢了又谢，鞠着躬，退出去了。

外祖父和母亲马上动身到哈佛去；到了学校之后，他们才知道贝尔已有一个月没有上学了。校长收到过四封由约娜署名的信，最初的信是说学生病了，以后的都是报告病情的。每封信里都附有医生的证明书，自然全部都是假造的。父女俩都呆住了，面面相觑地站在那里。

校长也很痛心，只好带他们一同去见警察所长。当天两位家长就在旅馆里住宿。

第二天，从当地一个私娼家里把年轻人找回来了。外祖父和母亲把他带回白杨山庄，一路上谁也没有讲一句话。约娜哭了一道。贝尔却像没见到一样。

在不到一个星期里，他们发现他在最近三个月中，已负了一万五千法郎的债。债权人认为贝尔快长大了，所以就没有上门要债。

家里谁也不谈起这些事情。他们都想用好心争取他，给他吃好的，宠着他，惯着他。那正是春天；虽然他总是心存疑虑，但是，他们还是替他在意埠租了一只船，好让他随时到海上去解解闷。

为了阻止贝尔去哈佛，不准他骑马。

由因为呆得无聊，贝尔脾气渐长。男爵担心他的学业半途而废，约娜想到再要分离，真是忧心如焚，但又不知道如何替他打算。

一天晚上他没有回家。后来知道他是和两个水手乘船出去的，他母亲着急得没有带帽子就在夜里自己赶到意埠去。

海滩上正有几个人在那里等待着那只船回来。

海面上出现了一小点灯光，摆动着渐渐靠近岸来。贝尔是去了哈佛中学校。

警察多方探寻，也没有能找到他。上次把他藏起来的那个妓女也不见了，并未留下一点痕迹，她的家具卖了，房租也付清了。在白杨山庄贝尔的房间里，找到了这个女人写来的两封信，从信里看出她像发疯似的爱着他。她讲到准备到英国去，还说必要的费用也已有了着落。

从此庄园里的这三位主人，整天唉声叹气地受着精神方面的折磨。约娜的头发本来已变成灰色，现在完全白了。她天真地自问为什么竟这样受到命运的捉弄。

她接到托耳彪克神父的一封信：

夫人，天主的惩罚已经落在您头上了。您没有把您的孩子交给天主，现在天主便把他从您身边夺走，扔给一个娼妓去了。上天的这个教训还不够教您睁开眼睛吗？主的恩情是无边的。只要您肯回心转意来跪在他的面前，也许您能得到他的宽恕的。我是他谦卑的仆人，您若来敲他住宅的门，我一定会替您开门。

她把这封信搁在膝上坐了许久。也许神父所说的话是对的。她过去对宗教的种种疑虑又开始折磨着她的良心了。天主难道和人一样也会报复人吗？但是如果他不妒忌，就没有人怕他，没有人崇拜他了。毫无疑问，他所以具有凡人的感情，就为的让我们更容易理解他。正是这种因怯懦而产生的疑惑，驱使游移的和受痛苦的人们去接近宗教。现在她心里也怀疑了。一天傍晚，在夜色刚降临的时候，她便偷偷地跑去叩神父住宅的门了，她跪在这个瘦小的神父的脚跟前，祈求宽恕她的罪过。

他答应可以赦免她一部分的罪恶，因为天主不能把全部的恩惠降给那个住着像男爵这样的人的家庭的。

“您一定很快就会感觉到神恩的效验的，”他很肯定地说。

最后终于贝尔来信了；她在极度地痛苦中就把这封信看成是神父所希望的吉兆的开头。

我亲爱的妈妈：

你不要担心。现在我在伦敦，身体很好，只是经济极成问题。我们一文钱也没有了，常常整天得不到吃的。我真心所爱的那个女伴陪我在一起，她为了不离开我，已把她全部所有的钱，共五千法郎，都用光了；你知道，我

以名誉担保，首先一定要偿还这笔款子。我很快就成年了，你若肯从爸爸的遗产中先拨一万五千法郎给我，那你真是太好了；这样就解除了我一个很大的困难。

再见，我亲爱的妈妈，我用整个的心拥抱你、外祖父和丽松姨奶奶。我希望不久就能和你见面。

你的儿子

贝尔·德·拉马尔子爵

他写信给她了！可见他没有忘记她。虽然手里没钱，但还是得寄给他。钱算得了什么呢！主要是他写信给她了！

她哭着跑去把信拿给男爵看，丽松姨妈也给叫来了；大伙认为这是贝尔的信，便仔细读了起来，还分析了每句话的意义。

约娜化忧为喜，拼拼命地地替贝尔辩解：

“既然他来信了，他一定会回来的，他就要回来的。”

男爵比较平静，说道：

“那还是一样的，他原先离开我们就是为了那个女人。当初他毅然出走，显然他更爱的是她。”

一阵极强烈的痛苦突然袭上约娜的心头，那个夺走了她儿子的情妇在她身上燃起了一种憎恨；这是妒忌而不是憎恨。在这以前，她心中念念不忘的是贝尔。她很少想到她儿子所以走入歧途，就是为了这个贱女人的缘故。但是男爵这番话提醒了她，使她认清了自己面前的这个具有无比威力的敌手；她认为她与那个女人之间是爱的斗争。她觉得宁肯丢掉她的儿子，也不能让这个女人来和她分享她儿子的爱。

她满心的喜悦全部消失了。

他们寄去了一万五千法郎，但在五个月中间却再没有得到他的消息。

接着一个受委托的律师出面来清理卡罗遗产的详细账目了。约娜和男爵一句也不多说，便把账目算清，就连自己母亲的也交给了她。贝尔回到巴黎时收进了十二万法郎。在这以后的半年中，他写过四封信，都是简简单单地报告他的消息，然后结尾时，写一些无用的话。信中这样说：“我在工作，我在交易所里得到了一个位置。亲爱的老人家们，我希望有一天我能到白杨山庄去拥抱你们。”

信中一字没有提到他的情妇；即便他写满四页信纸来谈她，也比不上这种缄默更说明问题。在这些冷冰冰的信中，约娜仍然能嗅出那个隐伏着不露面的女人，那个娼妇，那个在母亲们眼中永远势不两立的敌人。

这三个寂寞的老人经常商议怎样能解救贝尔，但是他们什么办法也想不出来。到巴黎去一趟吗？这又有什么用处呢？

男爵常说："等他这股热劲儿用完了，他自己也会回来的。"

他们过着孤单悲凉的生活。

约娜和丽松姨妈常常瞒过了男爵，一起到教堂去。

很长一个时期没有任何消息，然后，一天早晨，贝尔寄来一封在绝望中所写的信，把他们都吓坏了。

> 我可怜的妈妈：
>
> 我完了，如果你不来救我，我除了用手枪自杀，再没有其他的路可走了。我所做的一项绝对有把握的投机生意，竟意外地失败了；我欠了八万五千法郎的债。如果我不能偿清这笔款子，我就破产了，从此名誉扫地，什么事情也不能做了。我完了。我再说一遍：与其忍受这种耻辱，我宁愿用手枪结果我自己的生命。要没有那个女人鼓励我，我也许早就这么做了。我从来没有对你谈起过她，她是我的救星。
>
> 再见了，亲爱的妈妈，我衷心地拥抱你，但这也许就是最后一次了。
>
> 贝尔

信中附有一叠商业上的单据，就能证明他赔了。

男爵立即回信说，他们尽力去设法解决。接着他自己动身到哈佛去了解情况，卖了一部分财产给贝尔寄去了。

年轻人写了三封信回来，认为还是亲人最疼他，并说他自己立刻就要回来拥抱这几位可爱的老人家了。

但他并没有回来。

整整一年又过去了。

约娜和父亲正要启程去找他的时候，这时他们却突然接到他的一封短信，说他已经又到伦敦，正在组织一个以贝尔·德·拉马尔命名的轮船公司。他写道："公司的前途是完全有保障的，我还可能获得极大的财富。没有一点危险的。目前你们就可以看

到各种有利的条件。等我将来和你们会面时，我一定有很高的社会地位。只有做买卖才是出路。”

不长时间，公司就破产了，因为他做了违法的事。约娜精神失常了好几个钟点；接着便病倒在床上了。

男爵又到哈佛去，向各处探听情况。他访问了律师、经纪人、代理人、执达吏，终于了解到德·拉马尔公司亏债达二十三万五千法郎，他只好又去抵押产业。这次把白杨山庄和附带的那两个农庄全部抵押出去，才弄到了一大笔款项。

一天晚上，当他在一个经纪人的办事处办理最后的手续时，突然中风，倒在地上了。

他们派人骑马去向约娜报信。等她赶到时，男爵已经死了。

他们把男爵的尸体运回来，但约娜受了巨大的打击。

托耳彪克神父不顾两个女人百般哀求，始终拒绝男爵的遗体抬进教堂去。遗体在日暮时分下了葬，并没有举行任何仪式。

贝尔从一个替他清理债务的代理人那里，才得知这次意外的事件。这时他还躲藏在英国。他在信中写道到，由于知道的不及时，就不回来了。信中说：“不过，我亲爱的妈妈，你已经替我解除了困难，我就要回法国，没多久一定能去拥抱您了。”

由于父亲的离去，他精神萎靡。

冬天快过去时，年已六十八岁的丽松姨妈害了支气管炎，后来又转成肺炎；她无声无息地死去时，喃喃地说道：

“我可怜的小约娜，我就要去见仁慈的天主，求他对你发个慈悲。”

约娜把姨妈送到坟地里，看泥土落在她的棺材上，约娜万念俱灰，但正当她支持不住而倒下去时，一个粗壮的农妇把她抱在怀里，像抱孩子似的把她抱走了。

约娜已经在她老姨妈的床头度过了五个通宵，当这个不相识的农妇关切而又果断地把她抱回家里放在床上时，她只好完全听她摆布；由于几天的劳累，她困极了，一会儿就睡着了。

她到半夜才醒来。壁炉台上点着一盏小油灯。一个女人睡在圈椅上。这人是谁呢？她不认得。她靠到床边，借浮在油盏上的灯芯抖动着的微光，她想看出这个女人是谁。

她仿佛见过这个人。但在什么时候，什么地方呢？这女人安静地睡着，头歪在肩膀上，帽子落在地下。她看去年龄在四十到四十五岁之间，身体健壮，面色红润，肩膀宽阔，魁梧有力。两只大手悬在椅子的两边。头发开始斑白。约娜经历的不幸太多了，神情便有些麻木了。

这张面孔，她确实是见过的。是从前呢？还是最近呢？她一点也弄不清楚，这个模糊的观念纠缠住她，使她心烦。她便轻轻地起来，踮着脚尖走过去，想更仔细地看看那个睡着的人。这时才想起是她从坟地把自己抱回来的。

可是在她过去的生活中，她曾经在别的地方遇见过她吗？或者她还以为只是在昨天模糊的记忆中才认识她的呢？但就是想不起在哪儿见过。

那个女人睁开眼睛看到约娜时，立刻站起来了。她俩面对面站得那么近，几乎是胸贴胸了。那个不相识的人叽咕着说：

你醒了，要当心再病了。

“您是谁呀?”约娜问道。

但是这个女人张开双臂，把约娜抱住，使出男人一般的力气，又把她抱回床上。当她轻轻地把她放在褥单上时，她弯下身去，就要贴到约娜身上，边哭边狂热地吻着她的双颊，她的头发，她的眼睛；她的眼泪落在约娜的脸上，她喃喃说道：

“约娜小姐，我可怜的女主人，我可怜的女主人，难道您竟一点不认识我了吗?”

这时约娜喊道：

“啊！萝伯丽，我的孩子啊!”

两个人抱在一起哭了起来。

还是萝伯丽先平静下去，说道：

“好了，要自己照顾自己，不要病了。”

于是她把床重新整理好，把被铺平了，把枕头搁回到她当年的女主人的头下。约娜回忆起过去的事便又哭了起来。

她终于问道：“我可怜的孩子，你怎么回来的呢?”

萝伯丽答道：“现在你只一个人，我不能不管你呀!”

约娜又说：“点上一支蜡烛吧，让我来看看你。”

点燃的蜡烛端到床头桌上时，两人相视无语。然后约娜把手伸给她当年的使女，轻声说道：

“教我怎么能认得你呢？我的孩子，你完全变了样，当然，我和你比，就更不如了。”

萝伯丽看到面前这个瘦削而又憔悴的白发妇人，当年她离开时曾是那么年轻、美丽和鲜艳，答道：

“我的主人，你也变得非常大。可是您想一想，我们已经有二十四年不见面了。”

两人又都不作声了，各人都在那里沉思。最后约娜嗫嚅说：

“你那时肯定过得不错。”

萝伯丽踌躇了，害怕引起太令人痛苦的回忆，她结巴着说：

“可以……可以……那么说，夫人。我没什么可说的，的确……我比您过得幸福。只有一件事情叫我心里难过，那就是没有能留在这儿……”

她无意地说到那个事，便不再说了。但是约娜委婉地接着说道：

“我的孩子，那怎么能怪你呢？一个人总不能事事都称心如意。你丈夫也死了，对吗？”

这时一阵痛苦，使约娜的声音都发抖了，她继续问道：

“后来……后来你又有过孩子吗？”

“没有，夫人。”

“那么……你……你那个儿子……他现在怎么样了？你对他还满意吧？”

“他结婚有半年了，他把我的农庄接过去了，所以，我到您这里来啦。”

约娜感动得颤抖着，喃喃问道：

“那么，我的孩子，以后你不会再离开我了吧？”

萝伯丽回答得很干脆：

“那是一定的，夫人，我把一切都安排好了。”

接着隔了相当时间她们都没有说话。

由于这些年的态度的改变，约娜已习惯于各种情况了。她便问道：

“你的丈夫，他待你好吗？”

“啊！夫人，他是一个正直的人，又勤劳又俭朴。他是害肺病死的。”

约娜很想知道个底细，从床上坐起来说道：

“过来，我的孩子，把一切，告诉我你的一切吧！今天，这对我是有好处的。”

萝伯丽把椅子拉近一些，坐了下来，就与约娜谈起了自己及生活。她把农村里的人所喜欢谈的细枝末节也都说了，还描绘了她的院子，有时自己也情不自禁地笑了，谈话的声调一步一步高起来，这也正是习惯于支配一切的农妇的本色。最终她表白说：

“现在我有点家产，生活没问题。”

接着她又露出有点为难的样子，把声音放得更低，说：

“不管怎么说，如果没有你的照顾就不会有我的今天；所以您知道，我这次来是不能要工钱的。啊！真的不能要，真的不能要。您要不答应，我就走了。”

约娜问道：“你的意思是白给我干些什么的。”

“唉！夫人，我就是这个意思。给钱！您来给我钱！现在咱俩的钱差不多一样多？您只要想一想，这多次的抵押和借债，加加上每期应付的越积越多的利息，除此以外，您所剩还有多少呢？您都知道吗？您不知道，可不是？你的收入每年也许不过一万块钱。未必能有一万法郎，您明白吗？但是这一切，都让我来替您安排，并且越早越好。”

她说话的声音又高起来了，她看到欠息不去清理，倒闭的威胁就在眼前，心里就按捺不住，简直气愤极了。约娜好像想到了什么，就笑了一下，她真急得嚷起来了：

“这没有什么可笑的，夫人，因为没有钱，就不能好好生活。”女主人握着她的手，心里念念不忘的还是那个老想头，她慢条斯理地说道：

“啊！我呀，我的运气不好。什么事我都遇见过。”

可是萝伯丽摇摇头：

“不能这样说，夫人，不能这样说。没有别的，只怪您结婚结错了。连对方是怎么一个人也没弄明白，不应该这样就结婚了。”

她们俩有谈不完的话。

太阳出来了，她们还在那里谈个不停。

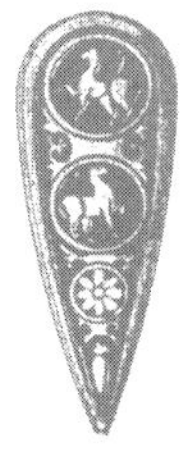

第十二章

一周里，萝伯丽已把庄园里所有的事和所有的人都完全掌握在自己手中了。约娜把一切事情都托付给她。她衰弱得也和当年的小母亲一样了，走路时拖着腿，出去时由萝伯丽搀着。这个使女不仅扶着她慢慢地散步。

她们总是谈起当年的事情，这时约娜嗓子里咽着眼泪，萝伯丽却像那些农民一样，语调平静，一点不动感情。萝伯丽提及解决那些贷款的事；后来她要求约娜把各种契约和单据都交给她，约娜对这些经济上的问题毫无观念，她所以藏起来，只为的不使她儿子丢丑而已。

于是一个星期中，萝伯丽天天跑到费岗去，找她所认识的一个公证人，帮助约娜弄清楚一些事情。

然后一天晚上，她照料女主人上床之后，便坐在她的床头，突然说道：

“现在您已经躺下了，夫人，我来跟您谈谈吧！”

之后，她说出了现状。

把一切旧账都算清之后，每年只有几千元的收入了，再也不能更多了。

约娜答道：

“我的孩子，你还想怎么样呢？我都这把年纪了；这已经够我用的了。”

萝伯丽却生气了：

“夫人，为您一个人，那倒够了；那您的孩子呢？”

约娜一阵寒战。

“我求你，不要跟我谈起他来。每当想到他，心里太不自在了。”

“我倒偏要谈他，因为，约娜夫人，您太懦弱了。他犯了很多错误；孩子就要用钱去养。听我一句话：您还是把白杨山庄卖了吧！……”

约娜大吃一惊，跳起来坐在床上，说道：

“把白杨山庄卖了！你怎么想的呢？啊！那可万万不能！”

但是萝伯丽一点也不慌张。

“夫人，因为我们只有这样做才行。”

接着她说明了她的打算、她的计划、她的理由。

一旦把白杨山庄和附带的两个农庄卖给她已经物色好的买主之后，就可以保留下已经抵押出去的在圣莱奥纳的那四个农庄，把押款偿清之后，这四个农庄每年还可得八千三百法郎的收入。除了每年提出一千三百法郎做庄上的修理和保养费用之外，还剩下七千，其中拿五千来作为每年的开支，留下两千以备急需时使用。

她又补充说：

“你只剩下这些了。将来钥匙由我管，您明白吧！至于贝尔先生，一点也不能给他了，一点也不行；要不他会不给留一分钱。”

约娜默默地流着眼泪，喃喃说道：

“倘若他连一点吃的也没有了呢？”

“他饿肚子找上门来，我们就请他吃。反正这里总有他可睡的地方，也有他可吃的东西。从一开头，您要一个钱也不给他，他就不会搞出这种种蠢事来的，您说对不对？”

“如果不替他还债，他怎么见人。”

“到您什么都没有了的时候，就能使他不欠债了吗？您替他还了债，那很好；以后您可不能再替他还债了；我就是这样对您说的。晚安啦，夫人。”

说完她就走了。

约娜辗转反侧，心里老想着出卖白杨山庄这回事儿，想到要搬家，从此就要离开这所和她一生分不开的房子。

第二天，当使女走过来时，她告诉她说：

“我可怜的孩子，不论怎么样，我可不能离开这儿。”

使女恼怒了：

“夫人，非这样办不可。买房子的人马上就要来了。您不这样做，四年之后，您手里什么也不剩了。”

约娜绝望地反复说道：

“我不能离开这儿，我怎么也不能。”

一小时之后，邮差送来贝尔的一封信，又是向她要一万法郎。萝伯丽把胳膊一举，说道：

“您看我刚才对您说的话对不对，夫人？唉！我要不回来，您母子俩可有意思啦！”

约娜听从了老使女写了一封信：

我亲爱的儿子：

我再没有什么可给你了。你害得我破了产，我弄到只好卖白杨山庄了。但是不要忘记：无论什么时候你没有路可走了，愿意回来，

我这里总给你留着一个栖身的地方。你老母亲为你受的苦够多的了。

约娜

当公证人和前糖厂厂主约弗伦先生到来时，约娜亲自接待他们，带他们把房子仔仔细细看了一遍。

约娜把房子卖了后，买了一个小房子住下了。

那一天，她怀着凄惨悲痛的心情，独自在小母亲的白杨路上散步到傍晚，她望望远处的天空，看一看周围的环境依旧，这一切事物她都熟悉得仿佛就在她的眼睛里，就在她的心灵里，还有那灌木林，荒野上她经常坐过的那个土岗，卡罗送命的那一天，她就是从这土岗上看着福尔维勒伯爵奔向海边去，还有那棵秃顶的老榆树，她过去常常靠在这棵树上，还有那整个熟悉的花园，这是她最后看这一切了。

萝伯丽过来牵住她的胳膊，把她拉回屋子里。

一个二十五岁左右的高个儿的庄稼汉等在门口。他向她问候，说话的语气很亲切，好像是旧相识似的。

“您好啊，约娜夫人。母亲叫我来帮您搬家。我想知道您要搬的东西都是些什么，这样我可以随时带走一些，不会影响下地干活儿。”

这个人就是她使女萝伯丽的儿子，卡罗的儿子，也就是贝尔的兄弟。

她望着他，想看出哪些地方他像她的丈夫，或是像她的儿子。他面色红润，身强力壮，金黄的头发，碧蓝的眼睛，这些都像母亲。然而他也像卡罗。究竟像在哪些地方？为什么像？她倒也说不上来，总之在面貌的整体上有和他相似的地方。

小伙子又一次说道：

“您要能立刻指给我看一遍，那就好了。”

新房子很小，一时不知带什么好，于是让他过一段时间再来。

从这时起，她心里尽惦记着搬家这件事情了，虽然是非常悲凉的事，但在她黯淡而无目的的生活里，也算有了一点事情可做。

她从这间屋子走到那间屋子，想找到旧时的回忆。那些家具就像是和我们一起生活过的朋友，成了我们生活中的一部分，差不多也就是我们自身的一部分，从那时起我们就有美好和伤心的回忆，我们一生的各个时期都和这些家具有联系，它们曾是我们美好的或阴沉的时刻无言的伴侣，如今它们和我们一样上了年纪，变得老了，有些东西已非常陈旧了。

她一件一件地挑选，常常犹疑不决，为难得仿佛在做什么重大的决定，在两把圈椅中挑一把，或是搬走那张旧写字台呢还是那张针线台呢，她都要考虑了又考虑，比较了又比较，下不了决心。

她拉开抽屉，作了种种回想；然后等她下了决心说："是的，我带走这一件，"这时人们才把那件家具搬到楼下餐厅去。

她要把自己卧室里的家具全部带走，包括床、挂毡、台钟和其他一切。

约娜选了一些自己比较喜欢的用具搬走。

她在这所就要离别的住宅里，走遍了每一个角落，有一天，她登上了阁楼。

这使她大吃一惊：楼内堆放着各种被换下的东西。她还发现了许许多多从前她熟悉的小摆设；这些东西后来突然不知去向，也就不再想起来了，一些没有什么价值的小物件，在她身边摊了十五年，天天见到，可也从来没有注意过，这时在阁楼上突然发现了，并且和那些更古老的东西堆在一起，她还记得在她初到白杨山庄时这些东西都摆在什么地方，这些破旧的东西，犹如被遗忘了的见证人，犹如久别重逢的朋友，一下都具有很重大的意义了。在她心目中，这些东西犹如她的旧朋友，而忽然一天晚上，想也没有想到，竟畅所欲言地谈起来。把自己心里的话全部吐露了出来。

她看了这一件，又看另一件，心头卜卜地跳着，自言自语说：

"瞧！那是在我结婚前几天的一个晚上被我打破的一个瓷杯子。啊！这是小母亲的小灯笼，那是父亲的手杖，因为他想去打开那扇被雨水泡涨了的栅栏门，结果把手杖弄断了。"

这些东西都能唤起她的回忆。时代过去了，这些东西被丢在一边，积满了尘埃，看去更显得凄凉。谁也不知道这些东西的历史和经历，谁也没有见过曾经选购、收藏和喜爱过这些东西的人，谁也不熟悉经常使用过这些东西的手，欣赏过这些东西的眼睛。

约娜摸摸这些东西，拿到手上看一看，在厚厚的尘土上留下了许多指印；约娜对这昏暗的小屋依依不舍，呆了很长时间。

她仔仔细细地察看了那几把只剩了三条腿的椅子，思索着能否回想起一点什么来；她又看了一些东西，仿佛找回过去，和一大堆不能使用了的家常用具。

然后她把要带走的整理了出来，下楼叫萝伯丽去取。萝伯丽生气地看着这些东西，不愿搬出去。

一天早晨，那个年轻的庄稼汉柯尼·勒科克——卡罗的儿子——赶着大车来做第一次的搬运。为了看东西不掉下来，她也一齐去了。

当留下约娜一个人时，她又处在伤心之中。她从这一间屋子到那一间屋子，一个劲地看着，有时狂热地抱吻一切她所不能带走的东西，客厅挂毡上的大白鸟，古老的高脚烛台，遇到什么就吻什么。她眼眶里挂着眼泪，发疯似的在屋子里走来走去，然后她又出门去和大海“永别”。

这时已近九月底了，低沉而灰白的天空笼罩着大地；海浪也不像以前清澈了，但还是一望无际。她在悬崖上伫立了很久，种种痛苦的回忆在她脑筋中翻腾。直到夜色降临时，她才走回去。这一天她心里的感受，不下于她生平最悲痛的日子。

萝伯丽已经回来，正在家里等着她。老使女对新房子非常满意，说比这远离公路死气沉沉的庄园痛快多了。

为了搬家，约娜哭了一个晚上。

农庄上的人自从知道白杨山庄已经卖出去，对约娜就不是那样有礼貌了，一些人对约娜不理解，原因是什么也不很知道，想必他们从敌意的本能出发，觉得她那病态的娇气愈来愈严重了，胡思乱想更厉害了，种种倒霉的事情使她那可怜的灵魂已经失去了常态。

在走的前一天，她偶然走进马房里去。一声吼叫使她吃了一惊。原来是屠杀。几个月以来她都没有想到这条狗。它已活到超出了一般狗的年龄，眼睛也瞎了，身子也瘫痪了，仍然躺在那张草荐上，全仗厨娘吕迪芬给它一点照料。约娜抱起屠杀。它的身子变得又粗又圆，像一个装酒的木桶，走路时四条腿僵硬得摆也摆不稳，叫起来就像儿童的玩具木狗一样。

最后的晚上到来了。前一夜约娜睡在从前卡罗的卧室里，因为她自己的房间已经搬空了。

她起床时异常疲劳，喘着气，就像刚跑过了一大段路似的。院子里的车装满用具。后面还有一辆双轮敞车，是准备给女主人和使女乘坐的。

只有罗蒙老爹和厨娘吕迪芬暂时还留在庄园里，要一直等到新主人到来；那时只有各自回家了。约娜给他们安排了一笔数目不大的年金，此外他们自己也都有一点积蓄。因为这个家散了，他们这些佣人也就无用了。马里于斯成家之后，早就不在庄园了。

八点光景，天下雨了。微风吹拂着细雨。他们不得不用油布盖在车上。片片树叶从树上吹落下来。

几杯牛奶咖啡在厨房的桌上冒着热气。约娜坐下去，拿起自己的一杯，小口小口地喝着，然后站起身来，说道："我们走吧！"

当约娜穿戴完时，她哽咽着叹道：

"孩子，你还记得吗，我们从卢昂动身来这里时，那一天下着多么大的雨啊！……"

因为过于伤心而昏厥过去。

她像死了一样昏过去足有一个多钟点；然后她睁开眼睛一面抽搐着，一面簌簌地流着眼泪。

她平静了，可是浑身没劲，站着都费劲。萝伯丽害怕迟迟不走又会发作，便出去把她儿子找来。萝伯丽和儿子把约娜架进车里，让她坐在那条漆皮的长木凳上。老使女也上了车，坐在她的身旁，拿毯子替她裹住腿，把一件大斗篷盖在她的肩上，接着撑开雨伞遮在她的头上，向她儿子喊道：

"柯尼，快一点，我们走吧！"

年轻人跳上车子，挤在他母亲身边，因为凳子不够宽，只搁下了一条腿。他赶着马飞奔起来，颠得车子东一下，西一下。

到村口拐弯的时候，他们看见一个人在大路上徘徊，那正是托耳彪克神父，他像在那里窥伺他们的起程。

他站住让车子过去。他怕泥浆溅到自己身上。他那穿着黑袜子的两条细腿，伸在一双溅满泥浆的大皮鞋里。

约娜为了不和他碰见，低着头；萝伯丽对事情前后的经过完全清楚，此刻生气极了。她嘴里咕噜着："坏蛋！坏蛋！"接着拉住她儿子的手，吩咐说："赶快抽他一鞭子！"

年轻人趁车子经过神父面前时，让那转得很快的车轮突然冲进到车辙里，哗啦一声，把神父从头到脚溅满了一身泥浆。

萝伯丽非常高兴，转过脸去向他伸伸拳头，神父却在那里用一条大手绢擦着泥水。

他们又走了五分钟之后，约娜忽然嚷道：

“我们把屠杀忘掉了!”

车子只好停下来，柯尼下了车，跑回去找狗，萝伯丽拉着马缰。

那狗被柯尼抱了回来。

第十三章

两小时过去了，马车在一所房子前停了下来。房子周围是一个果园，种着修剪得很整齐的梨树。

园子的四个角上各有一个格子花棚，长着各种植物。园子里是一小垅一小垅的菜圃，垅上种了果树。

园地四周围着一圈很高的树篱，与其他的农庄一地之隔。前面离开百步远的地方，是大路上的一家铁匠店。这里非常偏僻。

从这里一眼望去满目是在高奥平原上的农庄，这些农庄的外围都有四排双行的大树，圈在里面的是种了苹果树的园子。

约娜一到就嚷着休息一会儿，萝伯丽怕她刚到一个新环境又伤感起来，而不让他休息。

为了布置房子而从戈德镇叫来的木匠已经在那里，最后一车行李就会到来，在这以前，他们立刻先动手安排已经运到的家具。

这是一桩很费工夫的事情，要多方的考虑的。

一小时之后，运行李的那辆马车也停在栅栏门前了，他们不得不在雨中把东西搬下来。

到了晚上，屋子里还乱得不成样子，满是东西；约娜困极了，上床就睡着了。

接连几天约娜忙于料理，弄得精疲力竭，也就少了不少悲伤。她甚至对布置新居还颇有兴致，因为她思想上总觉得她儿子一定会回来的。她把原先自己卧室里的挂毡挂在餐室里，这个餐室同时也当作客厅使用；二楼有两个房间，其中有一间她特别花了心思去布置，那是为儿子准备的房间。

另一间是留给她自己的；萝伯丽住在顶上阁楼旁边的一间小屋里。

这所小房子经过一番布置，倒也很美观，刚开始她也很愉快。尽管她心里还是感到有些缺点什么，但也说不出到底是什么。

一天早晨，费岗那个公证人的办事员给她送来三千六百法郎，这是留在白杨山庄

的那一部分家具经家具商估价后折旧的一笔款子。她把这些钱一点不留地寄给了贝尔。

可是当她急急忙忙走在大路上时，却碰上萝伯丽从市场回来。那使女没有立刻猜到是怎么回事，但心里却起了疑心；约娜是瞒不了萝伯丽的，最后让她猜出来的。

她两手叉着腰，大声叫嚷；之后，她用右手牵住她的主妇，左手挽着筐子，怒气冲冲地走回家去。

一到家，使女便要约娜把钱交给她。约娜藏起了六百法郎，把其余的都拿出来了；可萝伯丽早已揭穿了她，约娜只好把全部都交了出来。

萝伯丽却同意把那六百法郎寄给贝尔。

几天之后，他写了一封信回来，表示感激："你帮了我一个很大的忙，我亲爱的妈妈，由于我们实在穷得厉害。"

约娜在巴特维勒总住不惯；她时刻感到呼吸不像从前那样畅快，自己比以前更孤单、更冷清、更无依靠。她常自己出去溜达溜达，一直走到韦纳村，然后再从三池村绕回来，可是一到家，还是坐不住，又想出去，仿佛刚才恰恰忘了没有到她应去的地方，没有到她想要去散步的那个地方。

每天都如此，她自己也不明白为什么会有这种古怪的念头。但是有一天晚上，坐下来晚餐时，她无意中叹道："啊！我多么想去看一看大海呀！"这才使她恍然大悟，她心不静就是因为这个。

她想见的正是大海。二十五年来，大海一直是她的邻居，那带有盐水的气息、呼啸奔腾、吹起烈风的海，那从白杨山庄的窗口每天早晨她都见到、昼夜都呼吸到、时刻都感觉在身边的海，她喜欢去海边，就像初恋一样强烈。

屠杀也生活得极其不安。刚到的那天晚上，它就躲进到厨房的柜子底下，再也不肯走开了。它每天都呆在那里，偶尔才转动一下身子，发出低沉的怨声。

可是天一黑，它便东倒西歪地走出来。在露天停留了它所必需的几分钟之后，便又进来，蹲在还温暖的炉灶面前，可是看见主人回屋去睡觉时，它就哀号起来。

它彻夜地哀号，声音让人感到悲哀，有时停了一个钟点，但再开始时，听来就更惨痛。她们把它拴到屋子前的一个木桶里，呼号着。后来看它病得快要死了，才把它牵进屋里。

约娜听着老狗不断的呻吟和抓搔，弄得不能入睡了。狗也想适应新的家。

可是什么也不能使它安静下去。白天里，当一切生物正在活动的时候，它却昏昏沉沉地躺着，好像知道自己看不见东西了，病弱不堪，就懒得再动弹了；可是一到夜间，它却开始不停地转来转去，仿佛在黑暗中一切生物都失明了，这才使它敢于出来活动似的。

一天早晨，屠杀悲惨地死了。大家这才安了心。

时已隆冬；约娜感到孤独、空虚。这不是那种啮噬心灵的尖锐的痛苦，而是一种凄迷愁人的忧伤。

没有任何事情能使她振作起来。好像失去了这个门前向左右伸展的大路上，难得见到人影。偶然一辆轻便马车飞奔过，赶车的人露出红红的脸，身上的罩衫迎风鼓得圆圆的，就像一个蓝色的气球；有时出现一辆缓慢的大车，也许是望见远远走来两个农民，一男一女，在遥远的前方，越来越清楚了，可当他们走过屋门前以后，又逐渐缩小，直到随着地形的起伏，在远处蜿蜒伸展的白线尽头时，看去小得就像两个甲虫了。

初春野草萌芽的时候，一个快乐的小女孩，每天早晨带着两条在大路上沿沟啃草的瘦牛，从栅栏门前经过。到傍晚时，她又经过，仍然慢吞吞地跟在牛后面，每隔十分钟，才走上一步。

到夜晚，约娜常做梦回到原来的地方。

像从前一样，父亲和小母亲都和她在一起，有时甚至还有丽松姨妈。她重新做着已经过去了的、早被遗忘了的事情，她梦见自己搀着阿卡来德夫人在那条白杨路上散步。每当醒时脸上总挂着泪珠。

她经常想起贝尔，自言自语说："他做着什么呢？现在怎么样了？他有时想到我吗？"每当她慢慢地在农庄之间的小路上散步时，脑子里翻腾的尽是这些痛苦的念头；她孤独和气愤，是她极度妒忌那个不相识的女人，因为她抢走了她的儿子。正是这种怨恨使她留在家里，使她不能有所行动，使她没有到他的寓所里去找他。她仿佛看到那个女人站在门口，问道："您来这里做什么，夫人？"想到会遇见这种场合，她怎么能容忍别人抢走自己的孩子。一个始终纯洁没有沾染一丝污点的女性的尊严，使她愈来愈愤恨男人的懦弱行为，他们沉溺在情欲中了，使他们的心也变得污浊了。当她想到男女间那些淫秽的秘密、龌龊的戏狎、如胶似漆难分难解的肉体关系时，她认为人是不可思议的。

又是一个春天和夏天都过去了。

当秋天来到时，人也像是老态横秋、疲倦极了。终于她决心要做最后的尝试，想把她的普莱争取回来。

年轻人感情也许淡了许多。

她给他写了一封哭诉的信。

我亲爱的孩子：

我恳求你回到我的身边来。你想想吧，我年老而又多病，孤孤零零，常年只有一个使女和我在一起。现在我住在靠大路边的一所小房子里。生活真够凄凉。但是如果你在这里，我的一切就会大不相同了。在这世界上，我只有你了，但是我已经七年没有见到你了！你永不会知道我生活得多么不幸，我是怎样把自己的心全部寄托在你身上。你就是我的生命，我的理想，我唯一的希望，我唯一所爱的人，而你却不在我身边，你丢下了我！

啊！回来吧，亲爱的，回来拥抱我，回到你老母亲的身边来，她很孤独伸着胳膊在等你回来。

约娜

几天之后，他回了一封信：

我亲爱的妈妈：

我但愿能去看你，但是我身边一个钱也没有。寄一点钱来，我就可以回来。我本想去看你，和你谈谈我的计划，这个计划如能做到，就可以实现你对我的要求了。

在我最困难的日子里始终和我在一起的那个人，她对我的恩情真是一言难尽。我对她这种无限的忠诚和始终如一的爱情，今天不能再不公开承认了。她的举止和礼貌都很周到，将来一定会使你喜欢。她的知识很丰富，书念得很多。更主要的是你很难想象她一直对我是多么的好。我对她不表示感激，那我就太没有良心了。所以我现在要求你允许我和她结婚。你会原谅我过去的种种错误，将来我们大家可以一起住在你的新房子里。

如果你认识她，你一定马上会同意我的要求的。我向你保证她是一个完美和高贵的人。我相信你一定会喜欢她的。至于我呢，要没有她，我简直生活不下去。

我急切地等候着你的回音，我亲爱的妈妈，我们衷心地拥抱你。

你的儿子

贝尔·德·拉马尔子爵

约娜看后很生气。她把信搁在膝上，一动也不动地坐在那里。她看透了这个女人的计策：她一刻也不停地缠住她的儿子，一次也不放他回家来，她期待着会有那么一天，老年盼子归来的心情是那么强烈，到那时候，她会软化下来，她会答应他们的一切要求。

贝尔对那个女人珍爱到这种地步，非常让母亲伤心。她反复地对自己说："他不爱我。他不爱我。"

萝伯丽进来了。约娜喃喃说道：

"他要和那个女人结婚。"

使女吓了一跳，答道：

"啊！夫人，您可不能答应呀！他不能与那个女人结婚。"

约娜边绝望边挣扎说：

"这可绝对不行。他不来，我们去找他，倒要看看，我和她中间究竟谁的本领更大。"

于是她立刻写信给贝尔，通知他说她要去，并且不要和那个女人见面。

然后她一边等回信，一边准备东西动身。萝伯丽替女主人把内衣和服装都装在一只旧箱子里。但是当她折叠一件连衣裙时，看见那已是不时髦了的衣服了，便嚷着说：

"您一件可穿的衣服也没有。不能这样就出去。人人都要为您丢脸；巴黎的太太们会把您看成是一个女佣人了。"

约娜听从她的意见办事。两人一同到戈德镇去选了一身合适的衣料，交给镇上的女裁缝去做。然后她们又去找那个每年要在首都住上半个月的公证人鲁塞勒先生，问些情况。因为约娜已经二十八年没有到过巴黎了。

公证人一再提醒她们，怎样不会使她有危险，劝她们只把随手要用的钱放在口袋里，其余的都缝在衣服里子的夹缝里；他讲了许多关于中等餐馆的情况，指出其中有两三家是女客去得最多的；最后又提到车站附近他经常住的那家诺曼底旅馆。到那里会接待的。

巴黎和哈佛之间火车已经通了六年了，人人谈论火车，但是约娜由于自己痛苦的

遭遇，至今还没有见过使附近地区引起重大变革的这种用蒸气推动的车子。

贝尔一直没有回信。

约娜等了一个星期，接着又等了半个月，每天早晨到大路上去迎接邮差，向他颤声问道：

“马朗丹老爹，有给我的信吗？”

由于时令不调，马朗丹老爹的嗓子总是沙哑的，每次他都回答说：

“还是没有，我的孩子。”

显然是那个女人不让贝尔写回信！

因此约娜决定启程。她想把萝伯丽带在身边，可是那使女为了少花点钱就没有去。

萝伯丽只许她带有三百块钱，说道：

“不够时再写信给我，我会托公证人给您寄去。现在我要给多了，结果又都落在贝尔先生的荷包里。”

这样在十二月的一天早上，柯尼·勒科克赶了马车来接她们到火车站去。主仆一同上了车子，萝伯丽准备护送她的女主人一直到车站上。

她们先问清了火车的票价，然后，办好了一切，她俩便在铁轨面前等着，想整清楚这火车究竟怎样开动，她被这个想法所迷惑着，也就不去想起这趟叫人伤心的旅行的目的了。

终于，远远的汽笛声使她们转过头来，她们看见一架黑色的机器，愈近愈大，开到她们面前时，声音特别的大，震的耳朵发痒。那机器拖着一长串活动的小房子，列车员打开一扇车门，约娜哭着抱吻过萝伯丽，就走进一间小木屋里去了。

萝伯丽很激动，叫道：

“再见，保重！”

“再见，孩子。”

汽笛又响了，一整串的车子的轮子转起来，愈转愈快，到后来飞奔前进，快得怕人。

约娜坐的那间车厢里，连上她只有三位乘客。

她看着田野、树木、农庄、村落飞越过去，她很费劲地跟在后面，她觉得自己落到一种新的生活里，被带到一个新的世界去，这个世界不再是她的了，既不像她青年时代那么安静，也不像她的生活那么单调。

薄暮时分，火车开进了巴黎。

一个搬运行李的人替她拿了箱子，她慌慌张张地跟着他，很不习惯地在乱哄哄的人群中挤来挤去，因为怕走失了搬运夫，她几乎就跟在那个人的后面跑。

到了旅馆的账柜前，她急忙声明说：

“我是鲁塞勒先生介绍来的。”

旅馆的女主人是一个一本正经的大胖子，她坐在账柜前，问道：

“他是谁？”

约娜吃了一惊，答道：

“就是戈德镇的那个公证人，他每年来都在你们这里住。”

胖女人说道：

“那是不可能的。我不认识他。您要一个房间吗？”

“是的，太太。”

一个服务员领着她上楼了。

她觉得心里很难过。她在一张小桌子面前坐下，要了一盆清汤和一份子鸡翅膀，叫他们送上楼来。她感到有些饿了。

她在一支蜡烛的微光下，冷清清地进晚餐，心里回想起许许多多的事情，想到她从蜜月旅行回来时曾经路过这个城市，而且就是住在巴黎的那几天，卡罗的性格第一次显露出来。可那是过去美好的回忆，现在她觉得自己已经衰老了，又拘谨又畏缩，一点点小事情就弄得颓丧不安。餐后她靠到窗口，望着大街，由于独自出门，想出去的念头打消了。她想她一定会迷路的。她上了床，吹灭了蜡烛。

可是那喧嚣的声音、刚到一个陌生城市的感觉和旅途的困顿使她不能入睡。时间一个钟点一个钟点的过去。外面的闹声渐渐平静下去，但她还是睡不着，这种大城市的半休息状态使她心烦。她已经习惯于乡间那种安静而浓重的睡眠，无论人畜和草木都不出一点声音，而现在呢，她觉得周围总像充满了各种响动。微细得不可捉摸的声音就像从旅馆的墙壁上钻过来。有时地板格格地响，再是关门的声音，打铃的声音。

快到早晨两点钟时，她刚要睡着，忽然听见旁边屋有女人在哭喊起来；约娜立刻在床上坐起身来；这时她似乎又听见一个男人的笑声。

离天亮愈近，因为特别想念自己的儿子，天刚放亮，就穿上了衣服。

贝尔住在旧城区的索瓦热街。为了听从萝伯丽的嘱咐，为了节省开支，她便走着去。天气晴朗，凛冽的寒风吹在脸上，像刀割一样；匆忙的人群在人行道上奔走。她按别人给她指点的路，尽快地走着，到街的尽头，应该先向右转，后来再向左转，到一个广场

以后，她还得重新问路。她没能找到那个地方，便向一个面包房的人打听，他指点的路却是另一个走法。她又走了一程，仍然没有走对，东问西问，后来迷失了方向。

她有些着急了。正当她决心想叫一辆车子的时候，她却望见了塞纳河。于是她便顺着码头走去。

大约又走了一小时光景，她终于找到了索瓦热街，那是一条十分阴暗的小巷。她到门口时停了下来，因为心跳反而走动了。

普莱，他就住在这里，住在这一所房子里。她感觉腿都软了；最后她才走进门去，顺着走廊，看见管门人住的一个小房间，她递过一枚钱币去，问道：

“可否麻烦您上楼去告诉一下贝尔·德·拉马尔先生，说有一位老太太，他母亲的一个朋友，在楼下等他。”

管门人回答说：

“他早搬走了。”

她浑身一阵战栗，嗫嚅道：

“那他……他现在住在哪里呢?”

“我不知道。”

她像被打了一闷棍似的，差点昏过去。她竭力挣扎，才终于恢复了神志，讷讷地问道：

“他离开多久了?”

管门的这才详细告诉她说：

“已经半个月了。有天，他们走了就没有再来，他们在附近到处欠了钱，这您就明白他们是不会留下地址的。”

约娜眼前闪过一阵火光，就像有人在她面前开了几枪。但是一个坚定的念头支持着她，可是她很清醒，她要知道普莱在哪里，并且找着他。

“那么，他走的时候什么也没有说?”

“啊！什么也没有说，他们是为逃债才跑的，就是这么回事。”

“但是他总要有人来替他取信吧?”

“通常是我交给他们的。他一年没几封信。在他们离开的前两天，倒有一封信是我替他们送上楼去的。”

那是约娜给她的信。她急忙说道：

“您听我说，我是他的母亲，我就是来找他的。这里十个法郎给您。要是您得到他什么消息，请您到哈佛路诺曼底旅馆给我送个信，我肯定多多感谢你，给你更多的钱。”

他回答道：“太太，您托给我好啦!”

她就匆匆地走了。

她感到失落、漫无边际地走着，自己也不知道该去哪。她急急忙忙的，像是有什么要紧的事情；她沿着墙脚走去，被过往的行人碰着了；她穿过街道时不先望一望迎面过来的车辆，一些车夫骂她瞎了；她一点不注意人行道的石级，有时几乎就摔倒；她失魂落魄地匆匆向前奔跑。

突然她已经在一个公园里了，她累了便坐在一条长椅上。显然她在那里坐了很久，不自觉地流着眼泪，因为经过的人都停下来望着她了。她觉得身上很冷，便站起来想走；她的两条腿像灌铅了似的，动弹不得。

她想走进餐馆去喝一点热汤，可是内心的羞愧和胆怯，怕被别人看出自己的悲伤而丢面子，因为过分悲伤而不敢进饭馆吃饭。她在门口站了一会儿，向里面张望，看见一桌一桌都是在那里用餐的人，便又胆怯地缩回来了，暗自说道：“换一家再进去吧!”但是走到第二家餐馆仍然没有胆量进去。

最后她在一家面包店里买了一个半月形的小面包，在路上边走边吃。她只是干着吃面包，一点水都没有。

她穿过一道穹顶的大门，来到另一个有环廊的公园。她认得那是故宫公园。

在太阳下走了很多路，这时她身上觉得暖和一些了，便又在公园里坐了一两个小时。

一群人进来了，这是一群衣饰很讲究的男女，礼貌彬彬，谈笑自如，这些有福气的人，女的美丽，男的富有，他们就是为了打扮和享乐而活在世上的。

约娜夹在这群豪华的人中间，心里羞愧极了，便站起身来想跑；但突然她又想到在这种地方也许可以遇见贝尔，她来回巡视着，胆怯而又急促地从公园的这一头走到那一头，暗暗窥探着游人的面目。

过往的行人认为她是疯子。她感觉到了，赶快避开，心想别人一定在笑话她那副样子和她所穿的那身绿色花格子的连衣裙，这是萝伯丽选定了料子特意叫戈德镇的女裁缝替她缝制的。

她连向行人问路也不敢了。最后，只好硬着头皮问了，才算回到旅馆。

这一天其余的时间，她就动也不动地坐在床脚边的椅子上消磨过去了。晚餐时，她像前一天一样，要了一份汤和一点肉。然后她就上了床，每一行动都只是机械地按习惯做去。

另一天，她来到警察局，目的让他们找回贝尔，人们一点也不能向她保证，但同意替她去找。

于是又在街上徘徊了，总想遇见贝尔。在人来人往的街道上，她觉得自己比在荒野里还更孤单、更可怜、更无路可走。

傍晚回去时，旅馆里的人告诉她，贝尔先生曾经派人来找过她，并且这人明天还要再来。她心里特别激动，一夜也没睡。这人就是他吗？是的，一定是他，虽然从别人描述的细节来判断却又不像是他。

早晨九点钟光景有人敲她的门，她叫道："请进来！"一面伸着双臂准备扑过去了。一个不相识的人进门来了。来人不是贝尔，而是讨债的，这时候，她觉得眼泪已经抑制不住了，但她不愿意显露出来，泪珠涌到眼边时，便赶快用指头抹掉。

这人从索瓦热街的门房那里听说她来了，因为找不到贝尔，他就来找他的母亲。他取出一张纸条，约娜接过欠单。她看到数目是九十法郎，便掏出钱来，偿还了他。

这一天她没有出门。

第二天，又一批债主上门来了。她把钱都给了债主们，自己只留下了二十来个法郎；她一面写信给萝伯丽，告诉她目前的情况。

她等候她使女的回信，自己不知道做什么是好，不知到哪里去度过漫长的愁惨的时光，她在这里真是太寂寞、孤独了。她仍然只能天天在街头流浪。她随便地走着，心里只惦记着能赶快回去，回到她那冷清清的大路边的小房子里去。

几天以前，她觉得那里悲惨得叫她不能生活下去，现在反过来了，她觉得只有那里才是自己能活下去的地方，因为她那无聊的生活习惯已经在那里生下了根。

终于一天晚上，她接到了信和二百法郎。萝伯丽在信中写道：

约娜夫人：

快回来吧，由于我不能再给您寄钱了。至于贝尔先生，等我们有了他的消息时，由我去找他吧！

向您致敬礼！

您的女仆

萝伯丽

一个下雪的严寒的清晨，约娜又回到巴特维勒去了。

第十四章

从此以后，她不再出门，不再走动了。每天早晨，她在一定的时间起床，从窗口望一望天气，然后下楼去坐在客厅的炉火面前。

她整天坐在那里不动，目光有些呆滞，过去种种伤心的遭遇一一在她眼前涌现，她听凭这一切悲苦充溢整个大脑。夜色降临了，客厅也暗了下来，她除了偶尔向壁炉里添进一些木柴去以外，仍然一动不动地坐在那里。这时萝伯丽把灯端进来，嚷道：

“来吧，约娜夫人，您应该去活动活动，不然到晚上您又吃不下东西了。”

一些偏执的念头常常不断地缠绕着她，任何事都会让她气恼；在她病态的头脑中，极小的事情都有了极重大的意义。

她尤其忘不了过去，心是城总是想起美好的回忆，她在科西嘉岛上的蜜月旅行。久已忘却了的海岛的风光突然在她眼前的炉火中涌现出来；她回忆起一些小事，以及在那里遇见过的一切人物；向导若望·腊沃利的面貌时时出现在她面前，有时她仿佛还听见他说话的声音。

她又回忆起贝尔在童年时，与他一起玩耍，一起种菜的情景。

她在唇边轻轻地招呼着：“普莱，我的小普莱，”好像贝尔就在身边似的；她的幻想就停留在这个名字上，有时接连几个钟点，她伸着手指，在空中比画构成这个名字的字母。她对着焰火比画着，仿佛这些字母就停留在她面前，然后觉得不对，她不顾手酸得发颤，又从第一个字母开始，一直描到最后的一个字母；整个名字写完了，便又从头开始。

最后，由于心乱而停止那种书写了。

她身上有着各种孤独人的特点，任何手头的用物变动了一个位置，也会使她发脾气。

萝伯丽常常逼她去走动走动，把她带到大路上去；但是才走上二十分钟，约娜便说：“孩子，我走不动了！”她就坐在路边。

不久任何活动都使她不感兴趣；为了避免活动，他特意起得很晚。

本来她一直保持着从小养成的一个习惯，那就是一喝过了牛奶咖啡，她马上便起床。她对这杯牛奶咖啡看得比什么都更重要，缺少了这个，比缺少了任何其他东西都更难过。每天早晨，她眼巴巴地等着萝伯丽把咖啡送来，满满的一杯刚放到床头的小桌上时，她便坐起身来，又香又甜地一口气把它喝完。之后才开始穿衣服。

年老的约娜变得太多了，又增加了一些莫名其妙的动作、想法。

而且她成了一个完全没有意志的人了，每逢她使女和她商量一件事情，问她一个问题，也是想了解一下她的意见，她总回答说："孩子，你说怎么做就怎么做吧！"

她觉得命不好，也就像一个东方人似的相信起命运来了；她看到自己的梦想一再幻灭，希望一再落空，到后来每遇到一点点小事，就整天犹犹豫豫的，认为自己一定又会走到错路上去，后果一定不好。

她总是说：

"我这一辈子命都不好。"

萝伯丽就不平地嚷道：

"如果您必须为面包而工作，如果您不能不每天清早六点就起来去干活，真要那样，您又怎么说呢？天下有的是这样的人，后来老得干不了活的时候，还不是穷死。"

约娜答道：

"就我自己，多无聊呀！"

于是萝伯丽气极了，叹道：

"那又算得了什么呀！多少孩子在那里服兵役！多少孩子都到美国去谋生！"

在萝伯丽的心目中，美国是一个虚无缥缈的地方，大家到那里去发财，却再不见回来。

萝伯丽继续说道：

"迟早人总是要分开的，他们年轻人与我们生活不到一起去！"

最后一点不顾忌地问道：

"要是他要是死了，您怎么办？"

这时，约娜一点也回答不出来了。

春天来了，空气也温和多了，她稍稍有了一点力气，但她不去更好地利用这点刚恢复的精力，反而更陷入痛苦之中。

一天早晨，她上阁楼去寻找什么东西，偶然打开一口木箱，发现里面装满了旧日历；保留日历也是他们的习惯。

她觉得仿佛找到了自己过去的岁月，面对这一大堆正方形的硬纸板，她落在一种异样复杂的感慨中了。

她把这些大大小小式样不同的日历都搬到楼下的客厅里，把它们按年份在桌上排列起来。在众多日历中她找到最旧的一张。

她看了很久，日历上的一些日子是她从修道院回家的第二天，也就是从卢昂动身的那天早晨用铅笔划去的。回首往事，她哭了。面对展开在桌上的她自己凄惨的一生，她无声地流着沉痛的眼泪，一个老妇人伤心的眼泪。

她产生一个实现不了的念头，把过去找回来。

她把这些发黄了的纸板一份一份地钉在墙壁的挂毡上，她可以在这些日历面前接连消磨好几小时，看看这份又看看那份，自言自语地问道："那一个月，我是怎么过的呢?"

她把自己一生中值得纪念的那些日子都一一标了记号，一些大事为干，小事为线串起，把其他的事都想起来。

她集中意志，费尽脑力，一心一意地去回想，终于把最初回到白杨山庄居住的两年间的情景几乎全部都整理出来了，她对自己生活中那一部分遥远的岁月记得非常清楚，过去的事都历历在目。

但后来的年代，她记忆中就像隔着一重云雾，岁月的流逝使她记不起来了；她耗费了无数时间，在日历面前埋着头，用尽心思追怀往事，但连某一件事情是否发生在这一年中，也仍然想不起来。

这样，在她的客厅里，就像耶稣受难的连环画一样，挂满了她已往岁月的图表。她在这些日历面前来回地浏览，有时突然她把椅子移过来，对着一份日历，一动不动地坐在那里望着，一直呆看着到晚上。

然后当草木在艳阳下开始一片繁荣，作物在田间萌芽，树木变得一片葱绿，院子里的苹果树开出团团的粉红色的花球，草原飘香时，约娜忽然变得激动不安了。

她坐立不定，一天来来去去，进进出出，总要有二十次，有时她沿着农庄，走得老远老远的，高兴得让人感到她真的病了。

看到在野草中探出头来的一朵雏菊，照射在树叶间的一缕阳光，倒映在车辙积水中的一抹晴空都会触摸到内心深处，使她萎靡，仿佛她又回到遥远的少女时代在乡间梦幻的那种感情世界里去了。

那时候，她盼望着未来，曾经也有过这种激动，在暖洋洋的日子里品尝过这种恼

人的快乐。现在她又重新遇到了这一切，但是已没了目标。她心里还在观看这种风景，但同时却也感到哀伤，仿佛春回大地所带来的永远的快乐，如今当她的皮肤干枯了，她的血液变冷了，她精神憔悴、面容苍白，这欢乐的滋味对她不仅冲淡了，引起她的悲痛。

她觉得变了很多，太阳不再像她年轻时候那么温暖，天空不再那么蔚蓝，青草没有那么碧绿，而朵朵鲜花不及过去的鲜艳和芬芳，也不像从前那样美丽了。

不过也有些天，她感到人间还是好的。使得她重新幻想，重新希望，重新期待；因为不管命运多么残酷，在美好的天气里，人怎么能始终不怀一点希望呢?

内心的苦痛不得不使她不停地走动。可是有时她会突然站住，坐在路边，回想种种伤心的事情。为什么她没有像别的女人一样被人所爱呢？为什么她连平静的生活中最普普通通的幸福都得不到呢?

有时觉得自己还很年轻，忘记在她面前除了还有几年悲凉的生活之外，再没有什么可以等待的了，忘记她自己的路已经走到尽头了；于是她就像从前还是十六岁的少女时，幻想着未来，计划着自己所剩无几的美好的未来。然而无情的现实生活的感觉又落到她身上，她像险些儿被千钧重量压断了腰似的，懒散地走着回家去，嘴里咕噜着说：“啊！真是老糊涂！真是老糊涂!”

现在萝伯丽时刻提醒她说道：“您安静点吧，夫人，您这样走动不累吗?”

于是约娜凄切地答道：

“有什么办法呢，我就像‘屠杀’在最后的那些日子一样了。”

一天早晨，萝伯丽又把牛奶送进来，说道：

“来，快喝吧，柯尼在门口等着我们。我们一起上白杨山庄去，我要到那里去办事。”

约娜激动得几乎要晕过去了；她又要见到以前的房子了。

一抹晴空照耀着大地；那匹欢跳的小马时而飞奔起来。他们进到埃都旺村时，约娜胸口突突地跳着，连呼吸都觉得困难了；等到她望见栅栏门两边的砖柱子时，她不知不觉小声叫了两三次：“啊！啊！啊!”仿佛她看见了什么东西使她的心情激动起来。

他们把车子停在库亚尔家的农庄里；接着萝伯丽和她的儿子办自己的事情去了。恰好白杨山庄的主人都出门了，农庄的人们让约娜进入她的故居去看一看。

她独自徘徊着。来到邸宅临海的一面时，她站着观望了一番。从外面看去什么也没有改变。这一天，阳光正好照在这所高大的灰白色建筑物没有阳光的墙壁上。所有的窗扉都关闭着。

一小截枯了的树枝落到她的连衣裙上，她抬头看时，原来是从那棵梧桐树上飘下来的。她走进树荫下，看见树干仍是光滑的。就像人们抚摸一头牲口似的。她的脚在草地里蹴到了一块烂木头，那是一张长凳剩下的最后的断片，她从前经常和一家人坐在这张凳子上，这还是卡罗第一次来看望的那一天摆在那里的。

她走到正屋的大门口，这两扇双合门很不好开，那把生锈的大钥匙，怎么也转不过来。费了半天的劲才把锁打开。

约娜立刻几乎跑着上楼到她的卧室去。墙上的壁纸，已褪了色，好像这屋子不是自己似的；但是当她打开了一扇窗之后，她感动得浑身都发抖了，眼前展开的正是这幅她那样地喜爱的景色：灌木林、老榆树、旷野和远处的大海，海面上浮着望去像是静止的棕色的船帆。

她一直转来转去，生怕丢了什么似的，边走边看，墙壁上的许多斑点都是她所熟悉的。她走到露出石灰的一个小窟窿面前站住了，这个窟窿是她父亲所留下的：男爵想起自己年轻时击剑的情景，每当这时，他都会舞弄一番。

在小母亲卧室的门背后，离床不远的一个非常珍贵的墙角里，她找到了一枚金头的细针，现在她才记起来这是从前她自己插在那里的，后来好些年她都在寻找这枚针，可是任何人是找不到的。她取下来作为一件非常珍贵的纪念品，捧在手里吻它。

她走到每一间屋子里，在没有更换过的裱墙纸上，探寻和辨认过去所留下的最细微的痕迹；从织物和大理石的花纹中，从年久失修的天棚中，她重新见到了自己想象中所产生的古怪的形象。

她轻轻地走着，整个院子犹如一座坟墓似的寂静。她的一生就被埋葬在这里。她走到楼下客厅里。百叶窗都是关着的，室内阴暗得使她好一阵什么也分辨不出来；后来，当她的目力在黑暗中习惯了，她才慢慢辨认出高高的挂毡上绣着的鸟儿。壁炉前面，仍是放着椅子；正像各种生命都有自己的气味，这间客厅也仍然保存着一般老房子所特有的那股淡淡的既柔和而又能分辨出来的甜香味儿，这气息扑到约娜的鼻子里，挑起她的回忆，使她的脑筋感到陶醉了。她喘着气，深深地呼吸着那已往时代的气息，双眼凝视着那两把椅子。猛然间，由于思念便产生了幻觉，她仿佛看见、她真的看见了她父亲和小母亲在炉火前烤着脚，像她在往日常见的情景一样。

她惊讶得差点摔倒。

但是幻景已经消失了。

她精神恍惚了好一阵才好；她害怕自己真会发疯，就想赶快走开。这时她的目光偶然落在她刚刚靠过的门框上，于是她瞥见了刻在那里的记录普莱身长的进度表。

油漆上留着许多轻微的记号，间隔不等的横线一道一道地往上升，用小刀所刻的数字标志着年月和贝尔身高的尺寸。有的字大一些，是男爵写的；有的字小一些，是她自己写的；有的显得拿笔不稳，是丽松姨妈写的。她眼前仿佛又看见了那个金发孩子像从前一样地站在那里，那小脑袋贴着墙，让大家记录了他的身高。

男爵叫道："约娜，他在一个半月中，又长高了一公分。"

她想到这过去的一切，便狂吻起来。

这时外面来人叫她吃午饭。那是萝伯丽的声音：

"约娜夫人，约娜夫人，大家等着您午餐呢！"

她走了出去，可是脑袋里乱哄哄的。别人和她说话，她一点也没有听懂。别人给她什么，她就吃什么；她只是知道别人说话，但不知是说什么。农庄的女主人问起她的健康，她仿佛也应答了几句；她仿佛失去了知觉似的任凭别人摆弄。

当隔着树林再望不见白杨山庄高大的屋顶时，她伤心到了极点。她觉得自己从今已和老家诀别了。

她们又回到了巴特维勒。

她刚要走进她的新屋去，却看见了门下面搁着一件白色的东西；这是她出门的时候邮差塞在那里的一封信。她马上认出是贝尔寄来的，她颤巍着把信拆开。信上说：

我亲爱的妈妈：

我所以没有更早给你写信，是因为我不愿意让你来巴黎空跑一趟，应该由我经常去看你才对。目前我遭遇到一件非常不幸的事情，使我处在极大的困难中。我的女人病得快要死了，她在三天前刚生了一个女孩，而我手头却一个钱也没有。对这个婴儿我真不知道该怎么办，现在暂由门房的女人设法用奶瓶给她喂奶，但我怕不一定能保得住。你肯抚养她吗？我实在不知道怎么办好，我也没有钱给她寄养出去。盼你立即回信。

你的爱子

贝尔

约娜浑身一点力气都没有了。使女走来之后，她俩又一起重读那封信，接着面对面长时间没有说话。

最后萝伯丽说道：

“夫人，我去把那个小东西抱回来。我们不能把她丢在那里不管。”

约娜答道：

“孩子，你去吧！”

她们又无话说了，后来还是使女提醒说：

“您把帽子戴上，夫人，我们先找戈德镇的公证人去。那究竟是一个孩子，要是那女人活不下去了，贝尔先生应该赶快和她办好结婚的手续。”

约娜一声不响地把帽子戴上。她儿子的未来妻子快活不成了。这使她心里深深地充满了一种不可告人的喜悦，一种她要想尽办法掩盖起来的自私自利的喜悦，一种会令人羞红脸的可耻的喜悦，这种高兴藏在内心深处。

公证人向使女作了细致的指示，她又自己反复的重说了几遍；这时她心里有了数，知道不会再出什么差错了，便说道：

“什么也不用担心了，由我去办吧！”

她当夜就动身到巴黎去了。

约娜心里极不平静，什么事情也不能想。第三天早晨她接到萝伯丽的通知，说她乘当天下午的火车到家。什么也没说。

快到三点钟的时候，她坐了邻居的马车到伯兹镇的火车站去接她的女仆。

她站在月台上，眼睛望着那两根笔直伸向远方，直到远处，远处，在地平线上才终于合并了似的。她不停地看着表：还差十分钟！还差五分钟！还差两分钟！现在时间到了！可是在远远的路轨上什么也还没有出现。远处出现了火车，但很小，冒着烟，然后在烟雾下出现一个黑点，越来越大，飞奔而来。那个庞然大物的火车头，最后减速了，轰轰地喘息着从约娜面前经过，她睁大了眼睛望着一扇扇的车门。好几扇车门都打开了，旅客走下车来，有穿罩衫的农民，有挎着篮子的农妇，还有头戴软帽的小市民。最后看见使女抱一个小东西出来。

她想迎上前去，但她的两条腿不听使唤，她害怕就会跌倒。使女一看见她，就像平常一样神情自若地向她走来，说道：

“您好，夫人；我回来啦，这事不太好办。”

约娜嗫嚅问道：

“怎么样呢？”

萝伯丽答道：

“那个女的死了，他们结了婚，小东西就在这儿哪。”

她把孩子递过去，婴儿包在襁褓里，谁也看不见她。

约娜接在手中，两人便走出车站来，上了马车。

萝伯丽又说：

“贝尔先生等安葬完毕就回来。可能就是明天的这班火车。”

约娜低声地说：“贝尔……”话就不再接下去了。

太阳西落了，光芒普照在茫茫的原野上，原野里盛开着金黄色的油菜花和血红的罂粟花。无限的和平笼罩在无限美好的万物间。马拉着车在原野上飞奔着，赶车的农民用舌头嗒嗒作响，驱马前进。

约娜的眼睛一直向前望着，一群一群的燕子箭一般地掠过天空。忽然感到生命的气息在她怀中。

此刻有一种特别的，但说不清的感情涌上心头，她轻轻地揭开面纱，露出那个她还没有见过的婴儿的面庞，而这就是她的小孙女儿。这脆弱的小生命受到光线的刺激，睁开她那碧蓝的小眼睛，抖动着嘴唇。约娜抱着她，用双手把她托起来，接连地吻着她。

但是萝伯丽心里仍兴奋，同时却也带有一点埋怨地阻止了她，说道：

“算了，算了，约娜夫人，别再逗她了，您要把她弄哭了！”

然后，她好像是回答她自己心中的问题似的，自语说：

“您瞧，人生自有多少悲欢离合，唉！